Gabriele Maria – Wer es fassen kann – der fasse es!

Gabriele Maria

Wer es fassen kann – der fasse es!

Eich-Verlag

Bibliografische Information der Deutschen Nationalbibliothek
Die Deutsche Nationalbibliothek verzeichnet diese Publikation
in der Deutschen Nationalbibliografie; detaillierte
bibliografische Daten sind im Internet über www.dnb.de abrufbar.

1. Auflage 2020

Umschlagfotos: Bild von Federico Respini auf Unsplash
Umschlaggestaltung und Satz: Thomas Eich
Printed in Germany

Besuchen Sie uns auch im Internet:
www.eich-verlag.de

ISBN 978-3-940964-61-8

Inhalt

Danksagung

Zu allererst ein Dank von ganzem Herzen und ganzer Seele an Gott und alle Seine Himmlischen Kräfte, Boten und Helfer für das Zustandekommen dieses Buches.

Ein herzliches Vergeltsgott den irdischen Freunden und Helfern für ihre treue Unterstützung und vor allem auch ein herzliches Vergeltsgott an Thomas Eich für seine Bereitschaft, dieses Buch zu verlegen, und die außerordentlich wertvollen Vorschläge und Anregungen, die er dazu beigetragen hat.

Gabriele Maria

Vorwort des Verlegers

Zu allen Zeiten und in allen Kulturen gab es Menschen, die in Kontakt mit dem Jenseits, dem „Geisterreich", dem Himmel, mit Engeln, himmlischen Boten, Geistführern oder mit Gott selbst standen, von ihnen Botschaften empfingen und von ihren Erlebnissen mit dem geistigen Reich berichteten.

In Zeiten größerer Gottesnähe waren solche Menschen und ihre Aussagen anerkannt und geachtet, in Zeiten größerer Gottesferne wurden sie skeptisch beäugt, angezweifelt, verlacht und verspottet oder sogar verfolgt. Auch das gab es zu allen Zeiten und in allen Kulturen.

Unsere heutige Zeit ist in dieser Hinsicht besonders. Auf der einen Seite sind Unglaube und Spott für diese Dinge sehr ausgeprägt, auf der anderen Seite sind Phänomene wie das sogenannte „Channeling", also das Herstellen eines medialen Kontakts mit der geistigen Welt, eine weit verbreitete esoterische Praxis, die man in Seminaren oder Workshops erlernen kann und für die hohe Honorare gezahlt werden.

Leider kann man manchmal nur schwer unterscheiden, wo findige Scharlatane und Geschäftemacher am Werk und wo tatsächlich gottgewollte Botschaften zu finden sind – wirkliche „Nachrichten vom Himmel" und das ehrliche Bestreben, die Menschen zum Guten oder zur Umkehr aufzurufen.

Das vorliegende Buch wurde ausdrücklich nicht „gechannelt", sondern basiert auf sehr persönlichen Erlebnissen. Es ist ein Buch der Offenbarung, der Ermahnung, aber auch ein Buch der Liebe und des Friedens, der Versöhnung und der Güte. Es ist ein besonderes Buch und Teil einer langen Tradition himmlischer Botschaften – von den alttestamentarischen Propheten bis zu den Meistern des Fernen Ostens, von den biblischen Evangelisten bis zur Neuoffenbarung eines Jakob Lorber, von den mittelalterlichen Mystikern bis zu den Geistmenschen und Eingeweihten unserer Tage.

Die himmlischen Botschaften der Vergangenheit und Gegenwart sind sehr vielfältig und teilweise auch sehr unterschiedlich, denn Gott will alle Menschen erreichen – ganz gleich, wie verschieden sie sind. Deshalb wendet Er sich den Menschen immer in der Sprache zu, die sie verstehen, und deshalb wenden sich Seine Boten immer in der Weise an die Menschen, die denen entspricht, die sie erreichen sollen. Ein Mystiker wie Jakob Lorber beispielsweise wird andere Menschen ansprechen als ein indischer Meister wie Paramahansa Yogananda, ein katholischer Mönch wie Pater Pio wieder andere als ein evangelischer Theologe wie Albert Schweitzer. Vier großartige Menschen mit ganz unterschiedlichen Botschaften, und doch schöpfen sie alle aus der gleichen Quelle und sind Gesandte des gleichen Gottes.

Die Schnittmengen der unterschiedlichen himmlischen Botschaften scheinen manchmal nur gering zu sein. Manches scheint sich sogar zu widersprechen, und man ist geneigt zu sagen: „Das kann nicht stimmen, denn dieser oder jener hat es ganz anders gesagt oder geschrieben ...". Ob sich solche Dinge tatsächlich widersprechen oder ob das Widersprüchliche nur in unserer beschränkten Perspektive liegt, ist manchmal gar nicht so leicht zu erkennen. Dazu ein kleines Gleichnis:

In einer Zeit vor der Globalisierung, in der die meisten Menschen ihr ganzes Leben am gleichen Ort verbringen, treffen sich drei Personen aus sehr unterschiedlichen Gegenden dieser Erde. Ein Sámi aus dem Norden Finnlands nördlich des Polarkreises, ein Kölner aus dem mitteleuropäischen Rheinland und ein Bantu aus dem Kongo in der Nähe des Äquators. Sie sprechen über die Jahreszeiten. Der Sámi schwärmt davon, wie unterschiedlich das Verhältnis von Tag und Nacht zu den verschiedenen Zeiten ist. Im Winter werde es tagelang nicht hell und im Sommer tagelang nicht dunkel. Das hält der Kölner für Quatsch. Natürlich seien im Winter die Tage nur halb so lang wie im Sommer, aber trotzdem gehe doch jeden Abend die Sonne unter und jeden Morgen wieder auf. Dass solche Naturgesetze tagelang außer Kraft gesetzt würden, sei doch Unsinn. Da meldet sich der Bantu zu Wort und erklärt die beiden anderen für verrückt. Jedes Kind wisse doch, dass die Sonne jahrein jahraus zur selben Stunde auf- und zur selben Stunde wieder untergehe und dass alle Tage stets gleich lang seien. Da gäbe es keinen Unterschied. Als nun noch ein australischer Aborigine dazukommt und erklärt, dass die Sonne gar nicht „von links nach rechts", sondern „von rechts nach links" über den Himmel ziehe und am Mittag nicht im Süden, sondern im Norden stehe, ist die Verwirrung komplett. Jeder lehnt die Schilderungen der anderen ab und beharrt auf seiner Sichtweise, aber wer hat recht?

Wir wissen heute, dass alle vier recht haben, dass es diese Unterschiede

– so krass sie sich auch anhören – tatsächlich gibt und dass die scheinbar unvereinbaren Widersprüche nicht nur vereinbar sind, sondern sogar zusammengehören.

Wenn die Vereinbarkeit des scheinbar Unvereinbaren schon für die Erscheinlichkeiten dieser kleinen Erde gilt, um wie viel mehr muss es für die geistigen Gesetze des riesigen Kosmos und des unendlichen Reiches Gottes gelten? Wie viel von dem, was sich aus unserer „Erdenkriecher"-Perspektive zu widersprechen scheint, mag aus höherer oder gar aus göttlicher Perspektive zusammenpassen und zusammengehören? Das Reich Gottes ist unendlich viel größer als diese kleine Erde und unendlich vielfältiger, als unser kleiner Hirnverstand es zu fassen vermag. Daher widersprechen sich auch nicht alle Widersprüche, die wir als solche ansehen oder wahrnehmen.

In allem, was wir an geistiger Literatur lesen, stoßen wir auf Passagen, denen wir sofort und uneingeschränkt zustimmen, weil sie dem entsprechen, was wir ohnehin schon glauben. Dann finden wir aber auch Passagen, die uns zum Nachdenken anregen und dazu führen, dass wir unseren Horizont, unser Bewusstsein erweitern. Darüber hinaus stoßen wir aber auch auf Passagen, die wir ablehnen, weil wir es anders sehen und weil es unserer Denkweise widerspricht.

So ist es auch mit diesem Buch. Sie werden Passagen finden, die Sie zutiefst berühren, die Sie erheben und denen Sie uneingeschränkt zustimmen, in denen Sie geistig regelrecht baden möchten, weil sie so sehr Ihren eigenen Überzeugungen entsprechen und etwas so sehr Vertrautes in Ihnen zum Klingen bringen. Dann werden Sie aber auch auf Neues stoßen, noch nah an dem, was Sie ohnehin glauben, aber doch einen Schritt weiter. Sie werden darüber nachdenken und werden es möglicherweise verinnerlichen oder verwerfen. Dann aber werden Sie auch auf Aussagen stoßen, mit denen Sie nicht einverstanden sind, die Sie nicht glauben können und die Sie sofort verwerfen möchten. Nicht schlimm. Das gehört dazu. Nehmen Sie sich das heraus, was Sie schon fassen können, und lassen Sie ihr Leben und Ihren Glauben dadurch bereichern. Alles andere stellen Sie beiseite. Regen Sie sich nicht darüber auf, argumentieren Sie nicht dagegen, schimpfen Sie nicht darüber – stellen Sie es einfach beiseite, und befassen Sie sich mit dem, was Ihnen entspricht, was Sie anrührt und was Sie zum Nachdenken anregt.

Auch ich kann nicht jeder einzelnen Aussage dieses Buches zustimmen. Es gibt Passagen, die ich so nicht unterschreiben würde. Trotzdem habe ich mich entschlossen, dieses Buch in meinen Verlag aufzunehmen und alles weitgehend so zu belassen, wie die Autorin es zusammengestellt hat. Die Einblicke in die geistige Welt und in die geistigen Zusammenhänge des Seins, die diese „Nachrichten vom Himmel" bieten, sind so gehaltvoll und wertvoll, dass wir als Leser die innere Größe aufbringen sollten, über das, was uns nicht gefällt oder was wir nicht für richtig halten oder was wir noch nicht fassen können, hinwegzusehen und stattdessen das Licht des Guten, Göttlichen und Vertrauten in uns wirken zu lassen. Jeder so, wie er es fassen kann.

Gott lässt die Menschen, Seine Kinder, nicht und nie im Stich. Er sendet ihnen immer Helfer – sichtbare und unsichtbare -, die ihnen beistehen und helfen, den göttlichen Weg zu finden, zu erkennen und zu gehen.

Und so wünsche ich Ihnen eine bereichernde Lektüre dieses wundervollen Buches. Möge es Ihnen ein liebevoller Begleiter werden auf Ihrem ganz persönlichen Weg zu Gott und Ihnen Erkenntnisse und Anregungen für ihre weitere spirituelle Entwicklung schenken.

Ihr Thomas Eich
Werlenbach, Februar 2020

Vorwort der Autorin

Liebe Leserin, lieber Leser,

herzlich Willkommen beim Lesen dieser etwas anderen Lektüre.

Der Inhalt dieses Buches handelt von einigen meiner Erfahrungen mit Gott und mit einem Hauch der inneren Natur, der Essenz und des Wesens Seines Mysteriums.

Gleich mit welchem Namen die Menschen Gott ansprechen: Gott ist alles ... Gott ist das Leben ... Alles ist eins.

Das Innere eines jeden Menschen sucht Gott – die wahre Liebe.

Es ist nur der Verstand und es sind die unzähligen irdischen Vorstellungen des Menschen über Gottes Macht, Kraft und Existenz, die das Empfinden von Gottes Anwesenheit unterdrücken, versperren und vernebeln.

Gott ist nicht nur im Himmel, Gott ist da.

Gott lebt nicht nur in der Vergangenheit oder in der Zukunft – Gott ist jetzt hier.

Und während du diese Zeilen liest, will Gott dich – dein Inneres – erreichen, um dich zu erinnern, wer und was du bist, denn Gott lebt auch tief in dir.

Warte nicht, bis der irdische Leib tot ist, um Gott zu begegnen.

Gott erwartet dich hier und jetzt im diesseitigen, irdischen Leben, weil du – gleich ob dein Alter ein oder hundert Jahre zählt – Sein Geschöpf, Seine Seele und Sein Kind bist.

Auf keinen Fall behaupte ich, dass die Texte in diesem Buch die einzige Wahrheit und „Lehre“ sind, nein, aber es ist ein kleiner Teil, ein Hauch von dieser unfassbaren Schöpfungslehre ...

Gott ist groß. Er passt nicht in ein Buch. Sein Wirken kann auch nicht mit Buchstaben beschrieben werden.

Gott ist das Leben selbst, das unfassbare Wunder alles Lebendigen.

Jede Seele möge die Texte in ihrem Herzen wirken lassen und selbst entscheiden, ob sie das Unfassbare annehmen kann, das heißt, mit den Worten Jesu:

„Wer es fassen kann, der fasse es ...“

Zum Anfang meiner Geschichte

Am Ende des Jahres 1993 hatte ich ein ungewöhnliches Erlebnis. In jener Nacht konnte ich zuerst nicht einschlafen. Etwas war anders. Mir war irgendwie unbehaglich. Plötzlich, von einem Moment zum anderen, es war wie ein Ruck, überkam mich ein Gefühl, als würde ich aus meinem Körper „schlüpfen". Sogleich schwebte ich einige Zeit durch eine dunkle Höhle – in dem Moment war das ungute Gefühl wie weggeblasen, ich fühlte mich gut und frei –, bis ich an einem besonderen Platz bei einem Feuer still stand. Vor dem Feuer saß, mit geschlossenen Augen betend, ein Mönch. Er schien mich zu erwarten, denn, als ich ganz nah bei ihm war, drehte er sich zu mir, öffnete seine Augen und sagte mit durchdringendem Blick: „Es ist Zeit – die Zeit ist jetzt da ..."

Obwohl ich tief in mir so etwas wie eine sichere Aufforderung spürte, wusste ich nicht, was das zu bedeuten hatte.

Gleich darauf zog es mich wieder zurück durch die Höhle in meinen Körper. Einige Tage danach, zu Beginn 1994 wurde ich sehr krank. Die Vorbereitung, eine geistige und seelische Reinigung, begann.

Erst als ich mit meiner körperlichen und seelischen Verfassung den Tiefpunkt erreicht hatte, lernte ich Den, Der mein Leben erdachte, richtig anzurufen, zu bitten und Ihm zu danken. In meiner Verzweiflung rief ich mit der ganzen Kraft meines Herzens und meiner Seele zu Gott und zu Jesus. Ich rief: „Herr, wenn es dich wirklich gibt, dann bitte hilf mir!"

Fortwährend wiederholte ich meine Bitte ...

So geschah es, dass der Herr sich mir eines Nachts zeigte und zu mir sprach:

„Weißt du, wie lange ich schon auf das Flüstern deines Herzens warte?" Weinend sank ich vor Glückseligkeit zu Boden.

In meinem Herzen – tief in meiner Seele – vernahm ich die Worte: „Endlich bist du da!"

Er erzählte mir dann von einem Auftrag und einige Dinge vom Plan Gottes mit meiner und mit anderen Seelen. Von da an ging es mit meiner Genesung sichtlich bergauf.

So änderten sich viele Dinge in meinem Leben.

Nach etwa einem Jahr, in der Nacht vom 20. zum 21. Februar, erweiterte sich meine Sichtweise noch um einiges.

Der Herr vertraute mich in jener Nacht als ganz kleines Instrument Seiner Mutter mit ihrer großen Aufgabe für diese Welt an.

Und das geschah so:

„Mirjam“ – oder in unserer Sprache „Maria“ – war nicht eine flüchtige Erscheinung, die kurz sichtbar wurde und dann wieder verschwand:

Jener Abend verlief ganz normal wie immer, nichts deutete auf irgendetwas „Anderes“ oder „Außergewöhnliches“ hin – im Gegenteil, wie gewohnt ging ich zu Bett und schlief bald ein.

Einzig die feine Stimmung und das besonders angenehme Einschlafen war im Nachhinein betrachtet ungewöhnlich.

Nach einiger Zeit aber wurde ich langsam, wie durch einen sanften Ruf, geweckt ...

Ich hatte so einen angenehmen Schlaf, dass ich gar nicht wach werden wollte.

Ich lag auf der Seite, öffnete langsam meine Augen und sah, noch halb im Schlaf, vor mir einen Teil eines schimmernd weißen Kleides.

Drei-, viermal ging das so hin und her – ich öffnete die Augen, sah das Kleid und schloss die Augen wieder ...

Auf einmal dachte ich mir, dass mein Hochzeitskleid am Kasten hängen würde, schloss aber wieder meine Augen und wollte weiterschlafen.

Dann öffnete ich wieder die Augen und dachte mir: „Aber warum hängt mein Hochzeitskleid am Schrank – die Hochzeit ist ja schon einige Jahre her?“, und schloss wieder die Augen.

Beim nächsten Mal hob ich meinen Kopf und mein Blick ging weiter nach oben.

Sogleich erkannte ich, dass das weiße Kleid gar nicht mein Hochzeitskleid war, sondern, dass es von einer unbeschreiblich schönen jungen Frau getragen wurde.

Sie war von zierlicher Gestalt.

Ihre dunkelbraunen, langen Haare, waren in der Mitte gescheitelt und fielen gewellt über Ihre Schultern.

Ihr Gesicht war ganz zart und lieblich.

Ihre dunkelbraunen Augen wirkten allwissend und strahlten eine unbeschreibliche, anziehende Kraft aus – ihr gütiger Blick ging durch und durch – ich spürte: „Sie kennt mich und weiß alles von mir ...“

Ihr wahres Aussehen zu beschreiben ist in Worten nicht möglich, es ist dies nur ein schwacher Versuch, damit man sich wenigstens ansatzweise ein Bild machen kann.

Trotz dieser Schönheit und dieser friedlichen und gütigen Ausstrahlung: Mein Verstand konnte es in dem Moment nicht fassen – und als es mir langsam dämmerte, dass mitten in der Nacht im Schlafzimmer eine fremde Gestalt stand, überkam mich Panik.

Sofort wollte ich meinen Mann wecken, damit er die Fremde hinausbegleitete. Voller Angst wandte ich mich zu ihm, rüttelte ihn und rief, dass er aufwachen sollte, aber er schlief so tief, dass ich keine Chance hatte, ihn wach zu bekommen.

Daraufhin wandte ich mich wieder zurück, in der Hoffnung, dass die Frau inzwischen fort sei und alles nur ein Traum gewesen war.

Sie stand aber immer noch ruhig da und beobachtete mich freundlich. Dennoch hatte ich Angst und wollte am liebsten fliehen. Ich steckte meinen Kopf unter den Kopfpolster und stammelte unentwegt: „Bitte nicht, bitte nicht ...“, und: „Gott hilf mir!“ Ich konnte diese Situation mit meinem Verstand einfach nicht fassen.

Daraufhin ging alles so schnell, dass ich den folgenden Vorgang gar nicht richtig mitbekam, jedenfalls stand ich plötzlich vor ihr ...

Augenblicklich spürte ich überhaupt keine Angst mehr – alles war gut so, wie es war.

Es ist kaum zu glauben – tatsächlich dachte ich mir kurz: „Oh, wie peinlich, diese Frau trägt so ein schönes weißes Kleid, das wie ein Hochzeitskleid aussieht, und ich trage nur das gebrauchte, warme Nachtgewand von meiner Mutter. Wie schön sie ist, unglaublich, das gibt es doch nicht – sie sieht aus wie eine Braut ...“

Und das war und ist sie auch. „Ich bin die Braut des Heiligen Geistes“, erklärte sie mir später.

Ich stand jetzt am Bettende und erkannte daher plötzlich, dass mein irdischer Leib, samt Nachtgewand, im Bett lag, während ich mit meinem „geistigen Leib“ vor ihr stand.

Und es störte mich nicht im Geringsten, dass es so war – mein irdischer Leib war mir in diesem Moment vollkommen egal.

Als mir das klar wurde, begann die „Einführung“ in die geistige Lehre.

„Fürchte dich nicht!“, sagte sie zu mir. Dabei öffnete sie in mir einen „versiegelten Teil“.

Sie brachte mir bei, wie der Herr und sie und auch die Boten mit mir in Zukunft kommunizieren würden, da für diese Art der Verbindung kein irdischer „Raum“ nötig wäre und sie mir daher in diesem Raum (Schlafzimmer) nicht jedes Mal auf diese Weise erscheinen würde.

Sie lehrte mich die Kraft der „Sprache“, mit der man ohne laut ausgesprochene Worte kommuniziert.

Insbesondere lehrte sie mich auch das Erkennen und Unterscheiden, ob die Verbindung wirklich mit den guten Mächten aus dem Himmelreich ist.

Maria, als Mutter Jesu, war mir natürlich nicht unbekannt. Jedoch ihre große Bekanntheit, ihre wahre Aufgabe zwischen Himmel und Erde, ihr außergewöhnliches Ansehen bei den himmlischen Kräften oder ihre Himmelfahrt – wie Jesus – usw., waren mir nicht im Geringsten bekannt.

Meine Kenntnisse und Vorstellungen über ihr Wesen waren durch den Einfluss vieler weltlicher Lehren und Meinungen total vernebelt und verfälscht.

Es gibt sie wirklich!

Es ist ein Geschenk, zu ihr und ihrer „Familie“ gehören zu dürfen!

Nach und nach erinnerte ich mich wieder an frühere geistige Erlebnisse, die ich als Kleinkind erlebt hatte.

So öffnete sich für mich eine Tür in eine andere Realität, eine jenseitige, geistige Welt und eine Tür nach oben ins Himmelreich, von wo die einstigen Boten Gottes herkamen und heute noch herkommen.

Sie gehen ein und aus im großen Hause des Vaters. Sie kommen noch immer, um die Menschheit vor ihren zahlreichen Irrtümern, die zum verheerenden Verfall führen, zu warnen.

Als Erdenmensch, mit irdischem Verstand, ist es schwer sich so eine Realität, die jenseits von unserem „bekannten“ Himmel kommt, vorzustellen.

Aber es gibt sie tatsächlich. In der Heiligen Schrift und, wie mir bei meinen geistigen Erlebnissen gezeigt wurde, auch in anderen alten Schriften, wird von ihnen berichtet. Wir sind nicht allein.

Der Mensch wird sich früher oder später dieser Realität öffnen müssen, damit er nicht in einen Schockzustand verfällt, wenn sie eines Tages für die Menschen sichtbar werden.

Es ist schwer, eigentlich unmöglich, die geistigen Dinge und Mysterien in Worte zu fassen. Die Empfindungen der Sinne, wie Freude, Glückseligkeit, Licht und Liebe – den Atem des Lebens, Gefühle, die die Seele erheben und das Herz bewegen, kann man nicht in Worte fassen und in keiner Sprache richtig wiedergeben.

Die Buchstaben dienen nur zu einer schemenhaften Erklärung, dass man sich wenigstens einen Hauch von einem Hauch vorstellen kann. Deshalb sind viele Ereignisse und Erlebnisse, die ich auf meinen geistigen Reisen erleben und in Erinnerung behalten durfte, in Form von Geschichten, die in diesem Buch mit „Seelenschau" gekennzeichnet sind, verpackt, damit die innere Aufmerksamkeit eines Menschen sanft angeregt wird, sich in die Ereignisse selbst hineinzufühlen, von Seele zu Seele.

Denn die Dinge, die ich erlebte, kann – so Gott will – jede Seele, auf solche oder ähnliche Weise erleben.

Mein Name ist Gabriele Maria und das ist mein Zeugnis.

Mein Zeugnis ...

... nenne ich alle Texte, die in diesem Buch geschrieben stehen. Die Nachrichten vom Himmel, meine Erlebnisse mit der geistigen Welt, die verschiedenen „Seelenschauen", das sind die Ereignisse die ich Kraft meiner Seele erleben und erkennen durfte und auch die Gebete.

Es gab auch andere Erlebnisse, die nicht in diesem Buch eingetragen sind. Einige davon bleiben für immer in meinem Herzen, weil ich darüber schweigen muss.

Man kann kein Ereignis bezeugen, wenn man es nicht durch eigenes Erleben erkannt hat.

Die drei Aspekte

Dieses Buch besteht aus drei Aspekten:

1. Nachrichten vom Himmel
2. Gebete
3. Seelenschauungen

Zu 1. Nachrichten vom Himmel:
„Nachrichten vom Himmel" heißen die Botschaften. Sie werden deshalb bewusst „Nachrichten vom Himmel" genannt, weil der Himmel – das ist Gott mit Seinen treuen Boten – den Seelen dieser Welt nicht nur etwas mitteilen will, sondern allgemein etwas „richten" möchte.

Im Volksmund sagt man bei uns, wenn etwas nicht hundertprozentig funktioniert oder nicht korrekt ist oder falsch verstanden wurde: Man muss es „richten" – „nach-richten" wie bei einem Bild, bei dem der Rahmen verschoben ist, oder einem Brotteig, der noch nicht richtig gewürzt oder fertig gebacken ist – dann wird noch etwas nachgeholfen, etwas gerichtet oder „nach-gerichtet".

So ist es mit den „Nachrichten vom Himmel". Der Himmel „richtet etwas nach", das des „Nach-Richtens" bedarf.

Zu 2. Gebete:
Ein Gebet, das ohne Gefühl nur auswendig heruntergeleiert wird, ist wie ein Leib ohne Seele, wie eine vertrocknete Quelle, wie ein Tag ohne Licht.

Ein bewusst gesprochenes Gebet aber bildet eine Brücke zwischen Himmel und Erde.

Das Gebet ist eine Gabe Gottes, eine von Gott geschenkte Kraft, die uns ermöglicht, den Geist zu bewegen. Beten ist bewusstes Mit-Gott-Sprechen.

Gott ist das höchste Geistwesen, der Schöpfer aller Schöpfungen, der Lebensquell allen Lebens.

Deshalb ist zu Gott sprechen stärker als „online" sein mit der irdischen Technik. Mit Gott bewusst sprechen, ist „online" sein mit Seinem Geist, mit dem Schöpferwesen aller Geschöpfe.

Jedes Lebewesen wird belebt durch Gottes Lebensquell – Seinen Geist.

Deshalb beten wir um die Kraft und den Beistand Seines Geistes, für das Leben unserer Seelen.

Zu 3. Seelenschauungen:
Das sind die geistigen Erlebnisse, die meine Seele, durch, bzw. mit dem Geist schaute und spürte (man kann das in Worten nicht wirklich erklären – es geschieht einfach), oft wie ein Beobachter, ganz nah dabei, manchmal, als würde ich mir selber zuschauen und mich beobachten, so wie es jene Seelen tun, wenn sie heimkehren in die Ewigkeit. Sie schauen dann wie ein Beobachter ihr ganzes Erdenleben, das sie gelebt haben.

Von Seele zu Seele

Für manch einen Leser mag das alles ein bisschen verrückt klingen.

Zugegeben, mit den Gedanken des irdischen Verstandes allein ist dieses Buch nicht fassbar, auch nicht wirklich erklärbar.

Deshalb darf man es nicht nur mit der Kraft des Verstandes, sondern muss es auch mit der Kraft des Herzens lesen.

Alles, was du tun musst, ist nur dein Herz öffnen, deine irdischen Vorstellungen für eine kurze Zeit beiseitelegen und selbst als Seele – vielleicht, so Gott will, so ähnlich wie ich – „wahr-nehmen“.

Gott will dich erreichen, dich zurückerobern, als Seinen Liebesfunken, für Seinen Plan, um mit Deiner Seele eine bessere, lichtere Welt geboren werden zu lassen.

Gott braucht für Sein Vorhaben viele lichte Seelen, die bereit sind die Liebe zu leben, denn das ist der Weg und das Ziel:

Liebe und Frieden

Gottes weise Engel mögen dich leiten ...

Nachrichten vom Himmel

Auf dieses Jetzt hat deine Seele gewartet

Kind des Vaters, geboren, die Liebe des Vaters zu verkünden, sei dir immer gewiss, die Augen der Wahrheit schauen pausenlos auf dich.

Und nun bereite dich! Lausche der Stimme des Vaters, die zu dir spricht:

„Seele aus der Quelle Meiner ewigen Freude, schreibe für Mich. Sei offen und bereit! Du empfängst Licht, weil dein wahres Sein, Mein Gefäß, gefüllt mit der Quelle Meiner Liebe ist.

Verschwende deine Kraft nicht mehr mit irdischen Verwicklungen. Das sind die Fallen, um deinen Aufstieg zu Fall zu bringen. Die Zeit deiner Seele ist jetzt. Es gibt für dich kein Zurück, nur ein Vorwärts. Auf dieses Jetzt hat deine Seele lange gewartet, dieses große Jetzt, der Kampf der Geister, der Kampf um die Erlösung aus der Gefangenschaft, der Kampf um die Einlassung des wahren Heiligen Geistes.

Die Waffen für diesen Kampf wohnen im Herzen deiner ewigen Seele: Liebe und Gebet.

Sei jetzt stark! Meine Engel begleiten dich. Amen."

Mutterschaft ohne Grenzen

Gepriesen sei Gott der Schöpfer allen Lebens ...

Gepriesen sei Sein Wille und Sein Plan ...

Gepriesen sei Seine Barmherzigkeit und Seine Liebe in alle Ewigkeit.

Es ist Gottes Wille, dass ich zu euch komme und zu euch spreche.

Ich spreche zu euch, so wie eine Mutter zu ihren Kindern spricht. Gott der ALL-MÄCHTIGE, der Herrscher des Alls und allen Lebens, hat mir diese große Mutterschaft durch die Geburt Jesu anvertraut.

Das war von Anbeginn Gottes Wille, dass ich die Mutter des Erlösers dieser Welt werde ... Durch diese Mutterschaft bin ich eingeweiht in den großen Heilsplan dieser Welt mit allen Völkern und allen Seelen.

Also darf ich euch als Mutter Jesu gleich als meine Kinder annehmen, meine Söhne und Töchter darf ich euch rufen.

Lasst mich eintreten in eure Herzen, dass ihr meine Liebe erkennen könnt, meine Liebe zu euch, meinen mir von Gott anvertrauten Kindern.

Viele können das noch nicht verstehen, der irdische Eigenwille versperrt ihre Herzen. Aber eines Tages, wenn ihr gelernt habt, euren menschlichen Eigenwillen zu überwinden, werdet ihr verstehen.

Ich bin die Mutter aller Völker, gleich wer oder was sie sind.

Ich bin die Mutter, die jede Seele um Hilfe anrufen kann.

Meine Fürsprache zu Gott gilt für jede Seele, die sich mir anvertraut.

Jede Seele ist mein Kind, gleich aus welchem Volk und welcher Glaubensrichtung sie kommt.

Ich bin die Mutter jeder Seele. Gleich welches Lebensalter – wie viel Tage oder Jahre eine Seele dieser Welt zählt, für mich ist jede Seele mein Kind, weil ihr alle Kinder Gottes seid.

Wenn mich eine Seele in ihrem Herzen als ihre Mutter erkennt, werde ich mich ganz ihrer annehmen.

Ich bin die Mutter aller Völker ... Amen ... Meine Mutterschaft hat keine Grenzen.

Wer ist Gott?

Wo ist Gottes Kraft? Wer ist Gott? Wer ist wie Gott?

Meine Seele, versuche nicht, mit dem Kopf Gottes Kraft zu erfassen.

Siehe, kein Mensch kann die Macht Gottes und Seine Kraft erfassen.

Die Kraft Gottes fließt durch alles Leben – alles Lebendige wird mit der Information Seines Geistes gespeist. Sein Geist ist das Leben in seiner einzigartigen, pausenlosen Schöpfung, der unzählbaren Vielfalt.

Der Geist Gottes bewegt sich in einer Vielfalt im ewigen Dasein, die ihr euch mit eurer besten Vorstellung nicht erdenken, nicht erfassen und auch nicht erträumen könnt.

Gottes Geist ist die Inspirationsquelle für alles, was sich bewegen, entwickeln und lebendig werden soll.

Siehe, man wird sich viel streiten wegen Gottes Schöpferkraft, die keine Seele für sich allein erkennen kann. So wird es sein, dass enge Freundschaften nur wegen der verschiedenen Meinungen der Menschen gebrochen werden.

Erkennt also, dass ihr Gottes vielfältige Bewegungen durch Seinen Geist nicht erkennen könnt.

Alles Leben gehorcht Gottes Impulsen, Seinen Informationen, durch Seinen Ewigen Schöpfergeist.

Gottes Kraft ist eine ewige Energiequelle – kein Mensch kann sie auflösen, nur weiterleiten.

Alles Leben, die ganze Schöpfung, ist entstanden durch Gottes Geist, Seine schöpferische Energiequelle.

Die Seelen können sie für ihr Leben benützen und mit ihr gestalten, aber keine Seele kann diese Quelle auflösen, weil sie Gottes Kraft ist.

Die Seelen können sich Gottes geistiger Kraft bedienen, aus ihr schöpfen und sie weiterleiten, sie schöpferisch in das Leben fließen lassen, das Leben zu leben, im schöpferischen Wandel, durch Gottes Information, Seinen Geist – jedoch, der Schöpfer bleibt immer Gott!

Gott bedient sich Seiner Seelen, um weiterzuentwickeln. Er bestimmt Seinen Seelen eine Aufgabe. Er „stimmt" sie, wie ein Instrument gestimmt wird, für einen guten Ton, einen bestimmten Klang in einem Orchester.

Menschenkind, lausche dem heiligen Wind:

Wer ist also wie Gott, wo findest du Gott, wer ist Gott?

Gott ist die Ewige Schöpferkraft allen Lebens. Mit Seinen Talenten verhält es sich so:

Einem jeden Seiner Geschöpfe, allem Leben, allen Lebewesen – einschließlich der Pflanzen- und Naturwelt – schenkt Gott eine bestimmte Gabe, ein Talent.

Gott selbst bestimmt also durch die Kraft Seines Schöpfergeistes, welche Information Er in die Gabe legt und versiegelt – für die Seelen, für alle Lebewesen, für jede Pflanze, für alles Leben.

Gott ist der ewige Schöpfer. Niemand kann sein wie Gott in Seiner unfassbaren Vielfalt.

In gar viele Pflanzen legte Gott eine heilende Information durch Seinen Schöpfergeist, der auch im Naturreich lebt.

Gott hat dem Menschen durch Seine schöpferische Kraft viele wunderbare Talente zur Verfügung gestellt: für die heilsame Hilfe, für das Wohl allen Lebens, für das Wohl aller Lebewesen sowie für Mensch und Tier und wiederum für das Erhalten des Naturreiches.

Der Mensch darf sich Gottes heilender Gaben und Talente, die Er in Seine Schöpfung legte, bedienen – wenn es zum Wohle allen Lebens benützt wird, zum heilsamen Wohle für alle Geschöpfe, in denen Gottes Lebensatem wohnt.

Gottes Kraft wohnt in allem Leben. Gott Selbst ist das Leben. Alles Leben gehört Gott!

Gott lebt im ewigen Leben, im ewigen Wandel, von Leben zu Leben.

Alles Leben ist Gottes Liebeszeugnis.

Wer kann also sein wie Gott, Menschenkind?

Sei nun bereit

Im Namen der Liebe, Seele, lausche!

Es ist Zeit – sei nun bereit, dich an den Grund deines Lebens hier zu erinnern ...

Die Liebe des Vaters, des Sohnes und des Heiligen Geistes hat dich veranlasst in diese Welt zu kommen, um beim großen Plan der Liebe Gottes mitzuwirken. Habe Mut!

Ein guter Platz

Herr, es ist ein guter Platz, den Du mir gezeigt hast,
wo ich Dich immer finde, wo ich Dich jederzeit erreichen kann ...
Die Erinnerung an Dich zieht mich dann zurück,
in einen stillen Raum oder in den Wald, auf den Berg
oder in den Garten unter einen Baum.
Dann schließe ich meine Augen
und lenke meine Gedanken in mein Herz
und Du bist da ...
Ich danke Dir, bleibe immer in mir.

„Meine Seele ... Dein Herz ist mir kostbarer Schatz ... Hier bin Ich zu Hause ..."

Gebet

Im Vertrauen

Jesus Christus,
König der Könige,
Herr des Lebens,
König der Barmherzigkeit und des Vergebens,
im Vertrauen auf meine Erlösung durch DICH,
weihe ich Dir meine Seele.
Leite mich jeden Tag zur Quelle Deines Herzens.
Bitte schenke mir die Kraft bedingungslos zu lieben.

Herr,
Segne mich mit Deinem Licht und Deinem Frieden.
Amen – Ich weihe mich Dir,
mein Herz gehört auf ewig Dir.

Nachricht vom Himmel

Berichte von den Seelen

Seele, entspanne dich, Ich bin mit dir.

Lausche der Stimme, spüre Gott in deinem Herzen.

Ein „Traum“ erwartet dich.

Herr, wenn ich zum Vater spreche und wenn ich an Dich denke,
bist Du es, der mich lenkt.
Mein Herz hältst Du in Deinen Händen,
um mir von Deiner Liebe zu spenden.
Du bist es, der immer an meine Seele denkt.
Meine Seele erkenne Dich in ewiger Dankbarkeit.
Amen.

Kind des Vaters, bald ist es soweit.

Erkenne die Führung des Geistes – nimm sie nun an, die Gabe, die der Vater in deine Seele legte.

Berichte von den Seelen. Erzähle den Menschen von den Seelen, die du Kraft deiner Seele,schaust (Seelenschauen).

Der Vater hat dir diese Gabe „einverleibt“ seit deiner „Entstehung“, als er an die Geburt deiner Seele dachte.

Berichte von den Seelen – der Vater Selbst hat deiner Seele, die Sein auf ewig ist, diese Kraft besonders vorbehalten.

Viele Menschen brauchen die „Berichte“ von den Seelen, dass sie sich selbst besser erkennen können.

Natürlich wird es auch hier wieder Nachahmer geben.

Lass dich davon aber nicht beirren. Folge nur dem Plan und dem Weg, den der Vater dir durch meine Anwesenheit und Seinen Geist zeigt.

Siehe, die Gabe, die Gott in deine Seele legte, ist nicht dein – kein irdisches Eigentum! Es ist Gottes Gabe – sie gehört Gott ...

Gott belebt deine Seele mit Seiner Gabe, vergiss das nie.

Amen, meine Seele, ich sage dir, deine Seele wird mich auf ewig erkennen.

Die große Seelenschau

Teil 1

An einem lauen Spätsommernachmittag schlenderte jene Seele durch ein sehr gepflegtes, großflächig angelegtes Friedhofsareal.

Es ist wohl ein ungewöhnlicher Ort, um sich bei einem Spaziergang zu erholen, die Seele fühlte sich jedoch sehr wohl, trotz der vielen „stillen Wohnungen“ im Friedhofsgelände – das mit unzähligen, verschiedenen Sträuchern und Bäumen geschmackvoll, wie ein Erholungspark, angelegt war.

„Hier kann man gut nachdenken. Man ist ungestört. Es ist richtig entspannend und ruhig hier“, dachte sich die Seele. Viele Gedanken über Ereignisse vergangener Jahre wechselten sich ab mit Gedanken über gegenwärtige Dinge und Situationen ...

Während die Seele ganz gelassen an vielen Gräbern von bekannten und unbekannten Verstorbenen vorbeispazierte, begann sie halblaute Selbstgespräche zu führen, daraus sich dann ein kleiner „Dialog“ mit den stillen „Anwesenden“, den Verstorbenen, ergab:

„Alle habt ihr hier in dieser Welt gelebt, eure Gräber mit den Aufschriften geben Zeugnis davon. Wie viele von euch sind auch, wie ich jetzt, auf diesen Wegen spaziert, als ihr die Gräber eurer Verstorbenen besucht habt? Ja, hier bei euch ist es sehr spürbar, dass alles in dieser Welt eine bestimmte Zeit, einen Anfang und ein Ende hat. Aber wann ist dieses Ende hier? Wie erkennen wir denn, wenn es soweit ist, dass dieses ‚Ende‘ sich nähert, sodass man sich vielleicht vorbereiten könnte?

Bin ich eigentlich vorbereitet? Hätte ich in meinem Leben alle Dinge erfüllt? Was hätte ich noch alles zu erledigen, wenn schon bald meine Zeit für den Abschied da wäre, sodass ich den verheißenen Frieden und die ewige Freude in einer ewigen, unsterblichen Welt erreiche?

Wie sieht es bei euch aus? Wer von euch war vorbereitet und bereit dem ‚Ruf‘, dem keine Seele entrinnen kann, zu folgen?

Wo seid ihr denn jetzt, ihr Seelen? Geht es euch wohl gut? Wie viele von euch haben den Weg in die ewige Freude geschafft? Wie viele von euch sind hängen geblieben und konnten nicht eintreten in das Land der ewigen Freude, oder wie viele von euch sind in einen tiefen, einen

‚Totenschlaf' gefallen, weil sie in ihrem Erdenleben felsenfest geglaubt hatten, dass jeder Mensch der stirbt, tot im Grab ist und bis zu einem bestimmten Zeitpunkt, irgendwann in ein paar tausend Jahren, von Gott vom Grab aufgeweckt wird und so augenblicklich mit einem neuen Fleisch am Leib vom Grab heraussteigt?"

Die Seele schüttelte unverständig ihren Kopf und sagte laut: „Gott ist sicher allmächtig! Gott ist der Schöpfer und Gestalter allen Lebens im All, im Kosmos! Gott ist selbst unsterblich! Gott ist unbeschreiblich, unfassbar und kann alles, aber warum sollte Gott sich so eine Arbeit antun, wenn Gott doch unsterblich ist und das Leben zu Leben weiterentwickelt, durch Seinen allumfassenden, nie stillstehenden Schöpfergeist?

Oder wie viele Seelen sind vielleicht bei ihren Gräbern wartend zurückgeblieben, weil sie in ihrem Erdenleben geglaubt hatten, dass Gott sie nur hier für das ewige Leben in Freude erwecken und abholen würde? Gott ist kein irdischer Zauberer. Er wandelt Leben zu Leben.

Wie viele Seelen suchen vielleicht verwirrt ihren Weg zurück in die Erdenwelt, so wie ich es als Kind geträumt hatte? Wie schrecklich!"

Immer wieder flossen die Gedanken, wie eine Quelle, durch den Geist der Erdenseele.

Zum Himmel blickend sprach sie dann laut: „Allmächtiger Gott, Der mein Leben erdachte, mir ist gerade richtig bewusst: Für jeden Menschen gibt es eine bestimmte Zeit, um in diese Welt zu kommen, und eine bestimmte Zeit, um wieder aus dieser Welt zu gehen, auch für mich.

Ja, das könnte eigentlich jederzeit sein, aber es muss ja nicht gerade jetzt sein, es könnte doch auch erst in vielen Jahren sein?

Oh Gott, lass mich bitte erkennen, was ich alles zu tun habe, damit ich, wenn Du mich rufst, auch bereit bin ..."

Nach diesen Worten brauste, von einem Moment zum anderen, ein heftiger Windstoß über den Teil des Friedhofsgeländes, wo sich die Seele aufhielt. Der Seele lief ein Schauer über den Rücken. Sie spürte bis ins Mark: Etwas war auf einmal anders. Eine ganz andere Atmosphäre schien den ganzen Platz einzunehmen.

„Was ist geschehen", dachte sich die Seele, „habe ich das mit meinem Geplapper über die Seelen ausgelöst?"

Jetzt wurde es ihr richtig unbehaglich. Sie fühlte sich beobachtet, als würden ihr unzählige Blicke folgen.

„Dann gehe ich doch mal wieder nach Hause", sagte sie laut, um so ihr ängstliches Gefühl herunterzuspielen.

Eilig verließ sie den Friedhof. Während der ganzen Heimfahrt fühlte sie sich beobachtet. Zu Hause war das Gefühl, angeschaut zu werden, immer noch da. So beschloss sie, etwas früher als gewohnt, zu Bett zu gehen, in der Hoffnung, dass sie das schleichende Gefühl, von vielen Augen beobachtet zu werden, durch einen tiefen Schlaf losbekäme.

Tatsächlich, wie auf Knopfdruck, fiel der irdische Körper der Seele sofort in einen tiefen Schlaf.

Ihr ewiges Dasein aber erwachte wieder im Friedhofsgelände, das sie vor kurzer Zeit verlassen hatte. Verwirrt rief die Seele: „Oh nein, das kann nicht sein, ich bin doch heimgegangen. Was ist passiert, warum bin ich wieder da?"

Die Seele wunderte sich: Auf einmal waren viele Leute anwesend. „Woher sind sie so plötzlich hergekommen, ich habe sie gar nicht kommen sehen?", fragte sich die Seele.

Die Seele stand etwas abseits von der Menschengruppe. Zaghaft fragte sie eine Person, die auf der anderen Seite des Weges stand, ob es ein Begräbnis gäbe.

Sie bekam jedoch keine Antwort. Die Seele dachte sich, dass sie vielleicht nicht gehört worden war. So rief sie noch einmal mit lauter Stimme, in der Hoffnung, dass sie mehrere Leute hören würden, ob es ein Begräbnis gäbe. Jedoch, nichts, niemand, keine einzige Person aus der Gruppe schenkte der Seele Beachtung, als würden sie sie absichtlich ignorieren.

„Das gibt es doch nicht", murmelte die Seele verständnislos. „Was ist mit denen – sie nehmen mich nicht wahr. Tun sie das absichtlich, oder sind sie gar betrunken, oder sprechen sie eine andere Sprache?"

Plötzlich hörte sie eine Stimme aus der Menge erfreut rufen: „Bald ist es soweit und er wird uns weisen ..."

„Ach, doch keine andere Sprache", dachte sich die Seele. Verwundert rief sie: „Wie bitte, wer kommt – und warum?"

Doch wieder schenkte niemand von den Anwesenden der Seele Beachtung.

Die Seele dachte sich: „Die warten sicher auf den Priester für ein Begräbnis – aber, wo ist der Tote?"

Die Seele spürte nun, dass die ganze Situation so etwas wie ein Ausnahmezustand war.

„Aber was mach ich denn hier, ich will nach Hause …“, rief die Seele etwas ängstlich.

Das Wort „Hause“ war noch nicht richtig ausgesprochen, als plötzlich ein heftiger Windstoß durch den Park des Friedhofsgeländes brauste.

Gleichzeitig öffnete sich über einem Marmorplateau, auf dem in der Mitte ein mächtiges Kreuz stand, so etwas wie ein Portal, aus dem eine lichte Gestalt mit zwei Begleitern hervortrat. Die drei lichten Gestalten, besonders der Mittlere, waren so hell, dass man ihre Gesichtszüge nicht erkennen konnte.

Die Seele empfand in ihrem Inneren, dass die große Lichtgestalt bestimmt ein mächtiger Priester und die beiden lichten Begleiter sicher seine treuen Vertrauten waren.

Unzählige Gedanken überfielen die Seele: „Wer ist Er? Was tut Er? Woher kommt Er? Und wie sieht er aus? Im wahrsten Sinne des Wortes – er hat eine gute Ausstrahlung …“

Mit geöffneten Armen begrüßte der heilige Priester die Anwesenden. Alle jubelten vor Freude. Aufmerksam lauschten sie den Anweisungen, die der lichte Priester ihnen gab.

Die irdische Seele bemühte sich, die Anweisungen des lichten Weisen zu hören, jedoch gelang es ihr nicht, etwas, was der geheimnisvolle Priester den vielen Seelen mitteilte, aufzuschnappen.

Der lichte Weise aber konnte jeden Gedanken der Seele „hören“ und so drehte Er sich in die Richtung in der die Seele stand. Lächelnd blickte er zu ihr und hielt den Zeigefinger vor Seinen Mund.

Die Seele erschrak. „Er nimmt mich wahr“, dachte sie sich schockiert. Das Zeichen erkannte sie wohl: die Anweisung, still zu sein.

Verlegen schluckte die Seele und atmete tief ein. Sie verstand, dass jeder Gedanke von ihr laut gehört wurde.

Der lichte Weise lächelte verständnisvoll und sprach: „Still werde in dir und schau genau, denn deshalb bist du jetzt hier … Schau genau und merke dir gut, was du sehen wirst …“

Der geheimnisvolle Priester hob Seine Hand. Augenblicklich entstand ein Kraftfeld und es öffnete sich wieder so etwas wie ein großes Portal – ein gigantisches Tor, ähnlich wie im altgriechischen Stil, und es sah so aus als würde ein Tunnel in eine ganz andere, lichte Welt führen, aber nicht so ein Tunnel, wie wir ihn in der Welt kennen, sondern die Öffnung und der Durchgang wirkten wie eine Art Tunnel.

Gleich darauf rief der weise Priester eine Seele zu sich und führte mit ihr einen kleinen Dialog. Die Seele wirkte ganz verzückt. Sie strahlte eine unsagbare Glückseligkeit aus, als wäre sie mit ihrem ganzen Geist entrückt. Es war so eine starke Schwingung, dass die irdische Seele weinen musste – für ihr Wesen fühlte es sich wie ein starkes Verliebtsein an.

Der lichte Priester ließ jene Seele in Lichtgeschwindigkeit ihr ganzes Leben schauen.

Einige gravierende Eindrücke konnte die irdische Seele so spüren, als wären es ihre eigenen Lebenserfahrungen. Die irdische Seele weinte Freudentränen, denn das Leben jener Seele war ein gutes, nicht materielles, jedoch geistig wertvolles Erdenleben. Die irdische Seele fühlte sich von einem Augenblick zum anderen, als wäre sie klein wie eine Ameise, so groß war der Lebensinhalt jener Seele.

Als die Lebensrückschau jener Seele zu Ende war, wies der lichte Priester ihr den Weg durch das Tor, in eine lichte Welt.

Als die Seele dankbar und feierlich durch das Tor schritt, blitzte ein helles Licht auf und die Seele war fort – ganz kurz konnte man noch ein lautes Jubeln von der anderen (lichten) Seite her hören, wie bei einem feierlichen Empfang, bei einem Freudenfest.

So wiederholten sich diese Szenen bei allen weiteren Seelen.

Die irdische Seele verstand allmählich, dass es hier nicht um EINEN „Toten" ging, sondern um alle Anwesenden – sie alle waren aus irdischer Sicht die „Toten". Die irdische Seele seufzte laut und sprach dann leise: „So viel zum ewigen Streitthema, dass es keinen ‚Geistleib', beziehungsweise keine Seele oder ein Weitergehen, ein Leben in einer anderen, jenseitigen Welt gibt."

Als die anwesenden Seelen fort waren, lächelte der lichte Priester und sagte: „Schau weiter ..."

Plötzlich erschienen, wie aus dem Nichts, andere Seelen. Sie wanderten als kleine Gruppe ganz nah bei der irdischen Seele vorbei. Es sah aus wie eine Prozession in der irdischen Welt.

„Hallo, hierher", rief die irdische Seele ihnen zu. Aber sie nahmen den Ruf der irdischen Seele nicht wahr. Die Seele rief ihnen noch lauter zu:

„Kommt! Hier müsst ihr gehen, hier geht der Weg!“, und zeigte auf das große Kreuz.

Die Seelen nahmen aber keine Notiz von den Rufen der irdischen Seele. Die Seelen wirkten auf die irdische Seele wie betrunken oder in Trance.

„Herrgott!“, rief die Seele energisch, „Herrgott, hilf ihnen doch, Dich zu finden!“ Verzweifelt wiederholte die irdische Seele immer wieder diese Worte, wie ein Gebetsmantra.

Nach vielen, intensiven Wiederholungen entfachte sich auf einmal so etwas wie ein magnetisches Kraftfeld. Ein Licht erschien und strahlte auf die verwirrten Seelen herab. Alle standen sie plötzlich in diesem Lichtstrahl. Sogleich ertönte ein Klang, der sich anhörte, wie das Blasen eines Hornes, und wieder öffnete sich ein riesiges, wunderschönes Tor (für das Empfinden der irdischen Seele war es mindestens 50 Meter hoch oder mehr).

Eine gütige Stimme sprach: „Siehe, es waren deine Bitten zu Gott für die Seelen, dass sich das Tor für sie geöffnet hat ...“

„Meine Bitten?“, fragte die Seele erstaunt.

Was dann geschah, kann man mit Worten nicht wirklich erklären:

Die Seelen strahlten voller Dankbarkeit auf die irdische Seele ein Licht, einen Strom – eine Kraft aus, wie ein Austausch von Energie, ein ewiges Energiefeld, das gleichsam die irdische Seele einhüllte und durch ihr ganzes Wesen strömte. Die irdische Seele spürte in ihrem Wesen eine intensive Kraft, eine dankbare Zuneigung, eine Liebe, wie sie sie noch nie in der Welt erfahren hatte.

Daraufhin fiel die irdische Seele selig auf die Knie und bedankte sich bei Gott und den Seelen für diese Liebe.

Als dann diese Seelen alle durch das Tor gegangen waren, sagte der geheimnisvolle Priester – der inzwischen auf die Seele wie ein ewiger Freund, Bruder oder Gefährte wirkte, wie jemand, den man nie verlieren möchte: „Komm, schau nun weiter. Merke dir gut, was du erkennst und versuche dann, mit deinen Worten, diese Begebenheiten in der irdischen Welt zu schildern.“

Wieder waren einige Seelen zu sehen.

Doch diesmal war etwas anders ... Die irdische Seele sah jene Seelen zuerst in der Welt, mit ihrem irdischen Leib, die durch irgendeinen Grund – Krankheit oder Unfall – eine Sterbestunde erfuhren. Sie sah, wie sie ihren irdischen Körper verließen.

Einige wurden von schrecklichen Gestalten empfangen, die sie von ihrem Weg als Kind Gottes zurückhalten und fortführen wollten in eine andere Welt – ihre finstere Unterwelt.

Bei manchen Seelen klammerten sich diese ekelhaften Kreaturen ganz fest. Manche Seelen wurden regelrecht hinterlistig fortgelockt. Wenn eine Seele das nicht wollte und Widerstand leistete, wurden sie böse und rissen an der Seele, um sie in ihre Richtung zu zwingen. Einige Seelen hatten mit den Gestalten einen richtigen Kampf, wie um Leben und Tod.

Viele Seelen kehrten nach überstandener Krankheit oder hartem Genesungskampf wieder zurück in die Erdenwelt. Die Ärzte dachten dann immer, dass es nur ihr Verdienst war, dass sie sie ins irdische Leben zurückgeholt hatten.

Bei diesen Seelen war entweder ein inniges Gebet eines Angehörigen eine gewaltige Unterstützung oder „geistige Pluspunkte" von ihren eigenen Taten – oder weil die Zeit noch nicht reif war für ein „anderes Leben".

Jene Menschen in der irdischen Welt, die für Kranke Worte wie: „Herr erlöse, Herr befreie ...", „Herr erbarme Dich ...", „Christus, Sohn des Vaters, erbarme Dich ...", „Heilig, heilig, heilig ist Gott, der Herr der Heerscharen ...", „Herr Jesus Christus, Sohn des Vaters ...", sprachen, erzeugten so eine gewaltige Kraft, dass die Kreaturen immer mehr von ihrer Macht und Kraft verloren. Sie wurden zusehends schwächer und wichen tobend und schreiend von den Seelen.

Aber auch „Ave Maria ...", das so viel heißt wie „Gegrüßet seist Du Maria ...", in jeder Sprache gesprochen, hatte diese mächtige Wirkung auf die Kreaturen.

ALLE diese Anrufungen konnten diese Kreaturen nicht ertragen.

Manche Seelen mussten diesen dämonischen „Dschungel" durchqueren, bis sie sozusagen an einem anderen „Ufer" ankamen.

Dort wurden sie von lichten Gestalten empfangen. Auch hier öffnete sich wieder so etwas wie ein Portal – ein himmlisches Tor.

Andere Seelen durchschritten auch so etwas wie einen Tunnel, der ebenso in eine andere Welt führte, mit dem Unterschied, dass am Ende des Tunnels nicht so ein helles Licht zu sehen war, sondern eher ein trübes Licht. Es waren auch keine jubelnden Stimmen zu hören, als sie dort ankamen.

Die irdische Seele kannte sich nicht aus, was das zu bedeuten hatte. Sie traute sich auch nicht diesen Seelen zu folgen, um zu sehen, was dort war.

Als die irdische Seele über diese Szenen nachdachte, trat einer der beiden lichten Begleiter (des lichten Priesters) auf sie zu und sprach freundlich: „Gott grüßt dich, liebe Erdenseele. Höre gut, erinnere dich an die Worte des Herrn: ‚In Meines Vaters Haus gibt es viele Wohnungen ...‘“

„Ja“, sagte die irdische Seele, „aber wohin gingen diese Seelen – werden sie mit dem ‚ewigen Tod‘ bestraft?“

Der lichte Bote antwortete: „Nein, sie werden nicht mit dem ‚ewigen Tod‘ bestraft. Sie gehen lernen. Sie brauchen noch etwas Zeit, um ihre Irrtümer zu erkennen – dann werden sie sich selbst entscheiden, was sie noch lernen und wie sie alles gut machen werden. Gott hat allen Seelen den freien Willen geschenkt, sie entscheiden alle selbst, entweder Licht oder Finsternis. Hier beginnt die geistige Welt. Welten in Welten regieren hier.

Erinnere dich an ein Radiogerät vergangener Tage: Wenn ein anderer Sender gesucht wurde, drehte man von einem Sender, von einer Frequenz zur anderen.

Zwischen den jeweiligen Programmen gab es für das menschliche Gehör eine „leere Zone“, das heißt, für Menschenohren waren nur Geräusche, aber keine klaren Töne und Klänge zu hören.

So ist es mit den Welten zwischen den Welten: Es sind Übergangszonen mit Zwischenfrequenzen.

Je feiner die Schwingung einer Seele, das heißt, je lichter und reiner sie ist, desto leichter erreicht sie feine Schwingungsebenen und Welten feinster Frequenzen.

Erkenne also: Jede Seele zieht es wie einen Magneten zu der Frequenz, zu der sie gehört, beziehungsweise, zu der sie gerade passt.

Bis zum höchsten Ziel ist es ein langer Weg. Deshalb lernen die Seelen am meisten durch die Erfahrungen in einer grobstofflichen Welt, so wie die Erdenwelt eine ist.

Je höher und feiner die Atmosphäre einer Welt schwingt, desto feinstofflicher ist diese Welt.

Die Schwingung einer grobstofflichen Welt wie die der Erdenwelt ist nicht so schnell und hoch. Deshalb entsteht feste Materie, die für den Erdenmenschen aussieht, als wäre sie hart und unbeweglich.

So ist es aber nicht. Gott Selbst ist die ständige Entwicklung. Deshalb steht nichts wirklich still, auch nicht in der Erdenwelt ... Alles ist in Bewegung, nichts steht still.

In Gottes Reich herrscht Ruhe, alles ruht in sich – aber nichts steht still.

Schau nun weiter die unzähligen Wege – Entwicklungsstadien der Seelen:

Es ist der Plan Gottes, die Urkraft des Heiligen Geistes, die ewige Schöpferkraft des UR-Geistes, dass sich jede Seele weiterentwickle, bis sie die höchste und feinste Schwingung erreicht hat, um im ewigen Schöpfungsprogramm mitzuwirken. Der Schöpfer schöpft durch Seine Geschöpfe.

Die Wege der Seelen sind vielfältig, jedoch haben sie alle dasselbe Ziel."

Plötzlich waren wieder, wie aus dem Nichts, andere Seelen zu sehen. Ratlos standen sie vor ihrem Grab. Sie verstanden nicht, dass es ihr irdischer Leib war, der da begraben war. Es hatte den Anschein, als würden sie auf etwas warten.

Die irdische Seele spürte, dass die „Verstorbenen" irgendwie das Gefühl hatten, als würden sie träumen.

Neugierig fragte die irdische Seele den lichten Boten: „Es scheint, als würden sie auf etwas oder jemanden warten?"

Der lichte Bote antwortete: „Sie glaubten in ihrem irdischen Leben nicht an ein Weiterleben nach dem irdischen Tod. Mehr noch, sie alle waren strikte Gegner, widersetzende Verfolger der Erkenntnis vieler Generationen, dass es immer weitergeht, im Geistreich, deshalb sind sie noch verwirrt. Ja, einige denken zu träumen und andere warten auf die große Auferstehung aus dem Grab.

Siehst du, die Menschen legen sich meistens selbst schwere Steine auf ihren Weg zu Gott. Das tun sie durch ihre verschiedenen Verstandeslehren und menschlichen Vorstellungen über Gottes Plan und Schöpfungsprogramm.

„Aber das ist ja furchtbar. Sie können doch nicht ‚tausende Jahre' vor ihrem Grab bleiben!", rief die Seele enttäuscht.

Verständnisvoll antwortete der lichte Bote: „Nein, das tun sie auch nicht. Bald werden lichte Engel kommen, aus den feinen Welten, und sie von hier fortbringen."

Aufgeregt fragte die irdische Seele: „Ja? Wohin werden sie gebracht – und was geschieht aber, wenn sie durch ihren irdischen Glauben und ihre sturen Vorstellungen nicht mitgehen wollen?"

„Die verwirrten und die geschwächten Seelen, alle deren Sterbevorgang lang und schwer oder unvorbereitet war, werden in eine erholsame Ruhezone, einen lichteren Bereich mit einer besonders heilsamen Atmosphäre gebracht. Dort werden sie zuerst ruhen. Jede Seele braucht eine für sie bestimmte Zeit für ihre Erholung, dass sie gestärkt sind für ihre Weiterentwicklung und für ihren weiteren Lebensweg. Sie entscheiden immer selbst. Die geistigen Boten sind dabei nur ihre Ratgeber und Begleiter.

Sie selbst aber entscheiden, was und wo sie lernen möchten.

Wenn eine Seele nicht mitgehen will, bleibt sie einfach noch hier.

Der freie Wille ist so hoch, dass keine Seele von Gott und Seinen treuen Boten, auch nicht zu ihrem Glück und Heil, gezwungen wird."

Nach diesen Worten war wieder ein Szenenwechsel.

Die irdische Seele schaute nicht nur, sondern spürte den Todeskampf einiger Menschen, so als wenn es ihr eigener wäre.

Manche Sterbende wollten den Menschen um sie herum unbedingt noch etwas mitteilen, als sie zwischen Leben und Tod, zwischen Diesseits und Jenseits, wie ein Pendel, hin und her schwenkten.

Viele Seelen erkannten in diesem Zustand andere Wahrheiten, die sie unbedingt mit ihren Mitmenschen noch teilen wollten. Sehr oft wollten sie ihre Angehörigen und Mitmenschen einfach nur warnen, dass sie ihr Leben so gestalten sollten, dass sie für diese Stunde, die jede Seele einmal erleben wird, bereit wären. Leider gelang das vielen Seelen oft nicht.

Andere Menschen im Sterbebett sprachen mit ihren Angehörigen ganz normal. Als aber der Sterbevorgang eintrat, hatten sie plötzlich Visionen von der Vergangenheit, Gegenwart und Zukunft. Oft sahen Sterbende schöne, lichte Dinge, dann wieder jene grässlichen Kreaturen, die sich von der Energie der Seelen im Diesseits und Jenseits – wenn sie sie auf ihre Seite gelockt haben – nähren.

So geschah es, dass manche Menschen im Sterbeprozess die schrecklichen Kreaturen sahen, wie sie sich ihnen näherten und lauerten – wie es Raubtiere tun, wenn sie zum Beispiel ein Vogelnest entdeckt haben, wo die Küken gerade schlüpfen.

Die Menschen, im Sterbebett liegend wie ausgeliefert, erschraken natürlich und riefen dann oft Worte wie „Lasst mich in Ruhe!" oder „Verschwindet ihr Verdammten!" und so weiter. Manche, die noch eine Tasse erreichen und ergreifen konnten, warfen sogar mit der Tasse in Richtung der Angehörigen oder bespuckten das Pflegepersonal und die Angehörigen.

Das Schlimme dabei war, dass die Angehörigen, Familienmitglieder und Besucher im Raum, die Kreaturen nicht sahen, beziehungsweise nicht wahrnehmen konnten. Sie waren dann schockiert, total enttäuscht und gekränkt, dass die sonst so liebe Person nun im Sterbebett solche derben und gemeinen Beschimpfungen von sich gab und sie so behandelte. Alle Anwesenden fühlten sich dann betroffen und dachten, dass die Beschimpfungen und Attacken ihnen galten.

Menschen, die solche verwirrenden Szenen am Bett eines Sterbenden erlebt haben, wissen genau, was damit gemeint ist, wenn sie dies lesen oder hören.

Einmal war ein kleines Kind mit dabei, das diese lichtlosen Gestalten auch sehen konnte. Es weinte und schrie vor lauter Angst, als es sah, wie sich die Kreaturen an den Sterbenden heranmachten. Die Erwachsenen dachten, dass das Kind wegen der Äußerungen des Sterbenden weinte und „Weg, weg!" und „Böse!" rief. Daraufhin verließen die Eltern mit dem Kind den Raum, anstatt sich auf die Äußerungen des Kindes einzulassen. So hätten sie vielleicht erkannt, dass sie das Böse, von dem das Kind sprach, mit einem Gebet hätten vertreiben können.

Die irdische Seele war von dem Geschauten in ihrem Wesen zutiefst ergriffen, so dass sie bitter weinen musste und zu Gott klagte: „Was kann man denn tun, oh Gott? Die Menschen stehen hilflos vor ihren Sterbenden und treffen keine guten Entscheidungen."

Sogleich bewegte sich wieder die ganze Atmosphäre. Die irdische Seele spürte in ihrem ganzen Wesen die Strömungen dieses Energiefeldes, das wieder eine andere Szene erscheinen ließ.

Da war ein kleines Kind, das für einen geliebten Menschen zu Gott um Hilfe flehte. Man kann sich in der irdischen Welt gar nicht vorstellen, was eine Erdenseele, ganz besonders die Seele eines kleinen Kindes, durch die Kraft des Gebetes erzeugt oder besser gesagt auslöst. Das betende Kind erzeugt ein Lichtfeld und das Lichtfeld beginnt zu wachsen – es leuchtet immer stärker und stärker, als würde man einen Dimmer aufdrehen, bis der Raum schließlich ganz hell erleuchtet ist.

Aber jenes Licht ist ein goldglitzerndes Licht – es fließt wie ein Fluss, oder schwebt wie eine goldene Wolke, gefüllt mit tausenden winzigen Lichtfunken, zu der Seele, der das Gebet gilt (diese winzigen Lichtfunken gehen zu der Seele und sind wie lichte „Samen", die zu einem bestimmten Zeitpunkt aufgehen und dann der Seele helfen).

Gleich darauf war ein älterer Mensch zu sehen, der für einen geliebten Sterbenden Gott um Gnade und Vergebung bat. Auch hier entstand durch den Betenden wieder das goldene Licht, das den Sterbenden einhüllte.

Anschließend erkannte die irdische Seele, wie sich mehrere Menschen zum Gebet für Kranke, Sterbende und Verstorbene versammelten.

Was daraufhin geschah, ist schwer in Worten zu schildern:

Jeder Mensch, der bewusst betete, das heißt, jeder, der im Einklang von Herz und Verstand das Gebet sprach, beziehungsweise spendete, verströmte diesen goldenen Energiefluss aus sich heraus, als würde er Gottes Erbe – Gottes Kraft in sich aktivieren. Alle diese Menschen standen in goldenen „Lichtkugeln", die sich pausenlos bewegten und pulsierten – und dann wie „Lichtbälle" zwischen den Betenden hin und her schwebten. Bei jedem Lichtkontakt mit anderen „Lichtkugeln" wurden sie größer ... und wieder größer – und wuchsen und wuchsen, bis sie sich zu einer gewaltigen segnenden Lichtwolke vereinten, die sich in die Welt ausbreitete, dorthin, wo sie von den Betenden bewusst hin gesandt wurde.

Die irdische Seele war total überwältigt von den vielen Ereignissen mit den Seelen und dachte sich: „Auf all das kann jetzt nichts mehr folgen."

Aber dem war nicht so. Unmittelbar danach erfolgte wieder ein Szenenwechsel:

Zuerst konnte die irdische Seele nichts erkennen. Eine düstere, neblige Landschaft erschien vor ihren Augen. Plötzlich spürte die irdische Seele eine schwere, traurige Strömung, als wären viele Trauernde gleichzeitig zusammengekommen. Der Seele schnürte es regelrecht die Kehle zu. So eine trübselige Stimmung, so einen tiefen Trauerschmerz hatte sie in der Erdenwelt noch nie gespürt – eine Kraft, die wie ein Sog durch ihr Wesen zog und ein Gefühl der Aussichtslosigkeit auslöste.

Gleich darauf konnte die irdische Seele erkennen, woher diese zerberstende Ungewissheit, Angst- und Trauerwelle strömte:

Unzählige „lichtlose" Seelen, wie in einen dunklen Schleier eingehüllt, wanderten verwirrt umher. Andere standen nur so da und klagten.

Sogleich sah die irdische Seele andere Erdenseelen in der Welt, wie sie sich wieder zum Gebet für Sterbende, Verstorbene und für Seelen, die noch nicht die Schwelle zum Licht überschreiten konnten, versammelten.

Wieder entstand bei jeder bewusst betenden irdischen Seele ein pulsierendes „Lichtfeld", ein goldenes Licht mit Millionen Lichtfunken, das sich bei jedem Kontakt mit dem „Lichtfeld" eines Mitbetenden vereinte und abwechselnd austauschte – hin und her – bis sich wieder ein gewaltiges „Lichtmeer" ausbreitete ...

Diesmal ging die Szene weiter:

Die betende irdische Gesellschaft erzeugte so ein Kraftfeld, das wieder den Himmel nicht unberührt ließ. Durch den lichtreichen Kraftstrom öffnete sich so etwas wie ein „Lichttor", aus dem ein großer lichter Bote mit zahlreichen lichten Begleitern hervortrat.

Gleichzeitig hüllte das Licht der liebevoll Betenden aus der irdischen Welt viele Seelen, die im grauen Nebel standen, ein. Jede Seele, die durch die betenden Freunde aus der irdischen Welt einen Teil der großen „Lichtwolke" erhaschte, stand in einem Lichtstrahl. Verstärkt durch die Anwesenheit der himmlischen Boten, wurden sie sofort befreit – erlöst von ihrem düsteren Dasein in einer Schattenwelt (es heißt nicht „von dem Schatten befreit", sondern „von einer Schattenwelt befreit", weil es auch hier mehrere Ebenen gibt) und von der himmlischen Gesellschaft mitgenommen.

Die irdische Seele musste wieder weinen, aber vor Freude. Daraufhin fragte sie ihren lichten Begleiter: „Geht es ihnen auch wohl – und wo werden sie hingebracht?"

Der lichte Bote antwortete zufrieden: „Sie werden in eine lichtere Welt gebracht, eine lichtere Welt – denn es gibt viele Stationen, Welten, nach oben zum Höchsten. Dort wird es ihnen viel besser gehen. Sie werden sich erholen, bis sie genug gestärkt sind, und auch sie werden dann selbst entscheiden, was sie lernen und wieder gut machen wollen.

‚... in meines Vaters Haus gibt es viele Wohnungen ...' – verstehst du nun die Worte des Herrn, sie sind nicht nur symbolisch gemeint – sie sind eine ewige Wahrheit Gottes, eine ewige Weisheit Gottes.

Tatsächlich sind es so viele Wohnungen, dass du sie nicht zählen kannst."

Erneut kam ein Szenenwechsel. Dieser Vorgang verlief jedes Mal so schnell, dass die irdische Seele nie erkannte, ob sie selbst den Ort verließ, oder ob sich alles um sie herum veränderte.

„Schau weiter", sprach der lichte Bote.

Wieder waren Seelen Verstorbener zu sehen. Diese Seelen irrten nicht, wie andere, in Gruppen umher – sie bewegten sich nicht weiter, im geistigen Land, als würden sie an einer unsichtbaren Leine hängen.

„Was ist mit ihnen“, fragte die irdische Seele, „es sieht so aus, als würde sie etwas blockieren oder vom Weitergehen zurückhalten?“

Der Bote sprach: „Ja, tatsächlich fühlen sich einige noch nicht frei. Sie haften noch an der irdischen Welt, wegen verschiedener, unerledigter Dinge, wie zum Beispiel ‚eine Aussprache mit den Mitmenschen‘ oder ‚eine Vermittlung in einer irdischen Sache‘.

Am schlimmsten trifft es die Seelen, wenn sie nicht vergeben konnten oder ihnen nicht vergeben wurde.“

Die irdische Seele nickte bedauernd.

„Ja, ich verstehe, aber was ist mit diesen Seelen, die sich so intensiv der irdischen Welt nähern – sie zittern, als würden sie frieren. Haben sie Angst, oder frieren sie tatsächlich?“, fragte die irdische Seele verwirrt.

„Pass gut auf, was du gleich sehen wirst“, sagte der himmlische Bote mit einem prüfenden Ton in der Stimme.

Sogleich erkannte die irdische Seele, wie Seelen von Verstorbenen warteten, bis ihre irdischen Angehörigen schlafen gingen. Sie warteten auf „ihrer Seite“, wie jemand in der irdischen Welt auf seinen Angehörigen wartet, der aus einem Bus oder Zug aussteigt.

„Ja natürlich“, rief die irdische Seele erfreut und klatschte in die Hände, „auf diese Weise können irdische Angehörige, so wie ich jetzt, eine Welt, die für den Erdenmenschen im Alltag unsichtbar ist, wahrnehmen und besuchen.“

Der lichte Bote lächelte und sprach: „Schau weiter.“

Die Erdenseelen verließen ihren irdischen Leib, als dieser in einen Tiefschlaf gesunken war. Bald fanden sie sich an einem „anderen Ort“ wieder. Einige landeten in einer lieblichen Landschaft, andere in einem großen Raum, der oft aussah wie eine Kathedrale. Dort trafen sie dann ihre verstorbenen Freunde, Verwandten und Bekannten und tauschten sich aus.

Viele Erdenseelen hatten auf diese Weise erfreuliche Begegnungen mit ihren Verstorbenen – innigste Umarmungen fanden statt und Freudentränen flossen.

Die irdische Seele war tief berührt in ihrem Inneren. Sie spürte die Empfindungen von jeder Seele.

„Was ist das für ein Ort, dass sich die Erdenseelen, die noch in der Welt leben, mit den verstorbenen, jenseitigen Seelen so treffen können?“, fragte die Seele überrascht.

„Das ist eine Art Zwischenwelt, das heißt, nicht ‚oben' und auch nicht ‚unten', eine neutrale Ebene mit einer Frequenz, wo sich auch Erdenseelen aufhalten können. Hier, auf dieser Ebene, können sich die Seelen von der irdischen Welt und die Seelen von der geistigen Welt jederzeit neutral treffen und sich austauschen. Aber es ist nicht im Sinne des Höchsten, dass die Seelen der Verstorbenen sich hier ständig aufhalten, denn es ist ihre Aufgabe, sich weiterzuentwickeln", antwortete der lichte Bote.

„Wie schön, dass die Seelen der Verstorbenen die Möglichkeit haben, ihren früheren irdischen Mitmenschen noch etwas mitzuteilen, was ihnen am Herzen liegt", sagte die irdische Seele.

„Ja", sagte der lichte Bote einfühlsam, „das ist ein geistiges Geschenk, eine Gnade des Herrn. Leider geht das Treffen zu oft einseitig aus.

Die meisten Menschen denken, nur geträumt zu haben, weil sie nicht an ein Leben in einer geistigen Welt glauben, weil es ihr irdischer Glaube ihnen verbietet, an diese Art von Sein und Dasein zu glauben. Viele tun diese Ereignisse als Aberglauben und Träumerei oder Einfluss des ‚bösen Widersachers' ab. Erstaunlich ist das Denkmuster der Menschen, die auf vorgegebene Glaubensregeln mit vielen irdischen Vorstellungen geschult sind, dass sie noch nie auf die Idee gekommen sind, dass es auch der ‚Widersacher' sein könnte, der sie von dem Geheimnis des ewigen Lebens zurück- und fernhalten möchte."

Aufgeregt und konzentriert beobachtete die irdische Seele das Zusammentreffen der Erdenseelen und der Seelen der Verstorbenen, um von den Gesprächen etwas zu erhaschen.

Je mehr sie ihre Aufmerksamkeit auf sie fixierte, desto intensiver wurde die Verbindung mit ihnen.

Einige Seelen Verstorbener kamen nur, um ihren irdischen Angehörigen zu zeigen, dass es ihnen gut ging, dass es für sie keine Krankheit und kein Leiden mehr gab, dass das Leben in der geistigen Welt ihnen Freude und Frieden bereitete. Manchmal kamen Verstorbene um ihre Lieben zu trösten und ihnen zu versichern, dass Gott das Licht ist, oder, dass Jesus Christus tatsächlich existiert und das wahre Licht für die irdische Welt ist und es ein Wiedersehen mit einem großen Fest geben würde.

Viele Seelen Verstorbener konnten dann (nach dem Treffen) frei und losgelöst in der geistigen Welt weitergehen.

Die irdische Seele freute sich sehr, über all diese Seelen-Zwiegespräche.

Doch dann wurde sie etwas misstrauisch und fragte mit Nachdruck noch einmal: „Aber was ist mit den Seelen Verstorbener, die so zittern – das schaut doch nicht nach Freude aus?“

Sogleich hörte sie die Seele eines Verstorbenen zu ihren irdischen Angehörigen klagen: „Mir ist so kalt, es ist so kalt, hilf mir, ich friere so sehr!“ Als die Seele des Verstorbenen ihren irdischen Angehörigen ihren Zustand mitteilte, hatte sie einen leidenden Gesichtsausdruck und klammerte sich hilfesuchend an ihre irdischen Angehörigen. Daraufhin verblasste die Verbindung, wie auf Knopfdruck.

Die irdische Seele spürte, dass diese Begegnungen auch nur ein bestimmtes Zeitlimit hatten.

Aufgeregt fragte sie ihren lichten Begleiter: „Was ist mit ihr, wie kann man helfen? Hier ist es weder heiß noch kalt.“

Der lichte Bote sprach: „Nein, es ist nicht das Klima in dieser Welt, hier ist alles angenehm und neutral. Die Seele des Verstorbenen spürt den frostigen Zustand in ihr, in ihrem Wesen – in ihrem Seelenleib. Das ist ein geistiger Zustand, eine geistige ‚Störung‘. Siehe, jede Seele ist nach ihrem irdischen Tod mit ihrem irdischen Leib noch für eine bestimmte Zeit in Verbindung. Deshalb gibt es auch für die Seele eines Verstorbenen bei einer Erdbestattung eine bestimmte Zeitrechnung in der irdischen Welt.

Die Seele, die so friert, erlebt einen geistigen Zustand. Ihr irdischer Leib erlebte das Gegenteil, das heißt, ihr irdischer Körper wurde voreilig, zu früh aus der Welt geschafft. In diesem Fall wurde der irdische Leib zu früh verbrannt. Deshalb empfindet sie diesen geistigen Zustand des ‚Erfrierens‘. Du siehst also, es ergibt einen Sinn, warum einige Völker eine Zeit des Abschiedes von einem Verstorbenen einhalten.“

„Aber das ist ja furchtbar“, rief die irdische Seele entsetzt. „Was ist denn die richtige Zeit, für die Bestattung eines Verstorbenen?“

Der lichte Bote sagte: „Erinnere dich: Drei Tage waren es beim Herrn – am dritten Tag ist er auferstanden. Das sollte der Zeitrahmen bei einer Bestattung des irdischen Leibes in der Erde sein.

Wird der irdische Leib – wegen der Umstände des Landes, wegen der Umgebung, oder wegen Hitze, verbrannt, so dient man der Seele, wenn man ihr drei mal drei Tage für die Loslösung ihres irdischen Leibes gewährt. Amen.

Seele, vergiss nie, für die Verstorbenen zu Gott, dem Vater, zu beten!“

Die irdische Seele rief: „Ja, das tue ich! Der Herr möge mich immer erinnern, der Seelen der Verstorbenen im Gebet zu gedenken.

Unfassbar groß ist das Reich Gottes. Lieber Bote, erlaube mir eine Frage. Sie brennt mir seit Anbeginn im Herzen."

Der lichte Bote lächelte. Natürlich wusste er genau, was der irdischen Seele im Herzen brannte. Er kannte die Frage von Anfang an, er wartete aber, bis die Seele von sich aus, ihren Wunsch zu fragen, äußerte.

„Sprich, liebe Seele, deine Frage deutlich aus, denn die fragst du stellvertretend für viele Seelen in der irdischen Welt – denn es ist nicht ‚deine' Frage, sondern die Frage unzähliger Menschen. Erkläre dich!"

Zögernd begann die irdische Seele zu sprechen: „Zuerst war ich etwas verwirrt, denn es ist fast alles ganz anders, wie es in der Welt erzählt wird. Aber als ich aufhörte darüber nachzudenken wurde langsam alles klar: Es ist wie das An- und Ausziehen eines Kleides. Die Menschen, die wir in der irdischen Welt als tot ansehen, sind gar nicht tot. Alle – sie leben alle weiter, sie ziehen nur ihr altes ‚Kleid' aus und gehen in einen anderen ‚Raum'. Keine Menschenseele bleibt tot im Grab, deshalb meine Frage: Warum heißt es in der irdischen Welt oft: ‚Der Mensch stirbt und ist tot im Grab, bis zum jüngsten Tag, bis zur großen Auferstehung'?"

Darauf nickte der Bote freundlich und machte eine besondere Bewegung mit seiner Hand. Mit durchdringendem Blick sah er der irdischen Seele in die Augen und sprach: „Sei achtsam, Gottes Gnade enthüllt dir jetzt einen Hauch aus einer großen Vergangenheit. Diese Erkenntnis ist nicht für dich allein, sie fließt nur durch dich, wie ein kleiner Fluss, in die Welt, für viele ..."

Daraufhin sah die irdische Seele ein endloses Himmelszelt, in dem sich unzählige Wolkengebilde rasend schnell fortbewegten. Nach einiger Zeit stand der Himmel still und es waren ganz deutlich Bilder zu sehen von herrlichen Gestalten.

„Siehe, das Himmelreich ... Siehe die schönen und mächtigen Engel, die erhabenen Söhne des Höchsten", sagte der Bote.

Die Seele erkannte in einer ‚Lichtgeschwindigkeit' wunderbare Engel, Herrscher, so schöne Gesichter, wie kein Mensch sie je in der irdischen Welt gesehen hat. Jeder der Mächtigen des Höchsten Geistes hatte eine große Aufgabe und ein Heer von lichten Engelscharen.

Was eines Tages geschah: Einer von den Mächtigen, von wunderschöner Gestalt, traf die Entscheidung, eigene Wege als Herrscher und Gott zu gehen.

Mit irdischen Worten könnte man ihn so schildern:

Dieser ‚Erzengel' strömte so ein gewaltiges Charisma, so eine kosmische Anziehungskraft aus, dass sich jede Erdenseele sofort in seinen Bann ziehen lassen und sich in einem Augenblick unterwerfen würde. Keine Erdenseele kann sich dieser „magnetischen" Anziehungskraft entziehen, wenn sie nicht im Glauben an den Gott der Liebe gesättigt ist.

So geschah das, was man aus alten Erzählungen kennt.

Als der strahlende Engel sich mit seinen Gott-treuen Brüdern über seine Absicht, einen eigenen Schöpfungsplan zu kreieren, nicht einig wurde, entstand im Himmelreich ein scharfer Konflikt. Der Lichtengel nützte die Macht, die ihm als ein Erzengel des Höchsten gegeben war und rief daraufhin eine verheerende Revolution aus.

Gottes treue Söhne aber vereinigten sich mit ihrer Kraft und Macht und verteidigten das Himmelreich gegen den schädlichen Einfluss ihres abtrünnigen Bruders und seines Gefolges.

Einer der Söhne Gottes war stark in der Kraft des Kampfes. Er gilt als Anführer der Beschützer des Himmelreiches. Mit einem „Lichtschwert", das den Strahl Gottes besitzt – es hat die Kraft des Schöpferstromes und kann, so Gott will, in einem Augenblick eine ganze Welt auslöschen – vertrieb er, mit der Unterstützung seiner Brüder und seinen und deren lichten Heeren, die untreuen Engel, die sich gegen Gottes Willen entschieden hatten.

Alle lichten Geistwesen, die dem Lichtengel, der der größte und mächtigste Widersacher Gottes wurde, folgten, wendeten sich so von Gottes heiligem Willen, von Seinem Schöpfungsprogramm ab.

Ab diesem Zeitpunkt standen sie alle nicht mehr im Dienste des Höchsten. Das war die Stunde der „Geburt" in das Chaos, der Fall aus der göttlichen Ordnung.

Das war der „erste Fall" – der Engelsturz aus einer heilen Welt, der Oberwelt, dem Himmelreich ...

Der große Engelsturz war der Fall in die Tiefe einer Unterwelt – einer lichtlosen Welt, in der sie alle ihr natürliches, von Gott gegebenes Licht verloren.

Ihr Wesen verlor das Licht, ihr Strahlen verwandelte sich in einen Schatten, in einen trüben Schein.

Seit diesem Ereignis haben sie die Macht verloren, in das heilige Himmelreich einzukehren.

Nur eine harte Umkehr, eine Weihe – ihre Wesen müssen sich Gottes Heiligem Willen, Seiner Liebe weihen – kann den Weg zurück öffnen.

„Siehe", sprach der lichte Bote in betrübter Tonlage, „siehe, wie viele von den einst so schönen lichten Gestalten der Widersacher des Lichtes mit sich in den Abgrund gezogen hat."

Die Seele rief schockiert: „Der schlimmste Albtraum wird zur lebendigen Wahrheit, das Elend Unzähliger wird geboren! Oh nein, nicht!" Die Seele war so ergriffen von den Szenen, dass sie das Gefühl hatte, sie würden gerade geschehen.

„Liebe Seele, fürchte dich nicht! Niemand kann das rückgängig machen. Das alles ist geschehen zu einer Zeit bevor der Mensch als Bewohner für diese Welt erschaffen wurde.

Die lichten Geistwesen aus Gottes Herrlichkeit, die mit dem größten Rebellen aller Zeiten, dem einstigen lichtreichen Erzengel, in den Abgrund stürzten – du kannst sie nicht zählen ..."

„Das waren sicher viele Tausende", antwortete die Seele traurig.

„Es waren sehr viel mehr", sagte der Bote leise.

„Erkenne nun den tiefen Sinn des Opfers, das Der, Den ihr Jesus Christus nennt, allen Seelen und den verlorenen Kindern Gottes geschenkt hat.

Erkenne die heilige Entscheidung: Das Blut eines Gottgeweihten, eines Gottgesandten – Seines reinen Sohnes – als Pfand zu opfern, für die Rückkehr der gestürzten Gotteskinder und für die vielen Seelen, die sich in dieser Welt immer mehr in große Irrtümer verstrickt und somit verirrt haben.

Der Reine, der Gottessohn, betrat diese Welt nicht als ein Herrscher und König des Himmels, sondern als armer Mensch.

Ja, Er wurde Mensch, Sein Lichtleib trat in ein verletzliches und vergängliches Menschenkleid.

Verstehe, durch dieses ‚Blutopfer' wurde erst die Möglichkeit geschaffen, das Tor zum heiligen Himmelreich für die Rückkehr der vielen Geist-Seelen, zu öffnen.

Deshalb haben die Gaben – Opfer, Buße und Reinigung – einen unsagbaren Wert. Sie gelten als Schlüssel für die Wiedergutmachung aller Irrtümer, für den Weg ‚nach Hause', in das lichte Himmelreich, das die wahre Heimat aller Geist-Seelen, aller Kinder Gottes ist, von Anbeginn.

Lausche nun aufmerksam:

DAS wird der ‚jüngste Tag‘ sein, weil er noch nie gewesen ist!

Denke nicht in irdischer Zeit, die Ewigkeit ist nicht messbar – und geduldig.

Der ‚jüngste Tag‘: Das ist die große Auferstehung, das heißt, die würdigen Seelen, die Gott für rein ansieht, werden auferstehen, in ihrem wahren göttlichen Zustand. Sie werden die Kraft wiedererhalten, die ihnen als Gotteskindern zusteht. So erinnere dich, was der Herr einst sagte: ‚... noch mehr werdet ihr wirken ...‘.

Der Herr meinte damit, dass jene Seelen, die Gott erkennen, also Gott den Vater lieben, wieder ihre geistigen Fähigkeiten als Kinder Gottes erhalten.

So erkenne: Gott hatte einst Seine Kinder nach Seinem ‚Gesichte‘ als Geistwesen, als Lichtwesen der ewigen Liebe erschaffen.

In Wahrheit sind alle Menschenkinder auch geistige Wesen, gekleidet in dieser Welt mit einem vergänglichen Erdenkleid aus Fleisch, so dass sie sich in einer grobstofflichen Materie wie dieser Erdenwelt sichtbar fortbewegen können.

Erkenne: Der Mensch ist, als Erdenbewohner in einem Kleid der Materie, wohl eine Einheit aus Körper, Geist und Seele, jedoch kann der irdische Leib nicht ohne den Geist und die Seele existieren, wohl aber Geist und Seele ohne den irdischen Leib.

Deshalb bedeutet der Tod eines irdischen Leibes nicht das Ende, sondern nur einen neuen Anfang, in einer anderen, geistigen, freien Welt.“

Die irdische Seele staunte und sprach: „Gott ist unfassbar, unendlich und ewig, das fühle ich jetzt stark in mir. Aber bitte, lieber Bote, erzähle mir, wie kann man den irdischen Seelen, die gar nichts glauben oder schon eine feste Vorstellung einer Gotteslehre haben, diese Wahrheit erklären? Und den Seelen der Verstorbenen, die verwirrt umherwandern – wie kann man denen helfen?“

„Wisse, Gott Selbst ist die Liebe. Jede Seele trägt im Verborgenen sein ‚Gesicht‘.

Gott ist kein strafender Gott! Im Grunde bestraft sich jede Seele selbst, wenn sie sich von Seinem Licht und Seinem Lebensgesetz entfernt und Seinen Plan der Liebe stört.

Erinnere dich: Das Gesetz Gottes ist einfach, jedes Kind kann es verstehen: ‚Was man sät, wird man ernten'.

Wenn eine Seele ‚Unkraut' sät, wird sie ‚Unkraut' ernten. Gott zwingt keiner Seele duftende Rosen auf, wenn sie sich für ‚Unkrautsäen' und ‚Unkrauternten' entschieden hat.

Es gibt nur eine Kraft und ein Gebot, das alle Samen Gottes enthält: LIEBE! Liebe hilft den Seelen den Funken Gottes, das Licht in ihnen zu entzünden – und alles wird gut.

Jesus Christus hat es euch vorgelebt.

Jesus Christus ist der Herr – ER hat euch die Liebe gebracht! Amen

Liebe Seele, glaube nicht nur, vielmehr vertraue und wisse tief in deinem Herzen:

Jesus Christus ist der wahre Sohn Gottes, der Sohn des Vaters, Der der Vater aller Geistwesen, aller Geschöpfe ist.

Jesus Christus ist das WORT, das Fleisch geworden ist, das heißt, der Sohn Gottes – eine mächtige Geist-Wesenheit aus den höchsten Himmeln – verließ Sein lichtes Reich und nahm die Gestalt eines irdischen Leibes an.

Ja, Sein Geist trat in einen speziell für Ihn erdachten irdischen Leib aus Fleisch ein.

Deshalb heißt es ‚die Reinste unter dem Himmel, von Gott Auserwählte, seit Anbeginn, genannt Mirjam – Maria, wurde eine Gottesgebärerin des Gottessohnes, also die Mutter des Himmlischen Sohnes'.

Lausche:

Der Engel des Herrn brachte ‚Mirjam', in deiner Sprache also ‚Maria', die Botschaft, dass der Heilige Geist über sie kommen werde, da sie keinen irdischen Mann erkannte, denn nur in ein reines Gefäß kann das Reine vom Himmel gesät werden.

Und wahrlich, so geschah es, die Unbefleckte empfing das Unbefleckte, von Gottes Gesandtem, von Seinem Heiligen Geist.

So erfüllte sich das Wort des Propheten: ‚... die Jungfrau wird empfangen und den verheißenen Messias gebären ...'

Das Wort ist also Fleisch geworden.

Nun, was denkst du, Kind aus der Erdenwelt, wie es sich bei der Geburt von Menschenkindern verhält? Jeder Erdenmensch ist nur gekleidet mit dem ‚passenden Kleid' – das ist der fleischliche Leib, um sich in dieser

Welt der groben Materie sichtbar und aktiv fortzubewegen. Das wahre ‚Ich' aber ist das wahre Bewusstsein, das Kind Gottes – inwendig, also Geist – eben das Abbild Gottes. Dieser Leib heißt in deiner Sprache ‚Seele' und die Antriebskraft des Lebens ist Geist.

So seid ihr also Geist-Seelen, von Anbeginn.

So wie es euch der Herr selbst vorgezeigt hat, so macht ihr es auch: Der Geistleib kleidet sich mit einem Erdenkleid.

Gott Selbst ist die Macht und Kraft für alles Lebendige. Gott ist Der ewige Entwickler und Forscher. Nichts bleibt nur einem belanglosen Zufall überlassen. Das heißt also, jede Seele existiert schon längst in der geistigen Welt – die eine ‚länger', die andere weniger ‚lang'. Keine Seele wird erst bei der Geburt des irdischen Leibes erschaffen.

Der ALL-MÄCHTIGE Gott ist ein gerechter Gott – so geht keine Seele verloren.

Was wäre das sonst für eine Gerechtigkeit gegenüber einem jungen Menschen, oder gar gegenüber einem Säugling, der aufgrund irgendeines Ereignisses das hohe Alter nicht erreichen konnte?

Alles ist Entwicklung, deshalb sollt ihr nicht mit Gewalt einen Menschen mit eurem Glauben bedrängen oder ihm den Glauben aufzwängen.

Jede Seele muss sich selbst zum Glauben an die Existenz Gottes und Seine ewigen Geheimnisse hin entwickeln. Man kann den wissensdurstigen Menschen von Gott erzählen, aber sie nicht bedrängen. Kann eine Seele bestimmte Dinge über das Mysterium Gottes noch nicht begreifen, dann sind sie für ihre geistigen Vorstellungen noch nicht ‚greifbar'.

So verstehe, dass diese Seele noch etwas Zeit braucht, die eben dazu dient, um zu lernen, zu wachsen und zu reifen. Gott Selbst zwingt keine Seele zum Glauben. Er lässt sie reifen, wie eine Frucht, die auch erst geerntet wird, wenn sie reif geworden ist.

Seid bescheiden und nicht hochmütig und besserwisserisch im Glauben. Lebt ihr den Menschen euren Glauben vor, werdet Vorbild eures Nächsten!

Merke dir also, Menschenkind, jede Seele existierte schon vor der Geburt ihres irdischen Kleides in der geistigen Welt. In diese Welt kommen die Seelen um zu lernen und zu reifen, um in der geistigen Welt, der wahren Welt einer Seele, immer weiter und weiter aufsteigen zu können.

Liebe Seele, besinne dich: Der Herr hat euch, durch sein einstiges

Kommen, durch Seine Anwesenheit als Mensch und Seine Geburt in einen irdischen Leib, so viel offenbart. Lest über diese Dinge mit eurem Herzen und ihr werdet sehr viel erkennen:

Er IST der Herr! Jesus Christus IST der Erlöser – für ALLE Seelen!

Es gibt immer noch viele Menschen, die Jesus Christus als Sohn Gottes und Erlöser nicht annehmen. Durch ihre Art zu glauben, können sie diese Wahrheit, die Gott Selbst offenbarte, nicht annehmen.

Menschen lehren Menschen, was sie glauben müssen. Oft stülpen Menschen ihre eigenwilligen irdischen Vorstellungen anderen Menschen über.

Oh Mensch, nimm dich in acht, mit welchen Vorstellungen du deine Nächsten beeinflusst und so in einen Irrgarten führst!

Sprich, Seele, mit der ganzen Kraft deines Herzens:

‚Jesus Christus, Sohn des Vaters, Sohn Gottes,
sende Deinen Geist der Wahrheit und Liebe!
Sende Deinen Geist in alle Herzen, damit sie erlöst werden,
von allen Irrtümern, Leiden und Schmerzen. Amen‘

Dieses Gebet ist klein, aber groß in seiner Wirkung! Bewahre es in deinem Herzen. Bewege es mit deinen Gedanken und Worten, immer wieder.

Bei allem was du tust, bewege es mit der Kraft in deinem Herzen – so bewegst du den Geist.

Bevor du in Versuchung gerätst, unnützen Gedanken anzuhängen, bewege dieses Gebet, damit es erwache, immer mehr und mehr – so wünscht es der Herr – und so möge es sein ... Amen

Geliebte Seele, für heute ist die Zeit um. Bald wirst du in deinem irdischen Zuhause wieder erwachen.

Der Herr will dir noch etwas zeigen, aber zu einem anderen Zeitpunkt.“

„Oh, ich fühle mich noch ganz frisch. Der Herr möge mich weiter in Seinem Geist unterweisen“, meinte die irdische Seele unbeschwert.

Der Bote lächelte und sprach: „Nein, liebe Seele, für heute ist es genug, denn was dir der Herr noch zeigen will, wäre heute zu viel. Du würdest dann verwirrt sein und das Eine mit dem Anderen verwechseln.

Ja, der Herr hat dir noch etwas zu sagen, aber heute kannst du es nicht mehr tragen.

Also merke dir, heute in einem Monat, um dieselbe Zeit, wird der Herr deine Seele wieder hierher zurückrufen. In der Zwischenzeit schreibe alles nieder, was du gesehen hast und bevor du beginnst zu schreiben, bete das kleine Gebet.

Wenn die Zeit da ist, dass der Herr dich ruft, dann gehe zeitig zu Bett, dass du dich ja nicht irgendwo außerhalb aufhältst.

Wenn der Herr sagt, dass Er dich ruft, dann macht Er das auch, ohne Wenn und Aber, wo immer du dich gerade aufhältst.

Bedenke: Wenn der Herr deine Seele ruft und du dich zu diesem Zeitpunkt in der Gesellschaft mehrerer Menschen aufhältst – sie würden dann denken, dass du sehr krank bist, oder im Sterben liegst.

Um störenden Begebenheiten und Umwegen aus dem Weg zu gehen, bleibst du zu dem besagten Zeitpunkt besser zu Hause in deinem Bett.

Sei achtsam, in einem Monat, zu dieser Zeit, sei bereit!“

Teil 2

Der Monat verging sehr schnell. Die Seele bemühte sich, alles, was sie erlebt hatte, auf Papier zu bringen. Es fiel ihr gar nicht schwer, denn immer bevor sie begann, die Erinnerungen niederzuschreiben, sprach sie das kleine Gebet, das der Engel ihr aufgetragen hatte. Dreimal wiederholte sie das immer und jedes Mal erwachte eine „treibende Kraft“, die eine Energie entfachte und sie regelrecht antrieb, sich an alles zu erinnern und es aufzuschreiben.

Und so geschah es:

Exakt nach einem Monat, zur selben Zeit, rief der Herr die Seele. Am selben Platz, vor dem großen Kreuz, fand sie sich wieder und begegnete dem lichten Boten, der schon anwesend war.

„Gott grüßt dich, Seele, heute wieder durch mich, Seinen treuen Boten“, sprach der Engel freundlich, indem er gleichzeitig seine Handfläche auf sein Herz legte.

Die Seele spürte, durch die Begrüßung des Boten so eine große Freude in sich aufsteigen, dass sie, wie automatisch, aus vollem Herzen: „Gelobt sei der Herr, Jesus Christus!“, ausrief.

Der lichte Bote lächelte und antwortete: „... in Ewigkeit ... Amen!

Komm, Seele", sagte der Bote, „folge mir ganz nah zum Kreuz."

Die Seele ging ein paar Schritte. Gleichzeitig nahm der Bote die Seele bei der Hand und ging mit ihr gemeinsam den nächsten Schritt. Sogleich begann alles zu vibrieren, und es öffnete sich vor dem Kreuz ein gewaltiges Tor in eine feinere Welt.

Die Seele musste augenblicklich an die Worte des Herrn denken: „... niemand kommt zum Vater, denn durch Mich ..."

Der Bote verstand natürlich wieder die Gedanken der irdischen Seele. Im geistigen Reich kann man keine Gedanken heimlich denken.

„Ja", antwortete der Bote freundlich, „das ist ein sicherer Durchgang in die geistige Welt. Das heißt, keine unreinen Geister können hier durch. Das Kreuz ist das Tor des Sohnes zum ewigen Reich des Vaters.

Kein unreiner Geist kann also eine Seele auf der anderen Seite dieses Tores abfangen und fortlocken.

Von hier aus wird die Gnade des Herrn dir andere Orte, Ebenen und geistige Wohnungen zeigen. Fürchte dich nicht, auch wenn dir einiges ganz nah erscheint, hier bist du geschützt.

Nun, sei bereit."

„Ich bin bereit, mein lieber geistiger Lehrer. Lehre mich durch die Gnade des Herrn, was ich lernen und wissen muss."

„‚So sei es!', spricht der Herr, liebe Seele."

Augenblicklich begann wieder alles zu vibrieren. Eine Glocke erklang und ein Männerchor begann zu singen, aber ohne Worte.

Vor den Augen der Seele erschien wieder ein Wolkenmeer, das in Blitzgeschwindigkeit vorüberzog. Die Seele empfand das Vorbeiziehen der Wolken wie einen Sog, als würde sie von den Wolken mitgezogen.

Nach kurzer Zeit beruhigte sich das Himmelsgebilde und die Schau begann.

Die irdische Seele konnte zuerst nichts erkennen. Es war eine finstere, trübe Gegend. Ein übler Geruch zog wie ein lauer Wind durch die Landschaft. Dann wurde die Sicht etwas klarer: Lichtlose Gestalten waren unterwegs, um die Seelen, die in ihre Falle tappten, zu sammeln.

Die irdische Seele erschrak: „Oh mein Gott, wer oder was sind sie – ich habe Angst!"

Der lichte Bote sprach: „Liebe Seele, fürchte dich nicht, du bist jetzt im Schutz des Herrn! Auch das will der Herr, dass du das, was in der irdischen Welt verlacht wird, kennenlernst. Das, liebe Seele, sind die Gestalten aus der Unterwelt – das ist eine Welt ohne Licht. Sie wird regiert von gottfernen Wesen. Ihr kennt sie unter dem Namen ‚Dämonen' – ja, es gibt sie und sie sind viele ‚Legionen'."

Daraufhin erkannte die irdische Seele, wie unzählige Seelen Verstorbener umherirrten. Sie suchten einen Weg ‚nach Hause'. Sie wirkten wie ausgehungert, kraftlos und total verkümmert. Auf einmal konnte die irdische Seele sie hören. Manche stöhnten, manche klagten und weinten, einige schrien nach ihren irdischen Verwandten und Bekannten, dass sie kommen sollten, um ihnen zu helfen. Andere verstummten vor Aussichtslosigkeit und gingen planlos hin und her – sie klagten nicht mehr.

Die irdische Seele musste weinen, denn sie spürte deren jämmerlichen, elenden Zustand, der total aussichtslos und ohne Hoffnung erschien – und der üble Gestank war kaum auszuhalten.

„Ich kann nicht mehr! Lieber Bote, warum leiden sie so? Was haben diese Seelen auf Erden getan?", fragte die irdische Seele.

„Liebe Seele", sagte der Bote traurig, „das sind die Seelen, die nicht an Gott geglaubt und viele böse Dinge getan haben. Sie lebten ein gottfernes Leben mit Gier und Machtkampf. Viele von ihnen betrogen ihre Mitmenschen aufs Schlimmste. Einige gaben den Auftrag für sie zu töten und andere töteten selbst. Sie lebten ihr vergnügungssüchtiges Leben auf Kosten anderer Menschen. Jede Seele, die sich des Tötens von Leben schuldig macht, landet hier. Ob es durch Gift oder Waffen aller Art geschieht, spielt keine Rolle – jede Seele, die dazu beiträgt Leben zu töten, macht sich schuldig.

In diesen Ebenen gibt es auch verschiedene Bereiche, wie bei einem Haus mit vielen Wohnungen.

Diese Ebene war eine der untersten Etagen. Bedenke, je nach dem Grad dessen sich eine Seele in der irdischen Welt schuldig gemacht hat, zieht es sie automatisch dorthin, wo sie zu diesem Zeitpunkt hinpasst.

In diese Lage hat nicht Gott sie gebracht. Jede Seele hat sich durch ihre freie Entscheidungskraft selbst dorthin bestellt.

Gottes allumfassenden Geist kann keine Seele betrügen. Weil sie selbst ein geistiges Wesen ist, sind in ihr alle irdischen Aktivitäten, ihre Gedanken, Worte und Taten von ihrem gelebten Erdenleben, im Seelenkleid gespeichert.

Niemand, kein Lebewesen, kann sich der göttlichen Ordnung des Heiligen Geistes entziehen.

Schau nun weiter:“

Die irdische Seele fühlte sich von der Schau dieser Szenen im Inneren wie zerschlagen. Sie dachte sich: „Eigentlich habe ich genug gesehen, mehr geht nicht mehr.“

Der Bote aber antwortete sogleich: „Hast du nicht gesagt, dass du bereit bist und dass alles, was der Herr will, Er dich lehren möge?“

„Ja, es tut mir leid, aber das war so entsetzlich“, klagte die Seele.

„Ja, die Wahrheit, wie weit sich die Menschen von ihrem Schöpfer und Vater ihrer Seelen entfernt haben, ist entsetzlich und traurig. Die Menschen müssen das aber kennenlernen, dass es das Leben in finsteren, lichtlosen Welten gibt – und das geht nur durch Seelen, die ihnen davon berichten, dass sie gewarnt sind. Siehe, Gott schenkt ihnen die Möglichkeit sich zu erinnern und sich zu besinnen, um umzukehren, damit sie ihr Dasein nicht dort fristen müssen. Gott ist barmherzig. Er will die Menschen informieren und warnen, weil Er alle verirrten Kinder retten will.

Nun schau weiter:“

In einem Augenblick wurde vor den Augen der irdischen Seele eine andere „Ebene“ dieser Dimension sichtbar. Sie war nicht so finster, wie die vorherige, aber auch nicht hell – ein trübes Licht, wenn man überhaupt von einem Licht reden kann. Die Landschaft war wie eingehüllt in einen trüben Nebel. Auch hier wanderten klagende Seelen umher. Sie bewegten sich in Gruppen fort, wie bei einer Prozession.

Gleich darauf erkannte die irdische Seele, wie unzählige Seelen aus der irdischen Welt in solchen oder ähnlichen Ebenen landeten. Vielen wurde von den dunklen Gestalten aufgelauert, und sie wurden mitgezerrt. So ging es wieder und wieder: Unzählige Seelen landeten in lichtarmen und lichtlosen Welten – es war nicht in jeder Ebene gleich dunkel oder finster. So, wie es der Bote erklärt hatte: Eine jede Seele zog es, wie durch einen Magneten, in die Ebene, zu der sie, Kraft ihrer geistigen Ausstrahlung, ihres Aspektes, oder ihres geistigen Grades, passte.

Nach all diesen Szenen quälten die irdische Seele viele Gedanken. Die irdische Seele flüsterte klagend: „Die Menschen werden trotzdem sagen: ‚... warum schaut Gott zu ...‘“

Liebe Seele, antwortete der Bote: „Versteh nun in deinem Herzen: Viele Menschen tragen diese Frage in sich.

Gott schaut eben NICHT unbekümmert zu. Gott will das alles NICHT! Der irdische Eigenwille ist geschmückt mit Sturheit, Besserwisserei und Hochmut. Diese Aspekte haben viele eigenwillige Menschen. Deshalb bringen sie sich selbst dorthin, wo Gott sie nicht haben will.

Darum sendet Gott seit Anbeginn Seine Engel, Seine Boten, um die Menschen zu erinnern, dass es Ihn, Den Schöpfer, ihren Lebensspender, gibt."

Die irdische Seele schluckte und fragte vorsichtig: „Wer waren diese Seelen vorhin, die in Gruppen umhergewandert sind – was haben sie getan? Sie wirkten unendlich traurig, wie Trauernde."

Der Bote nickte und sprach: „Schau in die Welt:"

Dann sah die irdische Seele in rasender Geschwindigkeit viele traurige Menschen in der Welt. Sie waren unsagbar verzweifelt, durch verschiedenste Ereignisse in ihrem Leben – Menschen in allen Altersklassen, Kinder, Jugendliche, Erwachsene und alte Menschen. Zuerst kannte sich die irdische Seele nicht aus, was das zu bedeuten hatte, bis sie dann einen dieser Menschen sah, wie er von einem sehr hohen Gebäude in die Tiefe schaute ... und sprang.

Die irdische Seele erschrak und schrie: „Nein, tu das nicht!"

Die irdische Seele konnte nur sehen, wie die Person hinuntersprang, aber Gott sei Dank nicht, wie sie am Boden ankam.

Jetzt begriff die irdische Seele, was der Bote ihr mit dieser Schau erklären wollte. „All die Seelen vorhin: Willst du damit sagen, dass sich alle diese Seelen das Leben nahmen?", fragte die irdische Seele zaghaft.

Der Bote nickte und sprach: „Ja, leider, sie kamen in ihrem Leben in unerträgliche Lebenssituationen, sodass sie sich nicht mehr in der Lage sahen, ihr Leben in der irdischen Welt zu Ende zu leben, bis Gott sie rufen würde."

„Ja, aber das ist ja furchtbar", rief die irdische Seele entsetzt, „und die Kinder und Jugendlichen, haben sie auch ihr Leben selbst beendet – und landen sie auch in diesen finsteren Orten?"

Der Bote berührte die irdische Seele, damit sie sich etwas beruhigte. Das war jetzt zu viel „Schau" für sie. Verständnisvoll sprach der Bote: „Liebe Seele, nein, die Kinder und Jugendlichen kommen nicht in diese Läuterungsebenen.

Wenn Kinder in Versuchung kommen, selbst ihr Erdenleben zu beenden, sind sie immer schwer belastet durch verschiedene Ereignisse in ihrem Leben, durch den Einfluss ihres Umfeldes – falsche Vorbilder, keinen passenden Freundeskreis, seelische Enttäuschung und vieles mehr. Eine Last, die in ihrem Herzen, in ihrer Seelenschwingung, zu schwer wurde, trieb sie in eine derartige Verwirrnis, diese Entscheidung zu treffen. Die Kinder trifft also keine Schuld.

Sie werden von den himmlischen Boten abgeholt und in eine lichte Welt zu ihrer Erholung gebracht.

Bei den jungen Leuten gibt es oft andere Gründe. Die meisten verlieren durch Drogen und Alkohol oder Enttäuschungen ihren Halt und ihr Selbstbewusstsein. So begehen sie in einem Moment der Verzweiflung diesen Irrtum. Sie kommen, wie jede Seele, je nach Grad ihres Verschuldens, in verschiedene Bereiche von Reinigungs-, Ruhe-, Erholungs- und Lehrebenen. Wenn sie sich erholt und ihre Irrtümer erkannt haben, werden sie weiter in lichtere Ebenen geführt."

Nachdenklich schaute die irdische Seele den Boten an.

„Sprich, Seele, was dein Herz bewegt."

„Meine Erinnerungen an alte Erzählungen in der Erdenwelt stimmen mich sehr nachdenklich. Man sagte oft, dass ein Mensch, wenn er sich das Leben nimmt, dann befreit und erlöst wäre von allen Sünden und sich so schon die Auferstehung und das Leben im Paradies verdient hätte. Nach all dem Geschauten sehe ich keinen Sinn mehr in dieser Aussage und Glaubensregel ..."

Der lichte Bote lächelte verständnisvoll und sprach:

„Nein, so ist es nicht. Gott verlangt NICHT, dass sich ein Mensch das Leben nimmt. Gott verlangt NICHT das Töten des Lebens, das er erschuf!

Das Leben ist Gottes Gnade und Gottes Geschenk!

Deshalb soll kein Mensch einen Menschen töten, auch nicht sich selbst. Das Leben zu zerstören, das Gott einhauchte, ist einer der größten Irrtümer!"

Die irdische Seele atmete tief durch. Endlich spürte sie einen Funken Hoffnung bei all den schrecklichen Dingen, die sie gesehen hatte.

„Sage mir, lieber Bote, was ist zu tun? Wie können wir den Menschen und all den Seelen in den verschiedenen Ebenen der unteren Welt helfen, dass auch sie in lichtere Welten geführt werden können?"

Der Bote nickte und sprach feierlich: „Erinnert die Menschen an Gott. Lehrt sie mit Gott zu sprechen. Sagt ihnen, dass sie die Verbindung mit ihrem Lebensspender nicht verlieren dürfen, so dass sie nicht auch die künftigen armen Seelen werden.

Was ihr tun könnt ist ganz einfach. Gott ist das Licht, das Leben und die Liebe. Betet für die Seelen, mit aller Kraft eurer Herzen. Gebet und Liebe, das sind Gaben Gottes für alle Seelen und werden den Weg in die Freiheit führen."

Nach diesen Worten fühlte sich die irdische Seele sehr wohl in ihrem Herzen, was ihr Kraft, Zuversicht und einen inneren Antrieb gab, um sich in der irdischen Welt unbedingt für diese Seelen einzusetzen.

Als die irdische Seele sich mit diesem Gedanken beschäftigte, erklangen die Stimmen eines himmlischen Chores. Die Sprache verstand die irdische Seele nicht, aber der Gesang war so feierlich, dass sie weinen musste, so sehr berührten sie die feinen Stimmen dieses Chores.

Auch der lichte Bote war sichtlich berührt, von dem Klang der Stimmen. Mit geschlossenen Augen, erhobenen Hauptes und offenen Armen genoss er den himmlischen Gesang.

Als der Chor wieder verstummt war, fragte die irdische Seele: „Was bedeuteten die Worte dieses wunderbaren Gesanges?"

Der Bote antwortete: „Sie sangen über Gottes Liebe – unaussprechlich, unfassbar, unbeschreiblich, immerwährend, zeitlos und ewig ...

Komm, es gibt noch etwas zu tun. Sei ganz wachsam!"

Wieder zogen in Blitzgeschwindigkeit Wolken vorüber ...

Gleich danach sah die Seele zuerst die irdische Welt, wie wenn sie die Erdkugel vom Weltraum aus betrachten würde. Dann war es so, als würde ein mächtiges Teleskop immer schärfer eingestellt, bis man ein Land erkennen konnte, dann ein Haus und schließlich das Innere – die Räume dieses Hauses.

Dort waren zwei Leute zu sehen, die gerade Vorbereitungen trafen, wie für eine Feier. Die Seele dachte sich: „Das wird bestimmt eine Familienfeier."

Ein großer runder Tisch mit vielen Stühlen rundherum wurde hergerichtet, eine stattliche Kerze wurde in die Mitte des Tisches gestellt und angezündet ...

Der Hausherr legte zuletzt ein Buch und ein großes Holzbrett, in dem das Alphabet mit großen Buchstaben eingraviert war, und auch Ziffern, auf den Tisch.

Gleich darauf trafen die Gäste ein. Sie begrüßten sich freundlich. Irgendwie schienen sie alle aufgeregt zu sein.

„Ach“, rief die irdische Seele, „das ist so etwas wie eine Bibelrunde.“

„Nein“, antwortete der Bote, „leider nicht, keine Bibelrunde.“

„Dann muss es sicher ein Gebetskreis sein“, sagte die Seele, „die feierliche Kerze, das dicke Buch, das wohl eine Bibel oder ein Gebetsbuch ist ...“

„Nein“, antwortete der Bote wieder. „Leider nicht, auch kein Gebetskreis ...

Schau weiter und fürchte dich nicht, du stehst unter Schutz, das ist nur eine Schau.“

Die Veranstaltung begann: Der Gastgeber murmelte irgendeinen Spruch und rief einen Namen.

„Betet er?“, fragte die irdische Seele den Boten.

„Nein, er betet nicht, leider! Hätte er gebetet, wäre das, was gleich geschieht, nicht geschehen.“

Immer wieder wiederholte der Gastgeber denselben Spruch. Gleichzeitig legte er beide Hände flach auf ein kleineres Teil, das auf dem Holzbrett lag (in dem die Buchstaben und auch Ziffern eingraviert waren). Es hatte die Form eines abgeflachten Kegels, das eine Art Zeiger darstellte. Die Gäste legten auch ihre Hände flach auf den Tisch, Richtung Holzbrett.

Nach einigen Anrufungen des Gastgebers begann sich die Atmosphäre im Raum tatsächlich zu verändern.

Für die irdische Seele sah es so aus, als würde die Luft im Raum zu vibrieren beginnen – und sich im Raum eine „Tür“ öffnen, die für die Menschen und die irdische Welt gar nicht existierte. Gleichzeitig betrat eine lichte Gestalt den Raum. Die irdische Seele spürte, dass die lichte Gestalt sehr besorgt war. Offensichtlich wollte sie allen anwesenden Menschen der irdischen Welt etwas Wichtiges mitteilen.

Die Gäste, einschließlich des Gastgebers – die sich alle als spirituell begabt empfanden – bemerkten aber überhaupt nichts von diesem Geschehen.

Die irdische Seele fragte: „Wer ist sie – und was will sie den Menschen so dringend mitteilen?“

Der himmlische Bote antwortete: „Sie ist eine lichte Seele, die sich gerade sehr bemüht, die Anwesenden zu warnen, denn es befindet sich unter den Gästen eine Seele, für die Gott in der Zukunft eine Aufgabe vorgesehen hat. Sie weiß es noch nicht, dass sie eine Aufgabe in sich trägt. Noch schwimmt sie in der irdischen Quelle der Neugier, Unwissenheit und vor allem Vergesslichkeit. Deshalb besteht die Gefahr, dass sie, getrieben von ihrer irdischen Neugier, in eine Falle der gotteswidersetzenden Kräfte tappt.

Nur EIN Kontakt mit diesen Kräften würde sofort eine Verbindung aktivieren.

Das wäre gleichzeitig ein Anschlag gegen Gott, denn es würde die Seele von ihrer Aufgabe, im göttlichen Plan mitzuwirken, weit fortziehen. Das bittere Resultat wäre die Entfernung von der wahren Quelle, was sogleich ein Rad mit unzähligen und vielseitigen Irrtümern ins Rollen brächte.

Die Kräfte, die sich Gottes Liebe und Plan mit dem Heiligen Geist widersetzen, haben ein besonderes Interesse an den Seelen, für die Gott eine wichtige Aufgabe vorgesehen hat, denn sie sind Auserwählte für die heilbringenden Pläne Gottes."

Die lichte Gestalt bemühte sich unentwegt, die Menschen um den Tisch zu warnen, doch niemand bemerkte auch nur einen Hauch ihrer Anstrengungen. Sie waren alle komplett auf ihr Vorhaben fixiert.

Nach einiger Zeit schaute die lichte Gestalt besorgt in eine bestimmte Richtung im Raum. Die irdische Seele spürte es bis ins Innerste, dass die Zeit der Anwesenheit für die lichte Seele gleich vorbei war. Schließlich versuchte sie mit aller Kraft noch ein letztes Mal die Menschen zu erreichen.

„Verbindet euch mit der wahren Quelle", rief sie, „mit der Quelle des Schöpfers! Hört auf! Ihr werdet getäuscht vom Bösen!"

Nach diesem letzten Warnruf krachte die Holzdecke im Raum so laut, als würde sie gleich einstürzen. Ein Bild eines Verstorbenen knallte zu Boden und zerbrach. Die Glasscherben schossen regelrecht in alle Richtungen im Raum – dann war die lichte Seele fort.

Die Gäste und auch die Gastgeber erschraken für einen Moment sehr. Gleich beschwichtigte aber der Gastgeber den Zwischenfall und meinte: „Oh, wir haben heute eine besondere, starke Energie. Bestimmt melden sich bald mächtige und erleuchtete Geistwesen."

Zufrieden nickten alle Anwesenden und glaubten der Feststellung des „spirituell erfahrenen" Gastgebers und setzten die Geisteranrufungen unbesorgt fort.

Die irdische Seele war ganz aufgeregt von dem Geschehen und fragte den Boten: „Aber vor was wollte die lichte Seele die Menschen so dringend warnen?"

„Das wirst du gleich sehen", sagte der Bote. „Schau aufmerksam."

Die außergewöhnliche Sitzung wurde also fortgeführt:

Die Leute legten alle wieder ihre Hände flach auf den Tisch, einige auch auf das Brett, und die Gastgeber legten ihre Hände wieder auf das kegelförmige Teil, das auf dem Brett lag. Gleich rief der Gastgeber einige Namen in die Geisterwelt.

Nach einigen Wiederholungen begann sich das Teil auf dem Brett, das so aussah wie ein Zeiger oder Kompass, zu bewegen, immer in die Richtung eines Buchstaben. So entstand der Reihe nach ein Wort. Als der Zeiger begann sich zu bewegen, erschien gleichzeitig, für die Anwesenden im Raum nicht erkennbar, so etwas, das aussah, wie ein schwarzes Loch, das immer größer wurde und sich weit öffnete.

Aus dieser finsteren Öffnung traten drei furchterregende Kreaturen hervor, die sich sofort um die Menschen herum aufstellten, als würden sie aufpassen, dass kein Mensch sich von der Runde entfernte. Daraufhin begann der Tisch stark zu vibrieren und alle Leute, die um den Tisch saßen, freuten sich sehr.

Eifrig begannen sie Fragen zu stellen, die auch prompt durch die Bewegungen des Zeigers auf dem Holzbrett beantwortet wurden. Als der Gastgeber nach einiger Zeit den Geist nach seinem Namen fragte, fiel der Name einer sehr berühmten Persönlichkeit, auf deren Kontakt der Gastgeber im Stillen sehr gehofft hatte. Die Begeisterung war groß. Alle im Raum applaudierten vor Freude über den Erfolg des besonderen Besuchs.

Daraufhin fragten sie den Geist, ob er nicht ihr künftiger Seelenführer werden wolle.

Sofort gab der Geist, mittels des Zeigers auf dem Brett mit den Buchstaben, sein Einverständnis. Gleichzeitig forderte er sie auf, dass sie ihm ihr Einverständnis geben müssten, dass nur er der künftige Seelenführer sei und dass sie auf alle religiösen Dinge verzichten müssten und kein anderer Geist das Recht hätte, sich bei der Führung einzumischen, da sonst der Kontakt – die Verbindung und die Führung – anders beeinflusst und gestört werden würde.

Fast alle Menschen um den Tisch freuten sich über diesen speziellen

Kontakt und diese Führung und gelobten ihr Einverständnis. Dreimal wiederholten sie ihr Gelöbnis, wie eine „Weihe an den Höchsten".

Nur eine Person, es war jene Seele unter den Gästen, für die Gott eine Aufgabe vorgesehen hatte, wurde misstrauisch.

Sie dachte sich: „Alles war bis jetzt so hoffnungsvoll und spannend, aber warum verlangt der Geist eines Verstorbenen – auch wenn er für die Welt sehr berühmt ist – den Verzicht von allen religiösen Dingen? Zu welcher Glaubensrichtung gehört er? Was hat der Geist für eine Aufgabe und was will er damit bezwecken?"

Augenblicklich war jener auserwählten Seele das Ganze nicht mehr geheuer.

Die irdische Seele schrie besorgt zur auserwählten Seele: „Hör auf dein Gefühl!" Zum Boten gewandt sprach sie: „Oh, nein, was machen die Menschen? Spüren sie nicht diesen eigenwilligen Zwang in der Einladung?"

Der lichte Bote antwortete leise: „Es ist die Unersättlichkeit, die Sensationslust und die Wundersucht, die die Menschen regiert und sie blind macht für solche unvernünftigen Aufforderungen ohne erkennbaren Sinn. Deshalb erkennen sie nicht, was und wen sie heraufbeschwören und wem und was sie sich ‚geweiht' haben – außer der zweifelnden Seele, die sich nicht mehr wohlfühlt. Sie spürt in ihrem Herzen, dass das nicht mehr wirklich zu ihr gehört.

Die Sensation, einen ‚mächtigen Geist an Land gezogen zu haben', verwischt die Wahrnehmung der Wahrheit, die sich tatsächlich abspielt. Ja, ein ‚mächtiger Geist' ist durch ihre ständigen Anrufungen ins geistige Reich auf sie aufmerksam geworden. Jedoch ist er nicht das, wofür er sich ausgibt!

Verstehe also, er ist ein mächtiger Geist, aber nicht aus der Lichtwelt!

Er ist ein Geist aus einer sehr finsteren, lichtlosen Welt, mit zwei finsteren Begleitern.

Der finstere Geist hätte, samt seiner Macht, keine Kraft über die Menschen, wenn sie sie ihm nicht gegeben hätten. Durch ihr dreimaliges Gelöbnis haben sie sich nicht nur seiner Führung anvertraut, sondern auch speziell ihm ‚geweiht'.

Viele Menschen versuchen mit den Verstorbenen einen Kontakt herzustellen. Das tun sie auf verschiedene Art und Weise, jedoch ist das, so wie du es gerade gesehen hast, von Gott NICHT vorgesehen – nicht deshalb, weil Gott den Menschen die Zuneigung und Verbindung mit ihren Verstorbenen nicht gönnt – es ist zu gefährlich, weil der Mensch noch nicht die geistige Reife besitzt, die Geister zu unterscheiden.

Auf so eine Art machen sich die Menschen, ohne es zu merken, abhängig – im wahrsten Sinne des Wortes –, sie ‚hängen' ihre von Gott geschenkte Entscheidungskraft an niedere Geister.

Jene Geister bereichern nicht den Geist der Menschen, vielmehr rauben sie ihnen Lebensenergie. Statt Ordnung bringen sie Chaos, statt Heil bringen sie Unheil in das Leben der Menschen.

Keinem Erdenmenschen ist von Gott die Erlaubnis gegeben, Verstorbene – gemeint sind jene, die die Welt schon verlassen haben – durch ständige Anrufungen zu belästigen, oder gar zu zwingen, sich mit ihnen zu verbinden!

Wenn sich Seelen aus dem geistigen Reich selbst, ohne menschliches Zutun, bei Erdenmenschen ankündigen – zum Beispiel durch Träume – so ist das als ein Zeichen für die irdischen Seelen gedacht und von Gott gewollt.

Es gibt Seelen, die die Qualität haben, das heißt die geistige Reife, mit den Verstorbenen neutral zu ‚kommunizieren', und es gibt viele Seelen, die noch nicht erkannt haben, mit wem und was sie wirklich ‚kommunizieren' und sich einlassen.

Keine irdische Seele soll Kontakte mit der geistigen Welt – in welcher Form auch immer – erzwingen, aus Neugier, Sensations- und Unterhaltungslust, oder gar für eigene materielle Bereicherung.

Deshalb heißt es auch: ‚Prüft die Geister!'

Wenn ein Geist einer Seele das Gebet, das die Verbindung mit Gott und dem lichtreichen Himmel erst richtig herstellt, ausredet, ist er kein reiner Geist, kein lichter Bote, sondern ein Verführer aus der Unterwelt!

Merke dir das gut:

Ein Geist, der das Gebet – das Gespräch mit Gott – verleugnet, verbietet oder lächerlich macht, kommt und ist nicht vom Gott der Wahrheit und der Liebe – er ist ein falscher Bote, ein Lügner und Verführer des Bösen!"

Nach diesen mahnenden Worten löste sich alles, was gerade noch zu sehen war, wie ein Wolkengebilde auf.

Die irdische Seele atmete tief ein und dachte sich: „Gott sei Dank ist diese furchtbare Schau vorbei!"

Der lichte Bote schaute die irdische Seele mitfühlend an und sprach mit seiner sanften Stimme: „Wir sind noch nicht fertig, es gibt noch etwas Wichtiges zu betrachten ..."

Gleich war es wieder so, als würden glitzernde Wolken die gesamte Atmosphäre ausfüllen und in einer unfassbaren Geschwindigkeit vorüberziehen.

In einem Augenblick war wieder eine andere Gegend zu sehen. Für die Seele fühlte es sich so an, als würde sie von einem Moment zum anderen in eine andere Gegenwart eingehen, beziehungsweise daran teilhaben. Sogleich erkannte sie ein sehr großes gepflegtes Schlafzimmer mit großen Fenstern, einer gemütlichen Couch mit vielen schönen Polstern sowie einem großen Bett, in dem ein älterer Herr lag. Er schien krank zu sein, denn neben dem Bett stand ein kleiner Tisch mit vielen verschiedenen Medikamenten.

„Ist der Mann sehr krank?", fragte die irdische Seele den Boten.

„Ja, für seinen irdischen Leib ist die Zeit gekommen, seinen ‚Bewohner' freizugeben. So wird sich seine Seele bald von ihrem irdischen Leib, der ihr lange als irdische Wohnung gedient hat, verabschieden."

Gleich nach den Worten des Boten waren von irgendwoher im Haus verschiedene Stimmen zu hören. Man konnte zuerst nichts verstehen, weil sie alle durcheinander redeten. Das hörte sich an, als würde keiner dem anderen zuhören. Wie auf Knopfdruck redeten sie laut aufeinander ein.

Dann aber, von einer Sekunde zur anderen, veränderte sich die Sichtweise für die irdische Seele. In einem Augenblick konnte sie das Haus von innen und außen, die verschiedenen Etagen und vielen Räume sowie alle Begebenheiten im Haus gleichzeitig wahrnehmen. Sogleich sah sie, dass die Stimmen aus der untersten Etage kamen.

„Oh, nein", sagte die irdische Seele enttäuscht, „sie unterhalten sich nicht, sie streiten." Das Thema des Konflikts war nicht die Sorge um den Patienten, sondern um die Erbschaft.

„Ja", antwortete der Bote betrübt, „vor und nach ‚Abschiedsfeiern' entstehen in der irdischen Welt immer wieder arge Konflikte um das Erbe. Schau weiter – pass gut auf, was gleich geschehen wird."

Die streitende Gesellschaft verließ die unteren Räumlichkeiten und versammelte sich schweigend um das Bett des Sterbenden.

Leider war das Schweigen nur Schein. Die irdische Seele konnte die

Gedanken der Besucher ganz klar, wie laut ausgesprochen, hören und das war alles andere als Stille. Die irdische Seele dachte bei sich: „Hoffentlich kann er das alles nicht hören", und schaute mit fragendem Blick den Boten an. Der Bote schloss kurz seine Augen und nickte. „Ja", sagte der Bote, „er kann, so wie du, alles klar hören."

Jede und jeder der Anwesenden machte sich unsagbare Sorgen, jedoch nicht über den bedrohlichen Zustand des Kranken, sondern alle machten sich nur Sorgen, wie das geheime Testament des sehr wohlhabenden Mannes ausfallen würde.

Nach kurzer Zeit betrat eine Mitbewohnerin des Hauses das Zimmer und sprach barsch: „Seht, ich hatte euch doch gesagt, dass ihr ihn nichts mehr fragen könnt! Da hättet ihr euch schon früher um eure Belange kümmern müssen! Er bekommt jetzt nichts mehr mit, auch wenn ihr ihn anschreit. Wenn er die Augen öffnet sieht er euch nicht mehr. Er blickt immer nur in eine Richtung und lächelt. Das sind nur mehr Halluzinationen von den Medikamenten."

„Aber wir müssen mit ihm noch über wichtige Dinge reden", rief jemand ärgerlich über die aussichtslose und hoffnungslose Situation.

Als die irdische Seele das Geplapper der Anwesenden traurig beobachtete, fiel ihr auf einmal auf, dass sich unter den anwesenden Besuchern eine schweigende Person befand und auch, wie sie selbst, die Menschen beobachtete.

Im selben Moment erkannte die irdische Seele, dass diese stille Person überhaupt nicht zur Gesellschaft der Besucher gehörte. Es war der Geistleib – die Seele des sterbenden Mannes. Er war nicht erfreut über all die Dinge, die er hörte und sah. Die üblen Gedanken und ausgesprochenen Worte, alles konnte der Sterbende wahrnehmen. Traurig stand er vor seinen Verwandten, schaute jedem Einzelnen tief in die Augen und sprach ein paar Worte, jedoch konnte keiner der Besucher das hören.

– Szenenwechsel –

Die irdische Seele musste weinen. Der Mann tat ihr sehr leid.

„Wie kann man ihm helfen?", fragte sie den Boten. „Was muss er sich alles anhören – so viele Gemeinheiten –, und niemand kann ihn wahrnehmen. Was kann man tun?"

Der lichte Bote nickte verständnisvoll und sprach eindringlich:

„Höre gut! Das sollst du den Menschen in der Welt mitteilen:

Jeder Sterbende hört und sieht mit feinsten Sinnen. Was für die Menschen im Erdenkleid verborgen ist, kann der Sterbende erkennen. Alle ausgesprochenen und unausgesprochenen Worte kann der Sterbende empfangen. Deshalb denke nie Schlechtes, wenn du einen Sterbenden besuchst. Sprich und denke nur liebevolle Worte. Vor allem bete mit der Kraft deines Herzens, damit die Verbindung mit Gottes Gnadenstrom ohne Unterbrechung fließt.

Nie im Leben sind die Sinne eines Menschen so scharf, wie in der Sterbezeit.

Für alle Sterbenden bitte Gott, dass Seine lichten Boten sie abholen und für sie Fürsprache halten sollen.

Für die Hinterbliebenen, das heißt jene, die noch für eine bestimmte Zeit auf Erden bleiben müssen, bete. Bitte Gott, den Vater, dass Er ihnen helfen möge, ihre Herzen zu öffnen, dass ihre Herzen mit dem Geist der Wahrheit und Erkenntnis gefüllt werden.

DAS ist die Botschaft:

Jeder Sterbende sieht und hört alles, was für den irdischen Menschen verborgen ist, das heißt, Sterbende erkennen Dinge und Situationen, auch Geheimnisse, die im Alltag ihres Lebens für sie nicht sichtbar und nicht erkennbar waren. Wenn die Kräfte des Erdenleibes schwinden, werden die Sinne des ewigen Leibes – der Seele, des Bildnis Gottes, aktiv."

Die irdische Seele staunte über die Aufklärung des lichten Boten. Daraufhin musste sie an kranke und geistig behinderte Menschen in der Erdenwelt denken, wie es denen wohl in der Sterbezeit gehen würde. Spontan fragte sie den lichten Boten: „Was aber ist, wenn Menschen durch Krankheit oder hohes Alter geistig beeinträchtigt sind? Wie geht es ihnen, wenn Gott die Zeit ihres Heimganges einleitet?"

Der Bote nickte und sprach: „Eine körperliche und geistige Beeinträchtigung ist keine Behinderung für den geistigen Leib – für die Seele, nach dem Bildnis des Vaters. Es ist die geistige Natur, die geistige Anwesenheit, die erwacht und hervortritt, aus ihrem ‚Gefängnis' – Fleischleib. Ja, auch sie hören und sehen alles, was ‚innen' und ‚außen' vor sich geht."

Nach dieser Belehrung erklang ein himmlischer Chor mit herrlichen Stimmen, wie sie die Welt noch nie gehört hat und sogleich erschienen unzählige lichte Gestalten mit weiß schimmernden Kleidern, die ebenfalls wunderschön sangen.

Dann trat eine noch lichtere Gestalt hervor, nahm die Seele des inzwischen Verstorbenen bei der Hand und sagte erfreut: „Jetzt, liebe Seele, jetzt ist die Zeit da, nach der sich deine Seele schon lange sehnte. Nun komm, jetzt kannst du mit uns gehen."

Neugierig fragte die Seele des Mannes: „Ja, wohin soll es denn jetzt gehen?"

Die lichte Gestalt erwiderte voll Freude: „Wir haben eine himmlische Verabredung, komm, du wirst erwartet."

Die Seele des Mannes flüsterte: „Ich werde erwartet – was soll geschehen?"

Die lichte Gestalt sprach feierlich: „Ein großes Ereignis, so etwas, das du in der irdischen Welt als Firmung und Hochzeit kennst, wird geschehen.

Es ist die Sehnsucht jeder Seele, seit dem Zeitpunkt ihrer Erschaffung und Aussendung in die materielle Welt, um Erfahrungen für das Schöpfungsprogramm des Schöpfers zu machen, und der Wunsch und Plan des Schöpfers, dass jede Seele wieder heimkehre, in das Reich des ewigen Lichtes, die Heimkehr und Aufnahme in das Himmelreich.

Das geht heute für dich in Erfüllung:

Die ‚Hochzeit' mit dem Heiligen Geist – das ist die Auferstehung deiner Seele, die Aufnahme in das reine Himmelreich der Freude, das ewige Leben ohne Leid."

Der himmlische Chor unterstrich die Aussage der lichten Gestalt mit einem glorreichen „Halleluja im Namen des Herrn".

Die Seele des Mannes weinte vor Freude und rief: „Gelobt sei der Herr in alle Ewigkeit!"

Daraufhin sangen alle lichten Gestalten im Kanon: „Amen, Amen, Amen, so sei es!"

– Szenenwechsel –

Die irdische Seele dachte ganz verwundert darüber nach, warum dieses „Jetzt" in der Aussage „Jetzt kannst du mit uns gehen", von der lichten Gestalt so betont worden war.

Der lichte Bote, der die irdische Seele begleitete, lächelte und sagte:

„Schau, ein kurzer Ausschnitt aus dem Erdenleben des verstorbenen Mannes:“

In einer unbeschreiblichen Geschwindigkeit zogen wieder glitzernde Wolken vor den Augen der Seele vorüber. Nach kurzer Zeit standen die Wolken still, und es war so, als würde sich so etwas wie ein „Zeitfenster“ öffnen, mit dem man in die Vergangenheit sehen konnte. So erkannte die irdische Seele, dass die lichte Gestalt der Schutzengel des Mannes war und, warum das Wort „Jetzt“ so betont wurde:

Der verstorbene Mann hatte vor einigen Jahren einen schweren Unfall gehabt, bei dem er fast gestorben wäre. Damals hatte er schon eine Begegnung mit dieser lichten Gestalt – seinem Schutzengel –, der ihm geholfen hatte zu überleben. Durch die helfende Unterstützung seines lichten Beschützers bekam der Mann einen kleinen Einblick in eine ganz andere – jenseitige Welt. Es gefiel ihm dort so sehr, dass er trotz seines Reichtums und seinem unbeschwerten und bequemen Leben im Luxus nicht mehr in die Erdenwelt zurückkehren wollte – dabei hatte er die ganz schönen, jenseitigen Welten noch gar nicht zu sehen bekommen.

Der kurze Kontakt mit der lichten Welt, die Einhüllung – Umarmung von einer heiligen Kraft, die man mit Worten nicht beschreiben kann, eine Liebe, die die Erdenwelt nicht kennt, erweckten in ihm den Wunsch und die Sehnsucht, dort für immer bleiben zu wollen.

Sein Schutzengel brachte ihn an einen besonderen Ort. Dort erschien über ihm eine lichte Wolke, aus der eine mächtige Stimme sprach: „Mein Sohn, du kannst jetzt noch nicht hierbleiben. Geh zurück, das ist jetzt nicht der Zeitpunkt für deine Seele, um hier bleiben zu können. Geh nun zurück, ordne die Dinge in deinem Leben in der Welt, teile deinen Reichtum gerecht, und denke ganz besonders an jene, die nichts haben, und an jene, die nichts erwarten. Mach alles gut und gerecht, dann wirst du das nächste Mal, wenn du hier erscheinst, nicht mit leeren Händen da stehen.

Vergiss nicht das Wichtigste: mit allen Menschen Frieden zu schließen, auch mit jenen, von denen du denkst, dass sie es nicht verdient haben. Dann wird deiner Aufnahme ins Himmelreich nichts mehr im Wege stehen.“

Nach all dem Geschauten sank die irdische Seele weinend auf die Knie und lobte Gott, wie es die Seele des verstorbenen Mannes getan hatte:

„Gelobt sei der Herr in alle Ewigkeit!".

Der lichte Bote strich der irdischen Seele sanft über die Stirn und sprach: „Liebe Seele, die Gnade des Herrn ist mit dir. Der Herr gewährt dir nun einen Einblick in etwas, was für die Erdenmenschen verborgen ist. Bist du bereit?"

„Ja, lieber Bote, ich bin bereit", sagte die irdische Seele leise.

– Szenenwechsel –

Diesmal sah die Seele nicht nur die glitzernden Wolken vorbeiziehen, sondern sie wurde selbst mit einer glitzernden Wolke an einen anderen, lichten Ort enthoben.

Unzählige lichte Gestalten und viele Freunde und Verwandte des verstorbenen Mannes aus alter Zeit versammelten sich in einem gewaltigen „Raum", wenn man überhaupt von einem „Raum" sprechen kann. Man konnte kein Dach sehen, es war strahlend hell, eine Art Kirchenraum oder Dom, jedoch nicht so, wie in der irdischen Welt. Man könnte das Zentrum am ehesten als Tempel beschreiben – ein weißer Tempel mit unzähligen Säulen und Treppen, vielleicht, wie man sich als Mensch einen riesigen, majestätischen, altgriechischen Tempel vorstellen würde.

Die Seele des verstorbenen Mannes wurde ganz nach vorne zu einer Art „Hochzeitsgestühl" geführt. Alle lichten Gestalten versammelten sich rundherum im Tempelareal.

Für die irdische Seele fühlte es sich an, als würde sie auch ein Gast bei dieser Feier sein. Ganz nah stand sie vorne mit dabei.

Man kann sich diese feierlich-erwartungsvolle Stimmung und Atmosphäre nicht vorstellen und schon überhaupt nicht in Worte fassen.

Alle Anwesenden begannen zu singen. Die Stimmen waren nicht solche Stimmen, wie man sie in der irdischen Welt kennt. Durch den Gesang entstanden feinste Frequenzen, die durch alle Sinne drangen, ein Kraftfeld, das alles durchdrang und eine heilige Atmosphäre der innigsten Liebe entfachte.

Nach einiger Zeit öffnete sich so etwas wie ein riesiges Lichttor. Irgendwie fühlte es sich für die irdische Seele so an, als ob das Tor sich durch den herrlichen Gesang öffnete. Durch das Tor schritt der Herr mit zwei lichten Begleitern.

Als der Herr zu sprechen begann, verstummte der gesamte Chor. Von einer Sekunde zur andern war es so still, dass man eine Nadel hätte fallen hören. Der Herr trat hervor. Sein Antlitz war so wunderbar – Seine Ausstrahlung kann man nicht schildern. Er lächelte die Seele des Mannes an, breitete Seine Arme aus und sprach:

„Wir haben dich erwartet, die Zeit in der heilen Ewigkeit beginnt JETZT."

Sogleich jubelten alle Anwesenden.

Die Stimme des Herrn war so lieblich, dass man im Innersten den Wunsch hatte, immerwährend und ewig nur dieser Stimme lauschen zu wollen.

Der Schutzengel der Seele des Mannes stand nun hinter ihm und legte seine Hand auf dessen rechte Schulter.

Die Szene erinnerte die irdische Seele an die Firmung auf Erden – wenn der Firmpate seine Hand auf die Schulter seines Paten auflegt.

Daraufhin machte der Herr eine Bewegung – ein Zeichen mit Seinen Händen. Zum Segen breitete er feierlich Seine Arme aus und sprach einige Worte in einer für die irdische Seele – möglicherweise auch für die irdische Welt – unbekannten Sprache.

Ein unbeschreibliches Licht strömte daraufhin aus allen Richtungen von oben herab und erfüllte alles und jeden mit diesem himmlischen Licht. Die Seele des Mannes wurde von diesem Licht regelrecht durchflutet.

Alle Lichtgestalten erhoben feierlich ihre Stimmen und priesen Gott und Seine ewige Herrlichkeit.

Die irdische Seele versuchte mit ganzer Kraft feierlich mitzusingen, um Gott ganz nahe zu kommen, jedoch wurde nach und nach alles leiser. Die irdische Seele dachte sich: „Hier will ich bleiben und nie mehr in die Welt zurück."

Je stärker diese Gedanken in ihr hochstiegen, desto blasser wurde das Geschaute. Die irdische Seele fiel ihrem lichten Begleiter in die Arme und flehte ihn wiederholt an: „Bitte lass mich hierbleiben."

Der lichte Bote aber sprach: „Nein, liebe Seele, auch für dich ist es jetzt noch nicht so weit, wie einst bei dem Mann. Noch ist es zu früh!

Du hast auch eine Aufgabe. Bringe das alles, was du gesehen und gespürt hast der irdischen Welt. Sie muss beginnen zu erwachen. An Gott, ihren Lebensspender, müssen die Menschen sich wieder erinnern! Keine Seele, wenn sie nur einen Hauch von der glückseligen Herrlichkeit erhascht hat, will diesen ‚Ort' wieder verlassen.

Es gibt viele verschiedene ‚Stufen' – ‚Ebenen' bis hierher. Von ‚Stufe' zu ‚Stufe' wird diese Welt feiner und lichter. Ähnliches gilt auch für die Stufen nach unten – sie werden gröber und finsterer.

Deshalb bemüht euch um das Licht! Lernt, den Willen des Vaters zu leben, jeden Tag ein Stück mehr!

Eure Glaubensformel und Erkenntnisregel möge sein:

Vater, nicht mein, sondern Dein Wille geschehe …
Befreie uns von allen Irrtümern und führe uns mit Deinem
Heiligen Geist, damit wir nicht in Versuchung geraten …
Erinnere uns an Deine Wahrheit …
Amen

Liebe Seele, bald wirst du wieder in der irdischen Welt deine Wege gehen. Manche Menschen werden denken, dass du nur geträumt hast, und andere werden sagen, dass du gute Märchen erzählst. Du aber vergiss nie in deinem Herzen, dass der Herr Selbst eine Kraft in deine Seele legte. Du bist also Sein Geschöpf, Sein irdischer Bote, Sein Instrument in Seinem Orchester, mit dem Er viele Seelen rufen und erreichen möchte.

Amen, im Namen des Herrn, so sei es!

Habe Mut, du bist nicht allein! Auch wenn du das oft so empfinden wirst, du bist nicht allein. Deine Freunde aus dem Himmelreich schauen auf dich – das ist ihre Aufgabe.

Gib das der Welt, es ist dein Zeugnis, habe Mut!

„Lieber Bote, eine Frage bohrt ganz tief in meinem Inneren."

Der Bote sah der irdischen Seele tief in die Augen und machte eine Geste, dass sie jetzt sprechen könne.

„Ist es verboten zu fragen, was die Seele des Mannes zu den Angehörigen sagte, als er nah vor sie hintrat?"

Der lichte Bote lächelte und sprach: „Jede Seele vor dir war neugierig, jedoch hatte keine den Mut und wagte zu fragen. Höre gut, höre mit deinem Herzen, dann wirst du das Gesagte aufnehmen."

Der lichte Bote berührte ganz leicht die Herzgegend der irdischen Seele und schaute ihr dabei wieder tief in die Augen. Augenblicklich spürte sie ein feines, vertrautes Gefühl in ihrem Herzen und vernahm die Worte der Seele des Mannes:

„Das wahre Glück liegt nicht im Geld – und auch nicht in dieser irdischen Welt. Friede sei mit euch.“

Nachrichten vom Himmel

Die große Mission des Herrn

Die Mission unseres Herrn – des mit allen Gaben Gottes Gesalbten, der das Licht der dreieinigen Göttlichkeit ist, der aus der Weisheit und Liebe Gottes geboren wurde und der mit der Liebe und dem Heiligen Geist, mit dem Vater aller Schöpfungen im Eins-Sein lebt – ist heilig!

Sie vollzieht sich nach dem heiligen Willen des Vaters, der die Liebe ist.

Unser Herr, der mit den heilenden Gaben Gottes Gesalbte, kam aus dem Licht und inkarnierte in diese Welt, das heißt, Er, der aus dem Licht kam, ist Selbst das Licht und nahm, durch die Geburt Seiner unbefleckten Mutter, die Gott für Ihn erwählt hatte, die Gestalt eines irdischen Leibes an.

„Im Namen der Liebe ...“, im heiligen Lichte des Vaters, heißt die Mission unseres Herrn Jesus Christus.

Im Namen der Liebe lebe, Seele!

„Im Namen der Liebe ...“, heißt die große Mission des Herrn, der Ruf an alle Seelen – alle Seelen ...!

Amen.

Nichts geht für den Geist verloren

Meine Seele, teile Mein Wort mit vielen Seelen!

Ich sage dir, was du auch anderen Seelen sagen sollst:

Achtet nicht nur auf eure Worte, achtet auch streng auf eure Gedanken! Ihr seid, auch wenn ihr jetzt hier in dieser Welt ein Leben in einem vergänglichen Leib aus Fleisch lebt, Geistwesen. Ja, ihr seid Geistwesen nach dem Bildnis des Vaters. Deshalb seid euch bewusst, dass für den

Geist die Gedanken konkrete Befehle sind und so vielfältige Taten und Ereignisse bewegen, ja, aktivieren!

Ich sage dir, es geht nichts verloren im geistigen Reich ...

Alles, jedes Haar, das gewachsen und ausgefallen, ist in euch gespeichert – alle Gedanken, Worte und Taten, alle Ereignisse in eurem Leben, von vergangenen Tagen bis heute –, alles ist sicher in eurem Geist angelegt, bis euch der Vater aus dieser Welt ruft, um die Früchte – die geistigen Früchte – zu betrachten.

Erkennt also: Alle Dinge, von denen ihr denkt, sie wären schon längst vergessen, sind in euch gespeichert – nicht im Gehirn eures irdischen Leibes, sondern in eurem ewigen Leib sind alle Dinge, alle Ereignisse sicher gespeichert.

Ihr seht also, nichts geht für den Geist verloren. Vom irdischen Reich – alles Vergängliche, das zur irdischen Welt gehört – könnt ihr nichts mitnehmen in das ewige Geistreich, wohl aber alle eure Gedanken, Worte und Taten ...

So also nehmt ihr eure geistigen Stärken und Schwächen, eure lichten und eure finsteren Angewohnheiten und Eigenschaften, mit in die Ewigkeit.

Das heißt: Wird eine Seele ihre üblen Angewohnheiten, ihre Laster nicht los – gelingt es ihr nicht, sie in diesem Leben zu überwinden –, so wird sie sich auch noch in der geistigen Welt mit diesen „Aspekten" beschäftigen. Sie werden sie belasten – zurückhalten auf ihrem weiteren Weg in der geistigen Welt, so lange, bis sie wieder rein ist.

Deshalb sind die Gebete für die Seelen, die noch nicht die Schwelle zum reinen Licht überschreiten konnten, so wertvoll.

Ihr Seelen, werdet wach! Bemüht euch deshalb JETZT, HIER, wo ihr seid, jeden Tag ein Stück freier zu werden, von all euren Begierden, ja, ALLEN euren Begierden – ihr kennt sie ganz genau, die Dinge, die euch beherrschen und regieren –, denn sie sind eure geistigen Fesseln. Alle diese Dinge halten euch gefangen, halten euch zurück auf dem Weg in das geistige Reich – das Himmelreich.

Erkennt also: Alles, was ihr nicht in dieser Welt überwindet, nehmt ihr mit, wie einen Lebenslauf, ein Zeugnis in euch einprogrammiert, von euch selbst geschaffen.

Lausche, Ich versichere dir: Jeder Seele, die in ihrem Herzen nach einer wahren Umkehr strebt, sende Ich einen Engel, der ihr beisteht, ihre Laster die sie regieren, zu überwinden.

Liebe Seele, erinnere dich, es ist ein weiter Weg für ein Geistwesen in diese Welt, aber Ich sage dir, der Weg wieder zurück in ihre wahre Heimat – die reine Ewigkeit – kann sehr viel länger dauern und weiter sein, für eine Seele, die nicht aus ihren Irrtümern lernen will.

Siehe, deshalb bin Ich in diese Welt gekommen, geboren in einen irdischen Leib, um euch den Weg zurück in eure wahre Heimat zu zeigen, um euch an den Vater und eure geistige Familie zu erinnern, um euch zu erinnern, wer ihr wirklich seid.

Meine Liebe zu den Kindern des Vaters, hat Mich diesen Schritt, diese Reise in die „Unterwelt" tun lassen.

Durch Meine Geburt wurde ein Tor geöffnet, für die große Umkehr – die große Auferstehung –, die Heimkehr aller gefallenen Seelen.

Amen, das ist die wahre Weihestunde für die Seelen, wenn sie aus der Nacht des Vergessens erwachen ... Amen

Besuch von der Mutter des Herrn

Wenn die Mutter des Herrn ihre von Gott anvertrauten Kinder besucht und ihre Seelen aus ihrem Leibe ruft, um mit ihnen zu sprechen, dann öffnet sich eine für das Menschenauge unsichtbare Tür, eine Tür, die in eine gesegnete Welt führt.

„Sei achtsam, Kind, lausche, was ich dir mitteile.

Suche keine anderen Dinge mehr, suche noch mehr die Stille. Es muss ganz still werden in dir, damit das, was ich dir auftrage, nicht im Lärm der äußeren Welt verloren geht.

In deine Seele wurden viele Informationen gelegt – nicht die weltlichen meine ich, die du vom Leben in der Welt angenommen hast. Von Zeit zu Zeit, schon als du ein Kleinkind warst, wurdest du von uns, Gottes Boten, besucht und belehrt. Du kannst dich nicht mehr an alle Besuche erinnern – sie wurden zu deinem Schutz versiegelt.

Die himmlischen Informationen, die in deiner Seele verewigt sind, werden alle zum passenden Zeitpunkt hervorgerufen. So Gott es will, werden die himmlischen Boten dich berühren.

Nun lausche, was ich dir anvertraue:

Entzieht euch nicht meiner „Kirche“, meiner Anwesenheit, meines mütterlichen Segens. Meine Kinder, ich meine hiermit die lebendige Gemeinschaft im Glauben und Gebet, sowie auch das Haus, wo man meine von Gott gewollte Mutterschaft erkennt und ehrt.

Ich komme schon lange Zeit in diese Welt, um die Menschen an Gott, ihren Vater, den Schöpfer allen Seins, zu erinnern, um sie auf ihre zahlreichen Irrtümer, die Unheil über Unheil anrichten, aufmerksam zu machen. Ich habe viele Jahre die Menschheit ermahnt, doch wie viele haben meine Stimme erkannt?

Seht euch um, was ist alles geschehen – und vor allem, was wird noch alles geschehen ...

Meine Begleiter und ich haben so oft gewarnt. Die Zeit ist da, in der die Lügen und Intrigen, die falschen Wege mit dem Leben und mit der Welt enthüllt werden – und es werden noch viele „Hüllen“ fallen, in allen Bereichen, bis der menschliche Stolz samt seinen Irrtümern und seinem ‚Ich-Kult‘ fällt.

Diese Zeit, die jetzt kommt, dient der Offenbarung Gottes.

Meine Kinder, ihr, die ihr den Glauben sucht, hört mich an. Ich bin nicht gekommen, um die „Kirche“ zu zerstören! Viele Menschen, die von den menschlichen Irrtümern in der Kirche enttäuscht wurden, wünschen sich das.

Ich bin gekommen, um die Kirche, die Jesus Christus und Seiner Mutter angehört, zu retten und zu erneuern.

In vielen Bereichen bedarf es großer Reinigung und Veränderung. Es sind weltlich-irdische, von Menschen eingesetzte Dinge, die des Wandels bedürfen.

Die geistigen Dinge, die zum Mysterium des Glaubens gehören, müssen bleiben und tiefer gepflegt werden.

Für diesen Wandel brauche ich euch, meine Kinder.

Lebendiger Glaube, lebendige Gebete und glühende Herzen sind die wertvollen Instrumente, die sich Gott wünscht und die ich brauche, um zu erneuern und um die Rückkehr meines Sohnes vorzubereiten.

Vieles muss gereinigt werden. Seht zu, dass eure Herzen nicht dem geistigen Hochmut verfallen und rein bleiben ...

Amen

Von dir wünsche ich, dass du diese Nachricht freigibst. Was zögerst du, mein Kind?

(Aber man wird mir nicht glauben. Was habe ich für Beweise, was ist, wenn man mich nach Beweisen fragt? Jene, die das glauben sollen, werden nicht glauben. Sie werden „falscher Prophet“ schreien.)

„Fürchte dich nicht, der Herr selbst hat auch dir die Macht gegeben, ein Kind Gottes, ein Kind des Höchsten zu sein. Fürchte nichts, bleibe nur deinem Herrn, dem Plan mit deiner Seele treu, dann wird dir nichts geschehen. Du sollst nur säen, alles andere machen – zu einem von Gott gewählten Zeitpunkt – die himmlischen Kräfte.

Eines Tages wird der Herr selbst ernten. Nichts geschieht von heute auf morgen, alle Dinge entwickeln sich im Fluss Gottes.“

Gütig und verständnisvoll nickte sie und gab das Wort an Ihren Begleiter weiter.

„Öffne weit dein Herz, damit dein Verstand ‚verstehen‘ kann und der Geist dieser Welt keine Macht hat, dein Herz zu fesseln.

Lausche: ‚Falsche Propheten‘ gibt es viele in dieser Welt, du kannst sie nicht zählen. Das ganze Bewusstsein, dieser Zeitgeist, das Verhalten von Mensch gegenüber Mensch, Tier und Natur, ist ein falscher Geist, ein ‚falscher Prophet‘.

Mit den ‚falschen Propheten‘ im geistigen und religiösen Bereich verhält es sich so: Durch eine kosmische Konstellation erwacht in den Menschen ein dringendes Interesse nach geistigen, mystischen und religiösen Dingen.

Auf der einen Seite ist das gut. Es beginnt der Ur-Aspekt, die große Sehnsucht der Seelen nach Einssein mit Gott, nach Gerechtigkeit, Frieden und Liebe zu erwachen. Viele verspüren das intensive Verlangen, im großen Plan der Schöpfung mitzuwirken und zu ‚schöpfen‘.

Viele beginnen zu malen, Lieder, Geschichten und Gedichte zu schreiben, zu musizieren und vieles mehr. Sie bereichern die Welt mit ihren Talenten, die Gott in ihre Seelen legte. Andere gehen in die Öffentlichkeit und setzen sich, je nach ihrem Seelenaspekt, für Gerechtigkeit im Menschen-, Tier- und Naturreich, für die Heilung der Umwelt ein. Die schlafenden Seelen beginnen zu erwachen, aber das alles ist erst der Beginn des Erwachens, noch taumeln sie zwischen Wünschen und Träumen, zwischen Realität und Illusion. Gar viele werden bei den mystischen und religiösen Dingen durch ihre irdischen Vorstellungen und ihren Eigenwillen wie eine Fliege im Spinnennetz hängen und so gefangen bleiben. Es sind menschliche Vorstellungen, die sich im Laufe der Zeit, durch Hören, Sehen, Lesen und Lernen entwickelt haben. Die Seele ist Geist, sie speichert alles, was der äußere Mensch in seinem Leben hört, sieht liest und lernt, alle Handlungen, alle Emotionen, Freude oder Leid ...

Alle Gedanken, Worte und Taten, alles ist in der Seele verankert, oder noch verständlicher ausgedrückt, verewigt.

Und das ist jetzt die andere Seite. So entstehen viele ‚Geistschreiber', die dann ohne Auftrag vom Himmel auftreten und beginnen ‚prophetisch' zu schreiben und zu ‚weissagen'.

Nun stell dir die vielen Länder mit ihren verschiedenen Kulturen, die Menschen mit ihren vielfältigen Glaubensvorstellungen von Gottes Schöpfung vor. Deshalb heißt es: ‚Am Ende der Zeit wird es viele falsche Propheten geben'. Das ganz große Erwachen geschieht erst, wenn der Heilige Geist die Herzen aller Völker beseelt. Dann erst wird alles klar, alles wird offenbar. Die falschen Dinge, Lügen und Intrigen, werden keinen Platz mehr haben, um sich zu nähren.

Handelt weise und nützt die Zeit, vergeudet sie nicht.

Vereint euch im Gebet. Legt euren Eigenwillen mitsamt euren verschiedenen irdischen Vorstellungen beiseite und betet gemeinsam zu Gott, dem Schöpfer allen Lebens. Bittet gemeinsam den Vater, den Allmächtigen, Er möge euch Seinen Beistand, Seinen wahren Heiligen Geist, Seine wahre Liebe senden.

Ihr Suchenden, bleibt nicht an euren menschlichen Vorstellungen hängen, sie bringen euch nichts.

Gottes Mysterien könnt ihr mit eurem menschlichen Verstand nicht verstehen und schon gar nicht erklären. Wenn Gott durch Seinen Geist die ‚Hüllen' und alle vom Menschen erschaffenen Illusionen fallen lässt, erst dann werden die Menschen die Geschichte dieser Welt, das Wirken Gottes erkennen und richtig verstehen.

Betet also gemeinsam um die Kraft des Heiligen Geistes, dann erst werdet ihr richtig erwachen und verstehen.

Bleibe deinem Herrn treu und lass dich in nichts verwickeln. Ziehe dich noch mehr zurück, damit man dich nicht mit anderen verwechselt. Du bist eine kleine Botschafterin in dieser Welt und Schülerin des Ewigen Propheten, Christus Jesus, unseres Herrn. Amen."

Besuch des Boten nach einiger Zeit:

„Gott grüßt dich. Du weißt, dass ‚Nachrichten vom Himmel' nicht für die Belustigung der privaten Unterhaltung gegeben werden. Jetzt trägst du die Verantwortung, und jede Seele, die in Berührung mit dieser Nachricht kommt, ist vom Himmel selbst angesprochen und aufgerufen, Verantwortung für ihr Leben in dieser Schule, Welt, zu übernehmen. So will es Gott.

Friede sei in dir – und auch in dir, der du das liest oder hörst.

Amen, Ehre sei Gott in der Höhe ...

Das Verlangen nach dem heiligen Frieden, der von Gott kommt, möge in den Herzen aller Völker erwachen."

Gebet

Wir weihen uns dir

Liebste Mutter Gottes,
du wurdest einst die Mutter unseres Herrn,
deshalb bist du auch unsere Mutter.
Segne uns mit deinen zahlreichen guten Gaben.
Beschenke uns mit deiner mütterlichen Anwesenheit,
an allen lichten, so wie auch dunklen Tagen.
Bleib uns nahe, sei nie fern!
Unsere Herzen wollen wir dir weihen, damit die
12 Früchte des Heiligen Geistes in uns gedeihen.
Alles, was wir sind und haben,
besonders unsere Familie,
unsere Gebete und unseren Glauben,
unsere Arbeit und tägliches Leben
wollen wir dir anvertrauen,
weil wir auf deine mütterliche Hilfe, deinen Schutz
und Fürsprache und deinen guten Segen bauen.

Liebe Mutter Gottes, du Braut des Heiligen Geistes ...
Wir weihen uns dir – unsere Seelen gehören ganz dir.
Amen

Die 12 Früchte des Heiligen Geistes sind nach dem heiligen Paulus (Gal 5,22): Liebe, Freude, Friede, Geduld, Milde, Güte, Treue, Sanftmut, Glaube, Bescheidenheit, Enthaltsamkeit, Keuschheit.

Nachrichten vom Himmel

Gebet mir Gebete!

Höre, mein Kind, was ich dir heute sage: Es ist viel, was ich für euch zum Vater trage! Ich trage eure Bedrängnisse und Bitten zum Vater, indem ich für euch bete! Gebt auch ihr mir viele Gebete, damit ich euch mehr helfen kann. Gebet mir Gebete!

Ich bin deine Mutter. Heute komme ich zu dir, um dich noch tiefer in das Reich deines Herzens zu führen, damit du den wahren Horizont kennenlernst … indem du mehr betest.

Ein Schmuck

Mein Kind, ich versichere dir, bei jedem „Gruß" – jedem „Ave Maria" –, das du zu mir sprichst, näherst du dich meinem barmherzigen Herzen.

Deshalb schenke ich dir und allen Menschen, die ich rufe – die meinen Ruf erkennen und mich lieben und kennenlernen wollen – einen Schmuck, der die Herzen weit macht, damit sich der Glaube und die Liebe vermehre.

Mein Geschenk an euch ist der Rosenkranz.

Jede Perle ist ein Lichtstrahl. Jede Perle möge dein Herz schmücken.

Mit jedem „Ave Maria" …

Liebe Seele in Vergesslichkeit, komm im Geiste immer zu meinem mütterlichen Herzen. Fühle dich mir nahe.

Höre, an das sollst du dich immer erinnern:

Mit jedem „Ave Maria" („Gegrüßet seist du Maria"), das du aussprichst, wirfst du durch den Gruß an mich ein Licht in die Finsternis.

Je öfter du diesen Gruß wiederholst, desto stärker wird das Licht und meine Anwesenheit.

Es gibt jemanden, der vor diesem Gruß flieht, weil er meine Anwesenheit fürchtet.

Bleibe mir nahe und hilf, das Licht noch mehr zu verstärken.

Gebet

Rosenkranz zur Himmelskönigin

Sei gegrüßt Himmelskönigin, du strahlende Gnade,
deine Gebete für uns sind Gottes Gabe.

(Fürbitte)

Gnadenreiche Mutter wir danken dir für deine Gebete, die du für uns sprichst. Führe unsere Seelen zu Jesus ins Licht.

Fürbitten:

(Durch die Kraft deines bedingungslos liebenden Herzens ... oder: Durch die Kraft deines unbefleckten Herzens ...)

Durch die Kraft deines bedingungslos liebenden Herzens, bitte erlöse die leidenden Seelen und führe sie ins Licht.

Durch die Kraft deines bedingungslos liebenden Herzens, bitte rette die Menschheit vor dem Verfall.

Durch die Kraft deines bedingungslos liebenden Herzens, bitte bewahre uns vor Unheil und Krieg.

Durch die Kraft deines bedingungslos liebenden Herzens, bitte beschenke unsere Herzen mit der Kraft, so zu lieben wie du liebst.

Durch die Kraft deines bedingungslos liebenden Herzens, bitte tröste die Verzweifelten und Leidenden, beschenke sie mit deiner gnadenreichen Hilfe.

Durch die Kraft deines bedingungslos liebenden Herzens, bitte schenke den Hoffnungslosen neue Hoffnung und deinen Glauben.

Durch die Kraft deines bedingungslos liebenden Herzens, bitte schenke den Verirrten, wahre Erkenntnis und eine klare Sicht in ihrem Leben.

Durch die Kraft deines bedingungslos liebenden Herzens, bitte schenke uns die Gabe, den Willen des Vaters in allen Dingen in unserem Leben zu erkennen.

Durch die Kraft deines bedingungslos liebenden Herzens, bitte befreie uns von allen bösen Kräften.

Durch die Kraft deines bedingungslos liebenden Herzens, bitte beseele unsere Herzen mit dem Geist des Friedens, mit dem Geist des Vergebens und mit dem Geist der Liebe.

Durch die Kraft deines bedingungslos liebenden Herzens, bitte beschütze unsere Kinder vor den Gefahren dieser Zeit und leite sie auf den rechten Weg.

Durch die Kraft deines bedingungslos liebenden Herzens, bitte heile unseren Körper-Geist- und Seelenleib.

Durch die Kraft deines bedingungslos liebenden Herzens, bitte beschenke unsere Seelen mit einem Segensgebet aus deinem Munde und sei uns nah in unserer letzten Erdenstunde.

Nachricht vom Himmel

Stimme dich ein

Kind des Geistes, auf was wartest du?

Stimme dich ein auf den heilenden Geiststrom Gottes.

Öffne dich dem heilenden Feuerstrom des Heiligen Geistes, der aus Gottes ewiger Kraftquelle entspringt.

Öffne dich den Gnaden Gottes, dem Allerheiligsten, der höchsten Heilkraft, der Heiligen Dreieinigkeit.

Öffne dich dem Vater, dem immerwährenden Schöpfer.

Öffne dich dem Sohn des ewigen Lebens.

Öffne dich der gebärenden Kraft, dem Heiligen Geist der Liebe.

So verbinde deinen Geist, so empfange aus der Urquelle des strahlenden Lebens, so empfange den Geist der Gnade – für alle und alles.

Verlasse so immer die äußere Welt, die deine Seele immer gefangen hält.

Für Gott, den Vater aller Geschöpfe, bist du Sein kleines „Instrument", in Seinem unzählbaren Orchester.

Heute bist du Seine kleine „Harfe“, ein anderes Mal bist du Seine „Violine“, manchmal bist du Seine „Stimme“ und vieles mehr.

Gott will mit deiner Seele, Seinem „Instrument“, Sein Lied der Liebe spielen.

Öffne dich Gottes heilendem Liebesstrom, dann findest du das wahre Heil, nach dem sich deine Seele sehnt, seit dem Augenblick, in dem du in diese Welt, in dieses Körperkleid geboren wurdest.

Amen.

Seelenschau

Welche „Kirche“?

Eines Nachts betete eine Seele in der Abgeschiedenheit:

„Herr, es tut so gut Deine stille Anwesenheit zu spüren.

In der Stille fühle ich Dich so nah, als könnte ich jeden Augenblick Deine Hände berühren.

Herr, meine Bitte für diesen Tag an Dich:

Führe mich in allen Dingen in meinem Leben. Sei immer da und leite mich auf all meinen Wegen. Amen“

Verständnisvoll antwortete der Herr mit Seiner angenehmen Stimme:

„Meine Seele, du hast gut getan, dass du den Lärm der Welt verlassen und die Abgeschiedenheit gesucht hast. Lausche:

Besuche meine Kirche um Gottes Wort zu hören und gehe in die Stille, in die geborgene Einsamkeit, um zu Gott zu sprechen. Das Gebet ist die Bitte und das Gespräch mit Gott.

Teile das Meinen Seelen, deinen Geschwistern mit.“

Die Seele wunderte sich und fragte unsicher:

„Aber, Herr, es gibt so viele Kirchen! Man wird mich fragen, welche ist Deine Kirche? Was soll ich dann sagen?“

Der Herr antwortete:

„Meine Seele ... Amen ... Ich sage dir: Jene, die Gottes Wort verkündet und lebt – das ist Meine Kirche!“

Nachricht vom Himmel

Impulse zur Betrachtung

Du sollst nicht fluchen, sonst hat die finstere Kraft die Macht dich heimzusuchen! Kehre ein in die Stille deines Herzens und erbitte Gottes Liebe und Friede.

Lerne, dich selbst zu beobachten und zu kontrollieren – sei wachsam!

Hilf auch du Mir, viele Seelen zu retten – bete mit Mir!

Ein Engel steht ganz nah vor dir … Er sagt: „Komm, öffne deine Herzenstür …"

Deine Gedanken sind wie die Flügel eines Vogels, deshalb lenke deine Gedanken zum Himmel.

Ich bin das Feuer der Liebe – entzünde Mich in deinem Herzen!

Suche keine Schuld – übe dich in Geduld – vertraue und bete!

Lausche! Wenn du den Vater um etwas bittest, dann tue es in Meinem Namen. Sprich: „Vater, im Namen Deines Sohnes Jesus Christus bitte ich Dich …"

Höre, ein Ruf an deine Seele: „Kehre in dich und bete!"

Gott sendet dir in tiefen Träumen Zeichen – Antworten an deine Seele … Sei wachsam!

Ich habe dich gerufen!

Gedanken sind wie Flügel – sei wachsam „wohin du fliegst"!

Wenn du betest, dann schweige! Gott hört dich am liebsten, wenn du still bist – schweige!

Lausche: Wenn du für deine Nächsten den Vater um etwas bittest, dann sprich nicht darüber, dass du für sie gebetet hast! Der Geist des Vaters bewegt sich in der sanften Stille! Schweige – Gott hört dir zu.

Prüfe deine Gedanken, ob es deine sind! Sei wachsam!

Vertraue darauf, dass Gott immer genau weiß, was und wann du „etwas" in deinem Leben benötigst. Gott kennt deine Wünsche und Pläne, aber du nicht Seine! Deshalb vertraue! Übe dich in Geduld – bete mehr!

Wünschst du, dass deine Gebete in Erfüllung gehen, dann sprich nicht darüber, dass du gebetet hast – schweige!

Ja, ich höre dich, Mein Kind. Ich höre deine Bitten … Ich bin da …, aber kannst du auch Meine Bitten an dich hören? Es muss stiller werden in dir, Mein Kind. Bete – bete viel mehr!

Das Leben selbst sendet dir unzählige Signale und Zeichen! Erkenne sie – es sind Botschaften an deine Seele! Bleibe ruhig und bitte den Vater, dass Er dich lehrt, die Zeichen zu erkennen.

„Heute" ist morgen schon Vergangenheit – deshalb nutze das Jetzt!

Ein Engel steht ganz nah vor dir ... Er sagt: „Komm, öffne deine Herzenstür!"

Ich komme um dir zu sagen, du sollst nicht draußen in der Welt Antworten suchen auf deine vielen Fragen! Kehre in dich und sprich: „Vater, beseele mich mit Deinem Licht. Schenke mir die Erkenntnis, dass ich meinen Weg erkenne."

Ich komme, um mit dir zu beten.

Mein unbeflecktes Herz will ich in dein Herz senken, damit du lernst, so zu lieben, wie ich, die Mutter deines Erlösers, liebe.

Vertraue dich mir an!

Nur in der Stille erkennst du Gottes Plan und Gottes Wille mit deiner Seele. Finde mehr Zeit für dein tägliches Gebet! Denke nicht, dass du ja schon so viel gebetet hättest – im Herzen des Vaters haben noch viele Gebete Platz!

In der Stille erkennst du Gottes Willen! Werde stille! Finde mehr Zeit für das tägliche stille Gebet, das im Herzen deiner Seele lebt.

Lausche, der Vater kennt alles von und in dir. Er sieht und hört dir pausenlos zu. Sei also stets wachsam, was du denkst, was du sprichst und was du tust.

Gott will von dir nur eines: ein offenes Herz, damit Er es mit Seiner Liebe füllen kann. Öffne dich!

Gott sendet Seinen Kindern Seinen Heiligen Geist. Sei bereit und öffne dein Herz!

Ich, dein Engel komme, um dir zu sagen, Ich werde dir helfen deine Bedrängnisse zum Herzen deines Erlösers zu tragen ...

Bete!

Gott wünscht sich von dir mehr Stille! Verlasse immer mehr den Lärm dieser Welt! Kehre in dich und schweige! Gott hört dich besonders in der Stille.

Nachricht vom Himmel

Bitte in Meinem Namen

Wenn du zum Vater betest, dann bitte Ihn in meinem Namen!

Sprich klar mit einfachen Worten deine Bitten zum Vater. Hast du alle deine Bitten vorgetragen, dann beende dein Gebet mit Dank und Lobpreis zum Vater. Bedanke dich so, als wären alle deine Gebete schon in Erfüllung gegangen. Voll Vertrauen, klar und einfach, mögen deine Bitten sein, ohne Erklärung, wie, wozu, warum und wann etwas sein soll. Der Vater der Gestirne kennt alle Geschicke, Er kennt alle Seine Geschöpfe, Er sieht die Wünsche und Bedürfnisse in deinem Unterbewusstsein, bevor sie in dein Bewusstsein aufsteigen, um in dir zu erwachen. Er weiß also vor dir, wann und worum du bittest und was du wirklich für die Reife deiner Seele benötigst.

Der Schöpfer benötigt keine belehrenden Aufklärungen von Seinen Geschöpfen!

Hier geht es um Lobpreis, Bitte und Dank – wahrhaftiges Vertrauen und Hingabe der Seele an ihren Schöpfer-Vater.

Der Aufbau des folgenden Gebetes ist geprägt durch Wiederholung, ähnlich wie der Rosenkranz oder ein Mantra.

Durch die beharrliche Wiederholung wird eine Kraft entfacht, die den Geist bewegt.

In diesem Gebet ruht die Kraft des Geistes in drei besonderen Aspekten, die sich bei treuer Anwendung zu geheimnisvollen Schlüsseln, zum Öffnen des Himmelstores wandeln:

Erster Schlüssel: Der Lobpreis ...
Zweiter Schlüssel: Die Fürbitte zum Vater im Namen seines Sohnes ...
Dritter Schlüssel: Der Dank ...

Herzlich willkommen! JETZT bist du beim Mysterium „Gebet“ angekommen ...

Gebet

Den Segen bitte spende mir

Vater …, Schöpfer von Licht und allem Leben …,
Dir sei Lobpreis, Ehre und Dank …
Dein Wille möge im Himmel und auf Erden geschehen.
(Fürbitte)
Gütiger Vater …, ich danke Dir …,
den Segen mit Deinem Heiligen Geist bitte spende mir.
Ehre, Lobpreis und Dank sei dem Vater,
dem Sohn und dem Heiligen Geist.

Fürbitten:
Vater, im Namen Deines Sohnes Jesus Christus:
Bitte wandle diese Welt zum Guten mit Deinem Heiligen Geist!
Vater, im Namen Deines Sohnes Jesus Christus:
Bitte schenke uns die Kraft der Unterscheidung der Geister.
Vater, im Namen Deines Sohnes Jesus Christus:
Bitte schenke uns die Gnade, Dich wahrhaftig zu lieben.
Vater, im Namen Deines Sohnes Jesus Christus:
Bitte erlöse diese Welt von allen bösen Kräften.
Vater, im Namen Deines Sohnes Jesus Christus:
Bitte schenke uns die Gnade, Deinen Willen in allen Dingen in unserem Leben zu erkennen.
Vater, im Namen Deines Sohnes Jesus Christus:
Bitte schütze unsere Kinder und führe sie auf den rechten Weg.
Vater, im Namen Deines Sohnes Jesus Christus:
Bitte beseele uns mit dem Geist des Vergebens.
Vater, im Namen Deines Sohnes Jesus Christus:
Bitte bewahre uns vor Unheil und Krieg.
Vater, im Namen Deines Sohnes Jesus Christus:
Bitte schenke allen Familien Deinen Frieden.
Vater, im Namen Deines Sohnes Jesus Christus:
Bitte rette die Welt vor dem Verfall.
Vater, im Namen Deines Sohnes Jesus Christus:
Bitte segne alle Völker mit Deinem Heiligen Geist.

Vater, im Namen Deines Sohnes Jesus Christus:
Bitte segne uns mit dem Geist der Einsicht und Erkenntnis.
Vater, im Namen Deines Sohnes Jesus Christus:
Bitte erlöse die leidenden Seelen von ihren Qualen.
Vater, im Namen Deines Sohnes Jesus Christus:
Bitte hilf den Jugendlichen, Ordnung in ihr Leben zu bringen.
Vater, im Namen Deines Sohnes Jesus Christus:
Bitte schenke uns die Gnade, dass wir unsere Irrtümer erkennen und uns von unseren schlechten Angewohnheiten trennen.
Vater, im Namen Deines Sohnes Jesus Christus:
Bitte beseele unsere Herzen mit Deinem Heiligen Geist.
Vater, im Namen Deines Sohnes Jesus Christus:
Bitte beseele die Jugendlichen mit dem Geist der Wahrheit.
Vater, im Namen Deines Sohnes Jesus Christus:
Bitte segne alle Völker mit Deinem ewigen Frieden.

Seelenschau

Die zwei Priester vor dem Himmelstor

Eines Tages rief Gott, der Vater allen Lebens, zwei Seelen zeitgleich zu sich in die Ewigkeit.

In der Welt dienten sie Gott sozusagen im „irdischen Weingarten“. Beide waren sie Priester gleichen Ranges, aber nicht aus demselben Ort.

Damit im Laufe dieser Erzählung keine Verwirrung entsteht, wird eine Seele „Priester“ und die andere „Pfarrer“ genannt.

Als die beiden Priester etwas überrascht vor dem gewaltigen Himmelstor standen – ihre Heimholung ging so schnell und keiner von ihnen war in der irdischen Welt ernsthaft erkrankt, sodass sie mit dem Sterben hätten rechnen müssen –, erklang die mächtige Stimme des Herrn über Leben und Tod:

„Im Namen Meiner ewigen Liebe, seid gegrüßt, Meine Seelen, Meine Diener aus der irdischen Welt. Was habt ihr Mir für Früchte aus dem irdischen Garten, in dem Ich euch eingesetzt hatte, mitgebracht?“

Der Priester antwortete wortgewandt wie eh und je in der irdischen Welt: „Herr, ich habe nichts von Deinem Plan gewusst. Dieser Termin war mir nicht bekannt, sodass ich mich für diese Begegnung besser vorbereiten hätte können ..."

Bei den Menschen war der Priester sehr beliebt, fast schon, wie man heute sagt, ein kleiner „Popstar". Man sagte von ihm, dass er so „menschlich" sei, weil er gerne – für einen Gott geweihten Mann, einen Priester – ziemlich gewagte Witze zitierte und mit den Stammtischmännern gerne mal einen über den Durst trank und bei den Festlichkeiten nie mit den ersten, sondern mit den letzten nach Hause ging – und auf den Mund gefallen, so lobte man ihn, war er auch nicht. Er war eben sehr „menschlich".

Sein Motto im Leben war: „Man darf die Leute nicht ruhen lassen, sonst könnten sie womöglich die Pflicht der Religion verlassen." Und: „Man muss sich unter die Menschen, wie ihresgleichen, mischen, dann sind sie leichter, wie Fische zu fischen."

Der Pfarrer war eher das Gegenteil vom Priester.

Etwas ängstlich klagte er: „Oh Herr, verzeih, ich weiß nicht, was ich Dir heute von meinen irdischen Taten anbieten kann ..." Verlegen flüsterte er: „Ich glaube, ich habe noch nichts, was Dir gefallen könnte ..."

Bei den Menschen war der Pfarrer nicht so beliebt wie der Priester. Er galt als sehr langweilig. Er trank keine scharfen Getränke, bei den Festlichkeiten war er einer der ersten, die nach Hause gingen, nach dem Gottesdienst zog er sich immer gerne allein für eine Weile zurück und „leichte" Witze und Sprüche mochte er überhaupt nicht.

Sein Lebensmotto war: „Wer laut ist, kann nicht die Stille aufnehmen und Gott spüren ..." und: „Wer in der Welt reich ist an spöttischen Sprüchen, ist arm im Geiste vor Gott ..."

Nachdem sich die beiden Priester vor der machtvollen Anwesenheit Gottes kurz vorgestellt hatten, erklang wieder die mächtige Stimme des Herrn:

„Meine Priester, die Stunde der Entscheidung ist nahe, deshalb frage Ich euch: Habt ihr denn den Lebenden (den irdischen Menschen) von den ‚Toten' (Verstorbenen) erzählt – und habt ihr für die ‚Toten' gesprochen?"

Während der Pfarrer sich noch verlegen räusperte, ergriff der Priester wie aus der Pistole geschossen stolz das Wort: „Herr, ich habe viele feierliche Messen gehalten, die stets sehr viel Geld für Deine Kirche einbrachten. Außerdem habe ich mir viele anstrengende Beichtgespräche angehört und habe den Leuten auch immer gute, strenge Bußen aufgetragen, was sie wiederum veranlasste, für weitere Messen gut zu bezahlen, und so wurden wieder andere Leute angeregt, Spenden und Opfer verschiedener Art zu tätigen."

Zufrieden über seine Ansprache zu Gott schaute er erhobenen Hauptes zu seinem Glaubensbruder, dem Pfarrer, hinüber, der neben ihm stand.

Das war das Zeichen für den Pfarrer, dass er nun an der Reihe war, Gott von seiner Arbeit auf Erden zu berichten.

Der Pfarrer dachte sich: „Jetzt geht es mit mir endgültig ‚den Bach runter'. Da kann ich nicht mithalten."

Stotternd klagte er: „Oh Mein Herr und Gott, nichts von alledem, was mein Glaubensbruder Dir darbrachte, kann ich Dir anbieten. Die Messen brachten nie so viel Geld ein. Oft gab ich Menschen aus dem Ort – natürlich denen, von denen ich wusste, dass sie niemanden hatten, der ihnen helfen konnte – Geld als Leihgabe. Meistens bekam ich nichts zurück. Ich gestehe, ich hatte nie den Mut ihnen zu drohen, dass sie das Geld der Kirche zurückgeben. So blieb stets zu wenig für die längst überfällige Renovierung des Kirchenraumes übrig, außerdem, meine große Schwäche: Bei den Beichtenden war ich kein belehrender Beichtvater, der eine strenge Richtung wies. Ich sah in ihnen stets nur ‚Lämmer, die sich verirrt hatten', und so trug ich ihnen als Buße immer nur das ‚Gebet um Vergebung' auf."

Weinend fiel der Pfarrer auf seine Knie und rief: „Herr, verzeih, ich habe als Priester versagt! Mach mit mir, wie Du willst, ich stehe mit leeren Händen vor Dir, Dein Wille geschehe meiner Seele."

Nach den Worten des Pfarrers erklang ein feines Glöcklein, und ein himmlischer Chor begann mit sanften Stimmen zu singen:

„Halleluja, im Namen des Herrn der Heerscharen ..."

Sogleich erschien ein ganz helles Licht und öffnete das Himmelstor.

Hastig stürzte der Priester auf das Tor zu, um den Eintritt nicht zu versäumen.

Aber das Tor blieb für ihn verschlossen. Ein mächtiges Energiefeld, das durch das helle Licht entstand, erzeugte so etwas wie eine unsichtbare Wand, die dem Priester den Eintritt verwehrte.

Mit voller Wucht prallte der Priester zurück und lag, wie nach einem Stromschlag, flach da.

Daraufhin sprach der Herr:

„Tut Mir leid, Mein Sohn, der Eintritt für deine Seele ist noch nicht gegeben."

Schockiert schrie der Priester: „Nein! Das kann nicht sein, das ist ein Irrtum! Ich bin doch ein Diener, ein Gottesdiener!"

Der Herr aber antwortete:

„Mein Sohn, nein, das ist kein Irrtum, du warst mehr Sorgenkind als Diener ..."

Sogleich erging das Wort des Herrn an den Pfarrer, der sich sehr schämte und sich schuldig fühlte, weil er dachte, dass er als Diener Gottes noch mehr versagt hatte als sein Glaubensbruder, der Priester. Ehrfürchtig stellte er sich dem Richtspruch des Herrn, denn er rechnete mit einer argen und gerechten Strafe.

Die sanfte Stimme des Herrn aber sprach:

„Ich habe an deinem mitfühlenden Herzen, das milde Güte auf die Menschen ausstrahlte, großen Gefallen gefunden. Mein Sohn, kehre ein, komm heim ..."

Der Pfarrer konnte es nicht fassen. Er weinte vor Freude und schritt langsam, Gott preisend, ohne Hinderung durch das Tor in das ewige Reich des Lichts.

Während er bei jedem Schritt Gott lobpries und dankte, bat er noch inständig um Gnade für den Priester und rief: „Herr, Du bist gütig und barmherzig, bitte vergib meinem Glaubensbruder, vergib auch ihm!"

Zurück blieb der Priester und klagte bitter enttäuscht: „Herr, warum er und nicht ich? Habe ich Dir nicht gut gedient und vieles in Fülle dargebracht?"

Dann rief er verzweifelt zum Schutzengel: „Schutzengel, gibt es dich denn? Wo bist du, wenn ich deine Hilfe und deinen Schutz brauche?"

Der Herr antwortete mit Seiner gütigen Stimme:

„Mein Sohn, du hast Meine Beziehung zu dir und den Menschen in der Welt nicht verstanden. Was soll Ich mit den leidigen Opfer- und Geldsäcken. Ich brauche nicht das Geld der Welt, Ich bin selbst die Fülle!

Was du Mir eifrig gesammelt hast, ist nur Vergängliches. Gedient hast du nur deinem Willen und nicht Meinem. Was soll Ich mit den strengen Bußen, die du deinen Geschwistern, Meinen Kindern, aufgeladen hast, die sie nicht tragen können und wovon du selbst keine einzige getragen hast. Du hast das, was du gepredigt hast, selber nicht gelebt."

Der Priester begann verzweifelt zu weinen und rief noch einmal zu seinem Schutzengel und bettelte um Hilfe und Fürsprache.

Der Schutzengel aber war die ganze Zeit anwesend. Der Priester konnte ihn nur nicht sehen, weil er, wie in der irdischen Welt, nur mit seinem Eigenwillen beschäftigt war.

Der Schutzengel sprach: „Hier bin ich, ich bin seit deiner Geburt bei dir. Mein lieber Schützling, ich habe dich oft gerufen und versucht dich zu warnen, aber es war immer zu laut – in dir und um dich –, deshalb hast du mich, seit du erwachsen bist, nicht mehr wahrnehmen können.

Höre, bei den Menschen warst du immer bemüht, dich beliebt zu machen. Du hast viele Dinge getan, damit du ihnen gefällst, die aber Gott nicht gefallen. Das Wichtigste aber hast du vergessen – bei Gott, deinem Lebensspender, hast du dich durch deinen Eigenwillen nicht beliebt gemacht.

Eine jede Seele möge ihr Leben dazu nützen, um sich bei Gott beliebt zu machen, das gelebte Leben, mit allen Höhen und Tiefen, ist das wahre Zeugnis vor Gott, für die Ewigkeit. Eine jede Seele möge sich um Gott bemühen!"

Daraufhin verneigte sich der Engel vor Gottes strahlender Anwesenheit und schwieg.

Sogleich erklang wieder die mächtige Stimme des Herrn:

„Meine verirrte Seele, weil dein Bruder im Glauben dich bedachte, während er durch das Tor zum Leben schritt, und für dich mit aller Kraft um Gnade gefleht hat, will Ich ihm seine Bitte erfüllen.

Ich werde den Ärzten in der irdischen Welt, die immer noch um dein Leben kämpfen, die Kraft geben, dass es ihnen gelingt, dich zurückzuholen, in deinen Körper, dein Erdenleben."

Der Priester fühlte nach diesen Worten eine unaussprechlich gütige Kraft, die ihn einhüllte, eine Liebe, die tausend Küsse und Umarmungen nicht spürbar machen können. Weinend begann er zu singen: „Lobpreis und Dank auf ewig sei Dir, Gott, für Deine Barmherzigkeit!"

Nach den tröstlichen Worten des Herrn ergriff wieder der Schutzengel das Wort: „Höre, Seele, an alles, was du jetzt hier erlebt hast, wirst du dich erinnern. Einen Moment wirst du denken, dass du nur geträumt hast. Gleich darauf wirst du dich aber erinnern, dass ich dir erzählt habe, dass es so sein wird. So schenkt dir jetzt der Ewige, der Gütige die Chance, dein Leben nach Ihm, nach Gottes Willen auszurichten. Dein Lebensmotto, das heißt dein tägliches Gebot, soll sein: ‚Was du selber nicht tragen kannst, lege auch nicht deinem Nächsten zur Last auf'. Lehre die Menschen, dass sie den Tag und die Stunde nicht kennen, wenn Gott sie aus dem irdischen Leben ruft.

Lehre sie, dass sie lernen ihr Leben so zu leben, dass sie jeden Tag für diesen Ruf bereit sind ... Amen"

Daraufhin sprach der Herr Seinen Segen für die Seele des Priesters:

„Geh zurück und mach es nun besser, denn du weißt nicht, wann Ich dich rufen werde!

Meine Seele, sei ein wahrer Priester, ein Vorbild für viele.

Sei ein Segen, für deine Nächsten!

Amen, so soll es sein!"

Während die Seele des Priesters, durch das Geleit des Schutzengels, in den irdischen Körper zurückkehrte, sangen die wunderbaren Stimmen eines Engelchors:

„Singt ihr Himmelsboten – ihr Engel des Herrn, erhebet eure Stimmen ... Halleluja ... Halleluja ... Lobpreis dem Herrn, der die Herrlichkeit, das Licht und die Liebe auf ewig ist. Amen"

Einführung zur Seelenschau „Werde wie ein Kind"

Der Herr sagte einst zu den Jüngern und zum Volk: „Wer es fassen kann, der fasse es ..."

Jeder möge sich über die folgenden Ereignisse sein eigenes Bild machen.

Hat der Herr nur einen Traum gesandt? Oder sind die Ereignisse nur ein symbolisches Gleichnis zur Belehrung und geistigen Unterhaltung? Oder aber haben sich folgende Ereignisse tatsächlich so abgespielt?

Jede Seele hat die Gabe des freien Willens von Gott Selbst geschenkt bekommen.

Heute geht der Spruch des Herrn an dich, deine Seele:

„Wenn du es fassen kannst, dann fasse es ..."

Jetzt bist auch du einer aus der zuhörenden und beobachtenden Volksmenge.

Bitten wir Gott unseren Vater, Er möge uns jetzt Seinen Beistand, Seinen Geist senden, damit unsere Seelen durch Gottes Auge sehen und verstehen.

Und der Herr sprach:

Meine Seele, bleibe wach, der „Spiegel der Zeit“ wird sich deiner Seele öffnen. Öffne dich jetzt dem Geist der Liebe, damit viele Dinge in deiner Erinnerung bleiben. Sogleich erschien etwas, das aussah wie eine große Glaswand in der sich die folgenden Ereignisse spiegelten:

Lass deinen Geist nun fließen ... wie eine Quelle ...

Stell dir vor ... du bist jetzt ein stiller Beobachter, der von dieser Zeit ... weit zurück in eine ganz ferne Zeit in der Vergangenheit sieht ... So wird es dir leichter fallen, den Ereignissen zu folgen.

Die Sonne scheint ... es ist sehr warm ... Du siehst eine hügelige Landschaft ... Du hörst das Rauschen einer kleinen Quelle, die aus einem Felsen fließt.

Dort stehen einige Feigenbäume ... weiter hinten kannst du Olivenhaine oder Ähnliches erkennen ...

Noch ist es ganz still ... doch bald kannst du das Stimmengewirr vieler Menschen hören ...

Über den Hügel herab, siehst du nun den Herrn kommen.

Mit Ihm seine vielen Jünger ... Darunter sind auch jene, die Er später zu Seinen Aposteln erwählte ... Viele Frauen sind auch dabei. Eine große Volksmenge folgt Ihm und seinen Jüngern, sie sind unterwegs zu einem nahegelegenen Städtchen ...

Seelenschau

Werde wie ein Kind

Eines Tages versammelten sich wieder sehr viele Menschen von nah und fern am großen Platz, um dem Herrn zuzuhören, was Er Seine Schüler lehrte.

Einige von den weisen Schriftgelehrten und Neugierige mit anderen Glaubensformen und aus anderen Glaubensrichtungen mischten sich auch unter das Volk.

Da fragte ein Schüler „Herr, Du hast uns gelehrt, dass unser GOTT, der ‚ICH BIN DA‘ auf ewig heißt, der Höchste ist und über allem, über allen Welten im Himmel und auf Erden steht, und dass Seine Diener viele und für uns unzählbar sind. So sage uns Herr, wer unter den vielen

Gottesboten und Dienern ist im Himmel der Größte und Höchste?"

Diese Frage löste einen großen Wirbel in der Volksmenge aus.

Der Älteste unter den Schriftgelehrten erhob sich und machte ein Zeichen mit dem Zeigefinger auf seinen Mund. Mit strengem Blick wies er die Angehörigen seines Standes und alle Anwesenden an zu schweigen. So befahl er mit kritischem, etwas hämischem Ton in seiner Stimme: „Seid alle still! Wir wollen hören, wer ‚der Größte' im Himmelreich sein soll – und welche Aufgabe er hat ..."

Mit einem Schlag verstummten alle Stimmen unter dem Volk.

Während der Herr mit Seinem Stab – mit dem Er immer spielte und Zeichen machte – am Boden hin und her strich, als würde Er mit einem Pinsel an einem Bild malen, hob Er lächelnd Sein Haupt und sprach mit Seiner beruhigenden Stimme: „Nun, denkt nach. Sagt ihr ... Was meint ihr, wer der Größte ist im Himmelreich?"

Daraufhin regnete es geradezu Namen von den Propheten aus den alten Schriften. Andere meinten „Nein! Es ist einer der Erzengel oder der Wächter des Himmelstores!"

Sogleich erhob sich der Herr und schaute über die Köpfe der lärmenden Volksmenge hinweg. Er streckte Seinen Arm aus und sprach:

„Bringt mir den Kleinsten unter euch ..."

Da brachte eine Mutter ihr Kleinkind nach vorne und sagte vertrauensvoll: „Rabbi, segne mein Kind und seine Sippe." Der Herr lächelte liebevoll und antwortete: „Frau, du bist gesegnet – und dein Kind, weil du glaubst. Der Segen wird auch auf deine Verwandtschaft übergehen. Wohl jenen, die es verstehen ihn zu behalten."

Einer der Ältesten rief empört: „Was will Er tun! Jetzt, zu dieser Zeit ein Opfer, für welchen Anlass – und das eines Menschenkindes?!"

Große Unruhe brach unter den Anwesenden des Volkes aus, bis einer der Angehörigen des Kindes angsterfüllt klagte:

„Meister! Tu dem Kind bitte nichts zu Leide! Nach einigen Fehlgeburten ist es sozusagen das Erstgeborene! Lass mich Dir drei Lämmer und einen Stier ohne Makel bringen, die Du unserem Gott opfern kannst!" Nach dieser Aussage krachte ein lauter Donner, als würde es das Himmelszelt zerreißen.

Der Herr aber schüttelte entsetzt Seinen Kopf und sprach mit starker, mahnender Stimme:

„Keine Opfer will Ich! Der Vater braucht eure Blutopfer nicht!“

Danach nahm Er das Kind, legte segnend Seine Hand auf das Haupt des Kleinen, hob es empor, damit das ganze Volk es sehen konnte und rief: „Ihr Kleingläubigen! So müsst ihr vor Gott dem Schöpfer sein!

Wer vor Gott gleich einem Kind ist, der ist der Größte im Himmelreich! Amen, Ich sage euch, werdet wie die Kinder!

Nachdem das alles geschehen war, wandelte sich die „spiegelnde Glaswand“ in ein offenes Fenster, aus dem glitzerndes weißes Licht strömte, und die sanfte Stimme des Herrn erklang: „Im Herzen bleibe ein Kind ...“

Nachricht vom Himmel

Im Herzen bleibe ein Kind

Im Herzen bleibe ein Kind, das sich freuen kann, wenn die Sonne aufgeht über dem Horizont, das sich freuen kann über die Vielfalt, in der sich Gottes Wirken und Anwesenheit offenbart.

Vergiss nie: Vor Gottes Angesicht bist du ewig Sein Kind, Seine geliebte Seele.

Amen, Ich sage euch, ihr Suchenden:

Es wurde euch gesagt: Suchet, und ihr werdet finden, klopfet an, und es wird euch aufgetan ...

Aber wehe euch. So ihr nicht „umkehrt“ in euren Herzen und werdet wie die Kinder, könnt ihr nicht eintreten in das geweihte Reich des Vaters ...

Es sind nicht die Gelehrten und Intellektuellen, die stolz meinen, alles zu wissen, über allem zu stehen – es sind die Seelen der Kinder, die die Engel beten und singen sehen, vor Gottes Angesicht ... Amen

Meine Seele, lausche, man wird über diese Sache reden, sie belächeln und auch darüber lästern. Viele werden fragen, ob es nichts Neues gibt, über den Himmel und die Zukunft auf Erden ...

Ich sage dir: Ich führe dich – als Beispiel – in die Vergangenheit.

Zuerst muss man die Vergangenheit verstehen. Erst wenn ihr die Vergangenheit versteht, könnt ihr die Zukunft erkennen!

Gebet

Ich weihe mich Dir,

Jesus Christus,
König der Könige,
Herr des Lebens,
König der Barmherzigkeit
und des Vergebens.
Im Vertrauen auf meine
Erlösung durch DICH,
weihe ich Dir meine Seele.
Leite mich jeden Tag
zur Quelle Deines Herzens.
Bitte schenke mir die Kraft,
bedingungslos zu lieben.
Herr,
Segne mich mit Deinem Frieden.
Amen
Ich weihe mich Dir,
Mein Herz gehört auf ewig Dir.

Nachricht vom Himmel

Sei immer bereit!

Gott prüft Seine Seelen nicht, wenn sie es erwarten oder wenn sie denken bereit zu sein.

Lebe dein Leben stets so, dass du in jedem Augenblick bereit bist – bereit, die Schwelle zum Licht zu durchschreiten.

Gebet

Belebe!

Vater für alles Gute in meinem Leben danke ich Dir.
Alle meine Irrtümer, bitte vergib mir.
Durch die Gnade Deiner Barmherzigkeit
hilf mir meinem Mitmenschen zu vergeben.
Leite mich mit Deinen Schutzengeln sicher durch mein Leben,
auf meinem Weg zu Dir.
Belebe mein Herz mit Deinem Heiligen Geist
und meinen Geist mit Deinem Licht,
damit meine Zunge nur mehr Gutes spricht
und mein Geist nur mehr Gutes denkt
und meine Hand die Menschen mit guten Taten beschenkt.
Vater, für alles Gute in meinem Leben danke ich Dir.
Den Segen mit Deinem Heiligen Geist bitte schenke mir.
Amen, so soll es sein!

Seelenschau

Wiedersehen im Garten

Vor langer Zeit an einem ganz besonderen Tag – es war ein Tag, dessen Name kein Mensch auf Erden kennt – wartete eine Seele in einem wunderschönen Garten auf ihren Herrn. Einige Stunden verstrichen, bis der Herr im Morgengrauen endlich kam. Freudig sprang die Seele von der Baumausbuchtung, in der sie ruhte, auf und lief dem Herrn entgegen. Die Freude und das Glücksgefühl waren so stark, dass sie dachte, ihr Herz würde zerspringen. Aufgeregt rief sie: „Endlich, endlich bist Du da!" Der Herr trat lächelnd auf sie zu. Seine Augen glänzten wunderschön im Mondlicht. Sein gütiger Blick war voller Liebe und doch gleichzeitig etwas rätselhaft. Die Seele spürte, dass etwas anders war und das machte sie ängstlich und unsicher. Mit einer festen Umarmung begrüßte sie Ihn und wiederholte: „Endlich bist Du da! Ganz fest werde ich Dich halten, dass Du nie mehr fortgehst, nie mehr!", rief sie. Das Gespür der Seele sollte sich bewahrheiten.

Der Herr drückte sie sanft und antwortete mit Seiner gütigen Stimme: „Meine Seele, halte Mich nicht fest, du darfst Mich jetzt nicht festhalten. Ich muss gehen, weit fort von hier.“

Die Seele erschrak und rief: „Aber Herr, wohin gehst Du? Lass mich Dir folgen.“ „Nein, geliebte Seele“, bedauerte der Herr. „Wohin Ich gehe, kannst du Mir jetzt noch nicht folgen, auch nicht deine Brüder und Schwestern, teile ihnen das mit. Ihr könnt Mir jetzt nicht folgen, denn Ich werde zu einem anderen Platz im großen Hause des Vaters gehen. Dort werde Ich eine Wohnung für euch alle bereiten.“

Die Nachricht des geliebten Herrn schmerzte die Seele so sehr, als würde ein Blitz durch ihr Herz und all ihre Glieder schießen. Das ersehnte Treffen mit dem Herrn sollte kein freudiges Wiedersehen, sondern ein Abschied sein. Ein Abschied für eine unbestimmte, lange Zeit.

Weinend stammelte die Seele: „Herr, ich will Dich nicht vergessen. Was ist, wenn mein Gedächtnis schwach wird? Lass mich Dich und alles, was Du mich gelehrt hast, nicht vergessen! Nicht einmal ein gemaltes Bild zur Erinnerung habe ich von Dir.“

Plötzlich stand der Herr in einem strahlenden Licht, als würde das Licht eine Säule sein. Der Herr lächelte gütig und gab der Seele ein Bild mit Seinem Antlitz aus einem seltsamen Material geformt. Gleichzeitig fing die Lichtsäule an zu beben, und der Herr fuhr empor wie in einem Lift und verschwand in einer riesengroßen Wolke, die augenblicklich, als der Herr darin aufgenommen war, anfing, wie ein Feuerball zu leuchten und mit rauschendem Getöse auffuhr, dem ewigen Horizont entgegen, bis nichts mehr sichtbar war.

Die Seele stand nun alleine im Garten, hielt das Bildnis in ihren beiden Händen und weinte. Als ihre Tränen das Bild mit dem wunderschönen Antlitz des Herrn benetzte, wurde das Bild lebendig und die Stimme des Herrn sprach laut: „Du wirst Mich nicht vergessen, weil auch Ich dich nicht vergessen werde. Du wirst dich immer wieder an Mich erinnern und wenn die Zeit reif ist, werde ich dich rufen – es wird Nacht sein, wenn Ich dich rufe.“

Die Seele fiel auf Ihre Knie und sprach:

„Überall wohin Du mich rufst, will ich Dir folgen Herr. Führst Du mich auch in die Finsternis, ich fürchte nichts ... Ich weiß, Du bist mein Licht!“

Das lebendig gewordene Gesicht des Herrn auf dem Bild begann zu leuchten – noch ein Lächeln konnte die Seele erkennen, dann löste sich das Bild in tausende winzige Lichtfunken auf und verschwand im Herzen der Seele ... Gleichzeitig hörte die Seele die sanfte Stimme des Herrn in ihr. Sie sprach: „Hier werde Ich für dich immer anwesend sein. Hier kannst du Mich immer erreichen. Hier kannst du Mich immer treffen, denn hier werde Ich auf dich warten, in deinem Herzen.

Amen ... Ich bin ... jetzt ... da ...“

Nachricht vom Himmel

ICH BIN DA

Herr, ich danke Dir für den heutigen Tag.
Ich danke Dir für Deine Gnade.
Herr, sei mir nah …
„Meine Seele, ICH BIN bei dir ...“
Herr, bleibe mir nah ...
„Meine Seele, ICH BIN da ...“
Herr, ich danke dir, bleibe immer nah!
„Amen, Meine Seele, ICH BIN ... in dir ...!“

Seelenschau

Warum lebe ich hier?

An einem kühlen Abend, verließ eine Seele ihr warmes, trautes Heim. In der Hoffnung, dass sie in der frischen Nachtluft frei wird von den plagenden Gedanken und ihren verlorenen Frieden wiederfinden würde. Es muss schon Spätherbst gewesen sein, denn es lag viel Laub von den großen Bäumen auf den Wegen dieses romantischen Ortes.

Das Gemüt der Seele war verwirrt und bitter enttäuscht vom Verlauf einiger Dinge in ihrem Leben. So wanderte sie ziellos hin und her, bis sie nach einiger Zeit an einem alten Friedhof ankam.

„Vielleicht werde ich hier Frieden finden“, sprach die Seele mit sich selbst und trat ein. Ohne was zu denken schlenderte sie von einem Grab zum nächsten und sagte vor jedem Grabstein: „Du hast deinen Frieden und du – und ihr alle habt euren Frieden ... Ich lebe, ich bin noch hier und habe keinen Frieden!“

So ging es dahin, von Reihe zu Reihe, bis die Seele an einem Grab mit einer steinernen Engelstatue stehen blieb. Da erkannte sie das Bildnis eines lächelnden Kindes. Ergriffen von diesem unbeschwerten Lächeln, fiel die Seele auf ihre Knie und weinte.

Verbittert klagte sie Gott ihren Kummer und ihre Angst vor dieser Aussichtslosigkeit in ihrem Leben.

„Großer Gott, es heißt, dass Du allmächtig bist und überall zur selben Zeit lebst. Niemand kann Dich doch sehen und hören ... Gibt es Dich wirklich noch? Mein Verstand erkennt, dass hier ein kleines Kind begraben liegt – warum? Was hat das für einen Sinn? Mir selbst sind so viele Dinge nicht geglückt, sogar gute alte Freundschaften gingen in die Brüche ... Ich bin erwachsen und lebe und mein Leben ist ein Scherbenhaufen. Was erwartest Du noch hier von mir? Wäre es nicht besser, ich läge da begraben und nicht das unschuldige Kind? Wo liegt da ein Sinn!“, schrie die Seele zum Nachthimmel. Die Seele weinte und weinte, bis sie nicht mehr konnte. Die Zeit verging – es war schon kalt und sehr spät geworden, bis sie ihren Heimweg antrat.

Als die Seele dann erschöpft im Bett lag, hatte sie noch immer das Bild des kleinen Kindes auf dem Grabstein vor ihren Augen, und in ihrem Inneren hörte sie pausenlos wiederholend ihre klagenden Worte zu Gott: „Was erwartest Du noch hier von mir?“

Nach einiger Zeit fiel ihr Körper erschöpft in einen tiefen Schlaf.

Und so geschah es, wenn Gott Seine Seelen ruft:

Von einem Augenblick zum anderen, stand die Seele mit ihrer geistigen Gestalt vor dem Grab des kleinen Kindes. „Warum bin ich jetzt wieder hier? Bin ich nicht gerade zu Hause zu Bett gegangen?“, rief die Seele verwirrt.

Plötzlich erstrahlte das Bild des lächelnden Kindes auf dem Grabstein. Die Erde fing an stark zu beben, das Bild auf dem Grabstein wurde lebendig und die Stimme des Kindes sprach: „Was bist du denn so verzweifelt und traurig?“ Die Seele erschrak und stotterte ängstlich: „Oh Kind, tut mir leid, jetzt habe ich deinen Frieden gestört. Bitte verzeih mir, ich klage hier, bei dir und lebe, und du bist so früh schon von hier gegangen.“

Nach dieser Aussage fing die Erde wieder an zu beben und ein heftiger Wind rauschte durch die Gegend. Augenblicklich stand das Kind leibhaftig vor der Seele und sprach mit freundlicher Stimme: „Weine nicht, du hast meinen Frieden nicht gestört! Sei nicht traurig, denn Gott liebt dich sehr. Deshalb gibt Er dir immer wieder neue Möglichkeiten, um zu lernen – freue dich!"

Die Seele konnte es nicht fassen, das verstorbene Kind stand da und sprach zu ihr. Verwirrt antwortete die Seele: „Aber mir glückt doch überhaupt nichts, scheinbar geht alles schief! Was soll ich denn noch versuchen?" Das Kind legte seine linke Hand auf das Herz der Seele. Die rechte Hand hob es zum Himmel und lächelte. Die großen blauen Augen des Kindes funkelten im Mondlicht, dann sprach das Kind ganz ruhig: „Als ich in dieser Welt lebte, hatte auch ich eine Aufgabe, so wie du."

Die Seele rief empört „Aber welche Aufgabe, wenn du schon so früh aus der Welt gehen musstest? Was hat das noch für einen Sinn?" Das Kind lächelte und sprach: „Glaube es, ich hatte die gleiche Aufgabe, nur war meine Aufgabe schon früher erledigt ..."

Die Seele verstand gar nichts mehr. „Aber was für eine Aufgabe?", fragte die Seele.

„Meine Aufgabe war, meinen Eltern dabei zu helfen, dass sie das lernen, was du jetzt und später andere lernen müssen." Das Kind lächelte, drehte sich um und ging einige Schritte weiter.

Die Seele rief: „Wohin gehst du? Bleibe doch noch da und hilf mir zu verstehen! Welche Aufgabe?"

Während sich das Kind langsam umdrehte, strömte ein unbeschreiblich helles Licht hernieder und hüllte es ein. Gleichzeitig breitete sich ein wohlriechender Duft aus. Plötzlich wandelte sich die Gestalt des Kindes in Licht, in einen großen Engel. Seine blauen Augen strahlten vor Freude, als würde der ganze Himmel jubeln – dann sprach der Engel:

„Seele, du lebst hier, um zu lernen, mit deinem Herzen Gott zu suchen!"

Der Engel verneigte sich im fließenden Licht und war fort.

Daraufhin erwachte die Seele wieder in ihrem Heim und sprach mit großer Freude in ihrem Herzen:

„Großer Gott, bitte bewahre mich vor Unheil und weiteren Irrtümern.

Dir sei Lobpreis Ehre und Dank, denn Du hast mich Deinen Engel schauen und meine Aufgabe in meinem Leben erkennen lassen. Amen."

Die Seele bewahrte dieses Erlebnis tief in ihrem Herzen, damit sie sich zu jeder Zeit mit der Kraft ihrer Gedanken an alle Einzelheiten erinnern konnte. Eine Frage, beschäftigte sie dabei immer wieder: Wie oft war oder ist wohl der Tod eines kleinen Kindes in Wirklichkeit der Besuch eines Engels?

Seelenschau

Die Versuchungen

Eines Nachts klagte eine Seele verbittert über ihre schweren Irrtümer, die sie in der Vergangenheit gemacht hatte. Scheinbar vergessen, wie ausgelöscht, waren die einstigen Ereignisse, die zu den irrtümlichen Taten geführt hatten, bis – wie aus dem Nichts – unvorhersehbar, im ganz normalen Alltag, die heimtückischen Versuchungen, verkleidet im verführerischen Licht der Lüge, wieder auftauchten ...

Verzweifelt klagte die Seele zum Himmel über ihre falschen Entscheidungen, die eine unangenehme Situation für sie und andere verursacht hatte.

„Herr, hilf mir, ich bin in eine dunkle Falle gestürzt. Meine Gefühle, vom Stolz geleitet, haben mein Herz geblendet. So bin ich an meinem ‚irdischen ich' hängen geblieben und habe mich für einen großen Irrtum entschieden. Herr befreie und erlöse mich von allen Versuchungen, die im Verborgenen und im Sichtbaren lauern."

Einige Zeit verging – alles war still, man konnte nur das verbitterte Seufzen der Seele hören. Bis auf einmal ein lautes Geräusch vom Himmel ertönte, so als würde sich ein schweres Gewitter ankündigen. Es war aber kein Gewitter in Sicht. Der Mond leuchtete wunderschön und die Sterne funkelten am Himmelszelt. Die Seele betrachtete ehrfürchtig den strahlenden Himmel, in der Hoffnung, dass der Herr ihre Klagerufe gehört hatte und ihr so verzeihen würde. Bis plötzlich ...

Die Seele erschrak und dachte, sie könne ihren Augen nicht trauen. Hektisch wischte sie mit beiden Händen ihre von Tränen gefüllten Augen aus, doch was sie sah, war keine Sinnestäuschung: Der Mond schien sich heftig zu bewegen – das sah so aus, als würde sich eine riesige Lichtkugel aus dem Mond lösen oder als würde der Mond einen zweiten Mond gebären. Das Licht aus der leuchtenden Kugel pulsierte und wurde immer intensiver. Daraufhin schoss aus diesem leuchteten Geheimnis, wie ein Blitz, ein Lichtstrahl auf die Erde und hüllte die Seele ein.

Sogleich erklang die sanfte Stimme des Herrn:

„Fürchte dich nicht, Seele, was Ich dir jetzt mitteile – und lausche aufmerksam:

In dieser Welt hat jeder gute Geist einen Gegner, so wie: das Licht – die Finsternis, die Liebe – den Hass, der Friede – den Krieg und vieles mehr. So also ist es noch in dieser Welt.

Sieben Dämonen sind um dich – sieben Dämonen wollen deinen Geist regieren – sieben Dämonen wollen in dein Herzen eindringen – sieben Dämonen wollen den Atem deines Herzens ersticken.

Aber, meine Seele, bleibe Mir treu. Lass dich nicht vom falschen Licht blenden! Das alles wird den gegnerischen Kräften nicht gelingen, weil Ich es bin, der in deinem Herzen wohnt, weil Ich es bin, der die Stimme deines Herzens schützt und schont.

Amen, Ich sage dir, weihe Mir jeden Tag dein Herz, deine Stimme und deine Liebe, dann wird dir nichts geschehen!

Erkenne! In dieser Welt muss es noch Versuchungen geben. Sie sind wichtig, denn sie dienen dem Reifeprozess einer Seele. Durch die Kraft der Versuchung wird eine Seele gemessen, wie stark sie schon im Licht bestehen kann."

Nachdem der Herr diese Worte gesprochen hatte, wurde es ganz still. Die Seele fühlte sich betrachtet und beobachtet – durch und durch. In ihrem Herzen und all ihren Zellen spürte sie den Blick des Herrn.

Dann sprach der Herr weiter:

„Ich versichere dir, jeder Irrtum, den eine Seele in ihrem Herzen erkennt und so nicht mehr begeht, bewegt sie einen Schritt näher ins Licht, denn ihre Irrtümer sind ihr vergeben."

Erleichtert von dieser Hoffnung spendenden Nachricht, verneigte sich die Seele dankbar und antwortete:

„Herr, ich danke Dir für Deine Worte – erlaube mir noch eine Bitte an Dich. Bitte erwecke im Geist meiner Seele die Kraft der Unterscheidung der Geister, damit ich die Versuchungen besser erkenne und mich so von allen Irrtümern trenne."

Daraufhin antwortete der Herr:

„Meine Seele, Amen, so sei es, unterscheide die Geister ..."

„Die Ersten werden die Letzten sein, und die Letzten werden die Ersten sein …“

Tief betrübt im Herzen vor Sorge entschloss sich eine Seele, eine kleine verlassene Kapelle an einem sehr abgelegenen Ort zu besuchen, um dort dem Herrn ihren Kummer mitzuteilen. Das uralte Kirchlein stand in einer wunderschönen, weiten Gegend, die an eine hügelige Landschaft in der Toskana erinnerte. Die mystische Gebetsstätte war fast leer, nur ein großer steinerner Altar und ein großes Holzkreuz an der Wand schmückte den Raum. Links und rechts vom Kreuz waren jeweils eine Halterung, sie wurden wohl einst für Fackeln oder Laternen verwendet.

Die Seele kniete sich auf dem gewölbten groben Steinboden nieder und betete:

„Allmächtiger, immer gerechter, ewiger Herr, erlaube mir, Dir heute meine Sorge kundzutun. Es ist die Bitte für meinen Bruder. Wie Du ja sicher weißt, weil Du alle Geheimnisse kennst, hat er vor einiger Zeit einen großen Irrtum begangen. Seine Reue ist groß, denn viele Dinge sind ihm durch diesen Irrtum nicht geglückt. Er versuchte auch Buße zu tun, und jetzt ist er sehr krank.

Gütiger Herr, wie lange wird er noch ein ‚Ausgestoßener‘ sein, so dass er wie einst vor den Altar treten darf, um von Deinem Mahl zu kosten und von Deiner Quelle zu trinken? Oh Herr, Du bist die ewige Güte und Gerechtigkeit, bitte lass meinen Bruder nicht verkommen und ohne Dein Mahl und Deine segnende Quelle sterben!“

Danach küsste die Seele den Steinboden und sprach in drei verschiedenen Sprachen abwechselnd „Heilig, heilig, heilig, bist Du Ewiger, Allmächtiger, Herr der Heerscharen.“

Als die Seele diese Worte aus der Tiefe ihres Herzens sprach, fing der Boden an leicht zu zittern. Sogleich fiel das Mondlicht durch das obere Fenster auf das Holzkreuz, das laut knarrte, als würde ein mächtiger Baum sich spalten. Die Seele erschrak und rief ängstlich: „Guter Herr, verzeih mir meine bedrängenden Fragen und Klagen!“

Augenblicklich kehrte eine beruhigende Stille ein. Dann erklang die Stimme des Herrn, so als würde sie direkt aus dem vom Licht des Mondes beleuchtenden Kreuz kommen.

„Meine Seele, fürchte dich nicht. Siehe, es ist alles so, wie Ich es einst verheißen. Ein Teil davon steht auch in der Schrift geschrieben. Wer Ohren hat zu hören, der höre!

Ich versichere dir und allen, die das hören werden, was Ich dir jetzt mitteile. Jeder Seele ist vergeben, die ihre Irrtümer von Herzen bereut und erkennt und sich von den Sünden trennt, sie also nicht mehr begeht. Dieser Seele ist alles vergeben! Siehe, Ich bin gekommen, um zu bekehren, um zu heilen – für die Kranken und nicht für die Gesunden. Auch bin Ich nicht für die Gerechten gekommen. Ich bin wegen und für die Sünder gekommen, um sie von ihren Irrwegen aufzuhalten.

Siehe und so wird es sein: Am Ende werden die Ersten die Letzten sein und die Letzten werden die Ersten sein. Für den Vater ist eine Seele, die sich von ihren Sünden bekehrt hat, wertvoller, als ein gelehrter Gerechter, der meint, es nicht nötig zu haben umzukehren!"

Die Seele neigte dankbar ihr Haupt und sprach: „Guter Herr, ich danke Dir. Bitte verzeih mir meine bedrängende Nachfrage, aber die Priester werden meinen Bruder sicher nicht zum Altar kommen lassen. Sie werden ihr Revier streng in Deinem Namen verteidigen."

Der Herr antwortete: „Siehe, Ich bin gekommen, um die Sünder mit Meiner Gabe zu speisen. Die Menschen sind hartherzig. Ich aber bin barmherzig von Herzen. Ich werde also selbst bestimmen, in welchem Ich wohnen bleibe und welche Seele Ich mit Meinem Licht beseele. Amen."

Als der Herr mit lauter Stimme Sein mächtiges Amen sprach, trat vom alten Holzkreuz an der Wand ein Lichtstrahl hervor und leuchtete der Seele direkt in die Augen. Sogleich sah die Seele eine Kirche, in der gerade ein Gottesdienst gefeiert wurde. Viele Menschen stellten sich zur Brot- und Weinvergabe an. Dann erkannte die Seele, wie bei jedem Menschen das Brot sich in eine Lichtkugel wandelte. Jeder Mensch nahm den Herrn in der Form eines lebendigen Lichtes in sich auf.

Die Seele freute sich darüber – und konnte nicht fassen, was gleich darauf geschah:

Bei einigen Menschen verlöschte das Licht, ehe sie die Kirche verließen, so als würde man die Kerze in einer Laterne auslöschen. Andere Menschen begleitete das Licht des Herrn nach Hause, in den Lebensalltag hinein.

Die Seele erschrak und betete: „Gütiger Herr, bitte sei Du für immer das Licht in meiner Seele."

Der Herr antwortete: „Fürchte dich nicht, Seele! Es ist so, wie Ich es gesagt habe: Ich entscheide Selbst, bei wem Ich bleibe und wen Ich verlasse ... Amen!"

Die Seele neigte ihr Haupt bis auf den Boden und sprach: „Gütiger und gerechter Herr, stellvertretend für alle verirrten Seelen bitte ich Dich: Verlasse Deine Seelen nicht!"

Plötzlich erstrahlte der ganze Altar im Licht und der Herr sprach mit verständnisvoller Stimme: „Meine Seele ... Amen, Ich sage dir, der Vater und Ich sind Eins in der Liebe und Barmherzigkeit! Also warte Ich, das heißt, jede Seele bekommt die Gnade, eine Möglichkeit in ihrem Leben, um zu erkennen und umzukehren ... Ich erwarte jede Seele ..."

Seelenschau

Gnade – die zweite Chance

Wenn Gott seine Boten sendet ist es Zeit, die (Erden-)Zeit in seinem Leben zu betrachten.

Eines Nachts sandte Gott einen Seiner besonderen Boten zu einem Mann, der durch einen Unfall – den er selbst durch seine unermüdliche Rastlosigkeit ausgelöst hatte – schwer verletzt im Krankenbett lag.

Der Mann hatte gerade die Mitte seines Lebens erreicht. Das Glück war in allen Dingen bis zu diesem Zeitpunkt ständig auf seiner Seite gewesen. Sein Motto lautete „Aus mehr werde mehr und aus schnell werde schneller". Scheinbar jede Tätigkeit in seinem Handelsgeschäft ging zu seinem Vorteil aus. Deshalb war sein Besitz an Ländereien und Gütern außergewöhnlich groß.

Da lag er nun, halb tot. Die Kraft, mit seinem Körper Signale zu tätigen, war mit einem Augenblick geschwunden. Der große Besitz und Reichtum nützte ihm jetzt auch nichts mehr.

Er fühlte sich herausgerissen und verlassen, so als würde sein ganzes Leben wie Sand durch ein Sieb fließen.

Mit seiner ganzen Willenskraft versuchte er nach Hilfe zu rufen, doch niemand konnte ihn hören, weil es die Stimme seiner Seele war, die unentwegt verzweifelt: „Kann mich jemand hören?", rief. Der menschliche Körper war viel zu schwach, um sich auf irgendeine Weise bemerkbar zu machen. Nur jene, die nicht den Gesetzen dieser Welt unterworfen sind, können die Stimmen der Seelen hören.

So geschah es ... Der Bote Gottes trat in das Krankenzimmer und nahm auf einem Besucherstuhl am Ende des Bettes Platz.

Geduldig wartete der Engel, bis die Seele des Mannes „selbst" bereit war, Ihn, den Gesandten aus dem Himmelreich, wahrzunehmen. Nach einiger Zeit erblickte die Seele des Mannes den lichten Boten am Ende seines Krankenbettes.

Die Seele fühlte sich, als würde sie aus einem ewigen Tiefschlaf erwachen und rief erstaunt: „Was machst du hier – wer bist du?"

Der Engel erhob sich und blickte in die Ferne, als würde er weit in eine andere Welt schauen. Sogleich verwandelte sich – durch einen weißen, glitzernden Nebel – das Antlitz des Engels. Plötzlich konnte die Seele wie durch die Augen des Engels sehen. Die Seele erkannte nun die Welt, wie sie von Gott und seinen Boten gesehen wird.

Das gesamte Weltbild war übersäht mit schwarzen Flecken, gemischt mit kleinen leuchtenden Punkten, die sich unentwegt bewegten. Alles war in Bewegung – es sah so aus, als würden die schwarzen Wolkenflecken die kleinen Lichtfunken verfolgen und verschlingen.

Als die Seele den „Plan" der dunklen Wolken, die sich wie mächtige Ungeheuer fortbewegten, um alles zu vertilgen, erkannte, stieg in ihr, in jeder Faser ihres Wesens, ein unerträglich qualvolles Gefühl hoch, das alle Sinne bis aufs Übelste peinigte – ein Gefühl, dass man überhaupt nicht in Worte fassen kann.

Die Seele klagte daraufhin, dass sie noch nie etwas so Schreckliches gefühlt habe, und flehte den Engel inständig an, sie von den quälenden Bedrängnissen zu befreien. Sogleich erschien wieder der wunderschöne Engel. Fürsorglich blickte er tief in die Augen der Seele und sprach: „Gott hat dir, so wie all seinen Geschöpfen, den freien Willen geschenkt. Sage also, für welche ‚Seite' willst du dich entscheiden?"

In einem Atemzug rief die Seele: „Für die leuchtenden Punkte, natürlich für die Lichtpunkte!"

Der Engel nickte zufrieden und verabschiedete sich mit einem sanften Blick, der einen liebevollen Himmelsgruß ausdrückte. Er drehte sich um, machte einige Schritte und verschwand im Nichts, als würde er sich auflösen.

Einige Stunden nachdem der Himmelsbote seinen Erdenschützling besucht hatte, versuchten die Ärzte ihren Patienten aus dem Tiefschlaf zurück zum schmerzenden Wachzustand zu holen. Als nun die Seele des Mannes wieder in ihrem vom Unfall zerschundenen Leib erwachte, fragten ihn die Ärzte mit aufmunterndem Ton in der Stimme, ob er wohl gut geschlafen hätte. Die Seele aber konnte in diesem Augenblick die diesseitige und jenseitige Realität nicht auseinanderhalten. Verwundert fragte sie: „Habe ich geschlafen?" „Ja, Sie haben tief geschlafen!", lautete die Antwort von mehreren Stimmen im Krankenzimmer. „Wenn ich tatsächlich geschlafen habe, dann habe ich wohl unglaubliche Dinge geträumt, die sich sehr real anfühlten", antwortete der Patient.

Einer der Ärzte versuchte den Patienten nochmals aufzumuntern und sagte: „Das ist ganz normal. Im Tiefschlaf träumt man immer wirres, unsinniges Zeug, und die Schmerzmittel schalten den Verstand weg, so träumt man eben Träume vom Niemandsland. Jetzt sind Sie wieder klar in dieser Welt und das ist die echte Wirklichkeit. Alles ist gut, Träume sind nur Schäume." Lachend schüttelte er den Kopf und verließ das Zimmer.

Der Patient dachte sich, der Arzt ist ein geschulter Fachmann mit viel Erfahrung. So entschied sich der Patient, die Erlebnisse mit einer anderen Realität zu vergessen.

Einige Monate zog sich die Heilung aller Verletzungen hin, bis der Patient sich einer speziellen Nachuntersuchung unterziehen musste. Der Oberarzt gratulierte seinem Patienten zur erfolgreichen Genesung und sagte: „Sie sind jetzt fit und können wieder in Ihren gewohnten Lebensrhythmus zurückkehren." Der Arzt bemerkte in der zögernden Reaktion des Patienten, dass es noch irgendeine Unstimmigkeit gab, und fragte: „Was bedrückt Sie noch? Sie sind ganz gesund."

Erleichtert über die Frage des Arztes klagte der Patient, dass ihn die Träume vor seinem Erwachen im Krankenzimmer seither sehr belasten würden und er sie nicht vergessen könne.

Der Arzt lachte und sagte mit tröstender Stimme: „Ach das – ich verordne Ihnen ein Beruhigungsmittel für den Tag und ein Schlafmittel für die Nacht." Etwas sarkastisch betonte er noch: „Klammern Sie sich doch nicht an Träume. Vergessen Sie die Träume, das sind ja alles nur Illusionsschäume."

Der Patient ging wieder zurück in sein früheres, gewohntes Leben und hielt sich dankbar an die Verordnung des fachkundigen und erfahrenen Arztes, um die Erfahrung mit einer anderen Realität mit Hilfe von Schlaf- und Beruhigungsmitteln ganz zu vergessen.

Der Geschäftsmann stürzte sich wieder in seine Handelsgeschäfte, um die verlorene Zeit so schnell wie möglich wieder aufzuholen.

Das gelang ihm auch nach kurzer Zeit. Die Geschäfte blühten besser als je zuvor. Doch das alles war für ihn nicht zufriedenstellend. Spöttisch sagte er: „Ich besitze so viel, wie nur ein Gott der Antike besitzen konnte – so will ich auch leben."

Er reiste in die Ferne, erwarb sich große Ländereien, deren Landschaften aussahen wie verlassene Paradieswelten. Dort ließ er sich ein prächtiges Gebäude errichten, das einem Tempel ähnelte und dessen Einrichtung nur aus den feinsten Stoffen, Gold und wertvollsten Edelsteinen gefertigt war. Nun war er ein Reicher, der in seinem eigenen Reich lebte.

Doch die Menschen, die in diesem Land wohnten, lebten alle unter der Armutsgrenze.

Als ihn eines Tages eine führende Persönlichkeit aus dem Volk um eine Leihgabe für den Kauf von Medizin für das Volk bat, wies er ihn scharf zurück.

Die Drangsal des Volkes berührte ihn nicht im Geringsten. Zornig schrie er: „Ich bin reich wie einer der alten Könige! Habe ich es nötig, mich um den Pöbel dieses Volkes zu kümmern?" So verjagte er alle Hilfesuchenden.

Nach einiger Zeit klopfte ein Kind am Tor des reichen Mannes. Der riss die Tür auf und schrie wütend: „Was willst du? Verschwinde!"

Das Kind erschrak sehr über die garstige Reaktion des Mannes. Trotzdem ließ es sich nicht einschüchtern. Es fasste Mut und fragte höflich: „Guter Herr, in meinem Korb habe ich eine sehr seltene Schlange. Ich bitte dich mir etwas Geld zu leihen, damit der Arzt aus der fernen Stadt vom Gift der Schlange für meine kranke Mutter Medizin machen kann. Ohne diese Medizin könnte sie sterben, so bitte hilf mir ..."

Wie ein Besessener schrie der Mann: „So ein Schwachsinn! Eine Bettelschlange bist du! Verschwinde! Geh zurück, wo du hingehörst, zum Gesindel!"

Wutentbrannt stieß er das Kind mit dem Lebendgepäck zu Boden.

Dann ging alles sehr schnell. Das Kind erhob sich und eilte davon. Der

Korb wurde durch den Stoß geöffnet und die Schlange schoss in Blitzgeschwindigkeit aus dem Korb und biss den Mann in den Fuß. Schon nach kurzer Zeit wurde ihm sehr unbehaglich, denn das Gift breitete sich rasch im Körper aus. Der Mann sank atemringend zu Boden. Seine Versuche, um Hilfe zu rufen, waren vergebens, da die Stimmbänder durch das Gift schon stark beeinträchtigt waren.

Das andauernde Glück des Mannes schien noch nicht ganz erschöpft zu sein. Der Gärtner des Anwesens kam früher von seiner Arbeit zurück und fand seinen Herren schweißgebadet am Boden liegen. Sofort wurden die besten Ärzte von nah und fern herbeigerufen. Vereint kämpften die Mediziner um das Leben des Mannes, doch sein Zustand verschlechterte sich zusehends.

Einer der Fachärzte sagte mit ernster Stimme: „Wenn uns nicht bald aus unserem Wissensschatz ein guter Rat einfällt, werden wir den Patienten verlieren.“ Zustimmend nickten alle Ärzte mit dem Kopf. Für sie war der Patient nun todgeweiht – ein Patient im Komaschlaf, der nicht mehr reagieren, nicht mehr hören und seine Umwelt nicht mehr wahrnehmen konnte.

Die Sichtweise des Patienten war aber eine ganz andere. Er konnte sich durch die Wirkung des Giftes nicht bewegen und auf die Untersuchungen nicht reagieren, jedoch waren seine Sinne hellwach. Alle Gespräche der Ärzte konnte er hören und plötzlich konnte er auch alle Tätigkeiten von ihnen sehen, denn sein irdischer Körper befand sich im Sterbezustand. Sein Seelenleib pendelte hin und her zwischen irdisch-diesseitiger und geistig-jenseitiger Welt. Verzweifelt über diese aussichtslose Situation versuchte seine Seele, den Ärzten vom Biss der Giftschlange zu berichten. Doch niemand konnte die klagenden Rufe hören. Nur jene, die von Gott kommen, jene, die im Geiste Gottes leben, und jene, die diese Welt schon verlassen haben, können die Rufe der Sterbenden hören.

Mit einem Ruck erhob sich die Seele des Mannes aus seinem irdischen Leib. Da stand er nun in Gestalt seines Uraspektes, in Gestalt seiner Seele, geschaffen nach dem Bildnis Gottes, neben den Fachärzten und vor seinem sterbenden irdischen Körper.

Mit aller Kraft schrie er angsterfüllt: „Hört mich denn gar keiner?!“

Pausenlos wiederholte er seine Hilferufe.

Plötzlich, wie aus dem Nichts, erklang eine sanfte Stimme: „Sie können dich nicht mehr hören. Komm, folge mir!", sagte die Stimme freundlich. Die Seele des Mannes machte nur zwei bis drei Schritte – dann war es als würde sie wie von einem Windsog an einen anderen Ort gezogen und stand auf einmal vor einem himmlischen Boten, der wie ein Wächter vor zwei mächtigen Lichtsäulen wartete. Es war der einstige himmlische Bote, den der Mann mit Beruhigungs- und Schlafmitteln aus seinem Gedächtnis verdrängen wollte.

Die Seele fragte verwundert: „Es gibt dich also wirklich, oder träume ich als Sterbender einen letzten Traum? Wo bin ich hier? Ist das der Eingang, von dem man spricht, dass er zu den ewigen Welten führt?" Der Engel neigte freundlich sein Haupt und antwortete: „Ja, mich gibt es! Das ist das Lichttor. Es heißt so, weil es Licht in alles Verborgene der Seele wirft. Alles Verborgene, alle Gedanken, Worte und Taten – alle Dinge werden offenbar. Das ist die Schwelle, die zum Lichtreich – zu den seligen Welten führt. Keine Seele kann eintreten, wenn sie den Lichtkontakt nicht besteht."

Die Seele fragte zögernd: „Tor zu den seligen Welten? Aber, es ist ja gar nicht geöffnet! Wie kann ich eintreten, du musst mir helfen." Der Engel antwortete leise: „Du kannst nicht eintreten – nicht jetzt ..."

Ein Schrecken fuhr durch den Leib der Seele, panische Angst über diese aussichtslose Situation stieg in ihr hoch. Weinend klagte sie: „Mächtiger Engel, hilf mir! Was soll ich jetzt tun? Mein Körper ist fast tot. Wo soll ich hingehen, wenn es für mich keinen Platz auf der Erde und keinen Platz im Himmel gibt?! Guter Engel, sprich du mit dem Herrn des Himmelreiches! Sage ihm, dass ich ein sehr reicher Mann bin in der Erdenwelt, dass meine Macht groß und mein Besitz viel größer als ein Königreich ist. Sage dem Herrn, dass ich ihm die Hälfte meines Besitzes gebe."

Der Engel schaute die Seele durchdringend an und verneinte mit einer schweigenden Geste seines Hauptes diesen Vorschlag der Seele.

Plötzlich fuhr ein leuchtender Blitz hernieder und es krachte ein Donner, als würden Tonnen von Felsen zerspringen. Gleich darauf erklang eine mächtige Stimme aus einer leuchtenden Wolke: „Meine Seele, was willst du? Deine Zeit, diese Schwelle, die zur lichtreichen Ewigkeit führt, zu überschreiten, ist nicht JETZT! Auch brauche ich den Anteil der Hälfte deines Besitzes aus der vergänglichen Welt NICHT!"

Für die Seele des Mannes, der gewohnt war, dass seine Handelsgeschäfte immer zu seinen Gunsten ausgingen, war dies eine völlig ungewohnte und unbekannte Situation, dass jemand seinen Handelsvorschlag nicht annahm.

Die Seele des eifrigen Geschäftsmannes fiel auf die Knie und stammelte flehend: „Herr, was ist, wenn ich Dir meinen gesamten Besitz, alle Ländereien, Gold und Geld – alles übergebe und Dir alle Rinder und Schafe und alles Vieh opfere, so wie es einst die Alten getan haben?"

Auf diese Aussage hin fuhr ein noch stärkerer Blitz und Donner hernieder. Die mächtige Stimme des Herrn sprach: „Meine Seele, ich brauche auch deinen gesamten Besitz aus der Erdenwelt NICHT! Was soll Ich mit deinen vergänglichen Dingen in der Welt der Unvergänglichkeit?"

Sogleich erfasste die Seele ein Lichtstrahl des Herrn, der sie ihr ganzes Erdenleben sehen und erkennen ließ, jeden Abschnitt, von der Geburt an bis zu dieser Stunde im Jenseits. Indem die Seele ihr ganzes Leben betrachte, klagte sie erschüttert: „Oh Herr, was soll ich jetzt tun? Ich dachte, dass ich so viel erreicht hätte, jedoch habe ich in meinem ganzen Erdenleben versagt!"

Der Herr antwortete gütig: „Seele, fühle tief in dich hinein und erkenne, was du jetzt wirklich brauchst ..."

Eine Stille, als würde keine Zeit existieren, erfüllte die ganze Atmosphäre. Die Seele war nun eingehüllt im Licht des Herrn. Der Engel verneigte sich tief und betete Gott an, denn dieses Ereignis wird die Stunde des ‚Barmherzigen Lichts Gottes' genannt. Nach einiger Zeit erhob die Seele ihr Haupt und fing an, mit lauter, klarer Stimme zu beten:

„Herr, vergib mir meine Überheblichkeit, meinen Hochmut, der mein Herz verfinsterte. Vergib mir alle Irrtümer, die ich mit meinem blinden Stolz verursacht habe. Durch Deine Gnade habe ich etwas Großes erkannt:

Ich bin Deine Seele und brauche keine Erdenreichtümer. Meine Seele braucht nur Deine Barmherzigkeit, Deine Vergebung und Deine Liebe."

Augenblicklich strömte ein zarter Duft aus allen Richtungen, und der Klang von unzähligen feinen Glöckchen leitete die Antwort des Herrn ein:

„Amen, Amen, Amen, so ist es.

Ich sage dir, keine Seele geht durch dieses Tor, wenn ihre Zeit noch nicht erfüllt ist. Gehe nun zurück und lerne, was es heißt: ‚Barmherzigkeit will ich, nicht Opfer'!

Lerne, die Barmherzigkeit zu leben, dann wirst du Ruhe finden in deiner Seele, denn Ich, deiner Seele wahres Leben und Ziel, bin gütig von Herzen. Ich bin Vergebung und Liebe auf ewig …

Kehre nun um, Seele. Gehe zurück und lerne von der Barmherzigkeit, die Ich in deine Seele gesenkt habe, damit du wahrhaftig bereit bist, die Schwelle zum Licht zu überschreiten, wenn Ich dich aus deinem Erdenleben rufe … Amen."

Fast zeitgleich, als sich in der jenseitigen Welt das mystische Erlebnis der Seele mit dem Herrn ereignete, kam in der irdischen Welt das Kind wieder zurück zum Eingang des Anwesens des Geschäftsmanns, dorthin wo die dramatischen Momente mit der Schlange stattgefunden hatten.

Der Gärtner ertappte das Kind am Eingangstor, wo er seinen Herrn gefunden hatte. Scharf fragte er das Kind, was es da ohne Anmeldung zu suchen hätte. Das Kind erzählte ihm dann freundlich die Geschichte von der Giftschlange und der Medizin, die man aus ihrem Gift herstellen könne.

Der Gärtner erschrak über diese Nachricht, schlug die Hände über seinem Kopf zusammen und rief zum Himmel: „Großer Gott, dir sei Lob und Dank, an so etwas hat niemand gedacht!"

Als er sich bei dem Kind bedanken wollte, war es plötzlich fort, wie vom Erdboden verschluckt – oder vom Himmel hinweggenommen?

Der Gärtner hatte keine Zeit, um sich über diese unglaubliche Situation zu wundern.

Aufgeregt eilte er zu den Ärzten, um ihnen diese wichtige Neuigkeit mitzuteilen. Sofort leiteten sie die lebenswichtige Behandlung ein.

Als der Herr in der jenseitigen Welt Sein mächtiges „Amen" sprach, wurde die Seele durch einen brausenden Wind mit einem weißen Licht eingehüllt. Das sah aus, als würde sie mit einem Kleid aus Licht eingekleidet. So wurde die Seele in ihren irdischen Leib zurückgesandt.

Als die Seele dann in ihrer irdischen Mannesgestalt erwachte, applaudierten die Ärzte und alle Anwesenden. Sie riefen ihrem Patienten zu: „Herzlich willkommen zurück in unserer Welt!" Der Mann nickte dankbar und sagte: „Gott sei Dank! Wie wahr, ich bin wirklich zurück, aber ihr wisst nicht, von wo ich zurückgekehrt bin. Gott sei Lob und Dank – Er hat mich mein Leben erkennen lassen –, und ich sage euch: Das war kein Traum!"

Die Ärzte freuten sich über ihr gelungenes Werk und die gute Laune des

Patienten. Sie erkannten aber nicht, was der Mann, frisch angekommen aus einer anderen Welt, wirklich meinte.

Diesmal war sich der Mann im Inneren und Äußeren bewusst, dass es die Gnade Gottes war, die ihm diese zweite Chance gewährte.

Sein Lebensmotto „aus mehr werde mehr“ setzte er ab diesem Zeitpunkt zum Wohle allen Lebens ein.

Nachricht vom Himmel

Bekenne!

Meine Seele, sei also stark, bleibe in Meiner Kraft, denke immer an Meine Kraft, die Ich in dein Herz legte.

Lass dich nicht verunsichern und beeinflussen von anderen Stimmen, denn viele wollen versuchen, dich für ihre Vorstellungen zu „bekehren“.

Bleibe stille! In deinem Herzen ruhe, dann bist du in Mir. Gehe unbeirrbar weiter deinen Weg, denn ihr Weg ist nicht deiner. Auch haben sie nicht von Meiner Quelle getrunken. Habe keine Angst, bekenne, was der Vater dir durch Mich auftrug ... Amen

Seelenschau:

Die Erinnerung

Eine Seele lebte viele Jahre unbeschwert ihr Leben. In allen Dingen ging es ihr ständig gut. Nie musste sie sich sorgen wegen Krankheit oder Armut. Das gute Schicksal war stets auf ihrer Seite, bis eines Tages eine unbekannte Krankheit die Seele heimsuchte. Die Ärzte von nah und fern konnten sich nicht erklären, wie eine derartige Krankheit von einem Tag auf den anderen entstehen konnte. Die Seele fiel ständig ohne irgendein vorwarnendes Signal in Ohnmacht. So passierten ihr immer wieder schmerzhafte Unfälle. Verzweifelt über diese Aussichtslosigkeit suchte die Seele – nachdem ihr die Ärzte nicht helfen konnten – bei einem vielbekannten Heiler einen Rat.

Freundlich drückte der Heiler die Seele an seine Brust und meinte: „Keine Angst, das werden wir bald haben ...“ Gleich machte er sich an die Arbeit. Durch Kräuter und Handauflegungen, sowie Vorlesen alter Heilsprüche versuchte er die Seele zu heilen. Leider aber stellte sich auch nach vielen, unermüdlichen Versuchen kein Heilungserfolg ein.

Enttäuscht sagte der Heiler: „Tut mir leid, diese Krankheit muss von einem bösen Fluch kommen. So etwas entzieht sich meiner Kenntnis. Die Seele erschrak so sehr, dass es ihr die Sprache verschlug. Ein eiskalter Schauer lief ihr über den Rücken. So verließ sie schweigend das Heilungszimmer.

Gleich am nächsten Tag beschloss sie, bei einem erfahrenen, alten Priester, von dem man sagte, dass er weise sei, einen Rat einzuholen.

Als sie dem betagten Priester von dem Verdacht eines Fluches an ihrem Leib erzählte, reagierte der gar nicht verwundert. Er blickte der Seele tief in die Augen, so als würde er in eine andere Welt sehen, und sagte, dass in den alten Zeiten auserwählte Priester oft unreine Geister aus den Leibern von Mensch und Tier ausgetrieben hätten.

Diese Antwort war der Seele zu viel. Sie fing an bitter zu weinen und klagte: „Was soll ich denn jetzt tun? Ich kann mich nicht erinnern, dass ich jemals in meinem Leben jemandem etwas so Übles zugefügt hätte, dass mir dies mit einer solchen Rache vergolten werden müsste. Oder aber ..." Dann sah sie den Priester erschrocken an und rief: „Hat Gott selbst mir einen Fluch auferlegt?"

Der Priester antwortete mit sanfter Stimme: „Warum gibst du Gott die Schuld? Hat er denn so zu dir gesprochen, dass du eine derartige Schuld Gott anlasten könntest? Wann hast du dich denn das letzte Mal mit Gott unterhalten?"

„Wie soll ich mich mit jemandem unterhalten, den ich nicht sehen und hören kann!", rief die Seele beleidigt.

Der Priester blieb ganz ruhig und fragte: „Glaubst du an Gott?"

Mit hektischen Handbewegungen und zynischem Klang in ihrer Stimme erwiderte die Seele: „Ich weiß nicht, was ich glauben soll und was ich glauben kann! Ist der Glaube an Gott nicht etwas für naive Menschen, die kein Bewusstsein entwickelt haben, so etwas wie ein Trostmittel und eine Beruhigungsgeschichte für alle Fälle?"

Der Priester aber ließ sich nicht aus seiner Ruhe bringen und sprach: „Du glaubst also nicht an Gott. Trotzdem glaubst du, dass nur Er es sein kann, der deinem Leib einen Fluch auferlegt hat?"

Die Seele fiel weinend auf die Knie und seufzte: „Ich weiß gar nichts mehr! Guter Priester, bitte hilf mir! Wenn es Gott wirklich gibt, dann bist du ihm näher als ich."

Der Geistliche nickte und entzündete ein Weihrauchfässchen und eine große Kerze, die nur zu besonderen Festlichkeiten angezündet wird. Zugleich erhob er Haupt und Hände zum Himmel, sprach ein Gebet in einer fremden Sprache und segnete die Seele mit dem qualmenden Weihrauch.

Nachdem der Priester seinen Segen ausgesprochen hatte, sagte er mit geschlossenen Augen: „Seele in Bedrängnis, da du nicht weißt, was du glauben kannst und tun sollst, gehe und suche Den, Der dich im Verborgenen ruft und erwartet."

„Aber wohin soll ich gehen?", rief die Seele aufgeregt.

Der Priester öffnete seine Augen und antwortete mit seiner tiefen Stimme: „Geh weit weg, verlasse den Lärm der Welt, suche die Stille – und finde die Einsamkeit!"

„Ja und dann?!", rief die Seele ungeduldig.

Der Priester sprach ruhig weiter: „Es ist der Lärm, der Lärm und die Rastlosigkeit der Welt, die dich für das Hören der Stimme, die aus dem tiefsten Inneren aufsteigt, taub gemacht hat. Deshalb kannst du auch keine Entscheidung für dich treffen."

Die Seele konnte es nicht fassen. Innerlich, in ihrer Gedankenwelt, brüllte sie: „Was redet denn der alte Mann da für ein wirres Zeug!"

Mit einem hektischen Ruck erhob sie sich und rannte ohne einen Abschiedsgruß auf und davon.

Die Seele kam jedoch nicht weit. Als sie das Kirchentor öffnete, murmelte sie noch mit zynischem Ton: „Nichts will ich mehr hören und niemanden mehr sehen!" Sogleich geschah es wieder: Die Seele fiel wie ein nasser Sack zu Boden und schlug sich bei der steinernen Schwelle den Kopf auf.

Die geistlichen Brüder, die gerade auf dem Kirchhof arbeiteten, eilten sofort herbei und brachten die Seele in ein Gästezimmer, um sie zu verarzten. Da es schon Abend geworden war, blieb die Seele über Nacht. Als ihr Körper endlich in einen tiefen Schlaf gefallen war, träumte sie einen seltsamen Traum.

Die Seele fand sich in einer hügeligen Landschaft wieder, mit roten Blumenfeldern soweit das Auge reichte. Ein Mönch winkte der Seele aus der Ferne zu. Hinter ihm schwebten weiße Wolken auf und ab. Sogleich erhob sich eine Taube und kreiste um das Haupt der Seele. Als sie dem Mönch etwas zurufen wollte, wurde sie aus dem Traumland enthoben.

Am nächsten Morgen erzählte die Seele dem Priester von dem seltsamen Traum. Der aber war gar nicht verwundert, als würde er den Traum schon kennen. Er lächelte ein wenig und sagte: „Ja, so folge deinem Traum. Vielleicht erfährst du dann etwas über dein Leben!"

Die Seele bedankte sich für die Gastfreundschaft und seufzte: „Tja, mal sehen." Im Inneren dachte sie sich: „Schnell weg von hier! Der alte Priester ist einfach zu alt, um meine Sache zu verstehen – der fantasiert ja schon am helllichten Tag."

In der nächsten Nacht jedoch hatte die Seele wieder denselben Traum, nur mit dem Unterschied, dass sie zu dem Mönch hinlaufen wollte, dann erwachte sie.

So wie es in einem alten Sprichwort heißt: „Aller guten Dinge sind drei", träumte die Seele auch in der dritten Nacht wieder denselben Traum. Diesmal stand der Mönch mit ausgebreiteten Armen in der Ferne. Hinter ihm war, eingehüllt in eine weiße Wolke, eine kleine Kapelle zu erkennen, und ein starker Wind brauste um das Haupt der Seele. Dann erwachte sie wieder. Die Seele war so sehr aufgewühlt von diesen Träumen, dass sie versuchte, sie so schnell wie möglich zu vergessen. Jedoch, so einfach, wie sie sich das dachte, funktionierte es nicht. Etwas war seit diesen Träumen anders. Es war, als würde eine Kraft in ihrem Inneren arbeiten.

Einige Tage verstrichen, bis sich die Seele endlich wieder an die frohen Kindheitstage, an die hügelige Landschaft am Meer erinnerte. Bei diesen Gedanken bekam sie solche Sehnsucht, dass sie sich entschied, an den Ort ihrer Kindheitstage, ans Meer zu reisen, um dort jene Einsamkeit zu finden, von der der Priester gesprochen hatte.

Als die Seele ankam, erstreckte sich vor ihr eine wunderschöne Landschaft, die der in ihren Träumen sehr ähnelte: ein weites Land mit sanften Hügeln, bewachsen mit blühenden Sträuchern und übersäht mit roten Blumen. Da gab es einen romantischen Pfad durch diese blühende Landschaft, der zu einer uralten Kapelle führte. Bei diesem Anblick spürte die Seele in ihrem Inneren ein vertrautes Gefühl hochsteigen, ein Drängen, wie ein innerer Ruf, der in ihr den Wunsch erweckte, diesem Pfad zu folgen. Als sie schon den halben Weg gegangen war, erklang von der

Kapelle her der Gesang eines Männerchores. Sie sangen einen Lobpreis, in dem das Halleluja durch mehrstimmiges Singen wie bei einem Kanon besonders hervorgehoben wurde. Der Klang der vielen Stimmen war so zart und mystisch, dass die Seele das Gefühl hatte, als würde der Gesang feine Schwingungen aussenden, die jede Faser ihres Seins durchdrangen. Die Seele war in ihrem Herzen so berührt, dass in der Tiefe ihres Innersten Glücksempfindungen und Heimweh erwachten, wie sie sie noch nie in ihrem Leben gespürt hatte. Mit schnellen Schritten eilte die Seele zur Kapelle, um noch möglichst viel von dem Gesang zu hören. Als sie dann endlich beim Kirchlein angekommen war und freudig das alte Tor öffnete, erschrak sie, denn die Kirche war leer – keine einzige Person von einem Männerchor war zu sehen.

Die Seele konnte es nicht fassen. Angsterfüllt rief sie: „Bin ich jetzt auch nicht mehr klar bei Verstand!?“, und lief nach vorne zum Altar. Dann geschah es wieder: Die Seele fiel in Ohnmacht, doch diesmal war es anders, denn sie fühlte sich, als sie zusammenbrach, augenblicklich ganz leicht wie eine Feder und erhob sich sofort. Sogleich sah sie ihren irdischen Leib ohnmächtig am Boden liegen. Vor ihr stand lächelnd der Mönch aus den Träumen, und die Kapelle war voll mit den Mönchen, die vorher so wunderschön gesungen hatten. Der Mönch breitete seine Arme aus und sagte mit freudiger Stimme: „Da bist du ja wieder!“ Als die Seele diesen Gruß hörte, spürte sie augenblicklich in sich ein Gefühl, als würde eine riesengroße Last von ihr abfallen. Daraufhin fiel sie weinend in seine Arme und erzählte ihm von der Bedrängnis durch die Krankheit und die Geschichte mit den Ärzten, dem Heiler und dem Priester, der meinte, dass sie die innere Stimme nicht mehr hören könnte. „Aber welche Stimme – und hat mich der Fluch jetzt getötet?“, rief die Seele erschüttert. Der Mönch blickte die Seele verständnisvoll an und antwortete: „Nein, du bist noch nicht tot, das wäre jetzt zu früh, weil du deine Aufgabe noch immer nicht erledigt hast. Deshalb hast du diese Krankheit bekommen.“

„Aber welche Aufgabe denn, ich habe viele Aufgaben in meinem Leben erfolgreich erledigt!“, rief die Seele gekränkt. Der Mönch erwiderte: „Ja, deine irdischen Aufgaben, die du dir selbst auferlegt hast, nicht aber jene, die du versprochen hattest, bevor du in diese Welt geboren wurdest. Du hattest so viel mit deiner irdischen Arbeit zu tun, dass du die Verbindung mit deiner ewigen Heimat und deine Gabe immer mehr verloren hast.

Eine Geburt in diese Welt bedeutet Erinnerung an die Sterblichkeit und das Vergessen der Unsterblichkeit. Wenn eine Seele mit einer bestimmten Aufgabe in diese Welt kommt, ist sie vielen Gefahren ausgesetzt. Sofort versucht der Geist dieser Welt die Seele zu versuchen, um über sie zu regieren, denn durch die Geburt ist die Seele wie abgeschnitten von ihrer wahren Heimat, der Ewigkeit. Die Geburt bedeckt sie mit dem Schleier des Vergessens. Also erkenne nun, deine Ohnmachtsanfälle sind nicht Strafe oder Fluch unseres Schöpfers. Es waren nur die unermüdlichen Versuche, deines ewigen Wesens, das du bist, zu deinem irdischen Verstand vorzudringen, um dich an die wahren Bedürfnisse deines ewigen Seins, an deine Aufgabe zu erinnern. Die Ohnmachtsanfälle waren nur Signale und unermüdliche Rufe an dein irdisches Ich, die Ohnmacht deiner Seele. Gott hat uns zu dir gesandt, um dich wieder zu erinnern, damit du nicht noch mehr von deinem Weg abweichst."

Nach diesen Worten legte der Mönch seine rechte Handfläche auf die Stirn der Seele und seine linke Hand legte er auf sein Herz. Im Inneren der Seele wurde es plötzlich ganz warm. Sogleich sah sie mit offenen Augen einen Film ablaufen, der ihr Szenen von einem Leben außerhalb dieser Welt offenbarte. Es war ihr Leben vor diesem jetzigen Erdenleben, ein Leben in der Ewigkeit, reich an allen guten Gaben Gottes – Freude, Frieden, Gesundheit und Glück –, ohne Begrenzung, in Fülle. Der Seele liefen die Tränen über die Wangen. In einem Atemzug konnte sie sich an den Glückszustand mit der Verbindung Gottes – der immerwährenden Lebens- und Liebeskraft – erinnern. Sie sah sich kniend im Strom einer Glückseligkeit – die die Welt nicht kennt –, wie sie so etwas wie ein Gelübde ablegte. Die Seele spürte, wie Gottes Geist sie in diesem Moment durchflutete. Vor Freude rief sie: „Großer Gott, verzeih mir! Wie konnte ich Dich, der du pausenlos alle Geschöpfe mit Deiner Liebeskraft beschenkst, vergessen! Wie konnte ich Dich so sehr vergessen und in der Erdenwelt verlassen? So erinnere mich wieder an die Aufgabe meiner Seele ..."

Augenblicklich hörte man ein Säuseln, es entstand ein brausender Wind, der durch den gesamten Kirchenraum wehte, und über dem Altar erschien eine strahlende Lichtwolke, aus der eine sanfte Stimme erklang: „Meine Seele, Ich versichere dir: Kein Fluch liegt auf deinem Wesen, nur Meine Liebe zu dir. Meine Seele, Ich habe dich nur bei deinem wahren Namen gerufen, um dich zu erinnern. Dein irdisches Ich hatte Meinen

Ruf ständig abgewehrt, deshalb wurdest du krank. Siehe, Ich zeige dir jetzt deine Aufgabe, bewahre sie in deinem Gedächtnis."

Sogleich begann einer der Mönche zu beten. Daraufhin erschien ein kleines, jedoch sehr lebendiges Licht. Danach begann ein zweiter und gleich darauf ein dritter Mönch zu beten. Das Licht wurde stärker und stärker. Als dann alle Mönche zum Gebet einstimmten, wurde das Licht so hell, dass man ihre Anwesenheit kaum mehr sehen konnte. In diesem Moment spürte es die Seele ganz intensiv: Sie erkannte, dass sie Einer von ihnen war, dass all die Mönche ihre Familie waren. Der Seele strömten die Tränen über das Gesicht vor lauter Glückseligkeit.

Alsdann begannen die Mönche die Gebete zu singen, und das Licht drang aus der Kapelle in die Welt hinaus, um sich zu verbreiten und überall, wo das Licht sich niederließ, wurde eine Situation geheilt.

Hernach sprach die Stimme aus der Lichtwolke über dem Altar in der Kapelle. „Meine Seele, das ist deine Aufgabe: Erzähle von Mir, von der Verbindung mit Mir, durch Meine Gabe, die Ich in deine Seele senkte und die Ich in alle Seelen senken möchte – das GEBET.

Alle Finsternis muss weichen, wenn das Licht sich verbreitet durch das Gebet, dass aus den Herzen steigt.

Amen, Ich sage dir: Die Gebete müssen aus dem Herzen kommen. Ein Herz und eine Seele sollt ihr im Gebet sein, dann werden sie (die Gebete) stark und mächtig. Sie können alles durchdringen, weil der heilende Geist sie mit Meiner Anwesenheit vereint. Das wahre Gebet strömt aus dem Herzen, es ist die Kraft, die den Geist bewegt. Dein Geist vereine sich mit Meinem Geist ... Amen."

Die Seele jubelte: „Großer Gott, Dir sei Lobpreis, Ehre und Dank alle Zeit!"

Als die Seele ihren Jubel ausrief, verneigten sich alle Mönche, woraufhin sich die Lichtkugel in Blitzgeschwindigkeit entfernte. Voll der Glückseligkeit umarmte die Seele den Mönch und flüsterte: „Bleibe bei mir, mein guter, treuer Gefährte."

Der Mönch nickte und sprach: „Ich werde dir immer nahe sein, vergiss das nie mehr. Wir, deine geistigen Freunde, sind deine Begleiter, weil du ein Teil von uns bist. Wir werden dich immer hören und sind mit dir, auch wenn du uns bald nicht mehr sehen kannst. Geh nun wieder zurück in dein Erdenleben und erledige deine Aufgabe, damit wir, wenn deine

Arbeit und deine Zeit in der Welt beendet ist, uns in Freude wieder in der Ewigkeit treffen." „Amen, so möge es sein!", sprachen alle Mönche.

Sogleich erwachte die Seele in ihrem irdischen Leib, und die Mönche waren nicht mehr sichtbar. Die Seele aber weiß nun, dass sie nur für ihre irdischen Augen nicht sichtbar sind, jedoch immer mit ihr sein und ihr in allen Dingen, wenn sie sie ruft, beistehen werden.

Gebet

Herr, wandle uns!

Mit Deinem Geist, oh Herr, öffne uns!
Mit Deinem Geist, oh Herr, beseele uns!
Mit Deinem heiligen Geist wandle uns!
Lehre uns, Herr, Deine Liebe zu verstehen.

Gebet

Beseele mich!

Meine Seele preise Dich!
Meine Seele lobe Dich und bete Dich an!
Mit Deinem Geist und Deinem Licht,
mit Deinem Leib und Angesicht,
beseele mich, beseele mich, beseele mich …

Nachricht vom Himmel

Mein Blick

„Meine Seele, Mein Blick ruht in Deinem Herzen.

Ich sehe dich …"

Mein Herr, ja, es gibt nichts, was ich vor Dir verbergen könnte. Meine Gedanken waren gerade in der Vergangenheit. Damals wusste ich nicht, was ich in einer bestimmten Situation tun sollte.

Doch dann spürte ich Dich, und ich wusste: Alles ist gut.

Es war dieser eine Augenblick vor Deinem Angesicht, Dein Lächeln, Dein Blick, Dein Licht. Tief in meinem Innern erkannte ich: Vertrauen und Glaube, die Verbindung mit Dir, wird das Licht der Liebe aufbauen.

Herr, Dein Licht möge mich in allen Dingen und Situationen leiten, und Deine Anwesenheit in meinem Herzen möge mich mein ganzes Leben begleiten.

Mein Herr, ich danke Dir, mein Herz sucht Deinen Blick.

„Meine Seele, Mein Blick ruht in deinem Herzen.

Ich sehe dich ...

ICH BIN DA."

Gebet

Ich sehe Dich

Wenn ich meine Augen schließe,
Herr, dann sehe ich Dich ...
Ich sehe Dich, Dein Licht,
und es spricht:
„Kind aus der Ewigkeit,
Licht aus dem Licht,
Gott liebt dich ..."

Seelenschau

Wer kann Gott fassen?

An einem späten Sommernachmittag versammelten sich wieder viele Leute unter dem alten Olivenbaum, um die Lehren des alten Priesters zu hören. Darunter war auch eine große Anzahl Schüler von der Priesterschule, Gottsuchende, Neugierige und auch einige Gelehrte. Sie mischten sich immer wieder gerne unter die Zuhörer. Es wurden sehr viele Fragen gestellt, die der alte Priester alle mühelos beantwortete, bis sie wieder auftauchte, die eine Frage, die der Priester immer fürchtete. Denn er galt für das Volk und die Anwesenden als ein sehr erfahrener und weiser Priester, der auf alle Fragen eine Antwort kannte.

„Meister!“, rief ein wissensdurstiger Schüler aufgeregt. „Meister, du hast uns schon so viele Geschichten über das Leben und Wirken unserer Vorfahren erzählt und uns die Schriften, die uns die Alten hinterließen, dargelegt. So bitte erzähle uns nun, wie wir uns Gott vorstellen können.“ „Ja!“, rief ein anderer Schüler dazwischen. „Gib unseren Gedanken ein Bild, damit wir uns den Ewigen, der unser Leben und aller Leben gestaltet, besser vorstellen können.“

Alle Anwesenden, einschließlich der Gelehrten, stimmten den Fragen der Schüler zu.

Einer unter den Neugierigen rief lästernd: „Ja, erzähle und beschreibe uns diesen Einen und Einzigen, Gott, aber so, dass auch wir an Ihn glauben können!“ Auf diese Aussage hin applaudierten einige und lachten spöttisch. Sie waren nämlich auch Anhänger von dem Götterkult.

Der Priester senkte den Kopf, blickte verlegen zu Boden und betete leise: „Grundgütiger, allzeit Ewiger und Gerechter, höre die Bitten jener, die Dich suchen und finden möchten ...“

Sodann erhob er sein Haupt und sprach zur Menge: „Was verlangt ihr von mir? Bin ich doch auch nur ein Schüler des ewigen Lehrers und Propheten ... Ein Leben in Seinem Leben, eingehüllt in der Schale des sterblichen Körpers, bin auch ich.

Brüder, kommt lasst uns gemeinsam den Ewigen lobpreisen, dass Er unsere Herzen öffnet, denn nur so können wir lernen, Seine Anwesenheit besser zu verstehen.“

So priesen sie einmütig Gott, den Ewigen, Barmherzigen. Auch viele der Gottsuchenden und Neugierigen versuchten die Anrufungen nachzubeten.

Nach einiger Zeit wurde es ganz still, als hätte eine höhere Gewalt alle irdischen Naturgeräusche ausgeschaltet. Der Himmel verfinsterte sich, und ein brausender Wind fuhr durch die Olivenhaine. Plötzlich, wie aus dem Nichts, schoss ein Feuerball, der aussah wie ein Komet, mit einem Knall vom Himmel hernieder.

Der Priester und alle Anwesenden erschraken so sehr, dass sie gleichzeitig, mit einem Aufschrei, wie automatisch, mit ihren Angesichtern zu Boden fielen.

Als der Priester aufschaute, sah er eine leuchtende Kugel, um die eine Lichtwolke schwebte, die über den Bäumen in den Lüften stand.

Ein besonderer Duft strömte aus dem schwebenden Lichtkranz herunter, sogleich öffnete sich die leuchtende Kugel, und ein stattlicher Himmelsmann trat hervor und sprach zum Priester: „Gott grüßt dich. Friede sei mit dir, mein Sohn, spricht der Herr, der Ewige alles Lebendigen. Erhebe dich und höre, was der Herr dir heute durch mich, seinen Boten, kundtut. Du hast bei Gott große Gnade gefunden, weil dein Herz für Gottes Wahrheit schlägt und du die Lehre mit allen Mitmenschen teilst – auch mit jenen, die nicht aus deiner Wurzel stammen. Die Lehre zum Wohle für alle, das gefällt dem Herrn wohl, denn der Ewige alles Lebendigen schaut nicht (auf) das Angesicht des Menschen. Er gießt Seinen Geist über alles Leben aus, auch über jene, die Ihn noch nicht kennen. Er sieht das Innere des Menschen, weil Er in allem Leben wohnt.

Lausche aufmerksam, denn es ist heilig, was Gottes Gnade dir heute durch Seinen Geist offenbart. Die Menschen, die sich um dich versammelt haben, können mich nicht sehen und auch nicht hören. Auch können sie nicht das Gefährt sehen, mit dem die Engel reisen. Einige – es sind jene, die ganz reinen Herzens sind – können einen Hauch von der Lichtwolke wahrnehmen, die das Gefährt umhüllt.

Was ich dir jetzt mitteile, werde ich durch Gottes Kraft und ewige Anwesenheit, in deinen Geist senken, das heißt also, nie mehr wirst du diese Worte vergessen – so sei es."

Plötzlich fiel ein strahlendes Licht auf die Gestalt des Priesters, das ihm so ein leuchtendes Antlitz verlieh, als wäre er selbst ein Engel. Das konnten alle Menschen, die da waren, sehen. Die Anwesenheit dieser Wesenheit, die schwebende Lichtwolke um das Gefährt und das Licht in dem der Priester stand, strömte ein so gewaltiges Kraftfeld aus, dass die Leute sich vor Schreck vor dem Unbekannten kaum zu atmen getrauten. Wie erstarrt knieten und lagen sie am Boden.

Der Himmelsbote hob seine Hand, zeigte mit dem Zeigefinger nach oben und sprach andächtig: „Kein Mensch kann Gott fassen! Kein irdischer Verstand, sei er auch noch so klug und gelehrt, kann Gott fassen. Gott ist allumfassend – Gott umfasst das ganze All ... Gott ist der Leib und die Seele des Lebens. Sein Atem ist der lebendige Geist, der allem Leben das Leben einhaucht. Für Gott gibt es kein Unmöglich, Gottes Geist vermag alles zu durchdringen.

Streitet also nicht über eure irdischen Vorstellungen, über Gottes Wirken und Plan. Euer Verstand kann niemals Gottes Leben, Gottes

Bewegungen erfassen. Irdische Vorstellungen sind begrenzt, weil sie den Gesetzen des Geistes dieser Welt unterworfen sind. Ein Toter kann keine Toten lebendig machen.

Bedenke: Der Himmel und aller Himmel Himmel können Gott nicht fassen. Auch könnt ihr euch von Gott kein Bild machen, ist Er doch Selbst das Bild alles Lebendigen, alles Erschaffenen, allen Seins. ALLES ist aus Ihm geboren.

Wie sollte also ein Sterblicher Gott fassen können? Und was wollt ihr Völker streiten, was Gott alles kann, was Er mit Seiner Schöpfung, mit Seinen Seelen geplant hat und was Sein Wille wirklich ist? Gottes Mysterium ist keine Pflanze, die man in einen einzigen Topf pflanzen kann. Auch hat das heilige Mysterium in keiner irdischen Glaubensvorstellung Platz. Wurde eine Seele durch Gottes Boten in das ewige Mysterium eingeführt und gelehrt, so hat sie dennoch nur einen Hauch von Gottes ewiger Wirklichkeit gestreift, geatmet und erkannt, jeweils passend zu dem Auftrag, die Aufgabe und ihre Gabe, die Gott Selbst in Seine Seele in der Ewigkeit legte, bevor sie in die Welt geboren wurde. Die Seele gibt Gott durch den freien Willen ihr Einverständnis und bereitet sich so auf ihre Geburt in einen irdischen Leib vor, um Gottes Auftrag zu befolgen. Die Seelen aber vergessen, durch die Geburt in die grobe Materie, den Auftrag Gottes und ihre Aufgaben. Die Gefahr ist dann groß, dass sie andere Aufgaben annehmen und einen ganz anderen Weg gehen.

Deshalb schickt der Herr zur rechten Zeit Seine Boten, um die Seele an ihr Versprechen und ihre Aufgabe zu erinnern. Sei dir also dessen bewusst und bleibe nicht an menschlich begrenzten Vorstellungen hängen.

Diese Botschaft ist nicht die Botschaft, die gestern war, auch ist sie nicht die Botschaft nur für den Augenblick dieser Gegenwart, das ist die Botschaft, die immer war und sein wird, bis ans Ende der Zeit.“

Mit einem geheimnisvollen und prüfenden Blick sah er dem Priester in die Augen und sprach mit der Kraft der Gedanken: „In der Gegenwart bauen für die Zukunft.“

Nachdem der wunderschöne Engel diese Worte gesprochen hatte, segnete er den Priester mit etwas, das zuerst aussah wie eine kleine weiße Wolke. Jedoch, als der Mann im Licht die Wolke berührte, verwandelte sie sich in eine runde Scheibe, die er dann dem Priester in den Mund legte. Durch die Gabe des Himmelsbrotes fühlte sich der Priester eingehüllt in eine Woge der Glückseligkeit. Gleichzeitig spürte er, wie sich in ihm eine besondere Kraft ausbreitete.

Erfüllt mit himmlischer Freude jubelte er: „Guter Himmelsmann, ich danke dir für die weise Lehre, die du in mein Herz gelegt hast. Erlaube mir, Mann Gottes, dich noch etwas zu fragen: Wie darf ich dich ansprechen und was willst du, ich meine, was will der Herr, was soll ich tun, das Gottes Plan wohlgefällt?"

Plötzlich wurde das Licht um den Gottesmann gleißend hell, so dass der Priester augenblicklich erkennen konnte, dass das Himmelsgefährt über den Olivenbäumen nicht das einzige war, das anwesend war. Der ganze Himmel war übersät mit tausenden Lichtern der schwebenden Himmelsschiffe. Sie waren alle Begleiter des Himmelsmannes, der den Priester mit Gottes Wort unterrichtet hatte.

Weinend fiel der Priester auf die Knie und rief stockend: „HERR?"

Jetzt war ein Moment vollkommener Stille.

„Ja", antwortete der strahlende Mann im Licht, „ja, Ich bin Christus, der Gesalbte ... Ich bin es, der alles neu machen wird durch die Kraft und Macht des Vaters Herrlichkeit. Ich bin es, der für die Seelen dieser Welt eine Wohnung im Himmel bereitet hat. Amen, ich sage dir: Lehre diese Lehre, es ist das Wort des Vaters. Das ist deine Aufgabe, die der Vater der ewigen Liebe in deine Seele senkte. Lausche: Jede Seele hat eine Aufgabe, denn es ist EIN Leib und es sind viele Glieder, und jedes Glied hat eine eigene Aufgabe. Das ist deine Aufgabe: die Menschen über Gottes ewige Wahrheit und Sein Wort zu unterrichten. Jene, die guten Herzens sind, werden dich verstehen und lernen. Habe Mut, der Geist des Vaters wird dich leiten. Denke nicht nach über das, was du sprechen sollst, weil es der Heilige Geist des Vaters ist, der in dir dann spricht und wirkt ... Amen, so sei es."

Der Priester verneigte sich tief und sprach mit starker Stimme sein Amen.

Als er wieder aufschaute, war der Herr mit dem Engelsschiff und all seinen Begleitern fort, in den Himmel enthoben.

Die Anwesenden waren immer noch ängstlich und wie erstarrt, durch dieses Erlebnis des Unbekannten.

Einer der höhergestellten Gelehrten, der stark und gut vertraut war mit der Lehre der Heiligen Schriften, neigte sein Haupt und sprach mit kräftiger Stimme: „Du bist gesegnet! Du hattest Besuch von einem Boten aus Gottes Herrlichkeit, habe ich recht erkannt?“

„Ja, Bruder, du hast recht erkannt“ sprach der Priester und hob seine Hände zum Himmel und rief: „Brüder, lasst uns dem Ewigen danken und lobpreisen, denn Er wird seinen Heiligen Geist über uns alle kommen lassen, über alle, die Ihn aufrichtig mit dem Herzen suchen und rufen, denn der Herr ist allen, die Ihn anrufen, nahe. Ja, glaubt es, Brüder, ALLEN, die Ihn aufrichtig anrufen, ist er nahe!“

Alle, die noch anwesend waren – denn einige waren aus Angst davongelaufen – jubelten, klatschten und sangen Lobpreislieder.

Danach erzählte der Priester von der Botschaft und Gnade des Himmlischen Boten und, dass er erst zuletzt Ihn, den Herrn, erkannt hatte.

Amen.

Nachrichten vom Himmel

Danke!

Gott hat schon so viel durch Seine Boten gewirkt und gesprochen, nun ist es an der Zeit, dass ihr Ihm antwortet ... in Gedanken, Worten und Taten. (Göttlicher Bote)

Herr, wir wollen Dir danken:

Danke, dass Du uns trotz unserer Schwächen liebst.

Danke, dass Du uns alle Irrtümer vergibst.

Danke, dass Du uns Deinen Frieden schenkst.

Danke, dass Du immer an uns denkst.

Danke, dass Du unser Herz bekehrst.

Danke, dass Du uns Deine Liebe lehrst.

Danke, dass wir in Deinem Geist sind.

Danke, dass Du uns befreien willst aus der Gefangenschaft.

Danke, dass Du, wenn wir an Dich denken, bei uns bist.

Danke, dass Du uns bedingungslos liebst.

Danke, dass Du uns aufhilfst, wenn wir fallen.

Danke, dass unsere Gebete nicht im Nichts verhallen.

Würden doch alle Menschen Dich kennen, sie würden nicht mehr in der Welt umherirren und in die Verderbnis rennen.

Würden sie Dich kennen, dann wäre auf der ganzen Welt Frieden und die Menschen würden ihre Nächsten lieben und als Bruder und Schwester erkennen.

Danke, Du bist mein Licht, das mir den Weg in die Ewigkeit leuchtet.
Du bist mein Brunnen, aus dem ich täglich Kraft schöpfe.
Du bist meine Quelle, aus der ich trinke.
Auf ewig bist Du mein Leben ... auf ewig bist Du mein Licht.
Ich bitte Dich, mit Deinem Geist nähre und leite mich!
Verlass mich nicht! Danke!

Die Mitte

Nun lausche, Seele – erkenne die bunte Vielfalt in allen Dingen und Wegen. Versuche niemals irgendwelche Dinge mit deinem irdischen Eigenwillen zu erzwingen.

In allen Dingen und irdischen Angelegenheiten suche den stillen Weg. Finde in allem die Mitte.

Verfalle nie in einseitige Extreme – in allen Situationen und Angelegenheiten finde die stille Mitte!

Wisse: Der Heilige Geist unterstützt keine Irrtümer, die sich aus dem irdischen Eigenwillen entwickeln.

Das Zeichen des Kreuzes

Seele, sei gegrüßt im Namen des Herrn, ruhe in der Stille im Namen des Herrn, im Zeichen des Herrn, dem du angehörst. Geh immer zur Quelle des Herrn. Trinke nur von dieser Quelle. Hier findest du alles, was deine Seele benötigt, um weiterzugehen, um weiter, noch tiefer zu verstehen. Lausche, was der Geist des Herrn dir heute erzählt.

Sieh im Zeichen des Kreuzes nicht allein das Werkzeug, das zum schmerzhaften Tod geführt hatte.

Freue dich, denn es ist das Zeichen des Heils geworden und es wird das Zeichen des Sieges am Himmel sein, bei der großen Rückkehr des Herrn mit Seinem himmlischen Heer.

Halleluja, Halleluja, Halleluja!

(das Halleluja wurde dreimal angesungen)

Lobe den Herrn, liebe Ihn mit jeder Faser deines Herzens, denn Großes hat er auch für dich und alle Seelen getan.

Amen

Das Kreuz ist der mächtige Schlüssel geworden für die Pforte, die zum wahren Leben führt, das Leben ohne Schmerz und Leid, das Leben, das „ewige Freude in der Ewigkeit" genannt wird.

Wenn du das Zeichen des Kreuzes vor dem Gebet an dir machst, dann sei dir stets bewusst über die Worte, die du sprichst:

Im Namen des Vaters, er ist das Haupt.

Im Namen des Sohnes, er ist das fleischgewordene Wort.

Im Namen des Heiligen Geistes, der die ewige Liebe ist.

Im Namen des Vaters, öffne dich der Kraft des Vaters.

Im Namen des Sohnes, öffne dich der Kraft des Sohnes.

Im Namen des Heiligen Geistes, öffne dich der Kraft des Heiligen Geistes.

Wenn du dann das Gebet mit dem Zeichen des Kreuzes an dir wieder beendest, dann flüstere in deinem Herzen:

Der Vater segne mich, Christus, sein Sohn, schütze mich und der Heilige Geist leite mich ... Amen.

Bete also so:

Im Namen des Vaters, öffne ich mich – Er ist das Haupt.
Im Namen des Sohnes, öffne ich mich – Er ist das fleischgewordene Wort.
Im Namen des Heiligen Geistes, öffne ich mich – Er ist die ewige Liebe.
Amen.

(persönliches Gebet)
Der Vater segne mich,
Christus, Sein Sohn, schütze mich
und der Heilige Geist leite mich.
Amen.

Wenn Gott Seine Seele „schaut“

Wenn Gott Seine Seele „schaut“, tut er das nicht wie ein Mensch, der einen Menschen anschaut.

Gott schaut in die Tiefe des Wesens.

Er betrachtet das Innere eines Menschen wie einen kostbaren Schmuck.

Er prüft das Herz einer Seele, er prüft die „Lebenskraft“, die Fähigkeit zu lieben.

Ja, er prüft jede Zelle, jede Faser eines Wesens.

Er erforscht die „Liebesgrade“.

Er prüft die Entwicklung des Herzens:

Ist es noch hartherzig und hochmütig, ist es noch eigenwillig, ist die Seele noch nicht reif für die Aufnahme im Licht.

Gott misst die Herzensströme:

Die Herzen, die fähig sind zu lieben, nimmt er in Sein Reich auf, das von Gottes immerwährendem Licht und Liebe regiert wird.

Die Liebeskraft ist die Kraft des Lebens.

Die Liebe ist der Schmuck der Seele.

Die Kraft der Liebe führt die Seele zum wahren Leben, das Leben der ewigen Freude.

Gebet

Erleuchte mein Herz!

Herr, Du süßer Sehnsuchtsschmerz,
mit Deinem Geist küsse mein Herz.
Lass mich einen Hauch Himmel berühren,
lass mich Deine Liebe spüren.
Du Tempel der wahren Freude,
Du glückseliger Traum ohne Ende,
Du grenzenloses Licht …
Erleuchte mein Herz,
verlass mich nicht.
AMEN.

Nachrichten vom Himmel

Die Posaunen

Siehe und lausche, die Posaunen der Endzeit.

Gott hat deine Seele in den Himmel enthoben und dich schauen lassen.

Seinen Engeln hat er befohlen die Posaunen in den Himmeln erschallen zu lassen. Das ist das Zeichen, dass die Zeit da ist, dass Gott Seine Engel aussendet, um die Auserwählten von allen Himmelsrichtungen zu sammeln.

Der widersetzende Geist wird sich ab jetzt noch mehr erheben, um alles, was nicht im Glauben gefestigt ist, in den Verfall mitzuziehen.

Der Versucher wird in viele irdische Aktivitäten seinen verwirrenden Ungeist fließen lassen. Viele Menschen werden sich blenden lassen, weil sie die Wurzel des Glaubens verloren und verlassen haben. Sie werden jubeln und sich über Werke freuen, die nicht vom Himmel gewünscht sind, die nicht dem Willen des Vaters entsprechen, weil diese Werke nicht das Heil, sondern die Verderbnis heraufbeschwören.

Der Ungeist zeigt den Menschen ein Licht, das nicht von der Wahrheit ist und nicht halten kann, was es verspricht.

Ihr, die ihr glaubt und die Wahrheit sucht, betet! Betet mehr um Schutz und Erkenntnis und betet um die Kraft des wahren Geistes, des Heiligen Geistes des Vaters, der alles reinigen und erneuern kann. Nur der Heilige Geist kann halten was er verspricht!

Viele Menschen werden sich noch vom Ungeist verführen und mitreißen lassen.

Betet ihr für sie!

Nehmt euch in Acht, denn der Versucher ist schlau. Er wird euch in Konflikte verwickeln, damit eure Gebete geschwächt und wertlos werden. Durch euren Eigenwillen und eure verschiedenen menschlichen Vorstellungen ist es für den Versucher ein Leichtes euch zu regieren, so wie es ein Dirigent bei einem Orchester tut.

Betet ihr für jene, die nicht beten und glauben können, denn sie wissen nicht, was sie tun, weil sie vom falschen Licht geblendet wurden.

Amen, ich sage dir, die Engel sind nah!

Ich nehme euch an der Hand

Meine Kinder, wenn ihr es auch selbst wollt, dann nehme ich euch an der Hand und führe euch auf eurem Lebensweg.

Ich wünschte alle Seelen zu Jesus zu führen.

Öffnet euch dem Himmel und lasst meinen Jesus in euren Herzen wohnen.

Ihr werdet gesegnet sein.

Erzähle von der Liebe

Preise den Vater in deinem Herzen.

Lob und Dank dem Vater, der die Liebe und das Leben ist.

Mein Kind, du kennst deinen Weg. Lass dich nicht und von niemandem beeinflussen und verwirren.

Erzähle von der Liebe, die Jesus für alle Seelen fühlt.

Er ist es, der dein Erlöser vom Kreuz dieser Welt sein wird.

Wer Meine Mutter nicht kennt ...

Ich sage dir, wer Meine Mutter nicht kennt und ehrt, kennt und ehrt auch Mich nicht.

Ich will nicht, dass Meine Mutter im religiösen Leben von Mir entfernt wird, weder im Glauben noch im Gebet und Bild.

Habe Mut, setze dich für Meine Mutter ein, denn sie wird sich auch für dich und deine Anliegen einsetzen.

Das gilt für alle Seelen.

Lernt, den Glauben zu leben

Lausche! So wie ein Leib ohne Geist leer ist, so ist auch ein Glaube ohne Werke leer.

Lernt den Glauben auch zu leben!

Die Essenz des Glaubens

Ein Mensch ohne Glauben gleicht einem Baum ohne Wurzeln.

Ein Glaube, der nicht gelebt wird, gleicht einer Pflanze, die nicht gepflegt und nicht gegossen wird.

Ein Glaube, der nicht gelebt wird, gleicht einem Haus ohne Fenster.

Ein Glaube, der nicht gelebt wird, gleicht einem Körper ohne Seele.

Ein Leben ohne Glauben gleicht einem versiegten Brunnen.

Was aber ist der wahre Glaube, was ist der Kern, die Essenz des wahren Glaubens?

Die Essenz des wahren Glaubens ist: Der Glaube an das Gute, an Gott, das Leben in Seiner Vielfalt. Der Glaube an Gottes ewige Gerechtigkeit und gütigste Barmherzigkeit. Der Glaube an Gott, das ewige Licht, die ewige Herrlichkeit. Der Glaube an die Macht der Liebe, weil Gott selbst das Wesen der Liebe ist. Das ist die Essenz des wahren Glaubens!

Wie aber lebt man den wahren Glauben?

Wer die Liebe ohne Bedingungen lebt, lebt das höchste Gebot, das die Samen aller Gebote beinhaltet. Wer die Liebe lebt, lebt den wahren Glauben.

Aber, wie lebt man die Liebe?

Die Liebe urteilt und verurteilt nicht. Die Liebe prahlt nicht über ihre Werke. Die Liebe verspottet und verleugnet nicht. Die Liebe teilt mit Freude alle guten Gaben. Die Liebe ist verständnisvoll und geduldig. Sie ist treu, ihre Treue hat keine Grenzen. Die Liebe ist eine ewige Kraft, die sich pausenlos im Geben vermehrt. Die Liebe trägt nichts nach, sie rächt sich nicht und vergilt mit ihrer stärksten Kraft – der Kraft des Vergebens. Das ist die Kraft der Liebe.

Vertraue auf GOTT den Schöpfer – Er lebt auch in dir.

Du würdest nicht leben, wenn es nicht so wäre.

Vertraue auf die Kraft deines Schöpfers, der selbst das Leben, das Licht und die Liebe ist, dann lebst du den wahren Glauben – die Liebe, dann lebst du den Plan Gottes mit deiner Seele.

Dankend verneigte sich die Seele und betete:

„Herr, schenke mir die Gnade den Willen des Vaters auch in den kleinsten Dingen in meinem Leben zu erkennen.

Lehre mich meine Irrtümer zu erkennen und gib mir die Kraft, mich von allen Dingen, die mich auf dem Weg zu dir hindern, zu trennen.

AMEN."

Seelenschau

Warte nicht!

An einem ganz normalen Arbeitsalltag spürte jene Seele von einem Moment auf den anderen ein besonderes Gefühl. Nicht nur im Inneren, auch im Äußeren, im Sichtbaren und Unsichtbaren war die Atmosphäre in ein anderes „Licht", in eine berauschende Stimmung eingetaucht.

Während die Seele sich noch Gedanken über diesen außergewöhnlichen Augenblick machte, fing ihr Herz an heftiger zu klopfen. Ihr war, als würde ihr Herz mit einer überirdischen Kraft aufgefüllt werden. Augenblicklich erkannte sie die Anwesenheit des Herrn und fiel glückselig auf ihre Knie.

Sogleich begann der Herr zu sprechen:

„Sei gegrüßt, Seele ... Ich sehe dich ... Rastlos bist du mit der Arbeit deiner irdischen Pflichten beschäftigt.

Ich hatte dich schon zweimal gerufen – du dachtest immer ‚dies und jenes muss zuerst noch erledigt werden'.

Ich aber sage dir, Meine Seele komm! Komm zu mir, Ich erwarte dich, so wie du bist.

Warte nicht, Meine Seele, weil du denkst, dass du noch keine Zeit hast.

Warte nicht, Meine Seele, weil du denkst, noch nicht frei von Irrtum und Schuld zu sein.

Warte nicht, Meine Seele, weil du denkst, zu wenig rein und heilig zu sein.

Warte nicht, Meine Seele, weil du denkst, dass es noch nicht der richtige Zeitpunkt sei.

Warte also nicht, Meine Seele, bis du frei bist von Irrtum und Schuld oder bis du heil und heilig bist.

Denke nicht, dass erst dann der richtige Zeitpunkt ist, um zu Mir zu kommen!"

Die Seele fing an, bitter zu weinen, faltete ihre Hände und rief: „Guter Herr, vergib mir!"

„Meine Seele, weine nicht! Freue dich!

Ich rufe nicht die Gesunden, Gerechten und Heiligen. Ich komme zu den Kranken, Trauernden und Verirrten, um sie zu heilen!

Komm also, Meine Seele!

Warte nicht mehr, denn sonst könnte es wirklich zu spät sein.

Ich bin es, der dich ruft. Komm Meine Seele, der Zeitpunkt ist JETZT!

Ich erwarte dich, weil ich dich liebe, so wie du bist ...

Amen."

Geschenk des Himmels

Sprich nur ein Wort ...

Vater, Schöpfer von Licht und allem Leben,
Dir sei Lobpreis, Ehre und Dank.
Dein Wille, möge im Himmel und auf Erden geschehen.
Im Namen Deines Sohnes ...

(Bis hierher kam ich mit meinem Gebet, während der Priester die Wandlung vorbereitete. Dann wurde die Regie meines Gebetes von jemand anderem übernommen. Der gesamte Altarraum war erfüllt von einem überirdischen Licht und Kraftfeld. Die Stimme des Priesters konnte ich nur noch von weit weg wahrnehmen. Sogleich wurde das Gebet mit folgendem Text fortgesetzt und vollendet ...)

Nähre uns mit Deinem ewigen Brot und
bewahre uns vor Unheil, Krieg und Not.
Möge Dein barmherziges Herz uns unsere Irrtümer vergeben,
und lehre uns bitte von Deiner Kraft zu Vergeben.
Befreie uns von den unzähligen Versuchungen
und erlöse uns von allem Übel.

(Gleichzeitig mit der nächsten Passage des Gebetes sah ich Szenen, wie einen Filmausschnitt, aus der Zeit Jesu. Ich sah einen Mann, der nach meinem Empfinden einer war, der große Befehlsgewalt hatte, wie ein Hauptmann. Er bat um die Hilfe von Jesus für seinen schwer erkrankten Untergebenen, den er sehr schätzte. Er glaubte an die Gegenwart der Kraft von Jesus und an die Macht Seines Wortes, auch ohne die Anwesenheit Seiner Person. Zugleich vernahm ich, wie er Jesus mitteilte, dass Er nicht extra den weiten Weg zu ihm zu gehen bräuchte, weil er glaubte, dass es für die Wirksamkeit Seines Wortes keine Entfernung geben würde. Deshalb heißt es: „Sprich nur ein Wort ...")

Gütiger Herr, ich glaube an Deine
immerwährende Anwesenheit, deshalb vertraue ich.
Du begleitest mich auf all meinen Wegen.
Meine Seele ersehnt Deinen Segen.
So sprich nur ein Wort,
so wird mein Leib gesund und meine Seele gerettet.
Amen, so soll es sein.

Seelenschau

Der Besuch des Engels

Eines Tages rief der Schöpfer von Licht und allem Leben wieder eine Seele bei ihrem wahren Namen. Der Schutzengel jener Seele eilte sofort zu seinem anvertrauten Erdenschützling, um ihr zu helfen, den Ruf ihres Schöpfers zu erkennen.

Da die Engel immerwährend Gottes Angesicht schauen, erkennen sie auch in allen Dingen Seinen Willen, so auch den Ruf an Seine Geschöpfe. Für die Menschen ist es schwer, die Anwesenheit ihrer Engel wahrzunehmen. Sie sind in ihrem Leben auf der Erde so sehr beschäftigt und abgelenkt, dass sie die Stimmen der Engel nicht mehr hören können. Deshalb wartete der Engel bis es Nacht wurde und der Körper seines Schützlings tief schlief. Als nun der Menschenleib der Seele den Tiefschlaf erreicht hatte, rief der Engel: „Seele! Wach auf! Ich bin es, dein Engel. Gott schickt mich zu dir. Ich muss dir heute eine wichtige Nachricht mitteilen." Augenblicklich erwachte die Seele aus ihrem irdischen Leib und rief erschrocken: „Wer bist du? Tu mir nichts, bitte tu mir nichts!"

„Fürchte dich nicht“, antwortete der Engel mit seiner sanften Stimme. Als er tief in ihre Augen blickte, spürte die Seele wie sich eine wohltuende Kraft in ihrem Körper ausbreitete, die sie innerlich so entspannte, dass keine Unruhezustände sie mehr in den Bann menschlicher Angst ziehen konnten. So kommunizieren die Engel durch die Kraft des Heiligen Geistes – ohne laute Worte sprechen sie. Als nun die Seele bereit war, sich ohne störenden Angsteinfluss mit dem überirdischen Besuch zu unterhalten, sprach der Engel weiter: „Seele, Gott, der Schöpfer deines Wesens, hat deinen Namen gerufen ...“

„Meinen Namen?“, stotterte die Seele. „Nein, das kann nicht sein, ich habe nichts gehört! Du verwechselst mich bestimmt.“ Mit einer abweisenden Handbewegung fügte sie noch schnippisch hinzu: „Meinen Namen gerufen – das hätte ich sofort gehört ... Außerdem tragen mehrere Frauen in dieser Gegend denselben Namen ...“

Der Engel schaute die Seele mit einem lächelnden Blick an und sprach geduldig weiter: „Nein, ich verwechsle dich nicht. Gott selbst hat dich gerufen und bei Ihm gibt es keine Verwechslungen. Geliebte Seele, von Gott geliebt, du bist es, die gerufen ist. Es ist Zeit dich vorzubereiten.“

„Aber für was muss ich mich vorbereiten?“, fragte die Seele misstrauisch.

Liebevoll sprach der Engel weiter: „Für den Abschied von dieser Welt und den Heimgang in die wahre Welt deiner Seele. Dein Körper aber wird nicht sofort sterben. Du wirst noch Zeit haben, alle deine Dinge in dieser Welt in Ordnung zu bringen.“

Die Seele zuckte in sich zusammen und rief empört: „Was redest du da von Heimgang und Sterben! Mir geht es bestens und meine Sachen habe ich immer ordentlich geführt! Alle Geschäfte sind sehr gut verteilt, und meinen Besitz wird mein Sohn eines Tages erben.“

Gütig flüsterte der Engel: „Ja, alle weltlichen und materiellen Dinge hast du bestens erledigt. Aber“, dabei legte er seine Hand ganz leicht auf ihr Herz, „das wird Gott von dir nicht sehen wollen, wenn Er dich zu sich ruft.“

Sogleich stieg im Körper der Seele eine starke Kraft hoch, die ein ungutes Gefühl verursachte. Es war ein Meer von Erinnerungen, das die Seele überschwemmte – Erinnerungen an viele nicht so lichte Momente aus ihrem Leben. Großen Schmerz verspürte sie, als sie sich selbst sah, wie sie Hilfesuchende arrogant abwies. Am meisten aber quälte sie ihr Verhältnis mit ihrer Schwiegertochter.

Im Erdenleben war die Seele eine sehr reiche Frau. Deshalb wollte sie für ihren Sohn auch eine Frau aus einem noch wohlhabenderen Geschlecht. Ihr Sohn aber interessierte sich nicht für die „gut betuchten“ Töchter, er wählte die Frau für sein Leben mit dem Herzen.

Ihr Missfallen an der Entscheidung ihres Sohnes ließ sie ihre Schwiegertochter bei jeder Gelegenheit stets bitter spüren. Die Schwiegertochter hatte ein gutes Herz. Immer wieder versuchte sie, es ihrer Schwiegermutter recht zu machen, leider ohne Erfolg.

All die vergangenen Ereignisse anzusehen und gleichzeitig zu spüren, war für die Seele unerträglich. Sie hatte das Gefühl, als würde ihre Seele in einem Feuer stehen, aus dem sie nie mehr entkommen konnte.

„Hilf mir!“, rief die Seele verzweifelt und griff hilferingend nach dem Arm des Engels. Sogleich spürte sie innerlich eine Kraft, die sich als eine außergewöhnliche Macht anfühlte, wie sie sie noch nie in ihrem Leben gespürt hatte.

Der Engel sprach ruhig weiter: „Was du gesehen und ganz besonders, was du gefühlt hast, all die Dinge, die dich so unfassbar schmerzten, sind die Realität, so wie Gott dich sieht, so wie Gott selbst dich spürt – so wie du in Gottes Blick bist. Wenn Gott eine Seele ruft, werden alle Dinge offenbar, nichts bleibt im Verborgenen! Die Seelen verdrängen viele Ereignisse und Taten von ihrem Leben, für Gott aber bleibt nichts unsichtbar im Verborgenen. Wenn Gott seine Seele schaut, betrachtet er das Innerste der Seele. Gott interessiert nicht, was außerhalb des Menschen ist. Er forscht nach dem Inneren, nach dem ‚Schmuck‘ des Herzens. Er misst die Herzenswärme einer Seele. Er prüft die Kraft des Herzens, die Liebe. Das ist der unvergängliche Schmuck einer Seele. Nur das ist für Gott wichtig.

Wenn Gott die Seele im Inneren betrachtet, wird alles offenbar, alle positiven und alle negativen Dinge, das Lichte und das Dunkle.“

Die Seele spürte beim Erkennen ihrer dunklen Punkte so etwas wie einen Feuerbrand in jeder Faser ihres Wesens.

„Alle Irrtümer werden intensiv erkannt. Sogleich erfährt die Seele das Mysterium – GOTT. So wie Gott die Seele sieht und spürt, das ist ein Schmerz der nicht außerhalb, sondern im Inneren der Seele stattfindet. Das heißt in deiner Welt ‚Fegefeuer‘, das ist kein Ort irgendwo im Diesseits oder Jenseits, wie viele Menschen denken, der ‚Ort‘ ist im Inneren, ein Zustand der Seele.“

Die Seele der Schwiegermutter fiel erschüttert auf die Knie und klagte: „Oh mein Gott, erbarme Dich meiner! Was habe ich getan, ich habe so viel Böses angerichtet! Was soll ich tun? Nichts kann ich mehr ungeschehen machen. Was könnte ich jetzt noch ändern?“

Der Engel blickte sie liebevoll an und antwortete verständnisvoll: „Ja, Seele, du kannst die Dinge der Vergangenheit nicht ungeschehen machen, jedoch kannst du die Gegenwart und den Verlauf der Zukunft beeinflussen und zum Positiven verändern.“

„Aber wie soll das geschehen?“, stotterte die Seele ängstlich.

Gütig sprach der Engel weiter: „Schließe Frieden mit deiner Familie und mit all deinen Mitmenschen! Seele, das ist jetzt deine Chance, die große Gnade Gottes, Sein liebevolles Entgegenkommen, Seine Hand, die dir hilft aufzustehen, um aufrecht zu Ihm gehen zu können, wenn Er dich in Sein Reich des wahren Lebens ruft.“

Plötzlich erklang vom Himmel her ein Signal, ähnlich wie das einer Posaune. Der Engel blickte zum Himmel und sagte: „Seele, bald wird Gott dich rufen, du wirst aber nicht sofort sterben, du hast noch Zeit dich vorzubereiten. Bereite dich also vor, dass du, wenn Gott dich mit Seinem Licht umarmt, in Seinem Licht bestehen kannst.“

Der Engel berührte die Seele in der Herzgegend und sprach: „Gott grüßt dich, Seele ...“ Sogleich war er fort.

Kurz bevor die Seele der Schwiegermutter wieder in ihrem Erdenleben erwachte, sah sie eine große Sanduhr auf einer Wolke schweben. Das Zeichen der vergänglichen Zeit war ihr sofort bewusst. Deshalb begann sie noch am selben Tag eine Gedächtnisliste zu schreiben, mit den Namen der Menschen, mit denen sie Konflikte und andere Dinge zu lösen hatte.

Eifrig machte sie sich an die Arbeit. Den Hilfebedürftigen, die sie früher mit erhobenem Haupt ignoriert hatte, machte sie anonyme Spenden, weil sie durch die Begegnung mit dem Himmelsboten erkannt hatte, dass Gott alle Dinge im Verborgenen sieht und die guten Taten, die im Verborgenen getan werden, viel wertvoller sind als jene, mit denen man sich zur Schau stellt und sich selbst rühmt. Tag für Tag versuchte sie ihre Zeit für viele Wiedergutmachungen zu nützen.

Nach einigen Monaten fühlte sie sich körperlich sehr unwohl. Ein altes Leiden, das eine unerkannte Krankheit war, kehrte wieder. Die Seele erkannte, dass dies jetzt die Zeit war – der letzte Weg auf der Erde –, von der der Engel gesprochen hatte.

Wie nicht anders zu erwarten, war es die Schwiegertochter, die sich sofort mit ihrer selbstlosen Hilfeleistung anbot. Einige Wochen verstrichen. Die erkrankte Schwiegermutter wurde immer schwächer, so dass sie auf einer Krankenstation bleiben musste.

Eines Nachts besuchte die Schwiegertochter ihre Schwiegermutter, um nach dem Rechten zu sehen. Vorsichtig, um sie nicht zu wecken, versuchte sie, die schlafende Patientin zuzudecken. Die Schwiegermutter aber spürte die Anwesenheit ihrer Schwiegertochter, griff nach deren Hand, streichelte sie und sprach: „Bitte bleibe noch."

Die Schwiegertochter erschrak, denn ein Wort wie „bitte" hatte sie all die Jahre nie von ihrer Schwiegermutter gehört. Sie galt für alle Menschen als eine strenge „Führungspersönlichkeit", die Befehle erteilte. Die Schwiegertochter schluckte und antwortete leise: „Ja, gerne bleibe ich noch", und setzte sich zu ihr ans Bett.

Die Schwiegermutter fragte: „Weißt du, dass Gott uns sieht und uns zuhört? Kannst du so etwas glauben?"

Die Schwiegertochter antwortete: „Ja, weil ich glaube ..."

Sogleich flossen der Schwiegermutter die Tränen über das Gesicht und sie sprach: „Ja, natürlich glaubst du. Nur jemand der einen Glauben hat, kann so jemanden wie mich ertragen. Deshalb bitte ich dich, kannst du mir verzeihen? Meine Tochter (so hatte sie ihre Schwiegertochter noch nie genannt), bitte verzeih mir! Ich hatte mir für meinen Sohn immer eine Frau aus einer reichen Familie gewünscht. Verzeih mir, dass ich deinen Reichtum, den du in deinem Herzen trägst, nach all den Jahren erst jetzt erkannt habe. Ich danke dir für deine Geduld und Güte, die du für mich immer bis heute hattest."

Die Schwiegertochter weinte vor Freude und antwortete: „Alles ist gut. Darf ich dich jetzt ‚Mutter' nennen?" „Ja", flüsterte die Schwiegermutter „du bist die Frau meines Sohnes, also auch meine Tochter."

Sogleich schlief sie mit einem Lächeln auf ihren Lippen ein.

„Das ist eine Glücksstunde, eine Stunde voll der Gnade Gottes", sprach die Schwiegertochter leise und begann zu beten: „Guter Gott, Du hast mir den lang ersehnten Frieden mit meiner Schwiegermutter geschenkt. Ich danke Dir, dass Du mein Gebet erhört hast."

Daraufhin dachte sie sich: „Wenn ich jetzt noch mehr für sie bete, vielleicht wird Gott sie dann wieder gesund machen."

Dann zog sie aus einem Lederbeutel eine alte Gebetskette, die ihr ihre Großmutter, kurz bevor sie starb, geschenkt hatte. Jene wiederum hatte sie von ihrer Schwiegermutter am Sterbebett als Zeichen des Friedens und der Verbundenheit durch das Gebet geschenkt bekommen.

Von da an besuchte sie jeden Abend ihre Schwiegermutter am Krankenbett, um mit ihr die vielen ungesprochenen Gespräche von all den Jahren nachzuholen.

Jedes Mal, wenn die Schwiegermutter durch die Unterhaltung müde und zufrieden einschlief, zog sie die alte Gebetskette aus ihrer Tasche und begann zu beten.

Nach einigen Abenden, als sie wieder ihre gewohnten Gebete sprach, überfiel sie eine so große Müdigkeit, dass sie ihren Kopf an den Arm ihrer schlafenden Schwiegermutter lehnte und betend einschlief.

Gleich darauf betrat ein alter Pater, der es sich zur Gewohnheit gemacht hatte, spät abends noch die Schwerkranken und Sterbenden zu besuchen, das Krankenzimmer. Als er die beiden schlafenden Frauen, vereint wie Mutter und Tochter, erblickte, war er in seinem Herzen so berührt, dass er seine Hand zum Segen hob und voll Freude feierlich sprach: „Der Allmächtige und allzeit barmherzige Gott möge euch immerwährenden Frieden und Seinen heilenden Segen spenden ... Amen."

Kurz nach Mitternacht war es dann soweit. Dies sollte für die Seele der Schwiegermutter der älteste Tag auf der Erde und der jüngste Tag in der verborgenen Ferne, im Himmelreich sein.

Die Gnade Gottes neigte sich zur Erde. Der Schutzengel, der die Schwiegermutter einst besucht hatte, betrat mit zwei himmlischen Begleitern das Krankenzimmer. Die leidende Schwiegermutter durfte nun ihren Heimweg antreten.

Der Engel hauchte der Schwiegermutter sanft ins Gesicht und rief mit seiner zarten Stimme: „Komm, Seele, es ist soweit. Dein jüngster Tag beginnt jetzt", und übergab sie den beiden Himmelsboten, die mit ihr den Raum verließen. Gleichzeitig weckte er die Seele der schlafenden Schwiegertochter aus ihrem irdischen Leib, indem er auch ihr sanft ins Gesicht hauchte.

„Komm", begrüßte der Engel sie freundlich, „wir sind auch deine Begleiter. Gott schickt uns zu dir, um dir etwas zu zeigen."

Die Seele der Schwiegertochter weinte vor Freude und rief: „Oh Grundgütiger, ich habe immer geglaubt, dass es euch gibt!“

Der Engel machte eine Bewegung mit seiner Hand. Plötzlich öffnete sich ein anderer Raum, der in eine andere Welt führte. Die Seele der Schwiegertochter konnte nicht fassen, was sie dann sah.

Die Seele der Schwiegermutter schritt mit Freude und Erwartung erfüllt auf einem Pfad einem unbeschreiblichen, pulsierenden, lebendigen Licht, das sich pausenlos bewegte, entgegen.

Sogleich sah die Seele der Schwiegertochter sich selbst in der Welt am Krankenbett der Schwiegermutter beten. Jedes gesprochene Gebet verwandelte sich in eine weiß schimmernde Blume für den Weg, den die Schwiegermutter gehen musste. Die beiden strahlenden Engelsgestalten, die sie begleiteten, sammelten die Blumen vom Boden auf.

Als sie am Lichttor angekommen waren, wurde die Seele der Schwiegermutter von einer wunderschönen Frau, deren Haupt eine Krone zierte, in Empfang genommen.

Die beiden Lichtgestalten übergaben ihr feierlich die gesammelten Blumen, die sich augenblicklich in ihren Händen in Lichtlilien verwandelten.

Liebevoll blickte sie auf die Seele der Schwiegermutter und sprach mit ihrer zärtlichen Stimme: „Gott grüßt dich, Seele. Ich bin die Königin der Engel und die Mutter jeder Seele. Siehe, jede Blume, die du hier siehst, ist ein besonderes Gebet aus dem Herzen eines Menschen guten Willens. Jedes Gebet aus dem Herzen einer gläubigen Seele wandelt sich in ein geistiges Kraftfeld, eine Fürsprache bei Gott von mir, deiner Mutter ...“ Fürsorglich neigte sie ihr Haupt und sprach feierlich: „Amen“.

Gleichzeitig mit dem ausgesprochenen „Amen“ der Königin der Engel erklang ein zärtlicher Gesang eines Engelchores, der jubelte und Gott pries. Sogleich wurde das Licht immer stärker und die Stimme des Herrn erklang:

„Sei gegrüßt, Seele, Ich habe dich bei deinem Namen gerufen. Deine Zeit ist jetzt da. Willkommen zu Hause, in der wahren Heimat deiner Seele ...“

Die Seele der Schwiegermutter war erfüllt von einer Glückseligkeit, die man nicht mit Worten beschreiben kann, weil es so ein Gefühl in der irdischen Welt nicht gibt. Mit jeder Faser ihres Wesens dankte und lobte sie Gott.

Einer der beiden Engel hob seine Hand und zeigte in die Richtung, wo die Schwiegertochter mit dem einen Engel, wie ein zuschauender Gast, stand. Das sah so aus, als würde sie an einem anderen Ufer eines Flusses stehen. Der silberschimmernde Fluss strahlte eine besondere Kraft aus und sah aus wie flüssiges Glas. Mit dem Gefühl einer Seele erkennt man es als ein lebendiges Energiefeld Gottes.

„Siehe, meine Tochter", sprach die Frau im Licht, die Mutter aller Seelen, „jede Blume auf deinem Weg, die die Engel sammelten, war ein Gebet von ihr, der Frau deines Sohnes, und jede Blume wurde eine Fürsprache von mir, der Mutter deiner Seele."

Die Schwiegermutter weinte vor Freude und rief ihrer Schwiegertochter zu: „Gott segne dich, ich danke dir!"

Sogleich öffnete sich das Tor zur lichten Welt. Feierlich schritt sie hindurch und die beiden Engel folgten ihr. Amen.

Nachrichten vom Himmel

Ich sehe, was dein Herz bewegt ...

Mein Herr, ich spüre Dich, Deinen Blick.

Erlaube mir, Herr, nur eine Frage: Siehst Du, was ich in meinem Herzen trage?

„Ja, Meine Seele, Ich sehe, was dein Herz bewegt. Ich sehe auch, was in deiner Seele lebt.

Ich sage dir: Höre nie auf, den Heiligen Geist mit deinem Geist zu suchen, und höre nie auf, den Heiligen Geist mit deinem Herzen zu rufen.

Amen, Ich sage dir: Es ist der Heilige Geist, der dein Herz erobern will."

Heiliger Geist, hörst Du, wie mein Herz Dich ruft?

Heiliger Geist, spürst Du, wie meine Seele Dich sucht?

Siehst Du, die Schatten der Vergangenheit habe ich verlassen. Der Ungeist sucht trotzdem überall nach mir, auf allen Wegen, auf allen Straßen.

Unzerbrechlich ist die Sehnsucht in meiner Seele.

Unvergesslich ist die Begegnung mit Deinem Wesen in meinem Herzen.

Heiliger Geist, hörst Du, wie mein Herz Dich ruft?

Heiliger Geist, spürst Du, wie meine Seele Dich sucht?

Die Kraft

Meine Seele, die Kraft, die du suchst, wohnt nicht in deinem Kopf – Du kannst dich noch so anstrengen, hier wirst du sie nicht finden.

Auch kannst du sie nicht erwerben durch Schule und Ausbildung – also kannst du sie auch nicht erwerben durch Geld und Gold.

Die Quelle der Kraft liegt in deinem Herzen. Lass sie einfach nur fließen, indem du dich frei machst von allen irdischen Fesseln, die durch die Ströme im Kopf entstehen.

Lass dich in Gottes Meer fallen. Lass dich in den Wellen des ewigen Meeres treiben.

Meine Seele auf Wanderschaft, die Kraft fließt in deinem Herzen.

Die Sprache des Herzens

Meine Seele, lausche, fühle: Die Sprache des Herzens kannst du nicht mit Buchstaben in Worte fassen – so wie man auch das Universum nicht wie eine Pflanze in einen Topf setzen kann –, weil sie aus der Kraft Gottes lebendige Bewegung ist, die Sprache des Herzens.

Alles kommt aus Gott. Jede Gabe ist Gottes Gnade an Seinen Seelen ... Amen.

Sage meinen Seelen ...

Herr, Du meiner Seele ewige Liebe ...

Meine Hände lege ich in Deine Hände ...

Mein Herz lege ich in Dein Herz ...

Meine Seele lege ich in Deinen Geist ...

Mein Herr, ich spüre Deine Anwesenheit, Deine zarte Wesenheit.

Erzähle Deiner Seele, was möchtest Du in ihr Herz legen?

„Sage Meinen Seelen, sie mögen Mir ihre Herzen weihen, dann werden ihre Seelen Ruhe finden und Meine Früchte der Liebe werden in ihren Herzen gedeihen.

Amen, Meine Seelen, weiht Mir eure Herzen."

Der Geist wird führen

Gott hat deine Seele mit Seinen Kräften bereichert, Mein Kind. Verschwende sie nicht an jene, die nur neugierig sind und doch nicht „hören“ wollen.

Verschenke sie an jene, die aufrichtig nach Rat suchen und auch „hören“ wollen.

Die heilsame Kraft wird in deinen Worten liegen, du brauchst die Menschen nicht berühren.

Der Geist wird Deine Stimme führen, nicht der Mensch, der Geist, Mein Kind, wird führen.

Der Geist des Vaters wird die Stimme benützen und so mit Seiner Kraft die geknickten Seelen stützen ...

(Wie soll das geschehen, wenn ständig dunkle Kräfte stören?)

Du, Kind, sollst nur auf die Stimme des Lichtes, des Vaters, des Sohnes und des Heiligen Geistes, hören! Nichts hat dann mehr die Macht zu stören!

Vertraue auf deine Bestimmung, vertraue!

Du kannst es nicht zählen

Öffne weit dein Herz, denn es ist das Ewige in dir, deine Seele, die zum Himmel singt, die um die Liebe, das ewige Leben in Freude bei Gott ringt.

Geliebte Seele, heute erinnere dich wieder:

Wenn du betest, dann mach es nicht nur mit dem Mund und nicht nur mit dem Kopf. Werde immer mit dem Herzen eins.

Wenn du für eine Person betest, die krank ist, damit sie gesund werden möge, dann bete mit der ganzen Kraft deines Herzens.

Vergiss aber nicht, auch für die Familie und für die Angehörigen dieser Person zu beten, auch wenn du dir denkst, dass sie keiner Gebete bedürfen, weil sie gesund und wohlhabend sind.

Gott sieht nicht auf das Äußere, Gott sieht auf das Verborgene, was der Mensch nicht kennt, weil er nur das Äußere mit den Augen wahrnimmt.

Wahrlich, Ich sage dir: Du kannst es nicht zählen, wie oft Gott die Herzen der Angehörigen durch eine kranke Seele erreichen will.

Habt Mut, eure Irrtümer zu erkennen!

Ihr wisst nicht, wie wichtig es ist, wenn eine Seele ihre Irrtümer ehrlich im Herzen erkennt, wenn eine Seele ihre Irrtümer schon im Erdenleben erkennt, nicht erst im Jenseits, wenn sie Gottes Angesicht schaut und sie wieder traurig umkehren muss, weil sie noch nicht das Tor zum wahren Leben durchschreiten kann, weil sie noch nicht heimkehren kann in ihre wahre Heimat, das Leben in der Ewigkeit, ohne Zeit, ohne Leid, ohne Lüge, ein Leben in Gottes Licht, ein Leben in der wahren Liebe.

Wertvoll ist es für eure Seelen, wenn ihr lernt, ehrlichen Herzens eure Irrtümer zu erkennen, wenn ihr lernt zu vergeben.

Das ist euer Schatz, den ihr mitnehmen werdet, wenn Gott eure Seelen ruft.

Habt Mut, eure Irrtümer zu erkennen!

Ihr Menschen neigt dazu, dass ihr die Irrtümer, die ihr selbst begeht oder zu denen ihr selbst beigetragen habt, auf euren Nächsten zu schieben.

Gott aber sieht und kennt jede Seele. Er kennt alle Dinge von allen Seelen. Alle noch so geheimen Dinge sind vor Gott offenbar. Nichts könnt ihr vor Ihm verbergen!

Vergesst das nicht, dass Gott jeden Augenblick alles sieht, hört und erkennt. Er hat ja eure Seelen erschaffen. Er hat euch den freien Willen geschenkt, deshalb könnt ihr jederzeit das Licht oder die Finsternis wählen.

Gott kennt eure Schwächen und auch eure Stärken.

Deshalb will Er euch immer erinnern, damit das Starke in euch stärker wird und die Finsternis besiegt.

Vergeudet nicht die Zeit!

Vergeudet die kostbare Zeit, die euch auf Erden gegeben ist, nicht im Streit über eure religiösen Vorstellungen über das Wirken Gottes in Seinem einzigartigen Mysterium. Legt eure rechthaberischen Vorstellungen nieder, denn ihr könnt das Mysterium des Vaters alle nicht fassen. Mit eurem irdischen Verstand könnt ihr es niemals wahrnehmen und erkennen, nur erahnen. Der menschliche Verstand ist nicht geschaffen, die Macht Gottes zu prüfen und zu erläutern.

Ich sage dir, hüte dich vor den Besserwissern! Wer von sich behauptet, alles verstanden und erkannt zu haben, hat mit dieser Behauptung schon bewiesen, dass er gar nichts erkannt hat.

Seid ihr doch aus geistiger Sicht alle in einem Stadium, gleich Kleinkindern, die gerade das Gehen lernen ...

Es ist eine gefährliche Zeit, in der ihr jetzt lebt. Seht, wie alles verdreht wird ... Der Stand der Welt gleicht einem Zug, der seine Gleise verlässt, in allen Bereichen, im Menschen-, Tier- und Naturreich ...

Eine Glaubensgemeinschaft erhebt sich gegen die andere. Wenn wahrer Glaube in euren Herzen lebt, dann erkennt jetzt, dass es Zeit ist, sich zu vereinen und zu beten.

Verzage nicht!

(Ich weiß nicht, wie ich diesen Wellen, die meine Seele erdrücken wollen, standhalten kann ...)

Mein Kind, Seele in der Liebe Gottes ...

Verzage nicht! Ich weiß, dass du es nicht einfach hast, aber bedenke, was alles auf dem Spiel steht. Die Wahrheit Gottes wird verstoßen, weggeworfen wie verbrauchte Bekleidung. Die Wahrheit Gottes wird von der Lüge des Widersachers in die dunkelste Ecke verdrängt.

Lass dich nicht vom Verführer der Seelen beeinflussen und blenden!

Macht gaukelt man dir vor, wo keine Macht ist.

Kämpfe für die Wahrheit, für die wahre Liebe.

Du hast die Kraft, benütze sie weise mit Taktgefühl.

Steh wieder auf, werde nicht müde, denn es ist ein gutes Leben, das Gott euch hat gegeben.

Wenn du Mich rufst ...

Herr, es ist ein gutes Leben, mit dem Glauben an Dich zu leben.

Du bist die Quelle der Hoffnung, die nie versiegt.

Du kannst mich immer hören, wenn ich Dich rufe.

Du bist der ewige Sohn, die immerwährende Sonne, der ewig liebt.

Du bist immer anwesend, wenn ich Dich suche.

Ja, es ist ein gutes Leben, mit dem Glauben an Dich zu leben.

Wenn Du mich rufst, komme ich zu Dir, denn ich weiß, in meinem Herzen kann ich Dir immer begegnen.

„Meine Seele, wenn du Mich in deinem Herzen rufst, bin Ich immer bei dir ... Amen“

„Ja“ zum Willen des Vaters

Gelobt sei der Vater, der Sohn und der Heilige Geist.

Ich habe es schon gesagt, dass ich die Mutter aller Völker bin.

So beschloss es der Vater, also war es nicht mein Wille, der Vater selbst hat es so beschlossen!

Mein Herz und meine ganze Seele sagte „Ja“ zum Willen des Vaters. So bin ich für diese Welt nicht nur die Frau und Auserwählte, ich bin die Mutter aller Völker, durch Den, Der einst verstoßen wurde, durch den Sohn des Vaters, dessen ewige Gestalt nicht von dieser Welt stammt. Nur der Leib aus Fleisch und Blut, der in meinem Leib heranwuchs, war von dieser Welt.

Es ist gleich, wer oder was ihr seid, ich bin die Mutter aller Völker. So ist es und das darf nicht geändert werden!

Habe also Mut, lass dich nicht von irdischem Verstandesdenken der Menschen verleiten.

Was ich gesagt habe, habe ich nicht für die Unterhaltung gesagt, um das Gesprächsthema einer Sage zu sein.

Was ich gesagt habe, gilt nicht für eine bestimmte Glaubensgruppe.

Was ich gesagt habe, gilt für alle Seelen, für alle Völker ... Amen.

Wie sehr du Mich liebst ...

Herr, ich wünschte, ich könnte jetzt Deine Hand in meiner Hand spüren.

Du sagtest, Du willst alle Seelen in den Himmel führen.

Herr, ich wünschte, ich könnte jetzt in Dein Herz sehen und so Deine Liebe und das Leben in der Ewigkeit verstehen.

Herr, ich wünschte, ich könnte Dich so lieben, wie es Dir wahrhaftig gebührt.

Meine Seele ist zu schwach und mein Herz ist zu klein, jedoch spüre ich tief in mir: Meine Seele, Herr, gehört auf ewig Dir. Amen

„Meine Seele, Ich sage dir, du weißt nicht, wie sehr du Mich wirklich liebst. Durch den Schleier des Erdenlebens hast du es vergessen, wie sehr du Mich liebst.

Würde Ich dich jetzt spüren lassen, wie sehr deine Seele Mich liebt, so könntest du hier nicht mehr leben und deine Dinge erledigen. Alles wäre dir nur mehr unerträglich.

Meine Seele, weil Ich dich liebe, werde ich dieses Siegel jetzt nicht öffnen. Amen“

Die Seelen müssen erinnert werden

Mit dem Herzen glaube, Meine Seele, und mit deinem Mund bekenne. Wer mit dem Herzen glaubt, geht auf dem Weg zum wahren Heil. Diese Lehre ist eine Erkenntnis aus dem ewigen Mysterium des Vaters. Sie gilt für alle Seelen, denn alle, alle Seelen haben denselben Herrn, denselben Gott, denselben Vater. Alle Seelen beschenkt Er mit Seiner Gnade: die an Ihn glauben, die Ihn mit dem Herzen anrufen, mit ihrem Herzen glauben und erkennen und mit ihrem Mund bekennen.

Die Menschen müssen ermahnt werden, sie müssen gelehrt und sie müssen erinnert werden, wer und was ihr Herr und Gott ist, wer der Schöpfer ihres Lebens ist, denn niemand, keine Seele lebt sich selbst und stirbt sich selbst. In allem lebt die Schöpferkraft Gottes.

Die Seelen müssen erinnert werden, dass Gott – der die Liebe und das Leben ist – und der Glaube an Ihn, die wichtigsten Aspekte in ihrem Leben sind.

Sie mögen erinnert werden, dass sie mit ihrem Herzen glauben und mit ihrem Mund bekennen können.

Amen, das ist das wahre Glück, das die ewige Glückseligkeit verspricht …

Es ist der Geist der Wahrheit, der das bezeugt und versichert.

Was ist der wahre Glaube?

Man streitet in dieser Welt noch immer um den Glauben. Blutige Konflikte werden um das Recht des „wahren Glaubens“ ausgetragen.

All diese Auseinandersetzungen haben jedoch nichts mit dem wahren Glauben zu tun. Das sind Menschen-Satzungen, Menschen-Gesetze, die nicht von Gott, dem Wesen des Lebens, des Lichtes und der Liebe, sind. Diese Gesetze wurden vom Eigenwillen des Menschen erschaffen.

Gottes Gedanken, Pläne und Gesetze sind nicht dieselben wie die des Erdenmenschen.

Des Menschen Ideen und Pläne sind vergänglich.

Gottes Pläne aber mit den Menschen sind Entwürfe für die Ewigkeit.

Gott hat den Menschen für das Ewige, Unvergängliche erschaffen.

Was ist also der wahre Glaube? Der wahre Glaube entspringt als Kraftquelle aus dem ewigen Schöpferlicht Gottes.

Es ist auch nicht wichtig, welchen irdischen Namen der Glaube trägt – klingt er doch in jeder Sprache anders – und ist nur eine Art und Form des Ausdruckes dieser vergänglichen Welt.

Der wahre Glaube ist unaussprechlich – man kann ihn auch nicht messen, weil er eine Lebenskraft aus Gottes Herzen ist. Er muss gelebt werden.

Den wahren Glauben kann man nur an der Art und Weise erkennen, wie man ihn lebt – und so vermehrt und entwickelt er sich auch.

Nehmt euch in Acht und streitet nicht um das Recht – Gottes Satzungen sind nicht dieselben wie die des Menschen!

Öffnet eure Herzen und lauscht:

Nehmt Gottes wichtigstes Gebot, das alle Gebote beinhaltet, nicht nur mit eurem Verstand, sondern auch mit der Kraft eures Herzens auf.

Wer die Liebe ohne Bedingungen lebt, lebt das Gebot aller Gebote und lebt den wahren Glauben. Amen.

Meide Streitgespräche!

Geliebte Seele, bleibe stark, denn man wird auf dich einreden, um dich umzustimmen. Man wird versuchen dir eine andere Vorstellung, eine andere Darstellung des Herrn einzureden. Du aber bleibe stark im Glauben an das, was du gelernt hast durch die Gnade des Vaters.

Bleibe treu, indem du auf das vertraust, was dir vertraut ist, das lebendige Licht des Herrn, das immer anwesend ist in deiner Seele.

Amen, Ich sage dir: Lass dich auch nicht in ungeistige Gespräche hineinziehen, die die Frucht geistiger Armut sind und hüte dich vor unnützen Fragen von den Neugierigen, die so tun, als würden sie die Wahrheit kennen, in Wirklichkeit aber im Irrgarten des Unglaubens umherrennen.

Meide Streitgespräche über das Mysterium Gottes, die nur Zank und Übel heraufbeschwören, mit der sich die widersetzende Kraft nährt und stärkt, denn das sind die unsichtbaren Fallen für die Gläubigen ...

Hüte dich!

Hüte dich vor den Schmeichlern und Besserwissern und hüte dich vor den Arglistigen und Arroganten, die dir den Raum zum Atmen nehmen.

Bleibe in deinem Herzen – dort erwartet dich der Herr!

Du wirst Ihn nie in den Schmeichlern und Besserwissern, Arglistigen und Arroganten finden.

Der Heilige Geist sucht nicht die Herzen, die nur für ihr irdisches Ich schlagen.

Der Heilige Geist sucht die Herzen, die sich für die Liebe Gottes öffnen.

In der sanften Stille

Den Lärm in dieser Welt kannst du nicht vertreiben, deshalb sollst du immer mehr in der sanften Stille verweilen.

In der Stille findest du die Kraft, die dich lehrt, die Geister zu unterscheiden und dich befreit von der lauten, hektischen Gefangenschaft.

Suche die Stille ... und finde sie ... in dir.

Gottes heilender Geist bewegt sich in der sanften Stille.

Glaube ohne Taten

Meine Seele, ja, so ist es, der Glaube ist wichtig, um mit Gott in Verbindung zu treten. Es braucht den Glauben, um zu Gott zu gelangen! Seid aber achtsam, denn der Glaube allein im Leben genügt nicht, es braucht auch die Taten!

Was nützt einer Seele der Glaube, wenn sie weiterhin in ihren Irrtümern bleibt und weiterlebt. Wenn eine Seele von sich sagt, dass sie glaubt und doch ihr Leben hauptsächlich in Habgier, Unzucht, überschwänglicher Vergnügungslust und anderen Süchten verbringt, dann hat sie keinen wahren Glauben.

Der Glaube ist ein felsenfestes „Ja“ zu Gott, kein „Vielleicht“ und „Irgendwann“.

Der Glaube muss gelebt werden im Hier und Jetzt, in der Gegenwart.

Amen, Ich sage dir, Meine Seele, und merke es dir gut:

Der Glaube ohne Taten, sowie das Gebet ohne Bitte und Dank, ist wie ein Leib ohne Seele!

Lernt zu glauben. Bittet den Vater, dass er die Gabe der Kraft des Glaubens in euren Herzen erwecke.

Lernt den Glauben zu leben! Amen

Ich bin da

Meine Seele, lass dich nicht verwirren von den vielen Stimmen in dieser Zeit. Es ist nicht alles richtig und wahr, was du hörst. Nicht mit den Augen bin Ich jetzt sichtbar! Ich versichere dir, Ich bin da, vertraue! Ich komme zuerst durch die Herzen. Amen

Sei ein Licht!

Meine Seele, du wünscht, dass ich zu dir spreche?

Ich sage dir, sei ein Licht in dieser finsteren Zeit. Bete!

Denke nicht, dass du schon genug gebetet hättest, bete mehr ...

Bete mit Mir!

Mein Kind, Gott hat dir den freien Willen geschenkt, Du darfst also selbst entscheiden. Wenn dein Herz Meine Hilfe ersehnt, dann vertraue dich Mir an! Bete mit Mir und Meinen Engelscharen ... Amen

Lass dich nicht verwirren!

Meine Seele, lass dich von den vielen Stimmen, die bald auf dich einströmen werden, nicht verwirren!

Auch wenn du Mich in diesem Augenblick nicht mit den Augen sehen kannst, Amen, Ich versichere dir, Ich bin da!

Bleibe treu, Meine Seele, und vertraue ... Amen

Willst du nicht hören?

Meine Seele, du ersehntest Meine Stimme ...

Willst du nicht hören, willst du nicht annehmen, was Ich dir jetzt mitteile?

Ich sage dir: Seid achtsam, denn Versuchungen haben, wie die Kleidung, viele Formen, viele Muster und viele Farben.

Dünkt euch nicht in der Gewissheit, schon ganz rein und unbefleckt zu sein und die alleinige und einzige Erkenntnis über die Wahrheit Gottes zu haben.

Wenn ihr eure Gedanken, die in euch ständig aufsteigen, und die Worte, die sich oft unbedacht von euren Zungen lösen, an eurem Leib spüren könntet, dann würdet ihr mit den Zähnen knirschen und weinen.

Lernt, demütig und bescheiden zu sein. Versucht auch nicht, anderen die Lehre aufzuzwingen und sie eigenwillig zu belehren. Gott ist mit jeder Seele geduldig und barmherzig. Er liebt sie alle!

Lernt, der Geduld und barmherzigen Liebe und Vergebung nachzueifern!

Amen, Ich sage dir: Gott sieht nicht auf das Äußere – Er sieht in das Innere. Er misst die Wärme und Reinheit der Herzen! Amen

Es gibt nur eine Entscheidung

Gott grüßt dich, Kind im Leben.

Jesus ist das Licht, das die Finsternis durchbricht.

Jesus ist es, der in Deinem Herzen ständig spricht.

Es gibt viele Wege zu Gott, jedoch, Kind, sei dir bewusst, es gibt nur eine Entscheidung, die Entscheidung zwischen Licht und Finsternis. Das heißt, es gibt nur eine Antwort, ein klares „Ja“ zum Licht – es gibt kein „Vielleicht“!

Für die Seele, die den Weg der Wahrheit erkennt, gibt es nur ein „Ja“, zu Gott, der das Licht und die Liebe ist. Amen. (Bote des Heiligen Geistes)

Christus, lichtreich, wunderbar ...

Lichterfülltes Seelenherz, Sehnsucht nach dem ewigen Reich ist dein Schmerz. Höre, wie die Engel dir zurufen:

„Christus, lichtreich, wunderbar, ewiges Licht so rein und klar, Christus Liebe, ewiger Lichtaltar!

Priester des Allerhöchsten, Einen, Einzigen Gottes ist Er, nach der ewigen himmlischen Ordnung des Vaters, des Ewigen, Einzigen.

Amen, Amen, schenke Ihm dein Herz.“

Ich verneige mich vor dem freien Willen

Meine Kinder, ich verneige mich vor dem freien Willen, den der Vater euch geschenkt hat, denn das ist des Vaters Wille.

Wenn ihr es aus eurem Herzen selbst wünscht, dann nehme ich euch an der Hand und führe euch auf eurem Lebensweg zu Jesus, der die wahre Freiheit ist.

Ich werde euch helfen, eure Herzen zu öffnen, damit mein Jesus in euren Herzen wohnen kann.

Wie sehr wünscht mein Herz, alle Seelen zu Jesus zu führen.

Preise den Vater in deinem Herzen – Lob und Dank dem Vater, der die Liebe und das Leben ist.

Mein Kind, du kennst deinen Weg. Lass dich nicht und von niemandem beeinflussen und verwirren.

Erzähle von der Liebe, die Jesus für alle Seelen empfindet.

Er ist es, der dein Erlöser vom Kreuz dieser Welt ist. Amen.

Mein Priesteramt

Meine Seele, du kennst Mein Priesteramt, als König der Könige, nach der himmlischen Ordnung, nach dem Willen des einen, ewigen Gottes.

Siehe, Ich habe euch ausgelöst, mit Meinem Opfer, das Mein Blut war.

Ich habe die wahre Ordnung wieder hergestellt, nach dem ewigen Plan und Schöpfergesetz des EINEN, EINZIGEN, EWIGEN!

Amen, Ich sage dir, verstehe recht: Mein Priesteramt ist nicht vom Irdischen geerbt, es ist das Erbe des Ewigen aus der Ewigkeit, Der die Ewigkeit, das ewige Leben ist.

Deshalb sagte Ich: „Kein Opferblut will ich!“ Kein Menschen- und auch kein Tieropfer fordert Der, Der „Amen auf Ewig Ich Bin“ heißt.

Setze dich für Meine Mutter ein!

Ich sage Dir, wer Meine Mutter nicht kennt, kennt auch Mich nicht.

Ich will nicht, dass Meine Mutter im religiösen Leben von Mir entfernt wird, weder im Glauben noch im Gebet und Bild.

Habe Mut, setze dich für Meine Mutter ein, denn Sie wird sich auch für dich und deine Anliegen einsetzen. Amen.

Übe dich in Geduld!

Meine Seele, übe dich in Geduld.

In Gottes Bewegungen haben alle Dinge ihre eigene Zeit.

Vertraue! Öffne dein Herz und bete, denn das Gebet aus gläubigen Herzen kann viel Gutes bewirken. Amen.

Säen und Ernten

Habe Mut! Schreibe auf, was Ich dir mitteile und was Ich dir, durch die Mitglieder Meiner Familie, zutragen lasse, denn es ist nicht das „Fleisch", nicht menschliches Wissen, das dir die Dinge offenbart. Es ist der Geist des Vaters, der dich führt.

Lass dich nicht verwirren von all den Dingen, die du hören wirst, von den Propheten des „Fleisches", die nur vom Wissen des Weltgeistes beeinflusst werden. Lass das Licht des Vertrauens in deinem Herzen nicht verlöschen.

Siehe diese Welt, wie sie jetzt ist: Die heiligen Dinge werden verstoßen. Die Wahrheit Gottes wird verdreht. Der Geist der Lüge beherrscht, durch die Inspiration von Habgier und Gewalt, den ganzen Erdkreis.

Viele Ungläubige werden schreien, dass es Gott nicht gibt, weil Er das zulässt und andere, die sich Gläubige nennen, werden schreien, dass die Strafe Gottes kommen wird.

Ich sage dir, keiner von ihnen besitzt Recht.

Die vielen Unruhen, Kriege, die vielen Katastrophen, die unzählbaren Leiden, die über die Menschheit hereinbrechen, sind nicht von Gott gewollt!

Das Gesetz des Vaters, das ewig währt, heißt: „Säen und Ernten".

Deshalb, wenn eine große Züchtigung und Strafe über die Erde kommt, dann nur, weil sie vom Menschen selbst herbeigerufen wurde.

Wenn die Menschen nicht erwachen und umkehren und ihre endlosen Irrwege verlassen, dann wird das Unheil geschehen, denn Unheil zieht Unheil an!

Der Mensch, der mit der Technik Gott spielt, die Habgier, der menschliche Hochmut und Eigenwille – das alles zieht den Fluch über die Erde, die Gottes Bild und Körper ist.

Lasst euch nicht verwirren, denn auch ihr werdet hadern, wenn ihr von den Dingen hören und sie sehen werdet, die kommen werden.

Ruft an den Geist der Liebe, dass er die Herzen aller Menschen beseele, besonders jene, die erkaltet sind und nicht glauben können.

Mit dem Herzen bete, Meine Seele, mit dem Herzen! Amen

„Heiliger Geist des Vaters, Geist der Liebe, Geist der Freude, Geist des Friedens, beseele unsere Herzen.

Vater, wir bitten Dich, Deine barmherzige Gnade: Sende Deinen Heiligen Geist in alle Menschenherzen, ganz besonders in jene, die nicht glauben können.

Heiliger Geist des Vaters, Geist der Liebe, Geist der Freude, Geist des Friedens, beseele unsere Herzen. Amen."

Bleibt wach!

Meine Seele, bleibt wach!

Wenn ihr sehen könntet, wie die widersetzende Kraft euch folgt, auf Schritt und Tritt, und auf Signale eurer menschlichen Schwächen lauert.

Ich sage dir, hüten würdet ihr euch vor euren eigenen unbedachten und unkontrollierten Gedanken und Worten, die aus der Welt des Eigenwillens strömen, woraufhin euch die finstere Kraft zu widersetzenden Taten verführt.

Weihe Mir dein Herz, dass du den Einflüsterungen dieser Kräfte standhalten kannst. Amen.

Ich werde sie nicht abweisen

Meine Seele, lausche:

Verspürt eine Seele in ihrem Inneren das Verlangen, Mich zu suchen, zu Mir zu kommen und Mich zu empfangen, werde Ich sie nicht abweisen, weil es der Vater ist, es ist Sein Wille, dass sie zu Mir kommt.

Es ist der Wille des Vaters, dass die Seele zu Mir kommt!

Er schickt sie zu Mir, weil Ich das Leben, das Ewige Brot, für die Kinder des Vaters bin.

Wahrlich, Ich sage dir, Ich bin nicht von der Erde, Ich bin vom Himmel gekommen, um nicht Meinen Willen vom irdischen Leib, sondern um den Willen des Vaters zu tun. Nur Mein irdischer Leib, geboren aus der Mutter Schoß, stammte von der Erde, nicht aber Mein Geist, denn Mein Geist war von Anbeginn mit dem Vater eins, nach der ewigen himmlischen Ordnung des einen und einzigen Schöpfers. Amen.

Liebe ist der Weg

Ehre und Lobpreis dem Vater!

Meine lieben Kinder guten Willens, die Sehnsucht eurer Seelen erwacht in euren Herzen.

Der Ruf eurer Seelen zieht Mich zu euch.

Meine Kinder, folgt Mir, geht mit Mir den Weg der Liebe.

Liebe ist der Weg zu Gott, zu eurem wahren Heil! Amen.

Folgt Mir, Ich erwarte euch in Meinem Herzen.

Für alle Seelen

Meine Seele, vergeudet die kostbare Zeit nicht, die euch hier geschenkt ist. Das Leben, das ihr lebt, ist nur ein Hauch, ein Augenblick, im Vergleich zum Leben in der Ewigkeit.

Euer Opfer soll nicht Blut sein, sondern Gebete aus dem Herzen und gute Taten.

Durch Mein Opfer habe Ich einst ein Tor geöffnet für alle Seelen, das Tor, das zum ewigen Leben führt. Wahrlich, Ich sage dir, dieses Geheimnis habt ihr noch nicht richtig verstanden.

Mit Meinem Blut habe Ich einen ewigen Bund geschlossen, mit dem Einen und Einzigen, dem Vater, der „Amen – ICH BIN – ewig" heißt.

Siehe, die Seelen, die du gesehen hast – in weißen Kleidern sind sie gewandelt –, sind alle reingewaschen. Sie haben Mich – den Weg ihrer Seele – erkannt. Reingewaschen von allen Irrtümern, die sie in die Falle der Sünde fallen ließ, sind sie.

Ich sage dir, sie tragen alle das Siegel, ihre Namen sind eingetragen im Buch des Lebens. Amen.

Erst dann komme Ich

Amen, so sei es. Möge deine Seele in alle Ewigkeit dem Vater, der das Licht, die Liebe und das Leben ist, in Seiner immerwährenden ICH-BIN-Gestalt lobpreisen.

Der Weg deiner Seele ist der Weg zu Gott und wird es immer sein. Lass dir von deinem irdischen Verstand keine Streiche vorgaukeln. Es ist die irdische Seite eines Menschen, die der Widersacher benützt und mit der er wirkt. Die irdischen Aspekte sind die Instrumente, mit denen er den ganzen Erdkreis verführt.

Lausche, Ich sagte, dass am „Ende der Zeit" – das ist das Ende des Weltgeistes, das Ende der Kraft des Widersachers – viele falsche Propheten aufstehen werden, so wie damals zu Meiner Zeit als Mensch auf Erden, und viele „Gläubige" sich wegen dem Glauben und ihrer Vorstellungen über Gottes Wirken und Seine Welt streiten werden, ja, so wie damals.

Diese Zeit ist jetzt! Komme nicht auf den Gedanken, sie mit deiner Weltzeit zu messen.

Alle widersetzenden Kräfte der Unterwelt erheben sich und toben wie ein Sturm durch alles Leben.

Wie damals, werden „Stimmen" auftreten, die Mich verschmähen und andere werden Mich, wie eine Ikone, für ihre eigenen Dinge benützen. Hier ist nicht das Bild einer Kunstart gemeint.

Man benützt wohl von Mir ein Abbild und Meinen Namen, um von Meiner Kraft zu schöpfen, sie begehren von Meiner Quelle zu trinken, um ihr Kraftfeld aufzuladen, aber sie leben nicht nach Meiner Ordnung, nicht nach dem Wort, dem fleischgewordenen Wort, das der Erlöser der gefangenen Seelen geworden ist.

Andere glauben nicht, dass es Mich jetzt, wie damals, wirklich gibt. Sie denken, dass Ich eine Gestalt aus einer alten Erzählung bin.

Es wird auch welche geben, die Mich in der Welt suchen. Sie werden rufen „hier ist Er" und „dort war Er".

Ich aber sage es wieder: Ich komme von DORT, wo ich einst hingegangen bin.

Ich komme zuerst durch die Herzen der wahren Gläubigen, die geduldig auf Mein Kommen gewartet haben.

Wenn der Vater Seinen Heiligen Geist, der das wahre Heil bringt, ausgießt, wenn der Vater Sein Zeichen, Seine Stunde ausruft, die nur Er kennt, kein Mensch auf der Erde, kein Engel im Himmelreich und auch nicht der Sohn, kennt diese, Seine Stunde, erst dann komme Ich aus Meiner Welt, weit jenseits dieser Erde – aus dem Himmelreich, das reich an Leben ist.

Das Gesetz dort ist Friede und Liebe – Einssein mit Gott.

So erfüllt sich das Gebet „Dein Reich komme und Dein Wille geschehe".

Lasst euch nicht verwirren, denn es werden sich viele „Stimmen" erheben. Sie werden von „Wahrheit" reden – aber viele werden sie nicht erkennen, die Wahrheit Gottes.

Das Wort Gottes aus der Heiligen Schrift wird von vielen verworfen, eigenwillig verfolgen sie Gottes Plan.

Amen, Ich sage euch: Solange Eigenwille und Fanatismus eure Kraft sind, die euch treibt, habt ihr die Wahrheit Gottes nicht verstanden und nicht erkannt! Nehmt euch in Acht, welchen Stein ihr aufhebt und wohin ihr in werft!

Meine Seele, Geduld öffnet eure Herzen. Ruft den Heiligen Geist an, mehr und mehr. Amen.

Lektion des Schweigens

Lobpreis dem ewigen, allzeit gerechten Gott und Vater allen Lebens.

Lausche, Seele ... Erinnert euch immer wieder an die Lektion des Schweigens!

Wenn ihr für eine Seele betet oder etwas „opfert", für die Heilung des Leibes oder den guten Ausgang einer Sache, dann sprecht nicht darüber.

Wenn ihr wünscht, dass die Gebete in Erfüllung gehen, dann haltet euch diszipliniert an die Kraft des Schweigens!

Der, der im Verborgenen wirkt, ist der Geist des Vaters.

Er hört und sieht auch das Schweigen.

Der heilende Geist Gottes bewegt sich in der Stille.

Dasselbe gilt auch für das Fasten ...

Wenn ihr fastet, dann weiht Gott euren Verzicht.

Seele, wenn das Fasten aus dem Eigenwillen entspringt, dann hat es, aus geistiger Sicht, den Wert verloren.

Nicht dem Eigenwillen, der, gestichelt von seiner erbärmlichen Eigenliebe, sich an der Welt ergötzt und sich selbst rühmt, sondern dem Willen des Vaters weiht eure Vorhaben.

Wer nur sich selbst liebt, ist arm im Geiste, denn er hat Gott nicht erkannt.

Alles, was mit der Zunge gerühmt, der Welt offenbart wird, ist vor Gott zerredet, zermalmt wie Korn.

Deshalb ermahne Ich euch zur Erinnerung.

Wenn ihr für das Heil der Seelen betet oder fastet, dann macht keine trübseligen Gesichter, als wäret ihr das Opferlamm auf dem Schlachttisch.

Amen, Ich sage euch: Ihr seid Opfer eures Eigenwillens, der wiederum das zielsichere Instrument des Widersachers ist, der euch immer wieder von Gott fortlenkt.

Wenn ihr also Gutes zu bewirken wünscht, dann sprecht nicht über eure Handlungen!

Gott sieht alle Gedanken, Worte und Taten. Amen.

Wurzel des Ewigen Lebens

Ehre den Vater mit der ganzen Kraft deines Herzens.

Meine Seele, bleibe wach. Bleibe deinem Glauben und dem, was du gelernt hast, treu, denn das ist die Wurzel, ja, die wahre Heimat deiner Seele.

Amen, Ich sage dir, viele „Propheten", geleitet vom Widergeist, werden aufstehen und Mich verachtend beiseiteschieben. Es werden auch welche aufstehen, die behaupten werden, dass Ich nicht gestorben bin und mit Meinem Blut die Seelen freigekauft habe und auferstanden bin.

Nein, Meine Seele, es sind nicht jene, an die du jetzt denkst. Du kennst sie noch nicht. Du sollst ihnen auch aus dem Weg gehen, wenn sie deine Wege kreuzen.

Bleibe ruhig, habe keine Angst, du stehst unter dem Schutz Meiner Engel. Jedoch, sei achtsam, denn die „Engel" der Unterwelt werden dich wie nie zuvor verfolgen. So wie man einer Braut auf ihrem Weg Blumenblüten streut, so werden sie versuchen, dir auf deinem Weg „Fallen" zu legen. Die „Fallen" sind vielfältig und verschieden, so bunt wie die Welt.

Diese „Kräfte" können dir aber nichts anhaben, wenn du in deiner Kraft bleibst, in deinem Herzen, denn das ist es, was sie brechen wollen, die Kraft deines Herzens.

Die Boten des Widersachers werden vor nichts zurückschrecken. Viel wird über Mein Blut diskutiert und gestritten werden. Ihre Ohren sind taub und ihre Sicht ist blind. Sie haben nicht erkannt, dass Ich das Leben bin.

Wer an Mich glaubt und Mir folgt, wird das Wahre Leben, das ihr noch nicht kennt, erben.

Mit Meinem Blut habe Ich alle Seelen freigekauft von den Fesseln der vergänglichen unteren Welt – alle Seelen, nicht nur bestimmte, aus einem bevorzugten Volk.

Amen, Ich bin für alle Seelen gekommen!

Mein Blut ist die Wurzel des Ewigen Lebens! Amen.

Ich lebe in dir

Vater, Du bist mein Leben und ich lebe in Dir.
Erzähle mir, Herr, von meinem Leben in Dir.
In meinen Träumen schwebte ich auf einer Wolke,
eingehüllt in Deinem Licht, zu Dir.
Mir träumte, Du träumtest von mir.
Dein Licht drang in mich, Du riefst meine Seele
und suchtest das Gute in meinem Herzen.
Du Heiliges Licht, lebe für immer in mir. Amen.

Amen, Meine Seele, ja, Ich bin dein Leben und lebe in dir.

Meine Seele, immerwährend träume Ich von dir, weil Ich dich liebe.

„Rufen" werde Ich dich, wenn die Zeit reif ist, wenn dein Herz erfüllt ist, von Meiner Liebe, wenn die Früchte deiner Taten vollendet sind. Amen.

Ich bin gekommen

Jene Seele konnte eines Nachts keine Ruhe finden. Einige Begebenheiten, die sich kurz nacheinander abgespielt hatten, bedrückten sie sehr. Tief in ihrem Inneren fühlte sie Aussichtslosigkeit und sich der Welt ausgeliefert. Während sie darüber nachdachte, wie sie ihre Aufgaben bewältigen sollte, stiegen in ihr Unsicherheiten und Ängste hoch, die ihr die Kehle zuschnürten.

Natürlich blieben die verwirrenden Angst- und Zweifelgedanken der Seele nicht ungehört …

So geschah es, dass der Herr die Seele noch in der gleichen Nacht, als ihr irdischer Körper schlief, aus ihrem irdischen Leib rief.

Der Austritt aus dem irdischen Körper verlief so schnell, dass die Seele von dieser „Reise" gar nichts mitbekam.

Augenblicklich fand sie sich in einem lichterfüllten Raum wieder. Nebenbei, von weit her, wie aus einem anderen Raum, konnte sie eine Unterhaltung mit freundlichen Stimmen hören. Sie spürte dabei die Stimme eines lichten Wesens, das eine irdische Seele liebevoll unterrichtete, wie einen zarten Klang tief in ihrem Inneren.

Die Seele wunderte sich kurz warum sie „hier" war, wo sie doch schlafen gegangen war. Gleich nach diesem Gedanken erschien vor ihr ein großes Bild mit dem schmerzerfüllten, weinenden Angesicht des Herrn. Rote Tränen flossen unaufhörlich aus dem Bild herab, so dass sich auf dem Boden in kurzer Zeit eine riesige Lacke bildete.

Erschrocken rief die Seele: „Herr, Du weinst Blut!" Tief erschüttert bettelte sie: „Bitte bewahre mich vor Irrtum, Verwirrnis und Schuld! Lass mich nie schuldig werden an Leiden jeglicher Art!"

Augenblicklich verwandelte sich das Bild und der Herr wurde lebendig. Mit einem durchdringenden, liebevollen Blick sah er der Seele in die Augen: „Die Bluttränen bezeugen die Qualen und Leiden vieler Geschöpfe, unzähliger Seelen, Kinder Gottes – und der Schöpfung …"

Mit strahlendem, lächelndem Blick schaute der Herr der Seele unentwegt in die Augen, damit sie sich von ihrem Schrecken erholte. Trotz Seines unbeschreiblichen Leidens hatte der Herr so viel Verständnis auch für die „kleinen" irdischen Sorgen und Schwächen der Seele.

„Meine Seele, ich bin da! Ich höre das Flüstern deines Herzens.

Geh und lenke deine Aufmerksamkeit wieder auf deine Kraft, die in deinem Herzen wohnt.

Was um dich geschieht, im Lärm der Verwirrung, soll dich nicht bekümmern.

Ich bin es, der dich lenkt ... Du weißt aber, dass Ich das nur tun kann, wenn du Mir dein Herz, ohne Wenn und Aber, weihst.

Geh, Ich erwarte dich in deinem Herzen.

Lausche, was Mein Herz zu deinem Herzen flüstert – und merke es dir gut:

Ich bin nicht gekommen, um zu richten – Ich bin gekommen, um zu retten, wer sich retten lässt.

Ich bin nicht gekommen, um die Heiligen Gesetze – das sind die Heiligen Gebote – aufzuheben!

Wohl aber bin Ich gekommen, die Blutopfer unschuldiger Lebewesen aufzuheben, indem Ich Mich selbst, Meinen irdischen Leib, als Opfer anbot. Das hat der Vater durch Mich vollbracht. Die Menschen kamen mit den Lämmern zum großen Opferfest – Ich kam und brachte Mich.

Mit Meinem Blut habe ich die Seelen freigekauft. Für alle Seelen wurde das Tor in die Ewigkeit, in die Freiheit, geöffnet. Nicht nur für die Seelen eines Volkes, für die Seelen aller Völker wurde der Weg zum Heil aufgetan.

Mit dem irdischen Verstand könnt ihr dieses Geheimnis jetzt noch nicht wirklich verstehen.

Wie Ich es schon gesagt habe, so wird es sein:

Viele falsche Propheten werden aufstehen. So wie damals, so wird es auch in dieser Zeit sein: Es wird Propheten geben, die Meine Kreuzigung, Meinen Tod und Auferstehung abstreiten werden. Wie damals wird es welche geben, die sich als Mich ausgeben.

Ich aber habe es schon gesagt, wie Ich kommen werde und wer Mir vorausgehen wird:

Bleibt bei Meiner Mutter, Sie kennt den sicheren Weg, der zu Mir führt.

Hüte dich vor den unzähligen „Propheten".

Zieh dich zurück und lass dich nicht von menschlicher Neugier in Versuchung führen.

Habe keine Angst. Siehe Ich kenne deine geheimen Gedanken. Du fürchtest, dass man auch dich für einen solchen „Propheten" hält.

Meine Seele, wenn dich jemand fragt, ob du ein Prophet bist, dann antworte: Ich bin eine Schülerin des ewigen Propheten – Christus, des gesalbten Sohnes Gottes, der der Erlöser aller Seelen ist. Amen.

Meine Seele, es ist so: Viele sind gerufen, aber es sind nicht alle berufen ...

Jedoch alle Seelen sind gerufen, das Wort Gottes zu hören und zu befolgen.

Viele Seelen werden durch die Aussendung des Geistes, der die Umwandlung herbeiführt, einen Aufschwung in ihrem Inneren spüren. Sie werden Geschichten, Lieder und Gedichte schreiben, andere werden malen und musizieren. Andere werden Erfindungen machen und wieder andere werden den Drang in sich verspüren, „Tagebücher" und „Briefe" zu schreiben. Sie werden versuchen ihre aufwachenden Empfindungen und alles, was sie gelesen und gelernt haben, von ihrer Seele zu schreiben. Das alles gehört zum Aufschwung, zum Umbruch, durch die Einstrahlung des Geistes in eine neue Zeit.

Aber es sind das noch keine erwählten Botschafter, die einen direkten Auftrag bekommen haben, für Gottes Plan zu wirken.

Deshalb müsst ihr vorsichtig sein, denn alle Seelen sind gerufen, jedoch nicht berufen.

Jede Seele hat eine eigene Entwicklung, eine eigene Vorstellung und Erinnerung in ihrer Seele gespeichert.

Darum wird es auch hier viel Verwirrnis geben:

Verschiedene Völker – verschiedene Sitten und Vorstellungen.

Die Gefahr ist, dass viele, ohne sich darüber bewusst zu sein, „falsche Propheten" werden.

Es ist das irdische „Ich", dass unter dem starken Einfluss des irdischen Geistes, des Weltgeistes, steht, das sich lenken und leiten lässt, wie eine Marionette an den Fäden.

Amen, Meine Seele, Ich sage dir, bleibe bei Mir.

Lass dich nicht verwirren!

Ich habe es dir schon gesagt: Bleibe bei dem, was dir vertraut ist, was du gelernt hast, nicht mehr und nicht weniger. Vertraue!

Kümmere dich nicht, was andere machen. Du brauchst dich nicht messen – du kannst dich auch nicht messen, das ist dem Geist, Meinem Geist, vorbehalten. Amen.

Gottes Instrumente

Siehe, es wird so sein, wie es gesagt wurde:

Am Ende der Zeit werden viele „Propheten" an allen Ecken und Enden der Welt aufstehen.

Viele Menschen, die ihren Lebensweg durch bestimmte Ereignisse bedroht sehen oder verloren haben, werden sich an sie klammern. Ihre Ratschläge aber, kommen nicht vom Heiligen Geist, der die wahre Sicht für die Zukunft kennt – ihre „Zeichen" und Ratschläge kommen vom Weltgeist, der nur ein kurzes aufflackerndes Licht ist, das nicht die wahre Sicht für den Weg der Seelen erhellt. So werden viele Seelen den Weg der abertausenden Illusionen gehen und viele wird es in die Grube der Verderbnis reißen.

Und es wird so sein, dass jene Menschen, die nicht im Glauben an die himmlische Familie verwurzelt sind, nicht mehr wissen, was sie glauben sollen und können, denn es wird die Wahrheit mit der Lüge vertauscht werden. Die Menschen werden verwirrt von einem Ort zum anderen rennen, um die Wahrheit zu suchen. Sie werden die Wahrheit aber nicht erkennen, weil sie auf die Stimme des falschen Lichtbringers hören, der sie in all ihren Sinnen und Trieben und „Ich-will"-Aspekten verführt.

Die Menschen werden durch die „Stimme" des Widersacher-Geistes in ihrem irdischen Eigenwillen – ihrer Ich-Sucht – so sehr gestärkt und manipuliert, dass sie die Stimme, die Gott durch seine Boten sendet – das ist die himmlische Familie, der Herr mit Seinen Engeln –, nicht hören und erkennen können.

Siehe, weil sie die Kraft ihrer Seele dem irdischen Geist, der die Kraft des Widersachers ist, dem Widersacher Gottes übergeben und verkauft haben, so haben sie verlernt, die Stimme aus dem Himmel zu verstehen.

Deshalb werden sie jenen, die vom Himmel erwählt wurden, als Gottes Instrumente auf der Erde zu wirken, nicht glauben. Für diese wird der Weg nicht immer leicht sein – der Weg ist „schmal" und oft auch „steinig".

Gottes Instrumente sind nicht nur jene, die „sichtbar" Gott geweiht sind. Jede gläubige, betende Seele, die bewusst den Heiligen Geist für das Wohl aller Völker anruft – alle Menschen guten Willens, deren Lebensweg gute Taten ziert – sind Gottes wichtige Instrumente auf Erden, für die Umgestaltung und Erneuerung in eine neue, vom Heiligen Geist erfüllte Welt.

Seid stark im Glauben und Vertrauen auf die Kraft und Macht Gottes, durch Seinen Heiligen Geist.

Auch wenn „dunkle Wolken" des Widergeistes immer wieder versuchen werden, euch die Freude und Sicht der „aufgehenden Sonne" zu nehmen, glaubt an die Wahre Kraft, den Sieg der guten Mächte des Himmels, durch den Heiligen Geist.

Betet! Harrt aus im Gebet und fleht den Heiligen Geist mit der Kraft eurer Herzen hernieder. Amen.

Seelenschau

An was wirst du dich erinnern?

Jene Seele hatte in ihren noch jungen Jahren ein sehr einschneidendes Erlebnis, das sie nie mehr vergessen sollte.

Die Seele war mit mehreren Personen unbeschwert des Weges gegangen, bis sich ein unvorhergesehener dramatischer Zwischenfall ereignete, der für viele das Leben veränderte.

Als die Seele nach vielen Stunden in einem Krankenzimmer erwachte, teilte man ihr mit, dass sie den Unfall als einzige von ihrer Gruppe überlebt hätte.

Behutsam fragte der Arzt, an was sie sich erinnern könnte.

Die Seele antwortete: „Ich weiß nicht, was es ist, an das ich mich erinnere. Da gab es einen lauten Knall, darauf folgte ein mächtiger Donner, gleichzeitig war ein Blitzlicht vor meinen Augen, dann sah es aus, als würde sich das Sichtfeld vor meinen Augen spalten ..." Stotternd sprach sie weiter: „Mir war, als wäre die Hand Gottes an mir vorübergegangen ..."

Der Arzt zuckte verwundert mit den Schultern und konnte mit dieser Beschreibung nichts anfangen.

Nach diesen Worten fiel die Seele in einen tiefen Schlaf und träumte einen besonderen Traum:

Im Traum stand sie plötzlich, wie ein unbeteiligter Zuschauer, auf einem Hügel und blickte auf die Stelle hinunter, wo sich vor einigen Stunden der Unfall ereignet hatte. Gegenüber, auf der anderen Seite, erhob sich auch ein kleiner Hügel. Auf dem standen alle jene Seelen, die bei der Gruppe der Seele mit dabei waren. Es waren jene, die den Unfall nicht überlebt hatten. Auch sie standen, wie unbeteiligte Zuschauer da und beobachteten, wie die Seele auf der anderen Seite, den Vorgang des Unfalles. Jede Seele sah sich selbst, ihren irdischen Körper, und jedes kleinste Detail des Geschehens. So sahen und hörten alle gemeinsam jenen lauten Knall, mit dem mächtigen Donner und dem Lichtstrahl, von dem die Seele im Krankenbett erzählt hatte:

Als der Donner wie eine Posaune erschallte, erschien der Lichtstrahl, in dem ein mächtiger Engel stand. Er hielt seine Hand schützend über das Haupt der Seele. Bei diesem Anblick freute sich die Seele und die anderen anwesenden Seelen – jene, deren Zeit in der Welt durch diesen Unfall beendet worden war, so sehr, dass sie alle vor Freude weinten. Danach winkten sie der Seele zum Abschied. Sogleich öffnete sich eine Art Lichtschleuse, durch die sie freudig hindurchschritten – und fort waren sie.

Die Seele konnte vom Anblick dieses wunderschönen Engels gar nicht genug bekommen, jedoch, so schnell wie er erschienen war, war er wieder fort.

Nun war der Seele klar, warum, beziehungsweise wie sie den schweren Unfall überleben konnte. Von diesem Zeitpunkt an machte es sich die Seele zur Angewohnheit, Gott für jeden neuen Lebenstag zu danken und mit dem Schutzengel wie mit einem Bruder zu sprechen.

Inzwischen waren viele Jahre verstrichen. Die Seele hatte bereits ein sehr hohes Lebensalter erreicht und lag im Sterbebett. Ihre Gedanken schweiften in die Vergangenheit – zu jenem Tag, an dem sie, im wahrsten Sinne des Wortes, einen „Lebensabschnitt“ erlebt hatte. In dankbarer und freudiger Erinnerung an den helfenden Engel begann sie zu beten:

„Guter Gott, Dir sei Lob und Dank in alle Ewigkeit, denn Du hast mich, Deine kleine Seele, noch so viele gute Jahre hier auf Erden leben lassen. Sicher habe auch ich oft nicht zu Deiner Zufriedenheit gehandelt und gelebt. Vergib mir, Herr, in allem worin ich gefehlt habe ...“

Nach dem Gebet wandte sich die Seele wie gewohnt zum Engel und sprach: „Mein lieber unbekannter und doch so vertrauter Schutzengel, ich glaube, ich werde deine hilfreiche Unterstützung brauchen, wenn der Herr meine Seele zum Tor, zur Schwelle der Entscheidung, ruft. Wie du siehst, hat der Herr mich sehr alt werden lassen und mein Gedächtnis ist sehr schwach geworden. An was werde ich mich erinnern können, wenn der Herr mir Fragen über mein Leben stellt? Diese Sorge drückt unerträglich in meinem Herzen. Hilf mir, dass ich mich an die Ereignisse und Dinge erinnern kann, die der Herr von mir hören will. An was werde ich mich erinnern können? Bitte hilf mir, Licht in meine Erinnerungen bringen zu können.“

Viele Stunden lag die Seele wach, wegen ihrer Bemühungen, ihre Erinnerungen an vergangene Momente aus ihrem Leben zu schärfen.

Es war schon nach Mitternacht, als die Seele immer noch mit dem Wachbleiben kämpfte, bis sie durch einen feinen summenden Ton hellhörig wurde und ihre Augen vor Schreck weit aufriss. Sogleich sah sie einen winzigen Lichtpunkt über sich erscheinen, der sich in Blitzgeschwindigkeit drehte. Während der Lichtpunkt sich immer noch schneller drehte, vergrößerte er sich, bis ein großes Lichtfeld entstand. Gleichzeitig erschien in diesem Licht der schützende Engel von einst. Gütig blickte er auf die Seele und sprach:

„Gott grüßt dich, liebe Seele. Ich bin es, dein Schutzengel von damals, mit dem du dein ganzes Leben gesprochen hast. Sorge dich nicht wegen deiner Erinnerung! Wisse, du wirst dich an alles erinnern, alles.

Gott Selbst wird deine Erinnerung sein, Er wird alles in dir erleuchten. Du wirst dich an die Zeit deiner Geburt erinnern, du wirst dich an die erste Stunde und den ersten Schritt in deinem Leben erinnern und auch an die letzte Stunde und deinen letzten Schritt in dieser Welt. Es gibt nichts, das vor Gott verborgen bleibt, nichts!

Jeder Gedanke, jedes Wort und jede Tat ist hell und klar sichtbar und für die Seelen im Gewissen auch spürbar.

Erkenne und erzähle das deinen Mitmenschen, die du bald verlassen wirst, dass sie es der nachfolgenden Generation weitererzählen können.

Wisse: Am Ende des Lebens zählen die Tage, wie man sie gelebt hat, mit welchen Gedanken, Worten und vor allem mit welchen Taten sie geschmückt wurden, nicht der Betrag auf dem Sparbuch.

Gott sieht alles, Gott weiß alles, deshalb wird sich jede Seele an alle Dinge in ihrem Leben erinnern. Amen."

Nach diesen Worten neigte der Engel sein Haupt ... und war fort.

Nachrichten vom Himmel

Höre auf Meine Stimme!

Höre die Stimme, die aus der Ewigkeit auf ewig zu dir spricht:

Mein Kind, habe Mut! Die Kraft, die dir gegeben, ist die Gabe, die Gott Selbst für dich, für Seine Seele erdacht.

Höre, Mein Kind, kein Mensch hier auf Erden wird aus irgendeiner Laune heraus über Nacht Gottes Botschafter.

Wenn Gott eine Seele erwählt, auf Erden Sein „Botschafter“, Sein „Geistsprecher“ oder „Geistschreiber“ zu sein, wurde die Gabe und der Auftrag schon vor der Geburt besiegelt. Ähnlich ist es bei dir: Die Aufgabe, die dich begleitet, hat Gott schon in der Ewigkeit vor der Geburt in deine Seele geprägt.

Keine Seele wird durch einen „Zufall“ Gottes Instrument.

Bei jeder Seele geht ein Ereignis voraus. Wenn Gott die Seele an Seinen Plan erinnert, wird sie in die Tiefe der Geistigen Welt geführt. Die Kraft des Lichts und die Kraft der Finsternis erfährt sie hautnah in ihrer Seele.

Siehe, wenn Gott einer Seele einen „sichtbaren Auftrag“ gibt, sendet er Seine Boten aus, um die Seele zu erwecken, um ihr beizustehen, damit keine Verwirrnis entsteht. Gott zeigt der Seele durch geistige Erfahrungen und Begegnungen ganz klar, dass es Zeit ist, sich wieder dem Auftrag zu widmen, den die Seele freiwillig versprach, bevor sie in diese Welt geboren wurde.

Die Aufgaben, die irdische „Botschafter“ ausführen, sind vielfältig und verschieden, jedoch mit demselben Ziel: die Vorbereitung für das Kommen des Herrn.

Höre aufmerksam die Stimme, die aus der Ewigkeit zu dir spricht:

Gott zeigt also Seinen Seelen, die auf der Erde leben, durch Seine geistigen Botschafter, welche Aufgabe sie ausführen sollen.

Kein Mensch kann zu einem Menschen sagen, dass er „Geistsprecher“ oder „Geistschreiber“ werden soll.

Kein Mensch besitzt die Macht einen Menschen als „Propheten“ für Gott auszubilden.

Wenn der Geist der Umwandlung, der die neue Zeit herbeiführt, immer stärker einfließt, werden viele „Propheten“ aufstehen – viele „Propheten“, die nicht vom Geist des Himmels erwählt wurden, sondern vom irdischen Geist der Welt geleitet werden.

Höre, die Stimme, die aus der Ewigkeit zu dir spricht:

Ja, so wird es sein, wenn die Zeit noch im Wandel steht, wird es eine große Verwirrnis in der Welt geben, so groß wie nie zuvor.

Viele Seelen, die sich noch in einem Stadium des Erwachens bewegen, werden glauben, dass sie Botschaften von erleuchteten Wesen vom großen

Universum empfangen. Weil sie noch nicht durch den Heiligen Geist erweckt sind, werden sie viele Seelen auf Irrwege leiten.

Die „Botschaften“ aber, die sie „empfangen“, stammen von ihrem inneren, kleinen Universum, denn alles wird vom Geist bewegt ... Alles, was eine Seele durch Hören und Lesen je empfangen hat, ist in ihrem Geist, ihrem kleinen Universum, gespeichert. Gefährlich wird es, wenn eine Seele noch sehr an ihrem irdischen Ich, an ihrem Eigenwillen haftet. So wird sie ein willkommenes Instrument für den Widersacher, der sich ihrer auf vielfältige Weise zu bedienen weiß. Er kennt die Schwächen der Seelen, in welchen Begierden und Trieben sie am besten beeinflusst werden können.

Deshalb wird es für die Seelen, die Gott als Seine Instrumente erwählt hat, oft nicht leicht sein. Viele Menschen werden lieber auf die Stimmen der falschen „Propheten“ hören, weil diese sprechen und versprechen, was ihre Ohren gerne hören.

Die „Propheten“, vom Weltgeist geführt, werden unzählige verschiedene Vorstellungen im Glauben und eigenwillige Theorien über Gottes Plan, Seine Gestalt und Sein „Dasein“ lehren. Deshalb werden die Verwirrnis und der Glaubensverfall groß sein!

Lausche weiter auf Meine Stimme und erkenne die Wichtigkeit dieser Nachricht:

Auch der gute Geist vom Himmel fließt immer mehr in diese Welt. Nicht nur der Ungeist, der sich immer mehr aufbäumen und ausbreiten will, breitet seine Netze aus. Der gute Geist vom Himmel wird kommen und die Seelen erwecken und für das Wohl der Menschheit inspirieren. Die Menschen guten Willens werden in ihren Seelen die Stimme des Himmels spüren und danach handeln. So wird es vielen gar nicht bewusst sein, dass auch sie wichtige Mitarbeiter für den Himmel, Gottes geliebte Instrumente sind. Sie setzen sich für Menschenrechte, für die Erhaltung der Tierwelt und des Naturreiches ein. Sie helfen und begleiten Kranke und Hilfsbedürftige und vieles mehr, immer zum Wohle der Menschen. Das sind die Seelen, die durch ihren Einsatz „das Gebet leben“. Sie sind durch ihre guten Taten Vorbild ihrer Nächsten und, ohne es zu wissen, wahrhaftige Mitarbeiter und Botschafter für den Himmel.

Mein Kind, schau nicht auf die eine und nicht auf die andere Seite, dreh dich auch nicht um. Habe Mut, bleibe Mir treu ...

Ich bin die Stimme, die deine Seele kennt. Amen ...

Siehe, die Meinen kennen Meine Stimme.

Ich sende euch aus wie Schafe. Unter den „reißenden Wölfen“ werdet ihr wandeln, aber Ich bin da, vergesst das nicht.

Hört nur auf meine Stimme, dann wird euch nichts geschehen.

Bleibt in Mir, dass Ich in euch bleiben kann. Amen.

Etwas wird sich nie ändern

Geliebte Seele, vieles wird sich in der Welt verändern.

Der Widergeist wird sich euch immer mehr nähern. Lasst euch in keine religiösen Diskussionen hineinziehen, die nur zu üblen Auseinandersetzungen führen und euch von euren Aufgaben fortlenken.

Bleibt eurem Glauben und dem Gebet treu, dann kann euch nichts etwas anhaben.

Bleibt treu dem Herrn, der der wahre Herr ist, Christus, der gesalbte Sohn Gottes.

Bleibt treu auf eurem Weg, denn etwas wird sich nie ändern:

Ihr seid Gottes geliebte Seelen, Seine Schöpfung. Auch wenn sich die ganze Welt dreht und im großen Wandel sich verändert, für Gott wird jede Seele auf ewig Sein Kind sein, daran wird sich nie etwas ändern.

Siehe, wenn der „Geist der Umwandlung“, das ist der Geist, der die Zeiten bewegt, weil sich Gottes Schöpfungen – Gottes Welten – pausenlos in einem bestimmten Rhythmus wandeln und weiterentwickeln, wenn also dieser Geist, der den Wandel herbeiführt, immer stärker auf die Erde einströmt, werden, wie nie zuvor, gar viele „Weissager“ aufstehen.

In allen Windesrichtungen werden sie auftreten ...

Sie aber werden nicht wirklich „weises“ sprechen, weil sie ihre Empfindungen und ihr „Wissen“ mit dem Zeitgeist dieser Welt vermischen werden.

Sie kommen aus verschiedenen Glaubensrichtungen.

Ihr Glaube aber kommt nicht vom Herrn, der DER HERR IST.

Der Herr aber wird kommen und Seinen Geist, den Heiligen Geist der Liebe, ausschütten, denn Seine Herrschaft wird ewiglich sein. Amen.

Heilig aus Mir

Seele, Geschöpf Meines lebendigen Atems bist du.

Heilig aus Mir, Meiner ewiglichen Kraft geboren – nicht für den Hauch flüchtiger Tage, für die Ewigkeit erkoren bist du.

Meine Seele, Abbild Meiner ewigen Schönheit:
Ich bin der Tag, Ich Bin die Nacht ...
Ich bin es, Der in dir erwacht ...
Ich bin das Licht, das alle Finsternis durchbricht ...
Ich bin das Licht, vor dem Tag ...

Seele, erst wenn du Mich erkennst, hast du dich erkannt.

Amen.

Wenn Gott betet

Meine Seele, beten ist gut, erkenne die Wichtigkeit des Gebetes, erkenne die Wirksamkeit des Gebetes – was alles bewirkt werden kann.

Das Gebet möge aus deinem Herzen kommen.

Hier wohnt die wahre Inspiration, die wahre Information, hier wohnt die Kraft, die das Gebet bewegt.

Bete also mit der Kraft des Herzens, dass dein Gebet Gottes Atem ähnlich werde:

Wenn Gott betet, wird neues Leben geboren.
Wenn Gott betet, entsteht eine neue Welt.
Wenn Gott betet, erwacht das wahre Licht.
Wenn Gott betet, erhebt sich ewiger Friede.
Wenn Gott betet, fließt der Quell der reinsten Liebe. Amen.

Meine Seele, bete mit deinem Herzen, dass dein Gebet Gottes Gebet ähnlich werde.

Die wahren Zeugen

Gott grüßt deine Seele.

Gesegnet der Glaube, der deiner Seele Lebenselixier ist.

Menschenkind, was rätselst du? Quäle dich nicht mit der Gedankenwelt, ist sie doch zu oft des Menschen geistiger Irrgarten.

Siehe, es ist wie es ist: Ein sogenannter „Zeuge“ Christi ist jeder Christ, der das Evangelium lebt, das heißt, es sind jene, die das Evangelium leben und in der Welt, zum Wohl und Heil aller Seelen, verkünden – jeder Christ also, keine Seele aus einer bestimmten christlichen „Glaubenskirche“.

Gott sieht in die Herzen der Seelen, nicht auf den irdischen Rang und Namen.

Kein Christ erhebe sich gegen einen Christen, keine Seele erhebe sich gegen eine Seele.

Wer sich erhöht, wird erniedrigt werden, auch wenn es um die „Wahrheit“ des Glaubens geht.

Die wahren Zeugen aber, sind jene, die damals mit dem Herrn gewandelt sind, jene, die Seine Gaben, Seine Taten gesehen und erlebt haben. Sie aber sind nicht von dieser Welt.

Du, Menschenkind, gib Zeugnis von all dem, was Gott deiner Seele gegeben hat, all die Dinge, die du Kraft deiner Seele, die du Kraft des Geistes erkannt, erfahren und empfunden hast.

Verschwende die Zeit nicht mit unnützen Gedanken. Verspürt deine Seele, Gutes für den Glauben tun zu wollen, dann bete. Bete lieber für die Ungläubigen, dass sie ihren Glauben finden und leben lernen.

Es ist nicht gut, immer an den Gedanken hängen zu bleiben – du könntest dich wie eine Fliege im Spinnennetz verfangen. Jedoch: Es ist immer gut viel zu beten, das Gebet zu verbreiten, so den Glauben zu bezeugen.

Amen.

Gottes Wort muss ernst genommen werden

Gaudete, gaudete, gaudete!

Menschenkind, Gott grüßt deine Seele mit Seinem Atem.

Lausche, gaudete! Ein Fest wird es werden, wenn Christus in den Herzen erwacht, hier auf Erden. Preise Gott mit jeder Faser deines Herzens.

Lausche: Es wurde dir gesagt, dass die Nachrichten, die Gott durch Seine Botschafter deiner Seele anvertraute, ernst genommen werden müssen. Gib sie nicht leichtfertig aus deinen Händen, um Neugier und Unterhaltungserwartung zu stillen.

Benütze die Mitteilungen vom Himmel auch nicht für einen Unterhaltungszweck oder zur Untermalung einer irdischen Veranstaltung.

Wenn du Texte vorträgst, dann beginn immer zuerst mit einem Gebet, denn die Nachrichten vom Himmel sind nicht des Menschen, sondern sind Gottes Wort.

Nie trage Gottes Wort so vor, als würdest du einen Bericht aus einer Klatschzeitung vorlesen. Zuerst verbinde deine Seele mit Gott, durch die Gabe eines Gebetes und inspiriere die Zuhörer mitzubeten. Dann rufe an den Geist Gottes.

Bitte Gott um die Öffnung der Herzen, um einen wachen Geisteszustand, dass die Worte durch den Geist der Liebe würdig aufgenommen und würdig verstanden werden.

Amen, Menschenkind, sei ein wahrhaftiges Kind Gottes. Wahrhaftig, deine Seele, sie ist Gottes Kind.

Führe die Seelen durch das Gebet zu Gottes Wort. Amen.

Leise und bescheiden säen

Sei gegrüßt, Menschenkind, bleibe bescheiden und leise. Fürchte dich nicht. Siehe, Gottes Plan mit deiner Seele ist heute noch immer derselbe, wie am ersten Tag, seit deiner Geburt in dieser Welt.

Seele, deine Aufgabe ist hauptsächlich die Samen, die Gott dir durch Seine Engel spendet, zu säen.

Es ist nicht deine Aufgabe stehen zu bleiben, um nachzusehen, ob die Samen aufgehen, auch ist es nicht deine Aufgabe zu warten, um zu ernten.

Deine Aufgabe ist es auch nicht, die Menschen hartnäckig zu belehren, dass sie sich bekehren.

Deine Aufgabe ist vielmehr, die Menschen aufmerksam zu machen, leise und bescheiden. Es ist schon etwas Gutes, wenn es gelingt, die Aufmerksamkeit eines Menschen in dieser Welt zu berühren.

Säe, Menschenkind, berühre die Seelen, erzähle ihnen von Gottes Gnade und Barmherzigkeit. Amen.

Entfalte dich!

Herr, öffne mich, salbe mich, führe mich heim.

Herr, berühre mich, segne mich, ich bin auf ewig Dein.

„‚Agnus Dei', kleine Seele, der Botschafter Gottes hatte dir einst vom ‚Agnus Dei' und seiner Quelle zu trinken gegeben.

Was denkst du wohl, wem deine Seele gehört?

Der Herr hat dich geöffnet, deshalb wird es noch stürmisch in deinem Herzen. Unerträglich wird dir oft sein, was du erkennen und fühlen wirst. Habe keine Angst, es sind die Kräfte, die sich messen – die gegnerische Kraft will sich mit dem Licht messen.

Siehe, es gibt keine Heiligen, die nicht mit den dunklen Kräften gekämpft haben. Heil sind jene Seelen, die gelernt haben den ‚Schatten', der eine Seele ständig verfolgt, zu überwinden. Das ist ein innerer Kampf, der nicht von heute auf morgen vorbei ist. Oft sind Seelen ihr ganzes Leben damit beschäftigt, ihren ‚Schatten', den irdischen Eigenwillen, zu überwinden.

Gott hat den Seelen das Leben geschenkt, hier auf Erden, um es zu erproben, um zu lernen es zu leben.

Das Leben dient den Seelen, um sich zu entfalten. Entfalte dich, Seele, entfalte dich weiter, dass deine Seele aufsteigen kann, in die Ewige Herrlichkeit Gottes. Amen."

Herr, öffne mich, salbe mich, führe mich heim.

Herr, berühre mich, segne mich, ich bin auf ewig Dein. Amen.

„Amen, so sei es. Ich bin es, der deine Seele segnet."

Gott ist unerschöpflich

Menschenkind, Gott grüßt deine Seele. Bleibe achtsam! Pass auf, dass du dich nicht im Irrgarten der Gedankenwelt verirrst und lausche:

Gott ist Gott ... Er ist All-mächtig, das heißt Er regiert es, das unfassbare All, mit Seiner All-Anwesenheit, mit Seiner All-Wesenheit.

Niemals kann Gott mit des Menschen irdischen Augen und irdischem Verstand begriffen werden. Deshalb heißt es „du sollst dir von Gott kein Bildnis machen". Ihr Menschenkinder könnt euch auch kein Bildnis machen, jeder Versuch wäre ein Frevel.

Wenn Gott, das lebendige Licht, das alles Leben lebendig macht, das Leben Selbst und die grenzenlose Liebe und Gnade IST, wie kann also Gott, der das Leben entwickelt, es leitet, von Zeit zu Zeit, von Generation zu Generation, in einem Bild oder einer anderen starren Form gefasst werden?

Gott ist das unerschöpfliche, unfassbare Leben, deshalb sollst du dir, Menschenkind, Gott nicht in einem starren Material, in Form eines Bildes oder einer Gestalt, vorstellen und anbeten, denn das wäre Götzendienst.

Der Mensch hat es sich zur Angewohnheit gemacht, als Erinnerungsquelle bestimmte Ereignisse aufzuschreiben und in Bild oder Form zu fassen. So wurden besondere Ereignisse von Völkern und besonderen Menschen, das sind auch die Boten, die Gott für die Belehrung durch die Heiligen Schriften zur Bekehrung, Inspiration der Menschheit gesandt hatte, mit allerlei Handwerkskunst für die Erinnerung der Nachkommen verewigt.

Die Menschen brauchen auch Erinnerungen, Brücken für ihr Gedächtnis, weil ihr Geist noch zu schwach ist.

Gott weiß das, deshalb hat er den Menschen vielfältige, verschiedene Gaben geschenkt, damit sie Kraft der ihnen verliehenen Talente, durch handwerkliches und geistiges Geschick, selbst schöpferisch tätig sein können.

Es liegt also in des Menschen Natur, dass er sich zur Erhaltung der Erinnerung, zum Gedenken, Bilder malt, oder Gestalten und andere Dinge formt.

Jedoch, von Gott Selbst kann sich keine Seele unter dem Himmel ein Bild malen oder eine Gestalt formen.

Gott ist groß. Der Verstand des Menschen kann Gott nicht fassen.

Gott ist unerschöpflich, Er ist das Licht, das Leben in Fülle ...

Gott ist Geist, Er bewegt alles, was ist – und was nicht ist, lässt Er werden.

Menschenkind, lausche Gottes Stimme. Höre, wie Er zu deiner Seele ruft – du bist nicht namenlos. Lausche:

„Ich bin der Ich Bin, Der, Der immer war und immer sein wird. Ich bin das Licht vor dem Tag, Ich bin das Licht, das den Tag erweckt, Ich bin der Geist, Der den Geist bewegt. Ich bin das Orchester des Lebens, Ich bin die Symphonie, Ich bin der Klang jedes ‚Instrumentes'. Ich lebe im Klang, im Duft, weil Ich der Dirigent des Lebens bin. Ich bin der Atem des Lebens, Ich regiere das Licht und das Leben in Meiner herrlichen Vielfalt, Ich bin Liebe, Gnade und Barmherzigkeit auf ewig ... Amen.

Mein Menschenkind, Meine Stimme spricht in dein Herz, das Mein ist seit Anbeginn ... Wer ist wie Ich?“

Verneige dich, kleine Seele, und preise Gott mit jeder Faser deines Herzens. Gott spricht in dein Herz. Wer also ist wie Gott? Amen.

Gebet

Gott, niemand ist wie Du

Gott, Du bist groß, Niemand ist wie Du.
Schenke meinem Herzen das Flüstern Deiner Stimme,
dass ich den Weg zum Himmelreich wiederfinde.
Meine Seele möge Dich allezeit preisen.
Segne mich mit Deiner Liebeskraft,
dass Dein Funke in meinem Herzen wieder erwacht,
dann kann ich, wenn Du mich bei meinem Namen rufst,
wieder mit den Engeln zu Dir reisen.
Amen, Gott, niemand ist wie Du.

Nachrichten vom Himmel

Folge Meinen Schritten!

Herr! Bist Du noch da?

„Meine Seele, was bedrückt dich? Habe keine Angst, ins Ungewisse zu fallen.

Ich bin es, Der dir vorausgegangen ist. Folge Meinen Schritten, wie jene, die vor dir waren. Auch sie wurden von Meinem Licht geleitet, bis sie bei Mir waren.“

Herr, geh nicht fort. Segne mich mit Deinem Geist. Segne mich, Herr, bevor Du wieder in Dein Reich zurückgehst.

„Meine Seele, Ich versichere dir, Mein Geist ist immer mit dir, wenn du deine Aufmerksamkeit, dein Herz, zu Mir lenkst.

Mein Geist sei das Kleid deiner Seele. Amen.“

Bleibe nicht an den Buchstaben hängen!

Menschenkind, grüble nicht über die Buchstaben dieser Welt. Höre nicht auf die Eitelkeit der Intellektuellen, die die Buchstaben schleifen und hin und her schieben.

Es sind nicht Buchstaben, die Gottes Tempel tragen, sie dienen nur zur Übertragung des Geistes, sie dienen, gleich Gehhilfen für ein Kleinkind, zum Gehenlernen.

Ihr Menschen braucht die Buchstaben, um euch zu verständigen, weil ihr zu weit entfernt seid von Gottes geistigem Fluss, um die Geistsprache zu verstehen.

Lausche, Menschenkind, es ist so: Ein jeder Buchstabe hat wohl seine „Berechtigung", denn ausgesprochen, offenbart sich ein schwingender Klang im großen Reich Gottes. Setzt man sie „bewusst" zusammen, können sich viele positive Klänge entfalten und, wie alles in dieser Welt – auch anders herum negative Klänge –, die wiederum vom Geist gelenkt werden.

Jedoch, bleibe nicht zu sehr an den Buchstaben hängen!

Nur Gott All-Ein ist All-Mächtig!

All-Gegenwärtig und All-Umfassend ist Er!

Seine An-Wesenheit lebt in allem Leben!

Siehst du, das ergibt eine bewusste Zusammensetzung von Buchstaben.

Sogleich könntest du weitergehen, mit deinen Gedankenwellen:

Bescheiden bleibe, beichte, wenn du gesündigt hast, dann wird es leichter werden in deinem Inneren und tue Buße, bete, bete in deinem Herzen.

Komm, schwinge weiter:

In Christus christlich leben, demütig dienen und danken.

Danke dem All-Mächtigen Schöpfer, Der deine Seele liebt.

Wenn du in allen Sprachen die Buchstaben so verfolgen würdest, würdest du dein ganzes Leben damit verbringen.

Bemühe dich mehr und mehr um den Geist!

Geliebtes Menschenkind, es ist eine geistige Reise, nach Hause. Amen.

Hilf mit, unerlöste Seelen zu erlösen!

Menschenkind, sei achtsam! Spürst du nicht, wie deine Seele gerufen wird?

(Herr, was soll ich tun?)

Lausche aufmerksam:

Menschenkind bist du jetzt auf Erden, dein wahres Sein aber ist eine Seele aus der Ewigkeit.

Bleibe wach und sei dir dieser Realität stets bewusst.

Öffne Mir dein Herz, Meine Seele, dass Meine Nachricht in deinem Geist lebendig bleibt. Dein Herz sei Mein Tempel, in dem Ich wirken kann.

Wenn Gott deine Seele Seelen sehen und spüren lässt, die noch nicht die Schwellen des Lichts überschreiten konnten, dann sei dir bewusst, dass das einen wichtigen und sehr tiefen Sinn hat, so also das kein Spiel ist und nicht zur irdischen Unterhaltung und Abwechslung geschieht!

Habe auch keine Angst und weise sie nicht zurück, denn wisse, sie sind die suchenden Seelen, die sich hilferufend an die Seelen, die noch in dieser Welt leben, wenden.

Kein Mensch kann sie zählen, so viele sind es. Auch sie will Gott aufnehmen. Sie bedürfen der großen Gnade und Barmherzigkeit Gottes, die sie durch ein „Opfer", das Gebet eines Menschen in dieser Welt, erhalten.

Siehe, Gebet geben – vergeben heißt leben, weitergehen in die Ewigkeit.

Jene Seelen, die noch nicht aufsteigen konnten, wenden sich oft an Menschen in dieser Welt, die eine „helfende Tätigkeit" in ihrem Leben ausführen, in der Hoffnung, dass auch ihnen geholfen wird.

Der Großteil der Menschen in dieser Welt hat keine Kenntnis von dieser Realität oder verschmäht diese Tatsache als alten Aberglauben, aber das ist wahrer Glauben.

Gottes Gerechtigkeit, Gnade und Barmherzigkeit ist unerschöpflich. Deshalb haben auch jene Seelen, alle „gefallenen Seelen", die große Chance heimzukehren in Gottes ewiges Reich, das Licht und Liebe ist. Aber wann, denn dieses Jenseits, in dem sie sich bewegen, ist auch eine Zone der Ewigkeit – es existiert auch dort keine irdische Zeit. Diese „andere Seite" ist eine Zwischenwelt nach dem Erdenleben und vor dem wahren, ewigen Leben in der reinen Seligkeit des Lichts.

Meine Seele, Mein Auftrag an dein Herz und an alle Menschen guten Willens ist:

Spendet jenen Seelen Gebete aus euren Herzen.

Seid großzügig und betet bewusst mit der Kraft des Herzens.

Wahrlich, Ich sage dir, es sind die ehrlichen Gebete aus den Herzen, in denen das Licht des Glaubens brennt, die den Seelen helfen, das Tor in die Freiheit zu öffnen.

Meine Seele, weise die rufenden Seelen nicht zurück!

Hilf mit, unerlöste Seelen zu erlösen.

Bete mit der Kraft deines Herzens. Amen.

Gebet

Durch die Macht Deines barmherzigen Herzens

Wir grüßen Dich, wir preisen Dich, wir beten Dich an ...
Sei gegrüßt, Herr Jesus Christus,
zu Deinem barmherzigen Herzen bitten wir (beten wir):

Fürbitte:

Herr Jesus Christus, offenbare Dich in unseren Herzen, beseele uns mit Deinem Heiligen Geist.

Fürbitten:

Durch die Macht Deines barmherzigen Herzens ...

... bitte erlöse uns von allen bösen Kräften.
... bitte segne die Herzen aller Völker mit Deinem Heiligen Geist.
... bitte entzünde in unseren Herzen das Feuer der Liebe Gottes.
... bitte wandle uns in Deiner Liebe.
... bitte segne alle Familien mit Deinem göttlichen Frieden.
... bitte beschenke alle armen Seelen mit Deinem Licht.
... bitte segne die Jugendlichen mit der Kraft der Unterscheidung der Geister.
... bitte segne alle Ungläubigen mit der Kraft des wahren Glaubens.
... bitte überzeuge alle Seelen die Dich nicht kennen und erkennen von Deiner gnadenreichen Liebe.
... bitte erlöse jene Seelen, die noch nicht die Schwelle zu Deinem Licht überschreiten konnten, durch die Gnade Deiner Barmherzigkeit.

... bitte stärke alle verzweifelten, trauernden und leidenden Menschen durch Deine barmherzige Gnade.
... bitte bewahre die Welt vor Unheil und Verfall.
... bitte segne alle verfeindeten Völker mit dem Frieden Deines bedingungslos liebenden Herzens.
... bitte vergib und erlöse uns von den vielen Irrtümern, in die wir uns in der Zeit unseres Lebens verwickelt haben.
... bitte erwecke in unseren Herzen den Geist des Vergebens.
... bitte schenke uns die Gnade, den Willen des Vaters zu erkennen.

Herr, hilf uns, den Willen des Vaters zu leben und nach dem ewigen göttlichen Licht zu streben. Amen.

Gebet

Herr, bleibe in mir

Herr, was kann meine Seele tun,
sie sucht einen Platz in Deinem Herzen, um auszuruhen.
Jesus Christus, wunderschönes Licht, ewig liebendes Herz,
aus dem die vergebende Gnade spricht.
Deine Liebe möge uns helfen,
die Irrtümer unseres Eigenwillens zu erkennen.
Segne unsere Herzen, dass wir lernen,
uns von unseren unzähligen Irrtümern zu trennen.
Deine liebliche Anwesenheit, Dein lichterfüllter Segen,
begleite uns durch unser Leben.
Tief in meinem Herzen fühle ich Dich,
dass Du mir leise zuhörst und in der Stille auf mich wartest,
damit Du Deine Seele nicht beim Öffnen ihres Herzens störst.
Herr, bleibe in mir,
Du weißt, Herr, meine Seele gehört auf ewig Dir.
Amen.

Nachricht vom Himmel

Bleibe still und lausche, was GOTT will!

Liebe Seele, bleibe „wach“!

Öffne dich Gottes Geist, wie eine Blume es tut, wenn die Sonnenstrahlen auf sie fallen.

Lausche, Seele, wenn Gottes Geist sich in dir erhebt, lausche aufmerksam, gib dein Herz ganz dem Geist der Liebe hin und lass dich nicht von den irdischen Gedanken treiben und beeinflussen.

Vertraue Gottes Geist, denn Er kennt deine Seele besser als du selbst. Niemand kennt deine Seele so gut wie der Heilige Geist des Vaters.

Sei achtsam, es kommt die Zeit, wo dich viele beeinflussen wollen. Aus allen Richtungen werden Stimmen auf dich einreden, du aber bleibe still und lausche Gottes Stimme und Seinen Anweisungen, die Er durch Seine Boten sendet.

Oft wirst du dich unverstanden fühlen, Gefühle der Aussichtslosigkeit werden in dir aufsteigen.

Sei nicht traurig, habe Mut und nähre dich mit der Kraft, die der Vater dir spendet.

Es geht nicht um eine Vorstellung, eine Idee etwas zu machen, wie es den Menschen von „heute“ besser gefallen könnte und auch nicht um dich, wie du auf die Menschen wirken könntest.

Habe Mut und säe einfach nur die Samen, die Gott dir gegeben hat.

Vertraue, verschwende die Samen nicht an Neugierige, die sie verseuchen, sondern verwende sie für den Acker, den Gott erschaffen hat, die Welt.

Meine Seele, du weißt doch, dass du es nicht allen Menschen recht machen kannst, das ist auch nicht deine Aufgabe.

Sei also eine treue Seele, die weiß, dass sie es nicht den rechthaberischen Menschen, sondern einzig allein nur Gott, dem Urheber allen Lebens, recht machen muss.

So bete stets in deinem Herzen:

„Vater, nicht mein …, sondern Dein Wille geschehe ...“

Amen.

Gebet

Vergib, oh Herr!

Vergib, oh Herr, vergib, mein Herr,
meine (unsere) Schwächen und Irrtümer, vergib.
Es ist die tiefe Liebe, die aus Deinem Herzen fließt,
die meine Seele (unsere Seelen) unsagbar liebt
und meine (unsere) Fehler vergibt.
Vergib, oh Herr, vergib, mein Herr,
meine (unsere) Schwächen und Irrtümer, vergib.
Im Licht Deiner Liebe,
lass meine Seele (unsere Seelen) gehen.
Im Strahl Deiner Liebe,
lass meine Seele (unsere Seelen) leben.
Du bist mein Segen, Herr,
die Last meines Herzens lass mich heute Dir geben.
(Du bist unser Segen, Herr,
die Last unserer Herzen lass uns heute Dir geben.)
Komm in mein Herz (unsere Herzen), oh Herr,
und schenke meiner Seele (unseren Seelen) Deinen Segen.
Vergib, oh Herr, vergib, mein Herr,
meine (unsere) Schwächen und Irrtümer, vergib.
Es ist ja meine Seele,
die Dich sucht und Dich unsagbar liebt.
(Es sind ja unsere Seelen,
die Dich suchen und unsagbar lieben.)

Gebet

Gebetslied

Mutter, wir danken dir …

Mutter, wir rufen zu dir,
komm und öffne unsere Herzen.

Du bist die Königin der Liebe.
Du bist die Mutter aller Seelen.
Du bist die Königin des Friedens.

Mutter, wir kommen zu dir,
unsere Herzen gehören dir.

Du bist die Königin der Engel.
Du bist die Braut des Heiligen Geistes.
Du bist die Königin des Himmels.

Mutter, wir danken dir,
geh noch nicht, bitte bleib doch hier.

Du bist die Mutter unserer Seelen.
Du bist Gottes Liebe und Sein Frieden.
Du bist die Mutter, die uns lehrt zu lieben.

Amen, wir weihen uns dir,
unsere Herzen gehören dir.

Mutter, wir danken dir …
Mutter, wir danken dir …
Mutter, wir danken dir …

Seelenschau

In drei Tagen

Eines Nachts besuchte ein Engel eine sehr kranke Seele im Krankenhaus. Wie ausgeliefert lag sie im Krankenbett, angeschlossen, verkabelt mit allerlei medizinischen Schläuchen und Leitungen. Im Krankenzimmer war kein Licht, da schon längst Nachtruhe herrschte.

Der strahlende Engel sah aus, als wäre er in eine Lichtwolke eingehüllt oder selbst die Lichtquelle. Als er dann ganz nah am Krankenbett der Seele stand, rief er: „Komm, Seele, wach auf, es ist Zeit!“

Sogleich erwachte die Seele und erhob sich, leicht wie eine Feder, aus dem Bett. Ihr kranker Körper aber, der zur vergänglichen Welt gehörte, blieb liegen.

Verständnisvoll blickte der Engel in die Augen seines Schützlings. Die Seele erschrak etwas, als sie ihren, von der Krankheit zerschundenen Körper, im Bett liegen sah.

„Habe keine Angst“, flüsterte der Engel, „alles ist gut. Komm, ich muss dir etwas zeigen.“ Von einem Moment zum anderen stand die Seele mit dem Engel an einem anderen Ort. Dort sah sie verschiedene Szenen: zuerst eines ihrer geliebten Enkelkinder, das ihr unter einem mächtigen Weidenbaum mit großer Freude eine weiße Rose überreichen wollte, und dann, in einer weiteren Szene, einige Bekannte und Verwandte aus ihrem Erdenleben aufgeregt und in Eile umhergehen.

„Was machen sie da?“, fragte die Seele verwundert.

Der Engel sprach leise: „Liebe Seele, sie werden bald deinen Abschied vorbereiten.“

Die Seele rief überrascht: „Ja wissen sie denn auch schon, dass ich nach der Operation bald nach Hause kann?“ Sie dachte nämlich, dass die Freunde und Angehörigen für sie eine „Willkommen zu Hause“-Feier vorbereiteten.

„Liebe Seele“, flüsterte der Engel, „das Fest für deine ‚Heimkehr‘ wird aber woanders stattfinden. Deine Mitmenschen aus der Welt bereiten deinen Abschied von dieser Welt vor ...“

„Aber“, stotterte die Seele aufgeregt, „das kann doch nicht sein?! Die Ärzte sagten mir doch, dass ich nach der Operation wieder, wie gewohnt, weiterleben werde können. Nein, du musst dich irren, du musst mich verwechselt haben. Geh und sage Gott, dass du mich verwechselt hast!“

Mit beruhigender Stimme sprach der lichte Bote: „Geliebte Seele, fürchte dich nicht. Folge nun dem Rhythmus deiner Seele, den Gott Selbst für dich erdacht hat. Er Selbst hatte dich einst gesendet – jetzt ruft Er dich wieder zurück, nicht weil Er dich bestrafen will, sondern weil Er dich liebt. In drei Tagen komme ich wieder. Verabschiede dich bewusst von deinen Mitmenschen ...“

Nach diesen Worten war der Engel fort und die Seele war wieder in ihrem Körper im Krankenbett.

Trotz der außergewöhnlichen Geschehnisse fiel die Seele gleich in einen tiefen Schlaf und „träumte“ von der Vorbereitung eines großen Festes, jedoch nicht in ihrer Erdenheimat, sondern im Himmelreich. Dort sah sie viele geliebte Freunde und Verwandte, die schon vor langer Zeit die irdische Welt verlassen hatten.

Am nächsten Tag konnte sie sich an alle Einzelheiten des himmlischen Besuches und an die freudigen Augenblicke mit den verstorbenen Freunden jenseits dieser Welt erinnern. Tief in ihrem Inneren verspürte sie ein drängendes Gefühl, so schnell wie möglich ihre Familienangehörigen und Freunde zu sehen, damit sie sich, so wie es ihr der Engel geraten hatte, von allen bewusst verabschieden konnte.

Aufgewühlt erwartete sie die ihr nahestehenden Menschen, um ihnen von ihren besonderen Erlebnissen zu berichten.

Als sie ihnen dann aufgeregt mitteilte, dass sie diesen gemeinsamen Moment und das Gespräch bewusst miteinander erleben müssten, weil sie in drei Tagen nicht mehr in dieser irdischen Welt leben würde, lachten alle und meinten, dass sie jetzt wirklich auf dem Weg der Besserung sei, weil sie schon so lange nicht mehr solche „Witze“ erzählt hätte.

Am nächsten Tag kamen einige Freunde und Verwandte. Auch ihnen versuchte sie die Geschichte ihres Abschiedes von der irdischen Welt mitzuteilen, leider ebenfalls ohne Erfolg.

Am dritten Tag besuchten sie dann die engsten Familienangehörigen. Als sie ihnen die Nachricht vom Himmelsboten und von der Heimkehr zu Gott erzählte, verstummten die Stimmen im Krankenzimmer. Besorgte Blicke von allen Seiten fielen auf sie, die sich in ihrem Herzen wie Nadelstiche anfühlten. Niemand glaubte ihre Erzählung.

Etwas nervös beteuerte sie: „Sorgt euch doch nicht, der Himmelsbote hat mir die Angst vor dem Sterben genommen. Wisst ihr, wen ich in meinem darauffolgenden Traum gesehen habe?"

Die Tochter unterbrach besorgt diese wunderliche Erzählung und meinte: „Was bekommst du für Medikamente? Du bekommst bestimmt zu viele Medikamente!" Sie dachte nämlich, dass dies ein Zustand geistiger Verwirrung sei und er nur von einem zu starken medizinischen Mittel kommen konnte.

Wieder verstummten die Stimmen im Raum.

Die Seele dachte sich: „Oh Gott, was kann ich tun, meine Familie glaubt mir auch nicht." Traurig richtete sie ihren Blick zum Fenster und versuchte nicht zu weinen.

Auf einmal trat das jüngste Familienmitglied – das sich die ganze Zeit mit einer kleinen Puppe unterhalten hatte, aus der Gruppe der Besucher hervor und fragte verwundert: „Großmutter, wer war denn der große freundliche Mann mit den schönen blauen Augen, der jetzt plötzlich fort ist? Wenn ich groß bin, will ich ihn heiraten."

Alle Anwesenden im Raum lachten schallend über diese Bemerkung der Kleinen – sie fanden den Kommentar ja so süß.

Überrascht fragte die Großmutter: „Du hast ihn gesehen?"

„Ja, natürlich, du nicht? Aber er hatte doch, als Mutter mit dir sprach, deine Hände gehalten, bis vorhin, als er so schnell wie ein Blitz verschwand."

Alle Anwesenden im Raum erschraken. Niemand traute sich mehr, etwas zu sagen. Alle waren verunsichert. War das nun Ernst oder Spaß?

So geschah es: Kurz vor Mitternacht irdischer Zeit betrat der himmlische Bote das Krankenzimmer. Der ganze Raum erstrahlte durch seine Anwesenheit.

„Komm, Seele, es ist so weit, Ich bin da", rief der Engel.

Sogleich trat die Seele aus ihrem irdischen Leib hervor und sprach mit zaghafter Stimme: „Hier bin ich."

Der Gesichtsausdruck des Engels strahlte nicht Trauer, sondern große Freude aus.

„Siehe, Seele, das war dein Leben", sprach der Engel geheimnisvoll.

Sogleich löste sich die silberweiße Wolke, die in ihrer Umgebung zu schweben schien, auf und sie sah direkt vor ihren Augen mit großer Geschwindigkeit ihr Leben ablaufen.

Obwohl der Ablauf sich rasch vollzog, konnte sie dennoch jede einzelne Szene aus ihrem Leben präzise sehen, spüren und erkennen, sogar ihre Geburt, das Heranwachsen zur Frau und Mutter, alle Phasen, die sich in ihrem Leben abspielten, bis zur letzten Stunde in der Welt in ihrem Krankenbett.

Die Seele konnte nicht nur alle Lebenssituationen wahrnehmen, als würden sie sich gerade im Jetzt abspielen, vor allem konnte sie alle Begebenheiten, Situationen und Begegnungen mit den Mitmenschen spüren – so real und stark, wie sie sie im Erdenleben gar nicht wahrnehmen konnte. Selbst die Empfindungen ihrer Mitmenschen konnte sie ganz scharf hören und spüren. Das alles war für die Seele so lebendig und wirklich, dass sie das Gefühl hatte, direkt in die Szenen hineingehen und mitwirken zu können.

Dann sprach der Engel feierlich:

„Gott sah, dass das Leben deiner Seele ein gutes Leben war.

Seele, verneige dich vor Gottes Heiligem Willen, denn es ist Sein Wille, dass du jetzt zu Ihm gehst.

Sei jetzt bereit für eine neue Zeit, eine Zeit, in der Gott nie fern sein wird, eine Zeit, in der du Gottes Anwesenheit, Seine Nähe, immerwährend spüren wirst ..."

Die Seele verneigte sich und sprach:

„Großer Gott, nicht mein, sondern Dein Wille geschehe! Du bist der Schöpfer allen Lebens. Nur Du allein kennst meinen und den Weg aller Seelen – und was wirklich gut ist, für alle Deine Geschöpfe. Amen."

Sogleich erklang eine mächtige Stimme:

„Komm, Meine Seele, Ich habe dich gerufen, denn du bist geboren für die Ewigkeit ..."

Nach diesen Worten begleitete der Engel die Seele durch das große Tor, das in die verborgene lichte Welt führt. Dort wurde sie schon feierlich erwartet, von den vielen Angehörigen und Freunden, die sie in ihrem Traum gesehen hatte. Amen.

Was parallel zum Übergang der Seele in die lichte Welt in der irdischen Welt geschah:

So bewahrheitete sich, was der Engel die Seele, als sie noch im Krankenzimmer lag, hatte schauen lassen:

Ihre Familienangehörigen und Freunde bereiteten geschäftig die Abschiedsfeier ihres irdischen Leibes vor.

Niemand von ihnen wagte es, über den Vorfall im Krankenzimmer, den seltsamen Kommentar des kleinsten Familienmitgliedes, zu sprechen. Nicht, dass das Thema dem einen oder anderen nicht in der Seele brannte, es gehörte sich einfach nicht, über solche „Dinge“ zu reden, weil sie nicht in ihre modernen Glaubensvorstellungen passten. Der Mensch als Seele, beziehungsweise die Seele als ein geistiges Wesen, nach dem Abbild Gottes geschaffen, die Gott sendet und die dann zu einer bestimmten Zeit wieder zu Gott zurückkehrt, galt für sie als Aberglauben, als eine unvorstellbare Realität, die mit ihrer Glaubenserkenntnis nicht vereinbar war.

Als sich dann die Trauergäste am offenen Grab zur Verabschiedung anstellten, stimmte ein kleiner Chor ein Trauerlied an. Viele Leute warfen eine Blume ins Grab. Jene, die keine Blume hatten, sprengten geweihtes Wasser auf den Sarg. Während sie das taten, murmelten einige dabei Worte vor sich hin, wie „auf Wiedersehen bei der Auferstehung“ und andere „bis bald“ oder „auf Wiedersehen in der Ewigkeit“.

Der Ablauf des Begräbnisses verlief wie üblich, bis das kleinste Familienmitglied der Seele an der Reihe war. Der Chor beendete gerade sein Lied und das Mädchen begann leise zu singen: „Von Gottes Engeln wunderbar getragen ...“, ein Lied, das niemand kannte. Während sie das tat, ging sie mit einer weißen Rose in ihrer rechten Hand am Sarg der Großmutter vorbei. Wenige Meter hinter dem Grab blieb sie unter einem mächtigen Weidenbaum stehen und hielt ihre Rose nach oben.

Das sah für die Anwesenden so aus, als würde sie sich mit dem Baum unterhalten und dem Baum die Rose überreichen. Die Leute meinten, die Kleine würde während des Begräbnisses einfach anfangen zu spielen. Die Mutter der Kleinen war entsetzt. Mit trauriger Stimme rügte sie das Kind, wie es sich an einem solch traurigen Tag so unfolgsam und peinlich verhalten konnte.

Die Kleine jedoch antwortete mit freudiger Stimme: „Aber Mutter, hast du nicht selbst gesagt, ich sollte die Rose Großmutter bringen?“

„Ja“, entgegnete die Mutter energisch, „auf den Sarg von Großmutter!“

Nachdenklich, mit einem prüfenden Blick, schaute die Kleine in die Augen ihrer Mutter. Schweigend stand sie da – alles rundherum war still, als wäre die Zeit stehen geblieben.

Dann sprach die Kleine:

„Großmutter bat mich, dir etwas zu sagen."

Ungehalten erwiderte die Mutter: „Was sollst du mir sagen, du träumst doch."

Das Mädchen schüttelte ihren Kopf und antwortete vorwurfsvoll: „Alle, die jetzt hier sind, sehen, dass ich wach bin. Großmutter sagte, dass du dich erinnern sollst, was sie dich lehrte, als du selbst noch ein Kind warst."

„Was denn, Großmutter hatte mich vieles gelehrt", antwortete die Mutter schnippisch. Abweisend wendete sie sich von ihrer Tochter ab, um die äußerst peinliche Situation zu entschärfen, denn die neugierigen Blicke der anwesenden Trauergäste waren erwartungsvoll auf sie und die Kleine gerichtet.

Die angespannte Atmosphäre war schon unerträglich und schien sich für die Familie der Verstorbenen ins Unendliche hinzuziehen, bis endlich eine Stimme aus dem Hintergrund die Spannung brach. Ein alter, etwas gebrechlicher Mann trat hervor und sprach mit starker Stimme: „Kind, so sag uns doch, was deine Großmutter dir anvertraut hat."

„Aber es wird mir ja doch niemand glauben", klagte die Kleine ängstlich.

„Ich werde dir glauben. Vor sehr langer Zeit erzählte ein Großvater eine ähnliche Geschichte."

Das Kind wunderte sich in Gedanken: „Ich habe meine Geschichte doch noch nicht erzählt."

Die Mutter des Kindes dachte sich, wer dieser Mann wohl sei und woher er käme. Die Familienangehörigen tuschelten, dass er sicher ein alter Schulfreund von ihrer Verstorbenen sei.

Der Ablauf der Abschiedsfeier schien zu einem vollständigen Stillstand gekommen zu sein. Niemand bewegte sich. Es war, als würden alle Leute den Atem anhalten, bis der alte Mann dem Kind zuflüsterte: „Habe Mut und sprich."

Das Kind holte tief Atem. Sogleich brach ein Sonnenstrahl durch die dichten Wolken und das Licht fiel auf den Sarg und den Platz, wo die Kleine stand. Als hätte der Lichtstrahl dem Kind den Mund geöffnet, begann es laut und deutlich zu sprechen:

„Großmutter sagte, erinnere deine Mutter, was ich ihr geraten hatte, als sie so alt war wie du.

Merke dir: Den Glauben an Gott und sein Himmelreich kannst du nie allein mit deinem Kopf verstehen. Nur mit der Kraft in deinem Herzen, kannst du den Glauben, Gottes ewige Anwesenheit, erkennen. Mit der Kraft deiner Seele kannst du Gottes Liebe sehen.

Als ich dann Großmutter fragte, wann sie wieder nach Hause käme, antwortete Großmutter ‚Da bin ich schon, zu Hause, bei Gott.' Während sie das sagte, umhüllte sie ein herrliches Licht."

Die Leute rundherum erschraken und fragten sich, wo das Kind solche Weisheiten herhätte.

Der alte Mann legte seine rechte Hand auf die Schulter des Mädchens und sprach mit feierlicher Stimme: „Gott segne dich, Kindlein, das hast du gut gemacht!"

In dem Augenblick erkannte das Mädchen, dass der alte Mann in Wirklichkeit der Engel war, der im Krankenzimmer Großmutters Hände gehalten hatte.

„Da bist du ja wieder", rief das Kind. Noch ein Lächeln und mit einem Augenzwinkern war der himmlische Bote fort.

Die Mutter stand wie erstarrt, mit weit geöffnetem Mund da. Sie erkannte den Engel nicht, jedoch sah sie, wie der scheinbar alte, gebrechliche Mann wie ein Blitz vor ihren Augen verschwand.

Die weiße Rose, die das Mädchen ihrer Großmutter unter der Weide überreicht hatte und die die ganze Zeit unter dem Baum liegen geblieben war, lehnte auf einmal am Gedenkbild der Großmutter, das am Sarg aufgestellt war. Niemand konnte sich erklären, wie das zustande kam.

Plötzlich war für alle Anwesenden „etwas anders".

Die Mutter nahm die Kleine an der Hand und sagte laut: „Ich denke, wir müssen ab heute alle über unseren Glauben und unser Dasein in dieser Welt und über unser ‚Kommen' und ‚Gehen' nachdenken. Gottes Anwesenheit ist für uns gehetzte Menschen oft nicht sichtbar, aber wenn wir still werden, deutlich spürbar."

Alle Anwesenden nickten nachdenklich und verließen schweigend den Friedhof.

Suche und gehe keine anderen Wege!

Lausche, was ich dir, als die Mutter aller Seelen, mitteile:

Was ich dir jetzt sage, gilt nicht nur für dich, das gilt für alle Seelen, die neugierig ihren Blick zu mir richten. Sie sind suchende Seelen, unsicher in ihrem Wesen.

Ihr Glaube hängt an einem seidenen Faden, weil sie sich vom Geist der Welt weit fortziehen haben lassen, weit weg von der Realität Gottes, dem Urheber allen Lebens, dem Vater und Schöpfer ihrer Seelen.

Wenn du den Weg zu Gott mit mir zu gehen wünschst, mein Kind, dann suche und gehe keine anderen Wege. Es gibt viele Wege, deren Gefahr du noch nicht erkennst. Du könntest dich, so wie in einem Irrgarten, verirren.

Wenn du in anderen Gewässern schwimmst, meine Seele, besteht die Gefahr, dass du, wie Treibholz, abtreibst und ertrinkst. Gott wird es zulassen, weil du dich, mit deinem freien Willen für diese „Quelle“, die nicht zu deiner Seele gehört, entschieden hast.

Suche nie mit dem Verstand nach Gott, Gott wartet auf dich, Seele, Er erwartet die Stimme deines Herzens ... Amen.

Bleibt standhaft, ihr Gläubigen!

Lausche, Seele, wie schon gesagt:

Wenn vom Fall der Kirche gesprochen wird, sind nicht die Mauern aus Stein und das vergängliche Material, das den Kirchenraum schmückt, gemeint, auch nicht allein jene Personen, die die irdische Institution leiten. Es ist der Verfall des Glaubens, der zum Fall der Seelen führt, das ist die große Sorge des Himmels! Das Volk selbst ist die Kirche. Die gläubigen Seelen, die eine Kirche erst lebendig machen, Das sind die Glieder des Leibes Christi auf Erden.

Die gläubigen Seelen sind es, die die Kirche durch die schwere, gefährliche Zeit tragen, weil sie den Glauben durch das Gebet und ihre Gottestreue lebendig halten.

Ihr suchenden Seelen, die ihr den Geist des Glaubens „hier und dort“

in der Welt sucht, wenn ihr dem Himmel wirklich helfen wollt, legt euren zerstörerischen Eigenwillen nieder und erkennt, dass ihr euch alle vereinigen müsst, im Gespräch zu Gott.

Erkennt, dass es euer gemeinsames Gebet ist, das die großen Angriffe und Vorbereitungen des Widergeistes für den Fall der Seelen abschwächen und aufhalten kann.

Verschwendet keine Zeit im Streit um eure irdischen Vorstellungen über Gottes Schöpfungsplan und das Kommen und Gehen der Seelen.

Erkennt, dass ihr gerade mit eurem Streit um eure Meinungsverschiedenheiten und Glaubensvorstellungen dem widersetzenden Geist die Kraft und Macht über euch gebt. Wollt ihr das wirklich?

Seid wahrhaft gläubige Seelen, wahrhaftige Glieder des Leibes Christi, indem ihr euch gemeinsam vor Gott, dem einzigen Vater und Schöpfer von allem Lebendigen, verneigt und gemeinsam die Kraft des wahren Geistes, des Heiligen Geistes, der allein alles heilen kann, herabfleht.

Bete, Kind, als Fürbitte, ganz besonders:

„..., Jesus, der jetzt den Heiligen Geist senden möge.“

Das ist sehr wichtig, denn es ist eine gefährliche Zeit, die auf euch zukommt.

Bleibt standhaft, ihr Gläubigen!

Möge noch gerettet werden, was gerettet werden kann. Amen.

Du bist mein Weg

Mein Herr, mein Gott, alles ist jetzt gut ... Du hast mir die Erinnerung an Dich geschenkt. Du gabst meinem Herzen wieder neue Kraft und Mut.

Es ist nicht leicht von Dir zu sprechen ...

Es gibt keine Worte, keine Beschreibungen, die Dir wahrhaft angemessen sind ...

Meine Seele ringt nach Worten, um von Dir zu erzählen:

Du bist meine Vision, Du bist mein Licht ...

Du bist mein Atem, Du bist mein Leben ...

Du bist mein ewiger Frieden, Du bist meine Religion ...

Du bist die Kraft und Macht, die mein Sein sicher zur Wiege meiner Seele zurückführt.

Mein Herr, mein Gott, Du bist mein Weg, Du bist meiner Seele wahres Ziel. Amen.

„Meine Seele, Ich bin dein Weg, Ich bin dein Ziel.

Meine Seele, erhebe dich zu Mir, wie ein Adler es tut, wenn er sich in die Lüfte emporschwingt und gelassen in die Freiheit schwebt.

So erhebe deinen Geist mit Meinem Geist. Amen."

Gott ist das ewige Licht

Gottes Auge wacht über alles Leben! Glaube, Meine Seele, Gott sieht auch, wie Seine Existenz von vielen Seelen missverstanden wurde.

Gott ist das ewige Licht. Gottes Licht ist Wahrheit und Leben.

Lausche, es ist deine Seele, die zu Ihm spricht ...

Sprich, Gott hört dir zu:

„Gott, Du bist groß, Du bist das ewige Licht, das ewige Leben bist Du.

Allmächtiger, liebevoller Gott, hilf den Menschen, die Wand ihres irdischen Ichs zu durchbrechen.

Beschenke sie mit Deiner gütigen Gnade, dass sie erkennen, wie gut es tut, zu Dir zu sprechen.

Gott, Du bist wunderbar, das Licht, das Leben ist Dein Altar.

Wenn ich zu Dir spreche, dann ist es so, als würde meine Seele in eine Sonne, in Deine Umarmung fliegen.

Wenn mein Geist mit Deinem Geist entrückt, schwimmt meine Seele in Deiner Quelle voller Glück. Seligkeit empfindet mein ewiges Sein, denn es war und es ist und es wird sein, auf ewig und ewig Dein. Amen."

Ich sage dir, Meine Seele, merke dir das gut:

Wer nicht an den Vater und den Sohn glaubt, kann den Heiligen Geist nicht erfassen und kann auch nicht die Geister unterscheiden. Der Vater und der Sohn sind eins mit dem Heiligen Geist. Amen.

Suche den Glauben an Gott!

Meine Seele, komm, öffne Mir dein Herz, dass Ich es mit dem Geist der Wahrheit füllen kann.

Geliebte Seele, Ich versichere dir, es gibt für einen Menschen, für jede Seele, nichts Wichtigeres im Leben als den Glauben an die Existenz Gottes, die ALL-MACHT, die einzige wahre Intelligenz aller Universen, des gesamten Kosmos, Leben, Licht und Liebe, Vater allen Lebens, aller Geschöpfe.

Liebe Ihn, den Einzigen, den Wahrhaftigen, liebe den Vater allen Seins, den Sohn und den Heiligen Geist.

Wenn ein Mensch sein Leben ohne Glauben, ohne Gewissheit von der Existenz Gottes und ewiger Anwesenheit, lebt, lebt er sein Leben abseits der Gnade, wie ein Schlafwandler, der nicht aus seinem Zustand erwacht.

Suche keine anderen Dinge, suche den Glauben an Gott, die wahre Intelligenz, auch nicht in der irdischen Wissenschaft der Welt. Gott Selbst ist die allmächtige Wissenschaft ... Er Selbst ist der Allmächtige Wissenschaftler. Kein Mensch kann also so sein wie Gott.

Ich sage dir, diese Menschheit ist reich gewachsen an Materialismus, jedoch verarmt im Geiste, in der Spiritualität. Diese Menschheit, die sich in allmächtiger Technik und Wissen dünkt, gleicht geistig gesehen Kleinkindern, die gerade das Gehen lernen.

Bete für die Menschen, die nicht glauben können. Bitte um die Kraft des Heiligen Geistes, dass ihre Herzen erwachen. Amen.

Es gibt nur den Einen ...

Es gibt nur den einen, einzigen Gott, Herrscher über allem, Schöpfer aller Schöpfungen, Atem des Lebens ...

Christus ist Sein Sohn und der Heilige Geist ist Seine Kraft, ist das Wesen Seiner Kraft, die Ihn, den Ewigen Gott allen Lebens, mit dem Sohn vereint.

Es gibt nur Den Einen Gott ...

Er ist der Vater von Jesus Christus ...

Der Vater und der Sohn aber sind Eins, durch den Heiligen Geist.

So ist Jesus Christus ewiger Sohn Gottes, ewiger Prophet über alle Propheten, ewiger König über alle Könige, Sohn Gottes über alle Söhne ...

Wer kann das fassen?

Kein Mensch kann mit dem irdischen Verstand diese Botschaft wahrhaft fassen.

Nur jene Herzen, die vom Heiligen Geist regiert werden, können diese ewige Realität, die Anwesenheit – Gottes Wesenheit, fassen.

Amen, bete, kleine Schülerin des ewigen Propheten, dass der wahre Geist, der Heilige Geist des Vaters, in die Herzen aller Völker einziehen möge. Amen.

Vergib deinem Nächsten!

Lausche, Schülerin von Christus Jesus, dem ewigen Propheten:

Die Erdenzeit ist eine von Gott geschenkte Zeit für den Menschen. Diese Zeit dient dem Menschen sich vorzubereiten. Ich sage dir, keine Seele geht in die verheißene, wunderbare Ewigkeit, wenn sie nicht „reingewaschen" ist von ihren Irrtümern. Dazu gehört auch ganz besonders das Vergeben.

Gott ist Liebe und Barmherzigkeit. Er kann und wird dir alle Irrtümer vergeben, wenn du sie erkannt und dich von ihnen getrennt hast. Das heißt, Gott wird tief in dein Herz schauen, ob du Reue verspürst, über Gedanken, Worte und Taten, die deine Seele mit einem trüben Schleier überschattet haben.

Bemühe dich also, Seele, dass auch du deinem Nächsten vergibst. Gott kann dir nur vergeben, wenn auch du selbst vergeben kannst.

Amen, im Namen des Herren, Amen.

Vertraue, dass Gott dich hört und erhört!

Lausche, Seele, wenn du zu Gott, deinem Vater, betest, dann stell dir vor, wie du deine Bitten, deine Bedrängnisse in die Hände Gottes legst.

Vertraue darauf, dass Gott dich hört und auch erkennt, was du in die Obhut Seiner hilfreich gebenden Hände legst.

Es kommt einzig und allein auf das Vertrauen an!

So sprich nicht mehr über deine Bitte, dein Gebet, vertraue, dass Gott, dein Vater, dich hört und erhört, zum rechten Zeitpunkt.

Alles hat seine Zeit, alles muss reifen.

Du pflückst auch keine Frucht vom Apfelbaum, wenn er noch in der Blüte steht.

So ist es auch mit dem Gebet. Vertraue!

Siehe, solange eine Seele noch das starke Verlangen in sich verspürt, über die unerfüllten Wünsche zu klagen, hat sie ihr Gebet, ihre Bitte nicht bewusst und vertrauend (im Vertrauen) in Gottes Hände gelegt und Ihm, Dem, Der alle Geschöpfe und Dinge zwischen Himmel und Erde kennt, überlassen und anvertraut.

Stell dir vor, wie du eine Gabe, ein Gebet in Gottes Hände legst ...

Sobald aber die Eigenschaft oder Angewohnheit des Klagens deine Seele bedrängt und du ihr durch Wort und Tat folgst, ist es so, als würdest du die Gabe, dein Gebet Gottes Händen wieder entreißen.

Für den Geist sieht es aus, dass die Seele Gott nicht vertraut und sich lieber selber um ihr Problem kümmern will. Das geschieht durch die Gabe des freien Willens.

Amen, vertraue Gottes hilfreichen Händen, durch Seine Boten ...

Unzählbar sind sie, Seine treuen Diener.

Meine Seele, erinnere dich:

Am besten kann Gott deine Bitte annehmen, wenn Er dich, Seine Seele, spürt, das heißt, wenn Gott den Atem Seiner Seele aufnimmt, in dem sie ihr Vertrauen kundtut.

Meine Seele, möge dein Vertrauen viel stärker sein als deine Bitte.

So bitte den Vater im Vertrauen darauf, dass deine Bitte augenblicklich gehört wurde und erhört wird.

Bedanke dich so, als wäre deine Bitte schon in Erfüllung gegangen.

Amen, Vater, Dir sei Lobpreis, Ehre und Dank, in Ewigkeit ...

Amen.

Gott hört dir zu

Meine liebe Seele, sprich zu Gott, unserem Vater. Sprich jetzt, Gott hört dir zu:

Mein Gott, ewig Einziger, Herrscher und Vater aller lebendigen Geschöpfe ... Dir sei Lobpreis, Ehre und Dank in alle Ewigkeit.

Höre die Bitte meines Herzens:

Im Namen Christi, Deines Sohnes, sende Deinen heilenden, Heiligen Geist in die Herzen aller Seelen.

Gütiger Vater, wir danken Dir, dass Du uns Deine barmherzige Gnade spendest und in unsere Herzen den Geist Deiner wunderbaren Liebe sendest.

Amen, Herr, unsere Seelen erwarten Dich ...

Jetzt ist es soweit, unsere Herzen, Herr, sind für Dich bereit. Amen.

Was wird geschehen, wenn Du die Herzen mit Deinem Geist segnest?

Sogleich werden sie Dich erkennen und „Ewiger Vater der Liebe“ nennen.

In ihren Herzen wird die Flamme der Liebe wieder brennen.

Sie werden Deinen Ruf und Plan wieder verstehen und sich von allen Irrtümern, die sie von Dir fernhielten, trennen. Amen.

Die „Propheten“

Sei gegrüßt, Ich bin der Bote, der dir beim Erwachen beisteht.

Fürchte dich nicht, Kind, im Geist erwachst du jetzt.

Lausche aufmerksam:

Gib nichts aus den Händen, wenn die Zeit noch nicht reif ist, denn es besteht die Gefahr der Vermischung!

Bleibe von nun an immer wach und lass dich nicht überreden und verleiten zu privaten Botschaften für Einzelne.

Du würdest dem Streben der neugierigen Menschen nie gerecht werden, „neu“ und wankelmütig ist ihr Glaube und „gierig“ ist ihr Verlangen nach Gottes perfekter Lobbotschaft für ihr Leben.

Außerdem wollen die Menschen nur Dinge hören, die sie gerne hören, die ihnen schmeicheln.

Wenn du dich auf diese „Begegnung“ (die private Botschaft für Einzelne) einlässt, musst du auch dem Geist gehorchen und die Wahrheit sagen, die der Geist dich schauen und hören lässt.

Das aber würde vielen Menschen nicht gefallen, weil der Geist alle Vorhänge fallen und alle Fassaden einstürzen lässt und so jedes Geheimnis augenblicklich offenbaren würde.

Deshalb halte dich zurück und bleibe bescheiden, du würdest für die Wahrheit nicht Lob, sondern nur Fluch ernten.

Du weißt es nicht, weil du „abgegrenzt" bist, wie viele es schon sind – und noch viel mehr werden es sein, die „aufstehen", die allerlei Wahrsagerei und Privatbotschaften gegen Bezahlung den verwirrten Menschen anbieten. Die Verwirrnis wird groß sein.

Die Menschen werden nicht mehr wissen, was richtig und falsch ist, auf was sie vertrauen und an was sie glauben können, weil sie den wahren Glauben an Gott verloren oder verlassen haben. Die Welt hat ihren Geist in einen Irrgarten geführt.

Viele von den „Propheten", die in der Endzeit immer stärker hervortreten, werden nicht vom Himmlischen Geist des Vaters geleitet. Sie werden vom Geist der Verwirrnis, vom Geist des blinden Fanatismus regiert.

Die widersetzende Kraft bäumt sich dann noch einmal heftig auf. Der Geist der Unterwelt wird viele Menschen blenden und in vielen Dingen wird das Gute und die Wahrheit mit dem Bösen und der Lüge vertauscht.

Sie (diese „Propheten") werden von den Menschen schwer erkannt.

Sie arbeiten „öffentlich" – und im Verborgenen heimtückisch, wie ein Wolf im Schafspelz, und viele werden es sein, die gar nicht wissen und erkennen, dass sie Handlanger für den Fürst der Verderbnis sind.

Es werden aber auch Gute erwachen und aufstehen ...

Sie werden es nicht leicht haben in dieser ver-rückten Welt.

Ihr Weg wird oft steinig sein, mit vielen Hürden, die es zu überwinden gilt, damit der Weg, der so aussichtslos scheint, wieder weitergegangen werden kann.

Ihre Arbeit ist verschieden, aber immer für das Wohl der Menschheit, des Tierreichs und Naturreichs.

Die einen bemühen sich, die Wahrheit und alte Geheimnisse aufzudecken.

Andere bemühen sich um Mittel und Wege, eine bessere und gesündere Lebensqualität zu finden.

Auch sie werden von vielen nicht erkannt und geschätzt. Sie werden lächerlich gemacht und in der Öffentlichkeit als Traumdenker und Betrüger hingestellt. Dabei sind sie es, die den Namen „Neuzeitpropheten" verdienen.

Enthalte dich von allem und bleibe still und leise auf deinem Weg, denn auch dich werden wenige verstehen. Die geistigen Dinge, die für dich normale Realität geworden sind, werden für jene nur Utopie und verrückte Einbildung sein.

Führe die Menschen mit der Kraft des Glaubens und der Kraft des Gebetes, hier liegt deine Kraft verborgen ... Führe sie so zu Gott, dem Geist des Lebens, dem Geist der Liebe.

Alle müssen sie lernen, ihre Irrtümer nicht durch Wahrsagerei, sondern selbst zu erkennen, das ist Gesetz! Die Erfahrungen (aus ihren Irrtümern) werden ihnen dabei helfen.

Du sollst die Menschen nur leise begleiten und zum Geist der Wahrheit leiten.

Amen, bleibe wach!

Seelenschau

Die Zeit ist jetzt nah

Wenn kleine Kinder in ihren Träumen von Zwergen, Elfen und Engeln besucht werden, ist das nichts Ungewöhnliches. Die Fantasiewelt der Kinder hat ja keine wichtige Bedeutung – alles nur Kinderfantasien, dachten sich die Eltern jener kleinen Kinderseele. Diese Meinung sollte sich jedoch bald ändern.

Immer wieder flüsterte jene kleine Seele während des Tages beim Spielen von ihren Freunden, die sie nachts besuchten.

Eines Nachts, es war schon nach Mitternacht, wurde die Mutter des kleinen Kindes durch ungewöhnliche Geräusche wach. Rasch stand sie auf, um nach dem Rechten zu sehen. Der Lärm kam aus dem Kinderzimmer. Sie hörte ihr Kind schallend lachen, mit den Händen klatschen und Geräusche, als würde es mit mehreren Kindern auf dem Bett hüpfen. Als die Mutter das Zimmer betrat, war es augenblicklich still. Das Kind saß mit zerzaustem Haar auf dem Bett und schaute die Mutter erschrocken-unschuldig an. Sie ermahnte das Kind, dass es schon sehr spät sei und kleine Kinder um diese Zeit nicht spielen dürften. Hektisch deckte sie ihr Kind zu, woraufhin es sofort wieder einschlief.

Die folgenden Nächte verliefen ruhig und ganz normal, wie gewohnt. Am Ende der Woche sollte sich das wieder ändern. Wieder, gleich nach Mitternacht, ging im Kinderzimmer „die Post ab". Das fröhliche Lachen, Singen und Händeklatschen hörte sich an, wie eine ausgelassene Kindergeburtstagsfeier. Die Mutter huschte flink in den Raum, um ihr Kind „auf frischer Tat" zu ertappen. Sofort verstummte der Wirbel, das Kind saß im Bett und schaute die Mutter verwundert an.

Vorwurfsvoll klagte die Mutter: „Was machst du denn schon wieder für einen Lärm um diese Zeit?" Das Kind zuckte mit den Schultern, als ob es von nichts wüsste, legte sich wieder nieder und schlief sofort ein.

Von da an wiederholten sich solche Nächte regelmäßig.

Die Mutter versuchte immer wieder mit List ihr Kind auszufragen, mit wem es sich so lustig unterhalten würde, bekam jedoch nie eine klare Antwort.

Eines Nachts fiel, durch die turbulenten Aktivitäten, ein Bild, das über dem Kinderbett hing, herunter. Die Mutter, genervt über die wiederholte Störung der Nachtruhe, tadelte ihr Kind mit einem strengen Blick.

Die kleine Seele spürte in ihrem Herzen die ungute Stimmung ihrer Mutter, die so gar nicht zu ihrem eigenen, fröhlichen Erleben passte. Daraufhin versuchte das Kind seine Mutter zu beruhigen und sprach: „Weißt du, einer meiner kleinen Freunde meinte, es wäre schon besser, das Bild woanders hin zu hängen, damit es beim Spielen nicht herunterfallen und kaputtgehen kann."

Die Mutter erschrak und traute ihren Ohren nicht, was das Kind ihr offenbarte. Jetzt wollte die Mutter die Gunst der Situation nützen und ihr Kind über die unsichtbaren Freunde ausfragen. „Wer sind sie, woher kommen sie und was wollen sie?", fragte die Mutter bohrend.

Die kleine Seele hielt den Zeigefinger auf ihre Lippen und flüsterte: „Mutter, du hast mich gelehrt, dass man Geheimnisse nicht verraten darf."

„Ja, stimmt", sagte die Mutter, „aber ..."

Das Kind erwiderte flüsternd: „Sorge dich nicht, mein Freund sagte, sie würden sich bald verabschieden, da ich größer werde und dann mehr mit dieser Welt in Verbindung trete. Er versprach, dass sie immer auf mich aufpassen würden. Wenn ich etwas größer, aber noch ein Kind bin, kommt der große Bruder, um mir etwas zu verkünden."

Die Mutter atmete tief durch. Die Aussage ihres Kindes verschlug ihr im wahrsten Sinne des Wortes die Sprache. Plötzlich kam sie sich gegenüber ihrem Kind klein und hilflos vor.

„Gut, alles ist gut, können wir jetzt wieder weiterschlafen?", fragte sie vorsichtig.

„Ja, wir können jetzt wieder schlafen", sagte das Kind sanft „und, Mutter, ich habe deine Gedanken gehört, so als hättest du laut gesprochen. Du hast dir gedacht, dass du jetzt wieder zu beten beginnen wirst."

Die Mutter erschrak und stammelte verlegen: „Ja, das habe ich."

„Habe keine Angst, Mutter, meine Freunde haben mir erzählt, dass Beten etwas sehr Gutes sei", sagte das Kind lächelnd.

„Gut, dann wollen wir das jetzt gemeinsam tun", erwiderte die Mutter. Sie sprach mit dem Kind ein kleines Schutzgebet und verließ leise das Zimmer.

Der Vater, der das ganze Gespräch von der Türschwelle aus schweigend mit angehört hatte, schüttelte fragend den Kopf und sprach: „Wovon, um Himmels Willen, redet unser Kind? Wer erzählt unserem Kind solche verrückten Geschichten?"

„Niemand", antwortete die Mutter, „ich würde es doch wissen, wenn es jemanden gäbe, der unserem Kind solche Geschichten einredet." Das Kind war nämlich so klein, dass es noch den ganzen Tag bei der Mutter zu Hause verbrachte.

Von da an verliefen die Nächte ruhig.

Einige Jahre vergingen und die nächtlichen Aktivitäten schienen vergessen zu sein und zu einer fernen Vergangenheit zu gehören, bis eines Tages eine starke Grippe das Kind heimsuchte.

Als das Fieber in der Nacht den Höhepunkt erreichte, versuchte es Licht zu machen, um etwas Tee zu trinken.

Dazu aber kam es nicht. Es wurde von selbst hell im Raum.

Eine kleine Lichtkugel, die sich durch drehende Bewegung vergrößerte, schwebte vor dem Bett. Als die Lichtkugel zum Stillstand kam, stand eine ganz helle Lichtgestalt, wie in einer Lichtsäule, vor ihr und begann mit sanfter Stimme zu sprechen:

„Liebe Seele, fürchte dich nicht! Ich bin ein Bote aus dem Himmelreich. Ich bin der ‚große Bruder', von dem dir die kleinen Brüder einst erzählt hatten."

Die Seele stammelte ängstlich: „Ich bin krank, ich träume, tu mir nichts!"

„Nein, liebe Seele, du träumst nicht, und ich tue dir auch nichts zu Leide! Fürchte dich nicht, du wirst bald wieder gesund sein. Ich komme heute, um dich auf etwas aufmerksam zu machen. Gott braucht dich für Seinen Plan. Glaube, in Gottes Bewegungen geschieht nichts ohne Sinn. Es gibt in Gottes Plänen keine unbedeutenden Zufälle. Bald werde ich wieder aus deinem Gedächtnis verschwinden, weil du mehr und mehr in die Welt hinausgehen wirst. Ich werde wiederkommen, wenn die Zeit reif ist. Dann wirst du dich auch wieder an mich erinnern. Bleibe achtsam ..."

Nach diesen Worten war der Bote fort und die Seele fiel in einen tiefen, Genesung bringenden Schlaf.

Die Jahre vergingen wie im Fluge, die einstige kleine Kinderseele war nun erwachsen.

Eines Tages, es war bei einem Treffen mit vielen Freunden, entfachte sich aus heiterem Himmel eine heftige Diskussion. Niemand weiß, wie dieser Streit um das brisante Thema Gott und Religion plötzlich entstand. Auf einmal bildeten sich Gruppen, die ihre Vorstellungen energisch verteidigten.

Die einen behaupteten, der Mensch stamme vom Affen ab, nach dem Bild des Affen, alles Evolution. Die anderen behaupteten, dass der Mensch von Gott stammt, nach Seinem Bild gemacht, also müsste Gott auch aussehen wie ein Mensch.

Dann ging der Streit erst richtig los. Einige meinten, Gott sei ein Mann, die anderen meinten, Gott sei Mann und Frau. Wieder andere riefen, Gott könne nur eine Frau sein, weil er, beziehungsweise sie, Menschen gebiert.

Als sich der Streit zu einem riesigen Tumult entfachte, begann es im Kopf der Seele zu pochen. Ihr Herz schlug so heftig, als würde es jeden Augenblick zerspringen. Dann schlug die Seele mit der Faust auf den Tisch und rief, ohne über ein Wort nachzudenken: „Ruhe ihr Narren! Gott ist kein Mensch! Gott ist doch Geist, ein geistiges Wesen!"

Das waren der Worte zu viel. Von einem Moment zum anderen vereinten sich alle Gruppen, die sich zuvor gegenseitig aufs Schärfste bekämpft hatten, zu einer Gruppe und verschworen sich gegen die Seele. Beleidigende Worte schossen wie Giftpfeile aus allen Richtungen auf die Seele.

Die Seele wusste nicht mehr, wie ihr geschah. Sie wurde von allen Freunden angefeindet und mit Worten regelrecht „gesteinigt".

Wie zerschlagen verließ die Seele den Festraum und ging nach Hause. Was war geschehen? Alle Freunde waren ihr auf einmal feindlich gesinnt, und das bei ihrem runden Geburtstag, der Freude und Fröhlichkeit hätte bereiten sollen. Erschöpft fiel die Seele in ihr Bett, um den friedlichen Schlaf, der alles wieder gut machen sollte, zu finden.

„Das kann doch alles nicht wahr sein, das war wie ein Albtraum, der sich im Leben realisiert hat", seufzte die Seele und schlief ein. Leider sollte sich der Wunsch nach einem friedlichen Schlaf nicht erfüllen. Gleich nachdem die Seele eingeschlafen war, plagten sie schwere Träume, die chaotische Diskussion mit den Freunden, die mit einem hitzigen Streit geendet hatte, wiederholte sich so real, als würden dieselben Szenen noch einmal geschehen. Die Seele sah sich selbst, wie sie dann die Feier verließ, um nach Hause zu gehen, plötzlich geschah im Traum ein Szenenwechsel.

Die Seele befand sich augenblicklich in ihrem einstigen Kinderzimmer und sah sich selbst als Kind fiebernd im Bett liegen. Gleich darauf wiederholte sich die einstige Begebenheit mit der drehenden Lichtkugel, die sich vergrößerte, bis eine lichte Gestalt in einer Lichtsäule erschien und sprach.

Eine besondere Stille erfüllte die ganze Atmosphäre, als wäre die Zeit stehen geblieben. Plötzlich drehte sich die lichte Gestalt in die Richtung, wo die Seele in dem Augenblick gerade stand. Die Seele verfiel in Panik und überlegte fieberhaft, wie sie aus diesem Traum flüchten könnte.

„Liebe Seele, beruhige dich, nicht nur ein Traum ist das, was du gesehen hast, das dient zu deiner Erinnerung. Komm morgen um diese Zeit zum großen Acker, wo die kleine alte Kapelle steht ..." Nach diesen Worten war der Bote fort, und die Seele erwachte in der Gegenwart.

„Oh Gott, was war das für ein langer Traum? Das kann doch nicht wirklich sein", rief die Seele ungläubig.

Am nächsten Tag musste die Seele immer wieder an die Ereignisse im Traum denken. „Auf jeden Fall werde ich nicht am Abend zum Acker gehen!", sprach die Seele trotzig zu sich selbst. Als es dann Abend wurde, war die Seele innerlich hin- und hergerissen. Der Verstand schrie „Nein, auf keinen Fall gehe ich zum Acker, ich bin doch nicht verrückt und höre auf Träume!"

Das Herz der Seele aber sehnte sich nach diesem Wohlgefühl, das sie verspürt, als die lichte Gestalt zu ihr gesprochen hatte. Inzwischen war es schon sehr spät geworden. Als die Seele dann zu Bett gehen wollte, stieg in ihrem Inneren eine große Unruhe auf, eine Angst, doch etwas zu versäumen. Die Neugier siegte. „Nein, schlafen kann ich später auch noch", rief die Seele, schlüpfte rasch in ihre Kleidung und rannte zum großen Acker.

Außer Atem kam sie dort an. Außer einem Reh, das gerade in den Wald huschte, war nichts zu sehen. Das Licht, das der Mond reflektierte, gab der weiten Ackerlandschaft mit der Kapelle eine mystische Ausstrahlung. Die Seele schüttelte den Kopf und sprach in Gedanken: „Wie naiv muss ich sein, dass ich auf einen Traum höre. Ich werde wieder nach Hause gehen und niemandem etwas davon erzählen."

Sie wollte gerade umkehren, als eine Stimme aus der Höhe ihren Namen rief und sprach: „Wo willst du hin? Bleibe doch, du bist hier richtig!"

Die Seele blickte erschrocken nach oben, um zu sehen, woher die Stimme käme. Ganz weit oben am Himmel sah sie „Etwas", das sie noch nie in ihrem Leben auf dieser Welt gesehen hatte. Eine unbeschreibliche, riesengroße, silberglitzernde „Wolke" stand still am Firmament.

Die Seele verspürte in ihr eine besondere, fremde Macht. „Das muss die Herrlichkeit Gottes sein ...", durchfuhr es sie in Gedanken und sie stürzte, wie automatisch, angsterfüllt zu Boden auf ihr Angesicht. Verzweifelt bettelte sie: „Oh Gott, bitte verzeih! Sicher willst Du mich wegen des Streites über Deine ‚Person' bestrafen. Ich weiß wirklich nicht, wie die Diskussion mit meinen Freunden in so einem Streit enden konnte. Bitte tu mir nichts!"

Die Stimme aus der Höhe sprach: „Seele, steh auf und schau! Viele neugierige Menschen wollten das sehen und haben es nicht gesehen."

Die Seele stand auf und blickte zum Himmel. Plötzlich fiel ein Lichtstrahl, heller als die Sonne, auf die Erde hernieder. Mit dem Licht, das aus diesem mächtigen Wolkengebilde hervorbrach, trat gleichzeitig eine kleinere silberglitzernde „Wolke" hervor und fuhr, wie ein Blitz, herab. Die „Silberwolke" sah aus, als würde sie ein „Schutzmantel" für dieses unbekannte „Etwas“ sein, das man durch diesen herrlichen Glanz nicht erkennen konnte.

Als diese „Wolke“ sich dem Boden näherte, hörte man keine Geräusche, nur die leisen Schritte des himmlischen Boten, der aus diesem Glanz hervorkam. Augenblicklich fuhr die „Wolke“, wie ein Blitz, wieder zum Himmel empor.

Der Bote lächelte und sprach: „Siehe, ein Hauch aus Gottes Herrlichkeit erscheint über dir. Fürchte dich nicht! Liebe Seele, ich bin nicht Gott, ich bin ein Bote, der von Gott kommt.“

Die Seele spürte durch die Worte des himmlischen Boten, wie sich eine angenehme Ruhe in ihr und um sie ausbreitete. Zaghaft fragte sie: „Ein Bote Gottes, ein Engel?“

„Ja, so ist es“, antwortete der Bote.

„Aber, du siehst ja aus wie ich, ich meine, wie wir Erdenmenschen?“

„Nein, nicht ganz, du, das heißt ihr Erdenmenschen, seht so aus wie wir“, antwortete der Bote verschmitzt.

„Aber, das verstehe ich nicht. Heißt es nicht, wir Menschen sind nach Gottes Bildnis, seinem Abbild, geschaffen?“

Der Engel lächelte freundlich und sprach: „Ja, liebe Seele, das stimmt. Lausche jetzt aufmerksam.“ Während er diese Worte sagte, legte der Bote seine Hand auf die Stirn der Seele.

Gleichzeitig erschien vor den Augen der Seele so „etwas“ wie eine Lichtwand oder ein Lichtspiegel, in dem sie sich sah, nicht mit ihrem bekannten irdischen Leib, sondern so, wie Gott sie erschuf, ein geistiges Wesen, eine wunderschöne Gestalt aus Licht. Überrascht rief die Seele weinend vor Freude: „Bin ich das?“

„Ja, Seele ... Siehst du, das ist dein Antlitz nach Gottes Bildnis – Geist. Gott ist Geist, ewiger Schöpfer, ein Wesen aus Licht und Liebe ... Gott ist unendlich, unfassbar, ewiglich ...

Wir sind Seine Boten, Seine Wächter, Seine Engel, Seine schöpferischen Kräfte, Seine Diener, Seine schöpferischen Gedanken und Hände. Deshalb ist euer irdischer Leib nach unserem Bild, das Gott Selbst kreiert hat. Gott ist der Allmächtige! Niemand steht über Ihm! Alles steht unter Ihm!

Gott hat seit Anbeginn Seine schöpferischen Kräfte, Seine Boten in diese Welt gesandt, um die ersten Menschen in verschiedenen Bereichen zu unterweisen. Sie wurden durch uns belehrt, über wichtige Dinge, die mit Himmel und Erde zu tun haben.

Die schlauen und neugierigen Menschen versuchten immer wieder, die ‚Spuren' zu verfolgen. Leider blieben viele von ihnen in ihrem irdischen Kleindenken oder in ihren religiösen Vorstellungen über Gottes Schöpfung hängen.

Wenn ihr Menschen die Geschichte von Gottes Plan und Schöpfung kennenlernen und verstehen möchtet, müsst ihr bereit sein, euch von all euren irdischen Vorstellungen zu trennen. Ihr müsst euch öffnen für das menschlich Unfassbare!

Die Menschen streiten sich noch immer über Gottes Dasein, Seine Gestalt, seine kreativen Pläne, Seine Wissenschaft, Seinen Forschungsplan mit Seinen Geschöpfen – Mensch und Tier – und alles, was mit Seinem Lebensatem durchdrungen ist. Geschöpfe, die ihr nicht kennt, weil sie für eure Augen noch nicht sichtbar und nicht in dieser Welt sind.

Ihr Menschen seid nicht das einzige Schöpfungswunder Gottes, auch nicht die Spitze, die Krönung der Schöpfung, wie viele Menschen in ihrer Eitelkeit denken.

Eure Heimat Erde ist nur ein Planet von vielen, und dieses Universum ist nur eines von unzähligen, ihr könnt sie nicht zählen.

Der Mensch kann das Schöpfungswunder Gottes nicht erfassen.

Das Unfassbare kann nicht mit dem Menschenverstand erfasst werden. Gottes Schöpfungsplan vom Menschen ist groß, für den Verstand, das Bewusstsein des Menschen, zu groß, um es zu fassen.

Das Bewusstsein des Menschen ist noch zu verschlossen, um das Schöpfungsprogramm des Ewigen zu verstehen.

Gott ist unfassbar, nicht mit Worten, in keiner Sprache zu schildern. Die Sprache dient dem Menschen, sich zu verständigen, jedoch nicht um Gottes unfassbares Dasein zu fassen. Keine Seele kann den Lebensfluss – Gott erklären.

Ihr Menschen seid eins, ihr müsst lernen, das zu erkennen.

Die Wissenschaft streitet mit der Philosophie, der Religion und umgekehrt. Die Forscher in vielen Bereichen und Aspekten sind sich auch nicht einig. Ihr sollt aber erkennen, dass ihr eins seid, ein Schöpfungsgedanke, aus einer Schöpfungsquelle geboren.

Erkennt also, dass Gott Selbst der Wissenschaftler, der Forscher und

Glaubenslehrer, dass Gott Selbst der Meister der Evolutionen in allen Aspekten ist.

Gott, der ewige Schöpfer, schöpft und plant und bewegt auch durch Seine irdischen Geschöpfe, die Ihm manchmal gehorchen, Seine Kraft und Seinen Willen spüren, viele sind es oft aber auch, die den Willen Gottes nicht erkennen und ihren eigenen Willen leben."

Die Seele staunte und sprach: „Guter Bote, du hast mir Vieles erklärt. Ich empfand tief in mir etwas Vertrautes, so als hätte ich von diesen Dingen schon einmal gehört."

Der Bote lächelte freundlich und sprach: „So ist es, liebe Seele, tief in dir liegt das Wissen von der Weisheit und Gottes Schöpfung verborgen. Gott sendet mich, um dich zu erwecken, um dich an dein verborgenes Wissen zu erinnern, denn es ist die Erkenntnis, die du mit deinen Mitmenschen teilen musst. Sie gehört nicht dir allein, sie ist nur in dir ‚gespeichert', für viele, die bereit sind, ihr Bewusstsein zu öffnen."

„Aber, lieber Bote, ich war in meinem Leben nie der Beste mit meinem Gedächtnis. Ich werde mir diese große Botschaft nicht merken können", klagte die Seele.

Fürsorglich sprach der himmlische Bote: „Sorge dich nicht, im Geiste Gottes geht nichts verloren! Deine Erinnerung ruht in ‚Gottes Händen'. Vertraue auf Gottes Führung, durch Seine treuen Boten.

Nun ist es Zeit, wir werden uns jetzt bald verabschieden."

Der Bote deutete mit seinem Arm zum Himmel, blickte nach oben und sagte feierlich: „Schau, ein Hauch von der Herrlichkeit des Herrn leuchtet über dir, über die ganze Welt."

Die Seele schaute zum Himmel und konnte nicht fassen, was sie da sah:

Viele, unzählbare „Lichter" traten aus dieser mächtigen „Wolke", die aussah, als könnte sie die ganze Erdkugel überschatten, hervor. Das sah aus, als hätten sich alle Sterne vom Himmelszelt gelöst und eine Formation gebildet, in der die Seele – nach ihrem Empfinden – das Auge Gottes erkannte. Bei diesem Anblick fühlte sie sich erkannt, beobachtet, total durchleuchtet ... Sie spürte, dass es nichts gibt, das man vor dem „Auge Gottes" verbergen kann. Dann war es so, als würde eine mächtige Stimme tief aus ihrem Inneren zu ihr sprechen:

„Gott lebt ... Ihr Menschen seid nicht allein ... Wir sehen euch ... Wir waren immer da ..."

Die Seele überkam ein Gefühl, als würde sich der Himmel und das ganze Universum öffnen. Staunend sank sie ehrfürchtig auf ihre Knie und betete: „Lob und Dank sei Dir, oh Gott ..."

Plötzlich erklang eine sanfte Stimme vom Himmel herab:

„Liebe Seele, sei gegrüßt im Namen des Vaters ... Siehe, viele, seit damals, wollten das sehen – und haben es nicht gesehen, weil ihr Glaube und ihr Bewusstsein noch nicht reif dafür war. Deshalb hieß es: ‚Vieles hätte Ich euch zu sagen, doch ihr könnt es jetzt noch nicht tragen.'

Die Zeit ist jetzt nah, das Bewusstsein des Menschen muss erinnert und vorbereitet werden, für die Rückkehr des Herrn, die Rückkehr der Söhne Gottes ...

Amen, vertraue und gehe deinen Weg, deinen Weg, der im ‚Buch deiner Seele' geschrieben steht ...

Es werden noch viele Seelen erweckt, für die himmlische Arbeit ... Sie werden in verschiedenen Bereichen tätig sein.

Die Zeit ist nah, der Heilige Geist des Vaters wird viele ‚Hüllen' fallen lassen. Die Wahrheit wird, wie eine Quelle, immer mehr in diese Welt einfließen.

Seid aber achtsam, denn es ist noch eine gefährliche Zeit. Der Widergeist bäumt sich auf wie nie zuvor. Deshalb wird gleichzeitig auch viel Unwahrheit, wie ein reißender Strom, hereinbrechen und viele, die nicht gefestigt sind im Glauben und Bewusstsein, mitreißen."

Die Seele spürte eine Furcht in sich aufsteigen und klagte: „Aber Herr, was kann man tun, um die Quelle der Wahrheit nicht mit der Quelle der Unwahrheit zu verwechseln?"

„Liebe Seele, diese Frage hat Gott durch Seinen Geist der Weisheit in dir erweckt.

Siehe, die Geister unterscheiden lernen könnt ihr nur, wenn ihr den Vater um den Beistand Seines Geistes, Seines Heiligen Geistes, bittet. Hört nicht auf, den Heiligen Geist des Vaters anzurufen! Amen,

Heiliger Geist des Vaters erwecke uns,
Heiliger Geist des Vaters beseele uns,
Heiliger Geist des Vaters leite uns ..."

Nach diesen Worten leuchteten die „Lichter" am Himmel strahlend hell auf und verschwanden in Blitzgeschwindigkeit.

Der Bote lächelte, hob seine Hand zum Abschied und sprach: „Lebe wohl, mache deine Sache gut, du bist nicht allein!“

Gleichzeitig erhob er sich wie mit einem unsichtbaren Lift von der Erde in die kleinere silberglänzende „Wolke“ und war fort.

Die gesamte Himmelsmannschaft war nun fort, alles war wie zuvor. Die Seele weinte vor Glückseligkeit und verbrachte die restlichen Nachtstunden auf der Bank vor der alten Kapelle.

Gebet

Heiliger-Geist-Lied

Mit Deinem Geist, oh Herr, öffne uns ...
Mit Deinem Geist, oh Herr, beseele uns ...
Mit Deinem Heiligen Geist wandle uns ...
Lehre uns, Herr, Deine Liebe zu verstehen!

Nachrichten vom Himmel

Gesetze

Die Menschen selbst haben so viele Gesetze im religiösen Bereich aufgestellt, Gesetze, die nicht einmal von Gott, dem Schöpfer, Der über aller Schöpfung steht, gewollt sind, Gesetze, die sie anderen auferlegen, selbst nicht einhalten und die von vielen nicht eingehalten werden können.

Viele sprechen vom „Willen Gottes“, gleichzeitig aber leben sie nicht „Dein Wille, oh Vater, geschehe“, sondern: „mein Wille geschehe“.

Wie sehr sind jene Herzen verfinstert, dass sie ihren schamlosen Eigenwillen nicht erkennen ...

Gott Selbst hat der Menschheit durch Seine treuesten Wächter Gebote gegeben, die den Menschen als Richtlinien für ihren Lebensplan dienen.

Das sind die Gebote, die der ganzen Menschheit geschenkt wurden.

Das sind die Gebote, die alle Menschen einhalten, die sie lernen sollen zu leben.

Diese Gebote gelten für alle Völker, für alle Glaubensgemeinschaften ... Amen.

Schritt für Schritt

Meine Seele, es ist Zeit ... Verabschiede dich jetzt von der Vergangenheit ... Angst und Zweifel vertreibe.

Die Schritte in die Zukunft gehen nicht rückwärts ...

Gehe vorwärts, Schritt für Schritt.

Die Vergangenheit kannst du nicht mehr bewegen und verändern. Die Zukunft aber kannst du mit diesem „Jetzt", mit der Gegenwart, beeinflussen ...

Lausche, Seele, komm nicht in Versuchung zu denken, dass der Mensch allein eine einzigartige Schöpfung Gottes sei. Der Mensch ist ein Teil von Gottes einzigartigem Schöpfungsprogramm, ein besonderer „Aspekt", ja, nach Seinem Abbild – Geist beseelt, in einem Leib nach dem Bildnis Seiner himmlischen Boten.

Der Mensch ist ein herrlicher Schöpfungsgedanke des ewigen Schöpfers, jedoch nicht das einzige Wunderwerk Gottes.

Der Mensch steckt noch in einem gewaltigen Schulungsprogramm, solange, bis er den Engeln immer ähnlicher wird.

Es ist so ...

Höre, liebe Seele, ein Kind dieser Welt bist du jetzt, deshalb wirst du langsam vorbereitet.

So wie man ein Buch Seite für Seite blättert und liest, so wird dir das Lebensbuch dieser Welt geöffnet, Seite für Seite ...

Du würdest mit deinem irdischen Verstand zu viel Information auf einmal nicht verstehen, und dein Gemüt würde es nicht verkraften.

Fürchte dich nicht, es ist so:

Viele Dinge in dieser Welt sind nicht so, wie sie den Menschen dargelegt werden.

Seid achtsam, ihr Seelen guten Willens, denn es ist Vieles in eurem Leben nicht so, wie es für euch aussieht!

Die Mehrheit der Menschen hängt noch an ihrer irdischen Vorstellung und Illusion.

Sie haben Augen, um zu sehen – und sehen doch nicht.

Sie haben Ohren, um zu hören – und hören doch nicht.

Sie hören – und glauben der „Stimme" dieses Zeitgeistes.

Das Unfassbare können sie nicht fassen, das irdische „Ich" mit seinem Verständnis ist ihr Stolperstein.

Viele denken, sie sind reich belesen, intelligent und modern, dieser Zeit entsprechend – und können ihr Leben allein, ohne Gottes Hilfe, lenken.

Jene, die am lautesten von der „Wahrheit Gottes" rufen, werden die ersten sein, die sich am Ende hinten anstellen müssen, um die Wahrheit und Gottes Plan erkennen zu lernen.

Geh nun, Seele, und erfülle deine Aufgabe, für die du in diese Welt geboren wurdest, auch wenn es oft noch aussichtslos für dich wirkt.

Vertraue, denn es müssen viele und vielfältige Samen in dieser Welt gesät werden. Amen.

Habt Mut zur Wahrheit!

Ihr Seelen, seid achtsam! Bleibt wach im Glauben, in der Liebe und im Vertrauen!

Lausche, Seele, bleibe wach! Deine Seele möge Wächter sein über die Veranlagung des irdischen „Ichs". Das irdische „Ich" hat ganz andere Ziele als dein ewiges Ich, deshalb lerne, dich selbst zu kontrollieren.

Das ewige Ich geht in Glaubensdingen bescheiden und geduldig den Weg.

Das irdische „Ich" hat keine Geduld und verfolgt mit „Gewalt" seine Vorhaben.

So besteht die Gefahr, Dinge und Situationen, die des Heiles bedürfen, zu zerstören.

Verhalte dich still und bescheiden ... Deshalb sollst du auch nicht einem religiösen Gelehrten, durch die Kraft des Eigenwillens, deine Vorstellungen über Gott und die Welt oder deine Erkenntnis darüber versuchen aufzuzwingen.

Der Gelehrte würde dich als aufdringliche und unreife Persönlichkeit empfinden und die Chance, gute und wertvolle Argumente des Glaubenswerkes darzulegen, wäre verloren.

Mit der impulsiven Art des Eigenwillens würdest du dich darstellen, wie „das Ei, das den Spatzen das Fliegen lehren möchte".

Ja, Seele, bescheiden und demütig bleibe, das heißt, habe den Mut zur Bescheidenheit.

Was Gott dich durch Seine Kräfte lehrt, gilt für jede Seele.

Deshalb wirst du das, was Gott dir, durch Seine dir anvertraute Gabe, mitteilt, mit vielen Seiner Seelen teilen. So auch das, was von vielen Seelen durch die Kraft des Eigenwillens erfolgreich verdrängt wird, denn es neigt jeder Eigenwille zum Selbstbetrug.

Lausche aufmerksam, Seele:

Es wurde dich gelehrt, dass man vor Gottes ALL-MACHT nichts verbergen kann. Das gilt auch für Seine heiligen Boten ... Sie sind eingeweiht in die Entwicklungsphasen der Menschheit. Sie sind auf ewig verbunden mit Gottes Heiligem Geist.

Versuche deshalb nie, Gott und Seine heiligen Boten, die Seine Kräfte sind, von etwas zu „überzeugen", das nicht der Wahrheit, der realen Sichtweise des Auges Gottes, entspricht.

Der Eigenwille des Menschen neigt dazu, Dinge und Situationen, die ihm nicht angenehm sind, durch schöne Worte und Taten zu überspielen.

Sei wachsam, Seele, dass dein Eigenwille nicht in Versuchung kommt, das Ewige in dir zu täuschen.

Eine Seele, die versucht, Gott und Seine Boten – die mit dem Feuer des Heiligen Geistes geweiht sind – ihren Irrtum nicht der Wahrheit entsprechend darzulegen, damit die Sache oder Situation in einem „besseren Licht" erscheine, gleicht einem „Küken, das gerade aus dem Ei geschlüpft ist und versucht ‚einem ausgewachsenen Adler das Fliegen beizubringen".

So auch ist es bei einem Beichtgespräch. Wenn die gebeichteten Worte nicht der Wahrheit entsprechen, bleiben sie nur leere Worte, ja, nur Worte ohne „Klang", die nicht für das Offenbaren der Wahrheit, sondern für einen weiteren Irrtum, für eine Lüge benützt werden.

Das ist nicht nur Selbstbetrug, das gilt für einen Versuch, Gott durch die Hilfe eines Priesters zu betrügen.

Das heißt: Wenn eine beichtende Seele nicht die Wahrheit spricht, „benützt" sie, um ihr Gewissen zu erleichtern, den Priester, um vor Gott besser zu erscheinen.

Und so betrügt sie nicht nur den Priester, der als Bindeglied und Vermittler zwischen Seele und Gott fungiert, Gott Selbst wird auf diese Weise „betrogen".

Habt Mut, ihr Seelen, für die Wahrheit! Mit Gottes Heiligem Geist könnt ihr nicht feilschen. Keine Seele kann Gott täuschen!

Seid achtsam, ihr Seelen, denn es ist der Eigenwille euer größter Stolperstein, die größte Falle jeder Seele ...

(Aber was ist, wenn eine Seele das selbst nicht erkennt und nicht bewusst die Wahrheit über ihren Irrtum in eine Lügentasche verpackt?)

Liebe Seele, sei versichert, Gott ist Gott, der ALL-MÄCHTIGE, der Schöpfer aller Seelen. Gott erkennt das Vorhaben einer Seele, ob es guten Willens und ehrlichen Herzens ist. Gott sieht, ob die Reue der Seele echt oder gespielt ist.

Gott erkennt auch, ob die Seele ihren Irrtum selbst erkannt hat, ob sie wirklich bereit ist, sich von ihren Irrtümern rein zu waschen.

Vergiss nicht, Gott erkennt die Gedanken, die Worte und Taten einer Seele, bevor sie selbst sie wahrnimmt.

Ihr Seelen seid wie kleine Lichtfunken aus einer unfassbaren Sonne ... Wie kann sich ein Funke mit der Sonne messen ...? Amen.

Gott will alle Seine Seelen retten

Seele, erhebe dich jetzt und lausche:

Werde nicht müde, es gibt so vieles, an was ihr Seelen euch erinnern müsst.

Bleibe im Herzen bei Gott, Der der Vater deiner Seele ist, Der barmherzig und gerecht auf ewig ist.

Es wurde schon so viel in dieser Welt über Gottes Wesen und Anwesenheit gestritten und gekämpft.

Bleibe still und wach im Glauben an Gott, Der dich immer hört und die große Liebe deiner – aller Seelen ist, sie haben es nur vergessen.

Gottes Barmherzigkeit ist so groß, unfassbar, kein Mensch kann das mit dem irdischen Verstand verstehen.

Gott schenkt wahre Vergebung.

Wenn eine Seele ihre Irrtümer erkennt und im Herzen bereit ist umzukehren, so wird Gott ihr das Tor zur Liebe und Barmherzigkeit öffnen, jeder Seele, gleich welchen religiösen Hintergrund und Erfahrung sie gelebt hat.

Gott trägt keinen irdischen Namen einer weltlichen Glaubensgruppe.

Gott liebt alle Seine Geschöpfe.

Er will sie nicht töten und auch nicht in eine „ewige Verdammnis" werfen.

Gott will alle Seine Seelen retten!

Lass dich nicht beeindrucken und verwirren von all dem, was du noch wahrnehmen wirst.

Wie nie zuvor in der Geschichte, werden „Stimmen" in der Welt auftreten, mit unterschiedlichen Glaubensvorstellungen, auch solche, die den Herrn Jesus Christus nicht als Sohn Gottes erkennen.

Erschrecke nicht, denn das ist die Zeit, in der der Geist des Widersachers versuchen wird, politische und religiöse Kriege anzuzetteln.

Dieser „Zeitgeist" hat viele Seelen für den Glaubensverfall inspiriert, deshalb besteht die Gefahr, dass viele Seelen von dem Schutz der Christenheit abfallen werden.

Das Angebot vielfältiger Glaubensaspekte in der Welt ist so groß, dass viele Seelen nicht mehr erkennen werden, was sie wirklich glauben können und was die wahre Wahrheit ist.

Viele werden von einem Ort zum anderen rennen und überall wird ihnen etwas anderes über Gott erzählt. Zu viele „Stimmen" trüben das Glaubenslicht zu Gott.

Ihr verwirrten Seelen, betet selbst zu Gott, eurem Schöpfer, dass Er euch den Beistand Seines Heiligen Geistes der Wahrheit senden möge. Jede Seele muss ihre eigene Verbindung zu Gott herstellen.

Betet zu Gott, Dem Vater aller Geschöpfe, dass Er eure Herzen mit Seinem Heiligen Geist füllen möge, dass ihr heil werdet von euren Lasten und Irrwegen.

Habt Mut für die Wahrheit, für die wahre Glaubensregel, für den Weg zu Gott. Gott Selbst wird sie euch erkennen lassen, wenn ihr Ihn ehrlichen Herzens um Seinen Heiligen Geist der Wahrheit bittet ... Amen.

Ihr Seelen, ihr habt Augen um zu sehen – und seht doch nicht. Ihr habt Ohren um zu hören – und hört doch nicht.

Bittet Gott, dass Er durch Seinen Heiligen Geist eure Augen sehen und erkennen und eure Ohren hören lässt.

Gott, unser Vater ... Dir sei Lobpreis, Ehre und Dank ...

Sende Deinen Sohn Jesus Christus, Der die Wahrheit und das Leben ist.
Durch Ihn fülle unsere Herzen mit Deinem Heiligen Geist der Wahrheit. Amen.

Gott lädt alle Seelen ein, zu Ihm umzukehren

Ihr Seelen, die ihr euch vom Zeitgeist dieser Welt verwirren habt lassen, Gott ruft euch ... Alle, alle seid ihr Seine Kinder.

Den freien Willen hat Er euren Seelen geschenkt. Deshalb dürft ihr selbst wählen, für welchen Weg ihr euch entscheidet, Licht oder Finsternis ... Jeden Tag und bei jedem Schritt könnt ihr eure eigene Entscheidung treffen.

Meine Seele, für was willst du dich jetzt entscheiden?

Meine Seele, schenke Mir dein Gehör ...

Du hast schon richtig gehört, wende dein Herz Mir zu ...

Ich habe gesagt, Ich bin nicht für die „Reichen" gekommen, die meinen, es nicht nötig zu haben, ihr Herz Gottes Wort und Geist zu öffnen, auch bin Ich nicht für die „Gesunden" gekommen, die nur an ihr Wohlergehen denken ...

Ich bin gekommen für die Armen, die Unterdrückten, die Verzweifelten, die „Ungläubigen" und die Kranken!

Deshalb sage Ich, es ist ein großer Irrtum und eine von vielen benützte Lüge, um den Menschen Angst zu machen, dass es keinen Weg zurück zu Gott gibt!

Gott ruft jede Seele. Alle Seine Seelen lädt Gott ein, zu Ihm umzukehren. Seine Gnade, Seine unfassbare Barmherzigkeit ist das Geschenk an alle Geschöpfe. Gottes Plan ist es, alle Seelen durch die Kraft des Glaubens mit Seinem Geist zu umarmen.

Ihr Seelen, auf was wollt ihr noch warten, wenn ihr jeden Tag, jede Sekunde erwartet werdet, von Dem, Der allein Frieden und Heil für immer geben kann!

Geliebte Seelen, ihr dürft Gott anrufen. Jede Seele soll selbst, nicht nur durch andere, mit Gott Verbindung aufnehmen, zu Gott sprechen.

So wie ein Kind zum Vater spricht, so dürft ihr, als Kinder Gottes, zum Vater sprechen. Erzählt alles, was ihr in euren Herzen spürt, Gott, dem Vater eurer Seelen, von Herz zu Herz, von Geist zu Geist. Gott ruft jede Seele.

Natürlich hat Gott es zugelassen, dass Religionsgemeinschaften gegründet wurden. Ihre Aufgabe ist es, die Menschen an die Wesenheit, die Anwesenheit Gottes im Leben zu erinnern.

Die Kirchen und Glaubensgemeinschaften dienen dazu, dass Menschen sich im Glauben und Gebet vereinen, gemeinsam zu Gott sprechen, gemeinsam Gott bitten und danken.

Eine Glaubensgemeinschaft ist lebendig in ihrer Kraft, wenn sie eins wird und gemeinsam Gott lobt und preist.

Die Pflicht einer Glaubensgemeinschaft ist es, dass die Seelen unaufhörlich an Gottes Wort, die Geschichte Seines Planes mit den Menschen, durch Seine Boten erinnert werden.

Hört, ihr Seelen, Gott lebt und bewegt sich in der übernatürlichen Kraft, die durch das Gebet, durch die Gebete ehrlicher Herzen, „aktiviert“ wird.

Ein wahres Gebet kann übernatürliche Kräfte, besondere Gnaden Gottes herbeirufen ... Amen.

Ihr Seelen, Gott ruft euch alle ...

Erkennt in euren Herzen die Wahrheit!

Der Mensch dieser Generation steht unter enormem Einfluss dieses Zeitgeistes.

Seele, versuche nicht zu denken, wie und wo das geschieht ...

In Bereichen, die du dir nicht einmal in Träumen vorstellen kannst, wird der Geist des Menschen berieselt mit Informationen, die nicht vom Himmel sind, die nicht vom Willen Gottes stammen, weil sie nicht zum Wohle der Menschheit dienen, wie es den Gemütern der Menschen vorgegaukelt wird.

Die unzähligen und vielfältigen Informationen, die dieser Zeitgeist ausbreitet, führen nicht in die ersehnte Freiheit und Frieden – die Mehrheit der Menschen kann und will es noch nicht glauben –, sie führen in eine Abhängigkeit und Unterdrückung der gesamten Menschheit, in den Verfall.

Das „Recht“ des Zeitgeistes, das einige der „oberen Gesellschaft“ den Völkern darlegen, hat nichts mit der Gerechtigkeit für alle Seelen, so wie Gott das will, zu tun.

Die Gesellschaft in dieser Welt besteht noch aus verschiedenen „Schichten“, zwischen Reich und Arm. Eine „obere Gesellschaft“ regiert über eine „mittlere Gesellschaft“ – sie besteht aus mehreren „Schichten“ – und eine „untere Gesellschaft“ – das sind die Ärmsten, die sich ihr ganzes Leben abmühen müssen, um zu überleben.

Das Ziel einer „oberen Gesellschaft“ ist es, die „mittlere Gesellschaft“ Schritt für Schritt aufzulösen, so dass die Völker eine einheitliche „untere Gesellschaft“ bilden und somit überschaubarer zu „regieren“ sind.

Ihr Menschen dieser Zeit, der Widersacher Gottes hat euch alle zu seinem „Tanz“ eingeladen ...

Und ihr? „Tanzt“ ihr mit?

Es werden euch Gefühle suggeriert, dass ihr in eure „Freiheit tanzt“. Ihr werdet früher oder später erkennen, dass diese „Freiheit“ in Wahrheit ein Gefängnis für eure Seele ist, eine künstliche Freiheit aus tausend und abertausend vergänglichen Illusionen, die nicht halten können, was sie versprechen.

Man täuscht euch, wenn ihr die Augen am Morgen öffnet bis zum Abend, wenn ihr sie wieder schließt.

Ihr „tanzt keinen eigenen Tanz“.

Man führt euch in Gedanken, Wort und Tat, man lehrt euch, wie ihr denken, sprechen und handeln sollt, man gaukelt euch sogar vor, wann ihr lachen sollt!

Ihr Menschen, wacht auf! Wann seid ihr bereit und erkennt die Wahrheit, dass ihr eine vom Widersachergeist – das ist der Zeitgeist dieser Welt –, perfekt ausgedachte Manipulation lebt?

Öffnet eure Augen, öffnet eure Ohren und erkennt, dass die Versprechungen des Zeitgeistes nicht gehalten werden können – alles ist nur Illusion.

Erkennt in euren Herzen die Wahrheit!

Der Mensch dieser Generation ist imstande, sich durch seinen Eigenwillen und seine Rücksichtslosigkeit der Schöpfung gegenüber seine eigene Hölle auf Erden zu erschaffen.

Wenn der Mensch sich mit seiner Eitelkeit und Arroganz erhebt und versucht, Gott und Schöpfer zu spielen, wird das Unheil unvermeidbar sein.

Mensch erinnere dich an Gottes Gesetz:

„Was du säst, wirst du auch ernten.“ Amen.

Liebe Seele, fürchte dich nicht. Gerade weil du kein Gelehrter und Wissenschaftler bist und von vielen Dingen als kleiner Mensch gar nichts „wissen“ kannst, sollst du auf Gottes Führung vertrauen und die „Samen“, die dir anvertraut werden, säen.

Du sollst nur säen, das ist deine Aufgabe.

Welche „Samen“ aufgehen werden, möge dich nicht interessieren ...

Dreh dich nicht um, gehe weiter und säe ...

Auch brauchst du niemandem etwas zu erklären – das ist nicht deine Aufgabe!

Gottes Geist wird den Geist des Menschen lehren ...

Seelenschau

Treue im starken Glauben

Eine Seele spazierte eines Nachts im Traumland an einem wunderschönen Strand am Meer entlang.

Aufmerksam lauschte sie dem mystischen Klang der rauschenden Wellen. Tief in ihren Gedanken versunken dachte sie sich, wie oft wohl der Herr alleine und mit Seinen Jüngern an diesem Strand spaziert war, oder vielleicht sogar baden gegangen war.

Als sie sich gerade fröhliche Badestunden mit dem Herrn und Seinen Jüngern vorstellte, erklang eine sanfte Stimme, die sie bei ihrem Namen rief.

Die Seele erschrak. Ihr war, als wäre sie bei etwas „Verbotenem“ ertappt worden.

Die Stimme des Herrn war so intensiv-durchdringend, als würde Er durch jeden Tropfen Wasser, jedes einzelne Sandkorn und durch jeden Hauch des Abendwindes zu ihr sprechen:

„Meine Seele, bleibe achtsam, wenn du wieder zurückkehrst in die irdische Welt.

Erkenne also, was rein, was Sein oder Schein ist, denn es ist in dieser Welt fast nichts so, wie es aussieht, das heißt, nach was man es aussehen lässt.

Ja, wo Licht ist, ist auch Schatten. Sei also wachsam, denn es gibt nicht viele, denen du wirklich vertrauen kannst. Ihr Glaube ist oft wie ein Blatt, das im Winde treibt.

Ich bin barmherzig ... Was Ich von Meinen Seelen wünsche, wenn sie Mir ihr Herz öffnen, ist: Treue im starken Glauben.

Die Stimmen der lauen Herzen höre Ich nicht! Heiß mögen sie sein in der Erwartung auf die gnadenreiche Liebe des Vaters!

Bleibe den Wurzeln deiner Seele treu, dann wird sich dein Weg keinen einzigen Schritt rückwärts bewegen, sondern vorwärts und aufwärts, dem Himmel entgegen.

Friede sei in dir ... Amen.

Segenslied

Vater, wir bitten Dich,
im Namen Deines Sohnes bitten wir Dich:
Dein Segen begleite uns auf allen Wegen.
Dein Segen bewahre uns vor Unheil, Leid und Not.
Dein Segen leite uns im täglichen Leben.
Wir danken Dir für Deinen Segen.
Du Bist unser Licht und unser Leben.
AMEN.

Seelenschau

Tu es!

Eine lebensfrohe Seele erkrankte eines Tages an einer unbekannten Krankheit. Viele Tage lag sie schon stark fiebernd im Bett. Die Ärzte konnten sich, trotz vielfältiger und genauer Untersuchungen, den Grund dieser extremen Fieberattacken nicht erklären.

Eines Nachts klagte sie: „Seit langer Zeit versuche ich schon mein Leben auf ‚gutes Denken‘ und ‚Engel für alle Fälle‘ – so nannte sie die ‚Helferengel‘ für bestimmte Lebenssituationen – auszurichten, und jetzt das! Wo ist die Kraft der guten Gedanken und wo sind diese Engel, wenn man sie braucht? Bestimmt werde ich daran sterben ...

Dass ich als Christ in diese Welt geboren wurde, ist bestimmt nicht schlecht, oder?"

Eine Person aus der Verwandtschaft, die gerade zu Besuch war, antwortete: „Ja, bestimmt. Früher haben wir oft den Gottesdienst besucht und wir haben manchmal auch gebetet, meistens wenn wir in Schwierigkeiten steckten. Vielleicht sollten wir das wieder einmal machen."

„Ja", sagte die Seele erschöpft „ein Versuch könnte nicht schaden, was meinst du?"

Nach diesen Worten fiel sie in einen tiefen Schlaf.

Kurz nach Mitternacht wurde die Seele langsam wach. Ihr war, als würde sie ständig von jemandem gerufen, immer wieder und wieder. Als sie nach einigen Versuchen ihre Augen endlich richtig öffnen konnte, erschrak sie. Neben ihrem Bett stand eine wunderschöne Gestalt, die aussah, als würde sie nicht von dieser Welt stammen. Obwohl diese Gestalt eine sehr angenehme Ausstrahlung hatte, ängstigte sich die Seele sehr. Mit ganzer Kraft rief sie: „Hilfe, geh weg! Tu mir nichts, ich bin ja schon krank und werde dich mit einem Virus anstecken."

Da sie durch das hohe Fieber zu schwach war, um aus dem Bett zu springen und davonzulaufen, riss sie ihre Bettdecke über ihren Kopf und versuchte, ihre „positiven Sprüche" in einem monotonen Rhythmus zu wiederholen, in der Hoffnung, dass sich, durch die Macht der positiven Worte, die Gestalt neben ihrem Bett in Luft auflösen würde.

Nach einigen Minuten ging der Seele die Luft aus. Zu sehr strengten sie ihre energischen Bemühungen, den unbekannten Besuch neben ihrem Bett zu verscheuchen, an. Sie spürte, trotz ihrer Schwäche, ganz genau, dass die fremde Gestalt im Raum noch nicht fort war. Die Seele versuchte noch ein letztes Mal ihre positiven Sprüche zu flüstern, dann gab sie auf.

Erschöpft fing sie an unter ihrer Decke zu weinen: „Ich kann nicht mehr", klagte sie verbittert „mach mit mir was du willst ... Gott hilf mir – warum hilfst du mir nicht!"

Nach diesem Gebetsruf spürte sie, dass sich irgendetwas verändert hatte.

War die fremde Gestalt jetzt fort? Diesen Gedanken konnte die Seele noch registrieren, mehr war nicht mehr möglich. Die darauffolgenden Szenen vollzogen sich in Blitzgeschwindigkeit:

Ein eigenartiges Geräusch, ein leise säuselnder Wind mit einem unerklärlichen Sog ... Sogleich stand die Seele neben ihrem Bett und vor ihr stand noch immer die wunderschöne, makellose Gestalt.

Als die Seele ihren Leib im Bett, bis oben zugedeckt, liegen sah, überraschte sie das gar nicht. Es war ihr eher gleichgültig – sie verspürte keine Sorge um ihren kranken Körper. Augenblicklich waren Gefühle wie Panik und Angst verflogen. Sie fühlte sich sehr gut, so als hätte sie eine unangenehme Garderobe – ihr Körperkleid – einfach beiseitegelegt.

Die geheimnisvolle Gestalt sprach mit einer angenehmen, friedlichen Stimme:

„Fürchte dich nicht, habe keine Angst mehr. Höre nun aufmerksam zu, damit du verstehen lernst:

Der irdische Verstand spielt dem Menschen oft einen verwirrenden Streich. Wenn der Verstand etwas nicht verstehen kann, reagiert der Mensch oft mit Misstrauen und Angst. Wie automatisch übersetzt der ‚intellektuelle Verstand' dem Gemüt, was nicht zu seinem Wissen, Glauben und zu seinem ‚Lebensprogramm' gehört, mit Zweifel und Unstimmigkeit, das wiederum große Unruhe auslöst.

Der Körper erhält auf diese Weise eine Information, die – wie eine Infusion mit einem giftigen Serum – durch alle Adern und Organe fließt. Angst erzeugt im Körper eine Revolution aus Stress. Stress verdrängt den Atem der Seele und das macht den Körper, der ein lebendiges Organ aus Gottes Schöpfung ist, krank."

Die Seele nahm aufmerksam die belehrenden Worte des unbekannten Besuchers auf. Sie fühlte in ihrem Wesen eine angenehme, liebliche und friedliche Strömung, wie sie es noch nie in dieser Welt erlebt hatte.

„Wer bist du?", fragte die Seele verwundert.

„Ich bin ein Bote aus dem Himmelreich. Ich komme von Gott."

Staunend fragte die Seele: „Ein Bote vom Himmel, so etwas wie ein Engel?"

„Ja", antwortete der Bote freundlich, „ein Engel."

„Aber", stotterte die Seele „bin ich jetzt schon tot?"

„Nein, du bist nicht tot. Ich habe dich nur, deinen Geist, durch die Kraft Gottes, aus deinem irdischen Leib gerufen, damit du mich ohne Angsteinfluss besser verstehen kannst", antwortete der Engel.

„Weißt du", sagte die Seele mit aufklärendem Ton in ihrer Stimme

„ich bin sehr krank und die Ärzte wissen nicht warum. Ich kann dir also nicht behilflich sein."

Gütig sprach der Engel: „Ich weiß, aber du wirst bald wieder gesund sein, damit du deine Aufgabe in der Welt erledigen kannst und dich wieder mehr und mehr an Gott, den Schöpfer deiner Seele, erinnerst. Ich werde als dein unsichtbarer Begleiter oft mit dir sein."

„Wie meinst du das, so wie ein Schutzengel?", fragte die Seele verdutzt.

„Ja, wenn dir dieser Name besser gefällt, ein Engel, der dich beschützt, also ein Schutzengel."

„Haben andere Seelen auch so etwas wie einen Schutzengel?", fragte die Seele neugierig.

„Ja, alle Seelen haben unsichtbare Begleiter." Mit ernster Stimme fuhr der Engel fort: „Die Seelen haben es nur vergessen, weil sie sich von den vielen Versuchungen in der Welt blenden haben lassen. Sie jagen der äußeren Welt nach, sie haben sich selbst vergessen. Eine Seele, die sich selbst vergisst, hat auch Gott vergessen. Sie verliert ihren Weg, den wahren Grund, warum sie in diese Welt geboren wurde."

„Verzeih mir, lieber Bote aus dem Himmel, es quält mich noch eine Frage: Warum bin ich so krank geworden, wenn ich doch einen Schutzengel habe?"

„Deine Seele hat sich nicht mehr wohlgefühlt in deinem Körper. Dein irdisches ‚Ich' lebte ein oberflächliches Leben, somit wurde dein wahres Wesen so sehr verdrängt, dass du krank geworden bist. Es ist dein irdisches ‚Ich', das deine Seele – dein wahres ‚Ich' – bald dem Geist der Unterwelt ‚geopfert' hätte.

Bald wirst du dich wieder mit dem wahren Sinn deines Lebens in der Welt beschäftigen, indem du dein Erlebnis verbreitest, damit sich viele andere Seelen auch wieder an die Existenz Gottes und ihren unsichtbaren Begleiter erinnern und ihren wahren Lebensweg wiederfinden.

Höre gut zu und präge diese Worte in deinem Herzen ein:

Öffne dich von nun an immer der Gnade Gottes ... Öffne dich bewusst dem heilenden Gnadenstrom Gottes ... Öffne dich bewusst der heilenden Kraft des Heiligen Geistes.

Erinnere dich, dass du Geist bist, aus dem Geist des Vaters ... Dein Geist hat das Erbrecht, als Geistkind Gottes, Den Vater zu bitten, aus

Seiner Gnadenquelle, Seinem heiligen Geiststrom, der die heilende Kraft für alles, was atmet, für alles Leben ist, zu schöpfen.

Seele, erinnere dich, du bist Geist und dein Vater ist der Höchste und größte Geist des Kosmos. Er ist der Höchste, der Herrscher des Alls.

Sei gesegnet im Namen des Herrn ... Mache deine Sache gut!"

Nach diesen Worten erstrahlte ein gewaltiges Licht um die Gestalt des Engels, das auch kurz auf die Seele fiel. Fast gleichzeitig erwachte die Seele wieder in ihrem irdischen Leib und der himmlische Bote war fort.

Nach einigen Tagen verschwand das Fieber und die Seele erholte sich auffallend rasch von dieser mysteriösen Krankheit.

Die Ärzte waren sehr verblüfft über den ungewöhnlichen Verlauf dieser unbekannten Krankheit. Einige meinten, man müsse sofort einen neuen Impfstoff gegen diesen aggressiven Virus herstellen.

Die Seele dachte im Stillen, bald werde sie sich einen Plan überlegen, wann und vor allem wie sie dieses Erlebnis „in eine Geschichte verpacken" und in die Welt hinausbringen könnte.

Von nun an wollte sie unbedingt wieder mehr an Gott denken. Sie fing an, wie früher zu beten, und besuchte öfters auch wieder den Gottesdienst.

Das außergewöhnliche Erlebnis mit dem Himmelsboten konnte die Seele nicht mehr aus ihrem Gedächtnis streichen, trotzdem, die Zeit verging wie im Fluge, musste sie sich auf einmal immer wieder selbst zwingen, an das Ereignis und den Auftrag zu denken. Es war das unangenehme Gefühl, das man spürt, wenn man eine Pflicht oder ein Versprechen nicht erfüllt hat, das im Inneren der Seele nagte.

Die Macht des Weltgeistes, die lästigen Angewohnheiten und irdischen Eigenschaften waren wieder massiv spürbar und eroberten einen großen Anteil im täglichen Leben der Seele zurück.

Eines Tages, es war ein wunderschöner „Feiertag", die Seele war für ihr Vorhaben etwas spät dran – ihr Hobby, die sportlichen Aktivitäten, hatten etwas länger gedauert als geplant –, eilte sie hektisch von einem Raum zum anderen, weil sie den Schlüssel für die Haustür wieder einmal nicht finden konnte.

Nach einiger Zeit entdeckte sie den Schlüssel. Ein Sonnenstrahl, der gerade den Raum erhellte, verriet durch das Glitzern des Anhängers, wo der Schlüssel lag. Als sich die Seele bückte, um den Schlüssel aufzuheben, überkam sie ein eigenartiges Gefühl.

In ihrem Inneren spürte sie einen stechenden Ruck, gleichzeitig rang sie nach Luft. Von einem Moment zum anderen war ihr, als müsste sie nun sterben.

Augenblicklich erschien die Gestalt des wunderschönen Engels, der die Seele damals am Krankenbett besucht hatte.

„Nein", sprach der Engel liebevoll, „du musst noch nicht sterben. Es ist so: Jetzt ist nicht dein ‚äußeres Ich', sondern dein ‚inneres Ich' im Vordergrund, deshalb kannst du Mich auch wahrnehmen."

Die Seele fühlte sich sofort wieder wohl und ruhig. Neugierig fragte sie: „Was machst du hier und heute? Weißt du, ich habe es eilig."

Mit prüfendem Blick fragte der Engel die Seele: „Wo willst du denn so eilig hin?" Der Engel wusste natürlich ganz genau, was die Seele vorhatte.

„Hm", schmollte die Seele mit einem leicht ironischen Klang in ihrer Stimme, „du kommst von Gott und fragst mich, wohin ich eile, ich will den Gottesdienst besuchen, das weißt du doch sicher?"

Der Bote nickte freundlich und sprach: „Ja, Seele, es ist gut, dass du den Gottesdienst besuchst."

Die Seele freute sich sehr über die lobenden Worte des Himmelsboten. Trotzdem wurde sie tief in ihrem Inneren das Gefühl nicht los, dass nach diesem Lob noch ein „Aber" oder „Jedoch" folgen würde.

„Ja", sagte der Engel freundlich. Er konnte, als geistiger Bote, natürlich die Gedanken der Seele haarscharf ‚hören'.

„Siehst du, mit deinem inneren, ewigen Ich, deinem wahren Wesen nach Gottes Ebenbild, kannst du auch meine Gedanken und mein Vorhaben wahrnehmen ... Liebe Seele, lausche und verstehe:

Ja, es ist gut, dass du den Gottesdienst besuchst, jedoch sei dir mit jeder Faser deines Herzens und mit deinem Verstand, den Gott dir geschenkt hat, um die Wahrheit klar zu erkennen, stets bewusst:

Du kannst den Gottesdienst drei mal 365-mal und mehr in einem Jahr besuchen und denken, dass du ja auch Christ und so abgesichert bist.

Wenn du dich aber nicht bemühst und lernst, Gottes Wort zu leben, kann sich deine Seele nicht erheben, sie bleibt gefangen – wie ein Singvogel im Käfig.

Die Lehre des Herrn – Christus, Der aus der Heiligen Dreieinigkeit stammt und hervortrat und in diese ‚Unterwelt' reiste – sollst du nicht nur hören und lesen, du sollst lernen sie zu leben!

Siehe, wenn du einen Dürstenden zu einer Quelle führst, damit er das Wasser sieht und fließen hört: Wenn er nicht von dem Wasser trinkt, wird es ihm nichts nützen, er wird verdursten.

So ist es auch mit der Lehre Christi: Sie will nicht nur gehört und gelesen werden – die Lehre ist kein ‚toter Stein' und keine ‚toten Buchstaben' –, sie will zum Leben erweckt werden, indem sie gelebt wird!"

Als der Engel diese Worte sprach, blickte er nach oben. Anschließend verneigte er sich und sprach feierlich:

„Lobpreis in alle Ewigkeit, dem Vater, Sohn und Heiligen Geist."

Die Seele war von den Worten des Engels so sehr in ihrem Wesen ergriffen, dass sie anfing zu weinen. Verzweifelt klagte sie: „Ja, lieber Bote, ich will es versuchen, ich werde versuchen, die Lehre unseres Herrn zu leben!"

„Nein, liebe Seele, nein!" Der Engel blickte die Seele traurig an: „Nein, liebe Seele, nicht ‚versuchen'!

Ihr Menschen ‚versucht' unzählige und unwichtige Dinge in eurem Leben, die euch immer näher in den Verfall führen. Wenn du nur ‚versuchst', die Worte des Herrn zu leben, wirst du den Versuchungen der Welt weiter verfallen bleiben.

Das Verlangen, die Worte des Herrn zu leben, muss aus deinem Herzen kommen und zur Tat übergehen.

Tu es, Seele, bemühe dich!

Siehst du, deshalb werden ‚die Letzten die Ersten sein', weil die ‚Ersten' immer alles nur ‚versucht' haben ..."

„Ich muss noch so viel lernen", sprach die Seele verlegen, „Hilf mir, lieber Bote, schütze mich und leite mich ..."

„Gott hat dir den freien Willen geschenkt. Wenn das der Wunsch deines Herzens ist, werde ich dir helfen, weil ich dein unsichtbarer Begleiter bin. Ich werde mit dir sein ...

Die Zeit deines Erdenlebens dient dir dazu, dass du Zeit hast, um zu lernen.

Liebe Seele, nicht ‚versuchen', sondern ‚tun'!

Nicht die guten Versuche, sondern die guten Taten retten die Welt!

Amen."

Von nichts kommt nichts

Erkenne, Seele, wer auf den Acker keine Samen sät, wird auch nicht ernten. Wo keine Aussaat, da auch keine Ernte.

Einfach in deiner Sprache ausgedrückt: Von nichts kommt nichts.

Der Acker ist dein Leben ... Säe also gute Taten in deinem Leben, damit die Ernte erfolgreich ausfällt und du so von Gott gnadenreich belohnt wirst. Amen.

„Glaube“ allein genügt nicht

Liebe Seelen, nehmt euch in Acht, die finstere Kraft wird nicht von euch ablassen, nur weil ihr denkt, „gläubig“ und „Christen“ zu sein. Der „Glaube“ allein genügt nicht – „Glaube“ allein ist zu wenig!

Wiegt euch also nicht in hochmütiger Selbstsicherheit, dass ihr von allen Gefahren geschützt seid, weil ihr ja „glaubt“.

Seid gewarnt, Hochmut bedeutet nicht, wie es die Buchstaben trügerisch spiegeln, „mutig in die Höhe fliegen“! Hochmut führt nicht in die Höhe, Hochmut führt in die tiefsten Tiefen. Hochmut ist das „goldene Tor“ zum Verfall.

Wenn ihr denkt, dass ihr „gläubig“ seid und den Glauben, das heißt die Lehre des Herrn, aber nicht lebt, so habt ihr den Glauben noch nicht erkannt.

Ein Glaube, der nicht gelebt wird, ist kein wahrer Glaube, der im Leben etwas Gutes bewegen und bewirken kann.

Ein Glaube, der nicht gelebt wird, ist ein toter Glaube, wie ein leerer Raum, ja, wie ein Leib ohne Seele.

Lernt also, den Glauben zu leben, so verdient ihr auch den Schutz des Herrn auf euren Wegen.

Mann und Frau sind eins

Mit schöpferischen Kräften hat Gott der Schöpfer Seine höchsten Gesandten gesegnet.

Liebe Seele, auch in dich hat Gott etwas von Seiner schöpferischen Kraft eingehaucht. Diese Kraft dient dazu, einen Hauch von Gottes Kräften in dieser Welt zu offenbaren.

Versuche nicht, über die Schöpferkraft Gottes nachzudenken. Es wird dir nicht gelingen, Gottes Schöpfergedanken mit deinem irdischen Verstand und Gedächtnis zu Ende zu denken. Es gibt Dinge, die ihr mit eurem irdischen Verstand nicht erkennen und verstehen könnt.

Der Mensch ist ein „Gedanke" aus Gottes Schöpfungsprogramm. Gott plant und studiert Sein Schöpfungswerk seit Anbeginn.

Gott Selbst ist der Höchste ... Er ist der Größte Wissenschaftler ... Er steht über All-Es ... Er Selbst ist All-Es.

Seine höchsten Boten sind Seine engsten Vertrauten im Schöpfungswerk.

Die irdischen Wissenschaftler sind Seine kleinsten Schüler, und wenn sie lernen, den Glauben an die Existenz Gottes mit der Wissenschaft zu verbinden, wird ihnen Großes gelingen in ihrer Wissenschaft.

Der Mensch will mit seiner Wissenschaft immer alles erklären.

Gottes Kraft und Macht lässt sich aber nicht mit dem irdischen Verstand und in Form von Buchstaben erklären.

Nicht der Mensch hat Gott erschaffen! Gott hat durch die Kraft Seines Schöpfungsgedankens den Menschen erschaffen ...

Als Mann und Frau hat Er sie erschaffen, damit sie sich selbst fortpflanzen und weiterentwickeln können.

Mann und Frau ist ein Schöpfungsgedanke Gottes, ein Liebesurteil.

Gott Selbst hat durch die Kraft Seiner Erkenntnisquelle und Weisheit entschieden, dass es besser ist die Frau aus dem Mann zu schaffen. Nicht als Strafe hat Gott das getan, auch nicht, dass die Frau sich dem Mann als seine Sklavin unterwirft. Er Selbst hat in Seiner Weisheit diesen Schöpfungsakt so geplant.

Deshalb soll der Mann seine Frau lieben und wertschätzen, weil sie aus ihm kommt. Gerade deswegen soll er sie als gleichwertig schätzen und so lieben, wie er sich selbst liebt, weil sie aus ihm, seiner „Rippe", geschaffen wurde. So ist es Gottes Wille, dass die Frau nicht größer und höher aber auch nicht kleiner und niedriger dem Mann gegenübersteht.

Gott will, dass sie erkennen, dass sie eins sind, in Seinem Namen.

Gottes Weisheit ist nicht mit dem intellektuell-irdischen Verstand zu fassen.

Siehe, die Erkenntnis in Gottes schöpferischem Plan der Weisheit:

Wäre die Frau, wie der Mann, aus der Erde geschaffen, sie würden nicht eins sein, sie wären Gegner und Rivalen, ihr ganzes Leben ...

Bete, Seele, dass du einen Hauch aus Gottes Geist spüren und verstehen lernst. Amen.

Reise deiner Seele

Erkenne, die Geburt in diese Welt – der Aufenthalt, ein Leben in einem irdischen, vergänglichen Leib das Erdenkleid – ist nur ein Teil von der Reise deiner Seele.

Meine Seele, es wurde dich gelehrt, dass du ein Kind Gottes bist, ein Atem aus Seinem Atem, ein Hauch – ein Liebesgedanke ...

Du weißt, Meine Seele, erinnere dich:

Eine Seele muss durch viele Prüfungen hindurchgehen und lernen, in Bedrängnissen Versuchungen zu überwinden.

Eine Seele muss reifen, damit sie, wie Ich, wahrhaftig Eins werden kann mit Gott, dem Vater, dem Höchsten, Geist und Schöpfer.

Erst wenn eine Seele erkannt hat, dass sie auf Erden weilt, um für die Ewigkeit zu lernen, hat sie sich erkannt.

Wenn sie sich erkannt hat, hat sie Gott und Seinen Plan mit Seinen Seelen erkannt und hat die Welt besiegt ... Amen.

Nach dem Willen Gottes ...

Suche nie andere Wege, liebe Seele ... Viele Menschen denken, dass andere Wege besser für ihr geistiges Wachsen oder leichter sein könnten ...

Erst wenn sie erkennen, wie sehr sie sich verirrt haben, steigt in ihrem „inneren Bewusstsein“ Verzweiflung und Angst auf. Das sind Ängste, die ihre Seele in große Bedrängnis führen, denn es fällt ein trüber Schatten auf das Leben jener Seelen, die sich verirrt haben.

Suche deshalb nie andere Wege, du wirst keine besseren finden.

Bleibe immer nah beim Herrn, dann ist deine Seele nie dem lebendigen Licht fern.

Ihr gläubigen Seelen, verzweifelt nicht ...

Helft mit, die Kirche – nicht den Tempel aus Stein, die Kirche Jesu – in ihren wahren Lichtglanz zu führen.

Gott braucht keine tote, sondern eine lebendige Kirche, durch euch, durch Seelen mit einem lebendigen Glauben.

Die christliche Kirche in dieser Welt braucht viele betende Herzen.

Sie braucht liebende Herzen und gebende Hände, die der Kirche Jesu helfen aufzuerstehen.

Helft dem Himmel, ihr Seelen guten Willens!

Die Engel Gottes brauchen eure Gebete, damit sie euch viel helfen können.

Der freie Wille fesselt den himmlischen Helfern die Hände: Kein himmlischer Bote aus der Herrlichkeit Gottes greift in den freien Willen des Menschen ein, das ist das Urgesetz Gottes!

Nehmt euch in Acht:

Jene die in den freien Willen des Menschen eingreifen und ihn brechen sind nicht Gottes Boten aus den lichtreichen Himmeln!

Der Himmel will die Kirche des Herrn von ihren Lasten, Irrtümern und ihrem Lästern befreien und reinigen, damit sie sich regenerieren kann, für die große Hochzeit, wenn Himmel und Erde sich vereinigen, wenn Jesus, der Herr, wiederkehrt ...

So wie Er damals entrückte, in die Wolken, so wird Er wiederkommen.

Folge der Stimme des Herrn, liebe Seele, dann wirst du den Weg in deine wahre Heimat wiederfinden.

Bleibe deinem Herrn treu ...

Nicht dem irdischen Willen der Menschen, sondern nur nach dem Willen Gottes sollst du in allen Dingen trachten und ihn befolgen.

Amen.

Ein wahres Gebet

Seele, nimm den Auftrag, den Gott in deine Seele legte, ernst!

Mögest du dich auch in der Welt als unbedeutend fühlen, für Gottes Plan mit Seinen Seelen ist es bedeutend, was deine Seele, durch Seine Kraft, in der Welt hinterlässt.

Vergiss nie, liebe Seele, alle Seelen sind von Gott geliebt. Gott will die Seelen an eine tiefe, geheime Wahrheit erinnern – die Bedeutung eines wahren Gebetes:

Ein Gebet, das aus dem Herzen deines Wesens, aus der tiefen Sehnsucht deiner Seele, hervordringt, das ist ein unbezahlbar wertvolles Gebet, ein Gebet, das im wahrsten Sinne des Wortes Berge versetzen kann, das sogar auch das Wetter und viele andere Dinge zum Guten beeinflussen kann.

Das Beten wird von vielen Menschen in der Welt falsch verstanden:

Zum Schöpfergott beten heißt nicht, sich vor Gott „im Schlamm wälzen“, vor Gott „im Staub kriechen“ oder gedankenlos stundenlang Gebete leiern, ohne die Worte im Herzen zu fühlen und ohne über die Worte nachzudenken.

Zu Gott beten heißt nicht, sich erniedrigen, Erniedrigung durch Bitten und Betteln ...

Zu Gott beten heißt: Sich erheben, im Inneren erwachen, um bewusst zu Gott zu sprechen und bewusst sich vor dem Höchsten, dem Ewigen, dem Schöpfer, dankbar zu verneigen.

Gott um Seinen Beistand bitten und für Seine gnadenreiche Hilfe danken, das ist Beten zu Gott, das Gespräch zwischen Seele und Schöpfer. Amen.

Es ist jetzt an der Zeit, dass die Menschen die wahre Bedeutung, die Wirksamkeit eines Gebetes kennenlernen:

Höret, ihr verirrten Seelen in Vergesslichkeit:

Ein wahres Gebet bewegt den Geist ...

Ein wahres Gebet entspringt aus dem Herzen und vereinigt sich mit dem Verstand ...

Durch ein wahres Gebet entspringt eine Kraftquelle, ein geistiger Brunnen aus Gottes Gnadenquelle ...

Durch ein wahres Gebet entstehen übernatürliche Kräfte ...

Gottes segnende Hände offenbaren sich durch ein wahres Gebet. Amen.

Niemand erhebe sich gegenüber Gott

Niemand erhebe sich gegenüber Gott, denn alles Wissen dieser Welt ist nur Menschenwissen, das von einem Augenblick zum anderen der Vergänglichkeit unterworfen ist.

Kein Mensch erblickt das Licht des Lebens ohne die Schöpferkraft Gottes!

Kein Mensch lebt sich selbst und stirbt sich selbst, kein König und kein Kaiser, kein Präsident und kein Bischof und kein Papst, auch kein hochintelligenter Wissenschaftler ...

Nein, keinem Menschen in dieser Welt steht es zu, sich zu rühmen, weder vor seinem Nächsten und schon gar nicht vor Gott, der ewig, einzig und unvergänglich ist und Seine Kraft und Macht alles Leben bewegt.

Mensch, vergiss nicht, du bist ein Wesen, gekleidet in eine vergängliche Gestalt aus Fleisch und Blut.

Gott hat dir einen vergänglichen Leib für eine bestimmte Zeit in dieser Welt gegeben, damit du atmen kannst und leben.

Deshalb heißt es:

„In allem, was existiert, wirkt die Schöpferkraft Gottes."

Einige intelligente Menschen wollen Gottes Schöpferkraft an sich reißen, für ihre eigenen Bedürfnisse, nicht zum Wohle für die Menschheit.

Die Schöpferkraft Gottes aber dient zum Segen den Menschen guten Willens, für das Wohl von Menschen-, Tier- und Naturreich. Amen.

Glauben und Wissen

Und Ich sage dir: Seid nicht so selbstsicher und werdet nicht hochmütig in eurem ‚Glauben'.

Es wird so sein, wie es immer war: Der Stolperstein auf dem Weg nach oben, in eine höhere Bewusstseinsebene, war und ist von je her das ‚Licht des Egos', der einschleichende menschliche Eigenwille, der euch ständig, wie ein Schatten folgt.

Jene, die glauben, dass sie ‚wissen', weil sie glauben, wissen nur das, was sie glauben.

Das aber heißt noch nicht, dass sie wissen, beziehungsweise erkannt haben – das heißt, dass sie Erkenntnis gewonnen haben, vom wahren höheren Wissen, einer höheren Ebene, einer Dimension, die deine Seele noch nicht kennt.

Verwechsle also nie den Glauben mit dem Wissen.

Seelenschau

Ein Hauch ewiger Wahrheit – eine andere Realität

„Warum weinst du?", fragte der Engel eines Nachts eine trauernde Seele im Traumland.

Die kleine Seele klagte vorwurfsvoll: „Meine Mutter ist nicht mehr da. Verstehst du, sie lebt nicht mehr! Sie ist für immer fort! Warum, warum musste das geschehen?"

Mitfühlend antwortete der Engel: „Sei nicht mehr verzweifelt und traurig. Sie ist nicht so weit fort, wie du das jetzt in deinem Herzen empfindest ... Schau, sei bereit für das, was du gleich sehen wirst."

Vor den Augen des Kindes öffnete sich aus dem Nichts so etwas wie eine unsichtbare „Wand" – obgleich es keine Wand war. Es fühlte sich an wie ein Frequenzwechsel – wie man bei einem Radio oder Fernseher auf eine andere Frequenz umschaltet, so wurde ein anderer „Raum" sichtbar.

Es war ein Raum in der irdischen Welt, den die Seele erkannte, der Raum, in dem die Mutter ihre letzten Erdenstunden verbracht hatte.

Die kleine Seele schluckte aufgeregt und rief: „Da ist meine Mutter und ich knie vor ihrem Bett."

Der Engel nickte freundlich und sagte: „Schau jetzt genau ..."

Von einem Augenblick zum anderen veränderte sich das Licht in dem Raum, in dem die sterbende Mutter lag. Ein strahlender Engel erschien vor dem Bett der Mutter und rief sie bei ihrem irdischen Namen: „Komm, es ist Zeit!" Gleichzeitig erhob sich der geistige Leib – die Seele der Mutter – aus ihrem irdischen Körper.

Die kleine Seele beobachtete knieend vor dem Bett den Sterbevorgang: Sie sah wie die Mutter den Mund weit öffnete und tief einatmete und nicht mehr ausatmete.

Die kleine Seele erkannte sofort, dass ihre Mutter nun verstorben war. Weinend rief sie: „Nein, du darfst nicht sterben! Bleibe hier!"

Die Seele der Mutter versuchte ihr trauerndes Kind zu trösten, indem sie ihm liebevoll über die Wange strich, und sagte: „Habe keine Angst, ich werde dir oft nahe sein. Es wird sich jetzt ein bisschen etwas in deinem Leben verändern, jedoch werde ich dich nie vergessen und meine Fürsorge und Liebe für dich wird sich nie ändern."

Die Seele der Mutter ging ein paar Schritte dem Engel entgegen, sogleich drehte sie sich noch einmal um und winkte ihrem Kind zu. Dann verließ sie mit dem Engel den irdischen Raum und ging in einen anderen „Raum", den man mit den irdischen Augen nicht wahrnehmen kann.

Danach war alles wieder wie zu Beginn im Traumland.

Die Seele weinte vor Freude und rief: „Ist das wahr, ist das so geschehen, stimmt es auch, dass meine Mutter mich nie vergessen wird?"

Der Engel nickte freundlich und sprach feierlich:

„Amen, im Namen des Herrn, so ist es geschehen und so wird es sein: Deine Mutter wird dich nie vergessen und im Geiste wird sie dich auch nie verlassen.

Geh nun wieder in die irdische Welt, du – dein irdischer Leib – wirst bald erwachen.

Dieses Erlebnis wirst du auch nie vergessen und sei dir sicher: Was geschehen ist, ist geschehen – und kein Traum, sondern ein Hauch ewiger Wahrheit, eine andere Realität."

Und so geschah es. Die kleine Seele erwachte wieder in ihrer irdischen Welt und schrieb ihr Erlebnis mit dem Engel im Traumland mit dem Titel: „Ein Hauch ewiger Wahrheit – eine andere Realität" in ein Heft, damit sie es nie vergessen würde.

Nachrichten vom Himmel

Schützt euren Glauben!

Schützt euren Glauben, ihr Seelen guten Willens.

Seht zu, dass die „Seele des Glaubens" durch den Einbruch vieler verschiedener Glaubensvorstellungen nicht stirbt!

Bleibt standhaft im Glauben an den Einen und Einzigen, den Dreieinigen Gott, den Vater, Sohn und Heiligen Geist.

Der Glaube lebt durch die Kraft der Hoffnung, die Kraft des Vertrau ens und die Kraft der Liebe. Das ist die „lebendige Seele des Glaubens“: Hoffnung, Vertrauen und Liebe.

Es werden andere Lehren und verschiedene Glaubensvorstellungen einströmen, die ihr euch noch gar nicht vorstellen könnt, weil sie für euch fremd sind. Und jede Glaubensvorstellung beharrt auf ihrem „Recht“, die einzige Wahrheit zu sein.

Die einzige Wahrheit aber ist GOTT SELBST, DER EINE ALL-UMFASSENDE!

Es ist eine gefährliche Zeit, in der ihr lebt – gefährlich wie nie zuvor. Eine Zeit, wo Recht zu Unrecht und Unrecht zu „Recht“ erklärt wird.

Schützt euren Glauben durch das Gebet, die unaufhörliche Verbindung mit Gott.

Bittet, dass der Heilige Geist des Vaters – Seine Liebe, Barmherzigkeit und Weisheit – euch ständig leiten möge!

Durch die verschiedenen „Glaubenseinströmungen“ werden viele in Versuchung gebracht werden, an ihrem eigenen Glauben zu zweifeln.

Jesus Christus ist der Herr, euer Herr, vergesst das nie!

Wer das leugnet, ist nicht ein Gefährte von Christus, Dem Gesalbten – und nicht auf dem Glaubensweg ins Licht, in die Ewigkeit. Amen.

Schützt eure Kinder!

Achtet mehr auf eure Kinder und auch die Kleinkinder!

Seid achtsam, mit was sie sich beschäftigen.

Viele Eltern haben noch nicht die große Gefahr erkannt, welchen trügerischen Manipulationen ihre Kinder durch die Unterhaltungsindustrie ausgesetzt sind.

Nein, sie haben nicht erkannt, dass ihre Kinder vor ihren Augen vom Glauben fortgelenkt werden, zum „Glauben“ an die irdische Illusion.

Wenn sie mehr Glauben hätten an Gottes ALL-ANWESENHEIT in allem Leben, so könnten sie die Illusionen besser erkennen.

Wenn ihr eure Kinder wirklich liebt, dann achtet mehr auf sie!

Prüft, mit was sie sich beschäftigen!

Wisst ihr nicht, dass die Kinder eigene Seelen sind, die euch von Gott anvertraut wurden?

Es ist die Pflicht der Eltern, ihre Kinder vor den schleichenden Gefahren dieser Welt zu schützen.

Amen, schützt eure Kinder!

Gott kennt alles

Es wurde gesagt, dass ihr eure von Gott anvertrauten Kinder schützen müsst vor den Gefahren dieser Welt.

Ihr Eltern, haltet stets ein wachsames Auge auf eure Kleinen.

Ihr sollt euch darüber bewusst sein, dass Gott Selbst, jeden Augenblick in eurem Leben auch ein wachsames Auge auf euch hat.

Er ist der ALLMÄCHTIGE, der SCHÖPFER eures Lebens ...

Er kennt all eure Gedanken, Worte und Taten, aber ihr nicht Seine ...

Gott ist für eure Seelen Vater und Mutter ...

Gott ruft euch, wenn ihr vom Weg abkommt und euch verirrt.

Leider können zu viele Seine mahnenden Rufe nicht hören, weil sie sich von Ihm, ihrem Lebensquell, abgewandt haben. Sie bestimmen in allen Dingen selbst ihr Leben, ohne Gott zu bitten und zu danken, und denken, dass sie Gott für nichts brauchen, weil sie ja selbst „Schöpfer" ihres Lebens sind und Ihn vielleicht erst zur Sterbestunde brauchen.

Gott kennt alles! Er weiß um den winzigsten Wurm tief in der Erde und den kleinsten Käfer im Wald, jeden Tropfen im Meer und jedes Sandkorn in der Wüste.

Er ist der SCHÖPFER allen LEBENS!

Deshalb, oh Mensch, denke nicht, dass du ungehört und ungesehen bist!

Bemüht euch also, dass ihr lernt, euch selbst zu beobachten und zu prüfen, wohin ihr eure Aufmerksamkeit und eure Begierden oft lenkt, welche Dinge euch im Leben „fesseln" und abhängig machen und euch so von Gottes Gnadenstrom noch mehr forttreiben.

Gott hat euch in Seiner barmherzigen Liebe den freien Willen geschenkt, das heißt, es sind alle Entscheidungen euch selbst überlassen ... Für welche Wege ihr euch entscheidet, bestimmt allein euer freier Wille.

Seid euch aber bewusst, dass ihr auch selbst die Verantwortung für eure Entscheidungen tragt!

Kinder müssen sorgsam geschützt und recht geleitet werden ...

Erwachsene sind für sich selbst verantwortlich ... Für die Entscheidungen, die sie wählen, müssen sie auch die Konsequenzen tragen.

Der Weise bittet Gott um die unterstützende Kraft Seines heilenden Geistes, um Schutz und Erkenntnis und die rechte Führung auf dem Lebensweg.

Gott prüft jede Seele. Wenn das Verlangen aus dem Herzen der Seele strömt, wird Gott die Bitten der Seele auch erfüllen. Wer ehrlichen Herzens bittet, dem wird gegeben.

Wenn ihr, wie ihr so oft denkt, in eurem Leben „weiterkommen" wollt, dann kümmert euch mehr um das Bedürfnis eures unvergänglichen Leibes, eurer Seele, denn alles andere ist vergänglich. Amen.

Seelenschau

Ich bin die Auferstehung und das Leben

Eines Nachts sprach der Herr zu Seiner Seele:

„Siehst du die Seelen?"

„Ja, Herr, was tun sie, sie scheinen auf etwas zu warten."

„Sie warten auf ihre Auferstehung, sie warten auf den letzten Tag.
Ich aber sage euch: Ich bin die Auferstehung und das Leben!
Wer an MICH glaubt, wird nicht ‚irgendwann' auferstehen ...
Wer an MICH glaubt, wird leben, auch wenn er stirbt.
Kannst du das glauben, Seele?"

„Ja, Herr, weil ich an Dich glaube ... Ich spüre Dich in meinem Herzen."

„Amen, Ich sage euch, ihr suchenden Seelen, lebt jeden Tag, jeden Augenblick in diesem Bewusstsein der Auferstehung, denn ihr wisst nicht, wann euer letzter Tag in dieser Welt ist!"

Nachrichten vom Himmel

Wahrer Glaube

Man streitet in dieser Welt noch immer um den Glauben.

Blutige Konflikte werden um das „Recht des wahren Glaubens" ausgetragen.

All' diese Auseinandersetzungen haben jedoch nichts mit dem wahren Glauben zu tun. Das sind Menschensatzungen, Gesetze, die nicht von Gott, dem Wesen des Lebens, des Lichts und der Liebe, sind.

Jene Gesetze wurden vom Menschen durch seinen Eigenwillen erschaffen.

Gottes Gedanken, Pläne und Gesetze sind nicht dieselben wie die des Erdenmenschen.

Des Menschen Ideen und Pläne sind vergänglich ...

Gottes Pläne mit den Menschen sind Entwürfe für die Ewigkeit ...

Gott hat den Menschen für das Ewige, das Unvergängliche erschaffen.

Was ist also der wahre Glaube?

Der wahre Glaube entspringt als Kraftquelle aus dem ewigen Schöpferlicht Gottes.

Es ist auch nicht wichtig, welchen irdischen Namen der Glaube trägt, klingt er doch in jeder Sprache anders und ist nur eine Art und Form des Ausdrucks dieser vergänglichen Welt.

Der wahre Glaube ist unaussprechlich. Man kann ihn auch nicht messen, weil er eine Lebenskraft aus Gottes Herzen ist und diese Kraft muss gelebt werden.

Den wahren Glauben kann man nur an der Art und Weise erkennen, wie man ihn lebt, und so vermehrt und entwickelt er sich auch.

Nehmt euch in Acht und richtet nicht um das „Recht des wahren Glaubens"!

Gottes Satzungen sind nicht dieselben wie die des Menschen.

Öffnet eure Herzen und nehmt Gottes wichtigstes Gebot, das alle Gebote beinhaltet, nicht nur mit eurem Verstand, sondern auch mit der Kraft eurer Herzen auf:

„Wer die Liebe ohne Bedingungen lebt, lebt das Gebot aller Gebote und lebt den wahren Glauben." Amen.

Jede Gabe ist Gottes Gnade

Meine Seele, lausche, fühle:

Die Sprache des Herzens kannst du nicht in Worte fassen.

So wie man das Universum nicht wie eine Pflanze in einen Topf setzen kann, so kannst du auch die Sprache des Herzens nicht in Worte fassen, weil sie lebendige Bewegung aus der Kraft Gottes ist.

Alles kommt aus Gott ... Jede Gabe ist Gottes Gnade an Seine Seele.

Rühmt euch nicht selbst, denn alles ist Gottes Gabe.

Lobt und dankt eurem Gott, indem ihr die euch anvertraute Gabe lebt.

Alles, was von Gott kommt, der die Liebe und Barmherzigkeit ist, ist Gnade. Amen.

Verschiedene Aspekte der falschen „Propheten"

Ein falscher „Prophet" in den verschiedenen Aspekten:
- leugnet Gott als den Einzigen und Ewigen alles Lebendigen ...
- leugnet die Kraft des Heiligen Geistes, den Geist der Liebe ...
- leugnet die wahre Kraft, die bedingungslose Liebe ...
- stiftet Unruhe zwischen allen Völkern ...
- sät Samen für die Entstehung von Krieg und Zerstörung ...

Ein falscher „Prophet":
- leugnet die Gnade und den Segen Gottes und Seine dienenden Engelscharen ...
- liebt nur das Diesseits mit seiner Illusion von Rausch- und Glitzerwelt und leugnet das Jenseits ...
- leugnet die Spiritualität, die feinstoffliche Welt ...
- leugnet die Geister und Dämonen ...
- leugnet die Unter- und die Oberwelt ...
- leugnet die Gebote Gottes und die alten Schriften ...
- leugnet die Seelen der Verstorbenen ...
- lobt das Treiben der Kräfte des widersetzenden Geistes ...
- lobt die „Chemie" und verteufelt die Medizin aus Gottes Naturgarten.

Und noch viele Aspekte mehr – es ist nicht deine Aufgabe, sie zu enthüllen und der Welt zu offenbaren.

Diese Aufgaben sind anderen vorbehalten – es ist für dich nicht wichtig, wer sie sind und wo sie wirken.

Bleibe du auf deinem Weg, den der Schöpfer in deine Seele legte.

Hütet euch!

Seid achtsam, denn viele werden es sein, die in der großen Endzeit auftreten und sagen: „Hier ist ‚er' und da ist ‚er' und ‚ich bin es' ..."

Viele von den falschen „Propheten" wissen gar nicht, dass sie „Propheten" für den Herrscher der Unterwelt sind ...

Andere dagegen wissen nicht, dass sie eine echte prophetische Gabe in sich tragen.

Die falschen „Propheten" erkennt man in erster Linie daran, dass sie ihren religiösen Glauben nur auf den Lippen und nicht in ihren Herzen tragen.

Ihre Stimme ist oft sehr drohend und laut, aber lasst euch nicht täuschen, oft ist sie auch süß und schmeichelnd ...

Ihre Zunge ist scharf wie ein Messer und eigenwillig beharren sie auf der „Wahrheit" ihres Glaubens.

Ihr Glaube aber hat die Wurzel im irdischen Verstand und beruht so nur auf Hörensagen und irdisch Angelerntem.

Viele tragen die Vorstellungen von ihrem „Glauben" in die Welt und behaupten, dass die Wahrheiten in den alten Schriften menschliche Erfindung und Lügen sind.

Hütet euch vor denen, die die fatalen Irrtümer gegen Menschen-, Tier- und Naturreich – das sind die Sünden gegen Gott – immer verhüllen und recht- und schönreden.

Heuchler seid ihr, wenn ihr nicht den Mut habt, euren Eigenwillen zu betrachten und zu erkennen.

Wisst ihr nicht, dass ihr euch schuldig macht, indem ihr euer verkümmertes Verständnis von Gottes Wirken und Dasein anderen Seelen aufdrängt und sie so in die Irre führt?

Deshalb sage Ich, so wird es sein:

Die Ersten werden die Letzten und die Letzten die Ersten sein.

Lenkt eure Aufmerksamkeit ganz besonders auf den Heiligen Geist in dieser verwirrten Zeit. Amen.

Ihr seid bestimmt für die Ewigkeit

Wisst ihr nicht, wie eure Seele, durch den Einfluss dieser Welt, „weggesperrt" ist von der wahren Realität, der unfassbaren Anwesenheit, der unendlichen Wesenheit Gottes, durch euer kleines irdisches Ich, das sich rühmt und darstellt, als wäre es bei der Schöpfungsgeschichte dabei gewesen.

Es ist euer kleines irdisches Ich, das das wahre ICH, euer ewiges und unendliches ICH, das geschaffen ist nach dem Abbild Gottes, verdrängt und verkümmern lässt.

Wisst ihr nicht, dass das irdische Ich dem ewigen ICH untergeordnet sein muss!

Das irdische Ich ist das sichere und wertvolle Instrument des Widergeistes ... Es wird regiert und geleitet vom Geist des Widersachers.

So ist es, dass eure Seele, euer wahres ICH, das bestimmt und erwählt ist für die Ewigkeit, beschämend verkümmert.

Ihr Seelen werdet wach! Ihr seid bestimmt für Gottes Plan, für die Ewigkeit. Amen.

Zum wahren Geist sollst du gehen

Ich, dein unsichtbarer Begleiter, sage dir:

Du sollst deine Aufmerksamkeit nicht zu sehr auf den Geist dieser Welt lenken.

Dein Herz sollst du dem wahren Geist, dem wahren Schöpfergeist des Vaters, schenken ...

Dann werden alle Dinge, in die du dich im Laufe der Zeit durch deinen Eigenwillen verwickelt hast, aufgelöst ...

Dann werden viele Wunden und Konflikte geheilt.

Es gibt viele Wege, ja, so viele Wege, aber nur einer ist für dich, deine Seele, vorgesehen.

Seele, zum wahren Geist sollst du gehen!

Seelenschau

Am Sonntag

Eines Tages pendelte eine Seele, im wahrsten Sinne des Wortes, wie ein „Pendel“ zwischen Diesseits und Jenseits.

Ein altes, schon vergessenes, ausgeheiltes Leiden sollte der Auslöser, beziehungsweise der Start für die Reise der Seele in das Jenseits werden.

„Bald wird es soweit sein“, dachte sich die Seele. Bald würde der „Todesengel“ kommen, der Engel Gottes, der die Seelen aus dieser Welt holt.

Einige von den nahestehenden Verwandten waren gerade zu Besuch:

„Warum schaust du so ernst und nachdenklich?“, fragte ein Familienmitglied die Seele.

„Ich bin müde“, antwortete die Seele, „zu müde für das Leben.“

„Aber nein, das sind nur die neuen Medikamente, die dich jetzt etwas schwächen und müde werden lassen“, sagte das Familienmitglied.

„Bald werde ich keine Medikamente mehr brauchen.“ Die Seele seufzte und schüttelte den Kopf: „Ich werde nicht mehr lang leben.“

„Nein!“, riefen einige Stimmen durcheinander. „Sag doch so etwas nicht“, ermahnte sie die älteste der Anwesenden.

Erschöpft von der Unterhaltung mit dem Familienrat schlief die Seele ein.

Nach einigen Stunden wurde die Seele von dem Familienmitglied, das die Pflegeaufsicht übernommen hatte, geweckt, weil es Zeit war für die nächste Einnahme des neuen Medikamentes.

„Du hast sicher gut geschlafen. Ich habe öfter nach dir gesehen und du hattest immer ein Lächeln auf deinen Lippen. Du hattest wohl einen netten Traum ...“, sagte das betreuende Familienmitglied gut gelaunt.

„Ja“, antwortete die Seele, „ich träumte von einem großen freudigen Fest mit vielen glücklichen Leuten aus unserer großen Verwandtschaft und aus unserem Freundeskreis. Alles war wunderbar, nur die Rückreise zwischen jener und dieser Welt war etwas beängstigend. Viele hässliche Gestalten wollten mich belästigen.“

„Siehst du“, rief die Betreuerin fröhlich, „das ist sicher ein gutes Zeichen, dass du bald wieder gesund bist und die Verwandtschaft und die Freunde auf einem großen Fest treffen wirst! Die ‚Gestalten‘ sind sicher nur die Angst in deinem Unterbewusstsein, wegen der Krankheit. Jetzt kannst du dich entspannen, alles wird gut.“

Nachdenklich antwortete die Seele: „Ich bin mir nicht sicher, dass es so sein wird. Nein, ich glaube nicht, dass ich ein Fest in dieser Welt besuchen werde ..."

„Warum denn?", fragte das Familienmitglied, „Sei doch optimistisch. Die Angst lässt einen immer alles schwarz sehen."

„Optimistisch?", sagte die Seele fragend. „Tja, die Seelenfreunde und Verwandten in meinem Traum habe ich nicht schwarz, sondern ganz klar gesehen, sie waren alle Verstorbene, viele von ihnen leben schon längere Zeit nicht mehr in dieser Welt."

Das Familienmitglied erschrak so sehr über diese Aussage des Patienten, dass sie das Getränk, das sie gerade für die Medikamenteneinnahme vorbereitete, verschüttete.

„Entschuldige, aber bitte sag doch so etwas nicht", sagte die Betreuerin vorwurfsvoll.

Die Seele atmete tief ein und seufzte: „Es ist schon gut so, sorge dich nicht. Vielleicht geht es mir dann auch so gut, wie ihnen ... Ich denke, das werde ich erst erfahren, wenn Gott mein Leben auf die große Waage legt ..."

Nach diesen Worten schlief die Seele wieder ruhig ein.

Aufgeregt von diesen beunruhigenden Nachrichten teilte die Betreuerin sofort der ganzen Verwandtschaft die mysteriösen Dinge, von der ihr die Seele erzählt hatte, mit. Alle waren einer Meinung, dass dieses Fantasieren nur von den Medikamenten kommen konnte und sich alles wieder normalisieren würde, wenn sie abgesetzt würden.

Nach vielen intensiven Traumerlebnissen erwachte die Seele wieder.

Die Pflegerin räumte gerade das Zimmer etwas auf und bereitete wieder die Medizin für die nächste Einnahme vor. Dabei war sie tief in ihren Gedanken versunken: „Was, wenn es tatsächlich eintrifft, was der Patient so selbstsicher gesagt hat und wann könnte das sein. Und was, wenn es geschieht, wenn ich endlich ein paar Tage auf Erholung bin, oder gar an den kommenden Feiertagen ... Und ich habe auch gar nichts passendes zum Anziehen für eine Totenmesse ..."

Die Seele lag ganz ruhig und entspannt in ihrem Bett und beobachtete jeden Handgriff der Pflegerin. Nicht nur das, die Sinne der Seele waren so scharf aktiviert, dass sie die Bedrängnis ihres Familienmitgliedes nicht nur spürte, sondern alle Gedanken ganz klar hörte, so als wären sie laut ausgesprochen worden.

Die Seele wunderte sich, wie man so wirres, unwichtiges „Zeug“ denken konnte. Daraufhin räusperte sie sich und sprach fürsorglich: „Aber nein, sorge dich doch nicht über so unwichtige Dinge. Sei unbesorgt, denn es wird nicht geschehen, wenn du auf Erholung bist und auch nicht an den kommenden Feiertagen.“

„Was denn, was meinst du?“, stotterte die Betreuerin. Ihr Herz hörte sie richtig in den Ohren pochen, so erschrocken war sie.

„Ich meine“, antwortete die Seele liebevoll und gelassen „du brauchst dir nichts Neues zum Anziehen zu kaufen. Von mir aus kannst du auch etwas Helles und Fröhliches tragen. Du sollst nicht traurig sein, denn was geschehen muss, wird geschehen ...“

Die Betreuerin fühlte sich so, als wäre ein Blitz durch ihren Kopf und ihren ganzen Körper geschossen. Ihr Gesicht errötete von einer Sekunde zur anderen. Verneinend schüttelte sie den Kopf und rief empört: „Nein! Sag doch so etwas nicht!“

Die Seele sprach leise: „Erschrecke nicht, bleibe ruhig. Rufe mir alle meine Leute zusammen. Ich will sie noch einmal sehen und hören und mit ihnen sprechen, bevor sie mich nicht mehr hören können ...“

Traurig über diese unheimliche Nachricht verließ das Familienmitglied eilig das Zimmer, um den Wunsch des Patienten so schnell wie möglich zu erfüllen.

Und so geschah es, dass sich fast alle aus der näheren Verwandtschaft am frühen Abend desselben Tages am Krankenbett der Seele versammelten. Wirklich verstehen oder gar fassen konnte keiner von den Verwandten diese eigenwillige und sonderbare Einladung ihres körperlich etwas angeschlagenen Familienmitgliedes.

Als sie sich dann alle um das Bett aufgestellt hatten, sprach die Seele: „Seid mir herzlich willkommen. Ich möchte mich heute von euch verabschieden. Für alle guten Dinge und Aufmerksamkeiten, die ihr mir im Laufe der Zeit beschert habt, will ich euch ganz herzlich danken. Verzeiht mir bitte, wenn ich manchmal garstig und zu streng mit euch war.“

Einige waren ganz berührt von diesen Worten und begannen zu weinen, andere lachten und meinten, dass dies jetzt wohl der perfekt gelungenste Jahrhundertscherz der Seele wäre. Die Seele war nämlich für ihre ausgefallenen Streiche bei vielen bekannt.

„Ja, und wann soll denn die ‚gute Stunde‘ sein?“, lästerte einer aus der

Verwandtschaft, der die Worte der Seele für einen dieser Scherze hielt. Daraufhin lachten einige schallend. Der Rest der Angehörigen wusste nicht recht, wie sie mit der eigenartigen Stimmung umgehen sollten, bis das kleinste Familienmitglied hervortrat und fragte: „Wie meinst du das? Wann wird dein Abschied sein, denn ich will dabei sein und dir zum Abschied nachwinken."

Alle Anwesenden im Raum begannen zu lachen, einschließlich der Seele. „Du hast eine wichtige Frage gestellt, mein Kind." sprach die Seele leise. „Ja, am Sonntag, so um diese Zeit wird es wahrscheinlich soweit sein ..."

Die Betreuerin der Seele rief empört: „Was, wie meinst du denn das? In drei Tagen ist bereits Sonntag! Bitte höre jetzt endlich mit diesem schwarzen Humor auf!"

„Ja, so ist es, in drei Tagen", sprach die Seele erleichtert. „Es wäre schön, wenn sich jemand traut und sich die Zeit nimmt und mich auf meinem Weg nach drüben begleitet."

„Wie denn?", fragte einer aus der Verwandtschaft spontan. Ein anderer spottete: „Ja, wie sollen wir dich denn begleiten?" „Und dann auch noch ins Jenseits ...", sagte wieder ein anderer. „Ja, unfassbar!", rief der jüngste unter den Erwachsenen kopfschüttelnd, „Was verlangst du da von uns? Das kann doch keiner unter den Lebenden!"

Die Seele schloss einen kurzen Moment ihre Augen, als würde sie aus dem Unsichtbaren Kraft auftanken. Sogleich sprach sie freundlich, jedoch mit starker Stimme: „Ja, es ist so: Das können in Wirklichkeit nur Lebende richtig gut. Es wäre schön, wenn ihr meinen letzten Wunsch annehmen könntet und ein Gebet für mich und euch sprechen würdet."

„Was?", riefen einige ganz entrüstet dazwischen.

Die Seele sprach weiter: „Ja, und am schönsten wäre es, wenn ihr euch an den Händen nehmt und gemeinsam, als geschlossene Einheit, ein Gebet für meine und eure Seelen sprechen würdet. Wisst ihr, in meinen tiefen Träumen habe ich gesehen, welch unfassbare und wertvolle Wirkung das ehrliche Gebet von einem Menschen für die Sterbenden war."

Erklärend und freudestrahlend sprach sie weiter: „Das könnt ihr euch nicht vorstellen, wie viele Hürden den Seelen genommen und wie schöne Brücken für die Seelen durch das Gebet gebaut wurden, Brücken in eine wunderbare Welt. Außerdem haben die unangenehmen Gesellen – die aussehen wie verdammte Kreaturen – keine Macht, weder über die Kranken oder Sterbenden, und auch nicht über die Lebenden. Sie halten sich zwischen den Welten auf, woanders können sie nicht sein. Ihr besonderes Talent ist, dass sie bei den Menschen immer die Samen der Zwietracht säen. Viele irdische Konflikte gehen auf ihre Kosten. Sie holen sich Kraft von den Menschen: Hass und Streit ist für sie das Lebenselixier."

Nicht jeder konnte die Rede der Seele ertragen. Eine aus der Verwandtschaft holte tief Luft, um sich abzureagieren. In Gedanken schrie sie: „Was redet der für wirres Zeug. Wenn er jetzt nicht aufhört, fange ich an zu schreien!"

Die Zwillingsschwester der Person konnte sich nicht so beherrschen. Sie rief ganz erregt: „Jetzt reicht's! Eine Einladung zum Sterbetag, wie geschmacklos! Schäme dich, so das Leben und den Tod zu verspotten!" Daraufhin verließ sie das Zimmer und knallte die Tür hinter sich zu.

Für einen kurzen Moment waren alle erschrocken.

„Nur beten ...", riefen einige Stimmen durcheinander. Erleichtert schnauften die Anwesenden auf und bezeugten einstimmig, mit fröhlicher Stimme: „Ja, wenn es nur das ist ... Aber sei unbesorgt, du wirst nicht sterben." Sie nahmen die Seele immer noch nicht ernst.

„Es sind doch nur die neuen Medikamente, die dich so in die schwarzen Tiefen denken lassen", sagte ein Angehöriger, der sich durch seinen Beruf mit Medikamenten sehr gut auskannte.

„Wir werden am Sonntag zu Besuch kommen, aber mit Kaffee und Kuchen werden wir kommen, weil du nicht sterben wirst, du wirst sehen ...", sagte der älteste unter den Anwesenden.

„Ja, ja ...", sagte die Seele. „Nehmt den Kuchen mit, aber esst ihn schon früher." Nach diesen Worten schlief die Seele zufrieden ein.

Die drei Tage vergingen wie im Fluge und der Sonntag war da. Eine eigenartige Stimmung herrschte im ganzen Haus. Die Betreuerin verrichtete, wie gewohnt, ihre tägliche Arbeit, so als ob nichts wäre. In ihrem Inneren aber war sie sehr aufgewühlt, weil es nicht ein normaler Sonntag, sondern der speziell angekündigte Tag der Seele war.

Am frühen Nachmittag traf die Verwandtschaft, wie ausgemacht, mit Kaffee und Kuchen ein. Alles war wie immer, nichts Außergewöhnliches ...

Als die Verwandten die Seele begrüßen wollten, schlief sie, wie in den vorherigen drei Tagen, tief und fest. Ein Familienmitglied sagte zum Spaß: „Wir wollen unseren Sterbenden jetzt nicht extra wecken und ihm den guten Schlaf gönnen." „Gehen wir zuerst zum Kaffee trinken, dann wird er wohl wieder wach sein", sagte die Pflegerin.

Während sich die Verwandtschaft fröhlich im Nebenzimmer unterhielt, schlief die Seele weiterhin tief und fest, so als würde sie nie mehr geweckt werden können.

Nach einiger Zeit schaute ein Familienmitglied auf die Uhr und sagte erschrocken: „Der Nachmittag ist schon um. Sollten wir jetzt nicht unseren Kranken, den wir eigentlich besuchen wollten, endlich begrüßen und ihm gut zureden, dass er wieder realistisch zu denken beginnt."

Alle waren sich einige und gingen leise, auf Zehenspitzen, in das Krankenzimmer. Wie vor einigen Tagen versammelten sie sich um das Bett des Patienten. Die Seele aber befand sich noch immer im Tiefschlaf.

Einer aus der Familie trat ganz nahe an den schlafenden Patienten heran, um ihn vorsichtig zu wecken. „Hallo, wir sind jetzt da, so wie du es gewünscht hast ..."

Keine Reaktion, nur Stille ... Für die Anwesenden sah es so aus, als würde ihr Verwandter wieder mit einem seiner „schwarzen Scherze" aufwarten und einen Sterbenden spielen.

„Hallo Sterbender!?", scherzte einer aus der Familienrunde und rüttelte etwas fester am Arm des Kranken.

Wie vom Blitz getroffen riss die Seele ihre Augen weit auf und schrie ganz außer sich: „Was wollt ihr denn schon wieder! Geht weg, verschwindet!"

Einer der Anwesenden klagte erschrocken: „Wie sprichst du denn plötzlich mit uns, wie mit Feinden?"

„Aber, du hast uns doch herbestellt", sagte der Älteste. „Was ist denn los mit dir?", fragte ein anderer und versuchte die rechte Hand der Seele hoch zu heben.

Die Seele schrie ganz in Panik: „Lasst mich, lasst mich in Ruhe! Ihr kriegt mich nicht! Zum Teufel mit euch! Gott, hilf!"

In dem Augenblick bemerkte das jüngste Familienmitglied: „Seht doch, es ist, als würde Großvater nicht uns anschauen, als würde er uns nicht sehen, als würde er durch uns durchsehen und ‚Gott hilf' hat er gerufen ... Sollten wir jetzt nicht beten, so wie wir es ihm versprochen hatten?"

Alle erschraken über diese überlegene Weisheit des Kleinkindes, wie natürlich es die ganze Situation betrachtete und erkannte.

So begann das Kleinkind das Kindergebet laut zu sprechen, das es kannte. Während es das tat, reichte es den links und rechts stehenden Personen die Hände.

Dann machten es alle so, alle beteten mit dem Kind für die Seele des Sterbenden und für ihre Seelen. Einige konnten ihre Tränen nicht mehr zurückhalten ... Diese eigenartige, fast feierliche Stimmung drang in jedes Herz der Anwesenden.

Die Seele schloss wie „auf Knopfdruck" ihre Augen und atmete wieder normal. Sie war sichtlich beruhigt durch das laut gesprochene Gebet.

Nach einiger Zeit öffnete die Seele ihre Augen. Ihr Blick war nach oben, zum Fenster gerichtet, wo keiner der Angehörigen stand, so als ob jemand durch das Fenster den Raum betreten würde.

Dann rief sie erfreut: „Amen ..." (so als wenn sie mit dem „Amen" das Gebet der Angehörigen abschließen und sich gleichzeitig verabschieden würde) „Nimm mich mit!"

Nach einem letzten tiefen Atemzug verstarb die Seele inmitten ihrer Familienangehörigen, so wie sie es sich gewünscht hatte.

Alle Angehörigen waren tief betroffen. Sie hatten viel zum Nachdenken und Bereden. Einmütig erkannten sie:

Es war alles klare Wahrheit, was die Seele ihnen vor ein paar Tagen mitgeteilt hatte, und sie erkannten auch, dass das Gebet wohl doch viel mehr Kraft hat, als man vermutet hatte.

Durch die wache Reaktion des Kleinkindes erkannten sie auch, dass die bösen Worte des Sterbenden nicht an sie gerichtet waren, sondern, dass es tatsächlich solche „Kreaturen" gibt, die sich ins Leben der Lebenden einmischen wollen.

Als der Verstorbene dann von den Bestattern abgeholt wurde, winkte das Kleinkind mit beiden Händen und schickte Küsse hinterher.

Die Seele, die inzwischen nicht mehr in ihrem toten Leib war, sah diese Szenen – und danach auch die Begräbnisfeier – und freute sich sehr. Neben ihr stand der unsichtbare Bote, der gekommen war, um die Seele abzuholen und sie auf ihrem neuen Weg zu begleiten.

Amen.

Seelenschau

Wozu ist der Mensch erschaffen?

„Ich bin also ein Mensch", sagte sich eine Seele vor dem Spiegel stehend, „und das ist mein Spiegelbild, ein menschliches Wesen bin ich."

Etwas später dachte sie sich: „Aber, warum bin ich – und warum bin ich als Mensch erschaffen und in diese Welt geboren?"

Mit diesen Gedanken schlief sie ein.

Im Traumland trat ein Engel auf sie zu und sprach mit freundlicher Stimme: „Sei gegrüßt, Seele, sei von Gott, deinem Schöpfer, durch mich gegrüßt."

Die Seele schaute verwundert und antwortete: „Seele? Du nennst mich Seele? Warum sagst du nicht ‚Mensch', ‚Menschenkind' oder meinen Namen, mit dem man mich damals getauft hat, als ich in die Welt geboren wurde? Sage mir Himmelsmann, was ist der Mensch und was ist die Seele und wozu ist der Mensch erschaffen?"

Der himmlische Bote lächelte und sprach: „Viele Erdenbewohner sagen immer, ‚der Mensch hat eine Seele'. In Wirklichkeit muss es heißen ‚der Mensch ist eine Seele, geschaffen nach dem Bild, das Gott gefiel'. Das Haus des geistigen Leibes, der Seele, ist der fleischliche Leib. Der fleischliche Leib dient dem geistigen, ewigen Leib als Körper, um in der materiellen Welt sichtbar leben und sich fortbewegen zu können.

Der irdische Leib ist geschaffen nach dem Bildnis der Boten Gottes, nach jenen Boten, die mit Gott eins sind."

Die Seele versuchte scharf nachzudenken und schaute den Boten fragend an.

„Höre gut", sagte der himmlische Bote.

„Der Mensch ist eine Seele, geschaffen nach dem Bildnis Gottes.

Gott ist aber keine menschliche Gestalt von Mann oder Frau – von ‚er' und ‚sie' ...

Gott ist Geist, Gott ist ein geistiges Wesen ...

Gott ist die Liebe, ein schöpferisches Wesen ...

Die Kraft Gottes ist Liebe ...

Die Liebe ist Gottes ALL-MÄCHTIGE Kraft ...

Gott selbst ist das Leben ...

Gott lebt im Geist der Liebe ...

Gott lebt im Geist des Lebens ...

Nichts würde existieren, kein Leben, kein Licht, kein Atem, wenn es Gott nicht gäbe ...

Das ewige, lebendige Wesen ist ES ...

Gott ist der Atem des Lebens, allen Lebens ...

Gott ist der Atem der Liebe – Seine Kraft und Macht ist Liebe.

Gott hat den Menschen darum erschaffen, um Seine Liebe weiter und weiter, auf ewig, von Ewigkeit zu Ewigkeit durch das Leben zu verbreiten.

Gott braucht den Krieg des Menschen NICHT!

Gott will keinen Krieg, auch nicht um die Menschen, Seine Seelen, für die Liebe und für das Leben zu bekehren.

Gott bekehrt Seine Geschöpfe durch Seine Kraft, das Ewige Wesen, die Liebe ...

Gott ruft Seine Seelen ...

Er wartet auf sie, bis sie bereit sind, Seine Liebe zu empfangen, bis sie bereit sind, das heißt, bis sie reif sind, Seine Liebe in die Welt zu tragen.

Gott ist das ewige Licht ...

Gott ist das Geschenk an alle Seelen ...

Gott selbst ist das Geschenk der Liebe ...

Gott ist das Geschenk an alle Herzen guten Willens ...

Gott hat den Menschen nicht dazu erschaffen, dass er seinen (des Menschen) Feind, den irdischen Eigenwillen – Hass, Neid und Gewalt – in die Welt hinaus trägt.

Gott hat den Menschen für die Liebe erschaffen, für Seine unsterbliche, ewige Liebe ...

Amen."

Nach diesen Worten verneigte sich der Bote ganz tief und sprach:

„Dir, Gott der Liebe, sei Lobpreis, Ehre und Dank in alle Ewigkeit."

Die Seele verneigte sich auch und sprach: „Gott der Liebe, meine Seele gehört auf ewig Dir ... Amen."

Der Engel lächelte freundlich und sprach:

„Trage diese Worte in die Welt, Kind der Liebe ...

Gott hat den Menschen geschaffen, um die Liebe in die Welt zu tragen, um die Liebe überall, zwischen allen Völkern zu verbreiten. Amen."

Dann war der Bote mit einem Augenschlag fort.

Seelenschau

Die Boten Gottes

Einige Tage, nachdem die Seele die Worte des Engels im „Traumland" aufgeschrieben hatte, machte sie sich wieder Gedanken über Gottes Himmelreich.

„Wo kommen sie eigentlich her, die Boten Gottes? Wie weit sind wir von ihnen entfernt und könnten wir Menschen auch dorthin reisen? Mit unserer modernen Technik könnte es doch funktionieren", dachte sich die Seele immer und immer wieder, bis sie irgendwann spät in der Nacht einschlief.

Und, wie könnte es anders sein, nach so intensiv fragenden Gedanken, „landete" sie wieder im „Traumland":

Der Bote stand schon da und sagte freundlich: „Sei gegrüßt, Seele, im Namen des Herrn, Ich habe dich erwartet, so höre gut zu:

Die Boten Gottes, die ihr auch Engel nennt, nach deren Bildnis eure irdische Gestalt geschaffen wurde, sie sind Gottes Engel, sie sind Seine Botschafter, für das Reich Gottes.

Das All, der Kosmos ist Gottes Reich und auch Gottes Leib ...

Die Boten Gottes stehen im Dienste Seines Heiligen Geistes ...

Sie sind die schöpferischen Kräfte Gottes ...

Sie waren bei der Schöpfungsgeschichte dieser Welt dabei ... Sie kennen Gottes Pläne ...

Sie sind eins mit Gott, eins mit Gottes Heiligem Geist, deshalb sind sie Gottes Hände und Gottes Instrumente ...

Durch Sie wirkt Gott in vielen Bereichen, die du dir mit deinem irdischen Verstand nicht vermagst vorzustellen.

Aber hinter allen schöpferischen Taten, die jene Boten, die im Dienste der ALL-MACHT des Heiligen Geistes stehen, wirkt die ALL-MACHT des ALLMÄCHTIGEN – Einen – Gottes, Der die unsterbliche Liebe auf ewig ist.

Die Botschafter aus dem Reich Gottes, nach dessen Abbild euer fleischlicher Leib, durch Gottes Weisheit und Kraft, durch Seinen Geist kreiert wurde, Sie kommen von weit her, aus weiten Himmeln kommen sie ...

Kein sterblicher Mensch kann dorthin reisen, von wo sie stammen ...

Der Mensch, der den irdischen Gesetzten der Vergänglichkeit unterworfen ist, würde einige Leben, einige hundert Jahre benötigen, um nur einen Himmel dorthin zu erreichen.

Für diese Reise nach den weiten Himmeln ist der Mensch noch nicht reif! Amen."

Seelenschau

Dein Auftrag

Eines Nachts hatte eine Seele einen besonderen Traum. Sie träumte, dass sie im Morgengrauen ganz allein auf einem endlosen Blumenfeld stand. Im Traumland dachte sie sich „Wo bin ich hier?" Sie blickte zum Himmel, der aussah, wie in oranges Licht getaucht, der Sonnenaufgang kündigte sich wohl an ...

Trotz der tiefen Stille und Einsamkeit fühlte sie sich nicht allein, sondern geborgen. Vertrauensvoll blickte sie zur aufgehenden Sonne und rief: „Kann mich jemand hören, ich weiß nicht, wo ich bin."

Daraufhin kam aus dem Nichts eine feine Windbrise, die sich immer stärker zu einem wirbelnden Gebilde formte. Das sah aus, wie eine glitzernde Spirale. Die Windspirale hüllte die Seele ein und trug sie fort.

Als die Seele an einem anderen Ort ankam, war ihr, als würde sie gerade aus einem tiefen Schlaf erwachen ... Auch hier kündete sich durch das Morgenrot ein Sonnenaufgang an, jedoch sah hier der Himmel aus, als wäre er lebendig und würde zwei Sonnen haben.

Die Seele spürte in ihrem ganzen Wesen das Leben, in ihr und um sich. Dankbar schloss sie ihre Augen, sank auf ihre Knie, um Gott mit einem kleinen Lobpreis zu danken und sprach:

„Guter Gott, meine Seele preist Dich, Du Gott des Lebens und des Lichts ... Ich kann Dich nicht sehen, aber tief in mir spüre ich Dich und kann Dich klar wahrnehmen ... Es ist, als würdest Du mit Deinem Blick meine Seele berühren. Ja, tief in meinem Herzen kann ich Dich spüren ... Du bist da. Meine Seele dürstet nach Deinem Segen. Schenk mir die Gabe, die Geister zu unterscheiden. Wen und wie vielen kann ich wirklich vertrauen? Wen kann ich, unter so vielen, meinen wahren Freund nennen? Sage mir, Herr, wie kann ich ‚Feind' und ‚Freund' unterscheiden und erkennen?"

Als die Seele ihre Augen öffnete, weil sie ein ungewohntes Geräusch hörte, sah sie einen mächtigen Adler über ihr seine Kreise ziehen.

Sogleich erklang eine Stimme vom Himmel her:

„Meine Seele, lausche: Du lebst in Mir, also lebe Ich auch in dir. Nicht nur für dich lebst du hier. Meine Seele, dein Herz schlägt nicht nur für dich ... Du bist in Mir und so spreche Ich zu dir. Meine Seele, spüre: Mein Atem lebt in dir und dein Herz schlägt jetzt für Mich. Mein Geist wird dich aus einem langen Tiefschlaf führen.

Lausche, was Ich dir auftrage:

Schreibe die Ereignisse, die Ich dich durch Meine Augen sehen und durch dein Herz erkennen lasse, auf. Erzähle von den Seelen, die Ich dich schauen lasse. Das ist deine Aufgabe, erzähle von den Seelen ...

Geliebte Seele, zu deiner Frage, die dein Herz belastet:

Bleibe wach ... Ein treuer Freund ist wie ein Fels in der Brandung. Der Wert eines treuen Freundes ist unbezahlbar. Sei immer auf der Hut ... Nicht jede Person, die freundlich und gut spricht, ist dein wahrer Freund und tut deiner Seele auch gut.

Deshalb bleibe wach, denn es werden viele sein, die dich freundlich grüßen, jedoch bleibe bescheiden und sei zurückhaltend ... Die Zunge kann auch ein übles Instrument sein. Sie kann Gutes, aber auch Böses sprechen.

Deshalb bleibe stets wachsam, denn dein wahrer Vertrauter sei und ist nur einer unter Tausenden ... Amen."

Seelenschau

Die Begegnung

1. Teil

Eines Nachts hatte eine Seele ein seltsames Erlebnis.

Nachdem sie sich ein Glas Milch bereitet hatte, um innerlich zur Ruhe kommen zu können, damit der ersehnte Schlaf endlich eintreten würde, ging sie noch in den Garten, um den wunderschönen Sternenhimmel zu betrachten.

„Wie lebendig das Himmelszelt mit den funkelnden Sternen heute wirkt ...", dachte sie sich verwundert. Der Gedanke war noch nicht zu Ende gedacht, als es plötzlich unzählige Sternschnuppen vom Himmel regnete. „Oh Gott, wie schön!", rief sie laut. Augenblicklich war es so, als würde eine von diesen Sternschnuppen wie ein Blitz auf sie herabschießen und in ihrer Stirn verschwinden.

Daraufhin fiel der Körper der Seele in einen tiefen Schlaf. Nach einigen Augenblicken erwachte sie auf einer großen Ebene eines ihr unbekannten Ortes. Dort sah sie am Himmel einige seltsame, große Gebilde schweben, die für sie wie in glühende, leuchtende Wolken gehüllt waren.

Erstaunt blickte sie auf eine dieser „Wolken". Wie von einem Magneten wurde ihr Blick dorthin gezogen.

Plötzlich hörte sie ein leises Summen. Aus der „Wolke" trat eine Gestalt mit zwei Begleitern hervor und ging auf sie zu.

„Gott grüßt dich, Seele. Wir haben dich heute gerufen. Deshalb konntest du auch nicht einschlafen."

„Mich gerufen?", stotterte die Seele, „Muss ich denn sterben ohne mich zu verabschieden?"

„Nein", sagte die schöne Gestalt, „du musst nicht sterben. Wir haben dich gerufen, um dir etwas mitzuteilen, das du nach einer bestimmten Zeit mit anderen in der Welt teilen musst.

Die Nachricht, die wir dir geben, ist nicht für dich allein bestimmt. Du bist nur der Übermittler, der Bote zwischen uns und der Welt."

„Eine Nachricht?", fragte die Seele aufgeregt. „Aber mein Gedächtnis ist nicht so gut. Was ist, wenn ich mir nicht alles genau merken kann oder wenn ich etwas verwechsle? Oh bitte, wählt eine andere Person aus, die im Schreiben besser talentiert ist als ich."

Der Bote lächelte und sagte: „Sei unbesorgt, wir wissen, dass ihr Menschen ein schwaches Gedächtnis habt. Deshalb dient uns der Geist des Vaters dazu, um diese Gespräche in einer ‚geistigen Frequenz' aufzubewahren. Wir werden dich an alles erinnern, weil du für diese Aufgabe erwählt bist."

„Gott möge mir gnädig sein und beistehen, mit Seinem Geist, dass ich alles gut mache", stotterte die Seele unsicher.

„Gott wird dir beistehen, liebe Seele. Wir sind da ... Du bist auch nicht allein, auch wenn du das oft so empfindest.

So, nun lausche gut, Seele, ‚Tropfen' aus dem ewigen Meer:

Es werden noch andere ‚Tropfen' aus dem Meer des Vaters gefischt, weil es vielfältige Aufgaben für die Arbeit des Himmelreiches gibt. Fürchte dich nicht, denn es ist nicht das erste Mal, dass wir so einen Kontakt mit einem Erdenmenschen machen. Es gab schon in der Vergangenheit Seelen, die wir mit ähnlichen geistigen Arbeiten beauftragt haben.

Wir werden ab jetzt öfters Kontakt haben, wobei du uns oft gar nicht sehen wirst. Oft wirst du uns erst wahrnehmen, wenn wir schon wieder fort sind. Es gibt viele Dinge, die wir dir erklären werden, jedoch nicht heute und nicht alles auf einmal. Schritt für Schritt führen wir dich in deine vergessene Vergangenheit zurück. Seele, deine geistige Familie freut sich über dein lang ersehntes Erwachen.

Erinnere dich, es gibt unzählige ‚Tropfen' im Meer des Vaters und es gibt unzählige, vielfältige ‚Zellen' im Körper Seines Ewigen Leibes, Welten in Welten, Welten über Welten und Universen ... Mit dem irdischen Verstand ist es unmöglich, das Unaussprechliche zu verstehen oder in einer irdischen Sprache mit Worten zu beschreiben.

Die Verbindung mit Gott durch das Gebet – das ist das Gespräch mit Gott – und die Kraft des Glaubens helfen dir, die Gestalt des Ewigen zu erspüren, weil Gott Selbst das Leben und die Liebe in Vielfalt ist. Auch in dir wohnt das Leben, also ein Funke Gottes.

Halte inne, Erdenmensch: Mit der irdischen Wissenschaft allein kannst du Gott, Gottes schöpferischen Bewegungen nicht näherkommen. Wissenschaft muss mit dem Geist Gottes, mit der Kraft des Geistes, eins werden. Nur so kann wahrer Fortschritt und Weiterentwicklung geschehen.

Wenn Wissenschaft und Glaubenskraft eins werden, entsteht wahre Erkenntnis.

Seele des ewigen Leibes, lass dich nie durch eigenwillige Meinungen und Vorstellungen der Menschen beeinflussen und irreführen. Bleibe stets in der Mitte deiner Seelenkraft, denn es wird immer wieder irgendwelche Menschen in deinem weiten und näheren Umfeld geben, die dich nicht verstehen. Sie werden immer das starke Bedürfnis haben, dich zu belehren. Erinnere dich immer wieder an das, was du gesehen hast und denke dann, dass sie nicht dabei waren. Diese Erfahrungen kann dir niemand nehmen.

Bewahre alle Erfahrungen in deinem Herzen, bis du die innere Aufforderung spürst, sie frei zu geben.

Nun ist es gut für heute. Sorge dich nicht, wir bringen dich wieder zurück zu deinem irdischen Heim. In drei Wochen werden wir uns um diese Zeit wiedersehen. Komm zum großen Acker am Waldrand, um diese Zeit. Morgen wirst du zuerst denken, das alles nur geträumt zu haben ... Dann aber wirst du dich wieder erinnern, dass ich das gesagt habe, dass es so sein wird."

Die drei Wochen vergingen wie im Fluge. Ständig musste die Seele an jenes außernatürliche Erlebnis mit den Himmelsboten denken. Dabei spürte sie jedes Mal ganz tief in ihrem Inneren ein ganz besonderes Gefühl aufsteigen, als würde ihr Herz mit einer unsichtbaren Quelle ununterbrochen gefüllt werden, bis es überging.

Aufgeregt verließ die Seele etwas früher ihr irdisches Heim, um nicht zu spät zu kommen. Tief in ihr spürte sie ein so intensives Drängen, zum großen Acker zu gehen, dem sie nicht widerstehen konnte. Sobald sich aber ihr Verstand einschaltete, bekam sie ein mulmiges Gefühl, das ihr eher Angst einflüsterte. „Bald werde ich es genau wissen", dachte sich die Seele, „ob ich das Ganze vor drei Wochen doch nur geträumt habe."

Ein angenehmer, lauer Sommerabend mit einer zarten Windbrise gab der Landschaft eine geheimnisvolle Atmosphäre.

Die Seele schaute sich um und konnte niemanden wahrnehmen. Nun packte die Seele wieder der Zweifel. Sie dachte sich „Und was, wenn ich das doch alles nur geträumt habe?"

Der Gedanke war noch gar nicht zu Ende gedacht, als augenblicklich, aus dem Nichts, ein glühendes Objekt erschien, das einige Meter über dem Boden schwebend, still stehen blieb.

Dann war es so, als würde das glühende Licht erlöschen und sichtbar wurde ein riesengroßes, unbeschreiblich schönes, silberglänzendes Himmelsgefährt, wie sie es noch nie in der Welt gesehen hatte. Die Seele rieb sich die Augen, um sicher zu sein, dass sie in diesem Augenblick wirklich ein himmlisches Fahrzeug sah. Als drei Gestalten das Himmelsschiff verließen, wurde gleichzeitig das ganze Gefährt unsichtbar – das sah aus, als würde es „in eine andere Zeit" verschwinden.

Die drei Boten strahlten ein unbeschreiblich wohltuendes Charisma aus. Mit freundlicher Stimme begann der mittlere der drei Boten zu sprechen: „Gott grüßt dich durch uns, liebe Seele. Merke dir gut, was du jetzt gesehen hast, weil du darüber berichten musst – das ist der Plan Gottes mit deiner Seele.

Nun lausche aufmerksam:

Erinnere dich, Seele, tief in dir schlummert die wahre Kenntnis von diesem Universum und von dieser Welt, der irdischen Struktur mit all ihren irdisch-menschlichen Kreationen.

Der ‚Zeitgeist', das ist immer der Geist, der gerade die Welt regiert, das heißt, das Bewusstsein, das gerade in dieser Zeit, durch den Eigenwillen des Menschen, gesteuert wird.

Das ist nicht wirklich förderlich für den Weg der Seelen, weil der irdische Eigenwille jene Kraft ist, die sich Gottes Willen und Plan extrem widersetzt. So ist es, dass sich viele Seelen von ihrem wahren Weg, der für sie im Buch der Ewigkeit geschrieben steht, lösen.

Dieser Zeitgeist lenkt und manipuliert das wahre Bewusstsein der Seelen, das heißt, sie sind sich nicht mehr bewusst, wer und was sie sind und welche Aufgabe sie wirklich haben, so dass sie sich nicht mehr an Gottes Einheit erinnern und sich vom Einssein mit Gott entfernen.

Ja, Seele, der irdische Eigenwille gehört zur widersetzenden Luziferkraft – das ist das täuschende Licht, das die Seelen blendet, in viele Versuchungen verstrickt und so von Gottes Licht fortlenkt."

Der Bote hob die rechte Hand zum Himmel und sprach leise: „Siehe, Seele, da, der Mond ..."

Die Seele schaute zum Mond auf und rief begeistert: „Ja! Wie herrlich er leuchtet ... So schön, wunderbar und einzigartig leuchtet der Mond!"

„Ja, Seele, sprach der Engel, sehr schön stellt er sich dar, aber, dennoch ist es nicht der Mond selbst, der leuchtet, der das Licht spendet. Kannst du das verstehen?

So ist es mit dem täuschenden Licht: Es leuchtet, aber es ist doch nicht das wahre Licht Gottes, das ewig und unvergänglich ist. Es ist das Luziferlicht, jene Kraft, die dem Geist der Vergänglichkeit untergeordnet ist. Viele Seelen probieren – und experimentieren, bewusst und auch unbewusst – ständig mit dieser Kraft ihr Leben zu bereichern.

Der freie Wille, den Gott den Seelen geschenkt hat, lässt das auch zu. Auf längere Sicht aber tut diese Kraft keiner Seele gut ... Am Ende ist immer alles zerstört, eben weil diese Kraft zum Geist der Vergänglichkeit gehört. Alles nur Schein ... Am Ende steht die Seele allein vor Gottes Tor und sie kann nichts von dieser Welt mitnehmen, außer die positiven oder negativen Ergebnisse ihrer Taten – ihre Erfahrungen.

Seele, vergiss nie, dass dein irdischer Körper auch noch zur vergänglichen Welt gehört, dem Geist der Vergänglichkeit unterworfen ist. Sei dir immer bewusst, dass das für das Menschenauge Unsichtbare in dir lebt. Das, was für das Menschenauge unsichtbar ist, ist sichtbar für die unsichtbare Welt, die das Menschenauge nicht sehen kann. Für Gott aber, den Vater deiner Seele, bist du immer, jeden Augenblick, sichtbar.

Das müssen die Menschen erkennen. Sie müssen sich wieder erinnern, dass alles, was sie – sei es in der Öffentlichkeit oder im Verborgenen – tun, für Gott ewig sichtbar ist und sichtbar bleibt. Das ist die Kraft des Heiligen Geistes, die ihr euch mit dem irdischen Verstand und Intellekt nicht vorstellen könnt.

Diese Welt ist eine vergängliche Welt. Sie dient den Seelen für ihre geistige Weiterentwicklung. Bedenke also, dass du stets Gutes denkst, sprichst und tust, liebe Seele, dass am Ende deines Erdenlebens dein Zeugnis für ein weiteres, ewiges Leben zum Wohle deiner Seele ausfällt.

Du bist in diese Welt geboren, um zu sterben, um geboren zu werden für ein lebendiges, ewiges Leben in der Ewigkeit.

Stell dir vor: Wenn der Vater dir schon für ein vergängliches Leben eine Kleidung – deinen Körper – für ein Leben in der vergänglichen Welt zur Verfügung gestellt hat, was denkst du, mit welchem Kleid Gott dich kleiden wird, wenn dein geistiger Leib in der Ewigkeit erwacht? Gott wird deine Seele mit einem unsterblichen Kleid kleiden, für ein Leben ohne Kampf und Leid. Das Leben in der Ewigkeit und der Einheit mit Gott ist die wahre Auferstehung einer Seele. Das Einssein mit Gott ist die wahre Auferstehung."

Nach all diesen eindringlichen Worten, machte der Bote eine kurze Pause. Dabei blickte er der Seele ganz tief in die Augen ... Das sah aus, als würde er in dem Augenblick, mit der Verbindung mit Gottes ewigem Lebensstrom, die Botschaft im Inneren der Seele manifestieren. Die Atmosphäre, die dadurch entstand, kann man nicht mit Worten schildern. Ein ganz besonderer, heiliger Zustand erfüllte alles und jeden ...

Nach einiger Zeit begann der Bote wieder zu sprechen:

„Siehe, die Kräfte der Welt wollen verhindern, dass du dich noch mehr und weiter an das Gelöbnis deiner Seele mit dem Vater, Sohn und Heiligen Geist erinnerst.

Deine Seele sehnt sich nach einer fortgeschritteneren Schule mit dem Bewusstsein höherer Kräfte, deshalb lebst du jetzt hier, um mitzuhelfen, diese Aufgabe, den Auftrag Gottes, zu vollenden, so dass deine Seele wieder auferstehen kann im Reich der immerwährenden Herrlichkeit. So sei es.

Das Wertvollste, was es überhaupt gibt, ist das Leben in Liebe, das Leben im Lichte der Ewigkeit, und das gibt es nicht in dieser Welt.

Für heute ist es genug. Bewahre und erkenne die Worte dieser Nachricht in deinem Herzen und glaube. Der Glaube an Gottes Licht, Leben und Liebe wird dich sicher leiten, denn deine Seele trägt ein altes Erbe in sich. Amen.

Gleich bringen wir dich zurück. Das nächste Mal wird dir in einem Traum gesagt, wohin du kommen sollst. Morgen wirst du wieder denken, dass du alles, die Begegnung mit uns, nur geträumt hast. Dann aber wirst du dich erinnern, dass ich dir gesagt habe, dass du das denken wirst.

Mach die Sache gut, Seele. Du bist nicht wirklich allein, auch wenn du das so oft gedacht hast. Ab jetzt wirst du uns nie mehr vergessen. Du gehörst zu unserer Familie der Einheit mit Gott. Deine Seele machte eine lange Reise ... Immer näher kommst du an das Ziel, deine wahre Heimat ... Wir freuen uns.

Nun verneigen wir uns vor Gott, unserem Lebensquell."

Die Boten verneigten sich tief. Die Seele machte es, wie automatisch, nach. Gemeinsam sprachen sie: „Dir, Gott, Du Lebensquell, sei Lobpreis, Ehre und Dank in Ewigkeit. Amen."

Gleich darauf erhellte ein starkes Licht die ganze Gegend. Die Seele wurde, so wie es ihr gesagt worden war, sicher nach Hause gebracht.

In jener Nacht träumte sie von der Verabschiedung mit den Boten, der tiefen Verneigung vor Gott, dem Lebensquell, dem himmlischen Gefährt, das bei der Ankunft glühte, als würde es zerschmelzen.

Wie aus dem Nichts erschien (im Traum) bei der Verabschiedung wieder das silberglänzende Himmelsfahrzeug. Als es einige Meter über dem Boden schwebte, drang ein gleißendes Licht aus dem Körper des Himmelswagens und erhellte wieder die ganze Gegend. Dann war es so, als würden die Boten durch das Licht aufsteigen, so als würden sie durch das Licht in das Fahrzeug aufgenommen. Gleich darauf stieg das

Himmelsgefährt, das nun wieder wie eine Sonne glühte, langsam und elegant einige hundert Meter auf, machte eine blitzschnelle Zickzack-Bewegung – und fort waren sie, verschwunden im ewigen Horizont ...

Als die Seele am nächsten Morgen erwachte, konnte sie sich nach einigen Minuten an alles erinnern, wie es ihr der Bote gesagt hatte. Sie freute sich sehr, weil sie wusste, dass das alles kein Traum gewesen war.

2. Teil

Einige Wochen vergingen ohne ein Zeichen vom Himmel. Die Seele dachte sich: „Was, wenn ich den angesagten Traum vom Boten schon geträumt habe, mich aber an nichts mehr erinnern kann? Weiß der Bote vielleicht gar nicht, dass ich mir fast keine Träume merken kann?"

Der alte Schalk, Bruder „Zweifel", brodelte im Gewissen der Seele.

Nach einigen Tagen übler Zweifelskonflikte und Zweifelsattacken war es dann endlich soweit. Die Seele wurde mit einem ganz besonderen Traum gesegnet.

Als sie im Traumland erwachte, fand sie sich an einem ihr altbekannten, geliebten Ort wieder, an dem sie mit ihrer Familie als Kleinkind oft den Urlaub verbracht hatte. Auch hier war es Abend. Der Himmel glänzte und glitzerte sternenübersät, wie eine lebendige Schatzkiste. Die Seele staunte über diese herrliche Sternenpracht. Als dann so etwas wie eine übergroße „Sternschnuppe" erschien und sich am Himmel „ausbreitete", erklang eine freundliche Stimme. Es war die Stimme des einstigen Boten.

„Gott grüßt dich, Seele, komm hierher, in drei Wochen, das ist der Ort unserer Begegnung."

Während der Bote seine Anweisung der Seele mitteilte, tauchte etwas in das Gewässer ein. Es sah aus, als wäre ein riesengroßer Stern im Gewässer versunken.

Die Seele erschrak ein wenig und rief verwirrt: „Ja, aber, wird denn das Wasser in drei Wochen nicht schon viel zu kalt sein, für meinen Körper, ich vertrage nämlich keine kalten Bäder!"

Sogleich erklang wieder die Stimme des Himmelsboten: „Ja, das Wasser wird um diese Zeit sehr kalt sein.

Liebe Seele, sorge dich doch nicht, ich habe nicht gesagt, dass du baden sollst oder, dass wir uns im Wasser treffen ... Komm in drei Wochen zu diesem Strand, der dir ja gut bekannt ist ... Gott grüßt dich ..."

Nach diesen Worten war die geistige Anwesenheit des Boten fort und die Seele erwachte wieder zu Hause in ihrem Körper.

Die Tage bis zum angesagten Treffpunkt flossen so rasch dahin, wie das Wasser eines Gebirgsbaches. Die Seele konnte es kaum erwarten, den geliebten Urlaubsort vergangener Tage zu erreichen.

Als die Seele dann zu dem vom Boten bestimmten Zeitpunkt ankam, musste sie vor Freude weinen. Der Himmel wirkte so lebendig. Wie im Traumland glitzerten und glänzten die Sterne am Himmelszelt. „Ich bin da!", rief die Seele, „Kann mich jemand hören? Ich bin da!"

Die Seele drehte sich nach allen Windrichtungen ... Nichts und niemand war zu sehen. „Vielleicht kommen die Boten hinter den Dünen hervor?", dachte sich die Seele.

Plötzlich hörte die Seele aus einiger Entfernung ein eigenartiges Geräusch. Der Erdboden begann etwas zu vibrieren. Das Wasser, etwa 50 bis 100 Meter vom Strand entfernt, begann aufzusprudeln.

Die Seele rief erschrocken: „Oh Gott, was ist das? Oh mein Gott, bitte hilf mir!"

Die Seele konnte es nicht fassen, was sie dann sah. Mit so etwas Außernatürlichem und – menschlich gesehen – Unmöglichem hatte sie nicht gerechnet.

Es war das silberglänzende Himmelsfahrzeug, das aus dem Wasser elegant aufstieg. Mit einem leisen Summton näherte es sich dem Strand. So etwas wie eine Tür öffnete sich, wie automatisch, und es stiegen wieder die drei Himmelsboten aus.

Die Seele begann erneut zu weinen, so groß war die Freude des Wiedersehens, die die Boten mit ihrer Anwesenheit, ihrer Ausstrahlung und ihrem Gruß bewirkten. Die rechte Hand legten sie auf ihre Herzgegend und dann zeigten sie zum Himmel. Der Bote in der Mitte sprach andächtig: „Seele, preise Gott immer mit und in deinem Herzen ... Gott ist Liebe über alle Grenzen ..."

Als der Bote danach noch einmal feierlich die Hand zum Himmel hob, erklangen aus dem Himmelsfahrzeug, das inzwischen wieder etwa 100 Meter über dem Boden schwebte, wunderbare, himmlische Stimmen. Sie sangen:

„Gottes Liebe, so wunderbar ... Gottes Liebe auf ewig ein Lichtaltar ..."

Dann sangen sie in einer fremden Sprache, die die Seele nicht kannte, dieses Lied weiter. Der Klang der Stimmen war so sanft, dass man die Vibration dieser Stimmen tief im Inneren, in jeder Zelle spüren konnte.

Die Seele fiel auf ihre Knie und weinte. So viel Liebe, die sie in ihrem ganzen Sein empfing, hatte sie noch nie in dieser Welt gespürt.

„Erhebe dich, Seele", sprach der Bote gütig. „Wisse: All diese Eindrücke, die du jetzt gesehen und empfunden hast, wirst du in die Welt tragen ..."

„Aber, warum ich?", stotterte die Seele, „Warum soll ich eine so schwierige Aufgabe bewältigen können?"

Der Bote antwortete verständnisvoll:

„Deshalb haben wir dich hierher gerufen ... Du bist jetzt Gottes Instrument, ein Bindeglied zwischen Himmel und Erde.

Lausche nun gut auf folgende Nachricht, die ich dir jetzt, als Gottes Botschafter, mitteile:

Wisse, der Zeitgeist ist das Bewusstsein, das gerade in einer Zeit, zum Beispiel in einem Jahrhundert oder Jahrzehnt, herrscht. Das Bewusstsein des Menschen bewegt sich in einem ewigen Entwicklungsstrom. Die Seelen müssen sich weiterentwickeln, damit sie ihrem Ziel immer näher kommen. Das wahre Ziel ist ein ewiges Leben ohne Leid, im wahren Reich der Ewigkeit.

Das Bewusstsein wandelt sich von Zeit zu Zeit, noch nie aber war ein Bewusstsein derart mit der Kraft des Eigenwillens durchzogen.

Es gab eine Zeit, wo der Eigenwille hauptsächlich von der ‚Oberschicht', einer besser situierten Gesellschaft, gelebt wurde.

In dieser Zeit aber regiert der Eigenwille durch alle ‚Regionen', im Kleinen und im Großen, und das in einem Ausmaß, das zerstörerische Kräfte für den Fall einer ganzen Menschheit mobilisiert.

‚Oh Mensch, wie tief willst du noch sinken? Du dünkst dich reif und modern, weitentwickelt und fortschrittlich ... Du lässt dich berauschen und steuern von Trieben und Süchten, die sicher deinen Untergang vorbereiten werden!'

Die Menschen müssen sich erinnern, was ihr wahres Bewusstsein wirklich ist!!!

Es war der Eigenwille, der den Fall eines großen Engelheeres einleitete. Viele Engel verließen das Einssein mit Gott."

Die Seele schaute erschrocken und konnte es kaum fassen, was man ihr da offenbarte.

„Ja, Seele, die Geschichte vom Fall der Engel ist keine Sage. Die Zeit, als das geschah, kannst du dir mit deinem irdischen Verstand nicht vorstellen. Als es den großen Krieg im Himmel gab und viele Söhne und Töchter Gottes sich entschieden, Gottes Willen zu entsagen und ihr Wesen der Kraft des Eigenwillens weihten, so geschah es, dass sie aus den heiligen Himmeln verstoßen wurden.

Der Eigenwille dient der ‚Kraft', die sich Gottes Willen und Schöpfungsplan widersetzt.

Einer der größten Irrtümer gegen Gottes Wesenheit, gegen Seinen Heiligen Geist ist, wenn eine Seele, die aus Seinem Wesen, Seinem ‚Samen' abstammt, sich Seinem Plan und Gesetzt, Seinem lebendigen Schöpfungsstrom, der die Weiterentwicklung einer Seele zu ihrer wahren Vollendung führt, zu einem Leben im Reich des wahren Lebens, widersetzt. Das heißt, wenn eine Seele ihr wahres Wesen, ihre wahre Identität aufgibt und ihr nährendes Licht gegen ein künstliches Licht eintauscht, das ist Sünde, ein verheerender Irrtum, der die Seelen und auch höchste Engel zum Verfall führt.

Liebe Seele, bitte Gott immer, dass du Seinen Willen in allen Dingen in deinem Leben erkennen mögest! Wenn du dir bei etwas unsicher bist, dann bitte Gott, dass du das Gute erkennst, so dass du Gottes Willen nicht verletzt.

Für heute ist es wieder genug. Liebe Seele, bewahre alles gut in deinem Herzen, bis du die innere Aufforderung verspürst zu handeln."

Der Bote wurde, wie beim letzten Mal, ganz still und blickte der Seele tief in die Augen. Gleichzeitig verwandelte sich wieder die ganze Atmosphäre in einen heiligen Zustand.

Nach einiger Zeit sprach der Bote: „Verneigen wir uns gemeinsam vor Gott, dem Ewigen Lebensquell."

Alle, einschließlich der Seele, machten eine tiefe Verbeugung und sprachen ein Gebet, das auch die Seele nachsprach:

‚Geliebter Gott, unser Vater und Lebensatem, lass uns auf ewig eins sein mit Dir.

Mögen unsere Seelen Dich auf ewig lobpreisen.

Mögen unsere Seelen auf ewig in Deinem Liebesstrom reisen.

Unsere Herzen mögen Dich allezeit preisen und ehren und Dir danken, Du Vater unseres Lebens, Amen.‘

Gott grüßt dich, Seele ... Mache deine Sache gut und zweifle nie mehr ... Halte deinen Glauben rein!

Wisse, wenn wahrer Glaube deine Seele umarmt und dein Herz erobert hat: Oh Seele, dann hat der Widersacher große Macht an dir verloren, vergiss das nie!

Sei immer treu, deinem Gott, deinem Herrn, denn Er ist der wahre Meister deiner kleinen Seele ...“

Als der Bote diesen Satz beendet hatte, erschien wieder das Himmelsfahrzeug, leuchtend wie eine Sonne. Die Boten machten den besonderen Herzensgruß. Das Licht, das aus dem Himmelsfahrzeug strahlte, wurde so stark, dass die Boten nicht mehr sichtbar waren. Man konnte nicht wirklich erkennen, wie sie in das Fahrzeug eingingen. Man hatte das Gefühl als würde das starke Licht die Boten hinaufziehen.

Das himmlische Fahrzeug stieg wieder langsam, elegant einige hundert Meter nach oben und schoss, wie mit einer Kraft von abertausend Blitzen, ins All hinaus.

Nachrichten vom Himmel

Sei ein Segen!

Gesegnet seist du und alle deine Gebete!

Alles was du für die Liebe, für deinen Nächsten tust, tust du für Gott!

Du hast so viel vergessen ...

Gott wird dich eines Tages, an deinen Liebestaten messen, weil Er dich über alles liebt und dir alle Irrtümer vergibt.

Gesegnet bist du durch innige Gebete.

Jedes Gebet bildet ein Licht in der Finsternis, vergiss das nicht!

Und jedes Gebet aus deinem Herzen ist ein Segen – für dich, für dein Umfeld, für alles Leben!

Gott hört dir immer zu, wenn du betest!

Sei ein Segen!

Bete für sie!

Auch du bist gerufen ... somit ist auch deine Familie gerufen.

Deshalb, mein Kind, weil du um „diesen Ruf" jetzt weißt, bist du berufen, für sie zu beten.

Bete für deine Familie, für deine Verwandten, für alle Menschen, die dir begegnen.

Bete für sie mit der Stimme deines Herzens!

Die geistige Pilgerschaft

Jede Seele muss ihre Schwächen selbst erkennen.

Hat eine Seele diese erste wichtige Erkenntnis an sich selbst gemacht, beginnt ein neuer Schritt in ihrem Leben.

Neue Gedanken bewegen und erweitern ihren geistigen Horizont.

Es entsteht der Wunsch, sich zu wandeln. Sie bereitet sich auf einen neuen Weg vor – keinen äußeren, einen inneren Weg!

Die geistige Pilgerschaft beginnt.

Gebet und Meditation heißen die beiden Begleiter auf der geistigen Straße.

Nicht mehr die äußere, die innere Betrachtung, die Suche nach dem wahren Sinn ihres Lebens in dieser Welt beginnt.

Das alles wird bewegt vom Geist der Liebe durch den Gruß Gottes an Seine Seele.

Den Eigenwillen überwinden

Seele … auf Erden!

Lerne, deinen Eigenwillen zu überwinden, dann wird es dir leichter fallen, deine Irrtümer zu erkennen und dich von allen schlechten Angewohnheiten zu trennen.

Wie das gehen soll? Du musst dich nur öfter mit dem Vater, dem Sohn und dem Heiligen Geist verbinden.

Bete mehr …!

Höre den Ruf Gottes!

Höre den Ruf Gottes!

Gott ruft Seine Seelen und jene, die Seinen Ruf erkennen, antworten Ihm, indem sie bewusst ihre Aufmerksamkeit zum Vater, zu Seinem Sohn und Seinem Heiligen Geist lenken.

Dazu benützen sie die heilige Kraft des Gebetes.

Das Gebet, eine Brücke

Sei herzlich gegrüßt. Schön, dass du den Ruf des Himmels an deine Seele erkannt hast und ihm gefolgt bist ... Das hast du, sonst würdest du das jetzt nicht lesen oder hören.

Jetzt bist du eingeladen, selbst mitzuwirken, um etwas zu bewirken.

Viele Menschen dieser Zeit haben verlernt zu beten oder sie haben es nie gelernt, dabei ist es die einfachste Methode mit dem Himmel, mit Gott, mit dem Schöpfer deines Lebens Kontakt aufzunehmen.

Das Gebet „Die Brücke zwischen Himmel und Erde“ ist nicht nur ein schöner, symbolischer Spruch. Es ist Tatsache, dass, wenn das Herz einer Seele aktiv wird und sie das Gebet bewusst spricht, Stufen und Leitern für die Himmelsbrücke aufgebaut werden. Deshalb sprich deine Gebete, deine Bitten, was immer du auch sagen möchtest, ganz bewusst, und das Himmelreich wird sich für dich öffnen, denn:

Wer anklopft, dem wird auch aufgetan.

Werde nun ganz still, versenke dich in die Tiefe deines Herzens, hier knüpfe an, von hier aus sprich und sing, hier liegt deine Kraft, tief verborgen in dir, oftmals vom Weltengeist verschüttet. Aber die Kraft ist in dir und sie wartet auf ihr Erwachen. Konzentriere dich jetzt in die Mitte deines Herzens, bete ...

„Vater, im Namen deines Sohnes, bitte ich dich, öffne mein Herz, dass ich den Glauben leben und deinen Willen verstehen lerne!“

Seelenschau

Die Kraft, für die es keine Grenzen gibt

Die geschilderten Ereignisse in dieser Seelengeschichte sind keine erdachten Erzählungen aus alten Sagen und Mythen von Fabelwesen, sie beruhen auf wahren Begebenheiten, die sich zum Beispiel in dieser Form für viele Menschen tatsächlich jeden Tag, jede Stunde abspielen. Es ist Zeit, dass die Menschen von dieser anderen, unglaublichen, aber wahren Realität erfahren.

Fast jeder Mensch hat einen oder mehrere Menschen in seinem Leben oder im Jenseits, mit denen es höchste Zeit ist, etwas zu lösen.

Blicke in dein Herz, wen gibt es bei dir?

In dieser Seelengeschichte (Seelenschau) geht es um eine Person, die in dieser Welt lebt – sie wird „irdische Seele" genannt – und eine verstorbene Person – sie wird „Seele im Jenseits" bzw. „jenseitige Seele" genannt.

Mache es dir nun bequem, sei ganz entspannt und versuche, dich in das Geschehen der folgenden Ereignisse hineinzuleben.

In Gedanken fühle dich in die Lage der irdischen und der jenseitigen Seele hinein, denn jene irdische Seele, das könntest heute oder morgen auch du sein und eines Tages, Gott weiß wann, auch die jenseitige Seele.

Öffne jetzt ganz bewusst dein Herz für die Kraft, für die es keine Grenzen gibt!

Es geschah in einer Nacht ... Aufgewühlt war das Innerste eines Menschen dieser Welt. Das Gewissen bohrte wie eine spitze Nadel in der Tiefe der Seele. Ausgelöst wurde diese bedrängende Unruhe durch die plötzliche Erinnerung an einen schon verstorbenen Freund ... Erinnerungen an verschiedene Ereignisse, die scheinbar schon vergessen und „verdaut" waren, jedoch, wie üppige Speisen, einem später plötzlich entsetzliches Unbehagen bereiten.

Hervorgerufen wurden die quälenden Erinnerungen durch eine fast unscheinbare, jedoch ähnliche Situation in der Gegenwart. Trotz quälender Müdigkeit gelang es der Seele nicht, die nötige Ruhe zu finden, um einzuschlafen. Das Gewissen tobte wie ein Sturm im Herzen der Seele dieser Welt. So klagte sie verzweifelt zum Himmel: „Warum, Herr, was soll ich denn tun? Heute war eine unangenehme Begebenheit mit Menschen, die ich noch nicht so lange kenne. Dadurch quälen mich jetzt die Erinnerungen an meinen verstorbenen Freund so sehr. Ich hatte doch schon alles vergessen, alles schon abgeschlossen, alles schon vergeben und ...“, stammelte die Seele.

Dann fiel ihr physischer Körper endlich in einen tiefen Schlaf. Sogleich erwachte ihr Seelenleib im Traumland durch ein brausendes Geräusch.

Da erschien der Seele eine lichtvolle Gestalt, ein wunderschöner Engel. Er sah aus, als würde er nur aus Licht sein. Der Engel antwortete mit sanfter Stimme:

„Und? ... Seele, solange du das bedrängende Bedürfnis in dir spürst, über die Dinge und Ereignisse aus vergangenen Zeiten, die dich enttäuschten, zu sprechen, so lange hast du nicht wirklich abgeschlossen, vergessen und vergeben. Bei jeder wiederholenden Klage öffnest du ein Tor zur Vergangenheit. Bei jedem wiederholenden Gespräch rufst du jene verletzenden Gefühle, die dich wieder enttäuschen, herbei in deine jetzige Gegenwart. Für den Geist gibt es keine Grenzen! Für den Geist geht nichts verloren, weder Gedanken noch Worten und Taten. Solange du die enttäuschenden Geschehnisse nicht vergeben hast, kannst du nicht wirklich vergessen und abschließen.

Sie manifestieren sich immer wieder von Neuem in deiner Gegenwart, die dir eigentlich dazu dient, etwas Neues und Reines, ein neues Fundament für deine Zukunft zu schaffen.“

Traurig antwortete die Seele: „Aber bitte zeige mir, wie und was ich tun soll, um von den quälenden Bedrängnissen frei zu werden.“

Verständnisvoll schaute der lichte Engel die Seele an und antwortete:

„Siehe!“ Er zeigte mit seiner rechten Hand in eine Richtung. Da erschien aus dem Nichts ein Lichtpunkt, der langsam größer wurde. Dann machte es ein brausendes Geräusch, und es erschien beziehungsweise es öffnete sich durch diese Lichtquelle ein riesengroßer Durchgang in einen anderen Raum, oder noch deutlicher beschrieben: ein Übergang, der aussah wie ein Tor in eine andere Welt.

Es ist unmöglich dies in Worten klar zu schildern ...

Für das menschliche Auge nicht erkennbar:

Die Macht einer unsichtbaren Kraft bewegt Raum und Zeit ...

Auf der anderen Seite konnte man, ganz verschwommen, eine sehr geknickte Seele in einem trüben Licht erkennen. „Wer ist das? Sie sieht so traurig und ganz zerschlagen aus“, fragte die irdische Seele den Engel.

Kaum waren diese Worte ausgesprochen, spürte sie tief im Inneren, wie sich jene Seele im trüben Licht fühlte. Das schmerzte sehr, ein Schmerz, den sie aber nicht direkt am Leib spürte. Im Gemüt der jenseitigen Seele tobte ein schrecklicher Feuersturm!

Als der bohrende Schmerz immer unerträglicher wurde, rief die irdische Seele verzweifelt um Gnade und Erlösung. Sie bekniete den Engel, dass er der Seele im trüben Licht und ihr helfen und Gottes Barmherzigkeit anflehen sollte.

„Amen, so sei es!“, antwortete der Engel. Er hob seinen Blick zum Himmel und sprach ein Gebet in einer fremden Sprache. Seine Augen strahlten. Gleichzeitig sprach er mitfühlend, mit seiner sanften Stimme: „Schau, schau jetzt genauer: Hier versucht eine Seele vom Jenseits ihrem Freund aus der irdischen Welt etwas mitzuteilen.“

Da sah die irdische Seele, wie die schmerzerfüllte Seele der jenseitigen Welt verzweifelt versuchte, ihren in der irdischen Welt lebenden Freund zu erreichen. Leider konnte der Freund in der irdischen Welt die verzweifelten Versuche seines verstorbenen Freundes, seine Reue über die vielen Missverständnisse, die zu üblem Streit geführt hatten, nicht „hören“.

Die irdische Seele konnte es nicht fassen, dass der Mensch in der irdischen Welt seinen verstorbenen Freund nicht spüren und verstehen konnte. Der Engel beobachtete mit gütigem Blick die Reaktionen seines Schützlings und sagte:

„Schau tiefer, nicht von außen. Versuche jetzt mit deinem Innern zu sehen! Versuche mit deinen inneren Sinnen zu ‚hören‘!“

Augenblicklich spürte die Seele ein wärmendes Gefühl im Innern, ein angenehmes Kribbeln im Herzen. Plötzlich hörte sie ganz deutlich die flehenden Worte des Verstorbenen, an den in der Welt lebenden Freund.

„Vergib mir!“, bedauerte die Seele im Jenseits. „Lass uns durch Gottes Gnade Frieden schließen. Ich bereue alle Dinge, die unsere Freundschaft trennten. Bitte vergib mir, dann sind wir frei. Du bist dann frei in deiner Welt und ich werde frei in meiner Welt. Du wirst dich dann frei in deine Zukunft in der Welt bewegen und ich darf zum Vater ins wahre Licht, in das ewige Leben in Frieden und Freude gehen. Eines Tages werden wir uns dort wiedersehen und mit all unseren Freunden und Verwandten ein Fest feiern.“

Zutiefst im Inneren bewegt von den Worten der jenseitigen Seele, rief die irdische Seele wie automatisch:

„Ja, sag ja! Tausendmal ja! So soll es sein! Lieber Engel, hilf!"

Verständnisvoll nickte der Engel und schaute die irdische Seele mit einem durchdringenden Blick an, als würde er jede Faser ihres Herzens prüfen.

Dann sagte der Engel: „Seele, Gottes grenzenlose Gnade hat all Seinen Geschöpfen den freien Willen geschenkt – auch dir.

Ich frage dich: Im Namen des Vaters, im Namen Seines Sohnes und im Namen Seines Heiligen Geistes: Ist das dein Wille und dein Wunsch?"

Die irdische Seele rief: „Ja, lieber Engel! Befreie die beiden Seelen – und bitte auch mich – von dem quälenden Schmerz, der so große Bedrängnis hervorbringt."

Kaum waren diese Worte ausgesprochen, kam aus dem Nichts ein leise säuselnder Wind und das Bild der jenseitigen Ebene wurde ganz klar. Die jenseitige Seele, die vorher unsagbar gelitten hatte, trat lichterfüllt aus dem Tor, das durch die Lichtquelle entstanden war, hervor. Augenblicklich erkannte die irdische Seele, dass dies ja ihr eigener verstorbener Freund war. Jubelnd umarmten sie sich und baten gegenseitig um Frieden und Vergebung.

Der Klang einer Trompete erschallte, ein angenehmer Duft verbreitete sich und der Engel verneigte sich tief und sprach einen Lobpreis zu Gott:

„Loben, preisen und danken wir unserem Schöpfer! Er hat uns das ewige Leben eingehaucht. Er ist wahrhaftig das ewige Licht, der ewige Frieden, die wahre Liebe und das wahre Leben in Ewigkeit!"

Eine sanfte Brise und ein zartes Licht umhüllte die beiden Seelen. Sogleich durchdrang ein brausendes Geräusch die ganze Umgebung, als würde sich der ganze Himmel öffnen, und es erschien eine Lichtsäule, in der sich eine Lichtspirale herab drehte und eine mächtige Stimme sprach:

„Alles ist eins, alles Leben ist Meine Schöpfung. Ich bin das Leben ... Ich bin das Licht ... Ich bin Liebe ... Ich bin Frieden ... Ich bin in dir und auch in dir ... Alles, was du deinem Nächsten tust, tust du auch Mir!

Ich bin der Ich immer war und sein werde, Ich bin da! Alle Geschöpfe auf Erden müssen erkennen, dass sie eins sind, dass Ich Liebe bin ... So sei es! Verkündet Meine Liebe!"

Danach stieg die Lichtsäule samt der Lichtspirale nach oben in den Himmel. Dankbar verabschiedeten sich die Seelenfreunde mit einer innigen Umarmung. Das sanfte Licht, das sie umhüllt hatte, erfüllte jetzt die beiden Seelen, und sie gingen zurück in ihre Heimat:

Die irdische Seele ging in die Welt des Erdenlandes und die jenseitige Seele durch das lichte Tor, das in das Himmelreich führt.

Kurz bevor die irdische Seele in der Welt erwachte, umarmte der lichte Engel seinen Schützling und sagte mit sanfter, jedoch eindringlicher Stimme:

„Vergeben heißt frei geben, jemandem geistige Freiheit schenken.

Denn vergiss nie mehr: Willst auch du frei in deine Zukunft schreiten, darf dich die Vergangenheit nicht begleiten! Vergib von Herzen, dann bist du frei.

Die Kraft des Vergebens ist eine Kraft des Heiligen Geistes, eine Kraft für die es keine Grenzen gibt!

Sie entspringt dem ewigen Plan und der Lichtquelle des Schöpfers: ‚Ich bin da', Der die ewige Liebe und das ewige Leben einhaucht. Amen."

Fast jeder Mensch hat einen oder mehrere Menschen in seinem Leben, oder im Jenseits, mit denen es höchste Zeit ist Frieden zu schließen.

Blicke in dein Herz, wen gibt es bei dir?

Gibt es da jemanden, dem du vergeben und mit dem du Frieden schließen solltest, damit auch du frei wirst, für die Gestaltung deiner Zukunft und für den Plan des Schöpfers mit deiner Seele?

Fällt es dir schwer, dann bitte Den, Der deine Seele erschuf, dass Er in dein Herz die Kraft des Vergebens senken möge und es wird dir gelingen.

Habe Mut! Möge unser gütiger und immer liebender Gott dich mit Seinem Segen umarmen ... Alles Gute.

Seelenschau

Der Bote

Teil 1

An einem späten Sommerabend entschied sich jene Seele, zu einem alten Friedhof zu wandern, um das Grab eines geliebten, vor längerer Zeit verstorbenen Menschen zu besuchen.

Als sie am Grab ankam, wollte sie gleich Weihwasser spritzen, aber das Weihwasserbecken war leer. Man konnte erkennen, dass es längere

Zeit nicht mehr benützt worden war, denn es war mit Tannennadeln und Blättern gefüllt.

Die Seele dachte sich: „Wenn ich schon mal hier bin, werde ich den Weihwasserbehälter reinigen und frisch auffüllen." Gleich machte sie sich auf den Weg zum alten Brunnen, reinigte das Gefäß, füllte es mit frischem Weihwasser und brachte es wieder zurück zum Grab. Als die Seele dann am Grab ankam, erschrak sie. Eine fremde „Person" stand plötzlich beim Grab ihres verstorbenen Verwandten, so als würde sie auf sie warten. Etwas zaghaft nickte die Seele zum Gruß und sagte leise: „Grüß Gott ..."

Der Fremde antwortete mit freundlicher Stimme: „Gott grüßt dich ..."

Verwirrt fragte die Seele: „Bitte? Entschuldigen sie, kennen wir uns? Haben sie den Verstorbenen, der hier begraben liegt, gekannt?"

Der Fremde lächelte und antwortete freundlich: „Ja, wir kennen uns, jedoch kannst du dich momentan nicht mehr an mich erinnern.

Als wir uns das letzte Mal sahen, warst du ein Kleinkind, und, ja, die Person, die hier begraben liegt, kenne ich ..."

Der Fremde sagte nicht „kannte ich", sondern er betonte ganz deutlich: „kenne ich".

Die Seele kochte innerlich und dachte empört: „Was redet der Fremde für wirres, unsinniges Zeug! Wie sollte der mich als Kleinkind gesehen haben und meinen verstorbenen Großvater gekannt haben und kennen, wenn er doch aussieht, als wäre er noch nicht lange volljährig? So ein Wichtigtuer! Was will der mich so naiv hinters Licht führen ..."

Der Fremde begann zu lachen und sagte aufmunternd: „Dein Großvater ist wahrlich groß, er ist groß gewachsen im Geiste, durch seine guten Taten. Hier wirst du ihn nicht mehr finden. Er wandelt im Reich Gottes und grüßt dich durch mich allerliebst."

Die Seele erschrak. Sie spürte augenblicklich ein eigenartiges Gefühl in sich aufsteigen. In jeder Faser ihrer Zellen fühlte sie, dass der Fremde ihre Gedanken gehört hatte. „Aber wie?", dachte sich die Seele. „Habe ich das Gedachte vielleicht unbewusst in meinem Ärger laut ausgesprochen? Und was hat er da für Dinge über den Großvater gesagt?" Nun war die Seele total verwirrt.

Daraufhin sprach der Fremde schmunzelnd: „Nein, Seele, du hast nicht laut gesprochen, du hast das Gedachte mit deinen Gedanken gesprochen, ich aber habe es hören können. Das hast du auch vergessen, dass ich deine Gedanken klar und laut hören kann."

„Aber wie und warum?", stotterte die Seele. „Warum kannst du meine Gedanken hören?"

„Weil ich ein Bote bin", antwortete der Fremde gütig.

„Was für ein Bote?", rief die Seele entgeistert und verwirrt. „Einer von der Kirche unserer Religion bestimmt nicht! Von denen kann sicher keiner Gedanken ‚hören'."

Der Fremde antwortete freundlich: „Nein, meine ‚Kirche' ist nicht von dieser Welt, nicht irdisch und vergänglich. Meine Kirche ist Gottes Geist ..."

Feierlich hob er die Hand zum Himmel und sprach: „Schau, von dorther komme ich ..."

Durch diese Aussage wurde die Seele noch verwirrter und etwas ärgerlich, weil sie sich von dem Unbekannten zum Narren gehalten fühlte.

„Ja, natürlich ...", antwortete die Seele etwas sarkastisch. „Das habe ich mir ja gleich gedacht, dass so jemand wie du nur vom Himmel kommen kann ..." Spöttisch hob die Seele ihr Haupt, lachte laut auf und sprach mit einem singenden Ton: „Ja, ja und morgen geht die Sonne im Osten, Westen, Süden und Norden gleichzeitig auf, und dann wird es rosarote Regentropfen regnen, tja, und verrätst du auch, mit welchem Flieger oder Himmelsvogel du hier gelandet bist?"

Der Fremde ließ sich durch das Spotten der Seele nicht im Geringsten aus der Ruhe bringen. Verständnisvoll und gelassen sprach er freundlich: „Komm und schau, überzeuge dich selbst, dass ich ein Bote vom Himmel bin ..."

„Ja, zeig's mir", sagte die Seele lachend.

Der Bote führte die Seele hinter die alte Friedhofsmauer, die an der Ostseite liegt, wo herrliche, endlose Felder beginnen.

„Schau da, das ist mein Gefährt, mit dem ich fliegen kann ...", sagte der Bote verschmitzt.

Die Seele rief schnippisch: „Ha, ich sehe kein Gefährt ,mit dem man in das Himmelreich fliegen kann."

„So pass jetzt gut auf!", sagte der Bote.

Plötzlich begann das Gefährt, das zunächst unsichtbar gewesen war, zu leuchten. Man konnte es ganz klar sehen.

„Oh mein Gott!“, schrie die Seele erschrocken. „Das gibt es doch nicht, wie kann das sein?“

„Gottes Kraft macht es möglich“, antwortete der Bote.

„Gott? Gottes Kraft?“, fragte die Seele überrascht.

„Willst du mir sagen, dass du von dort draußen, außerhalb dieses Planeten kommst?“

„Ja, ich sagte doch, dass ich ein Bote bin, ein Bote aus Gottes Heer ...“

„Aber“, stotterte die Seele verwirrt, „du kommst aus dem Weltall und du glaubst an Gott, ich meine an unseren Erden-Gott? Du glaubst, dass es Gott gibt? Haben wir denn auf der Erde denselben Gott wie ihr, die Völker im All?“

Gütig antwortete der Bote: „Ja, wir haben denselben Gott. Er ist der Vater allen Lebens. Natürlich gibt es Gott, sonst würden wir alle nicht existieren ... Alles Leben kommt von Gott ... Alles, was um dich lebt und gedeiht, ist von Gott ... Alles kommt von Gott! Uns, Gottes Heer, hat es schon vor euch Menschen gegeben. Gott ist unser Vater und wir sind Seine Kinder, Seine Diener, Seine Kräfte, Seine Vollstrecker, Seine Wächter und Seine Engel und Boten. Ihr Menschen kennt uns hauptsächlich unter diesen Namen ‚Engel‘ und ‚Boten‘.

Als Gottes Wächter wachen wir über die guten Seelen. Wir wachen über die Menschheit seit Anbeginn, weil wir durch Gottes Wort seit der Entstehung der Welt wissen, dass die Menschheit eines Tages großer Gefahr ausgesetzt sein wird, weil sie durch ihren materiellen und technischen Fortschritt und den Einfluss des ‚falschen‘ Geistes – der die Menschen, durch die Kraft des Eigenwillens, dirigiert und manipuliert – im Stande sein wird, nicht nur sich, sondern alles Leben in Verfall und Zerstörung zu führen.

Wir sind die Hüter, gleich Hirten, die über die Herde des Herrn wachen. Gottes Wächter, mit dem Heiligen Geist des Vaters Geweihte sind wir. Deshalb beobachten wir den Verlauf der auf der Erde Lebenden. Oft durften wir, wenn es Gottes Wille zuließ, zum Schutz der Menschen eingreifen, jedoch greifen wir nicht in den freien Willen des Menschen ein ... Da sind auch uns die Hände gebunden.“

„Ja, aber die Vorstellung von uns Menschen über Gott ist anders ... Ja, wissen das die Kirchen, die Religionslehrer und Prediger in dieser Welt, haben sie Kenntnis von euch da draußen? Und die Religionen, warum dann all der Streit der verschiedenen Religionsgemeinschaften um die einzige Wahrheit?“

„Es gibt einige Menschen, die über unsere Existenz Bescheid wissen, uns aber totschweigen.

Einige haben Angst, dass die Erdenbewohner den Regierungsführungen nicht mehr gehorchen. Wie immer, geht es bestimmten Menschen um die Macht ... Die Angst, Macht zu verlieren, sitzt in den Gliedern und Herzen der Mächtigen dieser Welt – dieser Welt! In der Welt des Herrn zählen sie zu den Kleinsten der Kleinsten.

Mensch, wach auf!

Es gibt keine wahre Macht auf Erden. Alles von Menschen Geschaffene auf Erden ist vergänglich. Die Macht auf Erden dauert nur eine sehr kurze Zeit. Im Vergleich zur Ewigkeit gleicht die Macht des Erdenmenschen einem Regentropfen, der durch die Sonnenstrahlen verdunstet.

Andere Menschen plagt der Gedanke, dass wir gefährlich sein könnten und die Erde und ihre Bewohner überfallen und auslöschen könnten.

Wir sind also nicht unbekannt!

Liebe Menschen auf der Erde! Ihr seid Gottes Seelen, Seine Geschöpfe. Wir sind Seine engsten Mitarbeiter und Vertrauten. Wir sind euch nicht tausend, sondern viele tausende Jahre im technischen und anderen Fortschritt voraus.

Die Frage, die ihr euch stellen müsst, ist: Wenn die Zerstörung der Erde mit ihren Bewohnern unser Ziel gewesen wäre oder sein sollte, hätten wir das nicht schon vor vielen, vielen hunderten oder tausenden Jahren machen können?“

Der Bote hob den Zeigefinger und sprach langsam und bedacht weiter:

„Lausche aufmerksam und höre die Nachricht, die ich dir als Gottes Botschafter jetzt offenbare.

Liebe Seele in Vergesslichkeit, jetzt wird dir altes Wissen, ein uraltes Geheimnis – das aber sehr wohl der Wahrheit entspricht – wieder geöffnet.

Ja, alle Religionen wissen von uns, dass es uns, Gottes Boten, gibt. Auch die Heilige Schrift berichtet ‚einen Teil‘ von uns, leider nur einen kleinen, von Menschen ausgewählten Teil. Alle alten Schriften, alle alten Religionstexte, auf der ganzen Welt verstreut, berichten von uns.

Die Menschen alter Völker haben von uns berichtet – mit Zeichnungen,

Malereien, Erzählungen und uralten Texten, die der Mensch von heute nicht mehr lesen kann.

Leider erging es ihnen, wie vielen anderen, dass man ihre Erzählungen als Sagen und träumerische Fantasiegeschichten herunterspielte.

Die Wahrheit war zu groß und unfassbar für den einstigen Erdenmenschen, der sich für geistig reif, modern und weit fortgeschritten hielt.

So haben viele die Wahrheit alter Texte unterdrückt und weggeschafft – vieles wurde auch verbrannt oder für unbrauchbar erklärt. So haben einige, Kraft ihrer Vorstellung, eigene Gesetze aufgestellt, die sie besser verstanden und für richtig hielten.

Gott aber ist unfassbar und kann nicht in irdische Vorstellungen oder Schablonen gepresst werden.

Siehe, die Religionen dienen dazu, dass die Menschen den Glauben an die Existenz Gottes, die ewige Schöpferkraft allen Lebens, in Erinnerung behalten!

Gott will die Menschen durch uns, Seine dienenden Hände, in eine gemeinsame Richtung leiten. Die Menschheit hat schon einige Entwicklungsstadien durchwandern müssen. Gottes Kraft steht nie still. Alles muss sich weiterentwickeln und entfalten, bis zur Vollkommenheit Seines Lichtes.

Die Religionen sind Instrumente für Gottes Kraft, um die Menschen auf ihrem langen Entwicklungsweg zu führen, wie ein Hirte es mit seiner Herde tut. Der Hirte leitet die Herde auf eine sichere Weide.

Wir sind Gottes Boten. Es gab und gibt heute noch Menschen, die uns für Götter halten. Wir sind keine Götter, jedoch sind wir göttlicher Herkunft und göttlichen Ursprungs. Wir sind Seine heilenden Helfer, Diener und Wächter – Seine Engel in vielfältigen Stufen und Frequenzen."

Der Engel atmete tief ein und schloss für einen kurzen Augenblick seine Augen. Als er die Augen wieder öffnete, war es so, als würde aus seinen Augen kurz ein inneres Licht herausstrahlen.

Dann sprach er zufrieden lächelnd: „Lausche, was nun der Herr Selbst zu deiner Seele spricht."

Augenblicklich erschien eine weiße Lichtwolke, aus der eine mächtige und doch sanfte Stimme erklang:

„Siehe, Ich sende doch einen Engel vor dir her, der dich behütet auf dem Weg, den du jetzt gehst. Er bringt dich zu dem Ort, den Ich vorbereitet habe ... Amen."

Nach diesen Worten verneigte sich der Bote tief und sprach: „Liebe und ehre Gott immer mehr. Er ist der Vater deiner Seele.

Merke dir gut, was du heute gesehen und gehört hast, weil dieses Erlebnis dir nicht für deine private Unterhaltung offenbart wurde. Bald wirst du dieses Erlebnis mit der Welt teilen ..."

„Aber warum ich?", stotterte die Seele ängstlich.

„Weil du dazu erwählt bist! Der Schöpfer hat dich für diese Aufgabe erschaffen.

Jetzt werde ich dich wieder verlassen. Eines Tages werden wir uns wiedersehen."

Der Bote betrat das Himmelsgefährt und stieg so hoch auf, dass man es gerade noch erkennen konnte. Gleich darauf, wie aus dem Nichts, erschien plötzlich ein noch viel größeres, leuchtendes Gefährt. Das Gefährt des Boten wirkte daneben wie ein Stern am Nachthimmel im Vergleich zum Vollmond. Der Bote schien mitsamt seinem Gefährt von dem gewaltigen Himmelsfahrzeug aufgenommen zu werden. Sogleich war das riesengroße Objekt, das aussah wie die strahlende Sonne, wie ein Blitz fort.

Teil 2

Einige Zeit verging seit dem Geschehen hinter der alten Friedhofsmauer. Lange beschäftigte die Seele das außergewöhnliche, übernatürliche Erlebnis mit dem Boten aus dem Himmel. In ihren Tagträumen hing sie immer wieder daran, wie eine Spinne an ihrem Faden ...

Jedoch, wie es bei den Menschen oft üblich ist, verblasste durch den Alltagstrott irgendwann die Erinnerung an das Geschehene, bis die Seele eines Nachts von der Begegnung mit dem Boten träumte.

Im Traum stand der Bote hinter der Friedhofsmauer und winkte der Seele zu. „Gott grüßt dich!", rief der Bote freundlich. „Komm, komm hierher, in drei Tagen, zur selben Zeit wie damals!" Dann war der Bote fort.

Die Seele blickte im Traumland über die endlosen Felder und fühlte eine angenehme Ruhe und Gelassenheit, wie sie sie in der Welt nie erlebte.

Als sie erwachte, bohrte wieder der verwirrende „Zweifels-Schalk" in ihrem Kopf. „Aber, wenn das doch nur ein Traum war?", dachte sie unsicher. „Andrerseits könnte ich wieder einmal eine kleine Runde in diese Richtung laufen, ganz unverbindlich, und vielleicht beim Grab des Großvaters nach dem Rechten sehen."

Kritisch überlegte sie weiter: „Und, wenn der Traum echt ist und wahr, alle Empfindungen waren ganz klar und real ..." Augenblicklich stieg eine Panikattacke in ihr hoch. „Nein!", rief sie „Um Gottes Willen, nie mehr will ich den Fremden treffen, nachdem ich durch die Erzählung von ihm und seiner Geschichte so viel Spott geerntet habe! Jedoch, wenn es tatsächlich wahr ist oder wäre, dann könnte ich ihm endlich meine Meinung sagen und ihn fragen, was er sich überhaupt dabei gedacht hatte, einen kleinen Erdenbewohner mit einer aus Menschensicht so unglaublichen Botschaft und Aufgabe zu beauftragen ..."

Innerlich brodelte es in der Seele. Die Erinnerungen an die Peinlichkeit, an den Hohn und das Gelächter der Mitmenschen waren unerträglich.

Die drei Tage waren sehr schnell um, und so beschloss die Seele – nicht weil sie Sehnsucht hatte, sondern aus Wut –, zu dem besagten Zeitpunkt zum Friedhof zu gehen.

Die Seele begann wieder zu zweifeln: „Was ist, wenn mich der Fremde von Anfang an zum Narren gehalten hat?"

Augenblicklich hörte die Seele hinter sich ein fröhliches Lachen, so wie das eines Kindes, wenn man es kitzelt.

Langsam drehte sie sich um und erschrak. Hinter ihr stand der einstige Fremde, der sich als Bote aus dem Himmel vorgestellt hatte.

„Gott grüßt dich, liebe Seele ... Wie man hört, hast du das Zweifeln nicht verlernt", sagte der Bote lachend.

Die Seele stotterte: „Ach ... ach ... ja, du kannst ja meine Gedanken noch immer hören."

„Nicht ‚noch immer', liebe Seele, ich kann sie immer hören", witzelte der Bote.

„Zweifeln, ja, wenn du das erlebt hättest, was ich hautnah erleben und aushalten musste – durch dich!" Jetzt kam die Seele richtig in Fahrt. „Durch deine Geschichte! Weißt du überhaupt, wie man mich durch die Klatschrinne gezogen hat, wie man mich zur Spott- und Lachnummer des Jahres nominiert hat?

Meine Familie glaubte mir nicht, meine Verwandten auch nicht. Sie alle meinten, ich sollte zum Arzt gehen und so etwas wie eine Gesprächstherapie beantragen. Meine besten Freunde lachten mich aus. Sie fragten, was für eine fantastische Droge ich nehmen würde, sie würden auch gerne für ein paar Stunden von der Realität dieser Welt in eine Fantasiewelt fliehen.

Die Fremden wiesen mich gleich zurück. Meine Geschichte mit dir und deinem Himmelsvolk will niemand hören und schon gar nicht in ein Wissenschafts- oder Glaubensbuch aufnehmen. Ja, und die sogenannten ‚Gläubigen' wiesen mich indirekt und auch sehr direkt zurück. Die einen meinten, das wäre sicher falsche Prophetie, weil geschrieben steht: ‚... am Ende der Zeit werden falsche Propheten aufstehen ...', andere meinten, das wären Dämonen aus der ‚Anderszeit', herrenlose Kreaturen oder gefallene Engel, die kommen, um die Erdenbewohner zu täuschen. Sie riefen: ‚Alles nur Täuschung, keine Realität!' Und wieder andere meinten, Gott brauche sicher keine Boten, Gott könne doch alles allein, alles nur Aberglauben. Nur ein Mensch, ein Obdachloser, meinte, dass er sich schon vorstellen könne, dass es so etwas gibt. Aber warum eine derartige Begegnung so jemandem wie mir zuteilwürde, könne er gar nicht verstehen. Gott würde sich doch sicher eine intelligente Person mit Rang und Namen für so eine Aufgabe aussuchen ..."

Die Seele trocknete ihre Augen und klagte weiter: „Weißt du überhaupt, wie ich mich schämte und noch schäme und ich mich seitdem nirgends mehr blicken lassen kann?"

Der Bote schaute die Seele gütig an und antwortete verständnisvoll: „Ja, ich weiß, liebe Seele. Erinnere dich, es wurde dir nicht gesagt, dass du mit dieser Aufgabe im Irdischen erfolgreich und beliebt werden würdest. Nicht im Irdischen gibt es die wahre Belohnung. Hier geht es nicht um irdisches Ansehen und Erfolg oder Besser-sein-wollen. Diese Zeit in deinem Leben dient zur Aufdeckung verborgener, vergessener Dinge und nicht zu persönlichem Erfolg und Bereicherung.

Wenn du bei den Menschen beliebt sein möchtest, musst du ihnen alles recht und schön reden und tun – das heißt, du musst sprechen, was sie gerne hören, und du musst tun, was ihnen gefällt. Das aber ist nicht die Wahrheit, das ist nicht von Gott – der selbst das Wesen der Weisheit, Wahrheit und bedingungslosen Liebe ist – gewollt.

Liebe Seele, verstehe: Mit den Nachrichten vom Himmel ist es so: Sie müssen – wie die Samen auf den Acker – gesät werden. Die vergangenen Generationen waren noch nicht so weit, noch nicht reif genug für das Annehmen und Verstehen der wahren Geschichte dieser Welt.

Viele von Gott Gesandte, deren Mission es war, die Botschaft für die wahre Erkenntnis vom Sinn des Lebens, die Saat zwischen Himmel und Erde der Welt zu bringen, der Menschheit zu schenken, wurden unsagbar gequält und auch hingerichtet – einschließlich des Herrn, den ihr als Christus Jesus kennt.

Diese Generation ist heute weiterentwickelt, reifer und offener für das Erkennen dieser Wahrheit, jedoch war noch nie eine Generation wie diese so sehr abgelenkt und beeinflusst vom Geist dieser Zeit, vom Widersacher Gottes.

Noch nie wurden die Menschen derart geblendet, durch eine Unterhaltungsindustrie, die das gesamte Verhalten der Menschen beeinflusst und steuert, vor allem das Ausleben der Triebe und der Genusssucht, und die Steigerung der Ich-Sucht fördert.

Diese Zeit ist die ‚Hoch-Zeit' für alle gotteswidersetzenden Kräfte.

Alles in dieser Welt hat seine Zeit ... Die Samen die gesät werden, werden, so Gott will, aufgehen. Ernten wird die Hand Gottes, das ist der Herr, wenn Er kommen wird, mit Seinem Heer.

Erkenne also: Nicht du sollst die Menschen bekehren, du sollst nur säen! Für den Herrn der Heerscharen säe die Samen, die dir der Himmel in die Wiege gelegt hat. Säe für die nächste und übernächste Generation und so weiter ...

Nun komm, heute nehme ich dich in mein Himmelsfahrzeug mit, um dich an etwas Wichtiges zu erinnern. Vorher musst du aber noch gereinigt werden."

„Wie bitte, gereinigt werden?", stotterte die Seele verblüfft. „Aber ich bin doch nicht schmutzig."

Der Bote lächelte und sprach: „Nein, du bist nicht schmutzig, jedoch, die Viren und Keime dieser Welt sind nicht erwünscht in einer reinen Welt, sie könnten übertragen werden.

Fürchte dich nicht. Es wird dich gleich so etwas wie ein besonderer Lichtstrahl erfassen. Es geschieht dir nichts Schlimmes. Der Lichtstrahl wird dich von den besagten Viren und Keimen reinigen, danach kannst du in mein Gefährt einsteigen."

Sogleich hüllte dieses Licht die Seele ganz ein. Innerlich und äußerlich spürte sie durch das Lichtbad ein wohltuendes Kribbeln. Als die „Lichtreinigung" beendet war, hüllte sie ein noch stärkeres Licht, eine enorme Kraft, ein. Daraufhin empfand sie eine Art Sog, der sie in das Himmelsgefährt hinaufzog.

Im Inneren dieses außergewöhnlichen Himmelsfahrzeugs angekommen, staunte die Seele über das, was sie da sah.

Ihrem Empfinden nach hatte das Fahrzeug mehrere Etagen, drei oder vier, aber mindestens drei, und sie fühlte sich irgendwo in der Mitte des Fahrzeugs.

(Es ist sehr schwierig dies jetzt in menschlichen Worten zu erklären.)

Sie befand sich in einem großen runden Raum. Einzelne Möbel gab es nicht – alles war eins. Die gesamte Ausstattung glänzte wie poliertes Edelmetall. Es gab keine Nische, keinen Knopf, keinen Schalter und auch kein Lenkrad, das man hätte bedienen können. Ein Teil von dem Raum sah aus, als wäre er aus Glas. Der ganze Raum wirkte äußerst hochwertig und edel, war jedoch nichts im Vergleich zur außergewöhnlichen Decke. Die war wirklich einzigartig. Im ersten Moment erinnerte die „Formation" der Decke an ein östliches Mandala. In einem Kreis, der den ganzen Deckenraum ausfüllte, schmückte das „Gebilde" ein breites Kreuz. Im Kreuz waren Kreise in Kreisen und wieder Kreisen. Außerhalb bildeten Quadrate in Quadraten und so weiter und viele Linien und Dreiecke ein besonderes „Muster", eben diese „Formation". Das „Bild" war aber kein gemaltes, auch nicht graviert, alles war eins aus einem hochwertigen Material. Das „Muster" ragte in einem Stück hervor, alles war eins.

In der Mitte des Kreuzes war ein großer Stern oder eine Sonne mit unzähligen Strahlen, die Gottes Macht, Licht und Liebe ausdrückten.

Die Seele staunte: „Was ... ist ... das ... Wunderbares?"

Der Bote lächelte: „Ja, da hast du recht, das ist tatsächlich wunderbar."

Nach diesen Worten machte er eine besondere Handbewegung und stellte sich in die Mitte unter das Kreuz. Die Seele konnte nicht erkennen, wie oder was er mit seiner Handbewegung aktivierte.

Es war, als würde das ganze „Decken-Gebilde" lebendig werden. Alles begann zu funkeln, wie glitzernde Edelsteine. Gleichzeitig erschien auf dem Boden, was vorher nicht zu sehen gewesen war, auch diese wunderschöne kosmische „Formation", wie auf der Decke.

Alles funkelte und glitzerte, als wären tausende Kristallperlen zum Leben erweckt worden. Eine besondere, überirdische Atmosphäre erfüllte den ganzen Raum.

Die Seele musste weinen, so ergriffen war sie von diesem mystischen Hauch.

„So etwas Schönes und Außergewöhnliches habe ich noch nie in meinem Leben gesehen", flüsterte die Seele. „Ich weiß nicht, was das ist und was gerade in mir geschieht, ich fühle nur, dass das etwas ganz Wichtiges sein muss."

„Ja, das hast du richtig erkannt, das ist etwas sehr Wichtiges", erklärte der Bote feierlich, „es erzeugt ein kleines Kraftfeld, durch die Kraft des Schöpfergeistes."

„Ein Kraftfeld, das Kreuz, ihr kennt also auch dieses Zeichen?", fragte die Seele erstaunt.

Der Bote schmunzelte: „Liebe Seele, wir kennen das Zeichen ... Es ist unser Zeichen, und es gibt dieses Zeichen schon viel, viel länger, als ihr Menschen denkt.

Nun, liebe Seele, bereite dich vor, denn was dir jetzt gleich gezeigt wird, ist Vergangenheit und Zukunft, also etwas, was schon vor langer Zeit geschehen ist, und etwas, was erst noch in einer für Menschen unbekannten Zeit in der Zukunft geschehen wird."

Augenblicklich erschien an dieser Wand, die aussah, wie aus Glas oder Edelstein, eine sich drehende, goldene Spirale. Dann ging alles sehr schnell. Die Seele konnte den Raum, in dem sie und der Bote sich aufhielten, nicht mehr wahrnehmen. Sie empfand folgende Ereignisse so real und intensiv, als würde sie selbst in diesem Augenblick an den Szenen teilnehmen. So sah sie aus der Vogelperspektive einen fremden Ort, ein Dorf. Es schien ein ganz normaler Alltag zu sein. Die Menschen waren alle unbeschwert mit irgendeiner Tätigkeit beschäftigt. Einige arbeiteten auf dem Feld. Manche Frauen arbeiteten an verschiedenen Handarbeiten, andere bereiteten gerade an der Kochstelle das Essen vor, wieder andere unterhielten sich über irgendein Vorhaben und so weiter ... Alles wirkte wie ein ganz normaler, ruhiger Alltag. Das einzige, das nach einiger Zeit bedrohlich wirkte, waren die schwarzen Wolken, die die Sonne zu verfinstern begannen – ein Sturm oder ein anderes Naturereignis schien sich anzubahnen. Auf einmal war es ganz finster.

All das war nicht ungewöhnlich, bis plötzlich vom Himmel her die „lichten Wolken" daher schwebten.

Es waren die Boten aus dem Himmelreich, mit ihren fliegenden, silberglänzenden Himmelsfahrzeugen. Was dann geschah, ist nicht mit irdischem Verstandesdenken zu fassen.

Sogleich nahm der Bote die Seele an der Hand. So gab er ihr Kraft – eine Kraft, die nicht von der irdischen Welt stammte –, dass sie nicht durch ihre eigenen irdischen Gedanken verwirrt würde und so die folgenden Ereignisse klar sehen und aufnehmen konnte.

Die Himmelsfahrzeuge schwebten tief herab und nahmen die Bewohner dieses Ortes mit. Nicht zwei oder drei, alle Bewohner entrückten – so wie sie da waren, bei der Arbeit, ohne den geringsten Widerstand – durch ein starkes, weißes Licht mit blauem Strahl.

Die Seele brachte vor Staunen ihren Mund nicht mehr zu. Sie konnte es nicht fassen: „Wie ... und warum ...?", stammelte die Seele. „Was geschieht mit ihnen? Werden sie bestraft? Ist das das finstere Gericht Gottes? Was haben sie getan, dass sie so bestraft werden, dass sie von ihrer Heimat fortmüssen?"

„Sie werden nicht bestraft, ihre Zeit ist hier zu Ende", erwiderte der Bote gütig.

„Ja, aber heißt es nicht, dass Gott den Menschen den freien Willen geschenkt hat! Ehrlich gesagt, das sah aber nicht so aus, als würden sie gefragt werden. Das sah eher aus, wie wenn Diebe die gesamte Herde heimlich stehlen, oder, der Gedanke macht mir Angst, wie eine Entführung!", rief die Seele entsetzt.

Der Bote lächelte und sagte fast schadenfroh: „Ihr Menschen denkt so, weil ihr nicht viel wisst über Gottes Wirken, Gottes Pläne durch Seine Boten und Seine Diener.

Der menschliche Eigenwille mit seinem Rechthaber-Aspekt spielt dem Verstand immer einen verwirrenden Streich. Durch eure irdischen Vorstellungen engt ihr stets das Herzensbewusstsein ein ... So ist es euch unmöglich, mit dem menschlichen Verstand das Unfassbare zu fassen."

„Ich verstehe jetzt gar nichts mehr", klagte die Seele. „Was geschieht mit ihnen allen? Werden sie verkauft oder versklavt oder werden sie gar getötet?"

„Nein! Sie werden befreit!", antwortete der Bote. „Niemand tut ihnen etwas zuleide – im Gegenteil, sie werden belohnt für ihre Geduld und ihre Ausdauer, für ihre Mission. Die Menschen, die du gesehen hast, waren rein und reif entwickelt. Ihre Zeit war hier zu Ende. Sie wussten, bevor sie hierher geboren wurden, von dem langen Weg und dem Ziel."

„Aber wohin werden sie dann gebracht, in welches Land bringt man sie?", fragte die Seele neugierig.

„In kein Land dieser Erde werden sie gebracht, sie gehen nach Hause", sagte der Bote zufrieden. „Jene Seelen hatten sich einst mit ihrem freien Willen für ein Leben in jener harten Zeit in dieser Welt entschieden. Sie dienten Gottes Wissenschaft, sie selbst sind Gottes Wissenschaftler. Erkenne: Mit ihrem freien Willen hatten sie sich für diesen nicht so einfachen Dienst auf Erden entschieden. Das war ihre Mission, für Gottes Wissenschaft."

Der Bote hob den Arm und zeigte zum Himmel. Dann sagte er feierlich: „Sie gehen nach Hause, dorthin, von wo sie einst herkamen."

Wie einst, beim ersten Treffen mit dem Boten, schossen die Himmelsfahrzeuge weit in die Höhe, so dass man sie kaum noch sehen konnte. Dann wurden sie von einem noch viel größeren, leuchtenden, schwebenden Etwas, das aussah, wie ein glühender Planet, aufgenommen – und fort waren sie.

Die Seele konnte ihre angeborene Neugier nicht unterdrücken und fragte: „Aber, haben sie auch niemanden zurückgelassen, ich meine, vergessen? Was ist, wenn zwei oder drei Menschen übersehen wurden, weil sie gerade nicht anwesend waren?"

Der Bote lächelte und sagte: „Ihr Menschen mit euren Zweifeln. Euer Vertrauen hat durch euren festsitzenden Zweifel keine Chance, um zu gedeihen. Nein, nicht ein Mensch wurde zurückgelassen oder vergessen. Jede Seele wurde in den Himmel enthoben, weil sie sich ihre Reife durch ihre treue Mission verdient hatte. Es gab jedoch andere Heimholungen, die dem Aussortieren einer reifen Ernte ähnelten.

Schau nun weiter:"

Wieder drehte sich die goldene Spirale. Tief im Inneren empfand die Seele, als würde diese mystische Spirale Raum und Zeit verschieben oder bewegen.

(Dieses Gefühl kann man nicht in Worten schildern ... Es ist etwas, was dem irdischen Verstand total unbekannt ist.)

Anschließend sah die Seele einige Szenen von verschiedenen Ländern. Es war dunkel, die Erde bebte entsetzlich, eine verheerende Katastrophe schien sich anzubahnen. Wie aus dem Nichts erschienen wieder die Boten mit ihren leuchtenden Himmelsfahrzeugen. Sie sammelten viele Menschen ein, jedoch diesmal nicht alle.

Entsetzt rief die Seele: „Schau, die Boten haben viele Menschen vergessen."

Der Bote antwortete traurig: „Nein, liebe Seele, kein Mensch wurde vergessen. Die lichten Seelen wurden auserwählt, sie wurden aussortiert, wie man den Weizen von der Spreu trennt."

Wo drei Frauen am Herd waren, wurden zwei mitgenommen und wo fünf Männer auf dem Feld arbeiteten wurden drei mitgenommen und so weiter ...

Nach diesen Szenen erschien wieder die goldene Spirale, die sich pausenlos drehte. Gleich darauf sah die Seele einige ähnliche Ereignisse, wie vorher, jedoch von verschiedenen Zeiten. Einmal war die Welt ganz dunkel und heftige Stürme suchten viele Länder heim. Ein anderes Mal bebte die Erde so heftig, als würde sie sich gegen etwas wehren und alles, was sie als Bedrohung empfand, von sich abschütteln.

Dann waren verschiedene Szenen mit Tieren, die sich wie im „Schnelllauf" abspielten. Das Chaos begann mit folgendem Zeichen: Viele Vögel verirrten sich. Sie erkannten ihre gewöhnliche Route nicht mehr, durch irgendeinen magnetischen Einfluss. Vielen Meerestieren erging es genauso, auch sie erkannten ihre Route nicht mehr – sie strandeten. Leider konnte vielen nicht mehr geholfen werden – sie verendeten qualvoll.

Im „Schnelllauf" ging es weiter. Irgendwelche magnetischen Stürme tobten, die alle Instrumente der Menschen stark beeinflussten und sogar ausfallen ließen.

Eine unerträgliche Hitze, durch die Strahlen der Sonne, versengte viele Landstriche. Die Erdkugel „schüttelte" sich so heftig, als würde sie sich von etwas „losreißen" wollen.

Szenenwechsel:

Plötzlich war es dunkel und überall waren giftige Dämpfe ...

Einige Tage war totale Finsternis. Nach dem Empfinden der Seele dauerte die Finsternis drei bis vier Tage, aber nicht länger.

Die Menschen hatten sehr große Angst – so ein Ereignis war ihnen völlig fremd. In dieser Zeit konnte niemand mehr das Haus verlassen. Viele Menschen entzündeten Kerzen und begannen zu beten. Sie erkannten in ihrer Angst, dass dies das Ende, das Gericht Gottes sein musste.

Nach einigen Tagen aber war alles vorbei ... Die Felder sahen aus, als wären sie mit gelber Farbe besprüht, oder wie im Winter nach dem ersten

Schnee – nur dass dieser „Niederschlag“ gelblich-senffarbig war. Langsam begann sich alles zu erneuern und die Erde wurde bald wieder fruchtbar.

Viele Dinge des Menschen wurden zerstört, durch den Einfluss der starken Sonnenstrahlen. Jene Menschen, die sich und ihre Tiere nicht in Sicherheit gebracht hatten, überlebten diese Katastrophe nicht.

Die Sonne ging wieder auf, um die Erde wieder fruchtbar werden und die Früchte reifen zu lassen. Die Sonne ging wieder auf wie vorher, nur mit dem Unterschied, dass sie nicht mehr an derselben Stelle aufging.

Die Seele war wie erstarrt von diesen Szenen. Entsetzt fragte sie den Boten: „Wird dieses Ereignis erst kommen oder ist es aus der Vergangenheit?“

„Dieses Ereignis war schon öfter in dieser Welt im Laufe der Zeit, und es wird wieder kommen, eines Tages ...“

„Wann?“, rief die Seele besorgt. „Wann kann das stattfinden?“

„Das kann jederzeit stattfinden, so wie die Dinge jetzt in dieser Welt stehen. Die Menschen beeinflussen, mit ihren neugierigen Versuchen, mit ihren Machtexperimenten, mit zerstörerischen Kräften, den gesamten Erdball. Sie bringen den Einklang des gesamten Natur- und Tierreichs durcheinander.“

„Viele Menschen begannen vor lauter Angst zu beten. Bitte erkläre mir, wie ist es mit dem Beten? Ist das etwas für den naiven Aberglauben der Menschen – eine Flucht aus der Angst?“

Der Bote lächelte und antwortet gütig: „Liebe Seele, das Gebet ist etwas Großartiges ... Mit der Kraft des Gebetes kann man den Geist bewegen!“

„Aber, nützt es etwas, wenn auch ich beginne zu beten?“

„Ja, jedes Gebet, jedes einzelne Gebet aus einem Herzen guten Willens, ist ein Kraftfeld. Ein Gebet muss ein gutes Gebet sein, das heißt, eine positive Ausrichtung haben, für das Gute, für das Wohl der Gemeinschaft, für alle ... Dann zieht es auch den guten Geist, den helfenden Geist Gottes an.“

Die Seele fragte nachdenklich: „Aber wie soll ich beten und zu wem ... Zu wem betest du und zu wem muss ich als Erdenmensch beten?“

Der Bote schaute die Seele verständnisvoll an und sprach mit sanfter Stimme:

„Bete zum Vater, dem Schöpfer deiner Seele. Bete zum Allmächtigen, Gott, dem Vater deiner Seele, dem Schöpfer allen Lebens.

Im Namen Seines Sohnes mache das, dann verstärkst du das Gebet um vieles. Wir haben keinen anderen Gott, keinen anderen Schöpfer und keinen anderen Vater ...

Sprich also:

‚Vater, wir danken Dir ... Im Namen Deines Sohnes bitten wir, sende allen Völkern Deinen Heiligen Geist, den Geist der Wahrheit.'

So sei es, Seele, mache es so und sage das vielen!"

Die Seele war schon ganz erschöpft, von den vielen aufregenden Szenen, doch die „Schau" ging noch weiter, es folgten neue Ereignisse ...

Am allerschlimmsten empfand die Seele die Szenen, als das unbeschreibliche, riesige Teil, das aussah wie ein Ungeheuer, auf die Erdkugel einschlug und eine Detonation, wie von tausend Kernkraftbomben, auslöste. Die Menschen vermochten es nicht mehr aufzuhalten. Diese unbekannte Kraft bahnte sich ihren eigenen Weg durch das All, auf die Erdkugel hernieder. Es sah so aus, als würde sie bewusst nur dieses Ziel anpeilen.

Durch diesen Einschlag begann alles, wirklich alles auf Erden zu eskalieren. Es entstand eine Katastrophe nach der anderen, Explosionen, Brände, Stürme, giftige Dämpfe ... Die Erde bebte und schüttelte sich ohne Unterlass, wie ein Würfel, den man in einem Becher schüttelt. Das Wasser war nirgendwo mehr zu bändigen. Alles schien sich selbstständig zu machen: Wo kein Wasser war, war plötzlich viel Wasser und umgekehrt. Einige Erdteile verschwanden und andere, die vorher gar nicht da waren, tauchten auf ...

Wie bei all den verschieden Ereignissen zu den unterschiedlichen Zeiten, kamen auch diesmal vom Himmel her die Boten mit ihren leuchtenden „Rettungs"-Fahrzeugen und nahmen viele Menschen zu sich auf, aber, wie bei einigen vorherigen Szenen, nicht alle Menschen.

Die Seele schluckte und atmete tief ein. Zu viel war das Gesehene, zu viel zum Verstehen und Verdauen.

Stotternd fragte sie: „Und, werden sie auch ‚nach Hause' gebracht, jene, die gerettet wurden?", und zeigte mit dem Finger nach oben.

„Nein, sie werden nur für eine bestimmte Zeit in Sicherheit gebracht. Wenn sich die gesamte Umwelt, der aufgewühlte Kreislauf dieser Erdkugel beruhigt hat und für die Menschen wieder sicher bewohnbar ist, werden sie zurückgebracht."

„Aber, was geschieht mit jenen, die nicht gerettet wurden?“, flüsterte die Seele ängstlich.

„Sie müssen noch lernen ... Sie hatten sich mit ihrem freien Willen für ein Leben ohne Gottes Schutz, ohne Seine Führung und Seinen Segen, das heißt, ohne Seine lebendige Anwesenheit, entschieden. Sie hatten sich gegen den Plan Gottes, gegen die Liebe und den Frieden entschieden. Ihr Leben verlief nach dem Motto ‚nicht Dein Wille, Herr, sondern mein irdischer Wille geschehe ...‘, und das ist ein großer Irrtum, einer der größten Irrtümer, die eine Seele begehen kann. Sie alle bekamen viele Chancen und Zeit zum Erkennen, Zeit um umzukehren. Es gibt für sie keinen Platz in einer neuen, gereinigten Welt, die vom Heiligen Geist erfüllt sein und regiert werden wird. Sie hatten sich für den Geist der Verderbnis entschieden und das ist nur das Ergebnis ihrer Entscheidung – das Ziel, nach dem sie mit ihrem Eigenwillen gestrebt hatten ... Das, was sie geerntet haben, ist Verderbnis.“

Die Seele musste weinen. Tief in ihrem Herzen spürte sie die unbeschreibliche Liebe der Gottesboten und das sensible Fundament in den Herzen der Menschen, die gerettet wurden. Gleichzeitig spürte sie aber auch den widersetzenden Kern, den harten Widerstand in den Herzen jener Menschen, die nicht gerettet werden konnten.

Die Seele klagte: „Aber, kann man nicht irgendetwas für sie tun, kann man nicht versuchen sie umzustimmen, so dass ihre Herzen erwärmt werden? Es heißt doch, dass Gott barmherzig ist ...“

„Nein!“, sagte der Bote traurig. „Gott ist barmherzig! Sie hatten ihre Zeit und glaube, es war nicht wenig Zeit, die Gott ihren Seelen gewährt hat. Vielfältige Zeichen und Chancen, für ihre Besinnung, für ihre Umkehr wurde ihnen geschenkt. Leider ließen sie sich von ihrem Hochmut leiten und entschieden sich gegen Gottes rettende Hand. Gott reicht den Menschen oft Seine rettenden Hände und Seine Stimme, durch andere Menschen.

Jedoch, der Eigenwille regierte ihre Herzen und so müssen sie das ernten, für was sie sich mit ihrem freien Willen entschieden haben.“

„Das heißt, sie werden also doch bestraft?“, rief die Seele aufgeregt.

„Nein!“, antwortete der Bote gütig. „Nicht Gott bestraft sie, diese ‚Strafe‘ ist die Ernte ihrer Aussaat, die Wirkung von dem, was sie, durch ihr eigenwilliges und destruktives Leben, verursacht haben, das heißt, sie selbst riefen diese Situation herbei – sie ernten, was sie gesät haben.

Ja, Gott ist barmherzig und, so Gott will, werden sie eines fernen Tages eine neue Chance, für einen ganz neuen Start bekommen, so ... Gott ... will ..."

Die Seele verstummte. Nachdenklich schaute sie den Boten an.

„Seele, du denkst zu viel! Lass dich nicht zu sehr vom irdischen Zeitgeist beeinflussen und verwirren. Denke nicht, dass das unmöglich sei, weil es nicht in die Ideen und Vorstellungen deiner irdisch angelernten Glaubensrichtung, die du Religion nennst, passt.

Für Gott gibt es kein Unmöglich. Gott kann Leben erschaffen und Leben beenden. Gott kann zum Leben erwecken, was, wen und wann Gott will. Gott ist unfassbar ... Gott ist ewiges Leben ... Gott hat viele, unzählbare Schöpfergedanken ... Sie münden alle im Meer Seiner Liebe ..."

Endlich waren die vielen schrecklichen Szenen zu Ende.

Die Seele holte tief Luft. Ihre irdischen Gedanken holten sie wieder ein: „Was wird der Bote diesmal von mir verlangen? Oh nein, ich kann nicht! Das alles kann ich nicht in die Welt tragen, das kann er nach meiner peinlichen Niederlage wirklich nicht von mir verlangen! Außerdem bin ich kein Prediger, kein Prophet, kein Apostel oder Mönch und auch kein Wissenschaftler, der gut sprechen kann, und schon gar nicht ein Religionsstifter."

Natürlich konnte der Bote jeden einzelnen Gedanken der Seele genau hören.

„Fürchte dich nicht", sagte der Bote freundlich. „Nein, das alles bist du nicht und schon gar nicht ein Religionsstifter, der eine neue Botschaft und Religion auf die Erde bringt. Alles, was dir gezeigt wurde, ist keine neue Religion. Das alles hat es schon gegeben, seit dem Beginn, seit der Entstehung dieser Welt. Die Menschen sind über die Geschichte dieser Welt noch immer nicht richtig aufgeklärt. Viele Dinge wurden verdreht, weggelassen oder weggeschafft, weil es nicht in ihre Vorstellung, in ihre Köpfe gepasst hat."

„Aber, wie können die Menschen das verstehen und erkennen, ohne Beweise – die Menschen brauchen doch Beweise –, und ich habe keine Beweise!", rief die Seele entsetzt.

„Beweise gibt es genug ..." Mit seiner beruhigenden Stimme sprach der Bote weiter: „Um den ganzen Erdball gibt es Beweise. Alte ‚heilige Schriften', sogar die weltbekannte, in viele Sprachen übersetzte Heilige Schrift – die Bibel, birgt einiges Wissen. Die Menschen haben ihr Bewusstsein woanders hin ausgerichtet. Sie sind zu träge, um sich mit der Geschichte dieser Welt auseinanderzusetzen. Erkenne also, dies ist keine neue Information über die Geschichte dieser Welt und keine neue Religion.

Eines Tages wird ein Großteil der Geschichte dieser Welt umgeschrieben, das heißt, erneuert werden müssen, weil die errungene Erkenntnis keine neue Erkenntnis ist und der kommende Zeitgeist keine Unkenntnis mehr zulassen wird.

Schau nun zum Abschluss ..."

Schon drehte sich die goldene Spirale wieder. Die Seele spürte plötzlich ein eigenartiges, fremdes aber sehr wohltuendes Gefühl in sich aufsteigen. Ihr war, als würde sie bei den folgenden Szenen mit dabei sein. Sie sah ein wunderschönes, weites Land. Die Sonne schien angenehm, alles war grün. Viele bunte Vögel flogen eifrig zwitschernd hin und her. Im hohen Gras saßen zwei kleine Kinder und flochten aus verschiedenen Blumen, Gräsern und Blättern Kettchen und Haarschmuck ... Plötzlich tauchte hinter ihnen aus dem Gebüsch ein riesiger Löwe auf.

Die Seele erschrak und schrie um Hilfe. Sie flehte den Boten an, dass er doch bei dieser gefährlichen Situation eingreifen möge. Die Szenen waren so real, dass die Seele meinte, diese Ereignisse würden sich in diesem Augenblick abspielen.

Der Bote lächelte und sprach: „Habe keine Angst, schau weiter ..."

Der Löwe sprang, wie aus dem Hinterhalt, landete genau zwischen den Kindern und liebkoste die beiden. Gleichzeitig hüpften noch die Junglöwen mit ihrer Mutter hinterher. Die Kinder lachten vor Freude laut auf ... Gelassen legten sie ihre Kunstwerke beiseite und spielten mit der Löwenfamilie.

„Das gibt es doch nicht!", staunte die Seele. „Wer hat die Wildtiere so gut dressiert?"

„Nein, sie sind nicht von Menschen dressiert. Das, liebe Seele – genieße den Moment dieser Schau in die Zukunft – das ist eine ganz andere, neue Zeit, die verheißene, friedensreiche ‚Paradies-Zeit', eine vom Heiligen Geist Gottes erfüllte Zeit, für jene Seelen, die es sich verdient haben. Zu jener Zeit werden auch die wildesten Raubtiere nicht mehr jagen und töten.

Das ist die Botschaft ... Die Menschen müssen sich erinnern, wer und was sie wirklich sind, was sie für eine Aufgabe und Pflicht ihren Seelen gegenüber, ihrer Unsterblichkeit gegenüber haben.

Sie müssen sich an Gott, ihren Lebensquell, erinnern ... Ohne Gott gibt es kein Leben und keine Unsterblichkeit.

Sei nun Botschafter für diese Botschaft ... Gottes Engel sind mit dir ...

Das ist Gottes Wille und Plan mit deiner Seele ... Amen."

Die Seele spürte tief in ihrem Inneren die Wichtigkeit dieser Botschaft, dass sie in ihrem Herzen brannte. Die Seele rief: „Ja, das ist die Wahrheit und eigentlich eine frohe Botschaft ...

Aber, lieber Bote, die Menschen werden mir nicht glauben, sie werden mir gar nicht zuhören. Es gibt so viele Botschaften in dieser Welt und jede ist anders. Außerdem habe ich doch keinen Beweis. Du kannst in die Vergangenheit schauen ... Schau doch, wie es mir ergangen ist, mit deiner Geschichte.

Bitte sprich mit Gott, dass Er jemanden erwählen möge, der besser sprechen kann, jemanden, zu dem man aufschauen kann, weil er etwas hat und etwas kann ... Bitte, ich glaube, das ist viel besser!"

Der Bote schaute die Seele verständnisvoll an und sprach gütig: „Ach, liebe Seele, fürchte dich doch nicht. Glaube, Gott weiß es viel besser ... Gott weiß, warum du es bist, der diese Botschaft vom Himmelsvolk den Menschen bringen soll. Gott versteht dich, liebe Seele, jedoch, du verstehst Gott, Seine Liebe und Seinen Heilsplan mit deiner und allen Seelen, nicht.

Wie gesagt, du sollst doch nur die Samen säen. Schreib alles auf. Benutze die modernen Verbreitungsformen, die dir in der Welt zur Verfügung stehen und trachte nicht nach Lohn und Belohnung ... Die Zeit der Belohnung gibt es, wenn das vollendet ist in der Ewigkeit. Der Lohn ist das einzigartige ewige Leben, die Unsterblichkeit, das Leben, das ewiglich dauert, das kein Ende hat.

Du sollst nur säen, ernten wird der Herr selbst, mit Seinen treuesten Gefährten und Begleitern.

Geh jetzt wieder in deine Erdenwelt und schaffe ...

Sei ein Bote auf Erden ... Amen.

Wisse, alle Ereignisse, die dir gezeigt wurden, waren und sind globale Ereignisse, das heißt, den gesamten Erdball betreffend. Alles was war, wird am Ende wieder sein, bis alles vollendet ist.

Viele schlimme Unruhen wird der Mensch, wie einst, leider selbst verursachen. Viele Dinge und Ereignisse werden Menschen auch selbst beeinflussen und herbeirufen, durch ihre Unachtsamkeit, Machtgier und ihr gottloses Leben – wie schon der Herr einst sagte: ‚das ist eine arge Generation' ..."

Die Seele stotterte verlegen: „Lieber Bote, mich quält der Gedanke, den Menschen deine Geschichte vom Kommen eines Volkes aus dem All zu erklären. Die Menschen werden verwirrt sein ... Sie werden nicht mehr wissen, was sie glauben können und sollen, an Gott oder an euch, ein Volk außerhalb dieser Welt. Wie kann ich das erklären?"

„Liebe Seele, zweifle nicht mehr, höre:

Das Erkennen und Wissen um unsere Existenz schließt doch nicht den Glauben an Gott aus. Im Gegenteil, das Wissen von unserer Existenz, unserer großen Teilnahme an Gottes Schöpfungsplänen, möge den Glauben an die ALL-MACHT Gottes, das unbegrenzte ewige Leben stärken und erheben. Wir leben und wirken für Gott. Erkennt also, ihr seid nicht allein und nicht der erste oder einzige Schöpfungsgedanke Gottes!"

„Ja, so ist es mir verständlicher, danke, aber, bitte verzeih mir, nur noch eine Frage: Gibt es noch andere, ich meine, andere Rassen oder Arten, so ähnlich wie bei uns Erdenmenschen?"

„Ja, liebe Seele, so wie es geschrieben steht ... Es gibt andere, auch welche, die nicht im Einklang mit Gottes Willen sind ... Es gibt viele verschiedene Rassen dort draußen ..." – dabei zeigte der Bote mit seiner Hand nach oben. „Einige besuchen diese Welt, auch jene, die einst die reinen Lichtwelten verlassen mussten. Deshalb sprach der Herr: ‚Es wird auch andere Zeichen geben, die nicht Gottes Willen entsprechen, die nicht von Meinem Volk ausgeführt werden.'

Achtet bei einer Begegnung, ob ihr ihnen ähnelt.

Erinnere dich, ihr seid, vom Geist her, Gottes Ebenbild und vom Leib her, Gottes Engel-Ebenbild.

Seele, richte deine Aufmerksamkeit auf Gott, den Vater, auf Gottes Heiligen Geist der Wahrheit ... Amen"

Nach diesen Worten verabschiedete sich der Bote und die Seele wurde wieder zurückgebracht.

Tief im Herzen spürte sie plötzlich eine besondere Kraft – das Vertrauen und die Zuversicht, dass sie nie wirklich allein sein würde.

Nachricht vom Himmel

Wie es in jenen Tagen war

„Ich hatte dir einst davon erzählt, dass die Zeit der großen Verwirrnis naht und siehe, sie ist schon längst da ...

Wie es in jenen Tagen war, bevor Gott es zuließ, dass die Erde durch das große Wasser gereinigt wurde, so wird es auch in den letzten Tagen sein, alles wird sich noch einmal aufbäumen, vieles wird sich wiederholen.

Die Sünde ist zum täglichen Brot geworden, für viele. Die Sünde ist den Menschen dieser Generation nicht zum Feind, sondern zum Freund geworden ...

Plage dich nicht in Gedanken, liebe Seele. Gott wird der Menschheit nicht die Sintflut für die ganze Welt schicken.

Es ist die Sünde selbst, die unzähligen Irrtümer der hochmütigen Großen und Kleinen dieser Generation, die wie eine Sintflut über die Menschen hereinbrechen wird ...

Amen, wer wird vorbereitet sein, wenn Ich wiederkehre?

Wie viele werden Mich im Geiste des Glaubens noch rechtzeitig erkennen?

Wie viele werden den Herrn der Finsternis, den Geist des Verderbens, ihren ‚Herrn', ‚Meister' und ‚Gott' nennen?

Liebe Seele, bleibe Mir treu. Viele Stimmen werden versuchen in dein Herz einzudringen. Halte dich fern von ihnen!

ICH BIN Jesus Christus ...

Ich werde durch die Kraft des Heiligen Geistes des Vaters kommen ...

In den Herzen will ich geboren werden und sichtbar werde Ich, so wie Ich einst gegangen bin, wiederkehren, nur so!

Was einst gesagt wurde, gilt noch immer, für das Heute und für das Morgen ... Amen."

Nachricht vom Himmel

Ich bin die lebendige Offenbarung

Jede Seele hat eine Aufgabe, Kind – und das ist deine:

Es ist deine Bestimmung, von Gott und Seinem Volk zu sprechen, Berichterin zu sein für die Himmlische Familie, die zu Jesus Christus gehört.

Es gibt viele Aufgaben. Jede Seele hat eine bestimmte, für sie passende Aufgabe. Eine Seele allein kann nie von allen Dingen berichten. Jede Seele trägt einen Teil, ein bestimmtes Stück für ein großes Bild.

Höre gut, Ich weiß, dass es dir unangenehm ist, von bestimmten Dingen zu berichten. Fürchte dich nicht, du bist doch nur die Überbringerin.

Wer es fassen kann, wird es fassen können, wer nicht, wird andere Wege und Umwege gehen. Halte sie nicht zurück, es bleibt dafür keine Zeit. Niemandem sollst du etwas aufzwingen, nur wie ein Gärtner säen sollst du.

Jede Seele kann mit ihrem freien Willen entscheiden, ob sie Gottes Wort – das Gott in deine Wiege legte – annehmen möchte.

Wie gesagt: Wer es fassen kann, wird es fassen ...

Höre aufmerksam, Seele, der Auftrag, den Gott mir anvertraute, durch die Mutterschaft von Christus, Seinem Sohn:

Alle Menschenkinder sind meinem mütterlichen Herzen anvertraut. Ich wünschte, ich könnte sie alle retten, sie alle zu Jesus, dem Christus, führen.

Jedoch sind Mir die Hände gebunden. Ich kann niemanden, keine Seele zwingen, sich für ihr Heil zu entscheiden. Der freie Wille des Erdenmenschen ist das heilige Gebot des Vaters.

Höre, der große geistige Kampf wird nicht irgendwann in der Zukunft kommen, er hat schon lange begonnen.

Viele Menschen, darunter intelligente und vernünftige Menschen, auch Gläubige, von der Seite der Christen, nehmen mich als die von Gott erwählte und gesandte Mutter für die Kinder dieser Welt, als Fürsprecherin und Mittlerin der Geschöpfe des Vaters, Seine Seelen, leider nicht an. Zudem noch verwirren viele Unwissende sowie böse Stimmen durch ihre eigenwilligen und menschlichen Vorstellungen und Glaubensregeln das Volk Gottes. Einige meinen es gut. Sie wollen durch ihre „Eingriffe" Gott helfen, jedoch richten sie mehr Schaden an, als sie sich vorstellen können.

Man löscht kein göttliches Feuer mit irdischem Feuerwerk.

Sie wollen mich nicht erkennen als die von Gott Gesandte – und so legen sie mit ihren Aussagen und Lehrmeinungen Gottes Plan, den Gott für Seine Seelen erdachte, Steine in den Weg.

Diese Zeit aber dient der Offenbarung Gottes – nein, keine neue Offenbarung, es ist die vor langer Zeit geschenkte Offenbarung Gottes!

Es ist so ähnlich wie damals: Die sogenannten „Gläubigen", die Gelehrten, die die Schrift studierten und lehrten, konnten die Zeichen, die Gott durch Jesus tat, nicht glauben. Sie konnten es nicht fassen. Sie wollten es nicht fassen.

Mit Jesus offenbarte Gott jene lang ersehnten Zeichen, die in den alten heiligen Schriften geschrieben stehen. Unzählige, wunderbare Taten schenkte Gott Seinem erwählten Volk und der ganzen Menschheit.

Gott Selbst legte die Zeichen und Beweise dem Volk geradezu zu Füßen, dass Jesus der Gesandte, der Sohn Gottes und der erwartete Messias ist.

Sie aber ignorierten Gottes Aufruf, Gottes Botschaft durch Jesus. Ihre Herzen ertranken im Hochmut und so konnten sie die Wunder und Zeichen durch Jesus nicht annehmen. Es war ihnen zu viel Gutes. Ihr Eigenwille konnte es nicht verkraften, dass Gott Selbst durch Jesus anwesend war.

Gott Selbst sandte Seinen Sohn aus den reinen Himmeln, um Menschensohn zu werden, das heißt, Menschengestalt anzunehmen, durch die Geburt durch eine Frau.

Der Name Jeshua – Jesus wurde Ihm gegeben.

Gott sandte Jesus, um die Rückkehr für alle Seelen Gottes, die sich in der Unterwelt verirrt hatten, wiederherzustellen.

Meine Kinder, öffnet eure Augen, öffnet eure Ohren und öffnet vor allem eure Herzen:

Ich bin auch eure Mutter – und meine Kirche ist die Kirche des Heiligen Geistes. Meine Aufgabe als die Mutter aller Völker ist es, die verirrten Seelen zur Kirche des Vaters, des Sohnes und des Heiligen Geistes zu führen.

Ich bringe keine neue Religion und auch keine neue Offenbarung. Wohl aber ist mein Kommen, meine von Gott gewollte und anvertraute Aufgabe, die Erinnerung an die Offenbarung, die Heiligen Schriften. Ich bin die lebendige Offenbarung einer vor langer Zeit von Gott gesandten Offenbarung. Durch meine Anwesenheit und meinen Segen sollt ihr

Gottes Offenbarungen und die heiligen Schriften, die Gott der Welt schenkte, verstehen lernen.

Meine Kinder, ich ermahne euch: Fordert keine Zeichen und Wundertaten vom Himmel. Es könnten andere auf euch aufmerksam werden und euch Zeichen machen, die aber nicht von Gott, dem Vater der Liebe, gewünscht sind, weil jene nicht den freien Willen des Menschen respektieren. Ihr Verhalten ist rücksichtslos. Sie nehmen sich ohne göttliche Erlaubnis von den Seelen, was sie wollen. Sie tragen unbeschreiblich viel zur großen Endzeitverwirrung bei. Sie suggerieren den Seelen Macht und Gier. Sie verdrehen Gottes Willen und vieles mehr. Ja, sie führen die Seelen in den Verfall.

Meine Kinder, ihr, die ihr die Wahrheit sucht, betet! Bittet Gott, den Vater, der die Liebe und das Leben ist, er möge eure Herzen mit dem Heiligen Geist der Wahrheit füllen.

Bittet um die Kraft des Heiligen Geistes, unaufhörlich!

Amen, meine Kinder, betet!

„Vater, Deine Seelen sehnen sich nach Deinem Heiligen Geist.

Fülle ihre Herzen mit dem Geist der Wahrheit.

Hilf ihnen, ihre Herzen zu öffnen für Deinen Heiligen Geist der Liebe, des Friedens und der Wahrheit.

Amen, so soll es sein."

Betet doch um den Heiligen Geist der Wahrheit, dass ihr einander verstehen und vergeben lernt.

Gebet

Schenke, Herr!

Herr, schenke meiner Seele Deinen Frieden.
Schenke mir die Gnade,
Dich von ganzem Herzen zu lieben.
Erlöse meine Seele von all dem finsteren Treiben.
Schenke mir, oh Gott, die Gnade, Dir treu zu bleiben.

Seelenschau

Das Kreuz des Herrn

Eines späten Abends betete jene Seele vor einem winzigen Kreuz, das aus zwei Holzsplittern geformt war, zu Gott, Er möge ihr Herz mit Seinem Heiligen Geist der Wahrheit und Erkenntnis füllen.

So geschah es in jener Nacht, als der irdische Leib der Seele in einen tiefen Schlaf versank, dass sich ihr geistiger Leib hellwach an einem fremden Ort wiederfand.

Als sie sich umschaute, um zu sehen, wo sie da gelandet war, trat ein freundlicher, gutaussehender junger Mann auf sie zu.

Wie er dann ganz nah vor ihr stand, empfand sie tief in ihrem Inneren etwas stark Vertrautes, so, als würde sie ihn schon ewig kennen.

„Wer bist du?", dachte sie sich, „Ich kenne dich doch, oder?"

Der unbekannte „Vertraute" lächelte die Seele freundlich an, er verstand nämlich die Gedanken der Seele. „Komm", sagte er, „bist du bereit für ein kleines Abenteuer?"

„Ja", sagte die Seele wie automatisch, als wüsste sie genau, um was es ging. „Wohin soll es gehen?", fragte sie unbeschwert.

„Einmal um die Erdkugel", antwortete der gut aussehende Mann höflich.

„Ja natürlich", sagte die Seele etwas sarkastisch, „einmal um die Erdkugel."

Der Unbekannte lächelte und sprach: „Fürchte dich nicht, gleich wirst du ein besonderes Kribbeln in deinem Leib verspüren ... Es geschieht dir nichts ... Was du spüren wirst, ist nur die Kraft, die dich in das Fahrzeug transportieren wird."

Gleich darauf spürte die Seele das Kribbeln, von dem der „vertraute" Unbekannte gesprochen hatte – sie empfand es aber nicht als unangenehm.

Im Fahrzeug angekommen, ging es gleich los. Das Gefährt erhob sich weit in die Lüfte. Die Seele fragte neugierig: „Braucht man für so einen Flug nicht eine Erlaubnis?"

Der Mann lächelte belustigt und antwortete: „Nein, wir brauchen keine Erlaubnis von einer Bodenstation auf Erden."

„Nein?", fragte die Seele verwundert. „Wer bist du, dass du keine Erlaubnis brauchst?"

„Wir haben die Erlaubnis vom Himmel", sagte der Bote.

Die Seele wurde ganz still und überlegte, wie er das Gesagte wohl gemeint hatte.

„Liebe Seele, erinnere dich, ich bin es, der Bote aus deinem Traum. Ich bin der Bote, der dir damals, als du in Unsicherheit schwanktest, in einem Traum ein Buch in den Schoß legte."

„Ein Bote ... vom Himmel", stotterte die Seele verlegen, „der, der mir im Traum ein Buch übergab?"

„Ja, liebe Seele, jetzt bin ich da, bei dir ..."

Plötzlich fiel es der Seele wie Schuppen von den Augen. Wie auf Knopfdruck erinnerte sie sich an jenen Traum aus vergangenen Tagen.

Die Seele musste weinen. Die Freude in ihrem Herzen war zu groß, um sie zu unterdrücken.

„Sei bereit ...", sagte der Bote.

Gleich darauf bewegte sich die Wand des Gefährts und es wurde ein riesengroßes „Fenster" sichtbar. Die Schau einer unfassbaren Reise begann.

Manchmal war die Geschwindigkeit rasend schnell und weit über dem Erdball, dann wieder tief unten, langsam über dem Boden schwebend. Wenn das Himmelsfahrzeug so dahinschwebte und dann wieder in der Luft zum Stillstand kam, empfand die Seele es so, als würde sie mit einem fliegenden Teppich aus den Märchen aus „Tausend und einer Nacht" dahingleiten.

Die Reise mit dem Himmelsfahrzeug war sehr aufregend. Es gab viele verschiedene Landschaften zu sehen: endlose Felder, herrliche Strände, Berge, Täler, Wüstengebiete und wieder herrliche Buchten und Meere, außergewöhnliche Bauten, alte, verlassene Regionen, Eingänge, die in verborgene Ebenen im Erdinneren führten, es war einfach einzigartig.

Die Seele dachte sich, wenn sie mit einem irdischen Fahrzeug all diese Länder bereisen und besichtigen wollte, bräuchte sie wahrscheinlich die Zeit eines ganzen Erdenlebens.

Als das Himmelsfahrzeug wie auf Knopfdruck wieder einmal nur wenige Meter über dem Erdboden schwebte, schoss ein Landarbeiter, der wohl gerade von der Feldarbeit kam, aus einem Seitenweg eines dichten Maisfeldes hervor. Er erschrak ein wenig, wahrscheinlich nicht, weil er viel zu schnell aus dem Feldweg auf die „Hauptstraße" auffuhr, sondern sicher nur wegen dem seltsamen silberglänzenden Flugobjekt. Mit einem Gegenverkehr aus der Luft hatte er sicher nicht gerechnet. Bevor der Landarbeiter genau registrieren konnte, was ihm da begegnete, war das Himmelsfahrzeug schon wieder, wie ein Blitz, weit über dem Erdball in den Lüften.

Die außernatürliche Reise dauerte gar nicht so lange, wie sich die Seele dachte, nämlich eine Woche oder mehr ... Das Himmelsfahrzeug konnte nämlich eine Geschwindigkeit erreichen, von der wir Erdenmenschen nur träumen können, eine Geschwindigkeit, die den Erdenmenschen unbekannt ist, eine Art Reisen, die nichts mehr mit irdischem Fliegen oder Fahren zu tun hat. Wie so eine komplizierte Technologie funktioniert, ist mit normalen irdischen Gedanken und mit irdischem Verstand noch nicht zu fassen.

Als die „überirdische" Reise zu Ende war, brachte der Bote die Seele an einen anderen ihr unbekannten Ort. „Ich werde dich jetzt verlassen", sagte er, „der Herr selbst will dich noch an etwas aus ferner Zeit erinnern, ein Mysterium, das tief in deiner Seele verankert liegt ..."

„Aber!", rief die Seele aufgeregt, sie wollte nämlich dem Boten noch einige Fragen stellen.

„Auf Wiedersehen, Seele, bleibe immer in deinem Herzen ...", sagte der Bote und – fort war er.

Gleich darauf wechselten sich ganz schnell einige Szenen ab. Die Seele erkannte unterirdische Räume, riesige Tunnel, tief verborgen für die Öffentlichkeit der irdischen Welt. Von einem Augenblick zum anderen, landete die Seele an einem ganz anderen Ort, wie in einem unterirdischen Raum, der aussah, wie eine übergroße, viele Meter hohe, sehr alte Bibliothek, wie sie sie in dem Leben in dieser Welt noch nie gesehen hatte. Viele, unzählige Bücher und Schriften waren dicht in Regalen geschichtet – es waren nicht nur Bücher, wie wir sie aus unserer Zeit kennen, sondern zum Beispiel in Leder gebundene oder aus dickem Pergament bestehende uralte Schriften. Am Boden standen verschlossene kleinere und riesige Truhen aus Stein, die man vielleicht sogar als Särge verwenden konnte.

Ganz ruhig, als hätte sie alle Zeit der Welt, betrachtete die Seele all diese Dinge. In ihrem Inneren fühlte sie eine eigenartige Kraft hochsteigen, die sie wie einen Ruf an ihre Seele empfand.

Augenblicklich war ihr so, als würde sie Kenntnis haben von all den gesammelten Büchern und Schriften aus fernen Zeiten. Das gesamte Wissen über die Entstehung dieser Welt, irdische und überirdische Geheimnisse, waren hier gelagert.

Gleich nach der Betrachtung all dessen wechselten sich wieder verschiedene Szenen rasend schnell ab:

Es handelte sich um irdische Macht ...

Einige mächtige Leute von dieser Welt wollten ihre Macht nicht abgeben – besonders einer wehrte sich unglaublich.

Die Stimme Gottes erklang und forderte die Mächtigen der Erde auf, ihre Macht bald niederzulegen, da ihre Zeit dem Ende zu ging.

Zu lange hatten sie ihre Macht nur für ihre eigenen Bedürfnisse missbraucht. Einem Bestimmten wurde ausdrücklich befohlen, dass er den „Machtstab", den Stab, der ihm Macht verlieh, abgeben musste ...

Jedoch keiner von den Mächtigen wollte auf die Stimme Gottes hören ... Hochmütig und arrogant verfolgten sie ihre Pläne weiter, im Vertrauen darauf, dass der Herr der Unterwelt, der diese Welt regiert, ihnen helfen würde.

So geschah es, dass die Stimme Gottes so laut erklang, dass die Erde zu beben anfing und nicht mehr damit aufhörte.

Trotzdem wollten die „Mächtigen" der Erde ihre Macht immer noch nicht abgeben.

Der Seele stockte der Atem, was dann geschah.

Die mächtige Stimme Gottes wurde noch lauter und sprach:

„ICH BIN EWIG und das Leben ist MEIN.

Ich werde kommen, wenn Mich niemand von dieser selbstsüchtigen, dem Scheinheil geweihten Generation erwartet ...

Sie rechnen nicht mit Mir, mit Meinem Kommen, weil die Kraft in ihren Herzen im Hochmut ertrunken ist. Was des Menschen Hochmut erschaffen hat, hat keinen Bestand im wahren Leben in der Ewigkeit. Der Hochmut kann nicht halten, was er verspricht ... Hochmut führt immer zum Fall ...

Wenn Ich komme, zerfällt die Illusion, die der Mensch ‚Wahrheit' nennt, zu Staub.

Ich komme zu jenen, die Mich erwarten, zu jenen Seelen, die treu auf Mich gewartet haben, denn sie spüren in ihren Herzen:

Ich bin ihrer Seele wahres Heil.

Meinen Geist werde Ich in ihre Herzen senken ... Sogleich werden sie auferstehen im Geiste Gottes, im Heiligen Geist der Liebe, Weisheit und Wahrheit."

Nach diesen Worten begann es noch stärker zu beben. Die Seele spürte in jeder Faser ihres Seins eine mächtige Urkraft, der nichts und niemand standhalten und entrinnen kann.

Die starken Mauern begannen extrem zu schwanken und die Regale mit den vielen Büchern und Schriften, das gesamte Wissen und die gesamte „Weisheit" des Menschen, brach durch die Erschütterung des Bebens zusammen und wurde zu Staub ...

Das sah so aus:

Als das Beben immer heftiger wurde, begannen die hohen Wände stark zu schwanken, weil sich gleichzeitig noch eine stärkere und mächtigere Wand ihren Weg bahnte und die Wände des Menschen verdrängte und zum Einsturz brachte. Sogleich wurde diese neue Wand, eine purpurrote „Mauer", sichtbar, und aus dieser ragte reliefartig ein mächtiges, purpurrotes Kreuz hervor. Es war in diese neue „Tempelwand" integriert. Das Kreuz selbst war sehr breit und mächtig und mit einer ganz feinen, goldenen Umrahmung verziert.

Als das geschah, erklang wieder – diesmal vom Kreuz her – die Stimme Gottes und sprach feierlich:

„Ich komme ... Ich werde die Welt erlösen von ihrer Mühsal und ihrem Leid. Das Kreuz wird vorausgehen ...

Vom Himmel her wird es erscheinen, für alle Bewohner auf Erden sichtbar, ein Kreuz, das in dieser Welt an die Kreuzigung erinnert, kein Balken und kein Pfahl ...

Das Kreuz, das das Zeichen der Erlösung, der Befreiung, der Gnade der Heimholung der Seelen, der Auferstehung, das das Siegeszeichen über den geistigen Tod geworden ist, wird erscheinen.

ICH, CHRISTUS, werde das Kreuz, das der falsche Geist dieser Welt auferlegt hatte, zerschlagen ... Amen"

Als der Herr Selbst Sein Kreuz vom Himmel her offenbarte, fühlte sich die Seele so klein wie eine Ameise. In jeder Faser ihres Seins spürte sie die Macht und die Wahrheit des Herrn.

Bevor die Seele wieder zu Hause ankam, landete sie an jenem Ort, wo sie dem „unbekannten" vertrauten Boten begegnet war. Der Bote schwebte in einer lichten Wolke und sprach: „Ihr Menschen, ihr streitet über so viele Dinge, die ihr noch gar nicht versteht, weil ihr immer an den irdischen Buchstaben hängen bleibt, die nur dazu dienen, dass ihr euch einen Hauch einer Schilderung der Wahrheit vorstellen könnt. Ihr streitet euch nur über eure verschiedenen Vorstellungen und Unwissenheiten.

Das Kreuz des Todes ist das Zeichen der Erlösung, der Gnade der Auferstehung im Geiste Gottes geworden. Amen.

Habe Mut und bringe das der Welt."

Seelenschau

Eine Welt in der Ewigkeit

Eines Nachts hatte jene Seele, obwohl sie von den Aktivitäten des Tages sehr müde war, Schwierigkeiten beim Einschlafen.

Nach einiger Zeit, im Zustand des Halbschlafs, hörte die Seele eine Stimme sagen: „Seele, gleich wird dein Leib ruhen. Es gibt für deine Seele noch viel zu lernen und zu tun ..."

Der Seele gelang es nicht mehr nachzufragen, was damit gemeint sei und wer zu ihr sprechen würde, denn sofort versank ihr irdisches Dasein in einen tiefen Schlaf.

Gleich darauf stand schon ein lichter Bote wartend vor dem Bett bereit. Freundlich begrüßte er die Seele und sprach:

„Sei gegrüßt, Seele, Gott grüßt dich heute durch mich. Fürchte dich nicht, du wirst jetzt mit mir in eine andere Welt reisen.

Weil du den Weg dorthin nicht allein finden kannst – du würdest dich verirren und von anderen Gestalten abgelenkt und fortgeführt werden –, bin ich heute dein schützender Begleiter."

Der Bote umarmte die Seele – jedoch nicht so, wie wir Menschen es tun, mit den Armen, sondern mit seiner lichten Ausstrahlung ‚umarmte' er ihren ‚Leib'. Gleichzeitig öffnete der Engel seinen Mund weit, so als würde er tief Luft holen, dann hauchte er der Seele seinen Atem ins Gesicht. Das sah aus, wie ein ganz weißer Rauch oder ganz weißer Dunst. Als der Engel der Seele ins Gesicht hauchte, sprach er ein Wort, das sich so ähnlich anhörte, wie das Wort ‚Rauch'. Die Seele verstand das Wort dieser Sprache nicht. Daraufhin wiederholte der Engel das Wort und sprach langsam: „Ruach, Geist ..." Dann waren sie fort und landeten an einem ganz anderen Ort.

Die Seele schaute sich um, es war nichts zu sehen. Sie erkannte nicht, wo sie war. Alles um sie herum war dunkel. Der Bote schien auch verschwunden zu sein.

Augenblicklich spürte die Seele eine besondere Kraft, die sie führte, und die Stimme des Boten erklang wieder. Die Seele konnte den Boten in dem Moment noch nicht sehen, jedoch seine Anwesenheit spüren und die angenehme, vertraute Stimme klar hören:

„Liebe Seele, jetzt bist du weit von der irdischen Zeit und vom irdischen Verstandesdenken entfernt, weit entfernt ...

Siehe, alles ist Geist, bevor es wird. Bevor etwas in grober Materie zum Leben in einem irdischen Leib erwacht, ist es Geist.

Das heißt zum Beispiel: der Geist – die Gestalt einer Seele wartet bis ihr zugedachtes und auch erwähltes Gefäß, ihre ‚Wohnung', die für eine bestimmte Zeit ihr irdischer Leib wird, geformt ist, um ihn dann zu beziehen und ihn so in dieser Welt zum Leben zu erwecken.

Gottes Kräfte bewirken den Einzug einer Seele in einen irdischen Körper. Das geschieht mit einer gewaltigen Geschwindigkeit."

Die Seele spürte und erkannte in jeder Faser ihres Seins ganz klar die Botschaft, die tiefe Wahrheit dieser verborgenen Weisheit.

Gleich darauf geschah etwas für den Menschenverstand Unfassbares:

Ein großes Fenster wurde sichtbar. So konnte man von da aus, wo die Seele war, in einen anderen, ganz hellen „Raum" sehen.

Nach heutigem irdischem Verständnis könnte man den „Raum" wie einen Hightech-Operationsraum beschreiben, das heißt, für das Verständnis der Seele sah es so aus ...

Alles glänzte wie poliertes Silber.

Die Einrichtung dieses überirdischen „Raumes" kann man schwer mit irdischen Worten beschreiben, weil kein Mensch eine solche Einrichtung und Gerätschaft kennt oder weiß, wofür was benutzt wird.

Das einzige, was die Seele im Bruchteil eines Augenblicks „erkannte", war eine riesengroße „Röhre", die geöffnet mitten im „Raum" stand ...

Neben dieser „Röhre" lag auf einer Art Liege ein wunderschöner Mensch in einem tiefen Schlaf (die Seele hatte für den Bruchteil einer Sekunde den Gedanken, er sei tot oder in einer tiefen Narkose).

Nach irdischem Verständnis und menschlicher Vorstellung sah er aus wie aus dem Bilderbuch – einfach makellos, so perfekt, wie nur die Schöpferkraft des Schöpfers kreieren kann.

Die Seele erschrak etwas. Das Antlitz dieser wunderschönen Gestalt kam ihr in einem kurzen Moment bekannt vor. Sie hatte aber leider keine Zeit, über diesen ersten Eindruck nachzudenken.

Gleich darauf hörte die Seele seltsame Geräusche aus diesem „Raum" kommen.

Die Seele sah zwei Gestalten, eine stand etwas weiter hinten und die andere trat ganz nah an das „Fenster" heran, hinter dem die Seele als Beobachter stand.

Der Seele wurde ganz mulmig. Sie fühlte sich irgendwie ertappt, als wäre sie, wie ein Eindringling, unbefugt wo eingetreten. Sie spürte, dass der Unbekannte ihre Anwesenheit genau wahrnahm. Er trat noch näher an das „Fenster" heran. Die Seele fühlte in ihrem Inneren, dass er nur deshalb so nah herantrat, damit sie ihn besser sehen und erkennen konnte. Daraufhin empfand sie ein besonderes Gefühl. Eine Stimme, nicht von außen kommend, sprach: „Gott öffnet den Vorhang, schau mich genau an und merke dir gut, was du siehst, damit du das nicht vergisst, bis es soweit ist ... und deine Zeit anbricht, von den Dingen, die Gott durch Seine Boten offenbart, der Welt zu berichten."

Die Statur dieses Unbekannten war wie die eines „modernen" Menschen, jedoch war der Kopf größer und ein wenig anders geformt als der eines Erdenmenschen. Das Gesicht sah auch etwas anders aus, wie von einer anderen „Art", wie das eines Wesens von einer anderen Welt.

Nach menschlicher Vorstellung und Gewohnheit empfand die Seele den Menschen im Tiefschlaf viel attraktiver als den Unbekannten.

Sie spürte, dass der Unbekannte ein enormes Wissen in sich trug. In ihren Gedanken hörte sie wie automatisch die Worte: „Empfänger und Träger der Weisheit des Schöpfers ... Gott der ewige Schöpfer und Seine Vertreter ... Die Träger Seines Wissens und Seiner Weisheit."

Gekleidet waren die Unbekannten in silberweiße Overalls, die sehr bequem aussahen.

Endlich vernahm die Seele wieder die angenehme Stimme des Boten. Der Bote nannte einen Namen (um nicht vom Wesentlichen dieser Seelenschau abzulenken, wird dieser Name hier nicht genannt), er sagte: „(Name der himmlischen Persönlichkeit) ist auch hier. Habe keine Angst, es gibt unzählige Arten von lebendigen Wesen in Gottes Schöpfergarten. Eine andere ‚Art', ja, jedoch keine neue ‚Rasse', eine uralte Wesensgruppe, lange Zeit vor den Menschen von Gott Selbst, Seiner nie stillstehenden Schöpfungskraft erdacht.

Sie sind Diener des Höchsten. Sie sind Seine speziellen Kräfte ... Sie sind keine Menschen wie ihr auf Erden. Sie sind hohe Geistwesen und kommen aus Gottes feinsten Schöpferkraftebenen. Ihre Frequenz stammt aus der feinsten und höchsten Schöpferquelle Gottes. Sie dienen Gott in Seiner Wissenschaft von Ewigkeit zu Ewigkeit. Wenn sie für Gott besondere Anweisungen in Sachen Entwicklung ausführen, steigen sie herab in eine gröbere Welt und bedienen sich so eines Körpers, um Gott in Seiner Wissenschaft in der Materie zu dienen. Schon an ihren viel größeren und etwas anders geformten Köpfen kannst du erkennen, dass sie große Denker und starke ‚Studierer' sind. Sie wählen diese Form, dass sie nicht blockiert sind in ihrer Arbeit, in ihrer starken Schöpfungsfrequenz."

Die Seele atmete tief durch, aus Erleichterung, dass der Bote da war. Sogleich legte sie los. Aufgeregt stotterte sie: „Aber, warum und wie? Wo bin ich hier? Und wer ist der schöne Mensch im Tiefschlaf? Und wie heißt diese andere ‚Art' – ‚Engel' oder ‚Menschenengel' ... und was ist das für ein ‚Raum'? Was willst du mir mit all dem sagen ... eine neue ‚Religion'?"

Der Bote antwortete: „Seele, lausche aufmerksam: Nein, keine neue Religion! Eine andere Welt, ja, die wahre, ewige Welt im immerwährenden Dasein, eine Welt in der Ewigkeit, deren Existenz schon bestand, lange bevor der Mensch in dieser Welt, durch die Inspiration des Höchsten, erschaffen wurde.

Erinnert euch an die Heilige Schrift: ‚Lasset uns Menschen machen, erschaffen', heißt es, ‚die uns gleich seien', und informiert euch doch, was in den alten Schriften, die hinterlassen wurden, geschrieben steht. Forscht und prüft, ihr Suchenden, kontrolliert selbst die heiligen Schriften ...

Hier, Seele, hat Gott den Menschen erdacht und kreiert. Nicht die Engel und Seine unzähligen Boten, die Seine Befehle, Impulse, Inspirationen und Anweisungen eins zu eins im Einklang Seines Atems, Seines heiligen Schöpferatems, ausführen, wurden hier erschaffen.

Die Idee eines ‚modern entwickelten Menschen' galt als eine äußerst komplizierte und schwierige Kreation. Ein ‚moderner Mensch' mit den Eigenschaften, die euch bekannt sind, die für euch Menschen ganz selbstverständlich sind, das heißt, die Entwicklung eines Menschen, der fähig ist zu denken, zu sprechen und zu handeln – durch die Gnade Gottes, durch Seinen Atem, Seinen Geist und Seine schöpferische Liebeskraft – wurde hier verfeinert und vollendet, durch Gottes Lebenskraft vorbereitet für ein Leben in der großen ‚Schule-Erdenwelt'.

Da (in der Erdenwelt) sollen die Seelen das ewige Leben erproben, hier sollen die Seelen das Leben leben lernen, um würdig zu werden für ein ewiges Leben in der wahren Welt der immerwährenden Freude ohne Leid.

Die Boten in diesem Raum sind in Wirklichkeit lichte Wesen. Sie stammen aus Gottes höchsten Wohnungen, aus dem Haus des ewigen Schöpfungsstromes ... Sie sind Seine engsten Vertrauten, Seine Werkzeuge, Seine Instrumente, Seine schöpferischen Hände. Gott erfüllt ihr Wesen mit Seiner Intelligenz, Seiner Wahrheit und immerwährenden Liebe für ihr schöpferisches Dienen ... allzeit für Gott. Gottes immerwährende Schöpfungskraft fließt durch ihre ewigen Leiber, von Ewigkeit zu Ewigkeit.

Sie wirken gleich Instrumenten eines Orchesters. Jedes Instrument erzeugt durch seinen Klang und sein zugedachtes ‚Talent' eine Schwingung für ein Musikstück. Durch das Bedienen eines Instrumentes entsteht ein eigener Klang und jedes Instrument bereichert durch seinen Klang das Orchester ... und die Offenbarung eines ‚Musikstückes' wird geboren.

Gott Selbst bedient sich Seiner schöpferischen Geschöpfe, die Er für die ewige Entwicklung Seiner lichtreichen Schöpfung geplant hat ... So wirkt Gott durch Seine Instrumente und offenbart LEBEN, den Klang, den Atem Seines ewigen Daseins von Ewigkeit zu Ewigkeit.

Lausche weiter aufmerksam:

Die ruhende Gestalt, deren Antlitz deinen irdischen Geschmack erfüllte, ist nicht tot, sie ruht nur.

Jenes Wesen hat es nur vorgezogen, mit der lichten, göttlichen Gestalt weiterzuziehen, in die feinstofflichen Ebenen im großen Hause Gottes, dorthin, von wo es einst ausgegangen war ... und wiederkehren wird, am jüngsten Tag dieser Welt ...

Der Leib (dieses Wesens), in Menschengestalt kreiert, dient zur Reise in die grobstoffliche Welt, so es sichtbar sein wird, für die da Lebenden.

Für die Einrichtung dieses ‚besonderen Raumes' gibt es in deiner Sprache keine wirklichen Namen, mit denen man ihn verständlich beschreiben könnte. Die ‚Röhre' dient für die Aktivierung besonderer ‚Begebenheiten', als ‚Erwecker', ‚Transformator', wie gesagt, keine irdische

Sprache kann die Einrichtung verständlich übersetzen, weil diese Dinge in dieser speziellen Art in der irdischen Welt nicht existieren.

Höre weiter: Erinnere dich, es ist so, wie der Herr einst sagte: ‚Es gibt viele Wohnungen im großen Hause des Vaters ...', deren Existenz der Erdenmensch nicht kennt.

Es gibt spirituelle Aktivitäten im großen Hause des Vaters, die Menschen als Utopie und Märchen abtun würden. So gibt es reife Gestalten und Wesen im großen Schöpfergarten Gottes, die von einem Ort zum anderen reisen können. Sie tragen die Gesetze der Kräfte in sich, das Aktivieren und Einstellen der verschiedenen Frequenzen. So können sie zum Beispiel auch die Zeit kürzen oder verlängern.

So wie ein Erdenmensch die Seiten eines Buches umblättert, so ‚blättern' sie die Frequenzen, oder: Wie ein Erdenmensch die passende Frequenz im Radio sucht, so wählen die spirituellen Wesenheiten ihre Frequenz, die sie benötigen, um zum Beispiel zu reisen und andere Dinge zu tun. Diese weisen Wesenheiten, immerwährend verbunden mit dem Heiligen Geist des Vaters, falten die Energien, wie ein Erdenmensch ein Blatt Papier faltet ...

Solche reifen Wesenheiten können ohne Schwierigkeit ihren Leib ablegen, um noch weiter zu reisen, in die höchsten und feinsten Himmel. Dort würde kein irdischer Leib bestehen können und auch nicht benötigt werden. Ab einer bestimmten Ebene gibt es keinen Bedarf mehr für einen Leib aus Fleisch, weil er für die ewigen ‚Leiber' nur als Ballast empfunden würde.

Es gibt eine besondere Kraft, mit der auch der Erdenmensch sich augenblicklich mit der Heiligen Schöpferkraft verbinden und dadurch Unglaubliches bewegen und erreichen kann.

Diese Kraft kann man in deiner Sprache als eine Art ‚Herzenskraft' übersetzen. Merke dir: Diese Kraft kann nicht wie eine Sprache auswendig gelernt werden. Sie muss im Leben erweckt, das heißt gelebt werden. So wird sie wachsen und reifen. Gott misst dein Herz, oh Seele ...

Ja, diese Kraft entwickelt sich in deinem Herzen, durch die Gabe des Gebens, das sind die guten Taten.

Verbinde dich täglich mit Gott, durch ein kleines Gespräch, ein Gebet.

Wisse, Seele, dass mehr Kraft in dir lebt, als du ahnst. Diese Kraft bewegt Gottes Gnade, Seinen Geist ... Das aufrichtige Gebet, die Bitte und der Dank, das aktiviert den Lichtstrom Gottes.

Jede Seele ist ein Geschöpf des Schöpfers und darf sich nicht trennen von ihrer Heilsquelle, ihrem Lebenselixier. Gottes Atem ist das Lebenselixier jeder Seele.

Bange nicht, Seele, dass es dir nicht gelingen könnte, diese Kraft zu entwickeln. Siehe, Gott erwartet dich schon längst. Bitte Gott, dass Er dir helfen möge, dein Herz zu öffnen, deinen Herzensstrom wieder zu entdecken. Gott wird dir helfen! Er gibt dir vielfältige Chancen, indem Er dich zu bestimmten Situationen in deinem Leben führt, dass du selbst lernst, diese Kraft zu entdecken ... und zu leben.

Die Kraft im Herzen, die Kraft des Gebetes, ist die Kraft der Liebe.

Gott wartet jetzt auf die Stimme deiner Seele, das bist du. Gott ist da.

Viele Menschen sind Gott fern. Sie haben kein Licht mehr. Sie haben sich von ihrem Ursprung, der Gnade Seines Geistes, Seinem Licht entfernt.

Es ist nicht Gott, der die Menschen verlassen hat.

Es sind die Menschen, die sich von Gott abgewendet haben, in Gedanken, Worten und Taten.

Nein, Gott hat die Menschen nicht verlassen. Gott ist das Leben, das Licht ... Gott ist die Liebe ... Seine Anwesenheit IST in Seiner heiligen Dreieinigkeit immerwährend.

Gott ist alles, Gott ist ALL-ES, verstehe: Gott ist das ALL und das ES.

Viele Menschen haben sich weit von Gott entfernt, und viele entfernen sich gerade in diesem Augenblick immer mehr.

Aber es gibt auch Menschen, die bemühen sich auf viele verschiedene Arten und Weisen, Gott nahe zu sein, Ihm nahe zu stehen.

Einige verzichten auf viele Dinge in ihrem Leben, um nichts zu ‚übersehen' und so Gott nahe zu stehen.

Andere versuchen mit Gewalt, auf vielfältige Weise, die Nähe zu Gott zu erzwingen.

Gott aber braucht keine Gewalt, keinen erzwungenen Glauben, keine Bekehrung mit Gewalt, weder im Großen noch im Kleinen. Gott will nicht, dass eine Seele gezwungen wird, an Seine allmächtige Anwesenheit als Schöpfer, Herrscher über das Leben, das Licht, die Weisheit und die Liebe ohne Grenzen zu glauben.

Gott ist die Freiheit. Deshalb ist Sein Wille, dass die Seele, Sein erdachtes Geschöpf, freiwillig, ohne Zwang und Furchteinflößung, zu Ihm, Ihrem Vater kommt.

Seid achtsam, ihr Seelen, die ihr euch gläubig nennt:

Bedrängt und zwingt eure Mitmenschen nicht zu eurer Art des Glaubens, auch nicht eure Kinder!

Gott hat euch allen, jeder einzelnen Seele, den freien Willen geschenkt.

Der Glaube an Gott soll Freude bereiten – Glaube ohne Gewalt, Bedrängnis und Furchteinflößung. Gott Selbst ist Freude und Friede.

Merke: Wenn eine Seele versucht, ihren Nächsten zum Glauben zu überreden, durch Angst und Bedrohung zu drängen, so ist sie Gott absolut nicht nahe – im Gegenteil –, die Seele entfernt sich von Gottes Liebe.

Ihr Seelen, die ihr euch gläubig nennt und denkt, allein die Wahrheit Gottes zu besitzen oder in der Wahrheit zu sein, öffnet eure Ohren für die Stimme Gottes, die versucht eure Seelen zu erreichen.

Die Wahrheit, ihr suchenden Seelen, ist Gott Selbst.

Die Wahrheit, Gottes Wort, darf nicht nur gelehrt oder gepredigt werden. Die Wahrheit ist Gott und will gelebt sein. Die Wahrheit muss eine Seele leben. Das lernt, ihr Gottsuchenden:

Seele, behandle deinen Nächsten gut! Tu deinem Nächsten etwas Gutes. ‚Wer aber ist mein Nächster?', fragt dein irdisches Ich. Es sind nicht nur jene, die mit dir den gleichen Glaubensweg gehen, oder jene, die mit dir die gleiche Meinung in Sachen Religion und Glauben teilen ...

Dein Nächster ist jede Seele, gleich welche Hautfarbe (sie hat), welcher Kultur (sie angehört) und welcher Typ (sie ist), ob sie gläubig ist oder nicht, oder welcher Religion sie folgt. Jede Seele ist dein Nächster!

Höre aufmerksam: Alles, was du Gutes deinem Nächsten tust, tust du Gott.

Alles, was du Gutes deinem Nächsten gibst, in Gedanken, Worten und Taten, gibst du Gott.

So kommst du Gott näher, so bist du Gott nahe.

Sei also vorsichtig mit deiner Behauptung, du allein hast und lebst den wahren Glauben. Am Ende deiner Tage sieht Gott in dein Herz und nicht darauf, zu welcher Religion du in deinem Erdenleben gehört hast.

Der Glaube allein genügt nicht ... Glaube ohne gute Taten ist kein gelebter Glaube. Der Glaube ohne gute Taten ist wie ein Baum ohne Wurzeln, wie ein Leib ohne Leben ... Amen.

Seele, habe Mut! Du hast die Kraft in dir, deshalb bist du gerufen und berufen, das der Welt zu bringen. Amen."

Nachricht vom Himmel

Tropfen aus der ewigen Quelle

Höre aufmerksam, Seele, und erkenne:

Alle Texte, die dir als Nachrichten vom Himmel gegeben wurden, sind Tropfen aus einer Quelle – nein, keiner neuen Quelle –, es sind die Tropfen einer uralten, ewigen Quelle.

Unter diesem Himmel gibt es nichts Neues, nur neue „Erkenntnisse". Alles braucht seine Zeit, auch das Bewusstsein – das „Sein-Erkennen" – der Menschen muss reifen.

Deshalb versuche die Texte nicht nur allein mit deinem irdischen Verstand zu lesen. Du würdest dich wie eine Biene im „Spinnennetz" der Gedanken verfangen und hängen bleiben, und so würde es dir nie gelingen, das Unfassbare zu fassen.

Stell dir vor, wie du, wie eine Biene, von Blume zu Blume fliegst. Das heißt, wenn du die Texte liest, dann lege für diesen Augenblick alle deine irdischen Vorstellungen, deine irdisch angelernten Glaubensregeln und deine menschlich angepasste Meinung – wie und was sein kann oder sein muss – beiseite.

Versuche alles neutral zu lesen, ohne „ja" und „nein" und „aber" ... Was dir gefällt und dir gut tut, das lass in dir wirken ... Was dir nicht gefällt, das heißt, was du noch nicht verstehen kannst, das lege beiseite und lass es reifen. Der Glaube an Gott ist Freiheit. Gott hat allen Seinen Seelen den freien Willen geschenkt. So, liebe Seele, ist es auch dein freier Wille, für was du dich entscheidest.

Stell dir in deinen Gedanken vor, wie du vor einer kleinen Quelle, die aus einem großen Berg hervorspringt, stehst, und beobachte, wie sie sich ihren Weg ins Tal bahnt.

Lass die kleine Quelle einfach nur fließen, dann tust du dir leichter, die Texte in dir neutral wirken zu lassen.

So ist es möglich, das menschlich Unfassbare zu fassen.

Öffne deinen kleinen Geist für den großen, ewigen Geist Gottes.

Wohlauf, ihr Seelen:

„Wer es fassen kann, der fasse es ..."

Gebet

Ich bete an den Einen

Ich bete an Den EINEN, Den EINZIGEN, WAHREN GOTT.
Sein Geist ist meiner Seele tägliches Brot.
Nur Den EINEN, Den EWIGEN will ich anbeten.
Sein Geist ist meiner Seele wahrer Segen.

Du ALLEIN, mein Gott, siehst in mich hinein.
In meinem Herzen habe ich erkannt:
Meine Seele ist auf ewig Dein.

Die Seelen, die Dich in der Liebe suchen, werden Dich finden.
Die Seelen, die Dich erkennen, willst Du „Meine Kinder" nennen.
Keine Seele, die Dich erkennt, ist namenlos.
Sie alle tragen einen Namen ...
Kinder Gottes heißen sie ...
Amen.

Nachrichten vom Himmel

Fordert vom Himmel keine extra Zeichen

Gott ermahnt euch Menschen, weil Er euch als Seine Kinder liebt.

Seit damals, bis heute, ermahnt euch Gott durch Seine Boten ...

Wahrlich, Gott erinnert euch bis heute an die wahren Werte, an das wahre Ziel einer Seele, an eine ewige Welt, in der die Freude kein Ende hat.

Gott sandte dieser Welt immer Boten, für das Heil der Seelen und Seine Schöpfung. Das heißt also, wenn Ich euch ermahne, ist das eine Ermahnung, die von Gott Selbst kommt, weil sie von Gott gewünscht ist. Keinen Schritt mache ich in dieser Welt, der nicht von Gott gewollt ist. Kein Wort sage ich, das Gott nicht will.

Der Wille Gottes, unseres Vaters, ist den wahren Boten heilig.

Ich bin Sein Gefäß ... Mein Herz ist ein Kelch, gefüllt mit Gottes Heiligem Geist, und davon bringe ich den suchenden Seelen zu trinken, jenen Seelen, die mich annehmen.

Höret die Worte, die Gott durch mich, Sein Gefäß, euch schenkt.

Gottes Wunsch ist, dass Seine Seelen ihren Heilsweg erkennen und sich von der Versklavung des Widersachers trennen.

Erkennt also: Fordert vom Himmel keine extra Zeichen und Wundertaten für die Unterhaltung und Belustigung eures Menschseins und die Berauschung eurer Seelen, auch nicht als Bestätigung und Rechenschaft, ob Gottes Anwesenheit real ist und es Gottes Kräfte wirklich gibt.

Fordert nicht, das heißt, ruft keine Geister, derer ihr nicht Herr werden könnt. Sie würden in euer Leben eintreten und von euch Besitz nehmen, so dass ihr sie nicht mehr losbringt.

Seid also achtsam! Mit eurer eigenwilligen Forderung könntet ihr andere auf euch, die Neugier eurer Seelen, aufmerksam machen, die zwar Freund für eure Belustigung und Stärkung eures Eigenwillens, durch falsche Schmeichelei, jedoch in Wahrheit die schlimmsten Feinde eurer Seelen sind. Die Kräfte des Widersachers kennen eure Schwächen und wissen, wie man das irdische „Ich" lockt und fängt.

Sie führen die Seelen durch das falsche Licht, von ihrem Heilsweg fort. Sie werden euch nicht zum Licht der Wahrheit des Heiligen Geistes, zum Vater, sondern „hinters Licht" führen.

Seid also wachsam, ihr suchenden Seelen ... Amen.

Im Namen Seines Sohnes

Seele, habe Mut! Sage das, denn viele Menschen wissen es nicht:

Gott spricht durch Seine heiligen Boten zu den Seelen!

Liebe Seele, wenn scheinbar alles um dich finster ist, wenn du dich verlassen und vergessen fühlst, aus welchem Grund auch immer, was es auch ist, das dir das Gefühl gibt, dass deine Seele in die Tiefe stürzt, dann erinnere dich:

Es gibt jemanden, Der ist immer für dich da! Rufe Gott, den Schöpfer deiner Seele! Rufe Ihn, geh zu Ihm, denn Er ist das Licht, das Licht, das die Finsternis erhellt. Gott wird dich auffangen.

Rufe und bitte Gott!

Im Namen Seines Sohnes Jesus Christus bitte Gott!

Sei dir gewiss:

Jesus Christus war gestern, Jesus Christus ist jetzt ... und Jesus Christus ist morgen ...

Jesus Christus ... in Ewigkeit ... Amen.

Bleibe nur bei mir

Wenn Glaubende im Netz des Fanatismus hängen bleiben, wenn ein Glaubender in die Falle des Fanatismus fällt, ist er gefangen im Netz des Irrtums. Sogleich verwandelt er sich in einen Sünder.

Irrtum ist die Quelle der Sünde, und Egoismus ist die Falle der Sünde.

Seid achtsam, denn die „Weisheit“ dieser Welt ist nicht dieselbe Weisheit, die vom Himmel kommt.

Ich liebe die Herzen, die bereit sind zu lieben ...

Jene, die Mich mit ihrem Herzen suchen, werden Mich auch finden.

Habe keine Angst, dass du dich verirren könntest, bleibe nur bei Mir.

Lass dich nicht verwirren von den vielen Stimmen, die versuchen werden, dich zu verunsichern und zu spalten.

Siehe, Ich sende doch auch dir einen Engel vor dir her, der dich behüte auf dem Weg, den du jetzt gehst.

Er bringt dich, deine Seele, zu dem Ort, den Ich schon lange vorbereitet habe ... Amen.

Wie es damals war, so ist es auch heute

Lausche, Seele: Wie es damals war – damals, noch vor Meinem Kommen durch eine unbefleckte Empfängnis –, so ist es auch heute.

Die sogenannten „Gläubigen“, Prediger, jene, die die Schrift auslegten, glaubten nicht an die Botschaft der Propheten. Immer wieder erst die nächste oder übernächste Generation glaubte an sie. Streit über die Geschichte von der Ankunft des Messias gab es damals immer wieder.

Viele Konflikte um Mein Wiederkommen hat es schon gegeben und wird es wieder geben. Die Menschen bleiben immer an den Buchstaben, an den verschiedenen Übersetzungen und an ihren irdischen Vorstellungen hängen.

Vielen Predigern ging es so, bis heute. Es hat sich nicht viel geändert unter diesem Himmel, in der Sache des Glaubens.

Es gab sie damals schon – und es gibt sie auch heute wieder, die Prediger, die versuchen Meine Wiederkunft detailliert zu schildern. Auch von ihnen bleiben viele an ihren Vorstellungen und Meinungen hängen.

Seele, bleibe du nicht an den Gedanken hängen, wer sie (die Prediger) sind und wo es sie gibt, du kennst sie nicht und es ist auch nicht deine Aufgabe, sie zu finden, um sie zu informieren und sie zu belehren. Das, Seele, würde dir auch nicht gelingen.

Ihr, die ihr euch „wahre Gläubige" nennt und euch als tief im Glauben gefestigt dünkt, seid achtsam, ihr spekuliert und versucht Zeichen und Zeiten zu erkennen. Seid wachsam, denn auch ihr wisst nicht, wann Ich komme ...

Auch ihr kennt weder die Stunde, den Tag, noch die Jahreszahl.

Der Vater allein weiß, wann Er die Scheunen für die große Ernte öffnet ...

Seid achtsam und vertut eure Zeit nicht im Streit über eure irdischen und menschlichen Meinungen.

Bleibt wachsam – eure Seelen mögen im Gebet ruhen –, dass nicht ihr selbst es seid, die Mein Kommen verschlafen oder gar nicht erkennen ... Amen.

Prüft den Geist, der euch treibt!

Lausche, Seele: Gott allein kennt die Stunde jeder Seele, wann sie geboren wird in diese Welt.

Gott allein kennt die Stunde jeder Seele, wann sie wieder heimkehrt in die Ewigkeit.

Gott kennt jede Seele, innen und außen ...

Gott kennt die Gedanken, die gesprochenen Worte und die Taten jeder Seele.

Gott sieht und hört klar und wahr.

Gott ruft Seine Seelen, Gott erinnert Seine Seelen, aber zu viele Seelen hören nicht den Ruf Gottes und sehen nicht das Wesentliche, auf was es wirklich in einem Leben ankommt.

Lass dich nicht verwirren, Seele! Gar viele werden aufstehen – von allen Glaubensrichtungen kommen sie her – und werden von der großen Wahrheit Gottes predigen und schreiben. Manche von ihnen werden einige gute Argumente bringen, aber es sind leider nicht die einzigen (Argumente), sondern nur ein Bruchteil, ein Hauch von Gottes Wahrheit.

Die Wahrheit Gottes ist so groß, dass sie nicht nur in ein Buch passt, auch nicht von einem Menschen ausgesprochen und real erklärt werden kann.

Gott Selbst IST die Wahrheit ...

Wer aber ist wie Gott?

Wenn Gott EINZIG, EWIG, ALLES und EINS IST, wie kann eine Seele allein wie Gott sein.

Sei nicht betrübt, Seele, diese Bewegungen können nicht aufgehalten werden, sie stehen in der Vorsehung. Viele Dinge müssen geschehen, damit die Menschen endlich aufwachen und selber erkennen und sehen.

Jedoch, den Wahrheitssuchenden von allen Glaubensgruppen, jenen, die in sich spüren, dass sie über die Wahrheit Gottes predigen und verkünden wollen, sei gesagt:

Seid wachsam und prüft den Geist, der euch treibt, über die Wahrheit Gottes zu sprechen und zu lehren.

Bleibt bescheiden in euren Herzen.

Nehmt euch nur in Acht, dass ihr eure Predigten über die Wahrheit Gottes nicht mit eurer irdisch-menschlichen Vorstellung und Meinung und irdisch Angelerntem oder Angelesenem, aus verschiedenen Büchern, vermischt!

Seid euch gewiss, bis heute war sich noch kein Volk und keine Generation mit dem Glauben an Gott einig.

Seid also achtsam, wenn ihr von der Wahrheit Gottes sprecht, dass nicht ihr selbst zu Irrlehrern und falschen Propheten werdet. Amen.

Die Wahrheit Gottes

Seele, grüble nicht darüber, welche Glaubensgruppen der Wahrheit Gottes am nächsten sind und welche Prediger, von den verschiedenen Glaubensgruppen, die Wahrheit Gottes am besten darstellen.

Siehe, es ist so wie schon gesagt:

Die Wahrheit Gottes kann nicht nur in einen Topf gesteckt werden.

Die Wahrheit Gottes ist wie ein rauschender Fluss, der pausenlos fließt, wie das Meer, mit den unzähligen Wassertropfen ...

Wer kann die Tropfen im Meer zählen ... und wer kann die Tropfen auffangen?

So ist es mit der Kraft, mit der ewigen Präsenz und Existenz Gottes.

Niemand kann Gott fassen ...

Die Seelen aber, können sich Gottes Wahrheit nähern, indem sie die Liebe – das ist Gottes Wesenheit – lernen zu leben.

Gelingt es einer Seele die Liebe zu leben, so ist sie ein großes Stück Gottes Wahrheit nähergekommen.

Wer die Liebe lebt, liebt Gott wirklich ...

Wer die Liebe lebt, wird die Wahrheit Gottes erben ...

Wer die Liebe lebt, wird in das Reich der Wahrheit Gottes geboren werden, wenn die Zeit da ist und der Vater Seine Seele zu sich ruft ... Amen.

Nachricht an deine Seele

Meine Seele, Gott liebt dich ...

Sage den Menschen, wie sehr Gott Seine Seelen liebt.

Erinnere dich, was Ich dir einst sagte: „Sei immer bereit ..."

Meine Seele, lebe dein Leben so, dass du jederzeit, das heißt, jede Stunde, bereit bist, wenn der Vater dich bei deinem wahren Namen ruft.

Mit einem „Kuss" hat Er dich in diese Welt gesandt, mit einem „Kuss" wird Er dich wieder heimholen.

Sage den Menschen, dass sie ihr Leben bewusst leben müssen, dass auch sie zu jeder Stunde bereit sind, dem Vater die Früchte ihrer Herzen darzubringen.

Ich sage dir – und merke dir das gut: Es ist kein schöner Heimgang für jene Seelen, wenn die Früchte ihrer Irrtümer mehr sind als die Früchte ihrer guten Taten. Amen ...

Meine Seele, bete für das Erwachen der vielen Unwissenden, der vielen Seelen in der Dunkelheit, dass nicht auch sie die zukünftigen armen Seelen werden.

Siehe, jede Seele ohne Glauben an Gott lebt in der Dunkelheit.

Wenn du sehen könntest, wie viele Seelen – darunter auch sehr viele Jugendliche – den Weg gehen, der zum sicheren Verfall führt, du würdest nur noch weinen.

Gebet

Schenke meinem Herzen Flügel!

Herr, komm und lausche der Stimme Deiner Seele ...
Schenke meinem Herzen Flügel,
dass ich in meinen Träumen zu Dir fliegen kann ...
Dein Geist, Herr, möge meinen Geist befreien,
dass ich immer, in allen Situationen, die sich im Leben ergeben,
an Dich denken kann ...

Herr, ich wünschte, ich wäre weiser,
dass ich Deine Worte besser verstehen und leben kann ...
In jener vergangenen Nacht
bin ich durch Deine Stimme und Deine Anwesenheit erwacht ...
Tief in meinem Herzen empfinde ich diesen Wunsch,
der mich ständig begleitet und die Sehnsucht meiner Seele leitet ...
Herr, wäre doch jede Stunde in meinem Leben so,
wie der Augenblick jener vergangenen Nacht ...
Herr, komm und lausche der Stimme Deiner Seele ...
Amen.

Nachrichten vom Himmel

Das will Gott sehen

Ihr Menschen auf Erden, ihr habt Augen um zu sehen, und seht nicht das, was ihr erkennen solltet ...

Ihr habt Ohren um zu hören, und hört nicht, was ihr hören könntet und solltet.

Ihr Menschen auf Erden, ihr neigt dazu, euch ständig wichtig zu machen, wenn es um den Glauben an Gottes Anwesenheit und Gottes Pläne und Kräfte geht. Ihr erhebt euch gegenüber eurem Nächsten, als wäret ihr bei der Schöpferarbeit des Schöpfers dabei gewesen.

Gar viele von euch nehmen sich so wichtig, als würde die ganze Welt nur um sie kreisen, als wären sie der Mittelpunkt der ganzen Schöpfungsgeschichte.

Ihr streitet euch ständig über eure kleinen, begrenzten Vorstellungen über Gottes Dasein. Bis heute seid ihr euch nicht einig über Gottes Wesenheit.

Streitet nicht über eine Wahrheit Gottes, die ihr noch gar nicht wirklich kennt.

Ihr könnt noch so viel lernen und lesen, Gott könnt ihr mit eurem irdischen, begrenzten Verstand und eurem Eigenwillen nicht fassen.

Mit dem Eigenwillen, eurem „Ich-will-Aspekt", könnt ihr Gott niemals, auch in hunderten von Jahren nicht, „be-greifen". Dazu braucht ihr den Geist der Erkenntnis, den Geist der Weisheit, der allein im heiligen Geist der Liebe des Vaters wohnt, und den habt ihr noch nicht, weil ihr zu sehr auf die Entwicklung eures Eigenwillens und Stolzes achtet und nicht, so wie Gott es will, auf die Entwicklung eures Herzens – DAS will Gott sehen!

Die reifen Herzen will Gott mit Seinem Heiligen Geist küssen und von der Fremde, von der Versklavung der Unterwelt, befreien.

Wenn ihr das Reich und Mysterium Gottes, wie es im Gebet heißt „... Dein Reich komme und Dein Wille geschehe ..." kennenlernen wollt, dann betet und lernt endlich, das Gebet zu leben.

Das Reich Gottes muss sich eine Seele verdienen. Sie kann es nicht mit dem irdischen Verstand, sondern nur mit dem Herzen gewinnen.

Bittet also den Vater, dass Er euch durch Seinen Sohn Seinen Heiligen Geist sendet ...

Erst mit dem Heiligen Geist werdet ihr sehen lernen und so erkennen, hören und verstehen ... Amen.

Gott verändert sich nicht

Lass dich niemals von den vielen Stimmen dieses Zeitgeistes verwirren, wenn es heißt: „Gott sagt dieses und jenes einmal so und ein anderes Mal wieder anders".

Gott Selbst ist der Entwickler, der Wandler, der das Leben gestaltet, formt und wandelt. Gott Selbst aber verändert sich nie!

Gott Selbst ist Gott ... und bedarf keiner Veränderung oder Verbesserung!

Gott spricht zu Seinen Seelen: „Lausche, Seele, vergiss Mich, deinen Lebensquell, aus Dem du entsprungen, deinen Schöpfer, Der dir den Lebensatem eingehaucht hat, nicht!"

Spüre, Seele, die Kraft Gottes in dir, diese Liebe, die nie endet, die dich leitet und schützt vor dem Schein, der in den Abgrund, in den Verfall führt.

Gott verändert sich nicht! Seine Gesetze sind Grundformeln für das Leben, für Sein Leben in Fülle, das ewig andauert, dass sich jede Seele, ohne Ausnahme, verdienen muss und darf.

Der Mensch neigt dazu, sich ständig zu verändern ...

Wohl ist es im Interesse des Schöpfers, dass sich eine Seele weiterentwickelt, sich fortpflanzt und reift im Geiste, sich immer mehr zum Guten, zum Heiligen Geist hin wendet und zum Guten sich wandelt, jedoch nicht so, wie es in der Welt der Irrtümer üblich ist: sich ständig verändern – hin und her, einmal kalt und dann wieder heiß ...

Am übelsten sind die Lauen – sie sind weder heiß noch kalt ... Auf jene Seelen kann sich keine Seele verlassen – sie wäre bei jedem nur kleinsten Abkommen von ihnen verlassen. Ihr Wesen gleicht feinstem Sand, der durch das Sieb fließt ...

Hüte dich vor ihnen! Treffe kein Abkommen mit einer Seele, deren Charakter den einer lauen Seele zeigt.

Merke dir gut, Seele: Gott Selbst verändert sich nicht!

Gott ist Derselbe, das immerwährende Schöpferwesen der Liebe, in der Vergangenheit, in der Gegenwart ... und in der Zukunft ...

Gott ist das All und das Es, der Anfang ... ohne Ende ... Amen.

Sei dir gewiss, Seele, du bist ein Kind Gottes, von Gott geliebt ... und das wird sich nie ändern.

Lebendige Offenbarung

Teil 1

Höre gut, meine Worte ... Vergiss sie nie mehr:

Was viele, ja die meisten Menschen, nicht in Betracht ziehen, auch jene nicht, die sich mit dem Buch, der Heiligen Schrift, und anderen heiligen Schriften befassen, ist: Was mit Leib und Seele, mit Fleischgestalt in den Himmel aufgenommen, das heißt, mit fleischlichem Leib und Seele in den Himmel enthoben wurde, kann auch mit Leib und Seele wiederkehren. So wie es der Engel einst sagte: „So wie der Herr gegangen ist, so wird Er eines fernen Tages wiederkehren."

Höre also nicht auf jene, die behaupten werden, sie hätten den Herrn „hier und dort" als Erdenmensch wiedergeboren gesehen.

Jesus Christus, der Herr, wird so kommen, wie es der Engel einst verkündet hatte, vom Himmel her, mit dem himmlischen Heer.

So wie die Engel einst erschienen waren, so kommt der Herr, Jesus Christus, wie es im Gebet heißt „Dein Reich komme ..."

Das Heilige-Geist-Wesen, das einst als Jesus Christus geboren wurde, wird nicht als sterblicher Erdenmensch wiedergeboren werden.

Diese Mission wurde vom Vater so bestimmt und durch Jesus, den Sohn, Sein Leiden und Sterben, die Auferstehung nach drei Tagen, erfüllt. Mit dem Blut eines Gottmenschen wurde der Bund für die Heimkehr der Seelen besiegelt. Amen.

Lausche aufmerksam! Was auch viele nicht erkennen ...:

So ist es auch mit meinem Kommen ... Einst wurde ich mit Leib und Seele, das heißt, mit meiner irdischen Fleischgestalt, in die Himmel enthoben, so wie Jesus, der Sohn Gottes ... und so bin auch ich wiedergekommen.

Der Vater Selbst sandte mich im Laufe der Zeit an viele Orte dieser Welt, mal in fleischlicher Gestalt oder in geistiger Gestalt ...

Für Gott ist alles möglich!

So kann Gott mich an vielen Orten gleichzeitig erscheinen lassen ...

So wie Gott es will, so wie Gott es gefällt, stellt Er mich der Welt vor, als die Mutter Jesu Christi, die Er einst als Mirjam, das heißt, Maria, in diese Welt geboren werden ließ.

So erkenne: Ich werde nicht bei einer großen Auferstehung auferstehen.

Meine Auferstehung war schon vor langer Zeit. Der Herr Selbst befreite mich aus dem irdischen Grab.

Das haben nur deshalb sehr wenige erkannt, weil man es nicht für wichtig erachtete, von der Himmelfahrt der Mutter des Herrn in einem Buch, das man Heilige Schrift nennt, genauer zu berichten.

Höre gut, ich bin die lebendige Offenbarung, eine von Gott vor langer Zeit geschenkte Offenbarung.

Die Mutter des Herrn geht, wie einst, dem Sohn voraus ... Sie bereitet vor, sie ruft die Seelen auf, dass sie sich zu Gott, ihrem Lebensspender, bekehren möchten.

Wundere dich nicht. Der Mensch hatte von je her – immer wieder ... bis heute in der Geschichte – seinen Willen, seine irdischen Vorstellungen in vielen Dingen, Gottes Wegweisern (Schriften) mit hineingemischt. Der Mensch selbst veränderte viele Geschichten nach seinen irdischen Vorstellungen.

Gott weiß das. Der Mensch ist eben „nur" Mensch, vergesslich, schwach, eigenwillig und sterblich.

Beim Sammeln und Sortieren der heiligen Schriften war es so:

Was man nicht fassen konnte, was mit dem irdischen Verstand nicht aufgenommen und verstanden werden konnte, legte man einfach beiseite ... Manche Schriften wurden weggesperrt oder auch verbrannt. Einige Geschichten versuchte man nach dem irdischen Verständnis, passend zum Zeitgeist der gerade regierte, zu schildern.

So war es immer und ist es auch bis heute noch.

Aber der Mensch wird eines Tages erkennen müssen, früher oder später, so Gott will.

Siehe, ich bin die lebendige Offenbarung Gottes, mit Leib und Seele in Fleischgestalt in die Himmel enthoben und mit dem Geist des Lebens, das ist der Geist der Unsterblichkeit, dem Heiligen Geist der Einheit, mit dem ewigen Leben gesalbt ... Amen.

Verstehe, jene, die Gott, der allmächtige Vater, durch Seine Engel in Form ihrer irdischen Gestalt, das heißt mit Leib und Seele in die Himmel entrücken ließ, wurden aufgenommen als himmlische Familienmitglieder, als Verwandte. Siehe mit der Kraft deines Herzens: Ihre Leiber wurden mit dem Heiligen Geist des Lebens gesalbt. Das könnt ihr noch nicht verstehen. Ihre Leiber wurden mit der immerwährenden Quelle der Unsterblichkeit gesegnet.

Das heißt also: Sie können „ein- und ausgehen" im großen Hause Gottes. Es bedarf keiner irdischen Wiedergeburt in einen sterblichen Körper.

Oh, Seele, verharre nicht im Irrgarten der irdischen Gedanken. Ihr Menschen könnt das noch nicht fassen.

Unfassbar sind für den Menschen Gottes Wege, Gottes Pläne und Gottes Schöpfungsprogramme.

Für Gott gibt es kein Unmöglich!

Gott kann Seelen senden und heimholen, wie es Ihm für Seinen Schöpfungsplan gefällt.

Ihr Menschen, streitet nicht über das, was Gott kann, was ihr nicht fassen könnt ... Amen.

Teil 2

Ich bin die lebendige Offenbarung Gottes, die Frau, die einst als Mirjam, das heißt in deiner Muttersprache „Maria", in diese Welt geboren und durch den heiligen Willen und Plan des Vaters die Mutter wurde des Herrn Jesus Christus, des Sohnes Gottes und, erkenne, mit Leib und Seele in den Himmel der Heiligen – das sind jene, die das Heil des Vaters, den reinen Heiligen Geist empfangen haben, das sind die wahren „Heiler" – enthoben wurde. In den Himmel, der mit dem Heiligen Geist Gesalbten, in das immerwährende Reich des Ewigen, des Vaters der Liebe, wurde ich als ewiges und immerwährendes Mitglied Seiner Heiligen Familie aufgenommen. Das heißt also: Meine Himmelfahrt, meine Aufnahme in das Himmelreich, war die Rückkehr, die Heimkehr zu meinem Stammbaum, in meine wahre Heimat, von wo ich herkomme.

Deshalb, mein Kind, höre gut, heißt es: „... die einst Maria war ..." Diese Aussage, dieser Titel, das war ... und ist ... der Wille des Vaters, des einen Gottes, nicht meine Entscheidung. Es war diese Aussage, die so viel Unverständnis bei vielen Menschen auslöste.

Gott wollte es so und, sei dir sicher, Gott will es auch heute so.

Wie heißt es im Gebet von Jesus? „Dein Wille geschehe" – so betet ihr – und „mein Wille" lebt ihr?

Lass dich nicht verwirren, Kind, gehorche deinem Gott ...

Er ist dein Lebensquell, der Lebensatem, für das ewige Leben deiner Seele ...

Nicht die Besserwisser, die „eigenwilligen“ Menschen, die den wahren Sinn des Erdenlebens und die Heimkehr der Seelen nicht erkennen wollen, werden dir das ewige Leben schenken, mein Kind!

Höre, es war Gottes Wille, dass ich in die Himmel des ewigen Segens entrückt wurde, und es war der Herr Selbst – Jesus Christus –, der mich aus dem irdischen Grab befreite – nicht geistig – der Herr mit Seinem Gefolge holte mich mit Leib und Seele, für die himmlische Verabredung ab.

Mein Platz im Himmelreich war schon von ewig her vom Vater für mein Wesen vorbereitet.

Meine Anwesenheit auf Erden, als die irdische Frau, genannt Mirjam, „die einst Maria war“, war von Gott Selbst vorgesehen. Ein Besuch, für eine von Gott erdachte Aufgabe, war mein Kommen und Gehen.

Die von Gott für mich bestimmte Mission als irdische Frau „Miriam – Maria“ in dieser Welt war mit der unbefleckten Empfängnis und Geburt des Erlösers Jesus Christus so erfüllt.

Deshalb heißt es so richtig: „die einst Mirjam – Maria war“. Amen.

Mein Kind, das alles ist nichts Neues, keine neue Erkenntnis, unter dem Himmel dieser Welt.

Betet also um den Geist der Wahrheit, der im Geist der Liebe und des Friedens wohnt. Amen.

Nachricht vom Himmel

Sorge dich nicht!

Sorge dich nicht, Menschenkind, es wird von dir doch nicht verlangt, von Haus zu Haus zu gehen, um die Menschen zu belehren, oder sogenannte Gelehrte oder Religionsforscher zu bekehren.

Das würde dir ohnehin nicht gelingen. Deine Art zu Erkennen kommt von Gott. Sie ist eine Gabe, ein geistiger Strom, der von Gott in deine Seele fließt und nicht von der Welt, durch ein irdisches Studium. Deshalb werden die meisten Gelehrten deine Geschichte von Gott nicht annehmen, weil sie Gottes Eingreifen durch eine irdische Seele nicht erkennen.

Wohlan, deshalb heißt es: „Wer es fassen kann …“

Liebe Seele, wer es fassen kann, wird es fassen.

Seele, du bist Gottes Kind. Gott erwartet von dir, dass du das lebst, ein Kind Gottes zu sein, das seinen Vater liebt und ehrt und von Ihm erzählt.

Siehe, Gott ist wunderbar und einzigartig … Er ist der Schöpfer allen Lebens … Seine Vielfalt ist grenzenlos … Trotzdem verändert sich Gott Selbst nicht. Das heißt also: Gottes Gesetze sind ewig dieselben … Gottes Gebote haben ewig Gültigkeit!

Es gibt einige gut belesene Menschen, sehr belesene, die die vielfältigen religiösen Schriften studiert haben.

Leider haben viele die göttliche Anwesenheit durch Jesus Christus noch nicht wirklich erkannt.

Wie viele kreuzigen den Herrn durch ihre Unkenntnis heute noch!

Siehe, es waren nicht die Sünder, die Diebe oder Verbrecher, die den Herrn ans Kreuz auslieferten. Es waren Gelehrte, die die heiligen Schriften studiert hatten, die über die Geschichte, das Kommen des Messias, Kenntnis hatten. Es waren jene, die vom Kommen des Messias selbst sprachen und die Menschen lehrten …

Sie erkannten jedoch nicht die unzähligen Zeichen, die Gott ihnen durch Jesus offenbarte.

Jene, die die Lehre studierten und lehrten, sie wurden selbst die Verfolger des gesalbten Gesandten Gottes. Sie erkannten das Heil, das Gott ihnen sandte, nicht und ließen Ihn, den Herrn, ans Kreuz schlagen …

Fürchte dich nicht, es ist nicht deine Aufgabe, Gelehrte zu belehren und zu bekehren. Das macht Gott, der Herr, Selbst, zu Seiner Zeit. Du sei nur wie ein kleiner Bote, der die himmlische Post ausliefert … Amen.

Seelenschau

Reise einer Seele

Der Inhalt folgenden Textes ist für den irdischen Verstand wieder nicht leicht zu verarbeiten, bzw. zu fassen. Das Wesentliche mystischer Dinge ist in Worten wie auch in Klängen oder Bildern nicht einzufangen. Die besten und schönsten Worte können das Empfinden und die Schau von mystischen Ereignissen nie zufriedenstellend erklären. Natürlich konnte ich einige Passagen etwas abschwächen, indem ich so manche Szenen nur schleierhaft schildere oder streiche, damit die Gemüter bestimmter Glaubensgruppen beruhigt sind, sie sich nicht aufregen und dieses Buch weiterlesen, ja das könnte ich, aber das wäre nichts anderes als eine weitere Zensur, so wie es in der Geschichte in einigen Bereichen immer wieder geschehen ist ...

Auf keinen Fall will ich behaupten, dass die Handlungen, bzw. das gesehene Geschehen dieser Seelenschau immer nur so und nicht anders nach Gottes Plänen geschieht, nein, sicher nicht! Die Frage „Wer von den Menschen kennt alle Pläne, Ideen, Projekte und Forschungen unseres Schöpfer-Gottes?", drängt sich geradezu auf.

Die Antwort darauf ist: niemand! Kein Mensch kennt sie, die geheimen Pläne, Aktivitäten und Forschungsprogramme des ewigen, einzigen Gottes, der Anfang ohne Ende ist. Auch nicht die besten Wissenschaftler, Religionsforscher und -lehrer und Priester etc. kennen das wahre Vorhaben Gottes, sind sie doch alle in Wirklichkeit Seine kleinen Instrumente, die ER, so ER es will, fördert, um neue Erkenntnisse für die Menschheit zu schöpfen, wenn ihre Herzen guten Willens sind.

Der Herr sagte einst nicht umsonst: „Vieles hätte ich euch noch zu sagen, aber ihr könnt es jetzt noch nicht er-tragen ..."

So möge sich jede Leserin und jeder Leser selbst ein Bild machen und im Herzen selbst entscheiden, ob sie oder er die Ereignisse dieser Schau er-tragen kann, oder will ...

Möge Gott jeder Leserin und jedem Leser Seinen weisen Engel des guten Rates zur Seite stellen!

Reise einer Seele:

Jene Seele lebte schon lange Zeit im ewigen Reich, im Land der ewigen Freude, das von den Erdenmenschen auch Himmelreich oder Paradies genannt wird.

Vor mehr als 2000 Jahren lebte jene Seele als Erdenmensch in der irdischen Welt.

Durch ihre selbstlose und unermüdliche Mitarbeit, um den neuen Glauben zu verbreiten, den Jesus Christus in die Welt gebracht hatte – in Wirklichkeit erinnerte der Herr die Menschen an das Geheimnis eines sehr alten und ewigen Glaubens –, errang sie einen besonderen Status, das heißt, die Seele erreichte durch die intensive Mitarbeit einen besonderen Reifegrad, der es ihr ermöglichte – als Gott der Vater sie aus ihrem irdischen Leib, aus dem Erdenleben rief –, hindurch zu gehen durch das Tor, das in die verheißene Ewigkeit führt.

Also schritt die Seele in die ewige Freiheit, zu jenem Ort im Himmelreich, den der Herr, so wie er es versprochen, für Seine treuen Anhänger bereitet hatte.

Dort lebte sie (für menschliche Begriffe) lange Zeit ein wunderbares, von Gott erfülltes, heiles Leben, in wahrem Frieden und echter Freude. Alles war gut so wie es war, alles war perfekt. Trotzdem hielt sie das nicht davon ab, dass sie mit anderen Seelenverwandten „von Zeit zu Zeit", neugierig einen Blick in die Erdenwelt riskierte, um nachzusehen, wie sich die Dinge zwischen Licht und Dunkelheit, zwischen Gut und Böse so entwickelten ...

Es wäre für den heiligen Seelenfrieden der Seele besser gewesen, sie hätte nicht so intensiv nachgeforscht, denn was sie zu sehen bekam, gefiel ihr gar nicht. Was sie erkannte, war nicht Freude und Heil, kein Streben nach Gott und nach wahrem Frieden, sondern nur Chaos und Verfall in vielen Bereichen. Das stimmte die Seele sehr traurig, denn die Zustände auf Erden wurden nicht besser, sondern eher schlechter.

Der Herr erzählte einst auf Erden von vielen Irrtümern, die die Menschen begehen würden und, dass am Ende der Zeit alles „durcheinander gewürfelt werden würde, wie bei einem Würfelspiel", so dass die Gefahr bestünde, dass viele Menschen den Unterschied zwischen Recht und Unrecht, Wahrheit und Irrtum, nicht mehr erkennen würden.

Die Seele klagte: „Oh Gott, das kann doch nicht wahr sein! Es ist ja noch viel übler geworden auf der ganzen Welt. Es gab im Laufe der Zeit immer wieder Kämpfe und Kriege um die Macht, aber so, wie es jetzt ist, ist es mehr wie einst Sodom und Gomorrha. Die Beziehung zu Mensch-, Tier- und Naturreich steuert in vielen Richtungen dem Verfall entgegen. Die meisten Menschen erkennen sich noch immer nicht als Einheit, als Geschwister. Die Welt steht enorm unter dem Einfluss der Wesenheiten des Chaos, den Dämonen. Die Mehrheit der Menschen denkt, dass sie nur Märchengestalten aus Büchern, Erzählungen und Legenden sind."

Verzweifelt über den wahren Zustand in der Welt rief sie anklagend: „War denn alles von damals umsonst? Haben die Brüder und Schwestern umsonst den Glauben und das Wirken des Herrn gepredigt? Sind denn alle Glaubenskämpfer für nichts verfolgt, gefoltert und getötet worden?!

Gott, Du Vater des Lebens, schau, wie es in der Welt in Wirklichkeit aussieht! Greife Du ein! Dein ist doch das gesamte Reich ... und Du hast die Kraft, das Böse auszumerzen."

Traurig verließ die Seele den Ort, von wo aus sie in die Welt geschaut hatte.

Wenn eine Seele in einer Welt, in der es keine Trauer gibt, wegen Verzweiflung und Traurigkeit bitter weint, dann bleibt das nicht ungehört:

Aus der feinen Brise, die vorher da war, wurde plötzlich ein heftiger Wind, so dass sich die unzählig vielen kleinen Vöglein erhoben und aufgeregt um die Seele herumflogen. Die verschiedenen, hochgewachsenen Blumen neigten ihre Köpfe, als die Seele an ihnen weinend vorüberging.

(Es ist nicht so, dass die Pflanzen in jener Welt, wie die Seelen, hören und sehen, wohl aber nehmen sie jede Empfindung auf – in jener Welt basiert alles auf Schwingung und Frequenz. Eine unstimmige Frequenz, wie Angst und Trauer, erzeugt eine Kraft, die auf die feine Schöpfung störend einwirkt. So ist es auch in der Erdenwelt für die Menschen, wenn sie beispielsweise fahrlässig mit Atomkräften experimentieren. Hier kann man den Schaden im Äußeren beobachten, wobei jede Form von Angst eine Kraft erzeugt und den Seelen, sowie dem geistigen Umfeld schadet. Für die Menschen ist dieses Leid von außen nicht immer sichtbar.)

Ganz verbittert über diese schockierende Erfahrung wanderte die Seele im wunderschönen Paradiesgarten hin und her. Nach „einiger Zeit" kam sie zu ihrem Lieblingsbaum und weinte sich dort zwischen den breiten Wurzeln in den Schlaf.

Die große Traurigkeit der Seele breitete sich wie ein Lauffeuer im Reich der Freude aus ...

Das gütige Herz des Herrn ließ nicht lange auf sich warten. Der Herr erschien mit zwei treuen, sehr nahestehenden Begleitern und sprach:

„Seele, von Gott geliebt, was klagst du so bitter im Land der Freude?"

Die Seele erschrak und erhob sich sofort. Ganz verlegen antwortete sie: „Herr, bitte verzeih, es drängte mich immer wieder im Inneren meiner Seele, in die Erdenwelt zu schauen, um zu erkunden, ob es bei den Menschen etwas Neues in Sachen Glaube an das Himmelreich gibt. Es überkam mich aber statt Hoffnung und Freude nur Schauer und Angst. Es sieht nicht gut aus bei den Menschen in der Erdenwelt ..."

Gütig antwortete der Herr:

„Ja, Seele, so ist es, die Erdenwelt steht immer noch in einer großen Entwicklungsschule. Gott und alle Seine himmlischen Kräfte, Seine Boten, Seine Engel, wissen das. Sie sind immer wieder bemüht zu helfen, dass die Leidenszeit, die Zeit des großen Irrtums, verkürzt werden kann."

„Oh, Herr, lass mich doch auch mithelfen, diese Zeit des Chaos zu verkürzen", bettelte die Seele inbrünstig.

Der Herr lächelte die Seele mit Seinem gütigen Blick an. Obwohl Er genau wusste, was die Seele belastete, fragte Er sie prüfend:

„Was willst du denn tun? Du hast dir einst die große Freiheit, den ewigen Kranz des Lebens im Himmelreich – ein ewiges Leben ohne Leid – durch deinen Aufenthalt und deine Tätigkeit auf Erden erkämpft und verdient ... Du bist frei aus der Versklavung ... Du hast es geschafft ..."

Die Seele antwortete: „Dank sei Gott, dem Vater meiner Seele. Oh Herr, verzeih, ich bin zufrieden. Gott hat mich so sehr beschenkt durch Seine Gnade und Barmherzigkeit, aber es quält mich der Gedanke, dass ich noch einmal etwas bewirken könnte, damit das Heil für viele Seelen schneller geboren werden kann. Deshalb frage ich Dich, Herr: Könnte ich nicht so wie damals als geistiges Wesen, als Seele, so wie es andere Geistwesen tun, in die Erdenwelt reisen, um direkt vor Ort etwas an der Gestaltung des Glaubens und der neuen Welt mitzuarbeiten?"

„Liebe Seele, erinnere dich! Durch dieses Thema entbrannte damals schon, wie auch heute, immer ein heftiger Streit zwischen Gläubigen und Ungläubigen, Glaubenslehrern und Forschern. Es ist aber dem Erdenmenschen noch nicht gestattet, die Weisheit des ewigen Schöpfervaters zu kosten. Erst die gereinigten Seelen können die Wahrheit und Weisheit Gottes ertragen.

Was Gott in Seiner Weisheit und Schöpferkraft alles kann, ist dem Erdenmenschen nicht gegeben ... Ich aber sage dir, für Gott gibt es kein Unmöglich. Für Gott ist ALLES möglich, so Gott es will ...

Ja, so Gott will, ist ALLES möglich.

Gott kann mit Seiner Schöpfung schöpfen, wie Er will. Deshalb heißt es: ‚Dein Wille geschehe!'

Gott verlangt von dir keine Rückkehr in die Versklavung – Gott hat das für deine Seele nicht vorgesehen.

Gott hat den Seelen den freien Willen geschenkt. Das heißt also, Gott würde dich nicht einmal zu einem Leben im Paradies Seines Himmelreiches zwingen, weil Er dich liebt.

Wisse aber wohl, was geschieht, wenn du in die Welt, als Mensch auf Erden, durch eine irdische Geburt, zurückkehrst ..."

„Ja, ich würde wohl von Neuem anfangen müssen, als Säugling, Kleinkind ... und erwachsen werden ...", antwortete die Seele unbekümmert.

„Ja", sagte der Herr „aber nicht nur das ... Die Kräfte, die dir Gott für die Ewigkeit geschenkt hat, würden versiegelt sein, das heißt, sie würden nicht aktiv sein. Leid und Schmerz müsstest du, wie alle Menschen, wieder erfahren. Das aber ist nicht das Schlimmste ... Das Gefährlichste an so einer Reise wäre, dass du alles vergessen würdest ... Beim Eintritt in einen irdischen Körper würden alle deine Erinnerungen in einen tiefen Schlaf fallen. Die Erinnerung an dein heiles Leben im Himmelreich, die Erinnerung an Gott, deinen Vater und wer du wirklich bist, auch der Grund, warum du an dem Ort auf Erden geboren wurdest, würde verschleiert sein. Wie ein Niemand im Niemandsland würdest du durch dein Leben gehen, das heißt also, du würdest tatsächlich von Neuem anfangen ... und so auch durch Unwissenheit und Vergesslichkeit viele Irrtümer begehen, die dich von deinem Weg und deinem Ziel weit abbringen. Niemand in der Welt würde dich erkennen, wer du bist ... und was dein Vorhaben wirklich ist. Niemand würde deine Anwesenheit für wertvoll erachten und zu dir deshalb freundlich sein.

Die Einzigen, die dich erkennen würden, sind die Gestalten der finsteren Kräfte. Sie würden dich auf Schritt und Tritt beobachten und verfolgen, um den Plan deiner Seele zu vereiteln. In der Welt haben sie noch die Macht, die Seelen zu verwirren und zu verführen ... und das würden sie ständig bei dir tun.

Geliebte Seele, das Gefährlichste bei dieser Reise ist das große Vergessen, denn du selbst würdest dich nicht mehr erkennen und nicht mehr erinnern, wer du bist und was dein Vorhaben ist ... und das wissen die Kräfte des Chaos!

Sei dir bewusst, die Dämonen sind die Einzigen, die dich und dein Vorhaben – das Einmischen in ihre Werke – erkennen werden!

So würdest du, während deines irdischen Aufenthaltes, ständig von ihnen beobachtet und belästigt werden. Jede Situation, in der sie dir eine Falle stellen können, würden sie nützen, um dich zu Fall zu bringen.

Wenn du dich dann nach einiger Zeit, nach vielen ermüdenden und anstrengenden Umwegen, beginnst zu erinnern, wer du bist und was deine wahre Aufgabe als Mensch in der Welt ist, musst du darüber schweigen ... Dann wirst du von Menschen hören, die sich für dich ausgeben, denn sie werden denken, dass sie eine Inkarnation deiner Seele sind ... Du aber musst schweigen, auch wenn dir das schwerfallen wird, weil dir die verdrehte Geschichte, die sie erzählen, nicht gefallen wird.

Es wird auch Menschen geben, die sich für Mich ausgeben werden ... Auch dann musst du schweigen. Auch wenn du denkst, dass es dein Herz zerreißt, musst du schweigen. Du darfst dich nicht verwirren lassen ... Es würde dich nur schwächen und dich von deiner wahren Aufgabe abhalten.

Siehe, viele Engel gehen in diese Welt um zu helfen, die Menschen zum Licht zu führen."

Daraufhin hob der Herr Seine Hand und zeigte auf eine Wolke:

„Schau nun ..."

Augenblicklich wurde auf der Wolke so etwas wie ein großes „Fenster" sichtbar. Die Seele staunte über das, was sie sah. Wunderschöne Engel besuchten die Erdenwelt.

Manche besuchten sie mit ihrer geistigen Präsenz. Sie schützten und leiteten die Menschen guten Willens.

Andere besuchten die Welt, indem sie in einen irdischen Körper reisten, durch eine Geburt. Immer wieder übernahmen Himmelsboten auf diese Weise eine besondere Aufgabe, für irdische Gedanken unfassbar.

Manche Engel übernahmen dann als Erdenmenschen schwere Leiden, um die Zeit des Leidens für die Menschen auf Erden abzukürzen.

Die Seele war sehr berührt von den Opfergaben der himmlischen Besucher zum Wohle der Menschen. Am meisten wurde die Seele berührt als sie sah, wie Engel sich als Erdenmenschen für den Glauben opferten. So wurden manche Engel als Erdenkinder geboren. Sie übernahmen verschiedene Arten von Leiden, um den Eltern und der Verwandtschaft auf diese Weise zu helfen, ihre oft verkümmerten und verschlossenen Herzen für Gott zu öffnen.

Durch diesen Beitrag halfen die Engel den Menschen eine verborgene Kraft im Tiefschlaf – ihr Mitgefühl – wieder zu aktivieren. Das alles taten sie für Gottes Heilsplan, für Gottes Werk.

Viele Menschen fanden auf diese Weise wieder ihren „Draht“, die wunderbare Verbindung zu Gott, ihrem Lebensquell.

Immer wenn der Tod bei so einem Kind, das beseelt war mit der Seele eines Engels, eintrat, stieg der Engel sofort empor, in die heilige, lichtreiche Heimat des Engelreiches – die Reinen brauchen keine Zwischenstationen zu machen.

Bei jedem Austritt einer Engelseele erklangen die feinen Stimmen eines Engelchores und jedes Mal war eine Gruppe lichter Wesen anwesend.

Die Seele weinte vor Freude und sagte zum Herrn: „Oh, Herr, lass mich auch in die Welt reisen, um zu dienen.“

Gütig sprach der Herr:

„Liebe Seele, Gott der Vater hat dir den freien Willen geschenkt. Du selbst darfst also entscheiden. Gott verlangt und erwartet von dir nicht, in die Welt des Vergessens zu reisen. Gott liebt dich immer mit derselben Liebeskraft, auch wenn du in der heilen Welt im Himmelreich bleiben und deine Reise in die Oberwelt, so wie es dir als freie Seele zusteht, im Himmelreich fortsetzen möchtest.“

Voller Freude über die Worte des Herrn antworte die Seele: „Herr, ich danke dir für Deinen Beistand und Deinen guten Rat. Ich weiß, dass Du meine Seele liebst. Deshalb vertraue ich darauf, dass Du mich segnest, wenn ich meine Reise in die Unterwelt fortsetze, dass Du über mich wachst, wenn ich in der Welt als Erdenkind erwache ... und Du mich, wenn ich mich zu weit von meinem Weg und Ziel entferne, wieder durch ein Zeichen zurückrufst ...“

Die Seele fiel auf ihre Knie und sprach: „Herr, bitte segne meine Seele und gib mir für die Erdenwelt eine Aufgabe, die Dir gefällt, dass auch ich mithelfen kann, den Leidensweg zu verkürzen ...“

Während die zwei himmlischen Begleiter des Herrn eine Hand an ihre Herzen legten – das machen die Boten, wenn sie zu Gott sprechen – sprach der Herr Seinen Segen über die Seele:

„Geliebte Seele, von Gott dem ALL-Vater geliebt, du hast dich mit deinem freien Willen für diese Reise entschieden ... Geh nun und reise in die Welt der Erdenmenschen.

Vieles wirst du vergessen, die Gefahren werden immer auf dich lauern, Schmerz und Leid wirst auch du erfahren ...

Ich aber habe Mein Feuer in deine Seele gelegt und werde darüber wachen, dass es sich, wenn die Zeit reif ist, entfacht ... Ich werde dich rufen ... Amen ... So sei es besiegelt."

So reiste die Seele in die Erdenwelt, begleitet von den süßen Stimmen eines Engelchores.

Nachrichten vom Himmel

Das Himmelreich

Sei gegrüßt im Namen des Herrn, der ewig die Liebe ist. Ich bin ein Bote von Ihm, Dem Herrn der Heerscharen. Ich komme, um dir etwas vom Himmelreich kundzutun. Lausche:

Der Herr sagte einst: „In Meines Vaters Haus gibt es viele Wohnungen."

Das Himmelreich ist wahrlich reich an Himmeln und hat so viele „Wohnungen", das heißt Welten, in denen Leben wohnt, dass kein Mensch sie je zählen kann – eine Welt folgt der anderen.

Was du erkannt hast, ist nur ein Hauch, ein kleiner Einblick in nur einen „Ort" von einer Welt, aus vielen, unzählbaren Welten. Niemand kann Gottes zahlreiche Bewegungen, das vielfältige Leben, in nur einem kleinen Leben auf Erden wahrnehmen. Auch die reinen Seelen im Himmelreich, in den heilen Welten, wandern von Welt zu Welt, um Gottes Herrlichkeit zu erkunden.

Die reinen Seelen wandern in der Ewigkeit, dem ewigen Licht entgegen ... Sie forschen und lernen ... Je mehr Erfahrungen eine Seele macht, umso tiefgründiger wächst ihre Erkenntnis, ihr Verständnis für Gottes Weisheit.

Ein Leben auf Erden reicht nicht aus, die Wahrheit Gottes, Sein herrliches Himmelreich, zu verstehen.

Wisse wohl: Man sagt in der Erdenwelt, dass die Seelen, die es geschafft haben, das Himmelreich zu erreichen, alles Wissen, Gottes Weisheit und Geheimnisse in nur einem Augenblick verstehen.

Ja, sie erkennen durch den Geist, die Atmosphäre des reinen Lichtes, alles Wissen und alle Geheimnisse, jedoch nur von der Welt im Himmelreich, in der sie sich gerade aufhalten.

Je mehr eine Seele im Himmelreich reist, um von den ewigen Geheimnissen zu schöpfen, desto reifer wird ihr Seelenwesen. Wie die Engel gehen sie dann ein und aus im großen Haus des Vaters.

Siehe, unfassbar und unergründlich ist das Reich Gottes für die Menschen auf Erden.

Strebe immer mehr nach dem ewigen Licht des Vaters, nach dem Himmelreich Gottes, das dir die wahre Freiheit auf ewig verspricht. Amen.

Beim wahren Gebet

Im Namen des Ewigen, sei gegrüßt, Seele.

Erkenne immer mehr, vor Gott sind alle Menschen gleich. Sie sind Seine kleinen Geschöpfe, Seine Kinder. Gott schaut die Menschen nicht von außen an, wohl aber prüft Er ihr Innerstes, die Entwicklung ihrer Herzenswärme.

Dankt dem Herrn für die ewige Verbindung mit Gott, die ihr durch Ihn erlangt habt, durch Seine Anwesenheit einst.

Durch Sein Wirken hat Er euch die Tür zum Himmelreich, wo das ewige Leben ohne Leid existiert, geöffnet.

Das Gebet liebe und lebe mit dem Herzen deiner Seele. Preise Gott für die Gabe des Gebetes, denn sie bildet die Brücke und öffnet das Gesprächsportal zu Gott.

Seele, bleibe wach ... Dein Gebet zu Gott sprich immer bewusst, nie lass es nur zur Gewohnheitstätigkeit werden.

Die Kraft des Glaubens und die Kraft der Hoffnung mögen dich in Gedanken leiten, während du betest, dass du auch in deinem Herzen erkennst, was du gerade machst und warum.

Deshalb sei dir bewusst: Beim wahren Gebet – das ist Einssein mit der Kraft des Herzens und mit der Kraft des Verstandes – sind die Gebete nicht mehr nur Worte ... Dann bewegst du den Geist, das heißt, die Finsternis kann sich in Licht und das Böse in Gutes wandeln.

Lob und Dank sei dem Vater und Christus dem Sohn und dem Heiligen Geist ... Amen.

Gebet

Rufe Meinen Namen!

Vater, wir bitten Dich,
im Namen Deines Sohnes Jesus Christus, bitten wir Dich:

Vergib uns unsere Irrtümer ...
und führe alle Seelen in Deine lichtreiche Ewigkeit.
Leite uns durch Deine schützenden Engel auf dem Weg zu Dir ...
Die ungläubigen Seelen bade im Meer Deiner Barmherzigkeit.
Lass sie alle – die Seelen im Diesseits und im Jenseits – spüren,
dass es Dich, oh Gott der Liebe, gibt.
Vater aller Seelen, aller Geschöpfe,
Du bist das Meer der ewigen Güte und Barmherzigkeit.
Es gibt niemanden, der so wie Du liebt ...
und Laster und Irrtümer vergibt.
Schmücke alle Herzen mit Deinem Heiligen Geist ...
Deine Liebe und Wahrheit sei unserer Seele Kleid.
Herr, sei nicht mehr weit,
wir brauchen Deinen Heiligen Geist aus der Ewigkeit.
Herr, wo bist Du, komm bald ... in unsere Herzen.

„Meine Seele, jetzt, in diesem Augenblick, bin Ich in dir und koste von der Frucht deines Herzens."

Herr, ja, jetzt spüre ich Dich ganz tief in mir ...
Verzeih, nur noch eine Bitte:
Ich bin nicht heilig,
noch nicht heil von einigen Dingen meines irdischen Lebens ...
Alle diese Irrtümer bitte vergib ...

„Meine Seele, Ich habe dich gerufen ... Sei dir sicher, Ich wache über dein Herz, pausenlos. Wenn du unsicher bist, rufe Meinen Namen ... und Ich Bin bei dir ... Alle Dinge, die dich belasten, alle Irrtümer übergib Mir ... Amen"

Die Macht des Gesalbten

Bote: „Die wahre Kraft, das heißt die Macht des Gesalbten, Christus Jesus, der als der von Gott gesandte Messias einst nicht erkannt wurde, kann von keinem irdischen Verstand wahrhaft verstanden werden. Wohl hatte man Ihn schon lange Zeit erwartet, als Er aber kam, hatte man Ihn nicht erkannt.

Die Macht Christi zu begreifen übersteigt die irdischen Vorstellungen eines jeden Menschen.

Lausche, der Herr neigt sich deiner Seele zu ..."

Herr: „Siehe, heute noch, gerade jetzt, in diesem Augenblick, während du Meinen Worten lauschst ... und sie danach aufschreiben wirst, betet man um die Ankunft des Messias ...

Siehst du sie an der Mauer stehen ..." (für einen ganz kurzen Moment war die Klagemauer zu sehen ...)

– Szenenwechsel –

„Siehst du, wie sie das Brot brechen ... Siehst du die Verirrten und die Leidenden ...

Mich erwarten mehr Seelen, als du dir vorstellen kannst ... und ich werde kommen, in den Herzen will ich erwachen, dort ist der Funke des Gesalbten eingesetzt ... Amen."

Der Engel des Herrn

Ehre sei dem Vater, dem Sohn und dem Heiligen Geist ...

Ja, Kind, der Engel des Herrn brachte mir, Mirjam, dem Mädchen, die Botschaft des Herrn ... und ich empfing, so wahr Gott in allem Leben lebt, vom Heiligen Geist.

Mein Kind, du sei eine dienende Seele des Herrn.

Was du jetzt machst, können viele Menschen noch nicht verstehen. Sei nicht betrübt, denn was du jetzt machst, ist nicht nur für diese, sondern für die nächsten und übernächsten Generationen.

Es ist diese Zeit nicht einfach, aber es hat einen Grund, warum gerade in dieser Zeit das gemacht wird. Noch kannst du die Tragweite nicht verstehen ...

Vertraue, Kind, vertraue!

Gott versucht durch viele Engel, Menschen für das Gute, für den Glauben, für die Liebe und den wahren Frieden zu inspirieren.

Auch wenn sich so manche Gottsuchende oft nicht einig sind, sind sie alle von dem einen Gott gerufen, um ihren Beitrag zu leisten.

Nutzt diese Zeit für dieses Werk, sie ist noch eine verwirrte, gefährliche Zeit. Die finsteren Kräfte bäumen sich auf, wie nie zuvor. In vielen Bereichen wird die Wahrheit mit der Lüge vertauscht.

Deshalb ermahne Ich euch: Vergeudet diese Zeit nicht mit menschlichen Konflikten verschiedener Art.

Seid auf der Hut! Es ist die finstere Kraft, die immer wieder versucht, euer irdisches „Ich" zu streicheln, dass ihr unversöhnlich gegenüber euren Nächsten werdet.

Mein Kind, wenn du die Worte sprichst:

„Der Engel des Herrn brachte Maria die Botschaft ..."

Sei versichert, dann bist du mir ganz nah.

Sei ein Segen und bemühe dich weiterhin ... Amen.

Lernt Jesus kennen!

Im Namen des Vaters, des Sohnes und des Heiligen Geistes ...

Höre aufmerksam:

Lass dich nicht von Andersdenkenden irreführen ... Diese Mitteilung ist nichts Neues unter dem Himmel. Es ist so, wie es ist: Viele Menschen wollen das so nicht hören und annehmen.

Ich bBin die Mutter für alle Menschen, wer oder was sie sind.

Gott Selbst hat mich zur Mutter aller Völker gemacht. Deshalb ergeht mein Ruf an alle Menschen – Ich rufe alle auf.

Ich danke den Kindern, die meinen Ruf in ihre Herzen eindringen ließen.

Zu euch sage ich: Bleibt meinem Herzen nahe, denn es ist unbefleckt und rein. Mein Mutterherz wird euch schützen und leiten, denn es ist noch viel Gefahr um euch.

Leider haben mich viele, die ich auch gerufen habe, nicht in ihre Herzen eintreten lassen. Ihr irdischer Verstand und der Einfluss des Zeitgeistes bringt sie in Bedrängnis.

Zu euch aber sage ich: unruhig sind eure Seelen. Rennt nicht von einem Ort zum anderen, immer in der Hoffnung noch etwas Besseres zu finden.

Jesus ist der Herr. Lasst euch nicht irreführen, denn es sind noch viele, die Ihn verleugnen, die nicht erkennen wollen, dass es so ist.

Lernt Jesus kennen. Wenn ihr Ihm begegnen möchtet, dann werdet still. Jesus findet ihr nicht im Lärm, nicht im Strom von Hektik, Streit und Gewalt.

Jesus findet ihr nur in der Stille!

Jesus IST das Licht, das in euren Herzen eingesperrt ist, durch den Geist der Verwirrnis, der die Welt noch beherrscht.

Jesus sagte einst: „Man wird sagen, hier ist er, dort ist er ..."

Und so ist es auch: Die Menschen rennen hin und her und haften sich an Menschen.

Aber wenn Blinde Blinde führen, führt das in den Abgrund ...

Nicht Menschen sollt ihr euch unterwerfen und nicht Menschen sollt ihr rühmen, verherrlichen und anbeten! Nein! Dort werdet ihr Jesus nicht finden!

Jesus ist dort anwesend, wo die Liebe gelebt wird ...

Jesus liebt die bescheidene Stille.

Lausche, was Jesus heute zu den Seelen spricht:

„Wer Mich finden will, suche Mich in der Stille des Herzens ...

Wer Mich finden will, verleugne sein irdisches ‚Ich' ... und muss bereit sein für die Wahrheit, für die Liebe des Vaters.

Öffne endlich dein Herz, Seele, auf was willst du noch warten?

Verlasse deinen Eigenwillen – er bringt dir keinen wahren Frieden, kein wahres Glück und keine wahre Liebe ...

Öffne dein Herz, dass Ich in dir erwachen und leben kann ... Amen."

Was Gott will

Höre, Kind, Schritt für Schritt gehe weiterhin durch dein Leben.

Versuche nie mehrere Schritte auf einmal zu gehen – du könntest

„stolpern“ und dann „fallen“, und so würdest du nicht Zeit gewinnen, sondern nur unnötige Umwege gehen ...

Lausche: Viele neugierige Stimmen werden an dich herankommen ...

Wenn man dich fragt, woher du die Kenntnis hast, von all den Dingen, die du zu einem Buch zusammengefasst hast, dann sprich:

„Nicht mein irdischer Verstand, auch nicht das Gedächtnis, das sich nur an die Aktivitäten dieses Lebens erinnern kann, hat mich diese Dinge gelehrt. Meine Seele ist Instrument Gottes und gehört dem Vater allen Lebens.

Was Gott will, dass meine Seele sehen und erkennen soll, geschieht. Nicht mein Wille und nicht meine Weisheit ist alles Gesehene und Geschehene.

Gott ist Allmächtig und hat alles meiner Seele gegeben.“

Gott lebt und wohnt in allem Leben und nicht in Tempeln, die „Hände“ gemacht haben.

Gott hat deine Seele gerufen und Seinen Engeln übergeben.

Gott Selbst gibt deiner Seele die Kraft zu erkennen und zu sehen ...

Die Engel überwachen alles, damit du geschützt bist vor den widersetzenden Kräften, die dich ständig stören und fortziehen wollen, damit du deine von Gott anvertraute Aufgabe nicht erfüllen kannst.

Vertraue, Kind ... Lass deine Seele reisen, mit dem Geist der Liebe.

Siehe, deine Reise dient nicht nur deiner irdischen Pilgerschaft, auch nicht zur Belustigung deines irdischen Aufenthaltes ...

Vor allem dient die Reise deiner Seele Gott, dem immerwährenden Schöpfer.

Gib dich ganz Gott hin ...

Siehe, Gott schöpft durch deine Seele für viele andere Seelen.

Gott hat in deiner Seele ein Feuer entfacht, deshalb wundere dich nicht, wenn dein Leib sich manchmal schwach fühlt, so dass du das Gefühl hast, körperlich und geistig nicht mehr mithalten zu können.

Der Geist des Vaters ist stark – der irdische Leib aber ist schwach und vergänglich.

Trotzdem nährt und stärkt der Geist des Vaters deinen Geist ... Amen.

Seelenschau

Wer ist gegen den Sohn Gottes ...

Eine Seele hatte eines Nachts ein außergewöhnliches Erlebnis.

Gott rief ihre ewige Gestalt aus dem irdischen Leib ...

Gleich empfing sie freundlich ein lichter Engel. Er stand vor dem Bett, auf sie wartend: „Komm, Seele, fürchte dich nicht ... Was jetzt geschieht ist Gottes Wille“, sagte er.

Sogleich nahm er ihre Hand und führte sie in Blitzgeschwindigkeit an einen anderen Ort, irgendwo im Freien.

Dort angekommen führte er sie ganz nahe zu einer riesigen Feuersäule.

Die Seele fiel, wie automatisch, zu Boden und rief ängstlich:

„Großer Gott, Dir sei Lobpreis, Dank und Ehre in alle Ewigkeit! Bitte verzeih mir meine Schwächen und Irrtümer.“

Gleich darauf wurde das Licht der Feuersäule noch intensiver und eine mächtige Stimme begann zu sprechen:

„Kind des ewigen Schöpfer-Vaters bist auch du ...

Bleibe Mir treu ... Bleibe ganz nah bei Mir ...“

„Aber Herr, das ist der Wunsch meines Herzens, Dir immer nahe zu sein“, antwortete die Seele.

„Lausche:

Wundere dich nicht, es wird eine Zeit kommen, da wirst auch du auf viele fremde Stimmen aufmerksam werden – Stimmen, die nicht im Einklang mit Gottes Plan und Willen sind.

Mein Widersacher wird aufstehen und will die ganze Welt erobern, im Namen Gottes will er das tun ...“

„Aber Herr, im Namen Gottes? Wie geht das? Sprichst du vom Antichristen? Wer ist er und wie kann man den Antichristen erkennen?“

„Mein Kind, höre gut:

‚Antichrist‘ ist jeder und alles, was sich Gottes Plan und Christus, dem Gesalbten Gottes – das ist der Sohn Gottes – widersetzt und Ihn verleugnet.

Alle Engel im Himmel erkennen den Sohn Gottes, sie kennen und ehren Ihn und befolgen den Willen und Plan des Vaters ...

Menschen aber bilden sich ihr eigenes Urteil, ihr eigenes Bild vom Plan Gottes. Ihr Eigenwille führt sie in die Irrwege der Finsternis.

Höre gut:

Wer den Vater und den Sohn verleugnet, ist ein Anti-Christ.

Jemand, der Gottes Gesalbten meidet, jemand, der Gottes Gesandten – Sohn, den Er Selbst aus Seiner Liebe, nach Seinem Bild, aus Seinem Wesen geschaffen hat – verleugnet, ist ein Gegner der Wahrheit und Liebe Gottes, also ein Anti-Christ, ein Gegner von Christus.

Der Vater und der Sohn sind aber Eins!

Höre, mit des Vaters Kraft und Herrlichkeit werde Ich als Jesus Christus wiederkehren und werde alles mit dem Anfang wieder verbinden ... Amen

Die Wahrheit wird geboren werden ... und alle Völker werden sogleich erkennen, dass Ich der wahrhaftige Sohn Gottes, der Erlöser bin ... Amen."

Gleich darauf nahm der Engel die Seele an der Hand und brachte sie wieder zurück in ihre irdische Welt.

Die Seele hörte noch den Engel sagen:

„Bald wirst du, dein irdischer Körper, erwachen. Dann steh sofort auf und schreibe alles, was du gesehen und gehört hast, nieder. Das ist der Wille des Herrn!

Mach alles sofort, wie ich es dir jetzt gesagt habe, sonst wirst du später denken, nur geträumt zu haben.

Das war kein Traum für ein unterhaltsames Gespräch im Alltag ...

Das ist Realität, Existenz Gottes ...

Habe Mut!"

Gebet

Sei ein Segen!

Herr Jesus Christus,
Dein barmherziges Herz möge unsere vielfältigen Irrtümer
in Gedanken, Worten und Taten vergeben.
Mit Deinem Geist leite uns sicher durch unser Leben, zu Dir ...

Bewahre uns vor weiteren Irrwegen ...
Segne unsere Herzen mit der Kraft, die Geister zu unterscheiden.
Schenke uns die Gabe, die falschen Lichter zu erkennen
und zu vermeiden.

Herr Jesus Christus, Sohn des Vaters,
führe alle Völker auf den rechten Weg,
damit keine Seele in der ewigen Finsternis verloren geht ...
Sprich Du, Herr, zu diesem kleinen Gebet
Dein ... Amen, so sei es ...

„Meine Seele, das Lichtnetz, das Ich in dein Herz legte, offenbart, was seit der Geburt deiner Seele in dir geschrieben steht:

Liebe und Gebet ist dein Weg.

Die Liebe des Vaters hat diese Art von ‚Kommunikation' in deine ‚Wiege' gelegt. Das Gebet ist ein lebendiger Weg zu Gott. Amen, so sei es ...

Meine Seele, sei ein Segen für die verloren gegangenen Seelen ... Amen."

Nachricht vom Himmel

Frieden

Ihr betet um Frieden in der Welt. Das ist gut, aber vergesst nicht: Der Friede beginne in euch!

Den Frieden sucht nicht außerhalb ... Findet den Frieden zuerst in euch!

Jede Seele arbeite daran, Frieden mit dem Nächsten zu schließen.

Jede Seele bemühe sich, den Frieden auch zu bewahren ... und jede Seele erkenne, dass, wenn sie sich den wahren Frieden in der Welt wünscht, auch in ihr der Frieden erwachen muss.

Friede sei zuerst in euren Herzen ... Amen.

Nachricht vom Himmel

Glaube

Der Glaube ist wichtig! ... Was aber ist ein gelebter Glaube?

Ein gelebter Glaube kann, wenn er wahrhaft zum Leben erweckt wird, das heißt, wenn nach den Worten auch die Taten folgen, wahrlich Berge versetzen.

Ein Glaube ohne Vertrauen auf Gottes Schutz und Führung – wenn man Ihn darum bittet – ist KEIN wahrer Glaube.

Es ist nicht nur der Glaube, der vielen Menschen fehlt ...

Hauptsächlich mangelt es an dem Vertrauen, dass Gott hört und erhört – zur rechten Zeit!

Der wahre Glaube lebt erst durch die Kraft des Vertrauens.

Ein Glaube ohne Vertrauen ist ein toter Glaube, wie eine Vene ohne Blut, wie ein Körper ohne Herzschlag ...

Amen, Ich sage dir, merke dir das gut:

Ein Glaube ohne Vertrauen ist wie ein Leib ohne Seele ...

Seelenschau

Besuch im Himmelreich

An einem milden Nachmittag besuchte eine Seele das Grab eines verstorbenen Angehörigen. Das tat sie, um sich dem Verstorbenen näher zu fühlen. Der Verlust des Angehörigen schmerzte die Seele tief in ihrem Herzen.

Als sie vor dem Grab stand, fing sie an zu beten, es gelang ihr aber nicht, das Gebet zu Ende zu sprechen. Schmerz und Wut rangen miteinander in ihrem Herzen. „Warum“, klagte sie zu Gott, „warum hast Du das zugelassen? Alle hatten wir noch Pläne für die Zukunft, alles ist jetzt kaputt, alles ist sinnlos geworden ...“

Dann begann sie bitter zu weinen.

Nach einiger Zeit hörte sie schnelle Schritte immer näher in ihre Richtung kommen. Es war eine Person, die neben ihrem Familiengrab nach dem Rechten sehen wollte. Die Seele erschrak und verließ etwas hektisch das Grab ihres Angehörigen, weil sie sich schämte, dass sie jemand in diesem aufgelösten Zustand sehen könnte. Ziellos streifte sie auf dem großen Friedhofsgelände von Grab zu Grab, bis sie vor einem neuen Grab abrupt stehen blieb, als hätte ihr jemand befohlen, augenblicklich still zu stehen.

Es war ein kleines Kindergrab mit dem Foto eines glücklich lächelnden Kindergesichtes auf dem Grabstein. Das Bild des kleinen Kindes berührte die Seele so sehr, dass in ihr ein eigenartiges Gefühl aufstieg, als könnte sie von Angesicht zu Angesicht mit ihm sprechen.

Nun begann die Seele erneut zu klagen: „Du liebes Kind, was hat man dir angetan? Gott, ich verstehe Deinen Plan nicht! Warum erschaffst Du kleines Leben und lässt es dann nicht leben? Kein Mensch kann Deinen Willen verstehen, wo liegt da der Sinn? Dieses Kind hätte auch noch viele Jahre leben können!"

Wie versteinert stand die Seele vor dem Grab und betrachtete mitfühlend das Bild des Kindes.

Auf einmal spürte sie, als würde jemand von hinten ganz nah an sie herantreten und „Komm zum Kreuz ..." sagen.

Erschrocken drehte sich die Seele schnell um, jedoch war niemand zu sehen. Daraufhin holte sie einmal tief Luft und schaute wieder das Bild des Kindes auf dem Grabstein an.

Gleich darauf hörte sie noch einmal ganz klar eine feine Stimme „Komm zum Kreuz ..." sagen.

Empört über diese dominante Aufforderung drehte sich die Seele rasch um, jedoch war wieder niemand zu sehen.

Als sie dann die Aufforderung ein drittes Mal vernahm, verließ sie fluchtartig das Grab des Kindes.

Sie hastete durch das Areal des Friedhofes, bis sie ungewollt zum Platz des großen Kreuzes kam.

Einige Meter vor dem Kreuz stand jemand, der ungewöhnlich gekleidet war und ihr freundlich zuwinkte.

Die Seele dachte sich: „Wer und was ist er, so etwas wie ein Pater aus einer neuen ‚Brudergemeinschaft', in weißer Bekleidung?"

Die Seele drehte sich um ... „Es könnte ja sein, dass er jemand anderen gemeint hat ...", dachte sie sich. Es war aber außer den zwitschernden Spatzen niemand zu sehen.

Daraufhin sagte der Fremde: „Komm, folge mir ganz nah zum Kreuz ..."

„Zum Kreuz ...? Ich habe schon gebetet, vorhin", stotterte die Seele verwirrt über diese eigenartige Aufforderung ... und wollte weitergehen.

„Ja", sagte der Fremde freundlich, „aber dein Gebet war mehr eine Anklage ... und eine Frage ... an Gott ..."

Die Seele erschrak und antwortete etwas scharf: „Es gehört sich nicht, andere beim Beten zu belauschen!"

Der Fremde lächelte und sprach: „Ja, aber Gott kann dich überall und zu jeder Zeit hören. Heute sendet mich der Herr zu dir, liebe Seele, weil Er dir etwas zeigen will ...

Viele Menschen denken und fühlen so wie du vorhin ..."

Die Seele erschrak. Augenblicklich fiel es ihr wie Schuppen von den Augen ... „Er ist nicht von dieser Welt! Oh Gott, hilf mir!", schoss es ihr durch ihre Gedanken.

Sie fürchtete, gleich in Ohnmacht zu fallen, so zittrig wurden von einem Moment zum anderen ihre Beine.

„Entschuldige, bitte entschuldige", stotterte die Seele ängstlich.

„Fürchte dich nicht ... Komm und folge mir nach zum Kreuz."

Stattlich erhoben stand das Kreuz auf einem Plateau. Rund um das Kreuz mit einigen Metern Abstand standen einige Bänke zwischen Blumen und Sträuchern, die zur stillen Anbetung einluden.

Während die Seele ein paar Schritte ging, schaute sie gleichzeitig zu den hübschen Bänken.

Der Bote nahm die Seele bei der Hand und sprach, dem Blick der Seele folgend: „Ja, hier wirst du gleich eine Weile ruhen."

Die Seele schaute verwundert und dachte sich: „Das kann ich zu Hause auch tun."

Daraufhin schaute der Bote die Seele mit einem konzentrierten Blick an und blies ihr ins Gesicht, oder besser gesagt, er hauchte sie an. Nach einem kurzen Moment verspürte die Seele ein unvorstellbar angenehmes Gefühl, so als würde sie, wie nach einem Sekundenschlaf, plötzlich aufwachen.

Von einem Moment zum anderen fühlte sie sich ganz frisch, wie federleicht und gesund, keine Schmerzen hier und dort ...

Ihr Körper fühlte sich „geschmeidig" an. Voller Freude rief sie überrascht: „Ich fühle mich so unbeschreiblich wohl, so erleichtert, wie nie zuvor, als wäre ich neu geboren!"

Der Bote lächelte und sprach: „Ja, so ist es immer."

Als er das sagte, fiel gleichzeitig sein Blick hinter die Seele.

Die Seele folgte seinem Blick und erschrak ... Ihr irdischer Körper lag, wie in einem Tiefschlaf – wie tot – auf einer dieser Bänke. Stotternd sagte sie: „Das bin ja ich auf der Bank, was ist passiert? Bin ich jetzt für die irdische Welt tot?"

„Nein, du bist nicht tot", sagte der Bote gelassen. „Dein irdisches Kleid wird hier eine Zeit verweilen. Habe keine Angst, du wirst, das heißt, dein irdischer Leib wird von den Menschen nicht mehr wahrgenommen werden. Kein Mensch, der hier vorübergeht, wird dich sehen können – und auch nicht in Versuchung kommen können, sich auf diese Bank zu setzen."

„Aber ich bin doch für jedermann sichtbar! Kann man meinen Körper nicht mit etwas zudecken?", fragte die Seele besorgt.

Der Bote hob sein Haupt und blickte nach oben, so als würde er jemandem eine Anweisung geben. Offensichtlich sah er etwas, was die Seele nicht sehen konnte.

Augenblicklich wurde der irdische Leib der Seele mit einer Art Masse, wie flüssiges Glas, umhüllt. Daraus entstand eine Art Schutzkuppel, wie aus Glas.

Der Bote sagte: „Von den Menschen kann das niemand sehen, weder dich noch das Schutzfeld ... Geister können es sehen. Fürchte dich nicht, dass ein niedriger Geist dich, während wir fort sind, belästigen könnte. Niemand von denen kann dieses Schutzfeld öffnen. Nun komm, wir haben noch einiges vor ... Bist du bereit, das für das Menschenauge Unsichtbare und Unfassbare zu schauen?"

„Ja, ich bin bereit", sprach die Seele feierlich, ohne zu wissen, was sie erwartete ...

Auf einmal entfachte sich aus dem Nichts ein Kraftfeld, eine vibrierende Energie ... Gleichzeitig öffnete sich vor dem Kreuz ein riesiger Durchgang wie ein Portal, und die Seele zog es regelrecht durch das geöffnete Tor, das irgendwie durch das Kreuz entstand.

In einem kurzen Moment war die Seele mit dem Boten in einer anderen, für den Menschen unsichtbaren Welt angekommen. Von da aus reisten sie dann mit einer nicht messbaren Geschwindigkeit an einen ganz anderen, viel feineren Ort im Himmelreich. Die Seele schaute überrascht. „So eine schöne Landschaft voller Harmonie – unfassbar!", rief sie. „Das sieht ja aus wie im Himmel!"

„Das IST der Himmel, Seele, du bist jetzt im Himmel, das heißt, an einem kleinen Ort im grenzenlosen Himmelreich."

„Wie schön es hier ist!", sagte die Seele. Daraufhin führte der Bote sie über einige Wege an einem großen See entlang, in dem sich das Sonnenlicht spiegelte. Einige Leute ruhten entspannt am See, andere spazierten über romantische Pfade ...

Eigentlich schwebten sie eher über dem Boden – die Seele spürte keinen harten Boden unter ihren Füßen.

Auf einmal, die Seele traute ihren Augen nicht, rief sie aufgeregt: „Da, drüben den Mann kenne ich aus der irdischen Welt! Er scheint sich sehr wohlzufühlen. Wenn das seine Frau wüsste, wie sehr er sich hier wohlfühlt."

„Ja", sprach der Bote, „es geht ihm jetzt sehr gut. Er hat die Welt überwunden ... Reingewaschen und geschliffen wie ein Juwel wurde seine Seele. Die Krankheit, die ihm das Leben auf Erden nahm, ermöglichte ihm den Eintritt in diese wunderbare Welt ..."

In wenigen Augenblicken waren der Bote und die Seele wieder an einem anderen Ort.

An einem Waldrand standen einige Rehe, die neugierig zu ihnen herüber schauten ... Nicht weit von ihnen spielten kleine Füchse ... Weiter oben an einem Hang stolzierten einige Hirsche ... Ein Wanderer kam von einer anderen Seite am Hang herunter ...

Die Seele rief zum Wild hinüber: „Passt auf, er könnte ein Jäger sein!"

Der Bote schaute die Seele lächelnd an und sagte: „Liebe Seele, sorge dich nicht, wir sind im Himmelreich. Hier gibt es keine Jäger, die Tiere jagen und töten. Kein Mensch und auch kein Tier tut einem Tier etwas zu Leide. Menschen und Tiere leben hier als Gottes Geschöpfe im Einklang mit der Natur. So soll es auf Erden auch eines Tages werden.

Die Menschen werden die Tiere als Gottes liebe Geschöpfe respektieren, als ihre kleinen Geschwister im Schöpfungsprogramm des Schöpfers. Hier essen der Mensch und das Tier kein Fleisch."

„Wie wunderbar!", schwärmte die Seele. „Kann ich das den Menschen auf Erden erzählen?"

„Natürlich kannst du ihnen vom Plan des Schöpfers für Mensch und Tier erzählen, aber sei nicht enttäuscht, denn viele werden dich nicht verstehen und andere werden dich nicht verstehen wollen.

Auch Menschen, die Tiere lieben, wollen das nicht hören. Sie werden sagen, dass es Gottes Wille ist, dass der Mensch das Tier jagt, tötet und isst.

Als der Herr einst auf der Erde Mensch wurde, war das die Einleitung für eine neue Zeit, das heißt, die groben Gesetze, wie Blutopfer, wurden aufgehoben ..."

Nach diesen Worten befanden sie sich wieder an einem anderen Ort.

An einem wunderschönen Hang trabte eine weiße Pferdeherde majestätisch herab und wieder einen anderen Hang gegenüber hinauf.

Nach dieser Szene hörte die Seele plötzlich von weit her mehrere

Stimmen. In einem Augenblick sah die Seele einen wunderschönen Park. Dort trafen sich einige Leute zum Singen.

Voller Freude, ganz ausgelassen, sangen sie wunderschöne Lieder ...

Gleich darauf führte der Bote die Seele wieder an einen anderen Ort.

Von weit her hörte sie lustige Stimmen ... und wieder von einem Moment zum anderen kamen sie dem Geschehen näher ... Da sah sie einige Kinder vergnügt herumtollen.

Die Seele erschrak und rief: „Das Kind dort, es sieht aus wie das verstorbene Kind auf dem Bild des Grabsteins!"

Der Bote sagte ruhig: „Ja, das ist das Kind ..."

„Aber warum musste es so früh schon sterben? Es scheint das kleinste und jüngste in der Gruppe zu sein."

„Komm", sagte der Bote. Augenblicklich waren sie wie von diesem Ort im Himmelreich enthoben.

Der Bote zeigte auf eine weiß-silberglänzende Wolke und sprach: „Schau genau, was du gleich sehen wirst ..."

Die glitzernde Wolke bewegte sich kurz. Dann erschien ein Bild aus der irdischen Welt.

Daraufhin waren in einer Blitzgeschwindigkeit einige kurze Ereignisse aus dem Erdenleben des Kindes zu sehen. Die Eltern des Kindes hatten ständig Konflikte mit allem und jedem. Das Schlimmste war aber, dass sie ihre Konflikte vor dem Kleinkind austrugen.

So geschah es, dass das Kind bei einer Ausfahrt, in einem unachtsamen Moment, während die Eltern wieder einmal mit jemandem einen Konflikt austrugen, vor ihren Augen bei einem Unfall zu Tode kam ...

„Oh wie schlimm", klagte die Seele traurig. „Wurden die Eltern auf diese Weise von Gott bestraft?"

„Nein, diese Seele, die du jetzt als Kind gesehen hast, wählte einst freiwillig diesen Weg. Dieses Ereignis sollte dazu dienen, die verhärteten Herzen dieser Menschen für Gott und die Liebe zum Nächsten zu öffnen. Du siehst also, Gott hat ihnen nur durch das Kind eine Möglichkeit gegeben, um die Liebe zu lernen."

„Das Kind wählte also selbst, dass es als Kleinkind so früh sterben sollte?", fragte die Seele überrascht.

„Ja, zum Wohle dieser Menschen, die seine Eltern wurden. Weil es sie so sehr liebt, hat es das getan."

„Das heißt also, das Kind war zuerst eine ‚große', ‚erwachsene' Seele und wurde dann klein, aber jetzt ist es immer noch klein, ein Kind, warum?", fragte die Seele verwundert.

„Ja, es ist eine reife Seele ... Kind ist diese Seele nur, weil sie sich als Kind so unsagbar wohlfühlt."

„Komm", sagte der Bote – und schon waren sie an einem wunderschönen großen Brunnen angelangt. Dort war wieder das Kind. Es füllte beide Hände mit Wasser und trank daraus. Rasch drehte es sich um und lächelte verschmitzt. In dem Moment trafen sich die Blicke des Kindes und der Seele. Voll Freude rief das Kind: „Was machst du denn jetzt schon hier?" Das Kind spürte in sich, dass es für die Seele noch viel zu früh war, um hier zu sein und zu bleiben.

Die Seele stotterte: „Ja, das wollte ich dich gerade auch fragen ..." Das Kind lachte herzlich und sagte: „Komm, ich werde dir etwas zeigen." Die Seele schaute fragend zum Boten. Der Bote nickte und sagte: „Geh nur und schau, deshalb bist du ja hier."

Das Kind zog die Seele bei der Hand, und in Windeseile, wie schwebend, bewegten sie sich fort, über romantische Pfade und kleine Brücken, einen kleinen Bach entlang ... Rundherum waren wunderschön hochgewachsene Bäume, bunte Sträucher und Blumen, die die Seele noch nie in der Welt gesehen hatte. Bald kamen sie an einem anderen wunderschönen Park an. Dort gab es viele verschiedene Sitzgelegenheiten. Hier und dort waren gut gelaunte Menschen, bzw. Seelen zu sehen, die gemeinsam fröhlich sangen, oder sich über ihre verschiedenen Erfahrungen austauschten – andere knüpften an irgendeiner Handarbeit ...

Dann plötzlich, der Seele verschlug es regelrecht den Atem: „Das gibt es doch nicht ...", stotterte die Seele.

Auf einer gemütlichen Bank saß ihr verstorbenes Familienmitglied und auf dessen Schoß lag schnurrend die einstige Lieblingskatze aus der Kinderzeit der Seele.

Jetzt musste die Seele furchtbar weinen ... Das verstorbene Familienmitglied winkte ihr freudig zu ... Spontan rannte die Seele zu ihm hin und sie fielen sich in die Arme. „Ich habe dich so sehr vermisst", klagte die Seele.

Gleichzeitig küssten und drückten sich die Seele mit ihrem verstorbenen Familienmitglied und mit der einstigen Lieblingskatze, der sie als Kind das Versprechen gegeben hatte, dass sie immer zusammenbleiben würden.

Die Seele schüttelte es geradezu vor lauter Weinen.

„Weine nicht, freue dich", beruhigte das verstorbene Familienmitglied die Seele. „Schau dich um, ist es mir in der Welt je einmal so gut gegangen? Hier ist alles in Ordnung, in göttlicher Ordnung!", betonte es. „Wir werden uns alle wiedersehen! Geh wieder zurück und grüße mir die Familie ... Sei nicht enttäuscht und ärgere dich nicht, wenn sie zuerst denken, dass du nur geträumt hättest."

Die Katze schmiegte sich schmusend an die Seele und schaute vertraut in ihre Augen. Einen kurzen Augenblick hatte die Seele in ihrem Inneren das Gefühl, als würde die Katze durch den Augenkontakt zu ihr sprechen, wie: „Ich habe dich nie vergessen, wir werden uns wiedersehen ..."

Das verstorbene Familienmitglied nickte freudig und sprach: „Ja, so ist es, du hast richtig gefühlt, in deinem Inneren. Schau, der Bote wartet auf dich ... Es ist Zeit für die Rückkehr." Die Seele drehte sich um. Der Bote stand in einem großen Torbogen und streckte der Seele einen Arm entgegen, und wieder fühlte die Seele in ihr Worte wie: „Komm, es ist Zeit, für deine Rückkehr in die irdische Welt."

Die Seele nickte, drückte ihr verstorbenes Familienmitglied und die Katze noch einmal ganz fest und sprach: „Ich werde euch nie vergessen – danke für eure Liebe!"

„Grüße mir meine Leute in der Welt!", rief das verstorbene Familienmitglied der Seele noch nach.

„Ja, das mache ich", rief die Seele freudig und ging mit dem Boten durch den Torbogen zurück in die irdische Welt.

Mit nur einem Schritt, einem sanften Schwung landete die Seele mit dem Boten wieder vor dem Kreuz in der irdischen Welt.

Der erste Blick der Seele war sofort prüfend auf die Bank gerichtet, ob ihr irdischer Körper noch da war.

Zu ihrer Zufriedenheit sah alles so aus wie zu dem Zeitpunkt, als die Seele mit dem Boten die irdische Welt verlassen hatte.

Die Seele zeigte in die Richtung, wo ihr irdischer Leib auf der Bank bequem ruhte.

Der Bote lächelte und sagte: „Siehst du, dein irdisches Kleid blieb unversehrt und ruht gemütlich in einem tiefen Schlaf. Gleich werden einige Menschen vorbeikommen und sie werden nichts erkennen und auch nicht das Verlangen haben, sich genau hier hinzusetzen ..."

Tatsächlich kam gleich ein Paar mit kleinen Kindern vorbei. Während sich die Eltern lebhaft unterhielten, liefen die Kinder ausgelassen hin und her, vor und zurück.

Die Seele hielt gespannt den Atem an, als sie sah, wie die Kinder ausgerechnet um die Bank wild herumtollten, auf der ihr irdischer Körper lag. Im letzten Moment aber rannten die Kinder weiter zur nächsten Bank und hüpften darauf herum.

Die Seele atmete erleichtert auf und fragte neugierig: „Und wie kann ich wieder in meinen irdischen Körper?"

„Sorge dich nicht, ich werde dir dabei helfen. So wie du herausgerufen wurdest, kommst du auch wieder hinein ... Das geschieht alles durch die Bewegung des Geistes."

„Gut", antwortete die Seele gelassen, aber tief in ihrem Inneren brannte noch eine Frage über etwas, das der Bote im Himmelreich angesprochen hatte. Verlegen sah sie zum Boten und sagte zaghaft: „Darf ich noch etwas fragen, bevor ich wieder ganz in der irdischen Welt erwache?"

„Ja", antwortete der Bote ruhig, „deshalb bin ich noch hier, denn deine Frage ist die Frage vieler Menschen ..."

„Wann wird die Zeit sein, wenn die Menschen kein Fleisch mehr essen mögen? Das ist so unvorstellbar für einen Großteil der Menschen. In der Welt ist es doch ganz normal, dass sie die Lebewesen, in denen auch ein Herz schlägt und Blut fließt, töten und essen.

„Ja, für die Menschen ist das Töten von Lebewesen noch eine ganz natürliche Handlung, ein von Gott ‚empfohlenes' Nahrungsangebot und Brauchtum geworden.

Sei dir dessen bewusst – wahrlich, die Zeit wird es zeigen –, alles ist nur eine Phase der Entwicklung des Bewusstseins.

Am Anfang haben die Menschen und die Tiere kein Fleisch gegessen. Das Fleischessen kam erst durch den Fall, den aber die Menschen und nicht die Tiere verursacht haben.

Durch den Fall des Menschen stürzte ihr reines Bewusstsein in die Tiefe, in das lichtlose Chaos. Somit wurden auch die Tiere mit in den Abgrund gezogen, aus einem reinen Leben, aus dem Heil, das Gott für sie geplant hatte, herausgerissen.

Aus dem heiligen Frieden im Einklang mit der Natur und allen Lebewesen wurden sie herausgehoben.

Der Mensch konnte der Versuchung nicht widerstehen. Verstehe gut: Es ist aber nicht Gott, der die Menschen in Versuchung gebracht hatte – das war ein Widersacher.

Verstehe: Ein Widersacher ist jemand und jeder, der sich gegen Gottes Pläne und Gesetze – gegen Seine heilbringende Kraft und Liebe stellt. Niemals würde Gott in Versuchung kommen, Seine Seelen in Versuchung zu führen und Seine geliebten Geschöpfe für das Böse zu inspirieren.

Merke dir gut, wenn du betest: Gott ist nicht Derjenige und nicht das Wesen, das die Seelen in Versuchung führt Böses zu tun. Gott ist ewige Barmherzigkeit, Friede und Liebe. Gott ist das Ziel jeder Seele.

Siehe, Erdenkind, durch die Liebestat des Herrn – Er Selbst, der Reine, machte sich zum Opfer, zum blutenden Lamm – wurde das Blutopfer aufgehoben.

Er, der Reine, verband durch Sein Opfer alles Leben, den immerwährenden, fließenden Schöpferstrom, wieder mit dem Anfang, der Schöpfungsquelle ... Das heißt, durch das Opfer des reinen Sohnes wurde das Leben der Gefallenen in einer ‚ewigen Verdammnis', das durch den Fall ausgelöst und aktiviert worden war, aufgehoben. Mit Jesus dem Christus wurde eine neue Zeit eingeleitet, ein neuer Weg zurück – zurück zum Licht, zum wahren Leben, zu Gott."

Tief im Innersten ergriffen von der Aussage des Boten antwortete die Seele: „Danke, lieber Bote, jetzt kann ich es besser verstehen, aber darf ich das auch den Menschen in der Welt erzählen?"

„Ja, Seele, denn Gott hat dir diese Gabe geschenkt:

Tropfen aus der ewigen Quelle des Schöpfers zu schöpfen, um sie zu sammeln und in die Welt, wie einen Fluss, fließen zu lassen.

Du musst diese Gabe mit vielen Menschen teilen, damit auch sie auf die Stimme Gottes, die sie ständig ruft, aufmerksam werden.

Teile die Quelle, damit sie nicht zur Last wird, denn Gott will vielen Seelen von Seiner Quelle zu trinken geben.

Lausche, Gott wird Seine Liebe tief in dein Herz senken, damit du besser verstehen und erfühlen kannst, das heißt, du wirst nicht nur spüren, wie es Menschen, sondern auch wie es Tieren geht. Du wirst das Wesen im Inneren eines Körpers erfühlen.

Unangenehm für dein Wesen wird es sein, wenn Menschen und Tiere und auch die Natur ausgebeutet und gequält werden. Dein Empfinden wird sehr fein werden, damit du erkennst, was Gott empfindet, wenn man Seinem Leben Gutes oder Böses tut.

Bleibe stets in der Kraft des Herrn, in Seiner Liebe.

Jetzt wirst du gleich wieder in deinen irdischen Körper zurückkehren und sofort erwachen.

Mach alles gut und pflege regelmäßig die Verbindung mit deinem Schöpfer, dem Vater allen Lebens, durch das tägliche Gespräch – das Gebet."

Als der Bote diese Worte zur Seele sprach, sah er ihr intensiv in die Augen: ein liebevoller Blick, der eine besondere Kraft ausströmte – dabei fühlte sie in ihrem Herzen die Worte: „Ich, dein Gott, vertraue dir das alles an."

Nach dem Schlusswort des Boten, „Sei gesegnet im Namen des Herrn!", hauchte er seinen Atem wieder in ihr Gesicht. Daraufhin zog es die Seele in einer unbeschreiblichen Geschwindigkeit zurück in ihren irdischen Körper, so dass ihr irdischer Leib regelrecht aufzuckte – und gleich war die Seele hellwach und setzte sich sofort auf.

Im selben Moment kam eine Person vorbei und scherzte: „Ja, ein Schläfchen an so einem stillen Ort tut manchmal richtig gut ..."

Die Seele nickte verlegen und dachte sich: „Wenn du wüsstest, was ein wahrer stiller Ort ist ..."

Sogleich schaute die Seele in die Richtung des Kreuzes. Der Bote, der den Einzug der Seele in ihren Körper aufmerksam bewacht hatte, lächelte über die Gedanken der Seele und hob zum Abschied die Hand ... und die Seele winkte dankbar zurück.

Der Bote machte einen Schritt zum Kreuz ... und fort war er, in eine für das Menschenauge unsichtbare Welt ...

Zugleich verließ die Seele den Platz vor dem Kreuz. Bevor sie nach Hause ging, verweilte sie noch eine Zeit am Grab des Kindes und dachte mit unsagbarem Glücksgefühl über all die außergewöhnlichen Erlebnisse im Himmelreich nach.

Was Ich gesagt habe, hat kein Ablaufdatum

„Ja, Meine Seele, Ich habe dich verstanden ...

Was Ich gesagt habe, gilt nicht nur für eine bestimmte Zeit in dieser Welt.

Was Ich gesagt habe, hat kein Ablaufdatum, wie die Produkte eurer Welt.

Was Ich sage, ist Gottes Wille, alles von Mir kommt von Gott!

Deshalb erinnere Ich dich jetzt an Meine Worte:

Viele Menschen in dieser Welt jagen nur ihrem eigenen Wohl und Vergnügen nach, sie wollen immer ‚belohnt' werden ...

Diese Zeit in der Welt ist nicht die Zeit der Ewigkeit, der Freiheit und Belohnung. Die Zeit der Freiheit und Belohnung ist in der Ewigkeit und hat kein Ablaufdatum, sie hat kein Ende.

Deshalb ermahne Ich wieder:

Erzählt den Menschen von der Wichtigkeit der Verbindung mit Gott durch das Gebet!

Betet, um die Zeit ohne Licht, die die Zeit der Vorbereitung und Reinigung ist, abzukürzen!

Betet für die Seelen, die noch nicht die Schwelle zum Licht überschreiten konnten, denn sie sind viele, ihr könnt sie nicht zählen.

Glaube, Seele, und vertraue!

Habe Mut und erzähle den Menschen von der Kraft des Gebetes, das das Licht in die Finsternis wirft, das alles Dunkle erhellen und erleuchten kann.

Gelobt sei Gott, gelobt sei der Herr der Heerscharen ... Amen."

Ladet den heilenden Geist Gottes ein!

Lobe Gott, den All-Mächtigen Vater allen Lebens, mit Seinem Sohn und Seinem Heiligen Geist.

Die meisten Menschen in dieser Welt verlangen immer nur nach dem Heil ihres vergänglichen Körpers. Sie erkennen keinen vernünftigen Sinn eines Krankheitsbildes.

Wenn der irdische Leib erkrankt, besinne man sich auch auf den Sinn des Daseins in der irdischen Welt.

Bevor ihr medizinischen Rat einholt oder Medizin einnehmt, lenkt eure Aufmerksamkeit zuerst auf den heilenden Heiligen Geist Gottes, der die Wirksamkeit einer Behandlung und Medizin und eine gute Heilung wirksam beeinflussen kann. Bei jeder noch so kleinen oder großen Krankheit am irdischen Leib ladet den heilenden Geist Gottes ein, um die Heilung zu unterstützen.

Ihr Seelen, ihr seid Geistwesen ... Bemüht euch wieder um die heilende Kraft des Geistes, die zu euch gehört!

Der irdische Leib gehört zur Erde. Er ist noch den Gesetzen der unteren Welt unterworfen – deshalb ist er vergänglich.

Der geistige Leib aber gehört einer oberen Welt an, einer geistigen Lichtwelt – deshalb ist er unvergänglich.

Das heißt, wenn Heilung geschehen soll, am irdischen Leib, darf die Seele nicht vergessen werden ... Der geistige Leib möge mit einbezogen werden, indem ihr euch immer mehr vom irdischen Lärm abwendet und die Stille mit Gottes Geist sucht.

Mensch, überwinde dein irdisches Ich. Lass dich vom heilenden Geist der Liebe regieren. Kehre um und glaube an Gott, der dir das Leben schenkte. Vertraue dich wieder der Schöpferkraft deines Schöpfers an! Vertraue dich dem Wesen an, zu dem deine Seele seit Anbeginn gehört – Gott, das Wesen der Barmherzigkeit und Liebe.

Der Geist der Liebe hat deinen Geist kreiert. Verbinde dich wieder regelmäßig mit dem Geist der Liebe, damit der heilbringende Strom immer stärker in dein Leben fließen und dir und vielen Kraft und Heil schenken kann.

Sprich bewusst in dich:

„Gott, Geist des Lebens, Vater meiner Seele ... Heile meine Seele, damit mein irdischer Leib sich wieder erholen und heilen kann ... Durch die Kraft Deines heilenden Geistes, heile mich.

Ich glaube an Dich, Geist der Liebe ...

Ich hoffe auf Dich, Geist des Friedens ...

Ich vertraue auf Dich, Geist des Heiles, der Gesundheit und Leben schafft.

Danke ... Amen."

Ich werde euch sicher leiten

Gelobt und gepriesen sei der Ewige, Gott, der Vater allen Lebens.

Jene Seelen, die sich mir, der einstigen Mutter Jesu Christi, anvertrauen, werde ich an der Hand nehmen und als ihre von Gott Selbst anvertraute Mutter durch ‚diese Schule' – ihr Erdenleben – sicher leiten, bis sie der Vater aufnimmt.

Begreift, meine Kinder, ich will euch als die Kinder Gottes, die ihr seid, nach Hause, in eure wahre Heimat führen – in eine Heimat, die ihr seit langer Zeit vergessen habt, in eine friedvolle, vom Geist der Liebe regierte Welt ... Amen

Meine Kinder, vertraut euch mir an, dass ich euch sicher führen kann ... Das kann ich nur, wenn ihr es auch selbst wollt.

Mit eurem „Ja", aus eurer freien Entscheidungskraft, ziehe ich euch ganz an mich und leite euch sicher auf der geistigen Straße, zu Gott, zu eurem wahren Leben ... Amen.

Auf den Herrn vertrauen

Jesus Christus, unser Herr,
höre unsere Stimmen zu Dir,
höre unser Flehen ...

Deinen Geist der Liebe,
Deinen Geist des Friedens ... und
Deinen Geist des Heiles ...
ersehnen wir.

Geist des Friedens ... beruhige uns,
Geist der Liebe ... erwache in uns,
Geist des Heiles ... heile uns.

Seele, das sei dir stets bewusst: Auf den Herrn vertrauen, heißt ein ewiges Haus für die Ewigkeit bauen ...

Gott ist dein Lebensatem

Gelobt sei Gott, der Vater allen Lebens, in Ewigkeit.

Es ist des Vaters Liebe, die jetzt deine Seele umarmt.

Danke dem Vater immer, für jeden Tag in deinem Erdenleben.

Gott ist dein Lebensatem, jetzt und allezeit.

Habe Mut, komm näher zu mir ... Ich lade dich ein, mit mir zu beten. Wir bitten den Vater um Gerechtigkeit und Ordnung in der Welt, durch die Kraft Seines Heiligen Geistes, die die wahre Liebe in allen Herzen entfacht ...

Suche das Licht des Herrn!

Suche das Licht, Seele, suche das Licht!

Ja, suche das Licht des Herrn, aber suche es nicht außerhalb – suche es nicht in der Welt, das machen die Heiden ...

Suche das Licht in dir, Seele, HIER wartet der Herr auf dich ...

Werdet neu, wandelt euch wieder zu dem, was ihr von Anbeginn eurer Erschaffung seid – lichte Geistwesen ...

Erfüllt die Dunkelheit in dieser Welt mit eurem Licht.

Gott braucht viele Lichter, viele leuchtende Herzen, um die Welt zu erhellen ...

Durch euch, durch lichte Herzen, will Gott die Welt erneuern ... Amen.

Bevor du betest, öffne dich!

Ehre sei dem Vater, dem Sohn und dem Heiligen Geist ...

Lausche, Seele: Bevor du betest, öffne dich!

Sprich, wenn du das Zeichen des Kreuzes an dir machst:

„Im Namen des Vaters ... öffne ich mich, denn er ist das Haupt ...

Im Namen des Sohnes ... öffne ich mich, er ist das Fleisch gewordene Wort ...

Im Namen des Heiligen Geistes ... öffne ich mich – dem heilenden Geist, der alles heilt und der die wahre Liebe auf ewig ist."

An was ihr euch ständig erinnern müsst, weil ihr es in dieser Welt der unzähligen Illusionen immer wieder vergesst:

Ihr seid nicht nur vergängliche Wesen aus Fleisch ...

Was ihr seid, ist viel mehr: Ihr seid Geistwesen!

Die wahre Gestalt von euch ist nicht vergänglich, sondern unvergänglicher „Stoff" aus Geist, aus dem Wesen Gottes.

Viele Menschen – Seelen, haben das durch den Eintritt in diese Welt – die Geburt – vergessen.

Viele sind der Meinung, dass sie mit den geistigen Dingen nichts zu tun haben möchten ... und wissen nicht, dass sie ständig – jeden Tag – den Geist bewegen, mit dem Geist arbeiten – durch die Gedanken.

Deshalb ist es wichtig, dass ihr euch immer wieder erinnert, dass ihr, als geistige Wesen, mit dem Geist – durch die Kraft der Gedanken – Dinge und Situationen bewegt und erschafft.

Was ihr denkt, sendet ihr aus

Oft erschaffen sich Menschen unbewusst unnötige Dinge und Ereignisse, ungewollte unangenehme Situationen in ihrem Leben, weil sie ihre Gedanken nicht im Griff haben.

Seid also achtsam, denn was ihr denkt, sendet ihr aus, und es kommt auch wieder zu einem bestimmten Zeitpunkt zu euch zurück, wie ein Bumerang.

Jeden Tag erinnert euch, als was Gott euch erschuf:

Ihr seid Geistwesen, die ständig den Geist bewegen!

Lernt die Kontrolle über eure Gedanken, das heißt, lernt sie bewusst zu lenken.

Nicht die Gedanken dürfen euch beherrschen und regieren, umgekehrt muss es sein. Als Geistwesen sollt ihr die Kontrolle über die Gedanken haben.

Wenn die Menschen sich darüber richtig bewusst werden, können sie viele gute Dinge und Ereignisse zum Wohle allen Lebens erschaffen.

Ich glaube ...

an die heilende Kraft des Heiligen Geistes, der durch alles Leben reist ...
an die Gemeinschaft der Heiligen,
an die Barmherzigkeit und Liebe Gottes,
an die Vergebung der Irrtümer,
an die Auferstehung der gefallenen Seelen,
an das Leben nach dem Tode ... und das Ewige Leben,
in der immerwährenden Freude und Liebe in Gott ... Amen.

Lass dich vom Geist Gottes leiten!

Liebe Seele, das Verlangen deiner Seele wird sich immer mehr nach dem Geist Gottes ausrichten.

In der Tiefe deines Wesens wirst du dich nur mehr nach dem Heiligen Geist des Vaters sehnen.

Lass dich also vom Geist Gottes leiten – nur der Heilige Geist des Vaters kann dir wahren Frieden und wahre Freude bereiten.

Deine Seele lass vertrauensvoll in des Vaters geistiges Meer fallen, damit der „Geist dieser (irdischen) Welt" keine Macht mehr über dich hat.

Siehe, das Begehren des „Fleisches" richtet sich gegen den Geist (im Menschen) und das Begehren des Geistes (im Menschen) richtet sich gegen das „Fleisch". Beide stehen sich wie Feinde gegenüber, so dass ihr euch nicht entscheiden könnt, was richtig ist.

Deshalb lasst euch vom Heiligen Geist Gottes leiten – dann werdet ihr das Begehren des Irdischen nicht erfüllen.

Wenn ihr euch vom Geist Gottes führen lasst, werdet ihr frei, das heißt, ihr seid nicht mehr in dem Gesetz der Welt gefangen, das dem „Geist der Unterwelt" unterworfen ist.

Seele, lass dich vom Heiligen Geist des Vaters leiten, dann wirst du das Begehren des Irdischen überwinden. Amen.

Vieles wird sich im Laufe der Zeit in deinem Leben bewegen und verändern, nur eines nicht, dessen sei dir bewusst:

Du bist Gottes Kind, Sein kleiner Lichtfunke, der von Gott über alles geliebt wird.

Ich zähle auf euch

Gepriesen sei der Allmächtige – der Vater, der Geist des Lebens!

Meine Kinder, mit den Menschen guten Willens will Gott, der Vater allen Lebens, eine neue Welt aufbauen.

Ihr werdet alle gebraucht, für die Geburt einer neuen, vom Heiligen Geist geordneten Zeit.

Ihr Kinder guten Willens, ich, die ihr als Maria – einstige Mutter von Jesus Christus – kennt, zähle auf euch!

Bringt mir Gebete, dass ich noch mehr wirken kann!

Nichts kommt von mir allein: Gott, der Geist allen Lebens, will eure Seelen durch mich mit Seiner Liebe bereichern.

Jedes Menschenkind, das sich für eine Erneuerung im Guten für diese Welt einsetzt, ist ein wichtiges Instrument des Vaters.

Teilt die Liebe untereinander mehr und mehr.

Jesus will stets bei euch sein, weil Er euch helfen will.

Ich segne euch mit der unvergänglichen Liebe des Vaters, Seinem Heiligen Geist ... Amen.

Gebet

Herr, meine Seele ruft nach Dir

Herr, komm und rufe meinen Namen, um mich zu segnen.
Wenn ich leise bin, höre ich Deine Stimme, die spricht:
„Mein Kind, komm ganz nah zu Meinem Herzen,
denn Ich bin es, Ich segne dich!“
Herr, meine Seele ruft nach Dir:
Du bist mein Herr am Tag, Du bist mein Herr bei der Nacht,
Du bist es, der über mein Leben wacht.

Herr, komm und rufe meinen Namen, um mich zu segnen.
Du bist für alle Kinder Gottes der immerwährende Sonnenaufgang.
Du bist das Leben, Du bist das Licht,
Du bist die wahre Liebe, Des Vaters Angesicht.
Der Geist des Vaters schwebt aus Deinem Herzen
in alle Herzen, die nach Dir rufen ... und die Dich suchen,
auch in jene, die Dich nicht kennen und die Dich fluchen.

Herr, es tut so gut von Dir zu wissen,
nie mehr will meine Seele Deine Anwesenheit missen.
Herr, komm und rufe meinen Namen, um mich zu segnen.
„Mein Kind, komm ganz nah zu Meinem Herzen,
denn Ich bin es, Ich segne dich! Amen“

Seele, finde etwas Zeit und werde still.
Lausche an was der Himmel dich erinnern will:
Nachrichten vom Himmel für die stille Betrachtung
JETZT ist es Zeit,
für einen Augenblick Ewigkeit:

Nachrichten vom Himmel für die stille Betrachtung

Mein Kind, viele körperliche und seelische Bewegungen von gestern bis heute in deinem Leben sind Vorbereitungen des Geistes.

Lass deinen Geist von Gottes Heiligem Geist vorbereiten.

Habe keine Angst, lass dich umgestalten und erneuern, damit das Licht – JESUS – in dir geboren werden und hervorbrechen kann.

Das ist das wahre Ziel deiner Seele, der Grund deiner Anwesenheit in dieser Welt:

Das Licht, die Realität der Anwesenheit Gottes, zu bezeugen.

Sei ein Licht, öffne dich für deine Bestimmung, es ist der Plan Gottes mit deiner Seele, Mein Kind.

Mach dich frei, Mein Kind, ein Licht brennt in deinem Herzen.

Lass es hervorbrechen, sei ein Licht in dieser finsteren Welt.

Werde ein kleiner leuchtender Stern, der die Nacht der großen Vergessenheit der Seelen erhellt.

Jedes Gebet ist ein Licht, das von Gottes Anwesenheit spricht.

* * *

Die Reinheit Meines Herzens will Ich euch schenken, Meine Kinder.

Schattenwesenheiten werden von allen Seiten aufsteigen, um, Meine Kinder, euch von Mir fortzuziehen.

Lasst euch nicht beeindrucken, lasst euch nicht in die Versuchung führen, lasst euch nicht vom Schattengeist beseelen.

Reicht Mir eure Hände, Meine Kinder, damit ihr stark werdet in der Liebe und euer irdisches Ich überwindet, um dem Druck des Schattengeistes stand zu halten.

Der Rosenkranz ist eine Kraftquelle des Lichtes, ein Zeichen Meiner immer wiederkehrenden Anwesenheit, Mein Segen für deine Seele, ein Schmuck für Dein Herz. Bete!

* * *

Bete mit mir, dass ich immer bei dir sein kann ...

Bete mit mir, dass ich dich segnen kann ...

Bete mit mir, dass dein Herz mit der Liebe Gottes gefüllt werden kann ...

ICH BIN DA, spricht Gott ...

Gott ist jetzt ... durch mich da, als deine Mutter.

Ich bin die Mutter aller Völker!

AMEN.

* * *

Mein Kind, alles was bis jetzt zu dir gesprochen wurde, spreche ich gleichzeitig zu allen Menschen, denn ich bin ja die Mutter aller Seelen, mein Kind.

Ich verstehe deine Gefühle, ich kenne dein Herz, ich bin doch deine Mutter.

Mir sind Enttäuschungen und tiefer Schmerz sehr vertraut, mein geliebtes Kind, deshalb habe ich dich zu mir gerufen um dich zu trösten.

Bete mit mir. Deine Tränen wurden durch deine Sehnsucht nach Glauben und Hoffnung zu Perlen.

Werde eine Perle in meinen Gebetsscharen, mein Kind!

* * *

Oh Kind, wo rennst du hin?

Tausend Dinge willst du noch tun. Ich, dein Engel aber sage dir, JETZT ist es Zeit für einen Augenblick Ewigkeit.

Kehre in die Stille deines Herzens ein! Verbinde dich mit deiner wahren Heimat. Binde dich nicht zu sehr an diese Welt. Sie ist nicht dein.

Sie ist nicht die Wahrheit, sie ist nur ein flüchtiger Schein.

Tausend Dinge willst du noch tun. Gott ruft JETZT deine Seele auf – JETZT sollst du in Seiner Stille ruhen.

* * *

Liebster Bote im Heiligen Geist, Liebesquell aus der ewigen Schöpferkraft.

Du hast in mir wieder ein Feuer der Sehnsucht entfacht.

Sag mir, was Gott von mir will? Steht die Zeit in der Ewigkeit still?

Ist die Zeit in der Ewigkeit ein ewiger Fluss? Ein immerwährender Liebesquell?

Bote des Heiligen Geistes:

Die Zeit in der Ewigkeit hat kein Ende, sie steht auch nicht still, sie ist immerwährend in Bewegung.

Sie ist auch keine Zeit die der Mensch messen kann. Sie heißt auch nicht wirklich Zeit. Die Zeit in der Ewigkeit heißt und ist Entwicklung, immerwährendes ewiges Streben, dem ewigen Licht entgegen. So machen es alle Seelen die dort leben.

Was GOTT von dir will: Nur dein Herz, die Tätigkeit deines Herzens an deinem Nächsten, zu allem Leben, ganz einfach die Liebe leben.

Das ist die Schule, das Ziel jeder Seele:

„Immerwährendes, ewiges Streben, dem ewigen Licht entgegen ..."

AMEN.

* * *

Gesegnet seist du und all deine Gebete! Gesegnet werden auch alle deine Taten sein, welche du für das „Gute" tust. Lass alle Ängste fallen – wovor fürchtest du dich? Deine Gebete werden NICHT im Nichts verhallen!

Gesegnet werden sein all deine guten Gedanken, Worte und Taten! Am Ende deiner Erdenzeit wird der Herr dir etwas verraten. Bleibe wachsam, dann bist du gesegnet!

Gesegnet seist du und all deine Gebete! Alles, was du für die LIEBE, für deine Nächsten tust, tust du für GOTT! Du hast so viel vergessen ... GOTT wird dich eines Tages an deinen Liebestaten messen, weil ER dich über alles liebt und dir alle Irrtümer vergibt.

Gesegnet bist du durch innige Gebete. Jedes Gebet bildet ein Licht in der Finsternis – vergiss das nicht! Und jedes Gebet aus deinem Herzen ist ein SEGEN, für dich, dein Umfeld, für alles Leben!!! GOTT hört dir immer zu, wenn du betest! Sei ein Segen!!!

Gesegnet seist du und all deine Gebete! Du hast so viel vergessen. Du fühlst dich oft einsam und verlassen. Habe Vertrauen! Du bist gesegnet, auch wenn es im Herzen und Gemüt manchmal regnet! Deine Gebete werden nicht im Nichts verhallen! Lass alle Ängste fallen.

* * *

Der Glaube wachse und vermehre sich in euch, Meine Kinder.

Der Glaube ist etwas Besonderes, eine mächtige Kraft.

Der Glaube soll nicht nur in eurem Verstand Gestalt annehmen, der Glaube muss aus der Tiefe eures Herzens, aus der Tiefe eures Bewusstseins, aus der Tiefe eurer Seele reifen und hervorwachsen.

Glaube ist die Wurzel des Lebens, zum Lebenskern – Gott ...

Glaube lässt die göttlichen Früchte reifen.

Glaube ist ein Zweig des göttlichen Stammes, eine Brücke von HIER und JETZT in die EWIGKEIT, zum Himmel.

Der Glaube ist nicht etwas für kurze Zeit, eine kurze Kinder- und Schulzeit, weil es so ein alter Brauch, eine alte Kultur verlangt.

Der Glaube ist der göttliche Kern in euch.

Der Glaube ist etwas, das in euch gepflegt werden und erhalten bleiben muss, bis ihr von dieser Welt wieder gerufen werdet.

Mein Wunsch ist es, dass ihr euch um mehr Glauben bemüht, dass ihr von der WICHTIGKEIT, von der KRAFT DES GLAUBENS, ganz besonders euren KINDERN erzählt.

* * *

Mein Herr, wenn mein Glaube zu klein ist, dann stärke mich. Schenke meiner Seele die Kraft eines wahren Glaubens.

Wenn mein Herz zu wenig geöffnet ist, dann, mein Herr, öffne Du es. Schenke meiner Seele die Kraft der Liebe.

Wenn meine Seele noch zu unruhig ist, dann, mein Herr, sei Du mein Friede, schenke mir Deine Stille.

* * *

Wie viele sind vom Glauben abgefallen.

Bemüht euch um mehr Glauben, Meine Kinder, indem ihr betet.

Bittet den Vater, Er möge in euch den Funken des Glaubens entzünden, damit es nicht vor Verwirrung und Angst dunkel wird in den Herzen und Seelen, wenn sich die großen Veränderungen der Erde ankündigen.

Der Glaube ist eine Quelle der Kraft, aus der ihr täglich schöpfen und den Durst eurer Seelen stillen könnt.

Glaube sei in euch, Meine Kinder, damit ihr eure irdischen Lasten, eure Unsicherheiten und Ängste bewältigen könnt.

* * *

Gelobt und gepriesen sei der Herr in alle Ewigkeit.

Die dunklen Kräfte überwinden und besiegen willst du? Merkst du?

Genau das ist ein erwachender Impuls, ein innerer Antrieb deiner wahren Natur, deiner wahren Identität.

Wach auf, Seele! Lerne dich jetzt erkennen, es ist Zeit!

Nichts darf dich mehr von Gott, dem Band der Ewigkeit trennen.

Nun höre gut zu:

Zuerst lerne deinen menschlichen Eigenwillen zu überwinden – das ist dein größter Feind, deine irdische Seite.

Lerne diesen Aspekt zu überwinden.

(Was sagst du da, das hört sich ja nach einem großen Kampf an?)

Ja, Mein Kind, so ist es, ein Kampf zwischen Vergänglichem und Unvergänglichem. Aber du wirst dich erinnern, denn dein wahres Sein ist nicht allein, es ist verbunden mit der Ewigkeit und es war nie fort.

Deine wahre Natur war immer da, sie hat nur geschlafen, aber jetzt beginnt sie zu erwachen und wird besiegen den finsteren Drachen, der das Tor zur Quelle der Erinnerung so lange versperrte.

Lerne deinen irdischen Aspekt, der sich mächtig im Eigenwillen offenbart, zu überwinden.

Verstehe gut: Der Geist im menschlichen Eigenwillen ist die widersetzende Kraft gegen den Schöpfer, gegen den Heiligen Geist.

Nun denn, sei mutig, lerne deinen Eigenwillen zu überwinden, dann wird der Heilige Geist des Vaters dein Herz finden.

* * *

Höre aufmerksam, Kind in der Erdenschule. Es gibt keine Trennung zwischen Vater, Sohn und Heiligem Geist. Der Vater und der Sohn im Heiligen Geist sind untrennbar. Es gibt keinen Vater ohne den Sohn und keinen Sohn ohne den Vater und keinen Heiligen Geist ohne den Vater und den Sohn. Erkenne die heilige Einheit in der dreieinigen Wesenheit.

Preise den Vater im Sohn, preise den Sohn im Vater und preise den Heiligen Geist im Vater und im Sohn ... AMEN.

* * *

Werde ein wahrhaftes Mitglied der himmlischen Familie.

Mein Kind, dein Gebet soll heißen:

Vater, vereine meine Familie, schenke unserem Leben neue Ordnung und Disziplin ...

Mein Kind, der geistige Nebel der Illusion verwirrt so viele Herzen, so viele Seelen, die sich in ihrem eigenen Leben verirren.

Hilf mit, den Schleier der Täuschung zu entfernen.

Entfernt das finstere Bewusstsein mit Gebet – beharrlich und treu.

* * *

Mein Kind, zweifle nicht, ich bin es, die dich gerufen hat.

Ich, deine Mutter, weil ich auch auf dich hoffe, weil dein Herz, deine Seele, dein ewiges Dasein die nötige Ausstrahlung hat, der ewigen Liebe treu zu dienen.

Strebe immer noch mehr nach dem Glauben, strebe immer noch mehr nach der Liebe. Höre auf Mich, mein Kind, ich bin die Stimme der Hoffnung, die Stimme die der Vater immer hört.

Ich segne dich, mein Kind, mit Glauben, Liebe und Hoffnung.

Ich hoffe auf euren Mut, mit mir den Weg des Glaubens zu gehen, meine Kinder.

* * *

Möge deine Seele Gott, den Vater des Lichts, auf ewig preisen!

Mein Kind, dein Gebet ist die Antwort auf meinen Ruf, und mein Ruf ist der Ruf des Vaters. Antworten wir dem Vater, indem wir gemeinsam beten:

Vater, Lobpreis sei Dir in alle Ewigkeit,
meine Seele ist Deiner Liebe auf Ewig geweiht …
Mein Kind, sei bereit,
deine Seele ist auch Gottes Liebe geweiht.

* * *

Mein Kind, Kummer und Schmerz von dieser Welt sind Mir sehr wohl vertraut. Ich habe selbst solchen Seelenschmerz erlebt in dieser Welt und Mich schmerzt es heute noch so oft, wenn Ich sehe, wie sich die Menschen unnötig Schmerz und Leid zufügen und sich von der Liebe, die Gottes Wesen ist, entfernen.

Betet, betet, dass das Wesen Gottes, die LIEBE, sich in euch manifestieren und entfalten kann.

* * *

Eine der größten Tugenden des Vaters ist die Liebe und sie beinhaltet vor allem Geduld …

Die wahre Liebe erträgt und wartet. Sie duldet Widerstände.

Mit den Augen der Barmherzigkeit wartet sie auf den rechten Zeitpunkt …

Jede Blütenknospe wartet auf ihren bestimmten Zeitpunkt, um sich den Strahlen des Lichtes zu öffnen.

* * *

„Mirjam“, in eurer Sprache besser bekannt als „Maria“, die Auserwählte, vom höchsten Geist Gesalbte, Mutter einer Gottheit, des Gottessohnes Christus Jesus.

Sie ist die vom höchsten Geist Eingeweihte, Trägerin eines göttlichen

Titels – Mutter Gottes – Mutter allen Lebens, die mütterliche und weibliche Personifizierung des Vaters, die mütterliche Gestalt – eine weibliche, mütterliche Offenbarung Gottes – der mütterliche Quell, aus dem ewigen Quell der Weisheit hervorgegangen, die unbefleckte reinste Gebärerin.

Möge die Sehnsucht deiner Seele nach der mütterlichen Liebe Gottes in deinem Herzen geboren werden.

Auch wir, alle Diener des höchsten Geistes, der einzigen vollkommenen Intelligenz, der die Offenbarung – Liebe – Selbst in Fülle ist, verneigen uns vor Gottes weiblicher Anwesenheit, Seiner mütterlichen Präsenz in der Gestalt der Himmelskönigin, die einst Maria, Mutter Jesu war.

Sie ist ein unendlicher, ein unsterblicher Liebesquell ...

Auch wir begrüßen die mütterliche Präsenz Gottes:

Sei gegrüßt, Mutter unserer Seelen,
der Herr ist immer mit Dir ...
Du bist die Auserwählte unter allen Frauen,
Die mit dem Heiligen Geist Gesalbte ...
und gesalbt ist das Licht Deines Herzens –
Christus Jesus, Sohn des Vaters ...
Durch Deine Macht als Braut des Heiligen Geistes ...
beschenke alle verirrten Seelen mit Deinem mütterlichen Segen.
Heilige Mutter, wirke mit uns, jetzt und in alle Ewigkeit ...
Amen.

* * *

Das Kreuz der Folterung, der Erniedrigung und Gefangenschaft ist das Zeichen der Erlösung, das Zeichen der Auferstehung, das Zeichen der wahren Freiheit geworden.

Ein Zeittor hat sich aufgetan, das Tor zur Wahrheit in die Unsterblichkeit, in die unbegrenzte Zeit – die Ewigkeit.

Was hat das Zeichen des Kreuzes dem Menschen dieser Welt zu sagen?

Wer sein Lebenskreuz aufnimmt, wer seine Schattenseite überwindet – jene werden, wenn sie diese „Zeit" verlassen, in eine unendliche, unbegrenzte Zeit hineingeboren.

Selig jene, die ihre begrenzte – vergängliche Zeit in dieser Welt erkennen und ihre Zeit bewusst, nicht nur für ihr eigenes, sondern auch für das Wohl des Nächsten leben – sie werden die Erben der unendlichen Zeit ohne Grenzen sein.

Wohlan ihr, die ihr hier lebt, das Tor ist aufgetan!

* * *

Je mehr du lernst, die Liebe zu deinem Nächsten zu leben, umso mehr hilfst du ihm sich selber zu erkennen.

Gleichzeitig wirst auch du an dir viele Eigenschaften und Angewohnheiten entdecken.

Durch die Macht der wahren Liebe wird eine Seele von den dunklen Kräften, die sie beherrschen, erlöst.

Durch den Heiligen Geist der Liebe wird die gesamte Menschheit aus den Klauen der Finsternis befreit.

Erkennst du nun, oh Seele, deine Aufgabe in dieser Welt?

Diese Liebe, die aus dem Feuer, aus dem Herzen Christi strömt, sollst du aufnehmen und im Lebensalltag in die Tat umsetzen.

Übe dich, übe dich in dieser Liebe – das ist dein Weg, der in deiner Seele geschrieben steht.

* * *

Dein Verstand und dein Herz haben den innigsten Wunsch deiner Seele erkannt:

Die Liebe, von der Christus durch all Seine Diener spricht ...

Willst du jetzt lieben lernen? Dann sei bereit, Mein Kind.

Liebe nicht nur jene, die dich lieben.

Liebe nicht nur die lichten, schönen Seiten eines Menschen.

Lerne auch, seine Schatten, seine Schwächen zu lieben.

Wenn du immer nur die liebst, die dich lieben, jene, die dir schmeicheln, oder jene, die dir von der äußeren Erscheinung her gefallen ...

Wenn du immer nur jene liebst, die dir perfekt, ‚allwissend', studiert und zivilisiert vorkommen, dann liebst du nicht wirklich!

Das ist keine wahre Liebe, das ist eine irdische, also vergängliche Liebe, ein Gefühl, das den geistigen Kräften dieser Welt unterworfen ist.

Der Herr und Erlöser aber spricht von bedingungsloser Liebe, einer Liebe ohne Bedingungen.

Wenn du vermagst einen Menschen so zu lieben, wie er ist, indem du lernst ihn anzunehmen und Geduld und Mitgefühl beharrlich an deinem Nächsten übst, dann hilfst du mit, dass er an sich selber erkennt, welche Licht- und Schattenkräfte ihn regieren.

* * *

Jede Seele muss ihre Schwächen an sich selbst erkennen.

Hat eine Seele diese erste wichtige Erkenntnis an sich selbst gemacht, beginnt ein neuer Schritt in ihrem Leben. Neue Gedanken bewegen und weiten ihren geistigen Horizont. Es entsteht der Wunsch sich zu wandeln.

Sie bereitet sich auf einen neuen Weg vor, auf keinen äußeren – auf einen inneren Weg!

Die geistige Pilgerschaft beginnt.

Gebet und Meditation heißen die beiden Führer auf der geistigen Straße.

Nicht mehr die äußere – die innere Betrachtung des wahren Sinnes ihres Lebens in dieser Welt beginnt.

Das alles wird bewegt vom Geist der Liebe, durch den Gruß Gottes an Seine Seele.

* * *

Vergebung möge stattfinden in deinem Herzen ...

Das wird deinen Geist befreien von vielen enttäuschenden Begegnungen, denn dieses Leben ist nicht dein wahres Leben und diese Welt ist nicht deine wahre Welt.

* * *

Gelobt und gepriesen seist Du, oh Vater, in alle Ewigkeit.

Dein Wille ist heilig! Heilig, heilig in alle Ewigkeit!

Meine geliebten Kinder, merkt ihr nicht, euer irdischer Eigenwille ist so mächtig. Er regiert über euch, über euer wahres Wesen.

Das Leben, das ihr in Wirklichkeit seid, eure Lebensgestalt, ist ewig ...

Kinder aus der Ewigkeit nach dem Abbild des Ewigen, das seid ihr.

Ich möchte euch so gerne helfen, doch euer Eigenwille ist eine Form eures freien Willens, deshalb sind selbst mir die helfenden Hände gebunden.

Begreift, meine Kinder, der Vater will euch durch den Sohn hinaufziehen.

Er will eure Seelen erhöhen, weil ihr als Abbild des Vaters Anteil habt, als Erben des Heiligen Geistes.

Geht mit mir den Weg des Gebetes, meine Kinder, dann werdet ihr tief im Innern stark.

Euer wahres Wesen wird durch die Verbindung mit Gott mächtig, so dass es euch immer leichter fallen wird, den irdischen Eigenwillen zu überwinden.

Wenn euch das gelingt, seid ihr wahre Sieger des Lichtes. Amen.

* * *

Habe doch keine Angst, der Herr ist nicht mehr weit. Habe Vertrauen ... auf IHN kannst du sicher bauen.

Dein Herz und deine Seele sind von Ewigkeit her Gottes Liebe und Gottes Licht geweiht!

* * *

Aus dem Dunkel jener Nacht ist ein neuer Stern erwacht!

Hält so viel für dich bereit, öffne dein Herz jetzt dieser gnadenreichen Zeit.

Heller Lichterschein möge auch in deinem Herzen sein!

Mach dein Herz JETZT weit, öffne dich dieser gnadenreichen Zeit!

Werde stille! Vertraue! Alles ist Gottes-Wille!

* * *

Unzählige Gedanken, Ängste und Zweifel halten dich noch gefangen.

Lass alles los! Lass dich umgestalten!

Werde neu in Gedanken, Worten und Taten! Gib dich vertrauensvoll dem Geist der Liebe hin – alles ist GOTTES WILLE!

* * *

Auch du bist gerufen, somit ist auch deine Familie gerufen, deshalb, mein Kind ..., weil du um „diesen Ruf" jetzt weißt, bist du „berufen", für sie zu beten ...

Bete für deine Familie, für deine Verwandten, für alle Menschen, die dir begegnen – bete für sie mit der Stimme deines Herzens!

* * *

Mein Kind, weißt du was es heißt, barmherzig zu sein?

Bitte Gott um diese gnadenreiche Gabe, und du wirst lernen, dein Herz wieder zu öffnen, deinen Mitmenschen gegenüber und allen Ereignissen.

Du wirst lernen, alles mit anderen Augen zu betrachten.

Verständnis und Güte werden dein Innerstes führen und dich anregen, gerechte, weise und milde Entscheidungen zu treffen.

Sei milde und fordere von deinen Mitmenschen nicht, dass sie absolut perfekt sind, und auch nicht Dinge und Taten, die du selbst auch nicht geben kannst.

Deshalb bitte Gott um die Gabe der Kraft der Barmherzigkeit in deinem Herzen, dann wird etwas Besonderes entstehen:

Du wirst lernen, das Gute und die Talente in deinen Mitmenschen zu sehen ... und auch zu erwecken ...

Was du ausstrahlst, kommt wieder zu dir zurück.

Sei Liebe und vertraue auf Gottes Führung.

* * *

Nicht jede Stimme, die „Ave Maria“ sagt, meint auch wirklich „Ave Maria“ ...

Mein Kind, du aber kennst die Kraft, die aus diesem Gruß hervorgeht.

Deshalb ermahne ich dich:

Sprich immer bewusst den Gruß des Engels, und auch du wirst mir so nahe sein wie einst der Engel.

Dann wird dein Gebet durch mein Gebet stark.

So wird der Geist des Gebetes, die Gabe Gottes aufsteigen und in deinem Leben etwas bewegen.

Ich bin deine Mutter – sei mir nahe ...

* * *

Willst du, Seele, lernen, mit den „Augen des Vaters“ zu sehen?

Dann übe dich vor allem in Geduld!

Bete um die Kraft des Heiligen Geistes. Übe, die Liebe zu leben, die Liebe des Vaters, nicht an dir, sondern an deinem täglichen Gegenüber – deinem Nächsten.

Das ist das Wichtigste!

Wenn ihr euer eigenwilliges, dem Hochmut ausgeliefertes irdisches Ich überwunden habt, seid ihr mit dem wahren Geist verbunden und alles entwickelt sich von selbst.

* * *

Zum Kreuz zurückzukehren, ist der Aufruf an jede Seele – auch an dich.

Niemals laufe vor Konflikten und Problemen, die dir in der Welt – im täglichen Leben – begegnen, davon.

Sie kommen an dich heran, damit du lernst, sie zu überwinden.

Das ist die „Schule der Seele“.

Kehrt zurück zum Kreuz.

Jede Seele hat „ihr Kreuz“ zu überwinden ...

Folge DEM nach, Der dir vorausgegangen ist, Der auch dir den Weg ins Licht bereitet hat.

* * *

Dein Leben hier in dieser Welt gleicht einem „Traum", einem „Tiefschlaf", aus dem du erwachen sollst!

Wach auf, mein Kind, es ist Zeit!

Erkenne den wahren Grund deines Lebens, deines Aufenthaltes hier.

Vereinigung möge stattfinden – mit dem Geist der Liebe in deinem Herzen.

* * *

Ich habe dich heute gerufen – ja dich ...

Viele deiner Geschwister – deine Mitmenschen – habe ich auch gerufen, sie aber haben meinen Ruf nicht wirklich erkannt!

Du hast meinen Ruf in deinem Herzen vernommen – tief in dir hast du mich ein wenig wahrgenommen.

Deshalb bist du heute hier.

Deine Anwesenheit heute ist die Antwort deiner Seele auf meinen Ruf – ein kleines Ja zu Gottes Plan, den Ruf an deine Seele.

Meine Bitte an dich heute ist ein Auftrag Gottes an die Mission deines Herzens.

Bete, mein Kind, bete für alle deine Mitmenschen – ganz besonders für jene, die den Ruf Gottes noch nicht erkannt haben und nicht hören wollen!

Bete ganz besonders für jene, die dich enttäuscht haben.

Mein Kind, bete, bitte für sie ...

* * *

Nutzt die Zeit, die euch hier auf Erden zur Verfügung steht, bewusst!

In allem, was ihr tut – tut es mit GOTT.

Trefft nie zu rasche Entscheidungen. Zuerst verbindet euch mit GOTT.

Bittet um die Verbindung mit Seiner Quelle – die Quelle des Heiligen Geistes – und ihr werdet geführt und geschützt mit Seiner Kraft und durch Seine Boten.

Seid also weise – lernt auf die Führung und den Willen GOTTES zu reagieren.

Zu schnell und unüberlegt entscheidet des Menschen „Eigenwille".

Wenn ihr all eure Handlungen in GOTTES Hände legt, in allen Dingen den Willen GOTTES miteinbezieht, dann werdet ihr geschützt sein vor vielen Irrtümern, die schmerzliche Erfahrungen für euch und viele ergeben könnten.

GOTT weiß, wann die richtige Zeit für das Wachstum einer Seele ist, wann sie kommt und wann sie geht – und wann ein Werk begonnen und beendet wird.

Nutzt also eure Zeit hier bewusst! Später könnt ihr viele Dinge nicht mehr nachholen.

Die Tore, die sich euch öffnen – dort geht hindurch, denn noch später kommt eine Zeit der Rückschau, wobei jede Seele dann selbst erkennt, wo sie ihre Zeit genutzt und auch verschwendet hat.

Was immer ihr tut – tut es mit GOTT, dann geht ihr den richtigen Weg.

* * *

Sei nicht traurig, habe keine Angst mehr, du bist nicht vergessen – du bist auch nicht ungehört.

Ich bin es, deine Mutter, ich habe dich gerufen.

Komm in meine Arme, vertraue dich mir an – du brauchst keine Angst mehr zu haben ...

* * *

Wisse, dein tägliches Gebet ist das tägliche „Brot“ für deine Seele.

Menschen, die nicht mehr beten können, das sind oft Seelen, die sich verirrt haben, verirrt im Sturm dieses Zeitgeistes.

Ihre Seelen verhungern. Viele werden die zukünftigen „armen Seelen“!

Das möge dich erinnern zu teilen. Teile dein Gebet mit ihnen!

BETE!

* * *

Löse dich, mein Kind, von allem, was dich belastet, von allem, was dich hindert, dich der Liebe GOTTES hinzugeben.

Höre: Es sind hauptsächlich die irdischen, die zwischenmenschlichen Konflikte, die dich aufhalten, die dich zurückhalten, deinen Lebenspfad treu zu gehen.

Wenn es dir aber gelingt, all diese Dinge zu überwinden, dann wird der Geist des Friedens dein Herz wieder finden.

Mein Kind, so soll es sein – so soll es sein, mein Kind.

* * *

Werdet ein lebendiges Mitglied der himmlischen Familie.

Seid auch ihr selbst untereinander und zueinander eine Familie.

Nur als Einheit könnt ihr für die große Einheit wirken.

Nur als Familie, die zusammenhält und zerrissene Glieder wieder zusammenführt, seid ihr eine Quelle der Kraft – eine Quelle der Kraft aus der ihr schöpfen könnt.

Stellt euch selbst die Frage, wer welche Stellung in der Familie ein- und übernimmt, in welchen Punkten, in welchen Aspekten ihr euch am besten ergänzen könnt. Dann werdet ihr eine wahre Quelle der Kraft.

Als erstes beginnt damit untereinander eine harmonische und loyale Beziehung mit Respekt aufzubauen.

Das ist die Wurzel jeder Familie, jeder Einheit.

Nur wenn ihr auf diese Weise eins seid, könnt ihr für die große Einheit wahrhaft wirken und ein beständiges Bindeglied werden.

* * *

Erst wenn die Menschen von sich selbst aus ihre Irrtümer erkennen, werden sie sich von den vielen Torheiten und ihren Schwächen trennen.

Erst wenn eine Seele ihre Angewohnheiten, Neigungen und Irrtümer erkannt, fühlt sie sich im Innern mit ihrem Nächsten verwandt.

* * *

Ewige Weihnacht heißt, so wie einst Maria, die Mutter Jesu, eingeweiht werden in den ewigen Plan Gottes mit Seinen Seelen – gesegnet, eingebunden, auf ewig mit dem Willen und Liebesplan Gottes verbunden.

Ewige Weihnacht heißt, Weihnacht im Herzen, wenn der wahre Geist im Herzen einer Seele erwacht – nicht nur eine vergängliche Nacht.

Ewige Weihnacht heißt, die Weihe des Herzens, durch den Heiligen Geist an Gott, der Selbst die Liebe ist.

Ewige Weihnacht heißt, eine wahrhaftige Auferstehung der Seele.

Ewige Weihnacht heißt, gereinigt von allen finsteren Kräften, wiedergeboren im Heiligen Geist.

Die Begrüßung des wahren Lichtes im ganzen Wesen und die Verabschiedung aller „finsteren Nächte" der Seele auf ewig – DAS IST WEIHNACHT.

* * *

Zu jener Zeit, zu jener Stunde, wenn deine Seele die wahrhaftige Weihnacht erfährt, augenblicklich dein ganzes Wesen – Verstand, Körper, Geist und Seelenleib – auf ewig der Finsternis den Rücken kehrt.

Es ist das Licht, die Quelle deiner Seele, welches das ewige Wesen in dir von Ewigkeit her preist und ehrt.

* * *

Mein Gott, tief in meinem Herzen habe ich erkannt, dass ich Dir in allen Dingen, die mir im Leben begegnen, vertrauen kann – denn meine Zeit liegt in Deiner Hand.

Nicht meine irdische Logik, nicht mein menschlicher Verstand geben mir dieses sichere Gefühl. Wenn ich an Dich denke, dann steht die Zeit still.

Oh Vater, ich würde so gerne dieses zarte Band zu Dir mit den schönsten Worten zu einem Blumenstrauß binden, aber wie kann man Unaussprechliches in einer Sprache wiedergeben?

Jede Seele darf auf Dich vertrauen, jede Seele darf an Dich glauben, jede Seele darf auf Dich hoffen, jede Seele darf Dich lieben – denn Du bist ihr wahrer Frieden.

Warum soll sich eine Seele sorgen, wenn Du ihr Leben bist, wenn Du ihre Wunden stillst, wenn Du selbst ihr Leben hast erdacht – denn Du Selbst bist ihr Gestern, ihr Heute und ihr Morgen.

Es gibt nichts, was Du von Deinen Seelen nicht kennst.

Nichts bleibt für Dich geheim und im Dunkeln verborgen, weil Du in allem Leben lebst.

Ich danke Dir, ich kann auf Dich immer vertrauen. Du lebst in mir – und ich in Dir. Meine Zeit, mein Leben liegt in Deiner Hand. Amen.

* * *

Sei vorsichtig, Kind, sei stets wachsam, GOTT wird deiner Seele in vielen Nächten viele Signale senden.

Nun musst du sehr wachsam sein, denn es werden sich dir viele unsichtbare Fallen auftun, die du im ersten Moment oft gar nicht sofort erkennen wirst.

Lass dich in keine Konflikte hineinziehen, es würde dir und jenen die du liebst nur schaden.

Das wird nun keine friedliche Zeit sein für dich, die du das so ersehnst – das bringt die Kraft des Heiligen Geistes mit sich.

Der Ungeist will alles Gute an sich ziehen, um sich damit zu schmücken, um bestehen bleiben zu können.

Lass das nicht zu.

Betet beharrlich um die Kraft, um den Beistand des wahren Heiligen Geistes.

Erinnere dich, Kind, die Kraft des Heiligen Geistes ist eine unbeschreibliche Macht, die Macht Gottes – die Liebe.

Erinnere dich, Kind, an das Erlebnis im Traumland, das Gebet mit den Gottgeweihten, die Kraft, die Bewegung des Heiligen Geistes.

Was der Heilige Geist alles bewirken kann, ALLES bewirken kann.

Unfrieden herrscht unter den Völkern, in vielen Familien und vielen zwischenmenschlichen Beziehungen.

Das bewirkt die Herrschaft des Ungeistes, des falschen Geistes.

Er regiert viele Herzen. Seid wachsam, auch wenn hier und dort unter den Völkern vom Frieden geflüstert wird, das alles ist nur Schein, nur Schein.

Erst wenn der wahre Heilige Geist, der Geist der Liebe – des Vaters, des Sohnes und des Heiligen Geistes – die Herzen dieser Welt regiert, herrscht wahrer Friede.

Im Namen des Vaters, im Namen des Sohnes, im Namen des Heiligen Geistes wird Frieden herrschen.

AMEN, so wird es sein, AMEN.

* * *

Jene, die in dieser Welt ein Leiden, ein Opfer, das heißt ein Kreuz tragen, gleich welcher Art – wenn sie in Mir sind, wenn sie Mich erkennen, dann wird ihr Kreuz nicht sinnlos sein, das versichere Ich dir.

Ich werde ihr Weg und ihr Schlüssel zum Tor des Vaters, des wahren Lichtes, zum ewigen Heil sein.

Das verspreche Ich:

Alle jene Seelen, die den Mut haben Mir auf diese Weise zu folgen, werden den Kranz des wahren Lebens erben.

Die Finsternis wird besiegt sein und die Zeit des Lichtes wird für sie kein Ende haben.

* * *

Vertraue immer auf die Stimme deines Herzens, denn sie bringt dich Gottes Anwesenheit näher.

* * *

Ihr Seelen wünscht die geistige Straße zu gehen, könnt aber den Pfad, den GOTT Selbst für das wahre Heil eurer Seelen wünscht, nicht sehen.

Ihr rennt ständig auf und ab, hin und her, dreht euch pausenlos im Kreise, kostet von verschiedenen „Früchten“, mal hier und mal dort.

Wo ist es bequemer, welcher Weg ist mühelos und schneller? Das fragt ihr euch in euren Gedanken immerfort.

Aber ständig dreht ihr euch im Kreise und überseht ganz:

Der HERR wartet auf euch, ER wartet mit Seiner Göttlichen Speise, in der ER Sich Selbst gibt.

Sein Geist bedeutet Leben, Fruchtbarkeit, immerwährende Entwicklung und Aufwärtsstreben ...

* * *

Was nützt es einer Seele, wenn sie bei jeder körperlichen Bedrängnis sofort durch ein Wunder wird geheilt und trotzdem in ihren Lastern verweilt.

Ist eine Seele aber von ihren Lastern geheilt, dann ist sie wahrhaftig geheilt.

* * *

Dein freier Wille ist so groß, Mein Kind – nichts wird dir einfach abgenommen, wenn du selbst es nicht willst.

Jetzt aber ist ein besonderer Zeitpunkt für deine Seele gekommen.

Jetzt sollst du vergangene Ereignisse aus deinem Leben sorgfältig betrachten. Mutig und ehrlich sollst du selbst entscheiden, was dich auf deinem Lebensweg hindert, nach dem Licht deines Herrn zu streben.

Von allen Angewohnheiten und Leidenschaften, die dich fesseln, wirst du dich dann trennen, denn tief in deinem Herzen wirst du die Sehnsucht deiner ewigen Seele erkennen.

Die wahre Sehnsucht jeder Seele ist Friede, Liebe, Freiheit und Geborgenheit im ewigen Lichte des Herrn.

* * *

Erkennt die Wichtigkeit des Gebetes, Meine Kinder.

Ihr müsst lernen, euch von eurem irdischen „Ich" zu trennen.

Ihr solltet einfach loslassen, indem ihr euch, euer ganzes Wesen, der göttlichen Führung durch den Heiligen Geist des Vaters anvertraut und das wird euch durch die Kraft des Gebetes gelingen.

Meine Kinder, vertraut auf die Kraft, die ihr erweckt, wenn ihr bewusst betet.

In der treuen Wiederholung liegt die Kraft ...

* * *

Lausche, Seele, es heißt: „Gebet" das Gebet, das ihr für eure Drangsale, für eure Mitschwestern und Mitbrüder betet, dem Herrn der barmherzigen Segensgaben, nicht nur von eurem Verstand geformt, „gebt" eure Gebete aus eurem Herzen.

Blickt in die Tiefe eures Innersten, holt hier euer Gebet hervor.

Lasst die Stimme eures Herzens sprechen und der Herr der barmherzigen Segensgaben wird euch geben.

* * *

Alles, was ich suche, BIST DU
Mein ewiger Vater, dessen Atem in allem Leben lebt,
mein Herz will ich Dir heute geben.
Das Ewige, das in mir ist, hast Du mit deinem Geist berührt.
Ich danke Dir.
Du hast meine Aufmerksamkeit
wieder in die Tiefe meines Herzens geführt.
Alles was ich suche, bist DU.

Mein Kind, du suchst Mich, weil Ich dich suche. Du suchst Mich, weil Ich dich rufe. Komm es ist Zeit, Mein Kind. Trinke wieder aus der Quelle, aus der Ich dich erdacht.

Mein Kind, Ich habe dich nicht für Krieg, für Schatten und Finsternis gemacht. Ich habe dich für den Frieden, für das Ewige Licht, für die Ewige Liebe gemacht.

Vater, vor deiner immerwährenden Anwesenheit verneige ich mich.
Wenn ich still werde, denke ich immer nur an Dich.
Du hast mich mit Deinem Geist berührt.
Du bist es, der mich sicher in die Ewigkeit führt. Danke.

* * *

An der Art, wie ihr lebt, wie ihr euren Glauben pflegt, wird man euch erkennen, „zu welchem Gott, zu welchem Herrn" ihr gehört und welcher Geist euch führt.

Führt der Geist des Friedens euer Bemühen, schmückt der Geist der Liebe eure Herzen, wird man euch „Christen – Gefährten Jesu Christi“ nennen.

Christus heißt: „Der Gesalbte“.

Betet um die Kraft des Heiligen Geistes in euren Herzen und ihr werdet gesalbt mit dem unvergänglichen Geist der Liebe, nicht nur für das Erdenleben – für die Ewigkeit. Amen.

* * *

Den Himmel kannst du erst wahrhaftig erkennen, wenn du zuerst die „Hölle“ kennengelernt hast.

Himmel ist nicht nur dort oben, Himmel kann auch sein im Hier und Jetzt, an jedem Ort, an jedem Ort, wo die Liebe lebt – dort wo die Liebe gelebt wird.

Die wahre Liebe verurteilt nicht, sie wächst im Geben und Vergeben.

Lausche, Seele, erst wenn du die finsteren „Spuren der Nacht“ hast gespürt und gesehen – erst dann kannst du die „lichten Wege des Tages“ erkennen und gehen ...

* * *

Ihr Menschen richtet eure Aufmerksamkeit unentwegt auf das Äußere.

Stets seid ihr besorgt um das Heil eures vergänglichen Leibes.

Ich aber sage euch, sorgt euch mehr um euren unvergänglichen Leib.

Wenn eure Zeit hier beendet ist, wird der irdische Leib wieder der Erde zurückgegeben.

Das Vergängliche geht zum Vergänglichen, das Unvergängliche aber geht zum Unvergänglichen über.

So ist es, das ist der Plan und das heilige Gesetz des Vaters.

Euer fleischlicher Leib ist irdisch, er gehört zur Erde.

Euer geistiger Leib ist nach dem Abbild des Vaters geschaffen, ein Teil des Vaters, eine geistige Substanz, aus dem ewigen Schöpfergedanken.

Deshalb sage ich: Der Vater ist in euch.

Nephesch (hebräisch „Seele“), die Seele, ist eine Gestalt des Vaters, ein geistiger Leib, ein Licht.

Sorgt euch also mehr um euren ewigen Leib, um das Licht in euch, den Vater in euch, dann werdet ihr wahre Heilung für die Ewigkeit erfahren.

* * *

Die Wahrheit ist das Streben nach dem Unsichtbaren. Sie ist das Ziel der Pilgerschaft auf dem geistigen Weg, die größte Such- und Forschungsreise, ein Pfad in die unendliche, grenzenlose Ewigkeit.

Die Wahrheit ist das Ziel und Glaube ist der Weg.

Niemand kann mit mächtiger Stimme behaupten, er habe die einzige Wahrheit gefunden. Was er glaubt gefunden zu haben, ist erst ein kleiner Schlüssel zum Tor der Wahrheit.

Glaube ist auch ein Schlüssel. Der Glaube gleicht einer Braut des Heiligen Geistes. Der Glaube ist das felsenfeste Vertrauen zum Plan des Vaters im Heiligen Geist. Der Glaube ist das zum Leben erweckte Gebet.

Ein Gebet lebt, wenn es in die Tat umgesetzt wird.

Liebe leben, Liebe geben – das ist die Spur zur Wahrheit.

Das Tor ist der Sohn des größten, einzigartigen Schöpfer-Vaters.

Die Wahrheit ist Gott Selbst, der immerwährende Verwandler und Planer des Lebens – die lebende, vielfältige Ewigkeit. Das ist die Wahrheit.

Ob ihr es wollt oder nicht, alle, alle lebenden Geschöpfe befinden sich auf dem Weg in die Ewigkeit, auf der Suche nach der großen, vielfältigen Wahrheit.

Wohlan, beschreitet bewusst diesen Weg, dann schreitet ihr sicher.

Die Wahrheit ist das Ziel und Glaube ist der Weg.

* * *

Lausche aufmerksam, preise den Vater. Er ist der Urheber des Lebens.

Wenn du den Vater „heute“, in deinem kleinen Erdenleben schon vermagst zu loben, lieben und preisen, dann, mein Kind – ich versichere dir – wirst du den Vater im großen Leben, in alle Ewigkeit loben, lieben und preisen.

Danke dem Vater und preise Ihn für das große Geschenk in deiner Seele – das LEBEN.

Danke dem Vater für die Sehnsucht in deinem Herzen, Ihn zu rufen ...

* * *

Heller Lichtschein möge auch in Deinem Herzen sein!
Mach dein Herz JETZT weit – öffne dich dieser gnadenreichen Zeit!
Werde stille! Vertraue! Alles ist GOTTES WILLE!
Habe doch keine Angst, der Herr ist nicht mehr weit.
Habe Vertrauen, auf IHN kannst du sicher bauen!
Dein Herz und deine Seele sind von Ewigkeit her Gottes Liebe und Gottes Licht geweiht!

* * *

Deine Gebete steigen auf wie Weihrauch, wenn du sie aus der Tiefe Deines Herzens sprichst.

Gott, der Vater, sendet durch Seinen Sohn Jesus Christus eine mächtige Kraft – SEIN LICHT – auf die Erde, für dich, für alle Jugendlichen und Kinder – ein besonderes Licht, das in die Herzen von Gottes Ruf und Seinem Plan mit Seinen Seelen in dieser Welt spricht.

Etwas Neues beginnt jetzt in dir zu erwachen, sei bereit, alte Pfade zu verlassen – Angewohnheiten und Eigenschaften, die nicht zu deiner wahren Identität passen.

* * *

Neue Wege werden sich dir öffnen, geistige Wege.

Öffne dein Herz für das Vertrauen, dass dein Seelenführer dich sicher leitet und für den Schutz deiner Seele mit dem Schatten streitet.

Eine Kraft wird in dir wieder erweckt, die wahre Kraft deiner Seelennatur – das wird dein Herz von vielen enttäuschenden Illusionen dieser Welt heilen und fruchtbar machen.

Durch diese Kraft, die aus dem Wesen der Liebe entspringt, wirst du lernen, viele Dinge und Ereignisse in deinem Leben mit anderen Augen zu betrachten, mit den Augen des Herzens.

Du erkennst jetzt immer mehr eine große Veränderung in deinem Inneren.

Habe keine Angst, vertraue auf den Schutz und die Führung, die aus den Gaben der Liebe durch das Gebet hervorsprießen.

Sei bereit für den neuen Geist in deinem Leben, lass alle Ängste,

Zweifel und Enttäuschungen deiner Vergangenheit los, sie halten dich, deine Seele, gefangen.

Mein Kind, tief in dir spürst du die Antwort auf deine Frage. Schaffe dir einen Raum des Friedens.

Finde immer Zeit für friedliche Begegnungen und klärende Gespräche.

Sei ehrlich mit dir selbst und mit deinem Nächsten.

Sprich aus, was dein Herz dir sagt.

Glaube ganz fest an das Gute im Menschen.

Du sollst nicht nur hoffen, sei immer ehrlich und sprich über das, was dich im Innern bewegt, ehrlich und offen.

Habe einfach nur Vertrauen, dass Gott, dein Vater, dich durch Seinen Engel sicher führt.

Bete mit der ganzen Kraft deines Herzens, und du wirst ein Segen für deine Familie und für dein ganzes Umfeld sein.

Habe Vertrauen!

* * *

Herr, immer wenn ich leise werde und der Welt den Rücken kehre,
immer wenn ich zum Sternenhimmel aufblicke,
muss ich an Dich denken.
Dann ist mir, als würde sich mein Herz von selbst bewegen
und eine mächtige Stimme – nicht außer-
halb, sondern tief in mir – spricht:
„Mein Kind, Ich bin dein Licht, vergiss Mich nicht.“
Deshalb will ich Dir heute mein Herz schenken.
Deine Liebe ist es, die mich so verzaubert,
mein ganzes Denken, mein Fühlen und Tun.
In Deinem Licht finde ich Geborgenheit
und kann mich vom Lärm dieser Welt ausruhen.
Im Innersten spüre ich dann,
meine Seele will in Wirklichkeit nur eines,
nach Deinem ewigen Licht streben.
Bitte schenke mir die Gnade zu lernen,
im Lichte Deiner Wahrheit zu leben.
Herr, schenke den Herzen aller Völker Dein Licht.

Dein Licht ist für diese Welt ein ewiger Segen.
Die Erlösung für die Völker aller Generationen
von einer belastenden finsteren Vergangenheit
ist Dein Licht aus Gottes Ewigkeit.
Herr, Dein Licht sei unser Segen für ein neues,
vom Heiligen Geist erfülltes, freies Leben.

* * *

Ihr wisst ja gar nicht, welche schöpferischen Kräfte ihr durch das Gebet in Bewegung setzt.

Durch das Gebet wird der Geist bewegt.

Es liegt an euch, wie mächtig der Schöpfergeist einfließt und wirken wird – an eurer „Ausstrahlung" liegt es, an eurer Hingabe, eurem Bewusstsein und eurem Glauben.

Werdet stark im Glauben, und ihr werdet den Heiligen Geist des Vaters wie ein Magnet an euch ziehen und so könnt ihr mithelfen, die Welt vom Schatten zu befreien.

* * *

Willst du frei in deine Zukunft gehen, dann muss in deinem Herzen und in deinem Mund die Kraft des Vergebens auferstehen.

Erkenne: Alle Dinge, die aus und von dir kommen, sind Kräfte, die das Gerüst deiner Zukunft formen.

Erinnere dich: In der Zukunft ist diese Gegenwart deine Vergangenheit – dann kannst du nicht mehr zurückgehen, um bestimmte Ereignisse und Dinge zu ändern.

Wirst du dieses Wissen tief in dir erkennen, wirst du lernen, die Zeit im Jetzt bewusst zu nützen und dich von vielen Dingen, die dich und deine Zukunft verfärben können, trennen?

Erkenne die Wichtigkeit, im Jetzt zu leben. Mit den Kräften dieses Augenblickes baust du deine Zukunft.

Sei also weise, trenne dich von der Vergangenheit wie von einem alten Mantel.

Vergib deinem Nächsten, vergib allen und jedem. Vergib und schließe mit allen Menschen und Dingen Frieden, dann wird eine neue Kraft in dein Leben treten – sie wird dich lehren, das Leben wieder zu lieben.

* * *

Gott, der All-Vater, sandte durch Seine Boten am Himmel und auf eurer Heimat Erde schon viele Zeichen – ein Geschenk Seiner Liebe, um zu retten, was noch zu retten ist.

Jetzt durchlebt ihr noch die letzte Zeit der Gnade, das Angebot Gottes zur Umkehr – seid stets bereit, bald ist sie zu Ende.

Die mahnenden Zeichen sind eine große Gnade, ein Geschenk an die Menschen, der Ruf Gottes, des Heiligen Geistes, um die Menschen vor dem Verfall zu retten.

Wenn diese Zeit endet, ist das nicht das Ende der Welt, es ist das Ende der schmerzhaften, finsteren Zeit – dann beginnt eine neue Zeit, eine Zeit der großen Gnade des Heiligen Geistes.

Dann wird nichts mehr so sein, wie es war – dann wird der Weizen von der Spreu getrennt.

Die Menschen guten Herzens werden wie eine Herde Schafe zusammengeführt. Die lichten Herzen werden von den dunklen Herzen getrennt.

Nutzt die letzte Zeit der Gnade zur Umkehr bewusst.

Vertut diese kostbare Zeit nicht mit unnötigen Dingen.

Seid euch eurer Verantwortung als Kinder Gottes in dieser Welt bewusst!

Jede Seele hat eine Aufgabe, eine Gabe von Gott, dem Schöpfer, in die Seele gelegt bekommen – die Gabe des Gebetes, das die Bewegungskraft des Heiligen Geistes ist.

Betet mit euren Herzen für die Ankunft des Heiligen Geistes, damit der Heilige Geist die Herzen der Menschen regiert und die Welt gerettet und erneuert werden kann.

Benutzt sie, die große, wertvolle Gnade des Vaters, die Gabe des Gebetes. Amen.

* * *

„Herr, sage mir, welches und in welcher Sprache ist das schönste Gebet?"
Meine Seele, das schönste Gebet spricht jene Seele, die die Liebe lebt.
Die Liebe ist die Stimme des Vaters, die Sprache des Heiligen Geistes.

* * *

Meine liebste Herrin und gütigste Mutter, bleibe ganz nah bei mir.
Deine Anwesenheit tut so gut.
Für all deine Gebete, für meine Seele danke ich dir.
Schenke mir bitte etwas von deiner bedingungslosen Treue.
Gib meinem Herzen wieder neue Kraft und starken Mut.
Meine liebste Mutter, du bist so still, bitte schenke meiner Seele von deinem Licht – zeige mir was Gott, unser ewiger Vater, von mir will …

Mein liebes Kind, ich bin so still, damit du erkennst, dass auch du so still werden sollst.

In deinem Herzen werde ich dir immer nahe sein, mein Kind.

Deshalb musst du ganz still werden, dann kannst du meine Anwesenheit immer spüren.

Was Gott von dir will?

Mein Kind, es ist nicht viel und doch bedeutet es ALLES:

Schenke Gott dein Herz und lebe die Liebe – werde Liebe, mein Kind.

Gesegnet seist du mit ewiger Treue und neuem Mut. Gesegnet seist du mit einem Licht, das von der Liebe Gottes spricht ... Amen.

* * *

Gepriesen sei der Allmächtige, der Ewige, der allein das Leben, die Liebe und die Barmherzigkeit auf ewig ist.

Meine Kinder, ich reiche euch meine Hände, um euch an mein mütterliches Herz, das aus Gottes Barmherzigkeit geboren ist, zu drücken, um euch zu retten, um euch herauszuführen, aus den Klauen der Illusionen dieser Welt.

Meine Kinder, nein, sehr viele haben nicht wirklich erkannt, was das Zeichen des Kreuzes bedeutet – das mächtigste Zeichen, aus dem allein wahres Heil strömt.

Mit meiner mütterlichen Stimme will ich euch erreichen, meine Kinder.

Kommt, ich werde euch sicher zu Christus, dem Tor der Erlösung leiten, damit euch der Vater in die wahre Heimat, der immerwährenden Glückseligkeit aufnimmt.

Glaubt, die Dinge dieser Welt können ihre Heilversprechen nicht auf ewig halten, denn alles, was von dieser Welt stammt, ist den Kräften dieses Universums unterworfen. Sie gehören zum Geist der Vergänglichkeit.

Jene Kraft, die aus dem Zeichen des Kreuzes hervorströmt, kam durch Christus in diese Welt. Diese Kraft ist dem Heiligen Geist der Ewigkeit, der Unvergänglichkeit, dem wahren Heil auf ewig geweiht.

Durch das Opfer des Kreuzes kam durch Christus die wahre Erlösung – das Zeichen des Todes wurde das Zeichen der Auferstehung.

Durch das Kreuz Jesu Christi kam wahres Heil in diese Welt:

Erlösung, Gnade, Barmherzigkeit auf ewig.

* * *

Meine Kinder, ohne Gottes Führung durch Seinen Heiligen Geist verliert ihr euch immer wieder von neuem in dieser Welt.

Indem ich euch meine mütterlichen Hände reiche, biete ich euch Gottes Führung an. Der Vater hat mir Macht gegeben, Seelen zu Ihm zu führen.

Ich sammle Seine Kinder, weil es der Wille Gottes ist.

Wie oft muss ich zusehen, wie sich immer wieder die Kinder Gottes von mir abwenden. Sie wenden sich von der sicheren Führung ab, die nur der Heilige Geist geben kann, weil sie nicht warten können. Sie sind ungeduldig. Ihr Glaube war nicht stark genug.

Jene versuchen immer wieder, doch noch einen besseren oder bequemeren Weg zu finden, für ihr Heil. Was sie finden werden, sind erneute Enttäuschungen, Verletzungen, Auseinandersetzungen, üble Streitigkeiten und Nachreden.

Der Geist des Widersachers will ihre Herzen versteinern und ihre Sichtweise blenden.

Meine Kinder, geht mit mir, eurer Mutter, zur Quelle des Erlösers.

Ich versichere euch, ich bringe euch zu meinem Sohn Jesus. Amen.

* * *

Höre aufmerksam, Kind in der Erdenschule. Es gibt keine Trennung zwischen Vater, Sohn und Heiligem Geist. Der Vater und der Sohn im Heiligen Geist sind untrennbar. Es gibt keinen Vater ohne den Sohn und keinen Sohn ohne den Vater und keinen Heiligen Geist ohne den Vater und den Sohn. Erkenne die heilige Einheit in der Dreieinigen Wesenheit.

Preise den Vater im Sohn, preise den Sohn im Vater und preise den Heiligen Geist im Vater und im Sohn. Amen.

* * *

Hier bin Ich, mit aller Kraft und Macht des Vaters.

Ich klopfte an ihre Herzen, doch sie taten Mir nicht auf.

Ich rief sie mit ihren Namen, doch sie hörten Mich nicht.

Ich fand keinen Platz in ihren Herzen – sie liefen nur ihren irdischen Vorstellungen und ihrem Eigenwillen nach und begingen immer wieder dieselben Irrtümer.

Hier bin Ich, mit aller Kraft und Macht des Vaters.

Ich rief sie mit der Stimme des Lichts, doch sie erkannten Mich nicht.

Sie nahmen die große Gnade, den Ruf zur Umkehr zum Licht des Vaters, nicht wahr.

Und so wird es sein – so wird es enden, das Licht wird sich von ihnen abwenden …

* * *

Wenn du Gott suchst, mein Kind, dann finde ihn in der Liebe. Nur in der Liebe findest du Gott. In der Liebe wirst du Gott begegnen. In der Liebe wirst du Gott erkennen, weil das wahre Wesen Gottes die ewige, bedingungslose Liebe ist. Jesus Selbst hat dieses große Gebot gelehrt. Es ist das Wichtigste, das alles enthält, ein Gebot des Vaters – die Liebe.

* * *

Meine Kinder, bemüht euch dieses wahre Gebot zu leben! Wenn ihr es nicht schafft, im Kleinen eins zu sein, wie soll dann die ganze Welt eins werden?

Mit eurer Art zu leben tragt ihr zur Veränderung der ganzen Welt bei. Ihr seht also, wie ihr bewusst und unbewusst am geistigen Weltbild mitwirkt, weil ihr alle aus Gott kommt.

Das Wesenhafte, das Ewige wohnt in euch – lasst es hervorbrechen!

Jede erwachte Seele ist ein Lichtstrahl in der Finsternis, ein Segen für die neue Ordnung in dieser Welt, durch den Heiligen Geist.

Bleibt in der Liebe, Meine Kinder, dann seid ihr Gott treu. Hört nicht auf, den Heiligen Geist der Liebe anzurufen – dann kann der verwirrende Ungeist nicht an euren Seelen haften und eure Herzen vergiften!

Heiliger Geist der Wahrheit,
kehre in uns ein.
Heiliger Geist des Friedens,
baue in unseren Herzen Dein Heim.
Heiliger Geist der Liebe,
mögest Du der Führer unserer Seelen sein.

* * *

Ja, mein Kind, glaube es – du darfst es glauben, ich bin es, die dich aus der traurigen Dunkelheit gerufen hat!

Ich bin deine Mutter ... Ich wünsche, dich zur Quelle der Freude zu führen – das ist der Wille des Vaters.

Folge mir, mein Kind ...

* * *

Mein Kind, bemühe dich immer mehr um das Licht – Jesus.

Weißt du, ER kennt dich, ER kennt deine Seele.

ER weiß, wer und was du wirklich bist.

ER kennt dein wahres Wesen, ein Liebesstrahl aus dem Herzen Gottes geboren, für das Licht der Liebe, die Ewigkeit erkoren.

Bemühe dich noch mehr um das Licht, dann wirst du noch mehr erkennen und in die Herzen der Menschen sehen.

Du wirst lernen in Liebe und Geduld zu verstehen …

Werde ein Licht!

* * *

Ich habe dich gerufen, mein Kind, weil es deine Berufung ist zu hoffen, zu lieben und zu glauben – und mit deinem Herzen zu GOTT zu sprechen.

Bete, mein Kind, und du wirst gesegnet sein ...

* * *

Mein Kind, hier bin ich, deine Mutter.

Ich habe dich erwartet, genau hier.

Wo dachtest du mich sonst zu finden, als bei meinem Sohn, in dieser geweihten Nacht.

Hier ist mein Platz, bei meinem Sohn – und wo mein Platz ist, mein Kind, ist auch dein Platz – bei meinem Sohn.

Du weißt doch, mein Kind, du findest dein wahres Glück nur bei meinem Sohn ...

* * *

Ich nehme dich an der Hand, wenn du selbst das willst.

Ich komme in deine Familie, wenn du selbst das willst.

Ich trete in dein Herz ein, wenn du selbst das willst.

Ich helfe dir den Frieden und die Freiheit zu finden, die du verzweifelt suchst.

Siehst du, dein freier Wille entscheidet – Ich warte ...

* * *

Im Lärm dieser Welt kannst du die Stimme GOTTES nicht hören.

Vertraue dich mir an, und ich werde dich in die Stille führen.

Nur in der Stille vermagst du GOTTES heilenden Geist zu berühren.

* * *

Ja, wenn das Licht des Glaubens, das Licht des Friedens, das Licht der Liebe in deiner Familie erloschen ist, dann sei du das Licht der Hoffnung!

Bete für alle jene, wo du merkst, dass eines dieser Lichter erloschen ist – bete für alle!

* * *

Lerne, das Licht auch in deinem Nächsten zu sehen, dann kannst du GOTTES Plan mit den Menschen besser verstehen. Kennst du nun deine Aufgabe, als Licht in dieser Welt? Entzünde es bei jeder Begegnung in deinem Nächsten.

* * *

Nicht „hier und dort" suche MICH – verliere dich nicht mehr in der Welt. Suche MICH in deinem Herzen – dort werden wir uns wirklich begegnen, dort wirst du MICH finden.

* * *

Wenn das Licht des Glaubens, das Licht der Liebe, in dir wieder erwacht, dann hat es ein Ende mit der unwissenden, unsicheren, verwirrten Nacht – dann öffnen sich dir selbst die versiegeltesten Türen. Glaube – werde LICHT!

Nachricht vom Himmel

Dein größter Feind – der Eigenwille

Liebe Seele, erhebe dich, die Augen des Herrn sind auf dich gerichtet.

Geh in die Welt hinaus als wacher Mensch, nicht als Schlafender.

Vergiss nie, wer dein größter Feind ist:

Der Eigenwille, der ständig Eigenes will, ist der große Stolperstein für jede Seele.

Der Eigenwille ist es, der der Seele viele Hindernisse und Fallen auf der „geistigen Straße“ legt.

Lernt also, den Eigenwillen zu überwinden, denn er bringt euch kein wahres Heil. Von einer Illusion zur anderen, führt euch der Eigenwille, weil er dem Geist dieser Welt angehört, dem Geist der Vergänglichkeit untergeordnet ist.

Sei gesegnet im Namen des Herrn der Heerscharen ...

Erzähle den Menschen, dass Gott lebt und Seine Schöpfung liebt.

AMEN.